詞學

第四十八輯

華東師範大學出版社 · 上海

圖書在版編目(CIP)數據

詞學. 第四十八輯/馬興榮等主編. —上海:華東師範大學出版社,2022

ISBN 978-7-5760-3525-4

Ⅰ. ①詞… Ⅱ. ①馬… Ⅲ. ①詞(文學)—詩詞研究—中國 Ⅳ. ①I207.23

中國版本圖書館 CIP 數據核字(2022)第 246472 號

詞學 第四十八輯

主　　編　馬興榮　方智範　高建中　朱惠國
責任編輯　時潤民
審讀編輯　劉效禮
特約編輯　王　静
責任校對　時東明
裝幀設計　劉怡霖

出版發行　華東師範大學出版社
社　　址　上海市中山北路 3663 號　郵編 200062
網　　址　www.ecnupress.com.cn
客服電話　021-62865537
行政傳真　021-62572105
門市（郵購）電話　021-62869887
門市地址　華東師大校内先鋒路口
網　　店　http://hdsdcbs.tmall.com

印　　刷　上海商務聯西印刷有限公司
開　　本　890×1240　32 開
印　　張　16.375
字　　數　647 千字
插　　頁　4
版　　次　2022 年 12 月第 1 版
印　　次　2022 年 12 月第 1 次
書　　號　ISBN 978-7-5760-3525-4
定　　價　68.00 元

出 版 人　王　焰

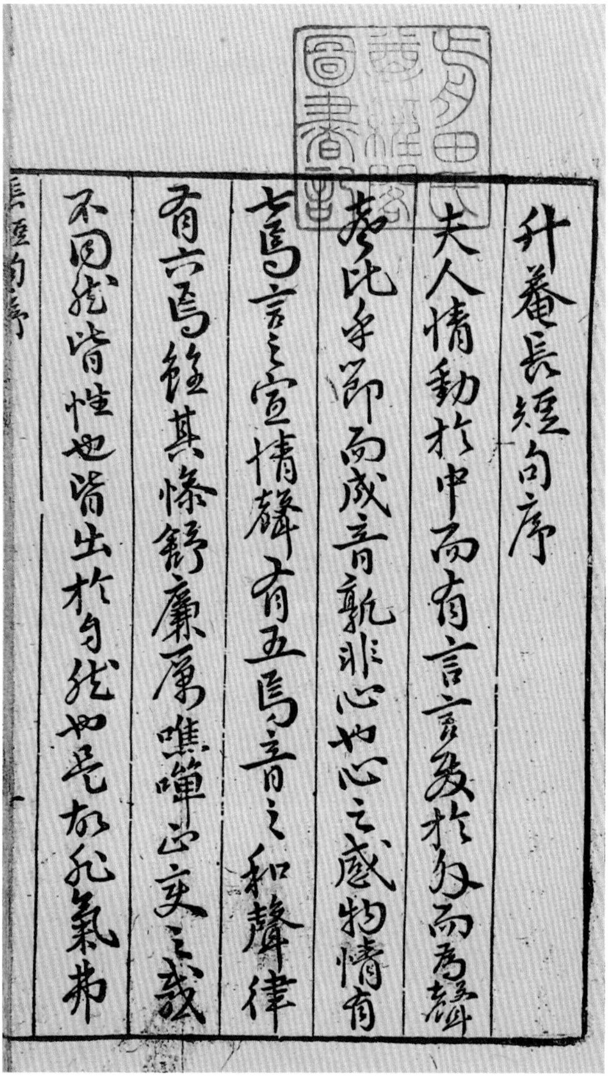
升菴長短句序
夫人情動於中而有言，言發於外而為聲，
聲比乎節而成音，孰非心也？心之感物，情有
七焉；言之宣情，聲有五焉；音之和聲，律
有六焉。經其條，舒廉厲噍嘽，必變之哉，
不同然，皆性也，皆出於自然也。是故凡氣弗

日本尊經閣文庫藏《升庵长短句》書影

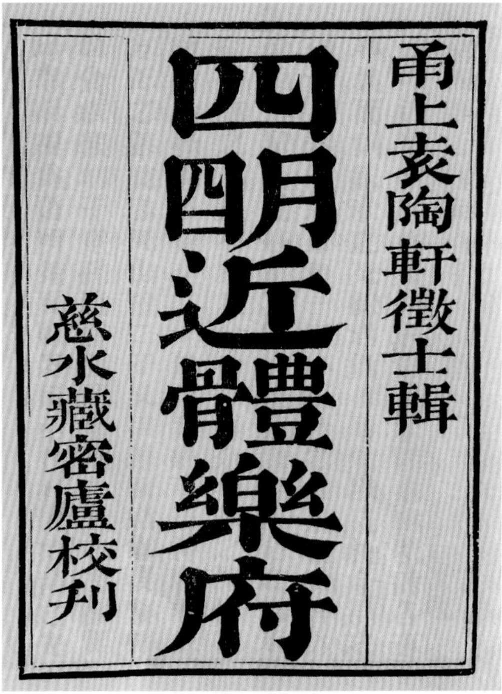

甬上袁陶軒徵士輯

四明近體樂府

慈水藏密廬校刊

《四明近體樂府》書影

《孤山補梅圖卷》

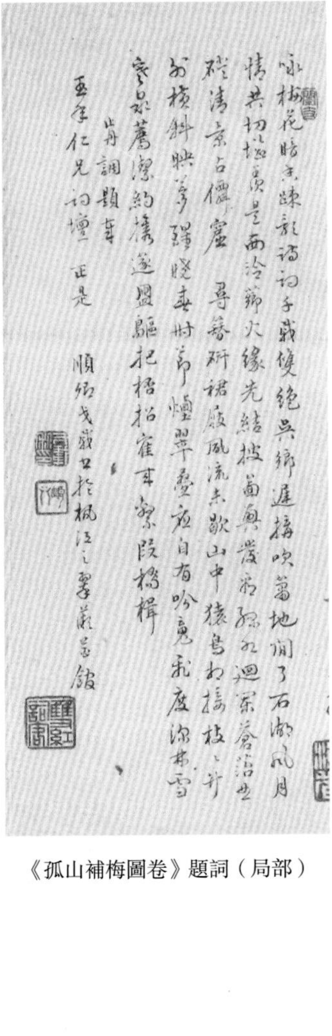

《孤山補梅圖卷》題詞（局部）

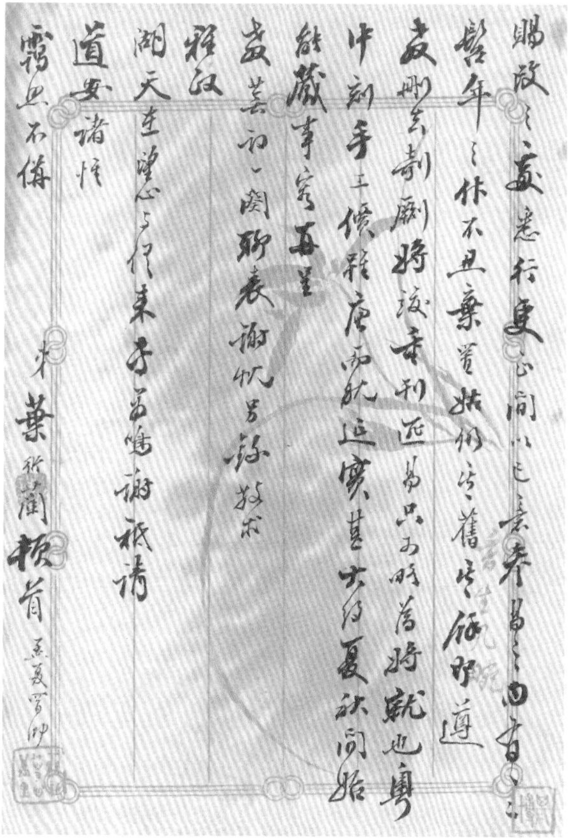

葉衍蘭致譚獻書札

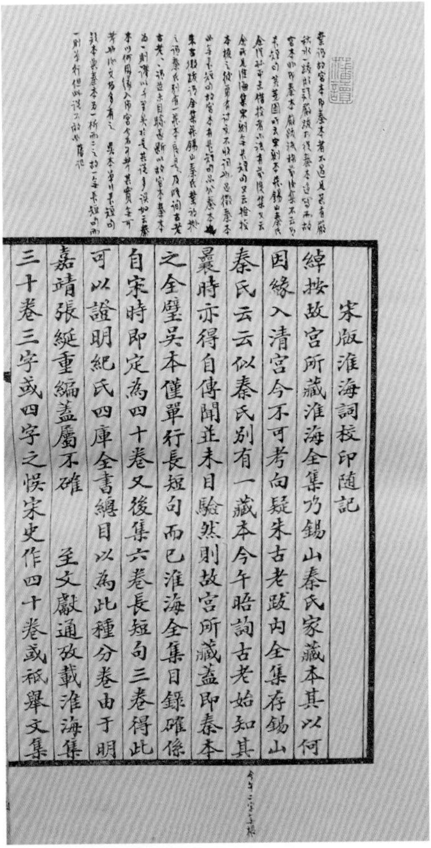

徐益藩批校《淮海长短句》書影

《詞學》編輯委員會

詞學

第四十八輯篇目

論述

律詞觀念的現代詞學意義……謝桃坊（一）

從詞的文本論詞體……魏耕原（一五）

填詞宜自金縷起——倚聲填詞的一項獨家之秘……（中國澳門）施議對（四六）

論唐宋詞調中的參差對……王衛星（六三）

南宋士大夫的退居詞與朱敦儒《樵歌》——蘇辛之間的另一重路徑……趙惠俊（八六）

明末清初詞序綜論……莫崇毅（一〇七）

陳維崧多用《賀新郎》詞調原因探析……張兵 馬甜（一二四）

論詞韻之書的編訂方法、定位與評價——以明末清初的詞韻研討爲例……吴晨驊（一四〇）

《綰春樓詞話》與《銷魂詞》詞學思想考論……張瀠文（一五五）

從語音學角度辨析近人四聲詞説……石任之（一七二）

論近代中日詞學交流的新變及其意義……劉宏輝（一九二）

龍榆生紀念專欄

從聲調之學到倚聲學——論龍榆生的倚聲學理論……姚鵬舉（二〇五）
論龍榆生《東坡樂府箋》的校箋特點及其意義……汪　超（二三一）
論龍榆生對晚近詞人詞作的批評立場及其現實意義——以《近三百年名家詞選》增删陳曾壽詞爲中心……童雯霞（二四八）

考　辨

南宋詞人盧祖皋生平及詞作編年考……劉　馳（二六一）
明清之際詞人之生卒年及事跡考八則……周明初（二七七）

書　志

民國詞譜要籍叙録……張文昌（二九九）
楊慎《升庵長短句》正續集版本考述……林傑祥（三二六）
楊易霖《周詞訂律》與詞學研究新視野……譚新紅　陳澤森（三三六）

年　譜

陳澧詞學年譜（上）……宋瑩瑩　謝永芳（三五二）

文　獻

袁鈞《西廬詞話》……王　娟　録入整理（四〇一）
許乃穀《孤山補梅圖卷》詞録……（中國香港）黄坤堯（四一三）

徐益藩批校《淮海長短句》箋記……馬里揚（四四〇）

論詞書札

葉衍蘭致譚獻書札三通考釋……楊　斌（四六八）

詞　苑

陳永正二首　張宏生二首　黄思維二首　鍾　錦二首　江合友三首　王衛星三首
郭鵬飛三首　顧依然三首　張子璇三首　李　睿二首……（四八二）

叢　談

柳永葬地四説……曾大興（四九一）
新見北宋鄭剛中佚詞一首……吴學敏（四九七）
詞調《看花回叙（序）》考辨……劉紅霞（四九八）
彊村詞《高陽臺》「藥裹關心」考辨……張海鷗（五〇二）
陳廷焯家世考略……李慧敏（五〇八）

編輯後記……（五一三）

稿　約……（五一四）

圖　版

日本尊經閣文庫藏《升庵長短句》書影
《四明近體樂府》書影

《孤山補梅圖卷》

《孤山補梅圖卷》題詞（局部）

葉衍蘭致譚獻書札

徐益藩批校《淮海長短句》書影

律詞觀念的現代詞學意義

謝桃坊

内容提要 唐代興起的配合流行音樂——燕樂的以辭從樂的、以調定律的長短句歌詞，稱爲「曲子詞」，宋以來通稱爲「詞」。它是新的音樂文學和新的格律詩體，格律極爲嚴密而複雜。詞體的特徵是由詞人們「按律製譜，以詞定聲」而形成的，故作詞爲「填詞」。「律詞」是二十世紀九十年代創始的新的詞學觀念，概括了宋代以後詞體成爲古典格律詩體之後格律規範重建的純文學形式的新的特徵，它在理論上源自宋代。迄于現代詞學家們關于詞體性質的認識，有助于確立詞體文學新的定位，有助于解决某些詞學難題，尤其可據以製訂新的詞譜，建立新的詞體規範，推動現代詞學的發展。

關鍵詞 洛地 律詞 律詩 詞體 格律 詞譜

「律詞」這一新的詞學概念是我在學術界的諍友洛地先生提出的。他的論文《「詞」之爲「詞」在其律——關于律詞起源的討論》于《文學評論》一九九四年第二期發表。關于什麽是「律詞」，他認爲：

> 形成爲（繼「（律）詩」之後）我國一大類韻文文學體裁的「詞」——「非民間」的「詞」，其衆多「詞調」在下列四個方面各有格律定則：
>
> 一、片，各「詞調」分用單疊、雙疊、三疊、四疊。
>
> 二、句逗，各「詞調」有特定各異的句數、句式。

三、韻，衆「詞調」分用平、入、上去及轉韻等。

四、句内平仄，合律，有個别「詞調」在個别處有特定拗句，又有云須嚴格至四聲陰陽者。

以上，爲人所共知，人所公認。試審視之，「非民間」與「民間」之界分于何處？非它，主要在末一項：「句内平仄，合律」。所謂「合律」之「律」，乃承「律詩」之「律」，故又有「詩餘」之稱。

我于二〇〇二年回顧二十世紀九十年代詞學發展的趨勢，以「律詞」爲詞學界創始的新的詞學概念，並認爲：「律詞概念的出現，使我們對詞體的認識更爲清晰，而且可以形成相關的理論。」〔一〕此後洛地又發表《「律詞」之唱，「歌永言」的演化》和《宋詞調與宮調》，闡釋與律詞相關的問題。〔二〕我贊成並接受了「律詞」概念，曾多次予以闡發，但不同意洛地關于音樂文學、律詞的形成，詞的音譜和宋詞與詞調的關係的論述，共發表了三篇論文與之商榷。〔三〕我曾擬較系統地評論洛地的詞學研究，他却于二〇一五年九月六日仙逝，不能再與質之了。〔四〕

「律詞」不僅是現代詞學的新概念，它使我們可以切實規範詞的文學體裁，可以深入認識詞體的本質和特徵，可以生發出新的詞學理論，而有助于現代詞學的發展；它還是比概念更高的一種詞學觀念，含蘊著新的詞學思想。兹僅就律詞的詞學淵源及其在現代詞學發展中的意義試爲探討，以補友人未竟之説。

一

詞作爲中國傳統文學體裁形式，它興起于唐代，盛行于兩宋，是中國音樂文學和格律詩體之一種。然而它却不同于此前各種配合音樂的文學，也不同于此前的各種詩體，乃是配合唐以來新燕樂的以辭從樂的歌詞，而且格律是嚴密和複雜的。在唐代，詞原被稱爲「曲子」，或確切地稱爲「曲子詞」，即指它是配合樂曲的歌辭。詞體文學的基本特徵是以辭從樂和以調定律，所以詞人們創作時通稱爲「填詞」。關于詞體的本質特徵，唐宋詞人們在創作實踐中是有真切體會的。唐代詩人劉禹錫談到依調和友人白居易的《憶江南》詞時說：「和樂天春詞，依《憶江南》曲拍爲句。」〔五〕《憶江南》是當時新流行的樂曲，詞人作此詞時是依據樂曲的節拍旋律而譜寫詞句的，由此形成的句式異于齊言的詩體。詞體文學創作所依據的樂曲被稱爲詞調。詞盛行于宋代，詞人和詞學家們對詞體的特徵有更爲具體的體會。北宋時王安石曾以作《桂枝香·金陵懷古》知名，但他的詞體觀念較爲守舊，曾說：「古之歌者皆先有詞，後有聲，故曰『詩言志，歌永言，聲依永，律和聲』，如今先撰腔子，後填詞，却是永依聲也。」〔六〕他理解「聲依永」之「聲」爲音樂，「永」爲「咏」乃曲辭。詞體之前的所有曲辭或稱歌辭，皆是先有辭而配以音樂的，即「先有詞，後有聲」。王安石以爲的曲子詞則是先製作樂曲，然後譜寫歌辭，「先撰腔子後填詞」，便失古法了。這從反面説明了曲子詞是以辭從樂的，故爲「填詞」，此正是詞體區別于古代歌辭的基本性質。音樂理論家陳暘的音樂觀念也是很保守的，他考察中國音樂從古代到唐代末年的變化說：

古者樂曲辭句有常，或三言四言以制宜，或五言九言以投節，故含義締思，彬彬可述，辭少聲則虛，聲以足曲，如相和歌中有夷吾耶之類爲不少矣。唐末俗樂，盛傳民間，然篇無定句，句無定字，又間以優雜荒艷之文，閭巷諧隱之事，非如《莫愁》、《子夜》尚得論次者也。〔七〕

他所説的「古者樂曲辭句」是指樂府民歌的辭句，它們雖有三、四、五、九等不同的句式，歌唱時爲與音樂和諧而時加上虛聲泛聲，這是以樂從辭的歌辭，而內容也很雅正。他所説的「唐末俗樂」是指新的流行音樂——燕樂，在唐代末年盛行民間。配合此新音樂的歌辭，每首沒有固定的句式，每句也無固定的字數，其內容則是世俗荒艷之事了，不如南朝樂府民歌之情意之含蘊了。這間接表明曲子詞是配合新流行音樂的歌辭，因是以辭從樂的，故「篇無定句，句無定字」，以調構成特定的長短句的樣式。詞人李之儀對詞體的性質表述甚爲明晰，他說：

長短句于遺詞中，最爲難工，自有一種風格，稍不如格，便覺齟齬。唐人但以詩句而用和聲，抑揚以就之，若今之歌《陽關》是也。至唐末遂因其詩之長短句而以意填之，始一變以成音律。〔八〕

唐代新的燕樂流行之後，配合新音樂的歌辭有兩種：聲詩和曲子詞。聲詩是樂工或歌妓選用唐代的七言或五言絶句以作歌辭，是先有齊言的辭而勉强配合樂曲，故不甚協調。李之儀稱新體曲子詞爲「長短句」，因爲它有獨特的「風格」——格律，所以遺詞造句最難工致；因它自唐代末年便是依據樂曲之旋律節拍的長短而填譜的，所以構成新的「音律」——聲韻之規定的「律」。李之儀將聲詩與曲子詞比較之後，説明詞體具有獨特的格律。

南宋初年學者吴曾追溯了中國音樂文學的發展，在古代歌辭和樂府歌辭之後，隋代新燕樂興起，至盛唐時期出現了新體的歌辭，他説：

周武帝時龜兹琵琶樂工蘇祇婆者，始言七均；牛洪、鄭譯因而演之，八十四調始見萌芽。唐張文收、祖孝孫討論郊廟之樂，其數于是乎大備。迄于開元、天寶間，君臣相爲淫樂，而明皇尤溺于夷音，天下熏然成俗。于是才士始依樂工拍旦之聲，被之以辭句，句之長短，各隨曲度，而愈失古之「聲依永」之理也。〔九〕

吴曾的音樂觀念同王安石一樣是很保守的，傾向于恢復傳統的古樂，反對源自西域的經華化的新燕樂。然而他對新體歌辭曲子詞配合燕樂的關係表述甚爲明確，認爲盛唐時新音樂的流行使得才士依據音樂家所制樂曲的節拍旋律而譜配歌辭，辭句的長短是以樂曲之準度而譜配的。此即是以辭從樂而産生的新體音樂文學——長短句的曲子詞。宋季詞學家張炎在探討詞學理論時提出了「按律制譜，以詞定聲」之説。他認爲：「詞以協音爲先，音者何，譜是也。古人按律制譜，以詞定聲。」〔一〇〕清代詞學家江順詒解釋説：「古人所謂譜者，先有聲而後有詞。聲則判宫商，一調有一調之律。詞則分清濁，一字有一字之音。按律而制，名之曰譜，歌者即案律以歌。」〔一一〕張炎談的「譜」是「音譜」，即樂譜；「按律制譜」即依據樂律之原則而創作樂曲，詞之「協律」是指歌詞與樂曲之節拍旋律相配合；「以詞定聲」是指詞之字聲之平仄與音樂和諧，所以詞樂失去之後，詞的句式和聲韻尚可體現音樂的一些效應。「音譜」是供精通音律的詞人填詞之用的，它無歌詞；歌譜則是指某調之詞的每個詞字之右旁標綴有燕樂半字譜，並于詞調下注明宫調，歌者即可據以歌唱，如今存南宋詞人姜夔之自度曲。江順詒將「音譜」誤以爲歌譜，將「律」誤以爲聲韻格律了。張炎之説概括了曲子詞與音樂的獨特的關係。

清代初年學者宋犖關于詞體性質説：「夫填詞非小物也。其音以宫商徵角，其按以陰陽歲序，其法以上生下生，其變以犯調側調。調有定格，字有定數，韻有定聲，法嚴而義備。後之欲知樂者必于此求之。」〔一二〕詞樂在宋以後已經散佚，宋犖以爲可從詞體作品中求知詞樂，以知詞的音律、依樂用律、旋宫之法及樂曲的變化，這已是不可能的了。然而他以爲詞體的每個詞調有獨自的格律規定，每調之字數和用韻亦有嚴格法則，這較確切地總結了詞體格律的特點。此後詞學家萬樹認真考辨詞體格律後，關于詞體的特徵説：

（夫後學）不知詩餘乃劇本之先聲，昔日入伶工之歌板，如耆卿標明于分調，誠齋垂法于擇腔，堯章自注鬲指之聲，君特致辨煞尾之字。當時或隨宫造格，創剏制于前，或尊調填音，因仍于後。其腔之疾、徐、長、短，字之平、仄、陰、陽，守一定而不移，證諸家而皆合，兹雖舊拍不復可考，而聲響猶有可推。〔一三〕

他追溯了宋代詞人柳永、楊纘、姜夔和吴文英在按譜填詞時密切注意詞與音樂的配合，求得樂曲之拍節旋律與詞之句式聲韻的和諧，此即「隨宫造格」，以辭從樂而形成格律。在詞的創調之作産生後，某些不諳音律的詞人遂可參照創調之作的句式聲韻作詞，此爲「遵調填音」，即以調定律，每個詞調形成獨特的格律。當詞樂散佚之後，詞體由于是以調定律的，便可以將每調之作品的句式聲韻加以比較，而求得其格律的定則，因此能建立詞體的格律規範，使之成爲中國古典格律詩體的精美形式。

從上述可見，自宋代以來，詞人、詞學家和學者關于詞體的認識，已有「唐末俗樂」、「長短句」、「填詞」等概念，尤其有「按律制譜」、「以調定聲」、「隨宫造格」、「遵調填音」、「調有定格」、「字有定數」和「韻有定聲」之説，它們是律詞觀念形成的詞學淵源和理論的基礎。

二

「律詞」是適應詞樂消失之後，詞體成爲純文學形式，而重建詞體格律規範，對詞體性能的新的認識下産生的新的詞學觀念。宋以後由于詞的創作與音樂的分離而出現缺乏規範的狀態，致使詞體衰微。明代學者周瑛于弘治七年（一四九四）編的《詞學筌蹄》選詞調一七七調，例詞三五三首，分調編排，每調依句式，以方框（□）表示平聲，以圓圈（○）表示仄聲，制以爲圖，以該調之例詞爲譜。填詞者如果能記誦譜之例詞，參照圖所標之字聲平仄及分段、分句之規定，便可作出符合格律規範的詞了。《詞學筌蹄》實爲圖譜並列之詞譜，亦是詞學史上的第一部詞譜，在重建詞體規範的過程中具有開創性的重要的意義。在此之後，詞譜之編著有張綖的《詩餘圖譜》、程明善的《嘯餘譜》和清初賴以邠的《填詞圖譜》甚爲流行。這些詞譜雖然其圖譜形式及使用符號相異，存在諸多錯訛，但爲填詞者廣泛使用。清初詞學家萬樹鑒于流行之詞譜的錯亂訛誤，在嚴格學術考辨的基礎上編訂了《詞律》二十卷，于康熙二十六年（一六八七）刊行，這是具有高度學術水準的詞譜，爲詞體規範的重建奠立了基礎。康熙五十四年（一七一五）由朝廷組織王奕清等學者編纂的《詞譜》四十卷，所收詞調齊備，采取圖譜合一方式，遍注字聲平仄，注明宫調、體制，譜例多用名篇或始詞，具有簡明適用的特點，故三百年來被奉爲詞體格律的規範，成爲標準的詞譜。「律詞」即是依據《詞律》與《詞譜》所建立的詞體格律規範，而創構的新的詞學觀念。

中國唐代産生了兩種古典格律詩體，即「近體詩」和「曲子詞」。近體詩是講究聲韻格律的新詩體，以區別于唐代以前的諸種詩體。曲子詞是講究聲韻格律的新體歌辭，以區別于唐以前諸種音樂文學和聲詩。「近體詩」之稱爲「律詩」，「曲子詞」之稱爲「律詞」，它們在中國韻文史上的命運是各不相同的。日本高僧遍照金剛（弘法大師）著的《文鏡秘府論》裏保存了中國唐代詩學文獻，唐代詩學家已有關于詩體格律的概念。遍照金剛引用之文獻有云「夫詩格律，須如金石之聲」；關于格律的解釋是「凡作詩之體，意是格，聲是律，意高則格高，聲辨則律清，格律全，然後始有調」。〔一四〕「律詩」的概念，北宋李之儀説：「近體見于唐初，賦平聲爲韻，而平側協其律，亦曰律詩。由有近體，遂分往體。就以賦側聲爲韻，從而別之，亦曰古詩。」〔一五〕此可見關于唐代初年興起的「近體詩」在中唐時期已準確地談到「詩格律」，而北宋時已有「律詩」之稱了，「律詞」的概念則是起于中國的近年。元代中期陳繹曾著有《詩譜》，將詩體分爲古體和律體，極簡略地舉諸家詩而論其風格，並未總結出詩體格律和詩法規則，根本不是詩譜。〔一六〕律詩格律的總結是由清代初年王士禎的《律詩定體》和趙執信的《聲調譜》完成的。詞體格律的總結與詞譜的編訂則始于明代弘治七年（一四九四）周瑛編訂的《詞學筌蹄》，早于詩體格律的總結，而完成于清代初年萬樹的《詞律》和王奕清等的《詞譜》。律詩的格律與律詞比較起來較爲簡易，而律詞的格律卻複雜得多，故自「律詞」觀念于近年形成後，我們回顧《詞律》與《詞譜》時，則詞體格律的整理尚未完善，並存在諸多的問題。近世詞學家們已經對詞體的特徵有很概括的認識，從而給予詞體定義。

胡雲翼認爲：「『倚聲填譜的歌辭，謂之詞。』詞是歌辭，已無話説。現在于歌辭上加以『倚聲的』，則《三百篇》、古樂府、五七言絶句都是以樂協辭的、不算是詞了……大概這個定義，『倚聲填譜的歌辭謂之詞，儘可以包括一般之所謂詞了。』于是『何謂詞』的答案：可由（一）詞是抒情詩，（二）倚聲填譜之歌辭謂之詞；兩項歸納得一個結論：何謂詞？在形體上是音數一定的，篇幅簡短的；最長的詞如《鶯啼序》也不過二百四十字；在音節上是『倚聲的』，或是『填譜的』；而內容的實質，是『抒情的』那便叫做詞。」〔一七〕

龍榆生認爲：「詞是依附唐、宋以來新興曲調的新體抒情詩，是音樂語言和文學語言緊密結合的特種藝術形式。它的發生和發展，由詩的『附庸』而『蔚爲大國』，是和樂曲結著『不解之緣』的。它的長短參差的句法和錯綜變化的韻律，是經過音樂的陶冶，而和作者起伏變化的感情相適應的。一調有一調的聲情，在句法和韻位上構成一個統一體。」〔一八〕

吴世昌認爲：「任何一首詞必須屬于某一個詞調，每一個詞調又有特定的格律：如全首詞是用一個韻到底，還是用好些個韻參差互押？每一個調子有多少句，各句的長短，全首詞共有多少字，都有嚴格的規定。尤其重要的是每一句中各個字的平聲或仄聲也有嚴格的規定，不能亂用，用錯了就配合不上樂譜，不能唱了。所以寫這種詩體稱爲『填詞』，即要挑選最合適的字填進某一詞調的嚴格規定的譜中：不僅在意義方面它是最合適的，同時在讀音方面它的聲調也是符合這一詞調的特定要求的。」〔一九〕

唐圭璋認爲：「在中國詩歌領域裏，詞是一種特殊的詩歌形式，它和律詩、絶句同爲格律詩，不過律詩、絶句是整齊的五七言格律詩，詞則是長短句的格律詩。」〔二〇〕

以上諸位詞學家的定義概括了詞體的性質和特徵，這是「律詞」觀念産生的最直接的淵源，然而律詞觀念更趨向于僅關注詞體的純文學形式的格律規範，同「律詩」的内涵是相一致的。兹將二者的格律規範試作比較：

（一）律詩包括五言律、七言律，五言絶句、七言絶句，五言排律和七言排律，但以五言律和七言律爲標準。五言律和七言律各分爲平起式和仄起式，是爲律詩的四種形式，每式自成格律，其餘的絶句和排律均遵照此形式。律詞是以詞調爲單位定律的，詞調有八百餘個，則詞體之格律便有八百餘個。

（二）律詩的五言律爲四十字，七言律爲五十六字，律詞的詞調的字數從最短的《十六字令》直至二百四十字《鶯啼序》，變化極大。

（三）律詩的句式僅有五言和七言兩類的齊言，律詞則有從一字句至九字句的長短句。

（四）律詩由五言八句構成一個整體和由七言八句構成一個整體。律詞的許多詞調是分爲前段和後段的，是爲雙調，此外尚有分爲三段的和四段的。

（五）律詩的句法體現的音節，五言句爲上二下三，七言句爲上四下三句法。律詞的許多調則有五言句爲上一下四，七言句爲上三下四，八言句爲上三下五，九言句爲上三下六的句法。

（六）律詩有五言律的平起式和仄起式，七言律的平起式和仄起式四種律句，字聲的平仄是固定的。律詞每句的字聲由調而定，字聲平仄變化極大，尚有連用數個平聲或仄聲字而形成的拗句，它們均是有定格的。

（七）律詩全用平聲韻。律詞的韻類分爲平聲、仄聲和入聲三類，而且許多調有平仄換韻的、一調多韻的、平仄韻互押的，用韻情況依調而定，極爲複雜。

（八）律詩的第三與第四句、第五與第六句，必須形成對偶。律詞的某些調若出現上下兩個句式平仄相應的情況，可以爲對偶，也可不對偶，並無嚴格要求。

以上可見律詞的格律比律詩的確富于變化而複雜，但如果説律詞是由律詩衍化的或派生的，則是錯誤的「詩餘」説。律詞的産生必須具備的兩個基本條件：一是唐代新的流行音樂——燕樂的盛行，一是唐代格律詩體的成熟。律詞是配合音樂的歌辭，它是以辭從樂的，詞人倚聲制詞時爲配合音樂而形成長短句的句式，而且吸收了律詩聲韻的經驗，求得與樂曲之節拍旋律的和諧從而以調定律的。由于律詞的以調定律，所以詞樂散佚後才可能整理與總結出詞體的格律規範。

三

律詞觀念的創立，使我重新檢討清代初年所建立的詞體規範，便可發現因無嚴格律詞觀念而導致這種規範有某些嚴重缺陷，同時可以解決詞學理論存在的某些難題。

中國現代文學理論將文學藝術的起源認爲是勞動，而其又是組織勞動的一種有力的手段，人民是把歌唱或其他文藝的表現看作爲生活、工作、鬥争事業的一部分，所以歷史上一切有生命的文學藝術依然還是從人民處吸取源泉或者是爲人民所創造而予以藝術加工的。中國歷史上出現的許多文學形式或體裁的淵源的確是來自民間的，爲人民大衆所創造的。近世詞學界由此種理論探討詞體的起源，即認爲唐宋詞體所配合的音樂是本土的，因爲中原地區有豐富的民間音樂和音樂遺産。在這種情況下，如果説隋唐時代中原地區的廣大人民，在音樂活動中，把土生土長的反映自己生活的民間音樂和世代繼承的傳統音樂都放在一邊，而以西域音樂爲主，那是難以想象的事情。這樣由本土音樂配合的歌辭也是民間的性質。此「民間」是「中原地區的廣大人民」，當時的「廣大人民」是指普通的失去受教育權利的缺乏文化知識的勞動人民，他們即是由集體創作的「民間口頭文學」的作者。在此觀念中，新發現的敦煌曲子詞被認爲是「敦煌民間詞」，它可證實詞體是起源于民間的。關于與詞體配合的音樂，宋人稱爲「今樂」、「唐末俗樂」或稱爲「夷音」，以此區别于本土傳統的古樂。這種唐以來流行的俗樂，以辭從樂而産生的詞體，也就異于古代的音樂文學了。敦煌曲子詞是我們發現的最早的詞體文學作品，我們從律詞觀念來考察，例如《破陣子》、《漁歌子》和《浣溪沙》已是以調定律的自成格律的典型的律詞，而《鳳歸雲》、《獻忠心》之各詞雖然字數和句式略異，但有格律存在，而《蘇幕遮·五臺山曲子六首》之格律與宋人之作是完全相同的。以上的這些詞，它們是講究句式、字聲、韻律等規定的，它們是在格律詩的基礎上發展變化，而依調形成的，而普通的「廣大人民」是不可能掌握律詩格律的，更不可能掌握複雜的律詞技能。敦煌曲子詞絶不可能是「民間文學」意義上的「民間詞」，它們是懂得詩律的文人們倚聲而制的歌詞。我們以律詞觀念來重新考察詞體起源，完全可從理論和事實上否定詞體起源于民間之説，從而予詞體起源合理的定位。

詞體文學的基本單位是詞調，自清初以來詞學界皆以《詞譜》所列的八二六調爲標準，但它混入了不少非詞調的東西，而且失收後來發現的詞調，因而這個數據是不準確的。我們如果不能辨析中國古典文學形式中什麽是詞調、什麽不是詞調，而且無法確定詞調的數目，這必然導致現代詞學研究的前提疏失，難以區分詞體與其他種韻文文體的界域，不可能建立詞體的規範。我們只有持律詞觀念以清理唐宋詞調，才可能發現自《花間集》、《詞律》、《詞譜》等詞集和詞譜受傳統的謬誤的因襲，遂將某些聲詩、大曲、佛曲、元曲誤爲詞調。唐代曲子詞與聲詩同爲新體燕樂歌辭，崔令欽《教坊記》所録盛唐教坊曲名中的《南歌子》、《望月婆羅門》、《漁父引》、《何滿子》、《浣溪沙》、《楊柳枝》、《抛球樂》、《後庭花》、《鵲踏枝》、《柘枝引》、《采桑子》、《甘州曲》、《烏夜啼》、《浪淘沙》、《拜新月》、《鳳歸雲》、《蘇幕遮》、《三臺》、《竹枝子》等既有長短句的曲子詞，也有五七言的聲詩。這二者與音樂的配合方法不同：曲子詞是以辭從樂的，聲詩是選五七言絶句配樂的。從律詞觀念便可以區分二者：曲子詞是以調定律的，每調自成獨特的格律；聲詩是屬于五七言絶句的律詩，雖與詞調同名，而未形成獨特的格律，故可從詞體中去除。敦煌文獻中的佛曲如《十二時》、《五更轉》、《百歲篇》、《十恩德》等皆爲三五七言句式的韻文，不講究字聲平仄，未形成獨特的而嚴密的格律，故非詞體。唐宋大曲是詞調來源之一，詞人們選取大曲之某一段如《梁州令》、《伊州令》、《水調歌頭》、《六州歌頭》、《法曲第二》、《氐州第一》、《霓裳中序第一》、《隔浦蓮近拍》、《薄媚摘遍》等樂曲爲詞調，但今存宋人之大曲和舞曲如《薄媚》、《法曲》、《采蓮》、《柘枝舞》以及其他的《清平調》、《凉州歌》、《伊州歌》、《陸州歌》、《九張機》皆未形成獨特的聲韻格律而非詞體。《詞譜》誤收之元曲如《慶宣和》、《憑欄人》、《梧葉兒》、《壽陽曲》、《天浄沙》、《乾荷葉》、《喜春來》、《金字經》、《後庭花破子》、《平湖樂》、《殿前歡》、《水仙子》、《茅山逢故人》、《醉高歌》、《黄鶴洞仙》、《木笪》、《折桂令》、《鸚鵡曲》、《三奠子》、《小聖樂》，它們亦是長短句的形式，從律詞而言，它們之聲韻屬近代音系，平聲分陰陽，入聲消失，音值發生變化，每調的字數句式不穩定，而且有襯字，故非詞調。此外宋以後詞人的自度曲因喪失時代文學之意義，故亦非詞調。我們只有在重新整理詞調時按律詞觀念將上述諸種韻文體式清除，才能爲建立詞體規範奠定堅實的基礎。

中國盛唐以來興起的長短句的格律化的新體燕樂歌辭被稱爲曲子詞。它所結合的燕樂是受中亞和西域音樂影響而形成的流行音樂。詞體文學發展至宋代而臻于繁盛，其胡樂的成分基本上喪失，它所結合的音樂是燕樂系統的民間新聲，表現爲燕樂已經華化。唐宋詞人倚聲制詞，以辭從樂，以調定律而創造了律詞。我們現在談律詞時，雖然是在詞樂散佚後對詞體格律產生新的認識而創始的觀念，但如果以此而否定詞體與燕樂的關係，否定詞調與宫調的關係，否定詞是音樂文學，甚至否定中國有音樂文學的存在，凡此皆出自缺乏對中國音樂史和詞學史的認識。關于詞爲音樂文學與中國音樂文學的特殊關係，近世詞學家和學者如胡雲翼、朱謙之和劉堯民等均有論述。詞體爲以辭從樂而形成格律嚴密的長短句的精美的音樂文學體式，是在學理和史實方面確立的，可以無疑。我們談律詞，追溯其淵源則見到其與音樂的密切關係，由此才可能真正認識詞體格律的形成和詞體獨特的體性。

自第一部詞譜《詞學筌蹄》迄于《詞譜》的各種詞譜，均在整理詞體格律時僅關注形式的技術層面，當然這是必要的。然而若不尋求每個詞調的體式、聲韻、表情的特點和適應的題材範圍，這必然使填詞者不理解詞體的文學性質，易于以詩法爲詞、以詩題爲詞，不能掌握所使用之調的藝術特徵。我們現在談律詞觀念，應以它是中國音樂文學的古典形式和中國格律詩體的古典形式爲理論基礎，考察每個詞調的體制、格律和聲情，探求適宜表達的内容、思想情感及文學的藝術風格。這樣必將使現代詞學在研究詞體的藝術特點、詞人的創作風格、作品的藝術分析等方面得到進一步的提高，使詞的文學本位的研究進一步地深入。

詞體的規範必須具體落實在詞譜的編訂工作，以制定出體現我們現代詞學水準的詞譜，以爲詞體規範確立標準。我希望以律詞觀念爲指導，鑒于各種詞譜成功的經驗，注重處理以下問題：一、全面核實詞調，建立完備的詞調系統；二、采取簡明的圖譜合一方式，圖之符號僅用白圈（○）表示平聲，黑圈（●）表示仄聲，可平可仄者不標注，以創調之作或名篇爲譜，注明體制、宮調；三、每調在比較諸作之後確定通行的正體，大量簡化別體；四、調類采取量化方法，按傳統分爲小令、中調和長調三類，每類以正體之字數爲序排列；五、每調之後附關于調名來源的説明，分析調的體制、聲韻、表情的特點和適應的題材，以及體性的文學藝術特點，並適當介紹此調之典範作品。

中國的律詩和律詞同時興起于唐代，其有格律的規範使體式謹嚴而精巧，體現了古典的美學原則，成爲中華民族文學古典形式，最適合藝術化地、含蓄地、優雅地表達中華民族的思想和情感。千餘年來雖然中國社會從封建社會進入現代社會，雖然新文化運動以來白話文學語言代替文言，但這兩種古典格律詩體仍然爲現代人們喜愛，它們的作者總是甚于白話自由詩體的作者，顯然它們因有深厚的民族文化根基，故能適應中國現代人們的審美趣味，而有旺盛的生命活力。律詞的藝術形式比律詩精巧嚴密，格律尤爲複雜，所以它的定體和格律的總結過程比律詩更爲漫長和困難。清代初年以《詞譜》爲標志而建立了詞體規範，但因詞學理論的一些重要問題未解決而導致此規範存在某些不足和缺陷，難以真正起到規範的作用。二十餘年前詞曲家洛地先生創始的「律詞」，是現代詞學的新的詞學觀念，它必將引發系列的詞學理論，可以推進現代詞學的發展。我謹希望詞學界認真關注此新詞學觀念，使之成爲新的學術起點。

〔一〕謝桃坊《中國詞學史》，巴蜀書社二〇〇二年版，第五八四頁。

〔二〕洛地《「律詞」之唱，「歌永言」的演化》，《浙江藝術職業學院學報》二〇〇五年第一期；《宋詞調與宮調》，《西華師範大學學報（哲學社會科學版）》二〇一二年第一期。

〔三〕謝桃坊《律詞申議》，《南陽師範學院學報》二〇〇三年第二期；《音樂文學與律詞問題——讀洛地〈律詞之唱，歌永言的演化〉》，《浙江藝術職業學院學報》二〇〇五年第四期；《論宋詞之詞調與宮調的關係》，《東南大學學報（哲學社會科學版）》二〇一三年第二期。

〔四〕謝桃坊《猶如莊子與惠施的情誼——懷念亡友洛地先生》，《戲文》二〇一七年第一期。

〔五〕劉禹錫《憶江南》，《劉賓客文集》外集卷四，《四庫全書》本，上海古籍出版社一九八九年版。

〔六〕趙德麟《侯鯖録》卷七，中華書局二〇〇二年版，第一八四頁。

〔七〕陳暘《樂書》卷一五七，《四庫全書》本，上海古籍出版社一九八九年版。

〔八〕李之儀《跋吴思道小詞》，《姑溪居士文集》卷四十，《四庫全書》本，上海古籍出版社一九八九年版。

〔九〕吴曾《能改齋漫録・逸文》，上海古籍出版社一九八四年版，第五三七頁。

〔一〇〕張炎《詞源》卷下，見蔡禎《詞源疏證》，中國書店一九八五年版。

〔一一〕江順詒《詞學集成》卷三，唐圭璋編《詞話叢編》，中華書局一九八六年版，第三二四八頁。

〔一二〕宋犖《瑶華集序》，蔣星祁編《瑶華集》，中華書局一九八二年版。

〔一三〕萬樹《詞律・自叙》，上海古籍出版社一九八八年版，第六頁。

〔一四〕［日］遍照金剛《文鏡秘府論》，人民文學出版社一九八〇年版，第一三六頁、第一二八頁。

〔一五〕李之儀《謝人寄詩并問詩中格目小紙》，《姑溪居士文集》卷十六，《四庫全書》本，上海古籍出版社一九八九年版。

〔一六〕陳繹曾《詩譜》，丁福保輯《歷代詩話續編》，中華書局一九八三年版，第六二四頁。

〔一七〕胡雲翼《宋詞研究》，巴蜀書社一九八九年版，第一七—一八頁。

〔一八〕龍榆生《談談詞的藝術特徵》，《龍榆生詞學論文集》，上海古籍出版社一九八七年版，第四三頁。

〔一九〕吴世昌《唐宋詞概説》，《羅音室學術論著》第二卷《詞學論叢》，中國文聯出版公司一九九一年版，第八十—八十一頁。

〔二〇〕唐圭璋、金啟華《歷代詞學研究述略》，唐圭璋《詞學論叢》，上海古籍出版社一九八六年版，第八一一頁。

（作者單位：四川省社會科學院文學所）

從詞的文本論詞體

魏耕原

内容提要 詞之爲體有兩個範疇：音樂和文學。前者屬于作者與唱者範圍，而後者則屬于讀者範疇。自南宋以後或略早，詞的唱法失傳。詞體可琢磨者主要由文學作爲載體，所以從古迄今，主要從文學風格界定詞體，失之于籠統模糊，缺失從文體角度觀察詞體的具體特徵。如果由此而論，那麽精美的四言短語、經過提煉的俗言口語、由不變的長短句按意組成的「句群」，以及特殊的最常見的體段「雙調」，則是構成詞體的四大部件。

關鍵詞 精美的四言短語　俗言口語　獨立意義的「句群」　特殊的體段

作爲文體之一的詞的概念是什麽，也就是説詞的特徵是什麽，它有哪些特點讓人可以確切把握，讓人明白這就是詞。這個問題幾乎從詞之誕生伊始不久，人們就思考琢磨，然時至今日，對它的認識尚處于模糊膠著狀態，無論是從内涵還是從外在探求，始終未能得到清晰的描述，一直處于糾纏不清的無奈地步。問題的癥結是缺乏從文體論的角度給予確切而全面的界定。

一　對以往詞和詩區别界定的檢討

出現于唐中期或略早的《雲謡集》，是現存最早的詞集，顯示出活潑可愛的蓬勃生機。可能出自下層文人之手而流行民間，屬于當時的「流行歌曲」。于是有了中唐大小詩人的「小令」之作，這是詞的萌芽時期，尚未涉及它是什麽，只覺得它能唱，聽起來很美。猶如呱呱墜地的幼兒，連「乳名」也没有。因爲尚處于群體性創作，最早的詞集敦煌詞——《雲謡集》的作者是誰都不知道，遑論所誕生的嬰兒叫什麽名字。這些能唱的「曲子詞」，我們猜想，大概是流播在遥遠的驛站與荒凉的客店，是給來往的客人消遣解悶的「娱樂品」。它通俗易懂，活潑可愛，能發抒人人都可能有的「集體感情」。入之于耳，動之于心，屬于口耳之間的聽唱文學，因而抄寫的曲詞，有很多「别字」、「俗字」，使人看了能唱。

口頭能唱的歌詞，它的傳播具有不脛而走的優越性，中唐大詩人劉禹錫就是效法當地民歌的「首届學員」。無論是白居易、王建、韋應物，還是詩作無多的張志和，他們的「習作」都很短。即就是效法當地民歌的劉禹錫，也采用原本可唱的「七言絶句」的形式，而只是在内容與語言上汲取民歌的特色。這説明詞以可唱爲特色的容納性，不斷地擴展它的長處。因爲詞之最早發現，就是處于商貿與文化活躍的絲綢之路上，早期詞牌《菩薩蠻》、《蘇幕遮》等，本身就呈現域外文化的色彩。

到了晚唐五代，詞進入風華乍露的少年時代，由詞作無多而進入詞之初盛時代。「花間鼻祖」温庭筠與同時領軍人物韋莊，雖然詞作數量與其詩相較懸殊，然給他們帶來了始料未及的聲譽。至于孫光憲諸人，則近乎專業詞人。《花間集》的作者除了温庭筠與當時尚屬「秀才」的李珣，其餘不是宰相即是朝臣，至于未收入《花間集》的馮延巳與南唐二主，前爲宰相，後爲皇帝，而且李後主在詞中的聲譽比起偏居一隅的「小皇帝」身份，還要響亮得多。

由晚唐到五代，由敦煌《雲謡集》無名氏作者而進入了廣泛的文人圈，呈現了英華初開的局面。就在温庭筠去世的七十年之後，後蜀趙崇祚爲《花間集》所作序文説：

> 楊柳大堤之句，樂府相傳；芙蓉曲渚之篇，豪家自製。莫不争高門下，三千玳瑁之簪；競富樽

前，數十珊瑚之樹。則有綺筵公子，繡幌佳人，遞葉葉之花箋，文抽麗錦；舉纖纖之玉指，拍案香檀。不無清絶之詞，用助嬌嬈之態。

趙序把《花間集》的作品稱爲「曲子詞」，序文則儘量描繪了詞在上層社會誘人的歌唱場景。如就詞體特徵看，只説了詞之可以「唱」，歌者屬于「繡幌佳人」，歌詞如同「麗錦」，而且「清絶」，就是説文詞華艷却能聽得明白。詞的發展是由樂府歌辭而來，故能唱，然一進入「綺筵繡幌」，詞則須麗。麗詞而能唱，這就是「曲子詞」的特徵。他似乎無心給詞下一個定義，只言「詞之用」，而不及「詞之體」，在體用之學上，只言其表而未及其内，詞之特質仍付之茫然。猶如今之「流行歌曲」，聽者如潮，歡呼若狂，若論何謂「流行歌曲」，可能同樣「茫然」。

詞至柳永進入「青年時代」，以鋪敘見長，突破《花間》範圍，「變舊聲作新聲」（李清照《詞論》語），是爲宋代首次變更。柳永卒後約二十年，就是三十七歲的蘇軾開始登上詞壇之年，宋詞將出現第二次變更時期，按詞的發展即臨近「中年時代」。與蘇軾親近的陳師道曾言蘇軾「以詩爲詞」（《後山詩話》語），又謂「世説云：『蘇子瞻詞如詩。』」可見屬于當時公論。這是從音樂屬性上的負面批評，然而也是蘇詞直到現在被人從正面肯定的特色。可見北宋中期人們認爲，詞不等于詩，各有其體，詩的手法甚或題材等不能進入詞中。到了李清照《詞論》提出「詞别是一家」，謂晏殊、歐陽修、蘇軾雖「學際天人」，然作詞「皆句讀不葺之詩」。她是第一次從聲韻上指出詞與詩的區别：「詩文分平側（仄），而歌詞分五音，又分五聲，又分六律，又分清濁輕重。」〔一〕詞之韻律固爲詞之根本大法，然屬于詞之作與詞之唱的範疇。若從文體角度看，雖與詞體相關，然聽起來諧和的聲韻，比起詞之文字本身，畢竟還在其次，其作用僅在「唱」與「聽」的範圍。

詞原本是音樂藝術與語言文學的綜合體，就前者而言，詞之合律是作者與唱者的根本大法。在詞誕生之初，它的音樂屬性具有主導的支配作用，句子的長短與字音平仄促緩，則要求儘量向樂曲靠近。到了北宋中期，則有了「詞人之詞」與「詩人之詞」的區别；後者則以「曲子縛不住」的蘇軾爲代表，甚至晏、歐，亦屬此類。

到了南宋，稼軒詞被視作「詞論」，即以文爲詞，以議論爲詞。到了南宋後期，第一部詞論《詞源》的作者張炎説，詞樂大師周邦彦「而于音譜且間有未諧」[二]；又説：「詞之作必須合律，然律非易學，得之指授方可；若詞人方始作詞，必欲合律，恐無是理。」所以，「音律所當參究，詞章先宜精思」。[三]可見詞之文學屬性已上升到重要地位，起碼有了平分秋色的觀念。我們看這部詞論下卷的各節題目：製曲、句法、字面、虚字、清空、意趣、用事、咏物、節序、賦情、離情、令曲、雜論，全部都是從文字方面的討論。就是《製曲》實際上也就作詞而言，末尾的《雜論》亦復如是，只是多了對詞家的評論而已。如果説李清照《詞論》從音樂屬性達到「尊體」的作用，那麽張炎《詞源》則從文學屬性强調雅詞的作法。他把李之「一只眼」變爲「兩只眼」，而卷上《樂論》又使讀者成了「盲眼」。能看懂的在今日恐怕没有幾人，所以夏承燾校注《詞源》就乾脆抽掉了上卷[四]，而且去掉了下卷前兩條「音譜」、「拍眼」，因爲對研究者或是一般讀者，均似乎是「天書」。猶如《史記·天官書》，讀其書者很少有人去看它。卷下爲詞論，《詞源》之論詞之作法頗成體系，然而詞體爲何，則不在經意之中。唯《製曲》、《虚字》涉及結構與句法，稍微涉及詞體。

同屬南宋末年沈義父的《樂府指迷》亦論詞之作法，首則「論詞四標準」：協律，用字雅，而且不露，發意不可太高。仍屬于作法，亦未言及詞體之特徵。然對詞之音樂屬性，則言：「前輩好詞甚多，往往不協律腔，所以無人唱。」蔡嵩雲箋釋説：「文人學士之詞，言順律舛者多，固無殊句讀不葺之詩。……文士不重律，樂工不重文，兩者背道而馳，此詞之音律與辭章分離之一大關鍵也。清真詞聲文並茂，其始唱遍于教坊，南渡後，則歌者見鮮。……至南宋末年，能歌者更如鳳毛麟角矣。……文士之詞，可傳而失律，樂工所歌，其文不足傳，此詞之音律所以亡也。」[五]蔡氏還指出，連度曲大家周邦彦、姜夔，其歌曲亦不行于秦樓楚館間。可以説從音律看詞體，已很渺茫了。張炎弟子元人陸輔之《詞眼》無意建構詞學理論與作法，主要列舉例句呼應《詞源》，向不爲人所重。然其中「屬對」與「樂笑翁奇對」，均屬四言偶句；「警句」與「樂笑翁警句」均屬韻句示例，二者都是主要摘録其師與他人名句。還有《詞眼》專摘録他人名句中精美的四言短語，這些四言大多由兩個偏正名詞構成並列式的短語，極具裝飾作用。而四言偶句多是「狀謂補」或「主謂賓」，或主謂並列構成的短語，帶有動態性質。這與上面静態裝飾性詞的差異，在于動與静的區别。而《詞眼》則是四言句内對，即主謂偏正詞並列構成的短語，顯示動詞或形容詞的新鮮響亮。這些示範並無什麼理論價值與深意，往往被人忽略。然而却以示例的方式，顯示詞之爲體的兩個特徵：一是精美的四言句與四言偶句；二是韻句即長短句的組合搭配；特别是在四言句中首標「詞眼」，借助詩法而又不同于詩法，這實際上把《詞源》的「句法」與「字面」有所增加而且予以深化。同時對《詞源・製曲》的結構論，予以强調。詞體文學屬性的三大特徵：字法、句法、結構，且前二者以實例顯示了詞體特徵，具有意外的啟發作用。所以以上三端，「法律講明特備，不可不讀」〔六〕。若論詞體，後者尤爲重要。

自是以後，論詞體者多從風格著眼，而且往往與詩較量異同。若按時間順序，自清以來，大致有以下説法：

一、詩强詞弱，詩尚風骨氣勢，詞則柔弱多姿，因而詩剛詞柔。毛先舒説：「填詞長調，不下于詩之歌行。長篇歌行，尤可使氣；長調使氣，便非本色，高手當以情致見佳。蓋歌行如駿馬驀坡，可以一往稱快。長調如嬌女步春，旁去扶持，獨行芳徑，徙倚而前，一步一態，一態一變，雖有强力健足，無所用之。」又説：「宋人作詞多綿婉，作詩便硬。作詞多蘊藉，作詩便露。作詞頗能用虚，作詩便實。作詞頗能盡變，作詩便板。」〔七〕其中也揭示了以後詩直詞曲、詩硬詞軟、詩露詞蘊、詩男詞女、詩顯詞隱等説法。

二、詩雄詞雌，詩尚陽剛而詞尚陰柔。宋人曾譏諷婉約詞爲「男子作閨音」。魏塘曹學士説：「詞之爲體如美人，而詩則壯士也。如春華，而詩則秋實也。如夭桃繁杏，而詩則勁松貞柏也。」此喻象的局限性，内涵自然縮小。所以田同之《西圃詞説》引了這段後又説：「罕譬最爲明快，然詞中亦有壯士，蘇、辛也。亦有秋實，黄、陸也。亦有勁松貞柏，岳鵬舉、文文山也。選詞者兼收並采，斯爲大觀。若專尚柔媚，豈勁松貞柏，反不如夭桃繁杏乎。」〔八〕

三、詩莊詞輕，莊重與輕佻相對，莊重則渾厚，輕佻則輕薄；渾厚則含蓄，輕薄則流露。所以，田同之説：「詩貴莊而詞不嫌佻，詩貴厚而詞不嫌薄，詩貴含蓄而詞不嫌流露。」〔九〕

四、詩寬詞狹，就内容看，詩之題材廣泛，詞之受到「艷科」的拘限。蔣兆蘭説：「大抵詩境寬，家數多，故不易自立。詞境窄，家數雖多，而可宗者少，故易于成就。」〔一〇〕這也是王國維所説：「（詞）能言詩之所不能言，而不能盡言詩之所能言。詩之境闊，詞之言長。」〔一一〕詞細微故能深入人之心曲意緒。

五、詩直詞曲，詞尚曲而詩不避直，「詞貴曲而不直，而又不可失之晦，令人讀之悶悶，不知其意何在」〔一二〕；或言：「詩如康莊九逵，車驅馬驟，易爲假步；詞如深岩曲徑，叢篠幽花，源幾折而始流，橋獨木而方渡，非具騷情賦骨者，未易染指。」〔一三〕

六、詩真詞假。田同之説：「從來詩詞並稱，余謂詩人之詞，真多而假少；詞人之詞，假多而真少。如《邶風·燕燕》、《日月》、《終風》等篇，實有其别離，實有其擯棄，所謂文生于情也。若詞則男子而作閨音，其寫景也，忽發離别之悲。咏物也，全寓棄捐之恨。無其事，有其情，令讀者魂絶色飛，所謂情生于文也。此詩詞之辨也。」〔一四〕觀此可知此就「詩人之詞」與「詩人之詩」而言。詩詞之真假，有「文生于情」與「情生于文」之别，亦即爲情作詩與作詞造情之異。

七、詩苦詞樂。朱彝尊説：「昌黎子曰：『歡愉之言難工，愁苦之言易好。』斯亦善言詩矣。至于詞或不然。……故詩際兵戈俶擾流離鎖尾，而作者愈工；詞則宜于宴嬉逸樂，以歌咏太平。」〔一五〕詞每多離情别緒，爲情愛而發，雖愁亦甜。像辛棄疾《清平樂》「繞床飢鼠，蝙蝠翻燈舞。屋上松鼠吹急雨，破紙窗間自語」，即在稼軒詞中亦爲獨出，又遑論其他。

八、詩樸詞艷。最流傳人口的是「詩莊詞艷」，内容的莊重與風格的側艷比較，多少有些錯位。詩無論言志言情，多屬直説，故言樸實；詞則專作「閨音」，故措語需艷，爲其本色，樸實則顯，側艷則幽微而隱。詩樸而顯與詞艷而隱則又是一區别。

除此之外，詩可叙事，可有百韻大篇，叙事則可以成詩史；而類似杜甫《北征》、《石壕吏》不會見于詞中。詞雖偶見有講小故事者，然均屬暗示性，要靠讀者聯想鏈接。所以更不會有「詞史」。以上八端，亦有相互聯繫者，然還是有些區别。

至于詞話評論，言及詩詞之别，每言「無可奈何花落去，似曾相識燕歸來」，説「定非香奩詩」（王士禛語），而這兩句連同下句「小園香徑獨徘徊」，都見于作者七律《示張寺丞校勘》；又謂前句爲「律詩俊語」，又説「然自是天成一段詞，著詩不得」（沈際飛語）。晏幾道《臨江仙》「落花人獨立，微雨燕雙飛」，被稱爲「千古名句，不能有二」（譚獻語），却來自五代翁宏《春殘》詩。同樣的道理，兩宋詞人驅遣唐詩入詞，更爲司空見慣。故以五七言詩與詞比較區别詞體，只能是不比還明白，一比反糊塗。就是以上八端，雖然從内容、語言、題材、風格、審美等方面来描摹二者的輪廓，但終歸「清空」而不「質實」。從文學屬性的文體論特點未達到捫手而觸的感覺，前人還有詩在教化、詞爲娱樂，僅就創作目的而言，而于文體就更無干涉。

誠如回顧近百年的詩詞之别的論者所言：「近現代學者論『詩詞有别』常首先指出境界與風格的區别。就詞體本身與詩體的區别而言，這是一塊從北宋開始就由拓荒者涉足並精耕細作過的土地，這些論述散見于大量總集、筆記、詩話、詞話之中，……詞的包括主題、題材、結構、語言、方法、風格、體式、審美情趣等方面，幾乎都已納入過比較的範圍。」[一六] 特别近多年，從詩詞起源的動態考察比較，或從詩詞的静態觀照，或從作品傳播接受比照，或從語言與文學交融考慮，但迄今爲止，詩詞之別始終未得到清晰的勾勒，至于詞體確切的定位，尚有待努力。

二 精美的四言短語：華艷的裝飾

當代學人爲詩詞之別付出了很大的努力〔一七〕，方法亦比前人多樣，著眼的角度也各自不同，然却没有確切而值得接受的結論，其原因是把簡單的分析過于抽象化，把單純的勾勒搞得多樣化，尤其是缺少文體論的意識。王國維《人間詞話删稿》提出著名的「詞之爲體，要眇宜修」與「詩之境闊，詞之言長」的看法，尚停留在傳統詞學的範疇。而真正勾勒出詞體特徵的，當是發表于一九四〇年繆鉞先生的《論詞》。其言曰：「抑詞之所以别于詩者，不僅在外形之句調韻律，而尤在内質之情味意境。……故欲明詞與詩之别，及詞體何以能出于詩而離詩獨立，自拓境域，均不可不于其内質求之，格調音律，抑其末矣。」〔一八〕詞之爲體，本應分音律與文學，而在音律早已失傳之今日，若論詞體自然要以文學爲本。文之爲本而韻律爲末，自是不刊之論。

繆先生論詞特徵舉爲四端：文小、質輕、徑狹、境隱。後三者尚屬内容和風格方面，而首論「一曰其文小」尤能切中詞體最基本的特徵：

詩詞貴用比興，以具體之法表現情思，故不能不鑄景于天地山川，借資于鳥獸草木，而詞中所用，尤必取其輕靈細巧者。……即形况之辭，亦取其精美細巧者。譬如亭榭，恒物也，而曰「風亭月榭」（柳永詞），則有一種清美之境界矣；花柳，恒物也，而曰「柳昏花暝」（史達祖詞），則有一種幽約之景象矣。此種鑄詞造句之法，非但在文中不宜，即在詩中多用之，猶嫌纖巧，而在詞中則爲出色當行，體各有所宜也。〔一九〕

他把這類詞分作天象、地理、鳥獸、草木、居室、衣飾、情緒七類，「天象」類則舉「微雨」、「斷雲」、「疏星」、「淡月」；言地理，則「遠峰」、「曲岸」、「煙渚」、「漁汀」。其餘五類可以此類推。這些詞的前一詞素均爲形容詞或名詞，都起修飾作用，即就是作爲定語的名詞，主要作用不是限定，而同樣在于修飾。它在詞中出現不是AB、CD式的，而是ABCD形態，即是呈現四言詞組或短語的面貌。這些短語，不僅具有鮮明的描寫作用，而且更重要的是帶有强烈的裝飾性。詞爲艷科，其原因之一就在于這些華美的詞藻上。這類片語短語形態匀稱，宜于修飾，所謂的「要眇宜修」，也主要見于此類句式。此類詞以慢詞長調爲多，小令亦有。

以柳永詞爲例，寫景則有：奇葩艷卉、深紅淺白、落花流水、緑嬌紅姹、慘紅愁緑、瓊枝玉樹、繁花嫩緑、草色煙光、敗紅衰緑、暮煙寒雨、煙和露潤、冷楓敗葉、雨膏煙膩、緑陰紅影、斜陽暮草、柳汀煙島、淺桃深杏、艷杏夭桃、翠消紅減、翠減紅稀、皓月清風。

言建築居室則有：畫堂繡閣、秦樓彩鳳、紅茵翠被、歌臺舞榭、低幃昵枕、葦村山館、鳳枕鸞帷、綺陌紅樓、月闕風亭、香衾繡被、紅樓朱閣、瑶臺瓊樹。

寫女性及心態：雲跡雨蹤、雅態妍姿、媚容顔態、細香明艷、嫩臉修蛾、施朱描翠、柳腰花態、蘭態蕙心、素臉紅眉、芳心嬌眼、施朱傅粉、豐肌清骨、嬌紅媚魄、奇容艷色、眼長腰搦。

言情愛則有：怯雨羞雲、幽歡佳會、追歡買笑、偎香倚暖、雅歡幽會、倚玉偎香、尋芳賞翠、偷期暗會、舉意動容、嬌魂媚魄、尤紅殢緑、夕雲朝雨、奇容艷色、深情密愛，萬嬌千媚、回眸斂黛、寶髻瑶簪、深憐痛惜、役夢勞魂。

描狀歌舞酒筵：妍歌艷舞、急管繁弦、酒戀花迷、飲席歌筵、柳腰花態、飲散歌闌、疏弦脆管、鶯嬌燕姹、緑意翠娥、舞茵歌扇、管烈弦焦、暮宴朝歡、淺酌低吟、遺簪墜珥、散髮披襟、眼穿腸斷、鸞吟鳳嘯，……

還有女性行爲刻畫，人物對話語言描寫等等，都是此類穠艷纖美之短語。不僅四言句如此，六言亦如此，如李清照《如夢令》名句「昨夜雨疏風驟」、「應是緑肥紅瘦」，除去前兩字便是精美的短語；《醉花陰》的五言「有暗香盈袖」、「瑞腦消金獸」，前句取掉領字「有」，後句取掉「消」，都是精美片語的活用；七言句「薄霧濃雲愁永晝」，開頭四字即屬此類。她的《念奴嬌》「又斜風細雨」、「寵柳嬌花寒食近」、「被冷香消新夢覺」，都鑲嵌著這類短語。至于其中「清露晨流，新桐初引」、「日高煙斂」，那就更不用説了。

如此並列性精美短語，是構成詞體文學屬性一大宗，尚屬静態美語，還有動態佳語，如上所示「清露晨流」兩句，主幹爲主謂合成短語，各自加上滋潤的修飾定語或狀語，就構成以動詞爲主的短語，則呈現蓬勃生機。而李清照《永遇樂》的「落日熔金，暮雲合璧」，主幹則由主謂賓構成；而《鳳凰臺上憶吹簫》發端的「香冷金猊，被翻紅浪」與「清露晨流」，同是主謂合成短語，但局部却有差别，前者爲主謂補短語，後者則爲主謂短語。總之，這類片語短語構成形態多樣，但却都屬美詞艷語之語料。

不僅婉約詞如此，豪放詞亦然。後者雖然措辭剛勁有力，但同樣都很精美。蘇軾《念奴嬌》中的「亂石穿空，驚濤拍岸」、「雄姿英發」、「羽扇綸巾」、「灰飛煙滅」，如果把這些精美的短語换成非此類凝練雄勁的鬆散語，那情况又將是怎樣？是不是還成名作，那就不言而喻了。他的《江城子》的「錦帽貂裘」，還有「左牽黄，右擎蒼」、「酒酣胸膽尚開張」，前者是把「牽黄擎蒼」拆開分嵌入兩短句，後者把「胸膽開張」拆開散入一句，没有這些靈活的短語，此詞還能豪放到什麼程度？也是可想而知的！

這些片語或短語分屬于四言、五言、六言、七言句，甚至還有三言。宋詞中少見的句子是一、二、八、九、十、十一字句，除了一、二字句外，後四種句型，其中八字句多是領字加上七字句，或由兩個二字詞加上四言詞組，如「應是良辰好景虚設」（柳永《雨霖鈴》），「似覺瓊枝玉樹相依」（周邦彦《拜月新慢》），這類句也可以看兩字領起六字。較常見則是中有「逗」斷的上三下五句式，如「待從頭、收拾舊河山」（岳飛《滿江紅》），「奏脆管、繁弦聲和雅」（柳永《抛球樂》）；九字句則由兩字或三字領起七字或六字句式，前者如「不道曉來開遍向南枝」、「一向捧心啼困不成嬌」（周邦彦《虞美人》）；三字領者，如「到而今魚雁沉沉無資訊」（周邦彦《瑞仙鶴》）；還有上四下五，如「那人却在燈火闌珊處」（辛棄疾《青玉案》）、「江已東流那肯更西流」（范成大《南柯子》）。十字句一種是三字領七字句式，「見説道、天涯芳草無歸路」、「君不見、玉環飛燕皆塵土」（辛棄疾《摸魚兒》）。十一字句，最爲罕見，其實中有句讀，或在第三字、四字、六字後逗斷，實爲兩句構成。現就《全宋詞》把以上句式多少比較如下（因八至十一字句，實際上由字與逗合共組成，不在統計之內）：

句式	一字	二字	三字	四字	五字	六字	七字
句數	二十多	二千五百四十七	二萬七千七百八十	七萬一千一百多	五十四萬七千多	三十八萬五千多	六萬九千多

由上表數字〔二〇〕，可以看出：由多到少的排列順序是四字、七字、五字、六字、三字、二字、一字。前三位剛好是詩句之字數，不同的是詩五、七言最多，而詞則是四言句居多、使用頻率最高。而且這還可以滲透到除了一至二言外的其他任何句式之中。

所以，論者説：「四字句例，于詞中極爲緊要，其排偶處，尤須精警動目，不可草草。」〔二一〕或言「短語須裁減整齊」（沈義父語），這還僅是就偶句而言。爲什麽宋人稱柳永爲「露花倒影柳屯田」，謂秦觀「山抹微雲秦學士」（蘇軾語）。又爲什麽以「楊柳岸，曉風殘月」代稱柳詞，以「大江東去」指稱蘇詞（葉夢得《避暑録語》卷三語）。其中的資訊關鍵是不難窺見的。周汝昌先生曾説：「有不少詞調，開頭兩句八個字，便是一幅工致美妙的對聯。宋代名家，大抵皆向此等處見功夫，呈文采。之後如『做冷欺花，將煙困柳』、『疊鼓寒夜，垂燈春淺』，一時也舉他不盡。這好比唱戲時名角出臺，繡簾揭處，一個亮相，風采精神，能把全場籠罩住，試看那『欺』字、『困』字、『叠』字、『垂』字，詞人的慧性靈心，情腸意匠，早已穎秀葩主，動人心目。然而要論個中高手，我意終推秦郎。比如他那奇警的『碧水掠秋，黄雲凝暮』，何等神來之筆！至于這首《滿庭芳》的起拍開端『山抹微雲，天連雙草』，更是雅俗共賞，只此一個出場，便博得滿堂碰頭彩，掌聲雷動——真好看煞人！……他在一首詩中却説：『林梢一抹青如畫，知是淮流轉處山。』同樣成爲名句。……他善用『抹』字，一寫林外之山痕，一寫山間之雲跡，手法俱是詩中有畫，畫中有詩，其致一也。」〔一二〕這還是就詞的開頭用四言句而言，至于詞之中的四言句，那就更多了。

回頭再看，上文我們看重的陸輔之《詞旨》，其「屬對」爲何都是四言偶句？而「樂笑翁（張炎）奇對」又爲何亦復如是？而「詞眼」又爲何全都標舉四言句，如「寵柳嬌花」（李清照《壺中天》）、「籠燈燃月」（周邦彦《意難忘》）、「醉雲醒雨」（吴文英《解蹀躞》）、「月約星期」（樓君亮《玉漏遲》）等呢？他把這些四言句視作「詞眼」，以及四言偶句都看作「詞旨」，而四言偶句對詞體的重要性不是昭然若揭了嗎？精美的片語亦即短句，而具有「詞旨」、「詞眼」的作用，不就是詞之爲體的最基本而且重要的特徵之一嗎？

三 不可或缺的經過提煉的「俗言口語」

詞如果全都帶有「精美片語或短語」，不僅太「艷」，而且使人「艷」得發膩！補其不足者，則是與之相對的「俗言口語」，不僅可以「疏密相間」，而且可以「俗」出雅，使人能透得過氣來，猶如畫有實有虚。俗語作用主要在言情，美詞或短語的作用主要在描寫，俗語與美詞的配合，就是描寫與抒情的結合，二者于是天作地和，相得益彰。何況唐宋詞很多能唱，見之歌筵舞席，要訴諸聽覺，而非純案頭文學。要入之于耳，會之于心，動之于情，猶如今日的流行歌曲：「常回家看看」。都是口邊語，原汁原味，却能動人心魄。

詞之俗語，一是與雅言相互補充，一是純出于白話。前者如李清照《如夢令》起首的「昨夜雨疏風驟，濃睡不消殘酒」，以及結尾的「應是緑肥紅瘦」的精美片語，就出現在首尾兩句，而中間四句：「試問卷簾人，却道海棠依舊。知否。知否。」以及首尾兩句句首的「昨夜」、「應是」的口頭語，真是「每句説話都是動作，每個動作都是話語」〔二三〕。「却道」句答詞中可見出問語應是：昨夜既風又雨，院子的花兒又怎樣？侍女忙著卷簾，有口無心地答曰「海棠依舊」無損，前邊是乍起的急問，後邊是忙碌中漫不經心的應答。而末尾三句是對此不假思索的告訴，「知否」的反復，就是告誡要上心，而「應是」句則是推測出的「正確答案」。這原本是晨起的瑣屑微事，把生活中的對話以帶有矛盾衝突的情節表現出來，就成了「每句説話都是動作，每個動作都是説話」，把生活細微予以「戲劇化」。問得有情，答得極淡，就逼出反跌的「知否」，其所以要叠出，這是由熱問冷答碰撞出由熱轉冷的反問，而「緑肥紅瘦」由冷問變得無限凄冷，却又婉而不露。如此看，「短幅中藏無數曲折」（周濟語），其所以被看作「自是聖于詞者」（同上），就在于用美詞寫景，以口語叙述對話，雅與俗結合自然默契，自非聖手莫能爲之。

李清照的名作《聲聲慢》，人們盛贊發端七組叠音詞，還有臨近結尾的「點點滴滴」，分屬感覺與聽覺，莫不屬日常口語俗詞。其中還有「乍暖還寒」、「三杯兩盞淡酒，怎敵他，晚來風急」，是口語句；而「雁過也，正傷心，却是舊時相識」，是那樣的「雅化」，又多麽通俗！特别是「憔悴損」的「損」字，「守著窗兒，獨自怎得黑」的「黑」字，連同它本身的俗語句，以及「這次第，怎一個愁字了得」，無不都是口頭語、心頭話，而又無不具有摇撼情感的魅力。説此爲雅詞，還是俗語詞，我們看都不是，她把俗語提煉到了「雅化」的程度，却又不見任何痕跡。至于另一成名之作《永遇樂》，開首的「落日熔金，暮雲合璧」雅美得極爲講究，却又至爲明白精煉，後面緊跟的「人在何處」，又是那麽通俗。它如「染柳煙濃，吹梅笛怨」、「香車寶馬」、「酒朋詩友」、「風鬟霜鬢」，莫不如此。而「人在何處」、「怕見夜間出去。不如向簾兒底下聽人笑語」。真是欲哭無淚，可使人心之爲碎！這又是雅言與俗語結合，亦即精美短語與口語之結合與滲透。以上幾詞顯而易見，如果口語俗詞缺席，就不會有如此動人的魅力。

宋詞中還有不少的「白話詞」，而且很純粹，没有任何雅言「雜質」，且還有不少名作，亦爲宋詞的一大宗。歐陽修《生查子》：「去年元夜時，花市燈如晝。月上柳梢頭，人約黄昏後。今年元夜時，月與燈依舊。不見去年人，淚滿青衫袖。」從中找不出什麽雅言，亦無過分俗的話語，充其量可以説是「雅化」的白話詞。而李之儀《卜算子》同樣爲情詞，而且似乎未經「雅化」，可能是極爲白話的詞：

我住長江頭，君住長江尾。日日思君不見君，共飲長江水。此水幾時休，此恨何時已。只願君心似我心，定不負相思意。

這是文人詞，或是民歌，還是文人化的「民歌」，反正任何人都會「聽懂」，感情又是那麽真摯濃郁，反復在此起了極爲重要的作用，而這又是民歌最爲見長的手法，應當屬于「婉約詞」，但與側艷無緣。婉約詞能用白話來寫，豪放詞亦然。如辛棄疾《醜奴兒》：

醉裏且貪歡笑，要愁那得功夫。近來始覺古人書，信著全無是處。昨夜松邊醉倒，問松我醉如何？只疑松動要人扶，以手推松曰「去」！

這是説話，還是作詞，或是健者的壯語，不用置疑。上片每個字都那麽警醒，下片每個字都充斥醉意，很有些《水滸傳》武松醉打蔣門神之感，是那樣的快意，是醒是醉却又混成一片，上片以議論爲詞，下片又以對話爲詞，能説它不是豪放詞，這是悲憤的醉，又是醉中的鬱怒！感情如像奔突滚燙的岩漿，隨時都有迸發的可能，它把口語、散文語，用火一樣感情把百煉鋼化爲繞指柔，肆意而發，倔强的個性豎立紙上。而他的《西江月》的「七八個星天外，兩三點雨山前」，《清平樂》的「大兒鋤豆溪東，中兒正織雞籠，最喜小兒無賴，溪頭卧剥蓮蓬」，簡直就是山農鄉民語。即就描摹爲主的山水詞，亦用白話寫來。《醜奴兒近·博山道中效李易安體》，寫景言情，幾乎全用淺近的白話寫來，其中又不乏幽默，故有「用淺俗之語，發清新之詞」（彭孫遹《金粟詞話》的效果。

還有蘇軾《江城子》裏的「十年生死兩茫茫，不思量，自難忘」，這樣的「話」幾乎是「家人語」。而《水調歌頭》的「人有悲歡離合，月有陰晴圓缺，此事古難全」，却是「哲人語」。《浣溪沙》的「簌簌衣巾落棗花，村南村北响繅車，牛衣古柳賣黄瓜」，則又是「鄉間語」。被當時雅士諷刺的「針綫閑拈伴伊坐」，使柳永名聲狼藉，在今日看來並不那麽卑俗塵下，也或許「凡有井水處即能歌柳永詞」，起碼是柳詞流播極廣的原因之一。即就是婉約詞結北開南的集大成者周邦彦，也有「最苦夢魂，今宵不到伊行」，「天便教人，霎時相見何妨」。而《少年游》下片：「低聲問向誰行宿，城上已三更。馬滑霜濃，不如休去，直是少人行。」如此軟言溫語，直是生活中話語如實的「記録」。與秦觀詞並稱「秦七黄九」的山谷詞，實際上是「白話詞」，「時出俚語」，「可謂之甚」（賀裳《皺水軒詞筌》）。還有專工謔詞的曹組，與周邦彦時代相同，而被稱爲「滑稽無賴之魁」（王灼《碧雞漫志》語），實際就是白話艷情詞之作手。

《花間集》領軍人物之一韋莊，以清疏著稱，就是因了以口語寫艷詞。他的《思帝鄉》：「春日游，杏花吹滿頭。陌上誰家年少，足風流。妾擬將身嫁與，一生休。縱被無情棄，不能羞。」把没有遮掩的口語一口氣抖出來，活潑率性而又可愛的個性顯得逼真極了。詞家二李：李煜、李清照，宋人向滈、朱敦儒、辛棄疾，都寫過不少的白話詞。

總上可見，口語没有凝固的句式，長短隨意，而一入「長短句」的詞中，同樣具有無尚的魅力，猶如草間露水是那樣清亮而沁人心脾，因而成了詞的重要語料，也是詞體少之不得的語體特徵。而它的句式，流動不居，而不像「精美片語」始終保持幾種不變的形態，且都爲四言，或略加變化，因而能單列出來，是爲詞體特徵又一重要的一面。

只要讀詞，無論多少，誰都會感到詞的句式多樣，如同其名「長短句」所示。不知何故，論詞體對此都失之于眉睫之下。從文體論看，長短句之詞與齊言之詩的區別，最顯著而又最重要的區別在于句子的齊與不齊。對此司空見慣之著象，論者似乎不屑一顧，好像不值一談，其實却不盡然。

四　由長短句按意義組成的「句群」

洛地先生以「韻斷」來分令、破、慢，打破以字數多少的標準，就是以上下兩片、「韻斷」多少來區分詞的長短。〔二四〕其法可取與否，與本文無涉，可置而不論。他所説的「韻斷」就是由兩句構成，前句如押韻，則稱爲「小韻」；後句押韻，則稱爲「大韻」。以「大韻」爲標志的結構單位，從結構上劃分，這對于理解詞的結構還是有幫助的。然詞之「韻斷」並非都是由兩句構成。如結合音樂之押韻，與文學上完整的一個意義單位看，對于從結構上分析更有意義。在這方面，還是陸輔之《詞旨》中的《警句》更有啟迪作用。

陸氏目的在于標舉「警句」，所以舉了少量的單句，如果除去這些單句，就有兩句、三句乃至五句，把這些稱爲「警句」，顯然不宜。稱作「韻句」，但其中有押兩韻者，即洛地先生所説的「小韻」與「大韻」，亦爲不宜。以「句組」或「句群」稱之，似乎還能差强人意。陸氏所舉「雁足不來，馬蹄難駐，門掩一庭芳景」（徐幹臣《二郎神·春詞》），就是一韻三句，在意義結構上又是一個完整的句群；「一般離緒兩消魂。馬上黄昏。樓上黄昏」（劉招山《一剪梅》），凡三韻而意義却是完整的句群，在結構上具有獨立性質。「薄倖東風，薄情游子，薄命佳人」（周晋《柳梢青》），兩韻而三排句，顯然不能分開；「是他春帶愁來，春歸何處。却不解帶將愁去」（辛棄疾《祝英臺近》），兩韻三句，中間不能隔斷。「丁寧記取兒家，碧雲隱約紅霞。直下小橋流水，門前一樹桃花」（李肩吾《清平樂》），「碧雲」三句，都是「丁寧」對方，「記取兒家」的話語，不能分開，故成爲一句群，這是以首句領下三句。陸氏還把多至五句、六句者，亦視爲「警句」：「盡吸西江，細斟北斗，萬象爲賓客。扣舷獨嘯，不知今夕何夕」（張孝祥《念奴嬌》），從意義與押韻的句群看，則前三句與後兩句各爲一句群，合起來則爲一個大句群。

關于「句群」的結構分析，前輩學人或按句數構成，分成五類或按「領下」、「托上」分成兩類〔二五〕，雖然不盡完善而有拘限，都具有範型意義。後者由吴世昌先生提出，他把前人提出的「領字」，予以細化。「一字領」分爲四類：領下兩個四字句，或兩聯四字疊句，或兩個五字句，以及兩個六字句；「二字領」分兩類：領下兩個四字句或六字句；「三字領」亦分兩類，領下兩個四字句或兩個五字句；「四字領」分三類，領下兩個三字句或兩個四字句，以及兩個六字句；「五字領」亦分爲三類，領下與「四字領」相同。他在前人「領字」示例的基礎上，有所擴展，如「襟袖上猶存殘黛，漸減餘香」（蘇軾《雨中花慢》），謂以「三字領下兩個四字句」。「上」字協韻應加逗號，才能看出「兩個四字句」。並且「三字領」也不一定兩種類型，即以此詞看：「又豈料，正好三春桃李，一夜風霜」，領下的則是六字句和五字句。至于同調的「今夜何人，吹笙北嶺，待月西廂」，首句與其稱作「四字領」不如稱作「領句」，或者看作前句爲「點」而後兩句爲「染」，亦未嘗不可。

句群完整的獨立意義，又和所在上片或下片，甚至全詞具有密切的聯繫。就其分類大約可分如下幾種：領字句群，點雜句群，頓挫句群，對比句群，想像句群，排比句群。

其一爲「領字」句群，最早提出其功能者當是張炎。他在《詞源・虚詞》中説：

詞與詩不同：詞之句語有二字、三字、四字，至六字、七字、八字者，若堆叠實字，讀且不通，况付之雪兒乎？合用虚字呼喚，單字如「正」、「但」、「甚」、「任」之類，兩字如「莫是」、「還又」、「那堪」之類，三字如「更能消」、「最無端」、「又却是」之類。此等虚字，却要用之得其所。若能盡用虚字，句語自活，必不質實，觀者無掩卷之誚。〔二六〕

雖未提出「領字」一詞，但所説的「虚字呼喚」，可使「句語自活」；又分爲「單字」、「兩字」、「三字」，基本指出類型與特徵。沈義府《樂府指迷·句上虛字》進一步指出：「腔子多有句上合用虛字，如『嗟』字、『奈』字、『況』字、『更』字、『又』字、『料』字、『想』字、『正』字、『甚』字，用之不妨。如一詞中兩三次用之，便不好，謂之『空頭字』。不若徑用一靜字，頂上道下來，句法又健。然不可多用。」〔二七〕明確指出位置在句首，並指出一詞中多用便不好。

對于「領字」亦即「領字句群」的分類，萬雲駿、吴世昌兩先生從不同角度分劃至詳，我們要强調的是「領字」和「領句」不一定居于句群之首，可以在句子中要緊之處。如柳永《雨霖鈴》：「寒蟬凄切，對長亭晚，驟雨初歇。」「對」爲領字，所在句群居中的原因，意在先出以景句，接以叙述句點明，然後再以景句渲染，這樣更能突出凄凉氣氛。若按意序分，這三句應是：對長亭晚，驟雨初歇，寒蟬凄切。也就是説領字「對」不但領起本句與下句，且包括其前的「寒蟬凄切」在内，這是領字句在句群中位置發生了變化。正常者如《八聲甘州》「對瀟瀟暮雨江天，一番洗清秋」，「對」字居「句群」之首，領下兩句。由上可見柳永慢詞對于領字的靈活運用。〔二八〕還有「領句」居中的句群。另外，領字不一定都是「虛字」，還有「實字」亦可稱爲「領字」、「領詞」。辛棄疾《水龍吟》的「落日樓頭，斷鴻聲裏，江南游子。把吴鈎看了，欄杆拍遍，無人會，登臨意」，首二句烘染出空間與時間，第三句點出人物即自己。後四句亦從「游子」寫來，所以「江南游子」實爲「領句」，且爲句内倒裝，按意序應在最前。意謂江南游子在「落日樓頭，斷鴻聲裏」之時，然後接以下四句，其所以倒置「領句」于句群之中，也是爲了强調氣氛。此句群之上文「楚天千里清秋，水隨天去秋無際。遥岑遠目，獻愁供恨，玉簪螺髻」。此亦爲「領詞句群」：「遥岑遠目，獻愁供恨，玉簪螺髻。」隱藏在其中的領詞就是「遠目」，不但領起本句及以下兩句，還有此句之前兩句，如按邏輯順序則是：「（遠目）楚天千里清秋，水隨天去秋無際。遠目遥岑，玉簪螺髻。獻愁供恨。」然詞畢竟發抒情感，其所以把領詞所領五句多次顛倒，正見出作者經心遠意之處。

其次爲「點染句群」。「點染」本爲繪畫術語，繪畫一般是先勾勒，後烘染，最後是「點」，在石、山、樹上點苔即爲「點」。劉熙載以之解析詞中句群：「詞有點，有染。柳耆卿《雨霖鈴》云：『多情自古傷離别，更那堪冷落清秋節。今宵酒醒何處？楊柳岸、曉風殘月。』上二句點出離别冷落，『今宵』二句乃就上二句意染之。點染之間，不得有他語相隔，隔則警句亦成死灰矣。」〔二九〕正因爲「不得有他語相隔」，方能成爲點染句群，但把「今宵」句歸入「染」，似覺不類。此句當爲「點」，下句方爲「染」，此爲以景叙亦爲以景染，而「多情」是從情感上渲染。按邏輯次序此兩句應置于「楊柳」句後。如此安排是先虛染，而後實染，也就是從情與景兩方面「夾染」，中間再加上「今宵」句一點。這種染法在山水畫中常用，近景實染，遠景虛染，要一層一層的皴染才能有厚感與質感。

蘇軾《江城子》結片：「料得年年斷腸處，明月夜，短松岡。」屬于一點兩染。「處」字義兼時空，是説「斷腸」時在月夜，「斷腸」地在墳前。這是模擬柳永「今宵酒醒」兩句：「今宵酒醒」何處——「楊柳岸」；「今宵酒醒」何時——「曉風殘月」。蘇詞化用得只是使人不覺而已〔三〇〕。陸游《訴衷情》結片「此生誰料，心在天山，身老滄州」，未用時空兩層夾寫結構，却用了對比，感慨似乎更爲跌宕。蔣捷《一剪梅》結片：「流光容易把人拋，紅了櫻桃，緑了芭蕉。」首句爲點先發抒判斷的遺憾，然後染之寫景兩句，滋生了不少感喟。賀鑄《青玉案》亦云：「試問閑愁都幾許？一川煙草，滿城風絮。梅子黄時雨。」追蹤柳永，而又有踵事增華，亦成名句，也就是能抒寫濃郁感情的句群。

時下論者説：「點，是總提；染，是分説。」〔三一〕又有論者説：「點，指點明題旨和詞義，染則緊承題旨、題意作具體、形象的描繪、渲染。」〔三二〕還把點染分成七類：一先點後染；二先染後點；三點少染多；四染少點多；五開頭一點，通篇皆染；六通篇皆染，篇末一點；七點與染穿插交織。是從次序、多少、結構與穿插上分類。六、七兩類是從結構上分出點染，所舉歐陽修《采桑子》十首，每篇首句「ABCD 西湖好」爲點，以下爲染；白居易組詞三首，均以「江南好（憶）」兩句叙説領起，是爲點，以下三句是染。辛棄疾《青玉案》以末了「驀然回首」兩句爲點，以上元宵景觀爲染；《破陣子》末句「可憐白髮生」爲點，以上夢境中的練兵則爲染。從點染切入，對結構分析作用甚大。至于點染交叉，則爲上片點染與下片點染，構成穿插。或者上片先點後染，下片亦同。又特别指出開篇、結尾、换頭常用點染而有規可循，這些見解都有啟發。

再次爲「頓挫句群」。首先爲跌進形態，即後者比前者更爲不堪。還有爲轉折形態，以及對比性句群。以上三者均呈頓挫狀態。范仲淹《蘇幕遮》上片之結片：「山映斜陽天接水，芳草無情，更在斜陽外。」前句望而極遠，尚看不見故鄉，後兩句就更跌進一層。言外故鄉還在芳草的盡頭。構成層層跌深。下片之結片：「明月高樓休獨倚，酒入愁腸，化作相思淚」，前句回應上片之黄昏時，樓上遠望，以否定句表示月下望而傷神，那麽關在屋内喝悶酒，然而眼淚却湧上來，這種連續頓挫，可説是頓挫中又滋生一番頓挫，然運意幽微而感情深刻。林逋《長相思》上片：「吴山青，越山青，兩岸青山相對迎，誰知離别情。」前三句言山色宜人，然對離别人來説，反倒增加傷心，樂景襯哀情，更增一倍之哀。下片：「君淚盈，妾淚盈，羅帶同心結未成，江邊潮已平。」末句潮平，則意味著正在「留戀處」，却「蘭舟催發」，離别即在當下，不動聲色地又跌進一層。

劉熙載説：「詞之妙，全在襯跌，如文文山《滿江紅·和王夫人》云：『世態便如翻覆雨，妾身元是分明月。』《酹江月·和友人驛中言别》：『鏡裏朱顔都變盡，只有丹心難滅。』每二句若非上句，則下句之聲情不出矣。」〔三三〕詳其舉例，上句爲「襯」，而下句爲「跌」，上句如若不加襯托，而下句跌入則「聲情不出」，兩例爲欲揚先抑形態，可知所説「襯跌」，實屬頓挫之一種。〔三四〕劉氏又説：「一轉一深，一深一妙，此騷人三昧，倚聲得之，便自超出常境。」〔三五〕蘇軾《水調歌頭》：「我欲乘風歸去，又恐瓊樓玉宇，高處不勝寒。」前句爲揚，後兩句爲抑，此爲欲抑先揚式的頓挫，從失意不滿中見出心理矛盾。李煜《浪淘沙》：「獨自莫憑欄，無限江山，別時容易見時難。」前兩句一抑，而後句又一抑，屬于欲抑先抑式的頓挫。晏殊《破陣子》：「疑怪昨宵春夢好，元是今朝鬥草贏，笑從雙臉生。」前兩句一揚，後句又一揚，此爲欲揚先揚的頓挫。

時下論者借助現代漢語的遞進複句，認爲宋詞中「用『更』、『又』、『況』等連詞作追加遞進式渲染。」〔三六〕即屬渲染感情的「遞進複句」。示例如辛棄疾《賀新郎》：「緑樹聽鵜鴂，更那堪，鷓鴣聲住，杜鵑聲切。」鵜鴂已鳴則春歸花謝，此爲一悲；鷓鴣聲住，「行不得也哥哥」，象徵事不得行，此又一悲；杜鵑啼聲像「不如歸去」，復又一悲。連續三次跌入，是欲抑先抑而又再抑，可以看做多層「頓挫句群」，前人謂此詞「沉鬱頓挫，姿態絶世」（陳廷焯《白雨齋詞話》），而此四句最能顯示頓挫姿態之多。下接「啼到春歸無尋處，苦恨芳菲都歇。算未抵，人間離別」，前兩句連續兩跌，後兩句一跌，亦同上之句群。結尾的「啼鳥還知如許恨，料不啼清淚還啼血。誰共我，醉明月」，呼應開頭，形態亦同「啼到春歸」四句，都屬欲抑先抑又再抑的「多層頓挫句群」。

柳永《蝶戀花》：「擬把疏狂圖一醉，對酒當歌，强樂還無味。」論者認爲是「轉折複句」〔三七〕。前兩句爲一揚而後句一抑，則屬于欲抑先揚的頓挫句群。周密《高陽臺》：「夢魂欲渡蒼茫去，怕夢輕舟、還被愁遮。」論者亦謂爲「轉折複句」，首句一揚而次句一抑，亦屬于欲抑先揚的頓挫句群。姜夔《揚州慢》：「縱豆蔻詞工，青樓夢好，難賦深情。」論者則認爲是「假設複句」。前兩句揚而又揚，後句一抑，屬于欲抑先揚而再揚，亦屬于「多層頓挫句群」。万俟咏《木蘭花慢》：「縱岫壁千尋，榆錢萬疊，難買春留。」論者説：「意味即便山崖有千尋之高，也擋不住春天歸去的脚步；即使榆錢再多，也無法買斷春神的眷顧。以此見出留住無計。」〔三八〕分析精當確切，但認爲是「假設複句」，亦可看作欲抑先揚而又再揚的「多層頓挫句群」。

還有「對比句群」。常見者爲以兩句對比構成對偶句。周邦彦《玉樓春》：「人如風後入江雲，情似雨餘黏地絮」，上句言情人之離散猶如風吹過江之雲，下句就己言之，則執著如沾地之柳絮，彼此情感不同而形成對比。同調的「當時相候赤欄橋，今日獨尋黄葉路」，過去約會熱情，今日則無緣一見而冷寞，以現在與過去的冷熱不同對比。這類句群猶如律詩中的「反對」，哀樂相對，比以同類感情對偶更爲深刻。比較複雜者，如黄庭堅：「江水西頭隔煙樹，望不見江東路。思量只有夢來去，更不怕江闌住。」前兩句以「望不見」寫失望，後兩句説可以在夢中會見，既是失望與希望的對比，也是現實與幻想的對比。歐陽修《生查子》「今年元夜時，月與燈依舊。不見去年人，淚滿春衫袖。」前兩句言「物是」，後兩句説「人非」，互爲對比。鮑浩然《卜算子》：「才始送春歸，又送君歸去。若到江南趕上春，千萬和春住。」前兩句説送別離散，後兩句説設法相會而聚則表祝願，「和春住」也是一「聚」。這是散與聚、離與會的對比。此類對比雖然比較隱形，然能將感情表達得波瀾起伏。前後形態，實質上是欲抑先抑與欲揚先揚的對比，也就是把頓挫滲入前後的對比，感情就顯得摇曳多姿，豐滿而飽滿。

又有「想像句群」。人與事可分爲過去、現在與將來，對同一時而身處兩地之對方的掛懷思念，她或他這時在幹什麼，可用想像表述。對過去的回憶亦可用想像，而對將來的懸念亦可用想像。總之「把實際上不見不聞的事物説的如見如聞」（陳望道語），修辭學謂之「示現」。把回想、預想、懸想寫得如在目前，這是詩中慣用手法，詞則往往要付之句群。張仲謀先生稱之爲「懸想複句」，這是很出色的發明。而對追述的回想，似乎不能包括在「懸想」之中，而用「想像」似乎尚可差强人意。對「一種相思，兩處閑愁」的設想，張先生指出常用「念」、「應」、「料」單字領起〔三九〕。而有時乾脆用「想」字提動，如柳永《八聲甘州》的「想佳人妝樓顒望，誤幾回、天際識歸舟。」就把「詩思從對面飛來」的想像表達得很逼真，把「歸思難收」發抒得很迫切。他的《雙聲子》：「想當年、空運籌決戰，圖王取霸無休。江山如畫，雲濤煙浪，翻輸范蠡扁舟。」給「想」字再綴上「當年」，就把歷史的風雲，寫得如在眼前。受到此詞啟發的蘇軾《念奴嬌》：「遥想公瑾當年，小喬出嫁了，雄姿英發。羽扇綸巾，談笑間，檣櫓灰飛煙滅。」給「想」字前置「遥」字，後又加上「公瑾當年」，這又把想像提動得非常警動。李煜《浪淘沙》的「想得玉樓瑶殿影，空照秦淮」，這兩句既是在「月華開」之時對故國此時的思念，又帶有對過去懷想的意味，這都是對唐人七絶表達思念想像的接受。白居易《邯鄲冬至夜思家》的「想得家中夜深坐，還應説著遠行人」，就用「想得」提動出來。李煜《清平樂》的「離恨恰如春草，更行更遠還生」，此爲憶别，「更行更遠」指别後之遠人，「春草還生」意爲遠方之春草，兩句則爲情思飛向遠去之對方。

至于宋詞表達想像而用「念」、「應」、「料」領起，顯然是對唐詩的汲取與引發。王維名句「遥知兄弟登高處，遍插茱萸少一人」，「遥知」即是遥念、應知，料知，簡言即爲念、應、料。杜甫《月夜》：「今夜鄜州月，閨中只獨看。遥憐小兒女，未解憶長安。香霧雲鬟濕，清輝玉臂寒。何時依虚幌，雙照淚痕乾。」其中「今夜」由長安之我而想到鄜州的家小，「遥憐」領起中兩聯是想像彼地的他們，而「何時」領起尾聯對將來的設想。整首詩全爲想像之詞。元稹《與李十一夜飲》：「忠州刺史應閑卧，江水猿聲睡得無？」就是以「應」字標志懸想。陸龜蒙《寒夜文燕潤卿有期不至》：「草堂虚就待高真，不意清齋避世塵。料得焚香無别事，存心應降月夫人。」「料得」猶言料想，提動設想友人不至的原因。宋詞受此不盡之沾溉，此類「想像句群」甚多，不備舉。

張文還提到「不用領字，而是用上句點明時間，下句描繪情景」，柳永「曉風殘月」兩句屬「懸想複句」，上文言及此爲「點染句群」，正可以看出這類句群藝術的多層面與多功能。所舉曹組《青玉案》：「何處今宵孤館裏，一聲征雁。半窗殘月，總是離人淚。」其實是以上柳詞名句的擴展，屬于想象，亦屬于點染。李清照《永遇樂》：「中州盛日，閨門多暇，記得偏重三五。鋪翠冠兒，撚金雪柳，簇帶争濟楚。」如果看後三句，而前句「記得」點明此三句爲回憶式的「想象句群」；如把這六句通看，領詞「記得」按意序應置最前，亦是回想，屬于回想式的「想象句群」，只是句子增多而已。

另有不常見的「排比句群」。張先《行香子》「奈心中事，眼中淚，意中人」，描寫心理活動，亦爲淋漓盡致。屬于同調的秦觀的「有桃花紅，李花白，菜花黄」，以鋪叙渲染暮春景觀。還有趙長卿的「恨相逢，恨分散，恨情鍾」，蘇軾則有「湖中月，池邊柳，隴頭雲」，蔣捷的「過窈娘堤，秋娘渡，泰娘橋」，多集中在《行香子》裏。《六州歌頭》、《水調歌頭》三字句居多，容易使用排比。見于前調的，如張孝祥的「時易失，心徒壯，歲將零」；見于後調的，丘崈的「望石頭，思東府，話西州」。辛棄疾《滿江紅》：「雪液滿，瓊杯滑，長袖舞，清歌咽。」以上是三言排比。四言排比，如劉辰翁《柳梢青》的「輦下風光，山中歲月，海上心情」，蘇軾《沁園春》的「孤館燈青，野店雞號，旅枕夢殘」，周邦彦《憶舊游》的「記愁横淺黛，淚先紅鉛，門掩秋宵」。這些排比句群大多集中在慢詞長調之中。

總之，以上點染與排比句群在詩裏很難一遇，而後者對曲有啟示。即使頓挫、對比、想像句群，也只有極少的五七言偶句對比與詩相近，而大多數由長短句構成，與詩絶然不同，這些都是詞體最具個性的特徵。而且没有句群的詞幾乎没有，有的詞幾乎全由句群構成。温庭筠《夢江南》：「梳洗罷，獨倚望江樓。過盡千帆皆不是，斜暉脈脈水悠悠。腸斷白蘋洲。」全詞即是一個大的「點染句群」：末句一點，爲一篇之要，以上四句均爲染。前三句以叙述爲染，第四句以景染。就慢詞而言，柳永《八聲甘州》上片「對瀟瀟暮雨灑江天，一番洗清秋」，是先染後點句群；「漸霜風凄緊，關河冷落，殘照當樓」，「對」與「漸」同是一字領，而後者領出「排比句群」；「是處紅衰翠減，冉冉物華休。惟有長江水，無語東流」，前兩句爲一抑，後兩句說只有長江水未變，然却無語，故爲欲抑先抑。這四句以「無語」爲詞眼，故爲欲抑先抑而又抑的「頓挫句群」。過片「不忍登高臨遠，望故鄉渺邈，歸思難收」，是先行一點而後兩染的「點染句群」。「歎年來蹤跡，何事苦淹留」，爲先點後染句群。「想佳人妝樓顒望，誤幾回、天際識歸舟」，爲「想象句群」。結片的「争知我，倚闌干處，正憑凝愁」，仍爲先點後染句群。全詞八韻，亦由八個句群組成。每韻均有領字或領詞，上片有「對」、「漸」、「是處」、「惟有」；下片有「不忍」、「望」、「歎」、「想」、「争知」。由此可見「句群」在詞裏的重要作用，所以也是詞體的最基本特徵之一。

五　特殊的體段——雙調

詞體最顯明的特徵，除了參差不齊的「長短句」外，就是詞分兩段，稱爲「雙調」。而且書寫時上下片間要空出一字或兩字的距離，而形成「一河兩岸」的格局。所以在結構上有兩次開頭和結尾。就好像是「兩首詩」而却是完整的一首詞。因而在章法佈局上就與詩迥然有别，而成爲詞體最顯著的特徵。

詞還分單調、三叠、四叠，亦即按段劃分，單調多見于創始期，後二者則見于南宋中後期，這三種不多，占絕大多數的是雙調。明人袁于令説：「詞有三法：章法，句法，字法。有此三者，方可稱詞。」〔四〇〕清人沈祥《論詞隨筆》説：「詞有三法：章法、句法、字法也。」〔四一〕近人蔡嵩雲《柯亭詞論》對此亦有相同意見：「字法、句法、章法一概鬆懈不得。字法須講併色揣稱，句法須講層深渾成，章法須講離合順序、貫穿映帶。如何起，如何結，如何過度，均須致力。否則不成佳構。」〔四二〕如果説「詞之特殊處即在長短句錯雜成章，故句讀實爲詞之根本大法」〔四三〕，那麽詞之章法就是最重要的「根本大法」，弄不清詞的結構很難説讀懂了詞。

張炎《詞源·製曲》，開宗明義即言：「頭如何起，尾如何結」，特别指出：「最是過片，不要斷了曲意，須要承上啟下。如姜白石詞云：『曲曲屏山，夜凉獨自甚情緒。』于過片則云『西窗又吹暗雨』，此則曲之意脈不斷矣。」〔四四〕沈義父又説：「過處（亦稱過變、過片、换頭）多是自叙，若才高者方能發起别意，然不可太野走了原意。」〔四五〕因詞分兩片或三片，第二次開頭之「過片」，就雙調説居于中間要害處，故比起句開頭與結尾還重要。過片爲一篇結構之樞紐，關係上下片之聯繫，故向來爲詞論家所看重。而清人論之更爲深入。沈祥龍謂過片：「須詞意斷而仍續，合而仍分；前虚而後實，前實而後虚，過變乃虚實轉捩處。」〔四六〕以上都認爲，過片在結構上，具有獨特的重要性。

劉熙載論詞的結構説：「詞之章法，不外相摩相蕩，如奇正、空實、抑揚、開合、工易、寬緊之類是已。」〔四七〕詞一般是上景下情，或上情下景，或者情景均到，相間相融。這樣都要在過片具有轉化作用，至爲緊要。過片常見的是有牽連不斷的作用，悄然運轉，自然者則有接連不斷之意。舊題李白《菩薩蠻》上片寫遠處黄昏景觀，歇拍點名「有人樓上愁」，收束上片。過片則接言「玉階空佇立」，承接緊密自然，中無間隙。温庭筠《菩薩蠻》上片寫晨起，結以「弄妝梳洗遲」；過片「照花前後鏡」，中間好像没有隔斷一樣，或者説簡直把兩片合成一片，就像「單調」獨片，過渡得不動聲色。馮延巳《長命女》上片爲歌女敬酒，歇拍爲「再拜陳三願」。過片則言「一願郎君千歲」；以下再言「二願」、「三願」如何如何，兩片過接得天衣無縫，此以上總下分爲結構。

其次爲承上啟下，轉换分明而自然。辛棄疾《醜奴兒》上片言少年無愁，歇拍説「爲賦新詞强説愁」，過片則云「而今識盡愁滋味」。全詞全發議論，由少年無愁轉到「而今識盡愁滋味」，如此大轉折，就憑由「少年」到「而今」的承上啟下，界限分明而自然。蔣捷《虞美人》上片叙説少年時在歡樂中聽雨，中年在奔波中聽雨，過片「而今聽雨僧廬下」，則無限孤獨，同樣以「而今」爲樞紐，構成跌宕轉折，承上啟下同樣分明。柳永《八聲甘州》上片鋪寫遠景，過片「不忍登高臨遠」，一來點明上片景觀全從「登高臨遠」中望出，二來「不忍」的原因，因故鄉渺邈，而有「歸思難收」之悲。承上啟下，轉换自然。又《雨霖鈴》爲離别詞，兩片情景相間相融。上片言乍别念遠，歇拍憂念去者「暮靄沉沉楚天闊」，過片「多情自古傷離别。更那堪，冷落清秋節」，好像是對上片的總結，然又引發後之掛念，而有「合而仍分」的效果。

再次爲上下對比結構。上文已及的歐陽修《生查子》，上片言去年月柳之下的幽會，下片言今年月與燈依舊，物是而人非的失望，同樣都是元夜，却有熱戀與失戀之别。辛棄疾《鷓鴣天》上片言青年時的起義抗金，過片「追往事，歎今吾」，承上啟下，然下片却是而今老矣，「却將萬字平戎策，換得東家種樹書」，今之貶退冷遇與昔之轟轟烈烈對比，充斥著難以遏制的憤懣。劉克莊《昭君怨》上片回憶洛陽牡丹名貴興盛，過片「舊日王侯園圃，今日荊榛狐兔」，一句承上，一句帶出下片中州之荒凉。構成今衰昔盛的對比，寄托了對淪陷區中原的思念。吕本中《采桑子》上片恨君老是奔波，不如月之相隨；下片恨君却似月，以「暫滿還虧」，説聚少離多。表層以「不似」與「似」對比，内在的别恨離愁却是一致的，矛盾中而含風趣，機敏而有意味。

從次爲上下一氣，不轉不換，通貫一片。辛棄疾《清平樂》上片寫溪邊農户，一對老年夫婦在茅簷下話語，下片則言三個兒子幹什麽，一一説遍，上老下小，不可分割。又《西江月・夜行黄沙道中》寫夜行，上片爲聽覺，下片爲視覺，全爲夜景，分不出彼此。又《賀新郎》首尾都是鳥鳴，而在中間：上片之後半爲女性之别，下片前半則是男性之别，四種告别與四個故實把上下融在一起。温庭筠《更漏子》（玉爐香）上片寫前半夜寒凉難睡，下片寫夜雨打梧桐，通宵未眠。只有室内與室外之别，離别之孤寂貫通前後。

最後，還有分片處不斷，而把結片或發端斬斷，形成以少勝多結構。馮延巳《謁金門》（風乍起）上片寫「閑引鴛鴦」、「手挼紅杏」，下片接言依闌鬥鴨，閑得無聊。結片忽然隔斷，「終日望君君不至，舉頭聞鵲喜」，一懷心事才抖了出來，由失望轉到希望。動作描寫上下不斷，特在結尾推出一懷心事。辛棄疾《破陣子》上下片夢想練兵，場面宏大熱烈，上片歇拍説「沙場秋點兵」，過片「馬作的盧」兩句，上下連成一氣，没有喘氣機會。接言「了却君王天下事」兩句説得更加豪邁興奮。最後却突發一句「可憐白髮生」，夢醒的悲凉，把夢中的熱烈沖散得一乾二净，大有長嘯一聲，悲從中來之感，形成獨句翻轉了全局。又《青玉案》上下片都寫元宵熱鬧，臨至末尾「驀然回首，那人却在，燈火闌珊處」，突出「傷心人别有懷抱」（梁啟超語），節日的熱鬧也就煙消雲散。切割起句者如李煜《望江南》：「多少恨，昨夜夢魂中。還似舊時游上苑，車如流水馬如龍。花月正春風。」從第三句至末重温帝王舊夢，夢中昔日的歡樂，反襯今日醒時之悲，而言今日只有起句「多少恨」兩句，却給全詞籠罩上化解不開的亡國之悲。孫光憲《思帝鄉》開頭「如何，遣情情更多」，以問句領起，此爲虛寫。以下叙寫她整天「斂羞蛾」，或閑行池邊，看著疏雨打著滿池荷花，全爲實寫。回頭再看獨立于篇首的「遣情」，就明白不悦發呆的一點原因，而「情更多」就更耐人尋味。

另外還有一種時空不停交换結構，李清照《永遇樂》爲元宵詞，上片寫今日元宵無心出游，過片「中州盛日」領起昔日元宵的熱鬧，一直寫到後半。又以「如今憔悴」回到現在，只能是「簾兒低下，聽人笑語」，又和上片呼應一氣。岳飛《滿江紅》(怒髮衝冠)，開首四句寫憑欄遠望，壯懷激烈，接以「三十功名」四句，則是對過去的回顧與總結，過片「靖康恥」四句回到現在，「駕長車，踏破賀蘭山缺」至末，則是對將來的期望。其結構呈現：現在——過去——現在——將來，時空有穿插有遞進，隨著感情起伏，時空不斷變化，而過片「靖康恥，猶未雪」四句，則是全詞聚焦之處。又《滿江紅》開首「遥望中原，荒煙外許多城郭」，這是登樓遠望。本該接寫如何荒凉，却用力卡住，硬轉到：「想當年」五句，鋪叙昔日汴京的繁華。接以「到而今」又是一轉，轉到：「鐵騎滿郊畿，風塵惡」。過片兩問兩答：「兵安在？膏鋒鍔；民安在？填溝壑。」緊頂上之結片「風塵惡」，過脈不斷。下緊接「歎江山如故，千村寥落」，回應開首兩句。以下再接「何日請纓」兩句，設想將來打到黄河。結片言到那時再來重游此樓。全詞結構則是：現在——當年——而今——將來——將來之將來。全以情感的跳蕩安排時空穿插變化，顯得浩氣凛然，而又波瀾起伏。

雙調因有了「過片」，形成了兩次開頭；又因爲上下片各自可以「獨立」，這就平添了兩個「空間」，加上「過片」，所以結構要比「完整」的詩提供了更大的「空間」，增加了更多的靈活性，這是詞的「福氣」，也顯示出得天獨厚之處。雖然詞不能太長，叙事受到一定的限制，從而限制了不少題材，然而結構多變的靈活性，却成了她的「長項」，也顯示出詩與詞在文體上的最大差别。

綜上所論，詞在文學上的四大特徵：精美的四言詞組與短語、不可或缺的俗言俚語或雅化的口語、由長短句構成的各種「句群」、借助過片形成靈活多變的結構，這些既是詞之「根本大法」，也是詞體最顯著的特徵。詞之謂詞，至此似乎可以舉目可見，伸手可觸，不至于有扣盤捫燭或霧裏觀花的無奈。至于詞之音樂屬性，亦爲「詞之大法」（梁啟勳語），那只能有待高明。

〔一〕胡仔《苕溪漁隱叢話》後集卷三三，人民文學出版社一九八四年版，第二五四頁。

〔二〕張炎著，夏承燾注《詞源注·原序》，人民文學出版社一九八一年版，第九頁。

〔三〕張炎著，夏承燾注《詞源注·雜論》，第二六頁。

〔四〕張炎著，夏承燾注《詞源注》，人民文學出版社一九六三年版、一九八一年版。

〔五〕沈義父著，蔡嵩雲注《樂府指迷箋釋》，人民文學出版社一九八一年版，第六九—七一頁。

〔六〕李佳《左庵詞話》，唐圭璋編《詞話叢編》，中華書局一九八六年版，第三一〇四頁。

〔七〕王又華《古今詞論》，《詞話叢編》，第六〇九頁。

〔八〕《詞話叢編》，第一四五〇頁。王蟄堪《半夢廬詞話》也有相同説法：「詩若蒼顏老者，孤燈獨坐，雖葛巾布服，眉宇間使人想見滄桑，談吐揮灑，不矜自重，不怒自威；詞猶美服少婦，微步花間，風姿綽約，雖釵鈿綺服，使人想見玉骨冰肌，顧盼間隱然怨訴，徒有憐惜，可怨慕而不可近接焉。」

〔九〕田同之《西圃詞説》，《詞話叢編》，第一四五二頁。

〔一〇〕蔣兆蘭《詞説》，《詞話叢編》，第四六二九頁。

〔一一〕王國維《人間詞話·刪稿》，人民文學出版社一九八二年版，第二二六頁。張中行《詩詞讀寫叢話》以戲劇中生與旦爲喻，釋王國維之説：詩猶出自生角之口，官場、沙場都可以，故境闊；詞猶出自旦角之口，總在閨房内外説愁思，所以言長。

〔一二〕李佳《左庵詞話》卷上，《詞話叢編》，第三一〇三頁。

〔一三〕沈雄《古今詞話·詞評》卷下引《柳唐詞話》「野君（徐士陵）與余論」云云，《詞話叢編》，第一〇三五頁。

〔一四〕田同之《西圃詞説》，《詞話叢編》，第一四四九頁。

〔一五〕朱彝尊《紫雲詞序》，《曝書亭集》卷四十，《四部叢刊初編》本，第十册。

〔一六〕李静、王紅杏《近百年來詩詞關係研究回顧與前瞻》，《詞學（第三十四輯）》，華東師範大學出版社二〇一五年版，第一七四頁。

〔一七〕張高寬《淺論詞的文學形體的淵源及發展》，《社會科學輯刊》一九八九年第六期。木齋《論李白詩爲詞體發生的標志》，《中州學刊》二〇〇九年第一期。高䎹華《詩學背景下詞體特徵的確立》，華東師範大學博士學位論文二〇〇六年。杜毅、潘善祺《詩莊詞媚管窺》，《中國韻文學刊》一九八八年Z1期。胡國瑞《詩詞體性辯》，《文學評論》一九八四年第三期。錢建壯、劉尊明《尊詞與辨體：宋詞獨特風貌形成中的一對矛盾因子》，《湖北大學學報（哲學社會科學版）》二〇〇〇年第三期。至于從音律論詞體，或從吸納唐詩論詞體，我們認爲不在詞的文學屬性之文體論内。

〔一八〕繆鉞《論詞》，《詩詞散論》，上海古籍出版社一九八二年版，第五四頁。

〔一九〕繆鉞《論詞》，《詩詞散論》，第五六頁。

〔二〇〕此表數字，參見劉揚忠《宋詞十講》，江蘇鳳凰文藝出版社二〇一五年版，第二三—二七頁。

〔二一〕汪東《夢秋詞》附録，見吴熊和《詞學通論》，齊魯書社一九八五年版，第四三五頁。

〔二二〕周汝昌《千秋一寸心·周汝昌講唐詩宋詞》，中華書局二〇一七年版，第二—三頁。

〔二三〕傅雷《論張愛玲的小説》，金梅編選《傅雷藝術隨筆》，上海文藝出版社一九九九年版，第一五五頁。

〔二四〕洛地《詞調三類：令、破、慢》，《文藝研究》二〇〇〇年第五期。

〔二五〕萬雲駿先生按句數分成五類，吴世昌先生則提出「領下」與「托上」。領下分一字至五字領，托上分一字至七字托上兩句。如秦觀《水龍吟》：「小樓連苑横空，下窺繡轂雕鞍驟。」以「驟」托上兩個六字句；五字托者，如辛棄疾《念奴嬌》：「曲岸持觴，重楊繫馬，此地曾輕別。」末句五字托上兩個四字句。説見《論詞的讀法》，《詩詞論叢》，北京出版社二〇〇〇年版。

〔二六〕《詞源注》，第十五頁。

〔二七〕沈義父著，蔡嵩雲釋《樂府指迷箋釋》，第七三頁。

〔二八〕日本學者宇野直人指出：「對……」句型，「總要强調或演示其特殊的緊張情境或迫切思念之意」。「對」作爲領字，柳永用了三十二次，爲宋代詞人之首，并言「柳永幾乎是最早在以第一人稱抒情時使用『對……』句型的詞人，而且對這個句型的執著也是最爲突出的」。見《柳永論稿》，上海古籍出版社一九八八年版，第三三、二七、三五頁。

〔二九〕〔三三〕〔三五〕〔四七〕劉熙載《藝概·詞曲概》，上海古籍出版社一九七八年版，第一一九、一一六、一一四、一一三頁。

〔三〇〕中國社科院文研所《唐宋詞選》指出：孟棨《本事詩》記述唐開元年間，幽州衙將張某之妻孔氏，死後忽自塚出，題詩贈張：「欲知腸斷處，明月斷松岡。」蘇軾用其意並其語，句式却從柳詞點染處來。

〔三一〕陶爾夫、諸葛憶兵《北宋詞史》，黑龍江教育出版社二〇〇二年版，第二四〇頁。

〔三二〕陶文鵬、趙雪沛《唐宋詞藝術新論》，南開大學出版社二〇一五年版，第二三頁。

〔三四〕劉熙載《藝概・經義概》說：「抑揚之法有四：曰，欲抑先揚，欲揚先抑，欲抑先抑，欲揚先揚。沉鬱頓挫，必欲是得之。」第一八一頁。

〔三六〕〔三七〕〔三八〕〔三九〕張仲謀《宋詞韻句結構分析》，《詞學（第十九輯）》，華東師範大學出版社二〇〇八年版，第一三〇、一二八、一二九、一三二頁。

〔四〇〕見徐釚《詞苑叢談》卷一，《詞話叢編續編》，人民文學出版社二〇一〇年版，第二六八頁。

〔四一〕《詞話叢編》，第四〇四九頁。

〔四二〕《詞話叢編》，第四九〇二—四九〇三頁。

〔四三〕梁啟勳《詞學》，《民國詞學史著集成》，南開大學出版社二〇一六年版，第六頁。

〔四四〕張炎著，夏承燾注《詞源注》，第一三頁。

〔四五〕沈義父著，蔡嵩雲釋《樂府指迷箋釋》，第五五頁。

〔四六〕沈祥龍《論詞隨筆》，《詞話叢編》，第四〇五一頁。

（作者單位：西安培華學院人文與國際教育學院）

填詞宜自金縷起

——倚聲填詞的一項獨家之秘

（中國澳門）施議對

内容提要　填詞宜自金縷起，這是一位老前輩填詞獨家之秘。老前輩憑一調而百咏之，成《金縷百咏》，爲倚聲填詞提供範本。本文以老前輩填詞經驗及體會爲導引，以詞調樂曲來源及聲情構成要素爲依據，斷定金縷所代表詞調正名非《賀新凉》，而是《賀新郎》，並以之爲例，在詞名與調名、篇法與片法、句式與句法、字聲與字法以及韻部與韻法五個方面，對于《賀新郎》之作爲當時流行歌曲合樂歌唱所構成樂曲形式進行分析與綜合。最後，就詞調之作爲詞體構成的基礎物件作一延伸説明，以爲當下詞學聲學研究提供參考。

關鍵詞　賀新凉與賀新郎　樂曲來源與聲情要素　詞體構成及構成物件

填詞宜自金縷起，這是一位老前輩告訴我的。意思是説填詞從《金縷曲》開始，你所填製出來的詞就比較容易像是一首詞。這位老前輩名叫周采泉。一九一一年生，一九九九年逝世。浙江省寧波市鄞縣（今鄞州區）人。生前于杭州大學圖書館供職。一九六四年秋，我負笈游杭，瞿禪先生曾對我説，學習過程中有什麽問題，可請教這位老前輩。一九八二年夏，我訪學滬杭，拜晤這位老前輩。他給我説：瞿禪先生曾説，文學史上會填詞的人，一般都會寫詩，但是會寫詩的人，未必能夠填詞。意思是：詩人不能填詞者有之，未有詞人而不能詩者。〔一〕周采泉先生說，自己寫了大半輩子的詩，直到七十方才填詞，可能就是瞿禪先生所説，會寫詩未必能夠填詞的那種人。不過，周采泉先生選擇了《金縷曲》，並且樂此不疲，于一年之間，賦得百餘闋，合爲《金縷百咏》。周采泉先生說：「我對填詞雖不能算爲『當行』，但專填一調，果然成集，『如魚飲水，冷暖自知』，體會和經驗還是值得一談的。」因此，本文的撰述，就從這裏開始。

一　當行而出色與易學而難工

（一）「老去填詞」與金縷製作

周采泉先生說：「曾記有人説過『填詞先要當行，進而求出色』，怎樣叫『當行』？我的理解是，詞必須和詩劃清界限，另出機軸，所以，『當行』也談何容易！」並說：「我家自先祖以來均以詩鳴于時，但均不能度曲，我『老去填詞』，又無名師指教，僅能按平仄倚聲，怎能說得上『當行』？遑論工拙。」周采泉先生告訴我，他專填金縷一調，與已故詞家張叢碧（伯駒）先生頗有關聯。張伯駒與周采泉，本爲文字縞紵之交，時以新製詩章或詩鐘相督和。伯駒八秩大壽，以金縷徵求和作。原唱出自黄君坦先生，因篇末以「塏」韻收，亦稱塏韻《金縷曲》。此詞一出，張伯駒先生以四疊應和，徐映璞、徐行恭、劉海粟、陳兼與、夏承燾、趙朴初、胡邵以及周汝昌諸先生亦有繼聲。周采泉先生說，此事「不易討巧」，但他還是不甘示弱。不僅依「塏」字韻，連疊四闋爲叢碧先生壽，而且依「塏」字韻，記事抒懷，酬贈答謝，一疊、再疊，乃至于八、九疊。周采泉先生稱：「此爲我填金縷的嚆矢，實際上是出于被動招架的，對詞學向乏修養的人，何能一蹴即就成爲『當行』。」並稱：「凡是學習書法的人們，他們在入手之初對每種碑帖，總得臨摹幾千遍，才能收到得心應手之效。我之專填一調，用意也是這樣。」而就周采泉先生的經驗看，他對于金縷一調之所以如此偏好，如此自得，除了因爲主觀的努力，詞調自身在體制、體式上所具有某些特殊因素，應當也給予一定助力。對此，周采泉先生稱之爲「好處」，他説：「我認爲學詞從金縷著手，有這樣一些好處。一、金縷是詞牌中聲調最美、長短最適中的詞調；二、它是名副其實的長短句，三言、四言、五言、六言、七言、八言都有，而這裏的五、七言，又和律、絶的五、七言有别，七言句裏竟有連用四個平聲的，就這樣逼著舊詩人向詞學邁進了第一步；三、金縷有嚴調、疏調、極疏調，所謂嚴調，也僅僅是七言句和末兩句的三言句，綜覽歷代詞人填此調者也很少嚴格遵守。目前詞家大致愛填此調原因不外于此。」這裏，周采泉先生所稱「好處」者三，我將其歸結爲二。其一，在體制、體式上，金縷一調對于内容表達的適應性，爲聲家按譜填詞提供適中的載體。正如周采泉先生所説，詞中以小令爲最難討巧，若無王維、孟浩然這種天姿詩才，一旦拖泥帶水，便會韻味索然，長調如唐代排律，實在大花功夫，如《鶯啼序》，要寫得意境完美，簡直比寫篇古文更要耗費精力。所以，一般詞家總喜填「中調」，而「中調」又以《金縷曲》填者爲最多。這是金縷一調，在體制上所確立的規範。至于體式，包括篇法（片法）、句法以及字聲、韻部所構成格式規範，因其自身所具備的多樣性，靈活多變，亦爲聲家的自由書寫創造條件。故之，周采泉先生曾説：「律詩偏重格律、對仗，往往以辭害意，積久漸生厭倦。今讀此詞，句有長短，而且每首均押仄韻，無論即景遣懷，咏物寓意，咸能隨意發抒，曲盡其妙，遠勝律詩。」這就是金縷一調所謂聲調最美、長短適中給聲家所帶來的「好處」。其二，金縷一調自身已有嚴調、疏調、極疏調的差别，歷來聲家對于某些格式規限，亦有嚴格遵守及不嚴格遵守的區分，這種差别及區分，亦爲聲家按譜填詞提供一定迴旋餘地。所以，周采泉先生曾説：「詞是最講究平仄的，不僅講平仄，而且嚴去上，這是詞的特色。因爲詞是按譜歌唱的，一板一眼，容不得荒腔走板。當時那些行家，如柳永、周邦彦莫不篤守規律；但在東坡看來，等于作繭自縛，何必自討苦吃。所以他的作品有嚴的，也有疏的。但大多數是憑著才氣，引吭高歌，不是篤守成法。」周采泉先生並列舉前人所作，如葛長庚、劉辰翁以及顧貞觀等人所作，證實金縷製作，可以憑著才氣，縱筆填之。這是金縷一調在格式規定上給聲家帶來的「好處」。以上二事表示，金縷一調在體制、體式上所具有某些特殊因素，對于聲家按譜填詞能夠産生一定助力，其所謂特殊因素，既爲詞調自身之所固有，亦須經由聲家于實踐過程中不斷發掘與發明，方才得以顯現。周采泉先生憑一調而百咏之，爲倚聲填詞之達至當行而且出色的目標所作示範，有助對于金縷一調的全面認識及把握，他的金縷製作及製作過程的冷和暖也應知之。

（二）嚴調疏調與難中求巧

嚴調與疏調，這是聲家對于詞調在字聲、韻律以及句式、句法等方面所形成格式規定之嚴密或者疏散的評估問題。比如《金縷曲》，如將其當疏調看，即只須顧及一般格式規定，如龍榆生《唐宋詞格律》所云：「一百十六字，前後片各六仄韻。大抵用入聲部韻者較激壯，用上、去聲部韻者較凄鬱，貴能各適物宜耳。」〔二〕對于全篇筋節問題及四字連平的特殊格式安排問題均未加以提示。但作爲嚴調，就有許多講究。如梁啟超所説，「《賀新郎》調，以第四韻之單句爲全篇筋節，如此句最可學」〔三〕，以及王力《漢語詩律學》所列舉毛并《賀新郎》（「風雨連朝夕」）、李玉《賀新郎》（春情）及高觀國《賀新郎》（「月冷霜袍擁」）于上下兩個七言句之是否連用四平等問題，均屬較爲嚴謹的問題〔四〕。兩個方面，寬鬆與嚴謹，周采泉先生都注意到了。有些規定，歷代詞人填此調者很少嚴格遵守，但他遵守。在他的《金縷百咏》中，若干嚴調，上下兩個七言句連用四平，均能見其精心的配置及安排。例如《金縷曲》（咏虱），上二句「曾幻微軀車輪大」及「隨著荊公朝天闕」連用四平，下二句「果腹嚌膚如蟬飲」及「偶憶麻姑搔背苦」亦連用四平；又如《金縷曲》（酬脂雪軒主人見贈），上二句「藉藉文名揚寰宇」、「天塹無非橫衣帶」及下二句「竟荷燈前忻揮灑」、「定向雲中征飛將」，均四字連平。七言句，四平連用，構成「仄仄平平平平仄」這一特殊句式。這一句式，詞中可用，詩不能用。詩中的七言律、絶，依循「仄仄平平平仄仄」格式排列，爲律式句，此爲非律式句。此處四字連平，將順改拗，目的在于與近體詩中的律、絶劃清界限。用周采泉先生的話講，這是逼著舊詩人向詞學邁進的第一步，是對于平時做律、絶所養成慣性的一種「脱皮换骨」的改造。

周采泉先生深刻體會到，詞調有寬鬆與嚴謹之分，填詞亦有工巧與笨拙之別。金縷製作，從不當行到當行，除了一調百咏、反復練習之外，還得于詞與詩的微妙差別處細加體驗，才能得其要領。在《金縷百咏》自序中，周采泉先生曾説：「我以爲詩嬗變爲詞最主要的是把格律齊整的近體律、絶改變爲『長短句』以適合于音樂美。近體詩的律、絶是講究平仄音韻的，可詞的平仄音韻比律、絶還要嚴格，這就是夏老認爲學詞先得學會做詩的道理。但有一點必須注意：便是詞中的五、七言句子，和詩中的五、七言句子，意境、修辭，有著微妙的差别，絶不能貪圖便捷，把五、七言律、絶句子拖泥帶水組織到詞裏來；同時律、絶基本上是叶平韻，詞雖也有平韻，但是以仄韻或平仄互叶的較多，爲求打破律、絶的板滯，這就給詞賦予强盛的生命力。另一方面詞韻比較寬，甚至上、去兩聲可以通叶，這樣詞的盤旋餘地便較近體詩來的寬裕，這是詞比詩受人喜愛的一方面；也必須注意：詞是講究聲律的，因之有好多關鍵性的字眼，如領字（即换頭或轉折處的助詞、襯字），從字面上看似乎無關緊要的，有時却要嚴别『去』、『上』，因之詞是易學而難工。」周采泉先生這段話，包括三層意思：其一，詞比詩難，詞的格式規定比詩嚴格，詞中五、七言句，有律式句，亦有非律式句，詩中五、七言句，只能有律式句，不能有非律式句，不能「以律詩手爲之」（俞彦《爰園詞話》語），並且在藝術創造上，詞與詩亦有微妙差别；其二，詞比詩易，詞體構成的一般法則，法規，落實到個别詞調的格式安排上，大多看得見，摸得著，可以照著做，易于學到手；其三，難中取巧，易中求精，于難易之間，做工、做巧，做得當行而且出色。三層意思表示，詞調的嚴與疏以及填詞的工巧與笨拙，沒有一定標準，較難論定，但是，如從格式上對于詞調，尤其是詞調幾個關鍵部位，包括起調、畢曲等，在句式、句法及字聲、韻部的特别安排，以及詞與詩在意境、修辭上的微妙差别，作出一番仔細的考察及辨識，對于嚴與疏等問題的理解就會更加當行。

（三）典型事例示範

葉夢得《賀新郎》：

睡起啼鶯語。掩青苔、房櫳向晚，亂紅無數。吹盡殘花無人見，惟有垂楊自舞。漸暖靄，初回輕暑。寶扇重尋明月影，暗塵侵、尚有乘鸞女。驚舊恨，遽如許。　江南夢斷橫江渚。浪黏天、葡萄漲緑，半空煙雨。無限樓前滄波意，誰采蘋花寄取。但悵望，蘭舟容與。萬里雲帆何時到，送孤鴻、目斷千山阻。誰爲我，唱金縷。

盛配先生撰著《詞調詞律大典》，指《賀新郎》在宋代，以葉夢得此詞最爲出名，即爲嚴調。〔五〕盛配先生曾就篇中每句字旁標示平仄，並查對百餘究四聲之詞爲訂四聲，謂「葉詞頗有法度」。如「向晚亂」、「漸暖靄」與「漲緑半」、「但悵望」四處均作「去上（或入）去」，「舊恨遽」、「爲我唱」作三去，「無人見」、「明月影」與「滄波意」、「何時到」四處，宜均作平平去。等等。就各自所在位置看，其中嚴分四聲者，表示字聲組合，有特別安排。如「向晚亂」與「漲緑半」作「去上（或入）去」格，表示其所處位置的句子，爲「仄平平、平平去上，去平平仄」格式；「漸暖靄」與「但悵望」作「去上（或入）去」，表示其所處位置的句子，爲「去上（或去）去，平平仄仄」格式；「舊恨遽」、「爲我唱」作三去，表示其所處位置的句子，爲「平去去，去平仄」組合；「無人見」、「明月影」與「滄波意」、「何時到」四處，宜均作平平去，表示上下兩個七言句，除了上片一個一般律式句（「寶扇重尋明月影」）外，其餘均四字連平。以上幾種情況，一爲上下片的第二韻，當中兩個四言句，一順（平平仄仄）一拗（仄平平仄），提示句式變換；二爲上下片的第四韻，處于居中位置，體現前後承接；三爲上下兩結，爲全篇定格；四爲上下兩個七言句四字連平，屬于舊詩人向詞學邁進的第一步。以上是葉夢得所作之作爲嚴調在格式上的精心安排。

又，辛棄疾《賀新郎》（別茂嘉十二弟）：

綠樹聽鵜鴂。更那堪、鷓鴣聲住，杜鵑聲切。啼到春歸無尋處，苦恨芳菲都歇。算未抵，人間離別。馬上琵琶關塞黑，更長門、翠輦辭金闕。看燕燕，送歸妾。　將軍百戰身名裂。向河梁、回頭萬里，故人長絶。易水蕭蕭西風冷，滿座衣冠似雪。正壯士，悲歌未徹。啼鳥還知如許恨，料不啼、清淚長啼血。誰共我，醉明月。

梁啟超説《賀新郎》以第四韻之單句爲全篇筋節，如此句最可學。「此句」所指，就是上片的「算未抵，人間離別」及下片的「正壯士，悲歌未徹」。二者爲上下兩片的第四個韻脚，單句用韻，獨立成句，于篇中居中間位置，爲居中句。依律言，二句句中標點，應爲頓（、）；依意言，則當爲逗（，）。頓號表示語氣上的停頓，逗號將一句斷爲兩個半句，表示語意上的承接及轉换。就修辭方法講，歌詞叙説人世間的別離故事，兩個居中句，前一個居中句的上半句（「算未抵」），承接上文，表示啼鳥的恨（離別）抵不上人間的恨（離別），下半句（「人間離別」），開啟下文，引發出一系列別離故事，列述人間的恨（離別）；後一個居中句，上下兩個半句，語氣停頓，語義未停頓，兩個半句所説都是人間的恨（離別）。意即前一個居中句，既承上又啟下；後一個居中句，「正壯士，悲歌未徹」，兩個半句都説人間的恨（離別），只承上而不能啟下。所以，瞿禪先生説，好在接下來，説啼鳥的恨（離別），方才取得平衡。承上啟下，這是修辭方法上的運用問題，上片此句兩個方面都照顧到了，下片此句没做好。这就是居中一句在篇中占據重要位置的筋節之所在。梁啟超所謂最可學者其要义亦在此。

以上就周采泉先生學習金縷、創作金縷的體會和經驗，對于金縷一調的基本特徵大致作了描述，並在寬鬆、嚴謹、工巧、笨拙，以及難與易等問題上，對于金縷製作之如何適應詞調格式初步作了檢討，所謂填詞宜自金縷起，希望于此能夠獲得較爲真切的體驗。

二　詞調樂曲來源及聲情構成要素

上文所説爲金縷一調創作的獨家之秘，以下擬就金縷一調所産生的社會文化背景及各家創作經驗對于詞調樂曲來源及聲情構成要素進行綜合與概括，從個別到一般，以一家對百家，在整體上對于倚聲填詞的經驗進一步加以總結及提升。

（一）關于詞名與調名問題

本文説金縷，這是個詞牌名稱，但並非金縷所代表詞調的正名。金縷所代表詞調的正名，即其本初名稱，大致兩種説法：一説詞調本名是《賀新凉》，《賀新郎》一名爲後人誤傳；另説《賀新郎》本爲古曲，乃蘇詞腔調之所寄，爲詞調本名。依前者所言，歌詞爲蘇軾首創，但樂曲不明來歷；依後者所言，樂曲有所依歸，但《賀新郎》之作爲古曲，《教坊記》、《羯鼓録》、《碧雞漫志》等載籍並無著録，唐五代以及北宋早期詞家集子，亦未見有填製者。周采泉先生專擅金縷，在他的《金縷百咏》中，曾專設章節，爲之溯源。他説：「我的看法原作應該是《賀新郎》，這是當日所流行的一種歌曲，用于新婚場合，向新郎、新娘調笑的，原詞句中可能上片是賀新郎，下片是賀新娘，故以《賀新郎》作爲曲牌名。只因爲這支曲調只有調而没有文字，或者有文字而粗俗不堪，東坡興之所至，即把這支曲調接過來，爲重譜此曲，易名爲《賀新凉》，又在題下注，『即《賀新郎》』。」〔六〕他認爲：《賀新郎》是當日市井之謡，爲流俗所尚的一種「流行歌曲」，營妓大致都能歌唱，但可能有曲而無詞，或者有詞而没流傳下來。蘇軾所創，由于現場没有新郎可賀，只有新凉，所謂即興之作，並非原生狀態。周采泉先生將金縷所代表詞調的正名確定爲《賀新郎》，並按照東坡所填歌詞的聲調、平仄，擬作一首「勾欄女子梳櫳」，姊妹們所齊唱的《賀新郎》。其詞曰：

特築黄金屋。賀新郎、如花美眷，凝脂新沐。即使老奴年齒大，更解憐香惜玉。正雛鳳，瓜期初熟。

花徑不曾緣客掃，爲定情、意賦催妝曲。分喜悦，奏絲竹。　從兹莫再雙眉蹙。賀新娘、黄珠聘去，夷吾合獨。門户人家嬌憨慣，瘦盡吴舞腰一束。又看厭，燈紅酒緑。郎若温存休魯莽，芳心動處有感觸。强笑語，淚簌簌。

這首模擬之作。上片賀新郎，下片賀新娘。還原當年合樂應歌情景，其音節態度，活靈活現。所謂原生狀態，通過想像，似亦當如此這般。

因此，可以斷言：金縷所代表詞調的正名是《賀新郎》。正名以外，因蘇軾詞有「乳燕飛華屋」、「晚涼新浴」、「風敲竹」句所衍生《乳燕飛》、《賀新凉》、《風敲竹》和因葉夢得詞有「唱金縷」句所衍生《金縷曲》、《金縷歌》、《金縷詞》以及因張輯詞有「把貂裘换酒長安市」句所衍生《貂裘换酒》，均爲《賀新郎》的别名。正名作爲樂曲標志，代表詞調，是爲調名；别名爲正名之所衍生，代表歌詞，是爲詞名，與樂曲未必有直接關聯。

（二）關于篇法與片法問題

歌詞所應合樂曲，有單調與雙調之别。單調不分片，雙調由上下兩片所構成。《賀新郎》爲雙調，上下兩片大致依據上片A（佈景）、下片B（説情）這一模式結構篇章。例如，蘇軾《賀新凉》：

乳燕飛華屋。悄無人，桐陰轉午，晚涼新浴。手弄生綃白團扇，扇手一時似玉。漸困倚孤眠清熟。簾外誰來推繡户，枉教人，夢斷瑶台曲。又却是，風敲竹。　石榴半吐紅巾蹙。待浮花、浪蕊都盡，伴君幽獨。穠艷一枝細看取，芳心千重似束。又恐被，秋風驚緑。若待得君來向此，花前對酒不忍觸。共粉淚，兩簌簌。

歌詞調名《賀新凉》「即《賀新郎》」。上片借重夏初物景，泛寫「晚凉新浴」的美人風姿，下片專叙榴花，以喻美人品格。所謂泛寫、專叙，「盛宋詞人多此法」〔七〕，在意境創造上，前半、後半，配搭得當，但在格式上，上片、下片，排列與組合，仍欠工穩。因此，論者亦有批評意見，如曰：「『花前對酒不忍觸。共粉淚，兩簌簌』三句，連用十一仄字。其餘四仄四平，指不勝屈。豈能盡諧律吕，恐其中不無尚可商榷者。」〔八〕

蘇軾之後，葉夢得《賀新郎》將下片第五韻原有「仄仄仄、平平仄仄，平平仄仄仄仄」（「若待得君來向此，花前對酒不忍觸」）格式，改换爲「仄仄平平平平仄，仄平平平平平仄」（「萬里雲帆何時到，送孤鴻、目斷千山阻」）格式，令與上片第五韻（「簾外誰來推繡户，枉教人，夢斷瑶台曲」）及「寶扇重尋明月影，暗塵侵、尚有乘鸞女」）在格式上取得平衡。即上片、下片，除了首拍與换拍句式不同外，其餘部分，格式完全相同，包括句式與句法、韻部與韻法以及字聲與字法，均完全相同。因此，葉夢得所作，成爲《賀新郎》定格。

葉夢得之後，辛棄疾以賦爲詞，所作《賀新郎·别茂嘉十二弟》，以别離故事説離别，進一步將上片A（佈景）、下片B（説情）這一結構模式加以推廣。所謂「盡集許多怨事，合與李太白《擬恨賦》相似」〔九〕，即謂其叙事方式，與李白《擬恨賦》，均出自江淹。江淹《恨賦》，自眼前「蔓草縈骨，拱木斂魂」景象導入，從第二段到第九段，逐一列述秦始皇、趙王遷、李陵、王昭君、馮衍、嵇康六人故事及各自不同的恨；李白《擬恨賦》，自望中「松楸骨寒，宿草墳毁」景象入題，分段列述漢祖、項王、荊卿、陳后以及屈原、李斯六人故事及各自的恨；辛棄疾《賀新郎·别茂嘉十二弟》以啼鳥開篇，列述昭君出塞、阿嬌被廢、莊姜别戴以及河梁長絶、易水悲歌五個别離故事。從文章類型看，辛棄疾説别離，與江淹、李白一樣，皆「敷陳其事而直言之」，但從文體構成看，作爲合樂歌詞，其本體存在及存在形式，體現在上片、下片的劃分及構成上，結構形式不同，言傳方法亦不同。李白《擬恨賦》之模擬《恨賦》，其「段落句法，蓋全擬之，無少差異」；辛棄疾則經由上片A、下片B的角色代入，將五件怨事劃分爲兩個組别，三個女性故事及兩個男性故事，分别于上片與下片加以展示。這是辛棄疾《賀新郎》「章法絶妙」（借王國維《人間詞話》語）的例證。網上評論稱：「（辛棄疾《賀新郎》）打破上下片分層的常規，事例連貫上下片，不在分片處分層。」乃未知篇法、片法之妙用也。

（三）關于句式與句法問題

句式與句法，歌詩與歌詞並皆講究。大致而言，句式二種，律式句和非律式句；句法則無可計數。周采泉先生説金縷稱：「它打破唐人僵化的格律，以長短句、口語化，明白曉暢贏得雅俗共賞，大約也是唐詩讓位于宋詞的最主要原因。」以爲詩中律、絶，只有五、七言兩種句式，金縷則從三言到八言，應有盡有。謂其可爲提供多種言傳方式，增加對于内容表達的適應程度。不過，在句式的選擇及句法的安排上，金縷製作，仍有某些特别講究之處。尤其是七言句的格式問題。詩中律、絶，無論五言，還是七言，均爲律式句；但金縷一調，上下兩個七言句，既可以律式句格式「仄仄平平平仄仄」出現，亦可以四字連平的非律式句格式「仄仄平平平平仄」出現。辛棄疾所傳《賀新郎》二十三首，其中三首，上下兩個七言句均爲四字連平格式。例如《賀新郎》（同父見和再用韻答之），上片兩個七言句「我病君來高歌飲」及「硬語盤空誰來聽」四字連平，下片兩個七言句「汗血鹽車無人顧」及「我最憐君中宵舞」，亦四字連平；又如《賀新郎》（題趙兼善東山園小魯亭），上片「寂寞東家丘何在」、「更憶公歸西悲日」以及下片「政爾良難君臣事」、「把似渠垂功名淚」，均四字連平；又如《賀新郎》（題傅岩叟悠然閣），上片「歲晚淒其無諸葛」、「斗頓南山高如許」以及下片「鳥倦飛還平林去」、「欲辨忘言當年意」，亦四字連平。全篇四個七言句，句句四字連平，較爲少見，四句中一句、二句，或者三句，四字連平，則較爲多見。

此外，蔣捷《賀新郎》，上下兩個七言句，均作四字連平安排。其曰：

夢冷黄金屋。嘆秦箏、斜鴻陣裹，素弦塵撲。化作嬌鶯飛歸去，猶認紗窗舊緑。正過雨、荊桃如菽。此恨難平君知否，似瓊台、湧起彈棋局。消瘦影，嫌明燭。　鴛樓碎瀉東西玉。問芳悰、何時再展，翠釵難卜。待把宫眉横雲樣，描上生綃畫幅。怕不是、新來妝束。彩扇紅牙今都在，恨無人、解聽開元曲。空掩袖，倚寒竹。

此詞依蘇軾《賀新涼》韻脚譜寫。其中，「屋、束、緑、燭、玉、幅、竹」，爲蘇詞原有韻字，「撲、蔌、局、卜、曲」，爲蔣詞更換韻字。屬于和韻，而非步韻。雖仍以蘇詞爲依據，但並非原生狀態下的《賀新涼》，而是經過調整，處于定格狀態的《賀新郎》。不僅在整體上，符合定格規範，而且在幾個關鍵部位，如上下片兩個七言句四字連平的安排問題上，都十分用心。

句式與句法，詩詞有別。律式句與非律式句，順或者拗，是辨别詩與詞格式區分的一個重要標志。對于詞調的格式規定，尤其是詞調在幾個關鍵部位的格式安排，知與不知，守與不守，既是當行不當行的一個檢測標準，也是由不當行到當行的一條便捷路徑。而就金縷而言，既有嚴、疏之分，對待某些特殊規定，可講可不講，就有較大的迴旋餘地，遇見相關問題，不能輕易斷定其内行或者外行。

（四）關于字聲與字法問題

「異音相從謂之和，同聲相應謂之韻。」〔一〇〕兩句話，一説句中音調，一説句末韻脚。二者相從相應，體現聲律構成的原理；而和聲與協韻，亦成爲詞與詩共同的目標追求。但是，在格式上，詞與詩仍然存在一定差異。比如平仄與四聲，表現在一個句子裏，有時只是規定平聲或者仄聲，有時不僅規定平聲、仄聲，甚至在仄聲中還要區别上、去、入三聲。因此，字聲的安排，尤其是四聲的安排及運用，向爲聲家所重視。上文引述葉夢得《賀新郎》，盛配先生將其勘定爲嚴調四聲詞，謂于歌詞四個部位字聲安排尤爲精密。一爲上下片第二韻，二爲上下片第四韻，三爲上下兩結，四爲上下兩個七言句，四個部位，平仄四聲，均特别講究。這裏，著重説當中兩个部位，上下片第四韻及上下两结。上下片第四韻，「漸暖靄，初回輕暑」及「但悵望，蘭舟容與」，以「去去去」（暖、靄二字，陽上作去）高音提起，再以「平平平仄」曼衍成波。這一個句子，單句用韻，處居中位置，在音節上具承接轉折功用。另一部位，爲上下片歸韻處，兩個三言句，「驚舊恨，遽如許」及「誰爲我，唱金縷」，均爲「平仄仄，仄平仄」格式。作爲嚴調《賀新郎》，這兩個三言句的平仄安排，基本定型，没有可平、可仄的問題。這是嚴調在字聲上所作安排及所构成的法則。至于《賀新郎》的疏調，或者極疏調，盛配先生说，当中究及四声者，仅得三分之一，如葛長庚、劉克莊、劉辰翁所作《贺新郎》，幾皆就平仄，縱筆填之。而葛長庚和劉辰翁，更是不顧平仄及句法。葛長庚《賀新郎》二十三首，其中二首，分别以「却共飲，却共醉」及「把得穩，任放縱」煞尾，六仄連用；劉辰翁《賀新郎》二十三首，其中一首于開頭第二節（韻）作「共當年、二百七十，又三甲子」及「從今十萬八前場，未疏老友」，只是依據字數填詞。盛配先生說：「平仄不顧，句法何在，是均對組調意趣，斫傷殆盡矣。」〔一二〕不過，辛棄疾則較爲嚴謹。例如《賀新郎·別茂嘉十二弟》，上下片第四韻「算未抵，人間離别」及「正壯士，悲歌未徹」以及上下片歸韻處「看燕燕，送歸妾」及「誰共我，醉明月」，均完全符合規範。

（五）關于韻部與韻法問題

韻脚問題，著重看韻位的確立及韻字的選擇問題。詞中韻位是樂音運動過程中停頓的地方。韻位有疏有密，處處都須講究，但始韻及篇末歸韻之處，即所謂起調、畢曲，更爲關鍵。尤其歸韻，或稱結聲、殺聲，其對于歌詞定性更有決定作用。張伯駒八十壽誕，黃君坦先生以《金縷曲》爲賀。其曰：

放浪形骸外。慨平生、逍遥狂客，歸奇顧怪。金谷墨林過眼盡，破甑不嗔撞壞。算贏得，豪情湖海。八十光陰駒過隙，伴詞人、老去鷗波在。閑寫幅，青山賣。春燈燕子風流改。憶華年、調弦錦瑟，芳辰初屆。一曲空城驚四座，白首梨園羅拜。剩對酒，當歌慷慨。好好先生家四壁，譜紅牙、了却煙花債。休錯認，今龐塏。

歌詞以塏字收韻。塏，十賄上聲。有高而乾爽之意。《説文解字》（土部）云：「塏，高燥也。」《左傳》（昭公三年）載：「子之宅近市，湫隘囂塵，不可以居，請更諸爽塏者。」二處均作一般名詞解。此處曰龐塏，成爲專有名詞。谓「休錯認，今龐塏」，说明有两个龐塏，昔龐塏与今龐塏。昔龐塏，康熙十四年（一六七五）舉人，工詩文詞翰，著《叢碧山房集》；今龐塏即當世詩詞名家，曾藏有康熙禦筆「叢碧山房」，並别署叢碧。在列述平生事蹟之後，于此，將今龐塏與昔龐塏聯繫在一起，從而確認張伯駒的身價及地位。以之歸韻，賦予歌詞以特殊意義。

依據黄君坦先生原唱所用韻脚，張伯駒先生有應和之作四首。其一云：

蒼狗浮雲外。幾經看、升沉榮辱，離奇古怪。百歲光陰餘廿歲，身豈金剛不壞。登彼岸，回頭觀海。粉墨逢場歌舞夢，莫還留、好好先生在。猶老去，風流賣。江山依舊朱顔改。待明年、元宵人月，雙圓同届。白首糟糠堂上坐，兒女燈前下拜。追往事，只多感慨。鐵網珊瑚空一世，借房名、欠了鴻詞債。今叢碧，昔龐塏。

張伯駒先生和作，以「今叢碧，昔龐塏」，應合「休錯認，今龐塏」，仍將「塏」作專有名詞解。但作爲專有名詞，除了龐塏，似頗難找到其他替代方案。故之，張伯駒先生的另外三首和作，即將專有名詞改作一般名詞，以「催夢醒，天明塏」，「身猶似，峰高塏」以及「地蒼茫，天高塏」應和。將專有名詞改作一般名詞，但基調仍未改變。

據云，張伯駒先生當年並有「預徵津詞家贈詞，跟調不限韻」函，寄諸友好。意即，和詞只限《金縷曲》，不限韻部。不過，所收應和之作，不僅跟調，而且限韻，尤其是歸韻處，「塏」字的運用，大多甚極其能事。其中，周采泉先生四首，歸韻分别爲：「題雅號，同龐塏」；「天籟閣，媲光塏」；「貧亦樂，甘泉塏」；「争險韻，塏而塏」。徐行恭先生一首，歸韻爲：「迎瑞雪，蕩塵塏」。忻燾先生一首，歸韻爲：「慚淺陋，望高塏」。劉海粟先生一首，歸韻爲：「幸身健，志高塏」。夏承燾先生一首，歸韻爲：「臨湖好，勝登塏」。周汝昌先生二首，歸韻爲：「眉宇豁，倍軒塏」及「能自壽，集因塏」。陳聲聰先生一首，歸韻爲：「後叢碧，越龐塏」。和作中，「塏」字的運用，由專有名詞改作一般名詞，更加具有悠游餘地。一衆聲家應和歌詞，在韻位的確立及韻字的選擇上，爲歌詞定性，並借「塏」字運用，因難見巧，爲金縷製作提供示範。所謂韻部韻法，由此推而廣之，必將得到更加貼近實際的認知。

以上從五個方面，對于金縷一調的樂曲來源及聲情構成要素進行綜合與概括。現在做個小歸納。即金縷所代表詞調的正名是《賀新郎》。這是來源于當時社會的流行歌曲，名《賀新郎》。蘇軾所作題稱《賀新涼》，是爲詞名，而非調名。蘇軾譜寫《賀新涼》，爲即興之作，在格式上，如下片第五韻，不僅少一字，且格調未諧。之後，經過調整，至葉夢得，成爲定格。我在《詞與音樂關係研究》書中，曾將《賀新郎》譜式以平仄組合的方式加以標識，並作簡要說明。今依嚴調定格標准，再次加以標識。當中，○表平，□表仄，△表仄聲韻。不再作可平可仄標識。請看以下譜式：

□□○○□。△
□○○、○○□□，□○○□。△
□□○○○□，□□○○○□。△
□□□，○○○□。△
□□○○○○□，□○□、□□○○□。△
○□□，□○□。△

○○□□○○□。△
□○○、○○□□，□○○□。△
□□○○○○□，□□○○○□。△
□□□，○○○□。△

□□○○○□，□○○、□□○○□。△
○□□，□○□。△

三　詞調——詞體構成的基礎物件

倚聲填詞之作爲詩歌中一個特殊樣式，或者説一種文體，其本體存在，即其本尊，和一般事物一樣，乃由體現其本體存在的基礎物件及物件類型所構成。而就詞體自身而言，所謂基礎物件及物件類型，就是詞調及詞調類型。這就是説，詞調及詞調類型，是詞體最基本的構成要素。也可以説，詞就是依據某一特定詞調所製作出來的歌詞，如《浣溪沙》、《蝶戀花》等等。在這一意義上講，詞學研究，就是詞調研究。本文所説，填詞宜自金縷起，説詞調選擇及歌詞的製作，既是獨家之秘，也是諸家經驗的歸納及總結，屬于一般中的個別，但其樂曲形式以及聲情與詞情之配搭，諸多方面所體現詞體構成的規則及原理，對于倚聲填詞却具普遍意義，屬于從個別所提升的一般。因此，填詞自金縷起，既以一調而百咏之，亦當以一調而通百調，將個別的經驗推廣到一般的歌詞製作及詞學研究的實踐當中。這是本文推介這一獨家之秘的目的之所在。

庚子秋分後二日于香江之敏求居

〔一〕周采泉《金縷百咏》自序，周采泉填詞、周晚紅箋注《金縷百咏》，澳門九九學社一九九七年版。本文所引周采泉語，凡未另注出處者，均據此序。

〔二〕龍榆生《唐宋詞格律》，上海古籍出版社一九七八年版，第一四四頁。

〔三〕據梁令嫻《藝蘅館詞選》（丙卷），清光緒三十四年（一九〇八）刊本。廣東人民出版社，一九八一年版，第九九頁。
〔四〕王力《漢語詩律學》，上海教育出版社二〇〇五年版，第六一四頁。
〔五〕盛配《詞調詞律大典》，中國華僑出版社一九九八年版，第二四七四—二四七六頁。
〔六〕周采泉《金縷百咏》附録《金縷枝譚》（《從〈賀新郎〉改變爲〈金縷曲〉之淺探》）。
〔七〕毛先舒《詩辯坻》卷四《詞曲》，據《清詩話續編》，臺北藝文印書館一九八五年版。
〔八〕謝元淮《填詞淺説》，唐圭璋編《詞話叢編》本，中華書局一九八六年版。
〔九〕陳模《懷古録》卷中，陳模撰，鄭必俊校注《懷古録校注》，中華書局一九九三年版。
〔一〇〕《文心雕龍》卷七《聲律》第三十三，劉勰撰，黄叔琳注，紀昀評《文心雕龍輯注》，中華書局一九五七年版。
〔一一〕盛配《詞調詞律大典》，第二四七五頁。

（作者單位：澳門大學社會及人文科學學院中文系）

論唐宋詞調中的參差對

王衛星

內容提要　唐宋詞調中的參差對是一種能發揮詞體「長短句」特色的獨特修辭手法，具有傳統齊言對的基本特色，適用且能拓展詩詞齊言對的大多數技法，更能展現出詩中對句所不及的特色與魅力。參差對可分爲五種主要類型：尾長能出彩的鳳尾參差對、尾短而精悍的豹尾參差對、頭大能統領的龍頭參差對、首尾强大而腰身細弱的蜂腰參差對、腰身旋折自如的蛇腰參差對。這些類型在唐代詞調中已出現，在兩宋詞調中得到長足發展。用調先驅的表率、名家名篇的引領與作者用調習慣是促成特定詞調中參差對流行的三要素；而小令宗祖温庭筠、長調大宗柳永與周邦彦堪稱參差對發展史上貢獻卓著的三大名家。

關鍵詞　唐宋　詞調　參差對

對仗是我國特有的修辭手法，能發揮「一字一音一義」的漢語特有的對稱之妙，常用于格律詩詞中。即如《文心雕龍·定勢》云：「因情立體，即體成勢。」[一] 詩詞因體勢不同，對仗的特色也有別。相比之下，律詩體勢更具整齊對稱之美，各句字數相同，各聯平仄相對，因此，對仗要求較嚴，各句必須平仄、句式、詞性、結構相對，才算對仗，詞類也相對者，才算工對；而詞體更具參差變化之美，詞調中各句長短不一，在

本文爲國家社會科學基金重大項目「中國詞學通史」(17ZDA239)階段性成果。

一至十言間靈活變化，相鄰各句平仄未必相對，因此，對仗要求理應相對放寬，對仗方法也更靈活。目前學界因受律詩對仗定義局限，僅將詞性順序相對、字數相同的句子視爲對句，以致于對詞調特有的參差對法缺乏足夠重視與深入探討。

參差對本指詞性、文意大體相對，而字數參差不齊的對句，筆者也將其命名爲參差對。一則因其也是一種對，繼承了傳統齊言對的基本特色，能發揮漢字特有的對稱之妙，故不應被排除出對句行列。二則因其最顯著的特色是句式參差，能順應詞調體勢，彰顯長短句特有的參差靈動之美，形成齊言對所不及的特色與魅力。

參差對的定義是筆者創用的，但此種現象却是歷代詞中大量存在，在不少詞調中已成爲慣用技法，堪稱彰顯詞體特色的精妙對法。本文將以奠定詞體特色的唐宋詞調爲例，以齊言對爲參照，闡釋參差對的特色、技法、類型、獨到作用與魅力。

一　參差對的相關概念與基本對法

參差對包含入對部分與附加部分，本節所討論的基本對法，是針對入對部分而言的。按對偶成分的排列情況，可分爲：

一、順序對，即如近體詩對句一般，各句詞性無間隔依次相對。如温庭筠《更漏子》：「垂翠幕，結同心。待郎熏繡衾。」[二]用環環相扣、殷勤備至的系列動作構成鼎足工對，由末句附加詞「待郎」串聯點題，情意自見。

二、間隔對，即各句詞性間隔相對。如温庭筠《更漏子》的「宫樹暗，鵲橋横。玉簽初報明」，前兩句描繪黎明前轉暗的宫樹與鵲橋，第三句用間隔對，附加詞「初報」巧將聲光相聯——玉簽雖不能明，却能報明，其聲在此前寧静反襯下更覺清亮，使人驚覺天明而郎仍未至。

三、交錯對，即各句詞性交錯相對。如温庭筠《更漏子》：「蘭露重，柳風斜。滿庭堆落花。」末句用交錯對，蘭露重、柳風斜的繁盛生動，更突出庭花零落、鋪滿、堆積的衰殘幽静，能提醒捲簾人，青春已在相思中如花飄逝。

四、連環對，即某句中詞性不僅可與鄰句相對，還可構成句中連對。如張炎《高陽臺》的「古木迷鴉，虚堂起燕，歡游轉眼驚心」，前二句鋪陳所見，末句總結所感，連對能點睛，短短四字間連用兩動詞，彰顯出觸目驚心的急促、激動。又如朱淑真《鵲橋仙》的「巧雲妝晚，西風罷暑，小雨翻空月墜」前二句用纖柔清淡景鋪墊反襯，至末句連用富有跌宕感的「翻」、「墜」二動詞，境界始出。

五、隱含對，即各句中詞性大半相對，給人留下强烈的對仗印象，能引人進一步從餘下的詞中體悟出隱然相對的含義。如温庭筠《更漏子》：「驚塞雁，起城烏。畫屏金鷓鴣。」「雁」、「烏」與「鷓鴣」都是鳥類，但真假有别；「塞」、「城」與「屏」都是鳥類處所，但外内有别；而與「畫」、「金」的精致、華麗隱然相對的是城塞、雁烏的渾成、質樸；與「驚」、「起」的自由、生動隱然相對的是屏上鷓鴣的困守、静默。故後世論者在解讀時大都能從不同角度領悟到其中隱然相對的含義。又如陸游《鵲橋仙》的「潮生理棹，潮平繫纜，潮落浩歌歸去」，「理」、「繫」、「歸」爲工對，「潮生」、「潮平」、「潮落」前兩句賓語「棹」、「纜」都是同類詞極工對，從而形成强烈的對偶印象與慣性，使末句隱含的「帆」一類對仗賓語呼之欲出。總之，此種對大體相對，餘下的對偶成分也能通過對偶慣性與合理聯想補全，故屬寬對。

六、複合對，各句中包含有詞性、語法結構、詞類相對的詞，但位置不重合。如吴文英《西子妝慢》的「流水麯塵，艷陽醅酒，畫舸游情如霧」，末句與「麯塵」、「醅酒」語法結構與詞性相對的是「游情」，而文意相對的則是「如霧」——此二字涵蓋三句意象：不僅點明了前兩句隱去的動詞「如」，而且如麯塵的流水、如醅酒的艷陽，都惝恍如霧，能令人沉醉，醞釀出如霧游情。

按各句入對部分的長短，可分爲：

一、等長對，即各句中相對部分的字數相等，與近體詩對句相同，但能通過獨特句式、附加内容彰顯變化、新意。如時彦《青門飲》的「醉裏秋波，夢中朝雨，都是醒時煩惱」，前兩句意象何其纏綿輕快，末句意象何其愁悶沉重，全仗附加詞「都是」彙聚、綰合、翻轉，寫活了思憶之深與驚醒之恨。

二、延長對與縮略對。近體詩對句中，相對詞的字數必定相同，而在參差對則可不同，既可延長，也可縮略，從而增添了變化與表現力。

延長對，如温庭筠《更漏子》：「柳絲長，春雨細。花外漏聲迢遞。」其使用的都是能扣人心弦的細長、靈動、纏綿的意象，故可互襯互擬，引發各種聯想；而末句「迢遞」比與之相對的「長」、「細」延長了，從而增强了連綿悠遠之感，附加詞「花外」又突顯層次感，使人如臨其境地感受到清亮漏聲穿透柳絲、雨煙，迢遞入花内幽閨中，形聲互動，摇曳傳情。若將末句改爲鼎足對「漏聲迢」，則韻味大減。

縮略對，有助于用有限篇幅表現更豐富的内容。如温庭筠《更漏子》：「星斗稀，鐘鼓歇。簾外曉鶯殘月。」末句附加詞「簾外」點明了對中意象共同的處所，更托出了在簾内視聽的主角；又將「曉鶯啼，夜月殘」縮略爲句中連環對「曉鶯殘月」，與前兩句構成四聯對——星斗與報更鐘鼓的暗淡沉寂，更突出殘月與報曉鶯聲的明亮響亮，能向簾内人昭示天已破曉，而意中人仍未至。

按對偶的寬嚴程度，可分爲：

一、極工對。即各句中入對部分詞性、語法結構完全相對，部分詞類也相對。近體詩中極工對因句式缺乏變化，易有板滯之弊；而參差極工對既能用更多的入對句數來彰顯精巧，又能用參差體勢增强變化，豐富文意，振起文氣。如王之道《慶清朝・追和鄭毅夫及第後作》云：「曉日彤墀，春風黄傘，天顔咫尺清光。」末句用間隔對，妙將本非同類的天人意象變爲同類，渲染出清光如風化日照的天子儀范，附加詞「咫尺」貫通三句，瞬間拉近天人距離，彰顯出如登天境的榮耀感。文天祥《齊天樂・甲戌湘憲種德堂燈屏》云：「露耿銅虬，冰翻鐵馬，簾幕光摇金粟。」若僅看對仗意象，只疑身在沙場；看到末句附加詞「簾幕」，始知身在華堂。妙在將纖柔景物寫出豪邁氣韻，體現雍容氣度。

二、工對。即各句中入對部分的語法結構、文意完全相對，詞性完全或大體相對。如周密《拜星月慢》：「膩葉陰清，孤花香冷，迤邐芳洲春换。」前兩句用同類意象，末句加入了另類意象，配合獨到句式，正能彰顯由分到總、由因到果的變化，故總體而言屬工對。又如林正大《賀新郎》的「羨吴兒、呼吸湖光，飽餐山渌」，「羨」、「呼吸」、「飽餐」雖字數不同，但詞性與語法結構相同，故屬工對。

三、寬對。即各句中入對部分的文意相對，詞性、語法結構或詞類大體相對。具體對法十分靈活，包括上述隱含對與複合對。本文界定參差寬對的依據主要有三：一是詞體對仗要求理應放寬；二是入對部分大都符合詞性、文意相對的傳統對仗要求，能彰顯漢語對偶之妙；三是特定詞調體勢與相應對法具有傳承性。佳句能促使後來同調詞在相應的體勢中使用參差對，包括寬對、工對和極工對。因此，其本身雖不甚工整，但獨特的對偶之妙與潛在的創始之功不容忽視。

即如《青玉案》詞調，率先用調的賀鑄名篇云：「若問閒情都幾許。一川煙草，滿城風絮。梅子黄時雨。」下片末三句舉出的三個意象，巧妙回答了上句之問。其中，前兩句是極工對，末句貌似不對，其實是複合妙對：不僅語法結構大體相對（如底綫所示），還包含了同類詞交錯對：「雨」與「煙」、「風」同爲氣象名詞，「梅子」與「草」、「絮」同爲植物名詞，「黄時」與「一川」、「滿城」是以時對地的工對。末句意象與前兩句均表現衆多之意，而尤爲出彩——梅黄的鮮亮在草、絮、雨的朦朧中自然出色，而梅雨極細，密度遠勝于草、絮，持續時間也更長，更神似濃密、纏綿、持久的閒愁。在此妙對引領下，同調詞上下片末三句常用參差對。佳句如王之道：「天意從人還許訴。凝寒和氣，沈陰霽色，大旱滂沱雨。」巧妙問答法承自賀詞，但已變爲極工對了。末句意象由温和轉酣暢，將「訴」的迫切與快意表現得淋漓盡致。無名氏：「試問閒愁知幾許。兩條脂燭，半盂餿飯，一陣黄昏雨。」同樣承自賀詞，參差工對意象諧俗，與原詞之文雅相映成趣。而如無名氏的名句「花無人戴，酒無人勸，醉也無人管」同字對法酷肖女兒口吻，末句情景尤覺可憐。

參差對按使用的數量，可分爲單用對與連用對。近體詩因句式單一且偏長，對句所占比例不宜過半，否則易顯得呆板。而詞調中參差對的句式相對短小靈活，句式、句法、對法也更爲靈變，故能在一定程度上突破近體詩中連對的局限。如吴文英名篇《過秦樓（選冠子）・芙蓉》：

> 藻國凄迷，麴瀾澄映，怨入粉煙藍霧。香籠麝水，膩漲紅波，一鏡萬妝争妒。湘女歸魂，佩環玉冷無聲，凝情誰訴。又江空月墮，凌波塵起，彩鴛愁舞。還暗憶、鈿合蘭橈，絲牽瓊腕，見的更憐心苦。玲瓏翠屋，輕薄冰綃，穩稱錦雲留住。生怕哀蟬，暗驚秋被紅衰，啼珠零露。能西風老盡，羞趁東風嫁與。

此調共一百一十一字，比七律多一倍；二十三句，比七律多近三倍。但因靈活采用各種參差對法，文氣融貫旺盛，明暗盤旋自如，奇麗意境迭出，全無纖弱、板滯之感。精巧見慧心處，如第一韻中「藻」、「麴」除本義外，還暗含色彩——藻有華美意，麴塵爲淡黄色，正宜與「粉」、「藍」相對；「凄迷」兼有迷茫、凄凉之意，正宜與「澄映」、「怨入」相對；末句透露人情的關鍵字「怨」即是由諸色晦明變化興起後籠罩全景的。第二韻中相對的「水」、「波」、「鏡」都在寫水，因芙蓉而各具魅力：麝籠則有香、膩漲則有色、萬妝争映則有姿態。又如换頭的「合」，學界通常解爲名詞，其實在此兼用作動詞，指如花鈿的芙蓉籠罩著蘭橈，故能與「牽」、「更憐」相對，表現人花相親相憐。即如吴文英《宴清都》形容連理海棠云：「芳根兼倚，花梢鈿合」，「合」也兼作動詞，故能與動詞「倚」相對。「鈿合」典出《長恨歌》，本含動詞詞義——分鈿合作信物，應是用

「合」之諧音，寄托分而複合的願望。

齊言對中常用的巧妙對法，在參差對中也得到繼承和拓展。相比之下，近體詩全爲兩句一節，對仗的句式、句法須相同，故絶大多數爲兩句對，否則易顯呆板；而參差對中句式、句法、對法更靈活，故入對句數大都超過兩句，與同類齊言對相比，巧妙精工並不遜色，而意境更豐富靈變。試舉常用的幾種：一、同字對，佳句如蔣捷《解佩令》：「春晴也好。春陰也好。著些兒、春雨越好。……梅花風小。杏花風小。海棠風、驀地寒峭。」等等。二、數量對，佳句如王以寧《念奴嬌》的「一帶澄江，十分蟾影，千里寒光白」等。三、疊字對，佳句如無名氏《驀山溪》的「輕羅碎翦，縫個小梅花，燈閃閃，夜沉沉，玉指輕輕撚」等。四、雙聲疊韻對，佳句如柳永《戚氏》的「遠道迢遞，行人悽楚，倦聽隴水潺湲」等。五、同偏旁字對，佳句如毛滂《驀山溪》的「玻璃盞，蒲萄酒，旋落酴醿片」。六、頂針對，如劉辰翁《賀新郎》的「望前山、山色如煙，煙光如雨」等。七、色彩對，佳句如方千里《過秦樓（選冠子）》的「空暗憶、醉走銅駝，閑敲金革登，倦跡素衣塵染」等。更有融合各種巧對的佳句，如趙佶《聒龍謠》云：「紫闕苕嶢，紺宇邃深，望極絳河清淺。」是兼用了雙聲疊韻詞與色彩詞的極工對，前兩句中地上宮闕的華麗高深與末句中天河的清淺，相反相成，氣象恢弘，極精工諧美之妙，而無纖巧之弊，附加詞「望極」頓使三才合一。

二　參差對的基本結構類型

唐宋詞調中流行的參差對根據體勢特色，可分爲五大基本類型：

（一）鳳尾參差對。此類對流行程度最高，最能彰顯參差對的特色。其狀如鳳，大都爲三句一節，前兩句字數相同，適用順序工對；尾長能出彩——末句字數最多，適用參差對，意境通常也最獨特豐富，宛如曼妙鳳尾一般，華彩奪目，搖曳生姿。

此種對通常以三或四言句爲主，最流行的對法是前兩句用極工對引人入勝，句式特異的鳳尾句用另類意象及組合推陳出新。如張先《更漏子》云：

回畫撥，抹幺弦。一聲飛露蟬。

前兩句用極工對鋪陳實景，末句入對詞「飛露蟬」虛實相生，附加詞「一聲」先聲奪人，尤能傳神，讓人不僅感受到驟起飛舞的聲色，更領略到如清露寒蟬般清冷瑩潔的秋意。又如周邦彥《少年游》云：

并刀如水，吴鹽勝雪，纖手破新橙。

前兩句中極工對意象温柔潔白，只爲烘托末句中用間隔對法描繪的纖纖玉手，突出「破新橙」的鮮亮顏色與纏綿情意。

此種對中鳳頭、身句與鳳尾句的關係，與近體詩聯中上下聯兩句的關係略同，因此能繼承並拓展近體詩對句中常用的句義銜接方式，優勢在能用多對一、常對奇的獨到體勢，列得更全、進得更深、轉得更鮮明，還能融入近體詩中所無的分總對法，以鳳尾總括、點睛。

先看並列對，佳句如趙令畤《滿庭芳》：「玉枕生涼，金缸傳曉，敗葉飛破清秋。」鳳尾意象由華美轉殘敗，「破」字彰顯出驟起驚心的凄凉意與悲劇美。郭應祥《鵲橋仙》的「金飆乍歇，冰輪欲上，萬里秋空如掃」有漸入佳境之妙；張炎《聲聲慢》的「晴光轉樹，曉氣分嵐，何人野渡横舟」有撥雲見日之妙；宋江《念奴嬌》的「義膽包天，忠肝蓋地，四海無人識」有相反相成之妙。歐陽修《少年游》的「拈花嗅蕊，惱煙撩霧，拼醉倚西風」與王夢應《錦堂春》的「淺幘分秋，凉尊試月，西風未雁猶蟬」，多連對動如貫珠，宛如大珠小珠落玉盤，鳳尾意象尤别致生動。

再看流水對。此種對如流水，流程越長，落差越大，就越酣暢有氣勢；而參差對句數增多等于增長流程，句法奇變等于營造跌宕地勢，故尤得其宜。或由相對的動詞串聯，成聯動之勢，佳句如蘇軾《阮郎歸》：「微雨過，小荷翻。榴花開欲然。」「過」、「翻」、「開」一氣呵成，附加詞「欲然」使鮮活色彩躍然而出，令人驚艷。辛棄疾《念奴嬌》的「借得春工，惹將秋露，熏做江梅雪」，讀去只覺丹桂會聚了春、秋、冬三季精華。柳永《望遠行》的「亂飄僧舍，密灑歌樓，迤邐漸迷鴛瓦」，鳳尾由宏闊轉幽微，寫活了飛舞雪花的鋪天蓋地、無孔不入。或僅憑鳳尾附加動詞，盤活全對意境。佳句如姜夔《永遇樂》的「中原生聚，神京耆老，南望長淮金鼓」由「南望」串聯成對，彰顯出鳳尾中「長淮金鼓」爲衆望所歸。毛滂《驀山溪》的「玻璃盞，蒲萄酒，旋落酴醾片」，「旋落」二字爲精美静物注入活色生香。

（二）豹尾參差對。此類對在唐宋詞調中使用較少，其狀如豹。通常爲三句一節，前兩句字數相同，適用工對，尾短而精悍——末句字數最少，適用參差對，意境也最獨特精煉，宛如短小精悍的豹尾一般，有力量，能壓陣。

此種對句式組合主要有「七七五」、「六六五」二式，與鳳尾對一樣，最流行的對法都是句式相同的前兩句用極工對，句式特異的尾句用另類意象及組合推陳出新。鳳尾能美麗，關鍵在豐富，故佳詞末句或延長相對詞，或增添附加詞；而豹尾能强健，關鍵在精煉，故佳詞末句相對詞或縮短，或省略。如戴復古《望江南》云：

結屋三間藏萬卷，揮毫一字直千金。四海有知音。

前兩句爲七言極工對，末五言句用縮略對法作精闢總結，點題兼點睛，只因高才難得，而知音更難得，本身即是知音之言。而如周邦彦《望江南》云：

淺淡梳妝疑見畫，惺忪言語勝聞歌。何況會婆娑。

末句妙用隱含對法，「婆娑」二字可同時與前兩句多處相對：本是形容詞，在此活用爲名詞，指婆娑舞蹈，可與「淺淡梳妝」、「惺忪言語」相對；在句中作動賓結構的賓語，又可與「畫」、「歌」相對。更妙在經過此前鋪墊對比，能令人覺得伊人最有魅力處正在于此——不甚修飾的「淺淡梳妝」與「惺忪言語」已能與他人精心修飾的「畫」、「歌」媲美爭勝，更何況是最嫺熟的婆娑舞姿呢？

並列對佳句，大都能在並列中含遞進之勢，使豹尾意象脱穎而出。如徐鹿卿《水調歌頭》的「福與此江無盡，壽與此江俱遠，名與此江清」，對官吏而言，福壽綿長固可賀，清名更可貴。流水對佳句大都以前兩句鋪陳勾勒，而以豹尾句作精闢有力的結論。如歐陽修《望江南》云：「江南月……似鏡不侵紅粉面，似鈎不掛畫簾頭。長是照離愁。」前兩句質問甚奇，至末句翻轉點題，既因無理而妙，又在情理之中。

以上兩類參差對均勝在「尾」，但流行程度大不相同，究其原因，一則這兩類句式適用對仗，關鍵在前兩句句式相同，能催生出對仗内容與對仗慣性。這種内容在句式更長的鳳尾句中可用多種方式自由呈現，最流行的是與傳統齊言對類似的等長對，其次是内容更豐富的延長對、間隔對；而在句式相對短的豹尾句中，就頗受局限，只能使用與傳統對仗習慣差别較大的縮略對與隱含對，故流行性自然不高。二則鳳尾對句式偏短，總體短于詩；而豹尾對句式偏長，略同于詩。相比之下，短句更精巧靈活，更宜用多連對，也更能體現詞别于詩的婉約特色。

另三種主要類型都具有句式偏短或折長成短的特色。

（三）龍頭參差對。在唐宋詞調中流行程度堪比鳳尾參差對。其狀如龍，通常爲二至四句一節，頭大能統領——首句字數最多，往往截取多出的頭幾個字爲領字，作用關鍵，宛如龍頭般矯健有神，能統領全身；截取領字後，餘下的句式字數大都相同，適用多種對法，宛如龍身、龍尾般靈變多姿。

當今學界對領字對法已頗重視，對詞調中使用一、二、三字領的句式，領字工對中的雙聯、鼎足、扇面、四聯等對法，都有總結與研究，故本文不再贅述，而重點論述被學界忽視的交錯、間隔、縮略等對法。以慣用龍頭對的流行詞調《八聲甘州》上片第二韻爲例，始用調與對的柳永詞云：「漸霜風凄緊，關河冷落，殘照當樓。」采用總分總式對法，三壯景由「漸」字領起後呈愈演愈烈之勢，末句「殘照」爲交錯縮略對，省下空間附加的「當樓」頗關鍵，如龍尾擅收擅擺，形成此前諸景紛湧入樓，專爲樓中人設之感。後來同調詞便靈活采用各種參差對，如張元幹詞云：「漸微雲點綴，參横斗轉，野闊天垂。」「漸」字領起的諸景象漸次呈現，後兩句改用縮略連對。相應的文氣由舒展和緩轉爲繁促跌宕，意境也從平淡纖柔漸轉爲奇麗宏闊。再如湯恢詞云：「正柳腴花瘦，绿雲冉冉，紅雪霏霏。」采用總分式對法，第一句用句中連對作總括，後兩句自成工對，又是第一句的延長對，起分别形容作用——「绿雲冉冉」是「柳腴」葱蘢之態，「紅雪霏霏」是「花瘦」飄零之姿，從而增强了領字「正」所强調的即時現場感。

（四）蜂腰參差對。其狀如蜂，首尾强大而腰身細弱，大都爲三句一節，中間句最短，也最不出色，但具有使頭尾出色的襯托作用，正所謂「長短相形」。此種對大都相當于起首加領字的鳳尾參差對，故能兼有龍鳳參差對的特色。如葛長庚《摸魚兒》後結云：

把拄杖横肩，草鞋貼脚，四海平如掌。

參差對中最能振起聲勢的是領字「把」，尤能點睛的則是末句：「四海」變「拄杖」、「草鞋」的渺小爲宏大，「掌」與「肩」「脚」本是同類名詞，却能化實爲虚，化纖爲宏：僅憑一杖一鞋，便能踏四海如履平地，真有萬丈豪情！

佳句能兼有龍鳳參差對之長，首尾俱精彩。如蘇軾《念奴嬌》云：「我醉拍手狂歌，舉杯邀月，對影成三客。」「我醉」領起的參差對詞性大體相對，意境暢達超逸，末句囊括此前人景互動，成就天人合一佳境。又如毛並《瑞鶴仙》云：「縱湘弦難寄，韓香終在，屏山蝶夢斷續。」領字「縱」以退爲進，前兩句狀物鋪墊前因，托出末句主角，「斷」、「續」二字能分别與「難寄」、「終在」呼應綰合，寫出微妙情狀：訴相思的湘弦難寄，或因夢斷；傳情的韓香終在，又教夢續。

少數蜂腰參差對領字也入對，如蘇軾《哨遍》的「步翠麓崎嶇，泛溪窈窕，涓涓暗谷流春水」；辛棄疾《摸魚兒》的「看紅旆驚飛，跳魚直上，蹙踏浪花舞」等。入對領字通常是動詞，能使意境更生動，文氣更融貫。

還有極少數蜂腰參差對不用領字，佳句如周邦彦《渡江雲》開篇云：「晴嵐低楚甸，暖回雁翼，陣勢起平沙。」妙在利用蜂腰體勢，以眼前景諷時寄情：「楚甸」、「雁翼」仿佛獲得「晴」、「暖」春意的特别眷顧復蘇，陣勢浩大地從平沙飛起入青雲，即將北歸；正如作者所在的新黨重獲帝心，得召回朝。三句意象連貫中富有變化，以首尾較長句涵蓋壯景，蜂腰句特寫細景，正得其宜。

（五）蛇腰參差對。其狀如蛇，充分發揮折腰句法的獨到特色，腰身旋折自如，靈活協調。此乃句式、句法最靈活多變的參差對類型，流行程度僅次于鳳尾與龍頭對。更適用于長調，尤適用于六言以上長句，句法極靈變，既能截長爲短，又能接短成長，適合與之相對的句式也因而大增。佳句如行雲流水，精巧對句不僅不損文氣，反能融貫意脈，增强氣韻。如姜夔《疏影》後結中名句：

等恁時、重覓幽香，已入小窗横幅。

將七言句折短成三、四言連對，更與此後六言句合成三連流水對，入對句式漸長，與漸豐富的内容相得益彰：短促的「等恁時」突顯時空轉換之速，旋折出的後半句加入形容詞「重」，突顯時空關聯與變化——渴望重温，故不禁重覓。下句中賓語又延長，突顯深婉凄美的結局——「小窗」是曾品幽香處，而「横幅」是覓不見的結果，不見仍眷戀，故繪入横幅中，掛在小窗下；又是重覓得的結果，畫中梅能模擬幽獨之態，令覓者稍得慰藉，却不能模擬最動人的幽香，令覓者黯然銷魂。意境與對法在同調詞中後繼有人。如施樞的「想壽陽，却厭新妝，倦抹粉花宫額」；王夢應的「忍落梅、萬點苔根，化作一窗離思」；張炎的「怕夜寒、吹到梅花，休捲半簾明月」等。

此類對的基本對法有三種：

一、伸腰對，即跨過折腰處做對，仿佛將折腰重新伸展一般。如柳永《婆羅門令》：「昨宵裏、恁和衣睡。今宵裏、又恁和衣睡。」辛棄疾《賀新郎》：「有談功、談名者舞，談經深酌。」特色是能突破折腰句法限制，成就欲斷仍連的奇效。蘇軾尤擅用此種對表現出跌宕酣暢氣勢。

二、折腰半對，即折腰後文意以腰爲界，分成兩半，僅有半句入對。如劉克莊《賀新郎》的「怪人間、曲吹別調，局翻新面」；趙長卿《祝英臺近》的「料應寶瑟慵彈，露華懶傅，對鸞鏡、終朝凝佇」。特色是在折腰前半句引領下，既能截長爲短，展現出齊言工對、連對之妙；又能接短成長，形成齊言對中所無的總分意蘊與流水趨勢。

三、折腰連對，即折腰後文意以腰爲界，分成兩半，前半句與後半句都入對。如魏了翁《賀新郎》的「夜無塵、雲迷地軸，月流天位」；周密《過秦樓（選冠子）》的「簾户悄、竹色侵棋，槐陰移漏，晝永簟花鋪水」，與折腰半對同具截長爲短的特色，而折腰前半句入對，能成就多聯對與扇面對的別致效果。

以上三種對法可混合使用，唐宋詞調中折腰對遠多于伸腰對，只因詞中句式普遍短于詩，故折短後的句式更容易與相鄰句做對，也更能發揮折腰句特色，成就參差自由與整齊精巧相反相成之妙。

以上五類參差對所形成的對句慣性，有時會影響到鄰句也入對。如柳永《夜半樂》：「怒濤漸息，樵風乍起，更聞商旅相呼。片帆高舉。」末句在前一韻鳳尾參差對影響下入對，合成四聯對。此外，還有不少無規則對法，散見于字數相近且相鄰的句式中，如黄庭堅《喝火令》：「曉也星稀，曉也月西沉。曉也雁行低度，不會寄芳音。」等等。

總之，唐宋詞調中參差對體勢與各類對法的配合並非偶然，其形成的根本原因是相鄰各句〔三〕句式大都相同，其餘相近；只因對稱的體勢與內容可互相促成，而相同或鄰近結構中各句的駢散形式又會互相影響，若句式相近，影響就更易形成。參差對能自成其妙的主要原因有三：一是各句句式小巧，普遍比詩要短，最常用的是三、四言句；二是入對句數普遍比詩要多，大都爲三句，這兩大特點都有助于增加變化的靈活性；三是其中包含了體勢獨到的句式，不僅能增進變化，相應的意境也能發揮關鍵作用：或更易出彩，如龍頭、鳳尾、豹尾句；或起到靈活變化句式的作用，如蛇腰句；或起到襯托他句出彩的作用，如蜂腰句。

三　詞調中參差對的傳承考論

盛中唐詞中已出現參差對。當時近體詩工對已成熟並流行，故引入詞中後，自然會順應靈變體勢，形成參差對。如盛唐李隆基《好時光》：「莫倚傾國貌，嫁取個，有情郎。」屬于蛇腰伸腰對，在近體詩五言律對中加入「個」字，變爲折腰句，可能是爲了順應詞調旋律的急徐變化。又如中唐劉禹錫《憶江南》：

中仄中平仄仄，中平中仄仄平平。中仄仄平平。

弱柳從風疑舉袂，叢蘭裛露似沾巾。獨坐亦含顰。

前兩句是七律常用的對仗格律，故順勢配以極工對，而位置相鄰、字數相近的第三句也在對偶慣性的影響下，形成豹尾參差對。這些參差對僅在個別作家的個別詞中出現，未必是有意采用，特色與優勢不夠鮮明，故在當時未見傳承。

《花間》鼻祖溫庭筠率先在詞調中頻繁采用參差對，使其成爲一種具有影響力的對法。堪稱參差對宗祖與典範的是《更漏子》詞調，大量采用了鳳尾參差對與連對，憑藉鮮明特色與優勢，在同調詞中迅速傳播開來，傳承下來。格律如下：

仄平平，平仄仄。中仄中平平仄。中仄仄，仄平平。中平中仄平。

平中仄。中平仄。中仄中平中仄。中中仄，仄平平。中平中仄平。

體勢特色是韻脚在「仄平仄平」間遞轉，韻脚轉換帶動意境變換，形成近體詩中所無的三句一節結構，爲「三三五」或「三三六」式。第一、二、四韻部中的兩個三言句平仄對仗，在《花間集》所載六闋温詞中都采用工對，且大都能與第三句構成鳳尾參差對。入對文意結構獨見匠心，應是順應體勢精心設置的。具體對法多樣，如上所述，包括順序對、間隔對、交錯對、隱含對、等長對、延長對、縮略對，幾乎囊括了後世流行的各種參差對法。其一、其二、其五、其六還在起首處使用了鳳尾二連對。如其六云：

玉爐香，紅蠟淚。偏照畫堂秋思。眉翠薄，鬢雲殘。夜長衾枕寒。

第一、二韻分别用了延長對與縮略連對，既能展現連對之妙：香、淚的精艷温馨，反襯出秋思的凄清悠遠；以「偏照」串聯翻轉，突顯出不照團圓、偏照離恨的困惑不平，「薄」、「殘」、「長」、「寒」四形容詞使獨宿難眠的凄凉秋思遞增，又能展現出靈動摇曳的韻律美。若全改爲等長對：「玉爐香，紅蠟淚。偏照畫堂思。眉翠薄，鬢雲殘。秋夜長，衾枕寒。」雖只移動了一「秋」字，韻律却由靈動變爲呆板了。

唐宋同調詞大都以温詞爲榜樣，鳳尾參差對法也得到廣泛傳承，佳句如韋莊：「深院閉，小庭空。落花香露紅。」孫光憲：「銀箭落。霜華薄。牆外曉雞咿喔。」歐陽炯：「玉闌幹，金甃井。月照碧梧桐影。」等等。意境、對法都與温詞一脈相承，通過此起彼伏的聲光與盛衰動静的對比，來突顯綿延不絶的相思。爲了防止審美疲勞，同一詞中四個韻部大都是駢散結合的。

温庭筠小令《訴衷情》創用了蜂腰參差對，此調爲平仄韻錯叶格，以平韻爲界，一至四句爲一節，五至七句爲一節，第二節云：

金帶枕。宫錦。鳳皇帷。

妙選三個室内精美静物，營造出一派重帷深掩的鎖深閨情景，暗藏主人，與上節描述的户外動景合成一幅幽閨美人春困圖。唐五代同調詞第二節沿用温體者，如韋莊：「垂玉佩。交帶。嫋纖腰。」顧敻：「香閣掩。眉斂。月將沉。」也采用蜂腰參差對來形容精致生動的景中人。

而堪稱長調參差對宗祖的是現存最早文人長詞——晚唐杜牧《八六子》，上片第三韻云：

聽夜雨冷滴芭蕉，驚斷紅窗好夢，龍煙細飄繡衾。

爲龍頭參差對，第二句用交錯對，將「驚斷」二字提前，能增驚心之感，領字與三對句分别强調了聽、觸、視、嗅覺，在龍頭引領下彼此交融，如臨其境。下片第二韻云：

繡簾垂，遲遲漏傳丹禁，蕣華偷悴，翠鬟羞整，愁坐，望處金輿漸遠，何時彩仗重臨。

爲五句一節的蛇腰參差對，句法、對法靈變，依次用折腰連對與折腰半對，合成六連環對，其中「翠鬟羞整」、「金輿漸遠」、「彩仗重臨」爲順序極工對，「繡簾垂」、「蕣華偷悴」爲順序縮略對、寬對，「遲遲漏傳丹禁」爲交錯對——順序應爲「丹禁漏遲遲傳」，格律對仗的末二句又自成極工對。各對句都擅用色彩詞與動詞，故絢爛多姿，能避免連對易有的板滯之弊。

以上唐詞已包含了唐宋流行的五大類參差對，可知其形成是綜合詩對規律與詞調韻律，從齊言對中發展演變而來的。具體來看各類參差對的傳承情況：

（一）鳳尾參差對

此種對特色是結構穩健，句式組合相對穩定，傳承也相對穩定。

一、流行時間最早的「三三五」、「三三六」式。

常用對的流行詞調有：小令《更漏子》各節，調與對均始見于温庭筠詞〔四〕；小令《喜遷鶯》上下片起三句，調與對均始見于韋莊「街鼓動」詞；小令《阮郎歸》下片起三句，調與對均始見于馮延巳「花露重」詞；中調《祝英臺近》起三句，調與對均始見于蘇軾「掛輕帆」詞；中調《驀山溪》上下片末三句，調與對均始見于歐陽修「鴛香輪」詞。

這兩式的連對常見于《更漏子》詞調中，其他詞調則很少采用，筆者僅見長調《薄媚》第一、二韻采用，連對中鳳尾句式也在五、六言間變化。

二、流行程度最高的「四四五」、「四四六」式。

唐五代文人詞中慢詞極罕見，但在五代鍾輻《卜算子慢》第一韻中已出現「四四六」句式組合，可見此式尤適用于長調開篇。柳永詞調中率先大量使用「四四五」、「四四六」式組合，並配以大量鳳尾參差對。位于起首處的有《望海潮》、《卜算子慢》、《内家嬌》、《傾杯樂》、《宣清》、《長相思》等，也有少數詞調在其他位置采用，如《望遠行》與《永遇樂》第二韻句等。

在柳永引領下，此二式參差對爲大量宋調所采用。先來看單用的情況，常用對的流行詞調[五]有：小令唯有《鵲橋仙》上下片第一韻，調與對均始見于張先「星橋火樹」詞；中調唯有《青玉案》上下片末三句，調與對均始見于賀鑄詞。長調頗多，有《念奴嬌》上下片第三韻，調與對均始見于沈唐「恨别王孫」詞；《滿庭芳》第一韻，最著名的是秦觀的「山抹微雲，天連衰草，畫角聲斷譙門」；《聲聲慢》第一韻，調與對均始見于賀鑄「園林幕翠」詞；《齊天樂》上下片第二韻，調與對均始見于周邦彦「暮雨生寒」詞；《選冠子》下片第二韻，調與對均始見于張景修詞。

慣用對[六]的長調包括：《慶清朝》第一韻，調與對均始見于王觀「調雨爲酥」詞；《解語花》第一韻，調與對均始見于周邦彦「風銷焰蠟」詞；《丁香結》第一韻，調與對均始見于周邦彦「蒼蘚沿階」詞；《花心動》上下片第二韻，調與對均始見于阮逸女「强整繡衾」詞。

連對全由「四四六」式組成，均位于長調開篇。通常爲二連對，慣用對的有《慶春宮》，始見于周邦彦「雲接平岡」詞；《選冠子》，始見于周邦彦「水浴清蟾」詞；《法曲獻仙音》，調與對均始見于周邦彦「蟬咽涼柯」詞；《探春慢》，調與對均始見于田爲「小雨分山」詞；《澡蘭香》，調與連對均始見于吴文英「盤絲繫腕」

詞。最長的是三連對，如洪適《選冠子》「雨脚報晴」詞。

大晟樂府詞人與南宋清雅派詞人講求技法，互相倡和，傳承性强，因此能使此二式鳳尾對空前興盛，大部分常用單對的詞調、絶大部分慣用對的詞調與全部常用連對的詞調都是由他們率先采用，並發揚光大的。如《慶春宮》詞調，周邦彦體率先在第一、二韻連用鳳尾句式與參差對：「雲接平岡，山圍寒野，路回漸轉孤城。衰柳啼鴉，驚風驅雁，動人一片秋聲。」第一韻遞寫所見，最終聚焦于孤城上。第二韻能興起相思的柳鴉啼、風雁鳴，均匯作一片秋聲，自能動離人。此調頗受清雅派名家青睞，流行于宋末。佳句如：吴文英的「殘葉翻濃，餘香棲苦，障風怨動秋聲」；王沂孫的「明玉擎金，纖羅飄帶，爲君起舞回雪」；仇遠的「江影涵空，山光浮水，畫樓直倚東城」，等等，前兩句語法結構相同，意象凝煉，傳承痕跡明顯，而各成佳境。

鳳尾參差對單用時常位于詞調起首，其次是下片起首，連對則全位于詞調起首，可見其在「起（啟）」上獨具優勢。如柳永《内家嬌》開篇云：「煦景朝升，煙光晝斂，疏雨夜來新霽。」三句寫盡一日光陰氣象變化，爽朗畫卷徐徐鋪開，引人入勝。李清照《聲聲慢》開篇云：「尋尋覓覓，冷冷清清，凄凄慘慘戚戚。」連用十四叠字，一句一境，互爲因果，道出心聲，此後種種意境都堪爲注解。

綜上可見，鳳尾參差對結構穩健大氣，適用工對與極工對，用以開篇，能撑起門户，故最常用于詞調起首。其中，「三三五」、「三三六」式參差對更適用于小令，由小令詞祖温庭筠興起，在唐五代已流行，宋代仍較流行。而「四四五」、「四四六」式參差對更適用于長調，「四四六」式最流行；由長調大宗柳永興起後，在宋代流行甚廣，貢獻尤突出的是北宋末長調大宗周邦彦，及其引領的大晟樂府詞人與南宋清雅派詞人。究其原因，流行小令大都以三、五、七言句爲主；而長調大都以四、六言句爲主。又因小令篇幅有限，難以容納連對，故「三三」起首式連對極少有詞調采用，在采用時也會變化鳳尾句式，以免呆板；而長調篇幅寬裕，故「四四」起首式連對頗爲流行，尤擅鋪叙。

（二）豹尾參差對

唐宋間采用此類對的詞調較少，即使采用，在同調詞中所占比例也較小。較常用對的流行詞調有：小令《憶江南》上下片第二、三韻，調與對均始見于上述劉禹錫詞；長調《水調歌頭》上下片第三韻，調與對均始見于下述劉潛詞。此二調爲流行詞調，故儘管同調諸詞中參差對所占比例較小，總體數量却不少，且不乏佳句。此二調使用的「七七五」、「六六五」句式，在結構上與鳳尾對同具穩健特色；而句式相對長，故獨具舒暢大氣的特色，更適用流水對作鋪叙、議論。

同調詞中技法常有傳承相通處，以《水調歌頭》詞調爲例，率先用對的劉潛詞云：

堂有經綸賢相，邊有縱橫謀將，不作翠蛾羞。

能充分發揮豹尾優勢，經綸賢相、縱橫謀將與羞澀翠蛾屬于同類正反對，剛柔迥異，對比鮮明，用作結論，斬截有力。同調詞中常用此種對法，如石孝友詞云：「老却西山薇蕨，閑損南窗松菊，羞死漢公卿。」末句用典由曲轉直，由反轉正，辭氣也由和緩轉犀利，與縮短句式相得益彰。

此調參差對因句式偏長，還特別擅用數量詞，來表現豪情壯景。率先用的是葛勝仲的「橫管何妨三弄，重醑仍須一斗，知費幾青銅」，末句牽俗入雅，尤覺豪邁不羈。此後對法靈變，如袁去華的「繚繞宮牆千雉，森聳觚稜雙闕，縹緲五雲中」巧用雙聲叠韻詞配數字入對；程珌的「却似長江萬里，忽有孤山兩點，點破水晶盆」呈聯動之勢；楊萬里的「澗底蒲芽九節，海底銀濤萬頃，釀作一杯春」呈聚合之勢；石孝友的「尺棰可鞭夷狄，寸舌可盂社稷，無路踏雲車」呈轉折之勢。

（三）龍頭參差對

此類對截取領字後，通常與齊言對無異，小令更常用三言短句，長調更常用四言短句，適用各種齊言對法，故十分流行，慣用與常用對的詞調不勝枚舉，長調占比例更大。在同調詞中傳承也相對穩定，常能成爲佳句薈萃之所。

如流行長調《沁園春》上下片中用「五四四四」式處，特色是句數多，容量大，故對法靈活。率先用調的張先詞云：「且代工施化，持鈞播澤，置盂天下，此外何思。」後來同調詞中常見此種駢散、分總結合法。影響最大的是蘇軾詞：「漸月華收練，晨霜耿耿，雲山摛錦，朝露漙漙。」創用扇面對，極工巧，正適用以鋪陳纖宏相成，清艷靈動的晨景。遂令扇面對成爲同調詞中最流行對法，佳句迭出，辛棄疾及劉克莊、劉過、吴潛、劉辰翁等辛派詞人尤愛用，因其在鋪叙議論上獨具優勢。在對法上有創意的還有賀鑄的「念日邊消耗，天涯悵望，樓臺清曉，簾幕黄昏」，率先采用前後分段式對法。辛棄疾的「正驚湍直下，跳珠倒濺，小橋横截，缺月初弓」率先用四聯對，四象對仗精妙，動感十足，動向各異，又能連成一氣，融爲一體。

（四）蜂腰參差對

此類對率先見于上述温庭筠《訴衷情》，柳永率先將蜂腰參差對引入長調，並創用龍鳳合體式對法，促使其在各詞調中流行開來。他創調的《戚氏》三片第三韻云：

别來迅景如梭，舊游似夢，煙水程何限。

相當于用龍頭「别來」領起的鳳尾參差對。在柳永引領下，此種對較常見于長調中，貢獻較大的名家還有蘇軾、周邦彦、賀鑄、姜夔。句式組合主要有「五四五」、「五四六」、「六四五」、「四三六」式，大都相當于用一、二領字引起鳳尾對中常用的「四四五」、「四四六」、「三三六」式。在詞調中位置不固定，而以上下片起、結處居多。

常用對的長調有：《戚氏》三片第三韻，創調的是上述柳永詞；《哨遍》上片第六韻，創調蘇軾詞云：「方杏靨匀酥，花須吐繡，園林排比紅翠。」《薄倖》上片最後一韻，調與對均始見于賀鑄「便翡翠屏開」詞。《大酺》第一韻。偶用對的流行詞調是《摸魚兒》上下片最後一韻。

以《大酺》詞調爲例考察傳承情況，率先用調的周邦彦詞開篇云：「對宿煙收，春禽静，飛雨時鳴高屋。」領字與附加詞首尾呼應，「高屋」中人即是「對」的主角；前兩句渲染「收」、「静」，只爲反襯出末句的激蕩生動，此種在静中尤爲清晰的雨聲正能觸發相思，興起全篇。善因善創的同調詞，如方千里的「正夕陽閑，秋光淡，鴛瓦參差華屋」，趙文的「正寶香殘，重簾静，飛鳥時驚花鐸」，意象、句法、對法、反襯技法都承自周詞，而趙詞末句有聲有色，精美靈動，有出藍之妙。又如趙以夫的「正緑陰濃，鶯聲懶，庭院寒輕煙薄」，李曾伯的「對劍花凝，笳葉捲，天宇塵清聲肅」，末句改用連對，鋪陳清静景致更細致豐富。

（五）蛇腰參差對

蛇腰參差對廣泛流行于長調中，超越他類的靈活性主要表現在兩個方面：

一是句式靈變，不拘一格。使用頻率最高的是「三四」式折腰句（因其爲詞調中使用頻率最高的折腰句式）與四言句（因其與折腰分句字數相同，且爲長調中最常用句式），其次是六言句（因其爲長調中常用句式，常與四言句構成鳳尾對）。

具體組合則十分靈活，傳承性明顯的有「三四四」式，常用對的流行詞調有《滿江紅》第二韻，調與對始見于柳永詞；《賀新郎》第二韻，始見于張元幹名作：「悵秋風、連營畫角，故宫離黍。」「四三四」式，常用對的是《滿江紅》第一韻。「三四六」式，常用于《疏影》上下片末韻，姜夔詞創調並用對。「四四三四」式，較常用于《解佩令》上下片第一韻，始見于晏幾道的「凉襟猶在，朱弦未改，忍霜紈、飄零何處」。

二是在同調詞中同一位置，可靈活使用三種基本對法。

如《八聲甘州》起二句，率先用對的是蘇軾詞中名句：「有情風、萬里捲潮來，無情送潮歸。」屬于句意轉折的伸腰流水對，大氣磅礴，酣暢淋漓。對法、意境均後繼有人，善因善創。大多數詞改用折腰半對，佳句勝在酣暢中含精巧。如程垓的「問東君、既解遣花開，不合放花飛」等。清雅派名家還擅用一些别致對法,如吴文英的「記行雲夢影,步凌波、仙衣翦芙蓉」爲倒裝伸腰工對。張炎的「倚危樓、一笛翠屏空,萬里見天心」爲翻轉折腰對;「隔花窺半面,帶天香、吹動一天秋」則爲流水伸腰對。

又如《滿江紅》第一韻,調與對均始見于柳永詞:「暮雨初收,長川静、征帆夜落。」同調詞常效法柳詞用折腰連對表現紛呈景事,佳句如:蘇軾的「清潁東流,愁目斷、孤帆明滅」;朱敦儒的「燕寢香凝,官事了、詩情充溢」等。也有少數用伸腰對,如蘇軾的「天豈無情,天也解、多情留客」等;或用折腰半對,如游次公的「雲接蒼梧,山莽莽、春浮澤國」。

結語

用調先驅的表率、名家名篇的引領與作者用調習慣是促成特定詞調中參差對流行的三要素。慣用與常用參差對的詞調,大都是用調先驅(即現存最早用調或創調者)已開始用對,而且後繼有人,這類詞調大部分是「因情立體」——用調先驅爲了表現參差對的意境,選用了相應的詞曲韻律與詞調體勢;還有部分在創調時雖未采用參差對,但因包含了適用參差對的體勢,故後來用調者會根據填詞習慣,「即體成勢」地采用參差對。若采用者中有名家名作,往往會在同調詞中興起用對的風潮。

就詞人而言,不同詞人的用調習慣不同,在使用某個詞調填詞時,有習慣用對的,也有習慣不用對的,慣用對的名家相應的佳對往往也較多,影響也較大。在參差對發展史上,文人小令宗祖温庭筠、長調宗祖柳永與長調大宗周邦彦貢獻最大,正因他們擅于創調、用調,且詞作造詣頗高,故能活用「因情立體」與「即體成勢」之法將參差對引入適合的詞調中,並促成其流行。

參差對更盛行于長調中,因其入對句數通常超過兩句,故詞調容量越大,其存身可能與用武之地就越大。相比之下,小令容量有限,地小不足迴旋。而長調中可供變化的空間大增,尤能使各類參差對運用自如，各顯神通；再者小令重比興，而長調重叙論，故更需要參差對最擅長的鋪陳、排比功能。

總之，詞調中的參差對是一種能發揮詞體特色的獨特修辭手法，具有傳統齊言對的基本特色，適用且能拓展詩詞齊言對的大多數技法，更重要的是，能利用詞體特色成就詩中對句所不及的優勢：古體詩雖有長短變化，但體勢不固定，縱使出現獨到對法，也難得傳承與完善；而同調詞體勢相近，同調同體詞的體勢基本固定，因此，獨到的參差對法可以得到廣泛傳承，發揚光大。近體詩中對句雖極精工之能事，但因句式、結構單一，對仗要求嚴，容易産生纖巧、板滯之弊，也存在句式難延長、入對句數難增加的局限；而詞調中參差對可憑藉靈變的句式、結構與對法，在一定程度上避免這些弊端、突破這些局限。因此，早在詞體定型與成熟的唐宋時期，參差對已成爲一種被普遍認知且頗具影響的對法。或在創調時「因情立體」，或在用調時「即體成勢」，並在同調詞中得到廣泛傳承與拓展，與傳統的齊言對優勢互補，能更充分地發揮漢語特有的對偶修辭之妙。

（作者單位：中山大學中國語言文學系）

〔一〕劉勰著，黄叔琳注，李詳補注，楊明照校注拾遺《文心雕龍校注》（全本）卷六，中華書局二〇二一年版，第四四三頁。

〔二〕本文引用唐宋詞均見：曾昭岷等編撰《全唐五代詞》，中華書局一九九九年版；唐圭璋編《全宋詞》，中華書局一九六五年版。

〔三〕此處的「句」泛指詞調中用頓號、逗號、句號隔開的折腰分句、句與韻句。

〔四〕「調與對始見于某」分别指現存詞中率先用調者、現存同調詞中最早用參差對者。

〔五〕常用對的詞調指唐宋傳世同調詞中，有較大數量或較大比例（近半）采用參差對。

〔六〕慣用對的詞調指唐宋傳世同調詞中，有大多數采用參差對。

南宋士大夫的退居詞與朱敦儒《樵歌》

——蘇辛之間的另一重路徑

趙惠俊

内容提要 不同于仕宦時期所作詞，辛棄疾的退居詞有著强烈的消解富貴功名的特徵，多見山林退居日常的描述與自在閒情的抒發，有着淺易平淡又俚俗近謔的語言特徵，並以陶淵明、白居易、邵雍奉爲師承。稼軒的退居詞風是南宋孝宗朝士大夫退居詞的共性，這種不求富貴不求仙的平淡落拓詞風是南宋詞壇豐富多元面相的重要組成部分。該詞作類型淵源于東坡詞，由朱敦儒在兩宋之交發展成熟。朱敦儒的《樵歌》不僅在通俗淺近、取徑佛禪、以文爲詞等語言體式層面道夫稼軒先路，同時在内容情感層面也奠定了立足此岸山林的基本價值取向。由此可見，蘇辛之間在張元幹、張孝祥等詞人之外，還存在著由朱敦儒承擔的另一重溝通路徑。

關鍵詞 朱敦儒《樵歌》 辛棄疾 稼軒詞 南宋退居詞

退居是南宋士大夫的重要寫作時空之一，相關作品在内容題材、情感取向、文字體式等方面皆與士人在朝文學差異甚大，構成了屬于南宋文學的時代新貌與特質，退居身份下的士人及其文學也因此成爲南

本文係二〇二〇年國家社科基金青年項目「南宋詞壇地域性分佈與兩浙詞學思想研究」(20CZW014)的階段性成果。

宋文學研究的重要維度。目前兩宋作家的退居個案考察已經獲得了一定的關注〔一〕，深刻影響到了南宋詩文研究，論者利用朝野身份轉變給士人帶來的生態及心態變化，探究士大夫退居詩文的獨特面貌，借此豐富對南宋士大夫詩歌的認識以及深化關于江湖詩人、晚唐體的理解〔二〕。

不同于詩歌，南宋詞壇大部分時間由姜夔、吴文英等江湖清客雅士群體主導，他們的身份相對單一地集中于廟堂之外，從而以士人身份轉换爲基礎的退居視角未獲南宋詞研究的重視。除了朱敦儒、辛棄疾等少數詞人，南宋士大夫詞人的退居詞也没有得到獨立的論述，南宋退居詞的獨特面貌也就難以凸顯。實際上，南宋士大夫的詩詞分界概念已經比較模糊，他們的退居詞作尤爲明顯地呈現著詩詞互通的面貌，因此完全可以借鑒南宋詩文研究的經驗，在士人退居身份的視角下對退居詞予以打通詩詞二體的考察，由之相對全面地探究南宋退居詞作的諸多特質，彌補傳統詞學的未盡之憾。

除了總體研究的不足，南宋士大夫的退居詞在具體個案上也存在較大問題。這一方面表現在只有寥寥幾位詞人的退居詞獲得了論述，另一方面則在于相關論述受到先入爲主的傳統觀念束縛，未能正確揭示這些詞人最主流的退居詞面貌。比如朱敦儒退居詞的研究便多受神仙風致、清曠超塵的總體判斷影響，論者多認爲朱敦儒的退居詞在内容上偏重閒適曠達的隱逸情懷，文字風格方面則以清疏俊朗、飄逸天成爲主〔三〕，嚴重忽略了其中數量更多的高度口語、俗語化的以文爲詞之作。辛棄疾退居詞的研究同樣是如此，由于深受壯志難酬的悲慨英雄形象影響，稼軒退居詞中大量的與家國功名無關且文字體式高度以文爲詞化的作品亦未得到有效清理。然而無論是疏離政治的日常題材，還是游戲紅塵的生活態度，還是高度口語化、俗語化以及以文爲詞的語言特徵，其實都是南宋士大夫退居詞的重要共性特徵，因此稼軒的相關詞作可謂是該類型的典範代表，而重要奠基者角色則由朱敦儒承擔。是以本文擬打通詩詞二體，以稼軒詞爲典型個案，探究南宋士大夫退居詞的獨特文本特徵及其承載的士人生活、情感取向，還原南宋詞壇在姜吴雅詞之外的這番重要圖景。同時也嘗試揭示朱敦儒的退居詞在文本體式與情感取向兩方面對于南宋士大夫退居詞的先導意義，由此清理出在葉夢得、張元幹、張孝祥之外，另一重勾連蘇辛的路徑。

一　富貴功名的淡化與通俗落拓的語言：南宋士大夫退居詞的總體風貌

在南宋所轄十六路中，疆域大致相當于今日福建、江西二省的福建路與江南西路是南宋士大夫最主要的退居之所。這一方面緣于閩贛兩地並不直接與金接壤，江淮與京湖恰好構成了一道屏障，將閩贛擋在了戰端之外；另一方面則因爲閩贛緊鄰兩浙京畿地區，無論政治還是經濟都可以相對便利地獲得京畿的輻射。遠離宋金邊境的優勢使得閩贛地區的生活不以恢復與戰争爲主題，文學中的功名、家國書寫被相應地淡化，詞風也就同樣地不以慷慨豪壯爲主流。同時閩贛地區在南宋已經初步成爲相對獨立的文化地域，文化風尚與審美趣味較爲疏離于兩浙京畿由貴戚所主導的富麗精致之態，士大夫山野本色的蕭散疏狂纔是兩地文化風尚的主流。是以退居于此的南宋士大夫不僅會在詞中相對減弱慨談功名的悲壯歌聲，還會消解兩浙湖山富貴間的典雅精致，使得閩贛地區成爲南宋士大夫退居詞最爲集中也最爲標準的創作區域。辛棄疾在退居江西鉛山時期的詞作便代表性地呈現著相關特徵，村上哲見就如是指出稼軒退居時期的詞作幾乎看不到對免職的不滿〔四〕。儘管村上氏的説法有些絶對，當辛棄疾與諸如陳亮等特定士人交往唱和的時候，仍然會直露地發出强烈的功業訴求或壯志難酬的悲憤，但是辛棄疾退居詞以淡化富貴功名爲總體風貌的判斷依然可以成立，例如下面這闋《水龍吟》：

斷崖千丈孤松，掛冠更在松高處。平生袖手，故應休矣，功名良苦。笑指兒曹，人間醉夢，莫嗔驚汝。問黄金餘幾，旁人欲説，田園計、君推去。　歎息薌林舊隱，對先生竹窗松户。一花一草，一觴一咏，風流杖履。野馬塵埃，扶摇下視，蒼然如許。恨當年九老，圖中忘却，畫盤園路。〔五〕

此詞由退居現狀起筆，引出了第二韻放下功名的態度表達。其後以對話體手段言説人生如夢，並在散盡錢財式的退歸田園選擇中收束上闋。下闋聚焦于向子諲的薌林别墅，出現了化用《蘭亭集序》與《莊子》的句子，以文爲詞的文本體式特徵由此更爲强烈，進一步深化了此詞平淡粗疏又俳諧戲謔的風格。根據小序可知，辛棄疾此詞是應安撫使任詔之請，賦咏任詔掛冠退居江西清江一事。故而這闋詞的風貌特徵就不僅僅是辛棄疾個人所尚，也符合著退居大員任詔的趣味，屬于群體意識的反映。

除了應酬詞作，類似的情感價值取捨與文本體貌特徵也普遍見于辛棄疾退居時期的獨自吟咏，相關案例非常豐富，兹舉數例以窺全豹。如《鷓鴣天·博山寺作》：「不向長安路上行。却教山寺厭逢迎。味無味處求吾樂，材不材間過此生。寧作我，豈其卿。人間走遍却歸耕。一松一竹真朋友，山鳥山花好弟兄。」〔六〕逕唱奔波京城的反調，通過從老莊文章翻化出的平易詞句表達著歸耕心志與隱隱不甘。又如《鷓鴣天·戲題村舍》：「雞鴨成群晚不收。桑麻長過屋山頭。有何不可吾方羨，要底都無飲便休。新柳樹，舊沙洲。去年溪打那邊流。自言此地生兒女，不嫁金家即聘周。」〔七〕用更爲通俗如話的語言純粹地記録著旅途中偶遇的村莊風俗。再如《鷓鴣天·鵝湖歸病起作》：「著意尋春懶便回。何如信步兩三杯。山才好處行還倦，詩未成時雨早催。攜竹杖，更芒鞋。朱朱粉粉野蒿開。誰家寒食歸寧女，笑語柔桑陌上來。」〔八〕以清淡詞句書寫鄉居所見，完全一副世事了無的風情。與此同時，辛棄疾退居時期的詩作也呈現出相同的淡化富貴功名的總體風貌。如《丁卯七月題鶴鳴亭》（其二）云：「林下蕭然一禿翁，斜陽扶杖對西風。功名此去心如水，富貴由來色是空。便好洗心依佛祖，不妨强笑伴兒童。客來閑説那堪聽，且喜近來耳漸聾。」〔九〕此詩開篇就化用陳與義《感懷》詩中的名句「少日急名翰墨場，只今扶杖送斜陽」，表達自己不談功名的心態變化，其後再用佛家語加强這種情感，最終收束于近來因耳聾而不聞閑説的喜悦。當辛棄疾聽聞里間小兒談笑封侯之時，曾即興題詩云：「兒童談笑覓封侯，自喜婆娑老此丘。棋鬥機關嫌狡獪，鶴貪吞啖損風流。强留客飲渾忘倦，已辦官租百不憂。我識簞瓢真樂處，詩書執禮易春秋。」〔一〇〕完全將心中揮之不去的萬里功名放休于村居與詩書間，與後世固化的辛棄疾形象截然有別。辛棄疾退居時期的詩詞相通現象契合于南宋士大夫的詩詞寫作同質化特徵，由此可以基本確認退居鉛山的辛棄疾就是以退居士大夫的身份立場進行寫作，故而在討論辛棄疾退居詞的寫作特徵及其淵源之時，不僅能夠予以退居身份的觀照，也完全可以將他表露于同時期詩歌中的寫作追求與文學思想等信息遷移至詞。

上述辛棄疾退居詞中出現的富貴功名之淡化，正是以閩贛地區爲主的南宋士大夫退居詞作最爲突出的總體風貌。爲了更好地表達這個主題，退居狀態下的士大夫詞人不僅會填寫不涉功名富貴的詞篇，還常常改换常用于訴説功名之典故的内涵。如「金印如斗」是地處宋金邊防前綫的江淮—京湖地區的常用典故，詞人多以之表達對友人的功名期許或頌諛座主。此典雖然同樣頻繁見于閩贛地區的詞體寫作，但金印的意蘊却從無比期待與艷羨的事物轉變爲一種無謂負擔。早在南渡時期便已有此先例，如劉子翬《驀山溪・贈寶學》即云：「客來何有。草草三杯酒。一醉萬緣空，莫貪伊、金印如斗。」〔一一〕便是將象徵功名的金印視作安然度歲的負擔，從而引出下文的感慨：如今歲月蹉跎人已老，何必再執著于對英雄的期待呢？且將它們全部放下，趁早歸隱湖山吧。儘管在這無奈的歎息間熔鑄的是家國痛楚，但這闋詞也開啟了日後常見于閩贛詞壇的放棄金印話語模式。楊萬里在致仕之際便填了這樣一闋《念奴嬌・上章乞休致，戲作念奴嬌以自賀》以抒懷：

老夫歸去，有三徑足可長拖衫袖。一道官銜清徹骨，别有監臨主守。主守清風，監臨明月，兼管栽花柳。登山臨水，作成詩三首兩首。　休説白日升天，莫誇金印，斗大懸雙肘。籍甚廬陵新盛事，三個閒人眉壽。揀罷軍員，歸農押録，致政誠齋叟。只愁殺螺江門外村酒。〔一二〕

這是一闋非常典型的南宋士大夫退居詞作，不僅俗白戲謔的文章化語言與上引稼軒詞相合，甚至還能找到與辛棄疾相通的意象選擇與句法結構。比如此詞上片的守清風、監明月、管花柳，就與稼軒《西江月·以家事付兒曹示之》中的「乃翁依舊管些兒，管竹管山管水」異曲同工[一三]，再次顯示出南宋士大夫退居詞的高度群體共通特徵。此詞的下片出現了否定如斗金印的表達模式，基本没有政治感慨的寄寓，就是相對單純地抛棄。除了富貴功名之外，「休説白日升天」一句意味著楊萬里還將修道升仙的願望也一併抛棄，表達著退居士人只願自在游戲人間的日常心態。此詞結尾處逐一列舉的軍員、押録、致政三個世俗身份，也同樣顯示著這種基于此岸人間的情感立場，故而南宋退居士人儘管自我隔絶于世俗權力下的富貴功名，但却也並非過的是修仙習道的隱逸縹緲生活，而是緊密紮根在現實的世俗人生之中。

二　東坡居士與淵明康節樂天詩：南宋士大夫退居詞的前代文學淵源

毫無疑問，蘇軾在南宋士大夫間有著極高的接受度，但是由于富貴功名的淡化，東坡詞最受矚目的豪放面相、豪邁清曠，並不是南宋退居詞的主流。退居狀態下的南宋士大夫往往在詞體表達時片面截取蘇軾形象中的「歸耕居士」一面，即如辛棄疾所咏之「寧作我，豈其卿。人間走遍却歸耕」[一四]，文本體式也相應地承繼蘇軾謫居狀態下的以文爲詞法度，呈現出平淡落拓的風貌。上引稼軒諸詞與楊萬里的《念奴嬌》對此已有所展示，或可再舉沈瀛的一闋《行香子》爲例：

> 野叟愚癡。一向昏迷。笑呵呵、前事皆非。從前業債，今盡拚離。也不能文，不能酒，不能詩。
> 屏除人事，閉却門兒。于其中、別有兒戲。幾般骨董，衮過年時。待參些禪，彈些曲，學些棋。[一五]

沈瀛的《竹齋詞》有著明顯的詞風隨朝野身份轉換的總體特徵：當其出仕爲官時，需要奔走于官場應酬，亦有著强烈的進取心，故而其詞或效法蘇軾的清豪，或依循兩浙詞壇的典雅富麗；當其退居之後，則屏除對于功名的熱切嚮往，只願在鄉居的參禪問道間了此生涯。這闋《行香子》就是典型的沈瀛退居詞面貌：大量使用口語化詞彙，以直露的說理議論行詞，由此形成落拓不羈的詞風。由于沈瀛占籍湖州，從而這闋與辛棄疾退居詞高度近似的詞作說明流行于閩贛地區的退居詞風在兩浙亦非罕見，閩贛退居詞的諸多特徵足以擴展至南宋士大夫退居詞的整體。沈瀛的這闋《行香子》還能夠很容易地被勾連至蘇軾的一闋同調詞作：「清夜無塵。月色如銀。酒斟時、須滿十分。浮名浮利，虛苦勞神。歎隙中駒，石中火，夢中身。雖抱文章，開口誰親。且陶陶、樂盡天真。幾時歸去，作個閒人。對一張琴，一壺酒，一溪雲。」〔一六〕這闋詞並非東坡詞的主流面相，但無論是以佛禪消解富貴功名而自在人間的內容意趣，還是以文爲詞的通俗化語言特徵，都與沈瀛此詞及其代表的南宋士大夫退居詞特徵相合。只不過相較蘇軾的憤懣不平，沈瀛的落拓詞句還是多了不少平淡意趣。如此，南宋退居士大夫不僅片面選擇東坡形象與東坡詞法，還盡可能地在詞間消解蘇軾潛寓的政治幽憤。

除了蘇軾的歸耕居士面相，南宋士大夫的退居詞還有更爲重要的其他前代文學淵源。相對顯露者當屬陶淵明，辛棄疾在退居詞中便經常化用陶詩，亦會在詞序中直言讀淵明詩不能去手，更會如《最高樓》（吾衰矣）這般直白言說對陶淵明的追慕之意：「穆先生，陶縣令，是吾師。」〔一七〕類似現象在同時代的士大夫退居詞中亦不罕見，如袁去華在《歸字謠》中寫道：「歸。隨分家山有蕨薇。陶元亮，千載是吾師。」〔一八〕即是與辛棄疾完全一致的吟唱。儘管南宋士大夫不斷言說自己直接師法陶淵明，但在他們的文字間還是能夠看到扮演中間過渡角色的蘇軾身影。上引辛棄疾《鷓鴣天·博山寺作》中的那句「人間走遍却歸耕」，便是本自蘇軾《江城子》的開篇：「夢中了了醉中醒。只淵明。是前生。走遍人間，依舊却歸耕。」〔一九〕而辛棄疾等人所謂的奉淵明爲千載之師，亦能夠在蘇軾詩中找到類似表達，東坡《陶驥子駿佚老堂二首》（其一）即云：「淵明吾所師，夫子乃其後。」〔二〇〕蘇軾對陶淵明的關注與效法大致始于貶謫黃州時期，至惠州貶所後更爲强烈，開啟了宋人詩詞文共通的學陶、和陶之序幕。因此南宋士大夫退居詞中的陶淵明也不可避免地會帶有蘇軾的印記，這也是蘇軾形象被南宋退居士大夫片面選擇爲歸耕居士後的重要效應之一。

值得注意的是，無論陶淵明還是蘇軾，對于南宋退居士大夫的影響主要表現在生活方式的選擇與精神世界的寄托，與之相應的文學影響也就主要集中在内容題材與情感取向上，對于平淡落拓又疏狂微謔的語言面貌的形成並没有起到太多作用。文學體式方面的淵源綫索能夠在辛棄疾《讀邵堯夫詩》一詩中找到，詩云：「飲酒已輸陶靖節，作詩猶愛邵堯夫。若論老子胸中事，除却溪山一事無。」〔二一〕辛棄疾將陶淵明與邵雍對舉，説明二者皆在其退居生活中扮演了至關重要的角色。而以飲酒定義陶淵明，以作詩定義邵雍，則相對明確區分了二者的具體功用，即陶淵明的影響主要在生活方式與情感意趣，文學方面則有賴邵雍及其詩歌的襄助。辛棄疾不止一次地在詩中提到邵雍對其退居寫作的深刻影響，更留下了大量的效仿邵雍康節體詩歌的寫作實踐。作爲一生未仕的理學家，邵雍的詩歌以自我山居生活中的觀物悟理爲主要内容，用詩歌文體議論安時處順、閒適優游的人生快樂。這些充滿理趣的哲思被邵雍以平易流暢、不事雕琢的詩句表現出來，但又没有因爲高度思辨的内容及淺俗的語言而喪失詩味，依然具備極高的藝術魅力。邵雍詩的特徵與好爲議論、喜用淺俗語言的稼軒退居詞非常相近，因而在南宋退居士大夫詩詞寫作合流的背景下，儘管稼軒詞中没有明確涉及邵雍的表達，還是能夠由此判斷熟讀堯夫詩的辛棄疾在填詞時亦會深受康節體詩歌的影響。

邵雍之外，南宋士大夫退居詞在文學體式方面還有另一個重要淵源，即是四庫館臣敏鋭指出的：「邵子之詩，其源亦出白居易。」〔二二〕白居易本就是蘇軾自號東坡的典出，自然也會經由蘇軾歸耕居士的面相成爲南宋退居士大夫的理想典範。此外北宋詩人亦早已欽羡白居易晚年退居洛陽的生活並付諸詩歌吟詠，他們嚮往著白居易那種相對富足的致仕生活與蕭散閒適又遠離政治的精神狀態，也早已在自我日常化詩歌寫作中積極效法白居易後期的閒適詩篇，共同促成了白居易及其晚年詩歌成爲南宋士大夫退居詞作的又一重淵源。辛棄疾《鶴鳴偶作》詩有句云：「朝陽照屋小窗低，百鳥呼簷起更遲。飯飽且尋三益友，淵明康節樂天詩。」〔二三〕明確交代了退居狀態下的個體所寄即是由陶淵明、邵雍與白居易共同承擔。辛棄疾之所以要三者並提，主要是因爲儘管這三人擁有相同的退居經歷，但各自的退居原因却互不一致。陶淵明的退居更多緣于晋宋時代的風雲際會，並非全然出自不慕名利的恬淡內心，亦有著類似謝安等晋宋人物那樣的出于政治原因的無奈〔二四〕；邵雍是在性命義理的思辨中獲得了人生體悟，于是選擇隱居不仕，全然投身于學術鑽研與授徒傳道之中；白居易的狀態則屬于士大夫期待的高位致仕，能夠在退居生活間自由展現政治之外的自我情趣。如此來看，這三位人物恰好可以與兩宋士大夫在政治、學術與文學三個方面的追求逐一對應，三者的結合不僅能夠爲退居狀態下的士大夫疏導政治不遇的不平憤懣，還可以提供另一種實現三位一體人格理想的途徑。由此亦可想見，白居易的閒適詩當與邵雍的康節體詩一樣，對辛棄疾退居詞有著深刻的影響。如是陶詩的精神狀態、邵雍詩的義理論辯以及白詩的通俗淺近語言共同塑造了適應于詞中議論的體式規範，是辛棄疾退居詞風得以形成的重要基礎。

如上所言，辛棄疾的退居詞是南宋士大夫退居詞主流樣貌的集中呈現，故其對于邵雍與白居易的接受也應當是南宋士大夫退居詞的又一種總體特征。現存詞作亦存在相關佐證案例，歷官江西的詞人沈瀛就填制過這樣一闋《行香子》：

野叟歸歟。朋友來無。數無多，幾個相于。問誰姓字，在底中居。云陶靖節，白居士，邵堯夫。
時時對語。一笑軒渠。他行藏、是我規模。朝朝暮暮，相唤相呼。願今生世，長相守，作門徒。〔二五〕

沈瀛在詞中明確交代自己在退居狀態下奉陶淵明、白居易與邵雍三人爲師，與上引辛棄疾的詩歌表述完全一致，並且沈瀛此詞的語言體式亦呈現著平淡落拓、通俗近謔的面貌。不僅再次顯示著南宋退居士大夫詩詞寫作合流的時代大勢，亦能夠佐證辛棄疾的退居詞風並非異軍突起、獨樹一幟，而是時代文學思潮與退居士大夫集體文學面貌的最突出代表。

三　南宋退居詞的語言體式先導：以文爲詞的拓展與《樵歌》通俗近謔的語言面相

不難發現，上文所舉的南宋退居士大夫皆是孝宗朝以降的人物，作爲典範作家的辛棄疾也主要在孝宗後期至寧宗前期以退居身份填詞，説明孝宗中興時代是南宋士大夫退居詞的成熟期，這在時間上亦與以中興四大家爲代表的南宋詩歌高峰相合，進一步顯示著南宋士大夫文學的詩詞合流特徵。不過孝宗登基之時距離蘇軾去世已有六十年之久，于是此時出現的借由蘇軾上承至陶淵明、白居易等現象，應當有著位于兩宋之際的中間過渡環節。而且南宋退居士大夫對蘇軾形象的接受經過了片面選擇，平淡落拓又通俗近謔的語言風貌亦非東坡詞常態，對于前代人物典實的意蘊理解及情感寄托同樣與蘇軾有著較爲明顯的差異，更加説明在辛棄疾之前存在著轉型過渡式人物，而扮演這個角色的詞人便是身歷兩宋的朱敦儒。

南渡之前的朱敦儒即以不喜仕進與徜徉洛陽山林而聞名，但他在洛陽的叠石造園却不以富貴豪奢爲尚，反倒偏好簡樸蕭疏之態。朱敦儒曾這樣評價司馬光的獨樂園：「不滿五畝，亭堂三四，小且庳，臺一仞，有半沼，僅衮丈，結竹曰庵，種藥曰圃，無佳花怪石殊異之觀，見諸家園亭爲甚儉」〔二六〕，便是其審美趣味與生活態度的展現。這使得朱敦儒南渡之前的詞作就已經呈現出清疏平易的語言特徵，如著名的《鷓鴣天·西都作》云：「我是清都山水郎。天教懶慢帶疏狂。曾批給露支風敕，累奏留雲借月章。詩萬首，醉千場。幾曾著眼看侯王。玉樓金闕慵歸去，且插梅花醉洛陽。」〔二七〕即以通俗平易的句子，把自己厭棄世俗名利的生活姿態表達出來。由于這樣的生活姿態是朱敦儒的主動選擇，從而此詞在蘇軾的清曠之外，本就多了幾分疏狂的粗豪。待到朱敦儒經歷了靖康之難，更不得不屈居秦檜門下後，這本就潛藏其詞間的落拓戲謔被充分地激發出來，比如這闋作于晚年的《西江月》：

元是西都散漢，江南今日衰翁。從來顛怪更心風。做盡百般無用。　屈指八旬將到，回頭萬事皆空。雲間鴻雁草間蟲。共我一般做夢。〔二八〕

這闋詞在疏狂不羈的精神情感方面與洛陽時代的《鷓鴣天·西都作》差别不大，但在語言層面上更加散文化、議論化，整體風格由當日的輕狂不羈變爲顛狂淒厲。不難看出，這闋詞使用了與蘇軾《西江月》（三過平山堂下）相同的韻部，詞中議論的道理亦一脈相承，故而朱敦儒是用追和蘇軾的方式將自我南渡後的心境揉在東坡詞法中，以此將已經有所改變的洛中疏狂重新唱于兩浙。由于朱敦儒的遭際要比蘇軾跌宕不幸得多，從而東坡原韻中深沉博大的宇宙時空感慨被朱敦儒消解，形成了僅僅面向現世人生的奇崛險怪。也正是在這樣的心態下，朱敦儒的《樵歌》中有大量的較這闋《西江月》更富以文爲詞色彩的作品，而且類型也相當豐富多樣。

相關案例主要就集中在朱敦儒書寫山林退居狀態的詞篇，這些詞作以不同于清新飄逸的體貌風格，抒發著同樣的塵外之思。如這闋《水調歌頭》：

白日去如箭，達者惜分陰。問君何苦，長抱冰炭利名心。冀望封侯一品，僥倖升仙三島，不死解燒金。聽取百年曲，三歎有遺音。　會良朋，逢美景，酒頻斟。昔人已矣，松下泉底不如今。幸遇重陽佳節，高處紅萸黄菊，好把醉鄉尋。淡淡飛鴻没，千古共銷魂。〔二九〕

此詞以議論的方式，述説通達知命的生活態度，不僅否定了世俗的功名利禄，同時對煉丹修仙也不抱太多期待，只願沉醉悠游于當下，與楊萬里《念奴嬌》的情感取向全然一致，語言也是相近的通俗粗疏，完全可以視作誠齋詞的濫觴。類似現象還可舉這闋《洞仙歌》爲例：

風流老峭，負不群奇表。彈指超凡怎由教。把俗儒故紙，推向一邊，三界外、尋得一場好笑。塵緣無處趓，應見宰官，苦行公心眾難到。這功名富貴，有也尋常，管做得越古超今神妙。待接得眾生總成佛，向酒肆淫房，再逞年少。〔三〇〕

此詞的主題同樣也是消解富貴功名，但語言較上引《水調歌頭》更爲俚俗戲謔，甚至有些浮滑，與楊萬里《念奴嬌》、沈瀛《行香子》的語言風格更爲相近。此外，朱敦儒的這闋《洞仙歌》還具體展示了通俗近謔的語言體式得以形成的機制。首韻「風流老峭，負不群奇表」點出雖已年老但風采猶存的詞人形象，與末韻「向酒肆淫房，再逞年少」相結合，全然一副風流老狎客的模樣。這與柳永在《傳花枝》（平生自負）中描繪的形象基本一致，而且柳詞的下片同樣也表露出趁還在世間的時候繼續行樂的情緒，在倜儻不羈的背後蘊藏著老而不甘的生命力。這樣看來，朱敦儒《洞仙歌》語言特徵也就有了詞體的本家淵源，即柳永俗詞中塑造的曠蕩不羈的浪子形象以及相應的俚俗戲謔語言。

不過朱敦儒詞的語言終究還是與柳詞有所差異，這主要體現在柳永直接以俚言俗語入詞，雖在詞中多發議論，但並没有什麼語典故實；而朱敦儒則不僅使用口語詞彙，還經常徵引佛經燈録中的話語機鋒。如此詞「應見宰官，苦行公心眾難到」化用《妙法蓮華經》中語，「待接得眾生總成佛」運用《大乘本生心地觀經》所論，最後「向酒肆淫房」一句，更是禪宗燈録裏常見的譬喻機鋒。這説明朱敦儒晚年的退居詞還是深受士大夫知識結構的强烈影響，是將王安石、黄庭堅以來的佛禪詞寫作經驗與柳永俗詞相結合的產物，爲以文爲詞帶來了佛道經文的拓展，並借由其間的思辨爲詞中議論提供有效的言説方式，最終形成了落拓不羈、通俗近謔的文本體貌。這在朱敦儒更爲純粹地吟唱佛禪義理或道情的詞作中表現得更爲明顯，如這闋《臨江仙》云：

莫聽古人閑語
信取虛空無一物，個中著甚商量。風頭緊後白雲忙。風元無去住，雲自没行藏。

話，終歸失馬亡羊。自家腸肚自端詳。一齊都打碎，放出大圓光。〔三一〕

此詞與煙花巷陌的世俗艷情完全無關，通篇只在議論緣起性空與本心自悟的佛禪義理，句句皆是資書取材，從而儘管有著强烈的「以文爲詞」色彩，但却不顯叫囂或油滑。觀南宋士大夫退居詞中亦存在大量的純然議論佛禪道情的作品，《樵歌》中的此類作品已然提供了成熟的藝術範本。值得注意的是，這闋詞的成句故實並不全是化用自佛典禪燈，「終歸失馬亡羊」一句將《淮南子》中的塞翁失馬與《列子》中的歧路亡羊相雜糅，意味著發軔于蘇軾的以諸子入詞之法已獲全面鋪展，進一步拓寬著「以文爲詞」的空間，更爲辛棄疾在詞中更加自如地運使子部雜書做好了準備。不僅如此，前代詞作中亦不常見的儒家經語也常被朱敦儒用來議論富貴功名之外的生活。如《念奴嬌》(老來可喜)下片所云：「休説古往今來，乃翁心裏，没許多般事。也不修仙不佞佛，不覺棲棲孔子。懶共賢争，從教他笑，如此只如此。雜劇打了，戲衫脱與獃底。」〔三二〕便是用了《論語》中孔子自述平生的話語，儘管還是夾雜在大量源于佛典禪燈的語句之間，但與辛棄疾《踏莎行·賦稼軒，集經句》「去衛靈公，遭桓司馬。東西南北之人也。長沮桀溺耦而耕，丘何爲是棲棲者」諸句相較，完全是稼軒此類全用經語以議論退居人生之詞的濫觴，再次顯示著朱敦儒《樵歌》在語言體式層面對于南宋士大夫退居詞作的全方位先導意義。

四　何處是生涯：《樵歌》的基本生活態度取向及其對南宋退居詞的影響

上文已經提到，朱敦儒不僅在詞中消解功名富貴，同時也與楊萬里等後輩士人一樣，對修仙得道亦不抱太大期望。這種生活態度取向本就常見于禪僧唱道之辭，如懶瓚和尚《樂道歌》即云：「我不樂生天，亦不愛福田。饑來即喫飰，睡來即卧瞑。……世事悠悠，不如山丘，青松蔽日，碧澗長流。卧藤蘿下，塊石枕頭，山雲當幕，夜月爲鈎。不朝天子，豈羡王侯？生死無慮，更須何憂？水月無形，我常只甯，萬法皆尒，本自無生。兀然無事坐，春來草自青。」〔三三〕可見佛禪不僅爲《樵歌》塑造了通俗淺近的語言體貌及詞中議論的方式，還深刻影響了内容層面上的基本生活態度之選擇。不過《樂道歌》中描繪的山林溪澗、清風明月並非懶瓚和尚的終極指歸，高僧大德總是希望世人以此爲舟筏悟道參禪，登上涅槃寂静的彼岸。然而朱敦儒雖然從中借鑒消解富貴與修仙的生活態度，但却完全駐足于此岸山林，如這闋《感皇恩》云：

一個小園兒，兩三畝地。花竹隨宜旋裝綴。槿籬茅舍，便有山家風味。等閒池上飲，林間醉。都爲自家，胸中無事。風景争來趁游戲。稱心如意，剩活人間幾歲。洞天誰道在，塵寰外。〔三四〕

是詞還是以淺白俗易的「以文爲詞」語言議論人生，上片全然描繪著退居所見的山家閑淡風景，自如地帶出下片的人生議論，並于末句點破最終的生活態度選擇，即完全把山居世界當作彼岸的神仙洞天，以此寄放自我人生，于游戲人間中度此殘年。對于世俗紅塵的留戀在朱敦儒南渡前的詞作中即已顯現，清人梁清遠在《雕丘雜録》中就批評「曾批給露支風敕，累奏留雲借月章」兩句云：「詞中如曾批給月之風券，屢上留雲借月章，人謂其有神仙風致。余謂隱者作詩，只可用清雅語，如披券、上章，皆朝家事，何必藉以爲重？希真此詞大有俗氣，且其歆艷功名之意大露也。」〔三五〕梁清遠非常敏鋭地指出了「神仙風致」、「塵外之想」等評價朱敦儒詞的慣用話語與朱敦儒詞實際上的生活態度取向之間存在較大矛盾，説明留戀世俗紅塵的生活態度其實貫穿朱敦儒的一生，後世逐漸建構並固化的超然蕭散的隱者形象其實與朱敦儒的實際形象有所差異。也正因爲這樣，《樵歌》中才會出現柳永世俗艷詞的寫作經驗與佛禪義理思辨的交融。

眷戀紅塵、自在人間的生活態度在《樵歌》之後的南宋士大夫退居詞中，獲得了更爲頻繁的表達，展現了朱敦儒《樵歌》在内容情感方面亦具備重要的先導意義。同時他們還會效法朱敦儒，使用一種源自杜詩的話語模式給出這番自我生命究竟寄放于何處的答案，更爲鮮明地呈現出朱敦儒的生活態度取向對于南宋退居士人群體性選擇的奠基意義。該話語模式出自杜甫《杜位宅守歲》一詩，其云：「四十明朝過，飛騰暮景斜。誰能更拘束，爛醉是生涯。」〔三六〕是歲杜甫年過四十，却仍未被授官，自己又不肯如趙炎附勢之徒那樣諸諸拘束，于是發出將餘下生命寄托在終日痛飲之中的無奈感慨。儘管杜甫只是一時憤鬱之語，但「爛醉是生涯」却成爲後人廣爲仿效的句式，用以言説自己的餘生安排。這種表達方式首先大行于晚唐，晚唐詩人選擇的主語往往是疏離政治與功名的事物。如許渾《贈鄭處士》云：「且賣湖田釀春酒，與君書劍是生涯。」〔三七〕温庭筠同題《贈鄭處士》亦云：「飄然隨釣艇，雲水是生涯。」〔三八〕陸龜蒙更在《白鷗》詩中以此自道：「慣向溪頭漾淺紗，薄煙微雨是生涯。」〔三九〕宋人承此晚唐風氣，並將之遷延入詞，如徐積《漁父樂》云：「漁唱歇，醉眠斜。綸竿蓑笠是生涯。」〔四〇〕便是現存最早的運用該句式的詞例，沿襲著晚唐詩人林泉野趣的生涯選擇。晚唐傳統在蘇軾筆下發生了變化，他在杭州知州任上曾寫下這麼一首《絶句》：「春來濯濯江邊柳，秋後離離湖上花。不羨千金買歌舞，一篇珠玉是生涯。」〔四一〕將人生全然寄寓在自我詩篇之中，這意味著蘇軾認爲自己生命的存在方式就是寫詩，詩酒風流的文章太守是其最基本的生活態度取向，終究與南宋退居士大夫對他的形象截取有所不同。

南渡之後，「何處是生涯」句式在詞體獲得了進一步普及，由于有了蘇軾的先例，詞人也不再囿于晚唐傳統，而是自由地表達著各自不同的生涯選擇。如吕本中《浣溪沙》云：「共飲昏昏到暮鴉。不須春日念京華。邇來沉醉是生涯。」〔四二〕便是回到杜詩原意，用爛醉迷狂之態逃避著内心的憤慨與憂傷，是屬于南渡北人的痛苦心聲。不過吕本中的生涯寄托只能在特殊時期反響激烈，當和議簽訂時局平静之後，他的沉痛吟唱也就逐漸在詞壇岑寂。曾于靖康年間領兵解太原之圍的王以寧，在紹興和議簽訂而改換文資之後，也開始寫下「山中飲酒是生涯，欲歸未果成煩促」〔四三〕的句子，出現了向晚唐林泉寄寓的復歸，但却有著從江湖到山林的微妙改變。這番變化在朱敦儒的這闋《朝中措》中得到了最爲詳盡的表達，此詞也因此具備了格外重要的詞史意義：

先生筇杖是生涯。挑月更擔花。把住都無憎愛，放行總是煙霞。飄然攜去，旗亭問酒，蕭寺尋茶。恰似黄鸝無定，不知飛到誰家。〔四四〕

無論是杜甫、晚唐詩人、蘇軾還是南渡詞人，他們筆下用以托付生涯的對象主要通過借代的方式呈現，或爲風景，或爲衣物，而且皆以一兩句點出帶過，並非全篇的表達重點。朱敦儒在這兩點上都做了改變：首先，他在言説托付生涯的時候，主動將自我主體融入其間，如此借代生涯的事物並不僅僅只是對于我之生命風神的渲染，而就是鮮活個體的本身；其次，這闋詞的主題就是描繪自我生涯的具體樣態，故而在首句提出「先生筇杖是生涯」之後，便逐句述説著筇杖生涯的種種不同日常。也正是有賴如此詳細的描繪，朱敦儒爲自己安排的拄杖先生形象才能獲得明確的身份定位，其不是來去無蹤的山中隱士，也不是詩才八斗的風流太守，而是蕭散山林的退居士大夫，這是與前代作家都不一樣的新答案。這種生活態度選擇及表達方式在《樵歌》裏並不僅僅見于這一首，如《訴衷情》（月中玉兔日中鴉）下闋所云：「居士竹，故侯瓜，老生涯。自然天地，本分雲山，到處爲家。」〔四五〕便描述相同的種種山林日常，而且也以同樣的話語模式道出自我生涯的托付，即于山林自然中隨遇而安。

朱敦儒的革新在孝宗朝以降的退居士大夫群體間獲得了廣泛接受，當他們再次使用這個源自杜詩的話語模式時，無論是篇章結構的組織方式，還是内容層面的生活態度選擇，都基本依循著朱敦儒奠定的體貌意趣。最爲明顯的案例莫過于范成大的這闋《朝中措》：

身閑身健是生涯。何况好年華。看了十分秋月，重陽更插黄花。消磨景物，瓦盆社釀，石鼎山茶。飽喫紅蓮香飯，儂家便是仙家。〔四六〕

此詞也以「何處是生涯」話語開篇，在給出身閑身健的答案後，旋即開始具體描述該生活狀態的各種面貌，完全就是沿襲朱敦儒的謀篇佈局。而且范成大不僅使用了同樣的詞調，韻部的選擇亦與朱敦儒一致，在文本體式層面即已展現出二者間的强烈關聯。就内容層面來看，二者雖有「身閑身健」與「先生笻杖」之差異，但從其間共通的花月、村酒與山茶來看，實是山林退居的不同呈現方式，只不過范成大的遺詞造句稍顯豐潤而已。此外范成大最後一句「儂家便是仙家」也是遥將此岸山林當作彼岸，是與朱敦儒「洞天誰道在，塵寰外」等詞句一致的自在人間之意趣。范成大以此話語模式表達的生涯托付，亦見于辛棄疾的退居詞作《江神子·博山道中書王氏壁》：

一川松竹任横斜。有人家。被雲遮。雪後疏梅，時見兩三花。比著桃源溪上路，風景好，不争多。旗亭有酒徑須賒。晚寒些。怎禁他。醉裏匆匆，歸騎自隨車。白髮蒼顔吾老矣，只此地，是生涯。〔四七〕

儘管辛棄疾是在全詞結尾才點出生涯托付的答案即是此地，但前文皆在描摹這片空間的種種情狀，還是具體細致地呈現著屬于退居士大夫的蕭散狀態，依舊是從朱敦儒瓣香而來。這足以再次確認，朱敦儒的《樵歌》已然奠定了南宋士大夫退居詞的基本生活態度取向。

餘論：勾連蘇辛的另一重路徑

南宋汪莘在《方壺詩餘自序》中云：「余于詞，所喜愛者三人焉。蓋至東坡而一變，其豪妙之氣，隱隱然流出言外，天然絶世，不假振作。二變而爲朱希真，多塵外之想，雖雜以微塵，而其清氣自不可没。三變而爲辛稼軒，乃寫其胸中事，尤好稱淵明。此詞之三變也。」〔四八〕此論已然勾勒出從蘇軾經由朱敦儒而至辛棄疾的發展綫索，根據其間「塵外之想」、「好稱淵明」數語即可看出，汪莘主要就是針對退居詞作而發論，並且還用「雜以微塵」四字點出了《樵歌》悠游人間的生活態度與俗俚近謔的語言特徵，完全可以作爲上文所論的注脚。不過南宋論者即已出現將朱敦儒其人其詞固化在神仙風致與曠遠飄逸之上，如黄昇即云：

「朱希真，名敦儒。博物洽聞，東都名士。南渡初，以詞章擅名。天資曠遠，有神仙風致。其《西江月》二曲，辭淺意深，可以警世之役役于非望之福者。」〔四九〕周密更在《澄懷録》中徵引陸游的描述，爲朱敦儒留下了一番生動的煙波吹笛、清癯博雅的形象記録〔五〇〕，使其形象愈加趨近兩浙文化風尚中的林泉高士，悄然褪去了詞中强烈展示的山林野老面相。于是朱敦儒《樵歌》在以文爲詞的語言體式與山林退居的情感内容兩方面的先導意義被逐漸湮没，蘇辛之間的多元勾連路徑變得單一化起來。儘管後世依稀猶見「上卷有晁無咎，中卷有葉少藴、晁次膺，下卷有陳去非、朱希真，是于疏宕豪邁一派，亦非無取」〔五一〕，「至于南宋，詞以進展形成簡單的兩個方面：一個方面是朱敦儒、辛棄疾宣導的白話詞，陸游、劉過、劉克莊輩屬之」〔五二〕等，聯結朱敦儒與辛棄疾的論述，但焦點却悄然落在了慷慨豪邁之上，從而朱敦儒很快也就完全被張元幹、葉夢得、張孝祥諸人掩盖。胡雲翼便于再版的《宋詞選》前言中删去了上引文字，全然以主戰派的立場討論張元幹、張孝祥對辛棄疾的先導意義，而那些關于朱敦儒《樵歌》通俗淺白語言的論述，也同樣徹底不復存在了。

實際上，朱敦儒《樵歌》在以文爲詞語言體式與退居生活日常的内容題材兩個方面之外，還有更多的勾連蘇辛表現。諸如《蘇武慢》（枕海山横）、《風流子》（吴越東風起）、《點絳唇》（淮海秋風）等抒發南渡北人蒼凉悲憤之情的詞篇，完全能夠承擔與張元幹、張孝祥相同的角色。《水調歌頭·對月有感》一闋，朱敦儒在上片向月亮追問了三個問題，于下片更對月亮提出三個無理要求，最終結束于願月長圓無缺的期望〔五三〕，可謂蘇軾《水調歌頭》（明月幾時有）與辛棄疾《木蘭花慢》（可憐今夕月）二詞的中間過渡形態。更爲重要的是，朱敦儒《樵歌》中也有著大量稱引陶淵明的現象，而且已經與蘇軾以陶淵明澆自我塊壘的心態不盡相同，逐漸脱離于陶淵明形象背後所承載的感慨無奈，更多是利用陶淵明形象中的歸隱田園元素，單純地將其作爲自我退居生活的表徵。如《滿江紅》（竹翠陰森）「靖節窗風猶有待」句〔五四〕，便是用陶淵明卧于北窗而遇凉風之事，表達盛暑卧疾之感；《臨江仙》（紗帽籃輿青織蓋）「陶潛能嘯傲」句〔五五〕，則借陶淵明的舒嘯東皋以展現自我歌咏自得、放曠不羈之態，基本没有《歸去來兮辭》裏隱含的强烈不甘；《浪淘沙》（白菊好開遲）「陶令最憐伊」句〔五六〕，更僅是咏白菊之詞中的風雅點綴，陶淵明除了在采菊種菊這一點上與此詞發生聯繫外，便再無其他意藴承載，只是一個没有自主意識的表徵符號而已。朱敦儒的這些用陶現象與辛棄疾的好稱淵明基本相合，而且朱辛二人也都存在著延續傳統的借淵明故事抒自我憤懣之案例，故而朱敦儒對于蘇辛的勾連其實是既有新變亦有承繼，朱敦儒本人也就具備著更爲豐富立體的詞史意義。正是由于朱敦儒的突破嘗試，促成了南宋退居士大夫集體性在詞中符號化稱引陶淵明的現象，特别是描繪閒居飲酒之日常時，往往單純地因陶淵明寫過《飲酒》詩而徵引之，完全是與上述咏菊詞相同的單純符號表徵角色。與之類似，辛棄疾等士人在退居詩詞中對于白居易與邵雍的尊奉及稱引，同樣也具備著符號化、片面化的特徵，再結合白居易與邵雍共同的里居洛陽經歷，完全可以這樣推測，儘管《樵歌》中並未出現白居易與邵雍的身影，但依然是在朱敦儒的溝通中介下，這兩位前代作家才能夠如此深刻地影響著南宋士大夫的退居詞風。

〔一〕參見林巖《晚年陸游的鄉居身份與自我意識——兼及南宋「退居型士大夫」的提出》，《華南師範大學學報（哲學社會科學版）》二〇一六年第一期；林巖《一個北宋退居士大夫的日常化寫作——以蘇轍晚年詩歌爲中心》，《華東師範大學學報（哲學社會科學版）》二〇一七年第五期。

〔二〕如侯體健結合退居士大夫與祠禄官制視角，對南宋江湖詩派與士大夫詩歌得出了頗具價值的結論。戴路在研究南宋理宗朝詩壇時爲地方士人專列一章，並在官僚士大夫部分亦細化出貶謫與退居時期的討論，極大豐富了關于南宋詩壇與士大夫詩的認知。參見侯體健《士人身份與南宋詩文研究》，復旦大學出版社二〇一九年版，第一三—八四頁。戴路《南宋理宗朝詩壇研究》，復旦大學出版社二〇二〇年版。

〔三〕 如張叔寧《論朱敦儒的晚期隱逸詞》重點討論了朱敦儒神仙風致與清曠的詞，僅在最後提及了《樵歌》中存在一些俚俗的甚至略顯平淡的油滑語言，並予以否定。 徐擁軍《論「希真體」》一文則針對詩化與隱逸精神相結合的詞作立論，完全没有涉及俚俗語言與以文爲詞現象。 鄧子勉《樵歌校注・前言》亦于最後提到朱敦儒詞作的散文化、議論化及以文爲詞的問題，並認爲這是借鑒東坡詞的産物。 儘管並未否定朱敦儒這方面的詞作，但依然有著簡略之憾。 詳見張叔寧《論朱敦儒的晚期隱逸詞》，《蘇州大學學報（哲學社會科學版）》一九九一年第四期。 徐擁軍《論「希真體」》，《中南大學學報（哲學社會科學版）》二〇一一年第三期。 朱敦儒撰，鄧子勉校注《樵歌校注》，上海古籍出版社二〇一〇年版，第九—一一頁。

〔四〕 村上哲見著，楊鐵嬰、金育理、邵毅平譯《宋詞研究》，上海古籍出版社二〇一二年版，第四一三頁。

〔五〕〔六〕〔七〕〔八〕〔一三〕〔一四〕〔一七〕 辛棄疾撰，鄧廣銘箋注《稼軒詞編年箋注（定本）》，上海古籍出版社二〇〇七年版，第二〇四頁，第一七七頁，第一九九頁，第一九五頁，第五五〇頁，第一七七頁，第三三四頁。

〔九〕〔一〇〕〔二一〕〔二三〕〔四七〕 辛棄疾撰，辛更儒箋注《辛棄疾集編年箋注》，中華書局二〇一五年版，第二〇三頁，第二〇六頁，第九四頁，第一〇一頁，第一七三頁。

〔一一〕〔一五〕〔一八〕〔二五〕〔四〇〕〔四二〕〔四三〕 唐圭璋編纂，王仲聞參訂，孔凡禮補輯《全宋詞》，中華書局一九九九年版，第一六〇九頁，第二二三九頁，第一九五三頁，第二二三九頁，第二七六頁，第一二一六頁，第一三八四頁。

〔一二〕 楊萬里撰，辛更儒箋校《楊萬里集箋校》，中華書局二〇〇七年版，第三七四四頁。

〔一六〕〔一九〕 蘇軾撰，鄒同慶、王宗堂編年校注《蘇軾詞編年校注》，中華書局二〇〇七年版，第七二五頁，第三五三頁。

〔二〇〕〔四一〕 蘇軾撰，馮應榴輯注，黄任軻、朱懷春校點《蘇軾詩集合注》，上海古籍出版社二〇〇一年版，第一一七五頁，第一六二八頁。

〔二二〕 永瑢等《四庫全書總目》，中華書局一九六二年版，第一三三二頁。

〔二四〕 參見袁行霈《陶淵明與晉宋之際的政治風雲》，《陶淵明研究》，北京大學出版社一九九七年版，第七八—一〇八頁。

〔二六〕〔二七〕〔二八〕〔二九〕〔三〇〕〔三一〕〔三二〕〔三四〕〔四四〕〔四五〕〔五三〕〔五四〕〔五五〕〔五六〕 朱敦儒撰，鄧子勉校注《樵歌校注》，上海古籍出版社二〇一〇年版，第四三八—四三九頁，第一三三頁，第二六〇頁，第一四頁，第六九頁，第一二六—一二七頁，第四五頁，第一八九頁，第一六七頁，第三三五頁，第二一—二二頁，第八〇頁，第一二四頁，第二〇六頁。

〔三三〕 釋靜、釋筠編撰，孫昌武等點校《祖堂集》，中華書局二〇〇七年版，第一四九—一五一頁。

〔三五〕梁清遠《雕丘雜録》卷十三，《續修四庫全書》第一一三五册，上海古籍出版社二〇〇二年版，第三五五頁。
〔三六〕杜甫著，仇兆鼇注《杜詩詳注》，中華書局一九九七年版，第一〇九頁。
〔三七〕許渾撰，羅時進箋證《丁卯集箋證》，中華書局二〇一二年版，第四八二頁。
〔三八〕温庭筠《温庭筠詩集》卷七，《四部叢刊》本。
〔三九〕陸龜蒙《甫里先生文集》卷九，《四部叢刊》本。
〔四六〕范成大著，富壽蓀點校《范石湖集》，上海古籍出版社二〇〇六年版，第四六四—四六五頁。
〔四八〕汪莘《方壺詩餘》卷首，朱孝臧《彊村叢書》，廣陵書社二〇〇五年版，第九〇六頁上。
〔四九〕黄昇編選《中興以來絶妙詞選》卷一，《唐宋人選唐宋詞》，上海古籍出版社二〇〇四年版，第七〇〇頁。
〔五〇〕周密撰，鄧子勉點校《澄懷録》，中華書局二〇一八年版，第五一三頁。
〔五一〕陳匪石《聲執》卷下，唐圭璋編《詞話叢編》，中華書局一九八六年版，第四九五六頁。
〔五二〕胡雲翼《宋詞選·序言》，北新書局一九三四年版。

（作者單位：復旦大學中國古代文學研究中心，復旦大學中文系）

明末清初詞序綜論

莫崇毅

內容提要 詞序的寫作于明末清初詞壇中興之際再次興盛。在特殊的時代背景下，詞序交代背景信息，引導讀者理解詞作的隱曲情思；記録所見所聞，與詞配合展開「詞史」寫作，滿足詞人敘事與抒情的需求。隨着社會日趨穩定，詞序的創作動機逐漸由外部動盪所喚起，變爲關注與討論詞體問題所引起。康熙後期，厲鶚在典雅詞風占據主流的氛圍中，追尋姜夔的詞序創作風格，使詞體的審美價值也體現在了小序之上。

關鍵詞 明末清初 詞序 「詞史」 典雅詞風

詞序興起于北宋，蘇軾是創作詞序的早期代表詞人。趙曉嵐對宋詞小序做了系統分析，指出蘇軾、辛棄疾、姜夔三人在宋詞小序演進過程中的重要性。〔一〕元、明時期，詞體文學雖然暫時收斂了一些光芒，但小序寫作仍然得到了詞人們的重視，並未中斷。沈松勤指出推進明清之際詞壇中興的詞人群體主要是萬曆末年到康熙時期的詞人，以王屋、徐石麒等爲早期代表，中後期包括陳維崧、朱彝尊等重要詞人，而以厲鶚的崛起標志着這一代際的結束。〔二〕本文即選擇以這一時段爲範圍，以詞序爲對象，試圖從一個較爲新穎的

本文爲國家社會科學基金青年項目「清詞自注研究」（項目編號20CZW022）的階段性成果。

角度切入對明末清初詞學發展史的考察。

一　詞序對故國之思的揭示

當熟悉的生活方式難以爲繼，歷史滄桑之感便在心田油然而生。經歷了劇變的明末清初詞人在詞序中對地方名勝、風物予以介紹，不僅爲讀者理解詞作内容提供了背景信息，也啟發讀者去洞察作品深層創作動機中的故國之思。

王夫之有《摸魚兒・瀟湘小八景》組詞、《摸魚兒・瀟湘大八景》組詞及《蝶戀花・瀟湘十景》組詞，三組詞作各有組詞小序交代創作背景，十景組詞每首詞作前另有小序具體介紹所咏之景。《摸魚兒・瀟湘小八景》組詞小序稱：「國初，瞿宗吉咏西湖景，斅辛稼軒『君莫舞，君不見，玉環飛燕皆塵土』體，詞意凄絶，乃宗吉時，當西子湖洗會稽之耻，苧蘿人得所托矣。固不宜怨者。」〔三〕《鶴林玉露》提到辛棄疾的《摸魚兒》(更能消幾番風雨)「詞意殊怨。『斜陽』、『煙柳』之句，其與『未須愁日暮，天際乍輕陰』者異矣。使在漢唐時，甯不賈種豆種桃之禍哉！愚聞壽皇見此詞，頗不悦。然終不加罪，可謂至德也已。」〔四〕王夫之説瞿佑詞效辛稼軒體，即説其詞中寄托了怨艾之情。瞿佑《摸魚兒》組詞十首，分咏西湖十景，每首都以「望西湖」三字開篇。〔五〕王夫之又説在瞿佑之時，社會得以重建，此時「固不宜怨」。那麽，王夫之作《瀟湘小八景》組詞的時代背景「宜怨」與否？小序接着説：「乙未春，余寓形晋甯山中，聊取其體，仍寄調《摸魚兒》，咏瀟湘小八景。水碧沙明，二十五絃之怨，當有過者，閲今十年矣。搜破篋得之，亦了不異初意。深山春盡，花落鵑啼，乃不敢重吟此曲。」這組詞創作于順治十二年(一六五五)春，其時王夫之已在零陵一帶山間避難半年之久，心緒可想而知。〔六〕詞中對神州陸沉的怨艾之情即便十年後讀來，仍然令人「不敢重吟此曲」。所以，小八景組詞表面上是對雁峰煙雨、石鼓江山等八景的描述，實則包含着難以排解的亡國之恨，如其五

《摸魚兒・花藥春溪》下片末三韻：「君不見、玉轡落盡瑶京道。王孫芳草。縱百丈絡絲，萬條羅帶，難繫春光好。」〔七〕便將這無可奈何的恨意和盤托出。

創作小八景組詞十六年後，王夫之愁緒仍然無法排解，又創作了大八景組詞和十景組詞，在兩篇組詞小序中，他分别説：「重吟大八景詞，複用瞿辛原體，旌初志也。」「大江自西來注之，然後瀟湘之名，釋而從江。……歌八景後，驅筆獵之。吟際習爲哀響，不能作和媚之音，應節爲湘靈起舞曰，非我也，有臣妾我者存也。」〔八〕所謂「臣妾我者」，大抵是反用《九歌・湘君》中的「令沅、湘兮無波，使江水兮安流。望夫君兮未來，吹參差兮誰思」〔九〕之意，寄托遥深。十景詞每首詞前的小序介紹一處瀟、湘流經之景，如其一《蝶戀花・舜嶺雪峰》小序：「瀟水自江華西北，流至寧遠九疑山北，疑峰恒有雲藏。其半嶺飛雨流淙入瀟水中。」其五《蝶戀花・石鼓危崖》小序：「在衡陽縣北。二水匯流，潭空崖古。」十篇小序就這樣隨着二水源流轉移書寫，直到第十篇小序説：「湖光極目，至君山始見一片青芙蓉，浮玻璃影上。自此出洞庭，與江水合。謝朓所云，大江流日夜，客心悲未央者，于焉始矣。湖南清絶，亦于此竟焉。」〔一〇〕這段文字既呼應了前揭「大江自西來注之，然後瀟湘之名，釋而從江」之語，也隱喻了對世事變遷的悲傷之情。

與王夫之對清廷的態度不同，吴綺是一位主動靠攏新政權的士人，但他的詞序在介紹風物背景時，也别有意味。朱彝尊論吴綺説：「薗次之詞，選調寓聲，各有旨趣。其和平雅麗處，絶似陳西麓。」〔一一〕在政權交替後，「和平雅麗」的詞風和心態，已經説明了吴綺的政治傾向。朱彝尊將其比作陳允平，或許也與陳允平入元後曾應徵北上有關。

人的心靈往往是複雜的，儘管吴綺迎合新朝統治，但其詞作小序中却透露出時代變遷、物是人非的感慨。其《玉樹後庭花・蕃釐觀》小序説：「在大東門外，漢后土祠也。宋政和易此名。有瓊花一株，類聚八仙草，色微黄而香，歐陽修作無雙亭覆之，因呼瓊花觀。淳熙間，壽皇移之南内，逾年而枯，送還復茂。紹興辛丑，金主亮揭本而去，及元時其種遂絶。嗚呼！一花之微，而盛衰各有其時，今則餘蘖無存，徒增歎息，何況唐昌仙女不可復見乎。作《玉樹後庭花》一闋。噫！余之所慨，豈獨一花也哉！」〔一二〕小序記載揚州城外蕃釐觀中瓊花一株，被金軍掠去，至元時絶種，于今「餘蘖無存」。聯想到清軍在揚州城的破壞活動，可知吴綺所謂「余之所慨，豈獨一花也哉」有其現實投射。

吴綺書寫金陵風土的詞序也有不少可以討論的地方。《應天長·忠孝井》小序説：「晉蘇峻作亂，卞壼力戰死，其子皆赴難而歿，葬冶城中。後明高祖將遷其墓，夜出，見白衣婦人據井而哭，已復大笑曰：吾夫死忠，子死孝，乃不得保三尺墓乎。言已，遂躍于井。高祖感而遂止。忠孝之臣，異代猶足以動人主如此。讀其墓碑題曰『有晉忠臣孝子之墓』，而不及其妻女之節烈，殊爲缺典。然其名俱與天壤不朽。」雖然表面是介紹忠孝井的背景故事，但結合清軍在征服江南的過程中不吝使用暴力，婦女在被俘與死亡之間不乏做出決絶之舉者，吴綺之言就不僅是在介紹歷史了。《霜天曉角·麾扇渡》小序説：「渡在馴象門外。按晉太安時，陳敏之亂。顧榮臨戎，持白羽扇，以麾衆軍，敏軍遁去。嗟乎！世有高談尊俎，自謂『江左夷吾』，及其誓師，一潰不可復振者，其視榮爲何如也。」小序中諷刺了一位自稱當世「江左夷吾」者，詞中有句「英雄何處。笑把乾坤誤。……却嘆暗塵無限，只空把、元規污。」〔一三〕在寫下這些文字時，吴綺似乎暫時站到了清軍對立面的立場上，歎息南明君臣誤國，以致乾坤變换。

吴綺在《茅天石溯紅詞序》中説：「流離兵燹，拜杜宇而猶憐；移徙琴書，聽蟪蛄而未遠。然而情殷與硯，每眷故都；遂亦興托含毫，多賡雅調。」〔一四〕在詞作中寄托故國之思是明末清初文人所熟知的一種創作方式，而在詞序中通過對背景信息的介紹，隱曲地提示讀者去體察故國之思，則是此期詞序不同于宋代詞序的新特點。

二　詞序對所見所聞的記録

「詞史」是清代詞學的重要話題之一。陳維崧的《今詞苑序》闡釋了與「詩史」觀念相對照的「詞史」觀〔一五〕，他説：「客亦未知開府《哀江南》一賦，僕射在河北諸書，奴僕《莊》、《騷》，出入《左》、《國》。即前此史遷、班椽諸史書，未見禮先一飯；而東坡、稼軒諸長調，又駸駸乎如杜甫之歌行與西京之樂府也。……選詞所以存詞，其即所以存經存史也夫？」〔一六〕影響陳維崧形成這種「文學作品可與史著看齊，詞作可與反映社會現實的杜詩、漢樂府比肩」的觀念，與他廣泛收集、閲讀明末清初詞人詞作當有緊密關聯。

明末清初詞人面對時代變局，在主動選擇用詞體去記録社會現實時，利用了詞序的叙事優勢，彌補了詞叙事能力的不足，較介紹背景信息的詞序有更加獨立的價值。周拱辰是明末清初著名的楚辭研究者，李際期在《離騷草木史叙》中記録周氏在社會動盪之際的生活説：「崇禎之末季間，從友人問先生起居狀，聞其行吟草澤，荒湎無次，慷慨讀騷，若泣若歌，有不任其聲、趣畢其詞者焉，蓋狐爰哭國，而托之騷以見志也。」〔一七〕可知這是一位重視通過文學作品來寄托時代悲感的文人。他有一首《金人捧露盤》（殺聲馳），其小序記録了將軍宗禮抗倭犧牲之事，云：「嘉靖間，倭萬餘趨浙，將軍以孤兵持一日糧，倉卒尾倭于桐鄉之繡溪橋，戰三日夜，斬殺無數，兵孤無援，困垓心，無路覓食，士卒饑餓不能持刃，叱之起，復僵仆，將軍自度不免，斬所乘馬，自刎死。」〔一八〕宗禮率孤軍追擊倭寇于周拱辰的家鄉桐鄉，英勇擊敵三日夜，惜無糧草援兵，雖受困而不降，壯烈就義。周拱辰在詞序中繪聲繪色地表現了宗禮的事功與忠勇，體現出以詞紀史的功能。

戰爭導致民間男子不得不走上戰場，而戰敗則可能帶來更大的災難。清軍興起于關外，在部落戰爭時代就形成了擄掠人口和牲畜的習慣，在萬曆時期已經有能力「掠來大批人畜」。〔一九〕這樣一支軍隊，在征服過程中對被征服地區的居民及財物是不會留情的。崇禎十二年（一六三九），清軍攻破濟南，德王朱由樞及其家室被俘，朱苐煌《憶王孫》（朔雲漠漠影雙飛）小序記録了朱由樞被俘時的屈辱場景，説：「已卯督營糧，見難民逃回者，皆言曾于渡香河時見德王與妃被擄，以黄尺組擊其臂，一小竹兜引之。」〔二〇〕

易代之際，南方女子大量被俘虜，在詞作及其小序中可以看到不少人士努力營救這些女子的故事。陸世儀《念奴嬌》（罡風忽下）小序記載明末山西巡撫耿如杞之子耿章光在國變之時居金陵，被新政權處死，妻姚氏、妾朱氏跳井自盡，侍妾小鳳正在「鐵騎叢中」、「紅淚頻滴」之際，毗陵劉子以重金獻給馬胤昌，終于將小鳳贖回之事。〔二一〕陳維崧《賀新郎》（天畔蠶叢路）小序記載一名被清軍俘虜的士族女子得贖，夫婦團圓事，云：「新安陳仲獻客蜀總戎幕府，嘗贖一俘婦，詢之蓋仕族女也，仲獻閉置別館，召其夫還之。」〔二二〕黄永《解佩令》二首有長篇小序，記載友朋三人在任城試圖解救一被虜女子事。清軍南征，這名女子的丈夫被殺害，自己被俘而遭辱，隻身流落他鄉。她眼見故鄉之人，不禁痛哭。南方來的幾位士子聞其遭遇，鼓足勇氣相約施以援手。〔二三〕

得到救贖的畢竟是少數，不幸的故事在詞序中亦有所反映。張振《摸魚兒》（猛回頭）小序記載：「戊午秋，余客燕臺。聞有豫章李氏者，被掠將入京，途次兖州店中，一夕以石灰作書留二詩于壁，自縊死。詩云：『新結盤頭卸漢妝，銀環换却小鳴鐺。風塵改盡當時面，不敢逢人説故鄉。』」〔二四〕這位自江西被俘的女子，在進京途中飽受欺凌，還家無望，只得留下絶筆詩而自縊，其絶望之苦在小序中得到了一定的保留。汪灝《滿江紅》（玉碎珠沉）小序記載：「山溪程烈婦，王之遴妻也，艾而寡。甲申中與孀姑避亂山間，姑爲賊執，婦急出救，賊捨姑欲亂婦，婦不可，乃斷其兩臂死。」程氏本已不幸守寡，又遭遇時代劇變，奉孀姑向山中避難，却遭遇亂兵搜捕猥褻，奮不顧身拯救老人，最後斷臂慘死，詞曰：「非不畏，刀鋒酷。非不怕，污泥辱。」〔二五〕更突出了程氏的犧牲精神。隱身山間尚不免遭難，居住城市則往往直面暴行。魏學渠《望遠行》(摩訶池上)小序則記録了蜀地繁華在明末亂世中的毁滅，説：「蜀藩爲明高皇少子，宫在摩訶池上，徵天下巧匠，歷三十九年而成，壯麗過于北平。張賊破城，蜀王率其子女宫人投井以死，王所乘白騾躑躅其旁，亦跳入殉焉。宫室盡燬，繚垣以獨堅得留。後苑竹樹參差，流水瀰瀰，令人增黍離之感。」詞人也抒發了面對廢墟的悲傷，云：「最傷心朝夕，唯聞杜宇。」〔二六〕

晚明士族女性受教育水準普遍提高，促使明末清初的「詞史」寫作留下了珍貴的女性視角和聲音。丹陽人湯萊在《憶舊游》(夜深渾不寐)小序中記載了她眼見「歷數中更，河山頓易，昔日重樓畫閣，今成烏巷東陵」的不幸遭遇，詞云：「只簾外青山，窗前流水，閲盡沉浮。」〔二七〕安福人劉淑，七歲父死，年十八守寡，甲申變局中她散家財，募勇士，事敗後迎母歸養。她在《踏莎行》(廿載于飛)小序中記録表嫂在甲申變局下爲家庭辛苦操勞，有同病相憐之感，説：「嫂年三十四矣。兵竄荒窘，屢經流離，而養葬婚嫁之事，皆嫂以一身任之。」詞云：「幾番落日漱寒霜，詞人薄命還同妾。」〔二八〕在明清時期，交游、考學、任官占據了男性士人的大部分時間，而家庭生活中的大小事務都交由女性打理。當戰爭襲來時，士人家庭女性所承受的壓力可想而知。

來鎔的《應天長・江東遺事》組詞十首是此期「詞史」作品中值得特别關注的一組作品，每一首詞都歌咏了一位或多位時代的殉難者，涉及人物有劉宗周、祁彪佳、余煌、張國維等等，而每首詞前都有小序記其一二事。第四首小序記録祁彪佳赴水自盡事，説：「大中丞忠愍祁世培先生，聞國難，悲傷痛悼，涕泣沾巾。日坐卧園中，若有所計量，聽者不得聞知，子弟虞有他變，侍之日夜不休。先生即更啞啞笑言，命趣駕，載筐實，如將有適者。子弟喜，稍稍散去。其夜作書訣家人，誡厚葬，自贊小像，乃赴水死。」〔二九〕小序的記載與祁熊佳所撰《行實》大體接近。〔三〇〕其遺言詩云：「光復或有時，圖功審機勢。圖功爲其難，殉節爲其易。我爲其易者，聊盡潔身志。難者待後賢，忠義應不異。余家世簪纓，臣節皆罔替。幸不辱祖宗，豈爲兒女計。含笑入九原，浩氣留天地。」〔三一〕讀詩可知祁彪佳赴水殉節是在時勢所迫下留給自己的最後一次選擇，小序中將祁彪佳赴水前的舉止也描寫得從容淡定。

綜上可知，明末清初的社會動盪造成了多種多樣的悲劇，當時詞人們主動選擇詞體，對所見聞的故事予以了書寫。限于詞體的韻律要求，在叙事上需要有所補充，詞人便選擇以詞序來擴展了詞體的叙事功能，在抒情的基礎上也滿足了紀事的需要。

三　詞序對詞體問題的探討

明末清初詞人嘗試在詞序中闡述詞學思想。這些小序包含評論詞作得失、詞學門徑、詞風宗尚、詞律詞調、雜體形式等内容。

王屋《憶王孫》（千金不惜惜春宵）、《滿江紅》（恨切肝脾）等詞序分别評論了陸游、文徵明、沈周等人詞作的得失。〔三二〕小序既解釋了其在效仿前人時的傾向性，又突顯出他對前人詞作的重視，這種取徑前人的學詞方式奠定了詞學中興的良好基礎。

陸嘉淑的《如夢令》（霧髻雲鬟不正）小序記録了一則傾向不同而喜好頗異的例子，説：「庚戌秋，與王西樵士禄、宋射陵分賦煙湖。西樵賞余前四語，以爲得煙湖之神，而射陵以爲不如落句之雅。余謂吾詞不足稱，正足見二公詞學取徑之異。」詞作：「霧髻雲鬟不正。黛翠檀黄交映。憶如玉樓人，睡起清曨未醒。無定。無定。斜日亂山疏影。」〔三三〕王士禄喜好旖旎側艷之詞，陸嘉淑詞前四句將湖光水色比喻爲睡起而尚未清醒的美人，故受到王氏激賞。但宋曹却强調「雅」，因此稱道落句「斜日亂山疏影」的清空意境。這其實是花間詞風與南宋雅詞在清初各有其受眾的表現。潘廷璋《南柯子》（打破夢中夢）小序批評片面效仿花間詞風和南宋詞風的門徑，説：「余少年亦喜爲詞，然不能避花間草堂熟徑，中頗厭之，因而棄去。近日詞場飈起，争趨南宋，猶詩之必避少陵而趨劍南也。」〔三四〕可見在明清之際，詞壇多種風格取徑相互競争。而争趨南宋之風在朱彝尊等浙西詞家的鼓吹之下形成規模，逐漸引領詞壇。邵瑸《玲瓏四犯》（散髮梳風）小序説：「石坪風度瀟灑，詞有夢窗玉田意趣。」〔三五〕林企忠《金盞子》（幾日薰風）小序説：「余自楚歸，張子趾肇枉顧，適有筍里之行，有失倒屣，復承見寄新詞，清新俊逸，佳致在梅溪白石間。」〔三六〕他們都以南宋雅詞的典範作家爲值得效法的對象。

雖然宗尚南宋詞風的浙西詞派在作家、詞作乃至詞學論著的數量上都有明顯優勢，但推崇豪放詞風、尤其是推崇陳維崧詞的聲音也始終不輟。金人望《念奴嬌》（稼軒老子）小序説：「稼軒全詞世罕善本，予得于裏媪筐篋中，二十年餘未少離。秦人李生椒其見而嗜之，手抄不輟，不半月過予，俱能出口成誦矣。」詞作：「稼軒老子，唱新詞、真個文章游戲。國色天然誇絶代，説甚蘇豪柳膩。」〔三七〕趙昱是浙派詞人，但他覺得陳亮詞也有可取之處，其《水龍吟》（正逢春半歸休）小序稱道陳詞中直抒胸臆的一面，在詞作中趙昱效法了陳亮的抒情方式，但今昔之感似乎更爲深沉。

紀邁宜則有多篇詞序表達了對陳維崧詞的推崇和學習。其《念奴嬌》（千秋才士）小序説：「初秋晚步，得晤朱乾御。伏讀其《有是廬詞》，因共論近代詞人，服膺陳檢討其年。」詞云：「蘭畹衡香，迦陵晚笑，與予同心折。試還取讀，淋漓真是奇絶。」《滿江紅》（篆刻雕蟲）小序稱：「今考城枉駕見過，共論《花間》、《草堂》宗旨，極推陳檢討其年，與予同志。」詞句又重複《念奴嬌》語説：「試取迦陵遺集讀，淋漓滿志真酣暢。」〔三八〕樓儼在《采桑子》（今年暑雨兼秋雨）小序中亦明確表示效法了陳維崧詞十首，以寄托難以言表的複雜情感。〔三九〕

在討論詞風方面，杜詔的《清平樂令・庚寅萬壽節恭進》詞序值得特别關注。在南宋時期，祝壽詞前撰寫一篇駢體小序已較爲常見。杜詔在進獻玄燁的祝壽詞中繼承了這種作法，並結合其以詞受知的仕宦經歷，提供了一則認識清初詞學環境的重要材料。小序叙述詞體的發展歷史，强調詞的雅頌功能，説：「雅頌既興，歌詞間出，始則以詩被樂，繼且按律填詞。雖小部新聲，類是緣情之作；而禁庭春晝，争傳應制之篇。至于大晟府官，以協律爲名，金馬門時，以能詞待詔。」因爲詞體的雅頌功能，在當今盛世之下，杜詔接着説：「臣夙慚綴學，少習倚聲，自知涉筆荒蕪，豈意蒙恩采録。六年應詔，三預編摩。始則選録詩餘，繼復訂修詞譜。」〔四〇〕在杜詔的小序中，認爲詞體起源于詩。《歷代詩餘序》提出：「（樂府、詩餘）要皆昉于詩，則其本末源流之故有可言者。古帝舜之命夔典樂曰：『詩言志，歌永言，聲依永，律和聲。』可見唐虞時即有詩，而詩必諧于聲，是近代倚聲之詞，其理固已寓焉。」〔四一〕《歷代詩餘序》作于康熙四十六年（一七〇七），杜詔這篇詞序則作于康熙四十九年（一七一〇），觀點一脈相承。杜詔于康熙四十四年（一七〇五）獻《迎鑾詞》獲得召試的機會，奉命入都，先後參與了《歷代詩餘》、《廣西方輿路程》、《欽定詞譜》三部書籍的編撰工作，這就是他在小序中所説的「六年應詔，三預編摩。始則選録詩餘，繼復訂修詞譜」。這樣的經歷讓杜詔篤信詞體已經受到了皇帝的關注，而詞體以雅頌爲主，用于應制待詔，于「盛世」之中「清風作誦」、「妙曲流傳」，成爲了杜詔所體認的詞學要旨。

除了關于詞風宗尚的討論以外，對于具體詞調的意見也可直接服務于詞的創作，如陸嘉淑《浣溪沙》（日暮孤帆隱斷山）小序説：「『浣溪沙』皆七字，唯南唐馮延巳『風散春水』一首第二句作六字。其詞亦不載《花間集》。余戲學之。百旃曰：何不更增一字。爲答之曰：留以存此一體。」陸嘉淑此作第二韻有意立異，作「野雲催暝争還」〔四二〕六字句，故在小序中特别交代了他這樣處理的依據所在。孫致彌《摸魚兒》（買陂塘）小序解釋調名演變説：「『買陂塘、旋栽楊柳』，晁無咎《摸魚兒》起句也。元人圭塘《欸乃集》皆用此語發端，後人或更調名爲《邁陂塘》，直是買字訛耳。」〔四三〕葛筠《釵頭鳳》（飛災瘴）小序説：「此調世傳陸放翁作，然押尾三字必得成語方佳，不爾盡屬牽强支離矣。雜劇載趙禮讓肥故事，有『殺殺殺』語，予見而壯之，實難其偶。忽憶《螢芝集》中『賊賊賊』句，天然湊合。暇日乘興綴而成之，不禁擲筆大笑也。」〔四四〕在詞中，葛筠上片結以「賊賊賊」三字，下片結以「殺殺殺」三字，葛筠認爲這幾字「天然湊合」，也是別有趣味。

此外，明末清初詞人在小序中也對檃括、集句、回文等詞中雜體有所討論。蘇軾《水調歌頭》（昵昵兒女語）和《哨遍》（爲米折腰）等詞序中對檃括詞的闡釋，對後世有示範作用。王遵宸《念奴嬌》二首檃括前後赤壁賦，小序稱：「宋人有檃括赤壁詞，明董文敏病其字溢賦外，作《念奴嬌》二首，刻意矯之，今入《延清堂石刻》。跋語極自喜，然于調頗不合。予與玉停、天游輩輒復爲此，非敢求勝古人，或免後人吹索耳。」〔四五〕宋人林正大以《酹江月》詞調檃括前後赤壁賦兩首，劉將孫則以《沁園春》詞調檃括前後赤壁賦兩首。在《全宋詞》中，還有無名氏分別以《秋霽》檃括前赤壁賦，以《賀新郎》檃括後赤壁賦。宋人及董其昌的《念奴嬌》檃括前後赤壁賦暫未及見，但從王氏小序可以看出董其昌認爲檃括詞字句應該從檃括對象的字句中擇取，而王氏則在此基礎上更加注重詞律。小序中提及的顧陳垿（玉停）《念奴嬌》二首詞前也有小序，表達了與王遵宸相同的看法。〔四六〕

季孟蓮《浣溪沙・江南愁思，集杜牧之句》組詞小序稱：「牧之愁思，舊在江南，從身到處，一爲擬托。覺先得我心，不復有竄合之跡。可知詩詞衍胤，情爲之種，所以古今詞人之口，無有工于男女之際者。《離騷》之君臣，『蘇李』之朋友，皆托夫婦而爲言旨矣。」〔四七〕這則小序一方面提出杜牧在揚州的詩句，皆托男女之情而寓政治之思；另一方面提出詩詞皆以情爲根本，故詩詞同爲情語衍胤，這也就爲其集詩句爲詞提供了理論依據。通常認爲集句詞由王安石發端，但以蘇軾集句詞爲效法對象的亦不乏人，徐基《南鄉子》（歌舞樂時休）小序從記叙一場親見蘇軾色笑、隨游三島的夢境開始，寫到夢醒後的記憶，説：「回憶仙游，恍惚莫據。止有『一聲長嘯海山秋』之句，能全誦焉。因復挑燈孤坐，倣先生集句體，續成《南鄉子》詞一闋，亦以見嚮往之誠，可免生不同時之恨耳。」徐基另一首《南鄉子》（人在木蘭舟）小序説：「東坡先生《南鄉子》詞共十六首，内集句者三。」〔四八〕由這兩則詞序可知徐基對蘇軾詞下過很深的功夫，其對集句詞的認識深受蘇軾詞影響。

曾燦《菩薩蠻》（横塘隔影春生夢）小序討論回文詞，説：「朱晦翁有倒《菩薩蠻》體，各句自倒其韻，在于首尾。善伯以爲首尾其韻，讀之覺有瘢痕，乃更爲全複之體，使長短不定，而卸其韻于别句中，作《閨情四景》。予亦倣此。」〔四九〕《菩薩蠻》是最常見的回文詞調之一，因其全篇皆五言、七言句，蘇軾就有《菩薩蠻》回文詞可爲典範，兩句互回，韻在首尾。〔五〇〕邱濬覺得這種首尾其韻的回文方式尚有不足之處，其《菩薩蠻・秋思回文》便采用了至末回環的新方式，一部分韻字就藏在句子當中。〔五一〕曾燦所效仿的《菩薩蠻・閨情四景》便是至末回環的「全複之體」，在當時詞壇看來，似乎句回之體不如通體回文精妙。

在論述詞風、詞調及雜體詞的小序中，有一個共同點便是作者在序文中所予以解釋或認可的方向，往往就是其詞作所努力的方向。詞序對詞創作的引導性，也可以理解爲小序在與詞的關係中進一步占據了主導地位。詞序在論詞方面爲讀者提供了豐富的詞學史細節，能夠爲深入具體地看待詞學發展演變提供幫助。

四　詞序對審美價值的追尋

歐陽逸曾評論姜夔《鷓鴣天》（曾共君侯歷聘來）的詞序：「融叙事、寫景與抒情爲一爐，于散句中雜以四言，疏密相間，音韻鏗鏘，在流利之美中又透露出工致之美。」〔五二〕劉華民在分析具有獨立審美價值的宋詞小序時不僅突出了姜夔的貢獻，還指出周密同樣善作詞序。〔五三〕姜夔、周密、張炎等都在詞序的寫作上花過很多心力，他們的詞作不僅可以以詞爲主要欣賞對象，也可以視爲文與詞的跨文體組合文學作品。但是，他們對詞序文章價值的開拓長期缺乏後繼，這或許與姜、張詞集較爲罕見，直到清康熙年間借助《詞綜》才得以産生較大影響，個人詞集也再次流傳的文獻史實有關。考察明末清初的詞序，雖然也有一些駢體行文、組織精巧的小序，但缺少一位詞人在詞序的寫作上有意效法南宋典雅風格。這種情況直到厲鶚的出現才得以改變。

厲鶚在詞壇的崛起，標志着明末清初詞壇的迭代，這一點在詞序的發展流變上也體現得十分明顯。厲鶚有意效法了南宋雅詞傳統中的詞序，使詞序再次收穫了獨立的美學價值。姜夔、周密、張炎等撰寫的長篇詞序都在十至十五篇左右，厲鶚也是如此，規模上大體接近。從具體篇目上也能看出明顯的效法關係，如《湘月》一調，姜夔詞序作：

> 長溪楊聲伯典長沙楫棹，居瀕湘江，窗間所見，如燕公、郭熙畫圖，卧起幽適。丙午七月既望，聲伯約予與趙景魯、景望、蕭和父、裕父、時父、恭父，大舟浮湘，放乎中流，山水空寒，煙月交映，淒然其爲秋也。坐客皆小冠綀服，或彈琴，或浩歌，或自酌，或援筆搜句。予度此曲，即《念奴嬌》之鬲指聲也，于雙調中吹之。鬲指亦謂之過腔，見晁無咎集，凡能吹竹者便能過腔也。〔五四〕

小序先介紹楊聲伯湘江寓所美景，將其比喻爲燕文貴、郭熙的畫圖，主人推窗縱目便可卧游，爲後文記游交代背景。隨後介紹七月十六夜，友朋八人乘大舟夜游湘江，觀山賞月，彈琴浩歌，酌酒賦詩，自己作詞記録一時清雅之樂。張炎《湘月》（行行且止）亦撰小序記録其與徐平野、王沂孫的剡溪之游，説：

> 余載書往來山陰道中，每以事奪，不能盡興。戊子冬晚，與徐平野、王中仙曳舟溪上。天空水寒，古意蕭颯。中仙有詞雅麗，平野作《晋雪圖》，亦清逸可觀。余述此調，蓋白石《念奴嬌》鬲指聲也。〔五五〕

張炎小序也先交代背景，鋪墊對山陰道中之游的期待。深冬時節，張炎與徐、王二人乘舟剡溪之上，「天空水寒，古意蕭颯」的描繪與姜夔「山水空寒，煙月交映」之語有明顯的效仿痕跡。接下來寫到友人或填詞，或繪畫，而自己亦有詞作。張炎小序在結構和字句上都有意模仿姜夔原作。厲鶚的《湘月》（客游未懶）也有長篇小序記述紅橋之游，作：

揚州勝處，惟紅橋爲最。春秋佳日，苦爲游氛所雜。俗以大舟載酒，穹篷而六柱，旁翼闌檻，如亭榭然。每數艘並集，或銜尾以進，則煙水之趣希矣。戊午十月十七日，風日清美，煦然如春，廉風、萸亭、賓谷、葑田，招予與授衣、于湘，喚舟出鎮淮門，歷諸家園館，小泊紅橋，延緣至法海寺，極蘆灣盡處而止。蕭寥無人，談飲間作，亦一時之樂也。懸燈歸櫂，吟興各不能已，相約賦《念奴嬌》鬲指聲一闋，而屬予序之。〔五六〕

厲鶚交代揚州富人以大舟並進于紅橋邊，過于富麗喧囂。暮秋時節，友朋七人乘舟游紅橋、法海寺，行至蘆灣盡處，遠離繁華，一片蕭寥。至此，同仁開始飲酒交談，吟興漸濃，這一幕，讓衆人相約同賦《湘月》一調。三段式的小序結構與姜夔、張炎之作完全相同。小序透露的審美趣味上，三人都寄情于蕭瑟煙水，享受與友人飲酒賦詩的閒適。這種有意效法姜夔詞序的現象在厲鶚《角招》（話離索）小序中也體現得很明顯，但是角度有所不同，下列姜、厲小序：

甲寅春，予與俞商卿燕游西湖，觀梅于孤山之西村，玉雪照映，吹香薄人。已而商卿歸吴興，予獨來，則山横春煙，新柳被水，游人容與飛花中，悵然有懷，作此寄之。商卿善歌聲，稍以儒雅緣飾；予每自度曲，吟洞簫，商卿輒歌而和之，極有山林縹緲之思。今予離憂，商卿一行作吏，殆無復此樂矣。（姜夔《角招》小序）〔五七〕

予與趙谷林長安別三年矣。戊午初冬，谷林自北歸，相見于邗城，塵衣風帽，同話舊游，悽然悵觸予懷也。家山漸近，又復薄遽分手。予歸杭當在冬杪，谷林家西池梅花下，談讌之樂，計日可待。因用白石老仙自度曲，所云黄鍾清角調者，製一闋寄之。（厲鶚《角招》小序）〔五八〕

姜夔小序前半記録了他與俞灝紹熙五年（一一九四）游覽于西湖北麓，踏雪尋梅的往事。既而俞灝回吴興，姜夔獨往孤山，見新柳照水，悵然懷人，故作此詞。小序後半記録兩人吟簫善歌，簫聲與歌聲相合，「極有山林縹緲之思」，實則道出二人情志所鍾。只可惜二人身不由己，不知何時能再相見。厲鶚與趙昱于乾隆元年（一七三六）在京師應鴻博科，隨後分别，乾隆三年（一七三八）于揚州客中再會，旋即離别。厲鶚與趙昱年歲相仿，文學思想接近，對家鄉杭州及天水一朝都有深厚的情感，可謂知音。客中兩會兩别，令厲鶚不禁暢想早歸家鄉，與趙昱共游。可能因姜夔《角招》爲知音而作，故厲鶚也特意選了這一調填詞以寄趙昱。這兩篇小序雖然在叙事的層次和情感的表達上仍是可以見出效法關係的。

綜上可見，厲鶚詞序之于姜夔詞序，首先在規模上，其次在結構與字句上，甚至在主題上都有所效法。在明末清初這樣一個時間跨度長，詞學思想紛繁多元的時代，首先重視詞序的獨立美文價值，並着重效法以姜夔爲代表的南宋典雅風格小序者，就是厲鶚。後世文人看待詞序，有時會對小序的文學性有所期待，這與厲鶚追尋南宋雅詞風格、浙派後繼重視詞序的獨立美學價值有密切關係。

五　結語

明清易代對士人群體確實造成了不同程度的心靈創傷，隱曲地抒發故國之思于詞作中較爲常見，詞序承擔了交代背景、啟發讀者去體察作者心緒的作用。在這一層關係中，詞序主要是服務詞之用。易代之際發生的諸多事件不僅讓詞人們産生了情感的强烈波動，也讓他們有强烈的動機去記録下這些事件。紀事與抒情的雙重需要，使詞人們選擇發揮詞序的叙事優勢，讓小序與詞各有側重，又相互配合，這種方式也較爲集中地體現在明清之際的「詞史」寫作中。在這一層關係中，詞序與詞是並重的關係。

隨着清代統治的穩固，改朝换代的震撼減少，促使詞人撰寫詞序的動機也從對社會動盪的關注過渡到了對詞體本身形式價值的關注。詞人們在小序中討論了詞作、詞風、詞調、詞體等等諸多方面内容，並往往在詞作中印證了其小序的觀點。在這一層關係中，詞序較詞更具有主導地位。

受到康熙後期帝王與詞臣對雅詞的提倡以及士人間浙西詞學流行的影響，南宋典雅詞風成爲康熙後期詞壇最主流的效法對象。在這樣的背景下，姜夔詞序所開創的美文傳統終于得到了厲鶚的繼承，而厲鶚的影響力能確保其淵源自姜、張典雅風格的詞序在乾嘉詞壇得到足夠的回應。在這一層關係中，詞序的美學價值不遜色于詞。

明末清初詞序的發展歷程與時代風會關聯緊密。從這一時代詞序與詞關係的演變中，也可以看出詞序的重要性和價值在逐步提升。經過了明末清初的發展與積澱，後世詞壇也出現了篇幅更長、內容更加博綜、甚至更具有獨立研究價值的詞序。

〔一〕趙曉嵐《論宋詞小序》，《文學遺産》二〇〇二年第六期，第三八—四〇頁。

〔二〕沈松勤《從詞的規範體系通觀詞史演進》，《中國社會科學》二〇一九年第九期，第一七五頁。

〔三〕〔七〕〔八〕〔一〇〕〔二三〕〔二五〕〔二六〕〔二九〕〔三三〕〔三四〕〔三五〕〔三六〕〔三七〕〔三九〕〔四〇〕〔四二〕〔四三〕〔四四〕南京大學中國語言文學系《全清詞》編纂研究室編《全清詞・順康卷》，中華書局二〇〇二年版，第一六五七頁，第一六五九頁，第一六六〇頁及第一六六二—一六六三頁，第一六六二頁及第一六六四頁及第一六六五頁，第四二三二頁，第九八七三頁，第二六一四頁，第二二一一頁，第五二一〇頁，第五二八頁，第九三一一頁，第九七九九頁，第八七九〇頁，第一一四五五頁，第一一一七三頁，第五二一〇頁，第八一六〇頁，第九二八九頁。

〔四〕羅大經撰，王瑞來點校《鶴林玉露》卷一，中華書局一九八三年版，第二頁。

〔五〕〔一八〕〔二一〕〔二七〕〔二八〕〔三二〕〔四九〕〔五一〕饒宗頤初纂，張璋總纂《全明詞》，中華書局二〇〇四年版，第一八四—一八七頁，第一四八七頁，第二二五三頁（按：原文作「章耿光」、「馬允昌」，據史料改爲「耿章光」、「馬胤昌」），第三〇一七頁，第二六六二頁，第一六〇〇頁及第一六二三頁，第二五五六頁，第二七四頁。

〔六〕王夫之著，楊堅總修訂《船山全書》年譜《船山公年譜》，岳麓書社二〇一一年版，第三二四頁。

〔九〕朱熹撰，黃靈庚點校《楚辭集注》卷二，上海古籍出版社二〇一五年版，第四五頁。

〔一一〕馮金伯《詞苑萃編》卷八，唐圭璋編《詞話叢編》，中華書局一九八六年版，第二册，第一九三六頁。

〔一二〕〔一三〕〔二〇〕〔二三〕〔二四〕〔三八〕〔四五〕〔四六〕〔四八〕張宏生主編《全清詞·順康卷補編》，南京大學出版社二〇〇八年版，第四三八頁，第四四八—四四九頁，第三八頁，第五九三頁，第二三五九頁，第二四六九頁及第二四九〇頁，第一八一七頁，第二〇五二頁，第一一六〇—一一六一頁。

〔一四〕〔一六〕馮乾編校《清詞序跋彙編》，鳳凰出版社二〇一三年版，第四四頁，第六一頁（按：原文作「班椽」，據文意，當作「班掾」）。

〔一五〕張宏生《清初「詞史」觀念的確立與建構》，《南京大學學報（哲學·人文科學·社會科學）》二〇〇八年第一期，第一〇一頁。

〔一七〕周拱辰撰，黄靈庚點校《離騷草木史》，上海古籍出版社二〇一九年版，第一頁。

〔一九〕周遠廉《清朝開國史研究》，遼寧人民出版社一九八一年版，第五三頁。

〔三〇〕〔三一〕《祁彪佳集》，中華書局一九六〇年版，第二四〇頁，第二二二頁。

〔四一〕沈辰垣《歷代詩餘》，上海書店一九八五年版，第一頁。

〔四七〕周明初、葉曄補編《全明詞補編》，浙江大學出版社二〇〇七年版，第二册，第八七一頁。

〔五〇〕張宏生《經典傳承與體式流變：清詞和清代詞學研究》，南京大學出版社二〇一九年版，第三一九頁。

〔五二〕歐陽逸《宋詞小序泛論》，《湘潭大學學報（哲學社會科學版）》一九九六年第五期，第五二頁。

〔五三〕劉華民《宋詞小序綜論》，《常熟高專學報》二〇〇三年第一期，第五九頁。

〔五四〕〔五七〕姜夔著，陳書良箋注《姜白石詞箋注》卷一，卷四，中華書局二〇〇九年版，第一六頁，第一五二頁。

〔五五〕張炎撰，孫虹、譚學純箋證《山中白雲詞箋證》卷二，中華書局二〇一九年版，第二〇四頁。

〔五六〕〔五八〕張宏生主編《全清詞·雍乾卷》，南京大學出版社二〇一二年版，第二六二頁，第二六三頁。

（作者單位：南京大學藝術學院）

陳維崧多用《賀新郎》詞調原因探析

張兵　馬甜

内容提要　陳維崧是清初陽羡詞派的領袖，也是一位創作極爲豐富的詞人，現存詞作數量爲古代詞人之冠。在其一千六百餘首詞作中，《賀新郎》一調填至一百三十五首之多，占到了陳維崧詞的百分之八。陳維崧爲何對《賀新郎》詞調如此鍾情，個中原因，值得深入思考。《賀新郎》詞調慷慨激昂的聲情特徵符合陳維崧對豪放詞風的追求，同時此調所具有的叙事潛質也與陳維崧詞擅于叙事的特徵相契合。此外，陳維崧對「稼軒風」的宣導以及對辛棄疾和辛派詞人的追摹，亦影響了他對《賀新郎》一調的偏愛。研究詞人對詞調偏嗜等個案，對把握詞體文學的本質特徵、詞與詞調之間的内在聯繫、作家風格與填詞用調的深層關係等皆有啓示意義。

關鍵詞　陳維崧　《賀新郎》　詞調　探因

作爲清初詞壇大家，陳維崧詞歷來頗受學界關注，研究成果較爲豐富，研究角度也較爲全面。有關陳維崧詞用調方面的研究，目前有徐全亮的碩士學位論文《〈湖海樓詞〉用調研究》，其中論及用調與詞風及詞學思想的關係，但論述較寬泛，未對具體詞牌進行深入探討[一]，還有進一步思考的空間。《全清詞·順康卷》[二]及《全清詞·順康卷補編》[三]共收録陳維崧詞一千六百七十首，而和他並列清初詞壇的朱彝尊僅有六百五十六首詞作。陳維岳論及其伯兄創作時説，「或一月作幾十首，或一韻叠十餘闋」[四]，「古今人爲詞之多，未有過焉者也」〔五〕。陳維崧詞不僅創作數量多，且用調十分廣泛，儘管有些調名僅填詞一首，如《黃鸝繞樹慢》、《西子妝慢》、《瑤臺第一層》等，似有炫技之嫌。但在整部迦陵詞中，《賀新郎》一調的詞作填至一百三十五首之多，足見陳維崧對此調的偏愛。陳廷焯曾評價道：「其年《賀新郎》調，填至一百三十餘首之多，每章俱于蒼茫中見骨力，精悍之色，不可逼視。」〔六〕且「鏄」韻詞和「益」韻詞竟「十五用前韻」，這在詞史上是罕見的。《賀新郎》詞調的聲情特徵從蘇軾「乳燕飛華屋」一詞的幽静纏綿演變爲張元幹「夢繞神州路」的慷慨激昂，這種聲情特徵是符合陳維崧詞的風格追求的。而《賀新郎》詞調所具有的叙事潛質，和陳維崧詞中擅于運用多視角叙事等表達方式也不謀而合。此外，陳維崧對「稼軒風」的宣導以及對辛棄疾乃至辛派詞人的追摹，也影響了他對《賀新郎》一調的偏愛。

一　《賀新郎》詞調的聲情特徵與陳維崧詞的風格追求

詞在發展初期，與音樂緊密聯繫，是爲歌唱而作的。不同的詞調規定了不同的音樂腔調。隨著詞與音樂的脱離，詞調的作用更爲重要，自晚唐五代以來，經過衆多詞人的不斷實踐，每一個詞調都形成其一定的格律和聲情特點。至明清時期詞人完全按照前人所規定的格律來填詞，王奕清《欽定詞譜》云：「夫詞寄于調，字之多寡有定數，句之長短有定式，韻之平仄有定聲。杪忽無差，始能諧合，否則音節乖舛，體制混淆。此圖譜之所以不可略也。」〔七〕由此可見，選調擇聲情即爲填詞的第一步。沈祥龍《論詞隨筆》中説：「詞調不下數百，有豪放，有婉約，相題選調，貴得其宜。調合，則詞之聲情始合。」〔八〕填詞擇調關乎詞作的風格，因聲律體式的不同，詞調的聲情有所不同，故而其詞作的風格也各有不同。正如王易《中國詞曲史》所言：「賦情寓聲，自當求其表裏一致，不得乖反。若《雨霖鈴》、《尉遲杯》……等調，則沉冥凝咽，不適豪詞；《六州歌頭》、《賀新郎》……等調，則揮灑縱横，未宜側艷。」〔九〕《賀新郎》一調的聲情特徵符合陳維崧詞的風格追求。

《賀新郎》詞調的聲情從早期的纏綿幽静發展爲慷慨激昂，其聲情特徵便由此固定下來。《賀新郎》又名《賀新凉》、《金縷曲》、《金縷詞》、《乳燕飛》、《風敲竹》、《貂裘换酒》、《雪月江山夜》等〔一〇〕。宋人楊湜在《古今詞話》中論及《賀新凉》詞調的來源時説，蘇軾守錢塘，有官妓秀蘭天性黠慧。一日宴會，衆人皆至，唯秀蘭遲遲未到，于是派人催促。蘇軾問其遲來緣故，道是沐浴困睡。蘇軾並未計較，但座中倅車見其晚來而欲責罰，蘇軾故作《賀新凉》以解之。楊湜還提及蘇軾此作是取其沐浴新凉之意，曲名「賀新凉」。後人不知之，誤爲「賀新郎」〔一一〕。南宋胡仔反駁楊湜之説云：「野哉，楊湜之言，真可入笑林。東坡此詞，冠絶古今，托意高遠，寧爲一娼而發邪！」〔一二〕胡仔懷疑蘇軾《賀新凉》一詞的本事，認爲東坡此詞是借盛夏榴花獨放寫幽閨之情。同時還指出，《賀新郎》詞調名並非來源于蘇軾，「乃古曲名也」〔一三〕。《賀新郎》一調是否來源于古曲名，已不可考，但目前都以蘇軾「乳燕飛華屋」一詞作爲此調的首見詞。試看蘇軾此詞：

乳燕飛華屋。悄無人、桐陰轉午，晚凉新浴。手弄生綃白團扇，扇手一時似玉。漸困倚、孤眠清熟。簾外誰來推繡户，枉教人、夢斷瑶臺曲。又却是，風敲竹。石榴半吐紅巾蹙。待浮花浪蕊都盡，伴君幽獨。濃艷一枝細看取，芳心千重似束。又恐被、秋風驚緑。若待得君來向此，花前對酒不忍觸。共粉淚，兩簌簌。〔一四〕

有關此詞的解釋歷來衆説紛紜，《耆舊續聞》稱此詞是蘇軾爲名爲榴花的妾所作〔一五〕，《艇齋詩話》又謂此詞作于杭州萬頃寺，寺中有石榴樹，有歌者晝寢〔一六〕。解釋雖多，但蘇軾此詞寫得意境高遠，絶不是簡單的記事之作，開篇「乳燕飛華屋」一句，强調主人公所住是「華屋」，可見主人公之富貴。盛夏午後寂静的庭院，有一美人手握扇子，「孤眠清熟」，一「孤」字襯托出主人公的寂寥。静謐的氛圍忽而被打破，好似有人進入庭院，窸窣聲響驚動了熟睡的主人公，原來只是風吹竹子的聲音。一「枉」字揭示了主人公從希望到失望的情感變化，與前文「悄無人」、「孤眠」相呼應。下片宕開一筆轉寫榴花，首句寫榴花的形態，繼而寫榴花的品質，獨立于「浮花浪蕊」之外，「幽獨」的榴花不正是和女主人一樣的品質嗎！「穠艷一枝細看取，芳心千重似束」，再一次把枝細看，濃艷的花心千千重疊，看到這樣美麗的花，詞人不禁想到若被秋風吹去，該多麼可惜。此處惜花亦是惜人，末尾寫遲暮的美人和被秋風吹落的榴花一樣，如若兩處相見，定然是「共粉淚，兩簌簌」。東坡此作，以濃艷之景寫纏綿之情，給人以幽静纏綿之感。詞中那孤芳自賞的美人，遺世獨立的榴花，也正是蘇軾的自我寫照。蘇軾此篇奠定了《賀新郎》一調婉曲纏綿的基調，此後如葉夢得詞「睡起啼鶯語」、李玉詞「篆縷銷金鼎」等，都「風流藴藉」，「情詞旖旎，風骨珊珊，幽秀中自饒雋旨」[一七]。

《賀新郎》詞調發展至南北宋之交，張元幹等人將故土之念、家國之思加入其中，後經辛棄疾、劉過等南宋詞人的發展，此詞調的聲情逐漸演變爲慷慨悲凉。楊冠卿《賀新郎》詞序云：「秋日乘風過垂虹時，與一羽士俱，因泛言弱水蓬萊之勝。旁有溪童，具能歌張仲宗目盡青天等句，音韻洪暢，聽之慨然。」[一八]張仲宗即張元幹，可見《賀新郎》詞在當時無論是詞意還是音調都屬于豪邁一路了。

《賀新郎》一調的聲律及體式特點決定了其豪邁慷慨的聲情特徵。此調雖源于蘇軾，但蘇詞格律未諧。因而《欽定詞譜》以葉夢得「睡起流鶯語」一詞作譜，試看此調上下片體式[一九]：

睡起流鶯語韻掩蒼苔讀房櫳向曉句亂紅無數韻吹盡殘花無人問句惟有垂楊自舞韻漸暖靄讀初回輕暑韻寶扇重尋明月影句暗塵侵讀上有乘鸞女韻驚舊恨句鎮如許韻

江南夢斷蘅皋渚韻浪黏天讀蒲萄漲緑句半空煙雨韻無限樓前滄波意句誰采蘋花寄取韻但悵望讀蘭舟容與韻萬裏雲帆何時到句送孤鴻讀目斷千山阻韻誰爲我句唱金縷韻

此調上下兩片各十句，共一百六十字。多爲四字句、五字句、六字句和七字句，句式錯落，參差不齊，宜于叙事抒情。就聲韻方面而言，此調句尾字都用仄聲，語氣較重，宜于表達慷慨之情。龍榆生先生曾説：「句脚字的多用仄聲，往往構成一種拗怒的情調，吟唱起來，就要發生一種激越凄壯的感覺。」〔二〇〕此外《賀新郎》詞調韻脚較密，基本上隔句用韻，且上下片的末句都是三字句，這種短促的句式，造成了音節的鏗鏘有力，宜于表達激烈的情緒。吴熊和先生指出，《賀新郎》詞調的聲情特徵爲「音韻洪暢，歌時浩唱」〔二一〕，可謂的評。

《賀新郎》豪邁慷慨的聲情符合陳維崧對豪放詞風的追求。陳維崧少時家門鼎盛，詞作多旖旎語，陳宗石爲陳維崧詞集所作跋語云：「伯兄少年，見家門煊赫，刻意讀書，以爲謝郎捉鼻，麈尾時揮，不無聲華裙屐之好，多爲旖旎語。」〔二二〕隨著父親的離世，陳維崧久困場屋，湖海飄零，詞風爲之一變。陳維崧後來對少作很不滿意，編集時删去了許多，故現存迦陵詞中綺麗詞風的作品占比較少。潘謙《荷葉杯·讀陳其年〈迦陵詞〉》云：「洵是博通今古。誰伍。類豪蘇。大江東去勁如弩。無阻。氣吞吴。」〔二三〕朱彝尊《邁陂塘·題其年填詞圖》亦云：「擅詞場、飛揚跋扈，前身可是青兕。」〔二四〕明確指出了迦陵詞的風格特徵。陳廷焯評曰：「陳其年詞，縱横博大，海走山飛，其源亦出蘇辛。而力量更大，氣魄更勝，骨韻更高，有吞天地走風雷之勢，前無古，後無今。」〔二五〕陳維崧一百三十五首《賀新郎》詞，所涉及到的題材十分廣泛，有催妝、送别、悼亡、寫景、懷古、抒懷等，除二十首左右的催妝詞和悼亡詞寫得纏綿悱惻外，其餘近一百一十五首詞作都體現出慷慨激昂或蒼凉悲壯的風格特徵。《賀新郎》「冬夜不寐寫懷用稼軒同父倡和韻」一詞豪宕悲壯，所謂「百結千絲穿已破，磨盡炎風臘雪。」地凍天寒，貧病交加，讓詞人悲憤的不僅于此，更是報國無門、壯志難酬：「此意盡豪那易遂，學龍吟，屈煞床頭鐵。」懷古詞《賀新郎·五人墓再用前韻》蒼凉悲壯，詞中憑弔五烈士墓，以對比的手法凸顯出烈士的忠貞品質必將千古流芳：「悵千秋，唐陵漢隧，荒寒難畫。此處豐碑長屹立，苔繡墳前羊馬。」《賀新郎・秋夜呈芝麓先生》是首留別詞，寫詞人久困京華，所謀未遂：「我在京華淪落久，恨吴鹽，只點愁人髮。」抑鬱不平之氣溢于字裏行間。悲愁苦痛倍增，詞人只能自我安慰、自我疏解，想到古今人物都被「江山磨滅」，還不如明日去無終山射獵，「拓弓弦，渴飲黄麞血」。此詞寫得豪邁而又沉鬱，是凸顯迦陵詞風的代表作。

吴梅先生評迦陵詞云：「《滿江紅》、《金縷曲》多至百餘首，自來詞家有此雄偉否？雖其間不無粗率處，而波瀾壯闊，氣象萬千。」〔二六〕《續修四庫全書提要》中也論及迦陵詞風和詞調的關係：「其詞沉雄駿爽，氣魄偉大，有如萬馬齊瘖，蒲牢狂吼。集中《滿江紅》、《水調歌頭》、《念奴嬌》、《賀新郎》諸闋，皆于蒼茫之中，見其骨力。」〔二七〕亦注意到《賀新郎》等詞調與其詞風之關係。可以説，正是《滿江紅》、《賀新郎》一類慷慨激昂的長調促成了陳維崧「飛揚跋扈」的詞風。

二　《賀新郎》詞調的叙事潛質與陳維崧詞的表達方式

在中國文學史上，詞一直被看作是抒情文學，但古人已關注到其叙事特徵。王灼在《碧雞漫志》中談及柳永詞作時説：「柳耆卿《樂章集》，世多愛賞賅洽，序事閒暇，有首有尾，亦間出佳語，又能擇聲律諧美者用之。」〔二八〕即是説柳詞善于鋪排叙事，「有首有尾」，既具叙事特徵，而又音律和諧。劉熙載云：「耆卿詞，細密而妥溜，明白而家常，善于叙事，有過前人。」〔二九〕也説的是柳詞擅于運用口語、俗語叙事的特點。可見，前人對柳詞的叙事特徵已有所關注。馮金伯《詞苑萃編》還論及詞作中叙事的重要性：「且填詞雖小技，亦兼詞令、議論、叙事三者之妙。」〔三〇〕已注意到了詞作中叙事議論的存在。詞這一文學體裁尤其經過辛棄疾「以文爲詞」的發展，將議論、問答、對話等融于詞中，其叙事特徵更爲突出，尤其在一些長調中表現得更加明顯。

《賀新郎》詞調的體式特徵決定了它所具有的叙事潛質。清人謝章鋌談及填詞選調問題時曾説：「填詞亦宜選調，能爲作者增色，如咏物宜《沁園春》，叙事宜《賀新郎》……」〔三一〕就明確指出《賀新郎》詞調的叙事特徵。《賀新郎》詞調爲何會宜于叙事，這與此調的體式密切相關。從前文所引《欽定詞譜》中此調的定格可以看出，除上下兩片首句字數不同外，其餘句式都對稱，既有三言、四言、五言，也有六言、七言。且每一種句式相互夾雜，情感上緩促相間，這樣錯落有致的句式，叙事、抒情、議論可以自由安排，靈活發揮。且《賀新郎》一調格律較寬，僅《欽定詞譜》中收録的體式就有十二例，羊基廣稱：「（《賀新郎》）格律較寬，且多爲五、七言等易于述事抒情的句子。」〔三二〕

迦陵詞中所運用的表達方式與《賀新郎》詞調叙事潛質的結合，加强了詞作的叙事傾向。詞表現出叙事性，主要集中在幾種具有叙事特徵的題材中，如懷古類、紀事類等。除此之外，清詞中詞序的加長，也增强了詞的叙事特徵，迦陵詞也不例外。如《賀新郎》（事已流波卷）的詞序就堪比一則小短文：「戊申余客都門時，風塵淪落，而合肥夫子遇我獨厚，填詞枉贈，有『君袍未錦，我鬢先霜』之句，一别以來，余承乏詞垣，而夫子之墓已有宿草久矣。春夜偶讀香嚴此詞，往復纏綿，淚痕印紙。因和集中秋水軒倡和原韻，以志余感。昔夫子填此韻最多，集中常疊至數十首。今者填詞用此，亦招魂必效楚聲之意也。並寫一紙以示伯通。」〔三三〕這首詞寫于康熙二十年，是陳維崧應召博學鴻詞後在京生活時期。詞序中追溯往事，並交代了填詞的緣起。「戊申」即康熙七年，詞人回憶十幾年前客居京華時，「合肥夫子」龔鼎孳對自己的知遇之恩。接著思緒回到眼前，自從分别以來，自己「承乏詞垣」，而夫子之墓已長滿宿草。繼而又交代了寫此詞的緣起，因夜讀龔鼎孳詞，不免産生深切的懷念之情，即用夫子秋水軒倡和原韻，以示哀悼。最後説此詞還抄示給了龔士禛。這個詞序也可以説是對詞作的注解，有助于讀者更深入地理解詞作，使詞作的主題一目了然，避免了像李商隱《錦瑟》詩那樣産生衆多歧義。此外，如「乙巳端午寄友用劉潛夫韻」，也明確交代了寫作的時間和目的。又如「春夜聽鼓師撾鼓」、「中秋前五日看早桂」、「瓜步與董子翥」、「賀阮亭三十」、「爲冒君苗催妝」等，這些詞序均能很好地幫助讀者理解詞作的主旨。從某種意義上説，詞序和詞作之間存在著互文性。陳維崧一百三十五首《賀新郎》詞中，涉及到具有叙事特徵的懷古、紀事等類題材者約有七十二首，占到了《賀新郎》詞總數的近一半。其中叙述個人事件的最多，共五十九首。此外有懷古詞九首，時事詞四首。這裏結合《賀新郎》詞調的叙事特徵，分析迦陵詞的叙事傾向。

《賀新郎》「五人墓再用前韻」〔三四〕是首著名的懷古詞：

古碣穿雲罅。記當年、黄門詔獄，群賢就鮓。激起金閶十萬户，白棓霜戈激射。風雨驟、冷光高下。慷慨吳兒偏嗜義，便提烹、談笑何曾怕。抉吾目，胥門掛。銅仙有淚如鉛瀉。悵千秋、唐陵漢隧，荒寒難畫。此處豐碑長屹立，苔繡墳前羊馬。敢輕易、霆轟電打。多少道傍卿與相，對屠沽、不愧誰人者。野香發，暗狼藉。

「五人墓」指明天啟年間，反抗魏忠賢亂政的顔佩韋、楊念如、沈揚、馬傑、周文元五位烈士之墓。首句「古碣穿雲罅」，寫詞人所見。「記」用仄聲突兀而起，引起下篇，激起懷古思緒。「記當年、黄門詔獄，群賢就鮓。激起金閶十萬户，白棓霜戈激射。」先用四言句，再用六言和七言這種平緩叙述的句子，娓娓道來，叙説當時以魏忠賢爲首的宦官矯旨迫害忠良，激起了蘇州人民的激烈反抗。詞人繼續思古，「慷慨吳兒偏嗜義，便提烹、談笑何曾怕」，吳地人民捍衛正義，不懼怕豪强。上片首句「古碣穿雲罅」是詞人目前所見，從「記當年」到上片結尾則是插叙，從眼前之景追思懷古。換頭句用平平仄仄平平仄的七言句，格律上較爲平緩，起到承上啟下的作用。詞人用對比的手法凸顯出烈士的忠貞品質：「悵千秋、唐陵漢隧，荒寒難畫。此處豐碑長屹立，苔繡墳前羊馬。」「悵」字用仄聲，起到激揚情緒，統領下文的作用。接著詞人再發議論，「多少道旁卿與相，對屠沽，不愧誰人者」，烈士們的高風亮節讓那些卿相感到慚愧。末句「野香發，暗狼藉」，以寫景結尾，餘味悠長。這首詞寫得慷慨悲壯，首句以景開篇，末句以景結尾，上片以「記」字統領敘述歷史，下片以「悵」字統領抒發議論，結構完整圓融。

又如《賀新郎·縴夫詞》〔三五〕是首以時事爲題材的詞作，揭露了統治者的暴行和人民群眾的苦難生活：

戰艦排江口。正天邊、真王拜印，蛟螭蟠鈕。征發棹船郎十萬，列郡風馳雨驟。歎閭左、騷然雞狗。里正前團催後保，盡累累、鎖系空倉後。捽頭去，敢搖手？稻花恰趁霜天秀。有丁男、臨歧訣絕，草間病婦。此去三江牽百丈，雪浪排檣夜吼。背耐得、土牛鞭否。好倚後園楓樹下，向叢祠、亟倩巫澆酒。神佑我，歸田畝。

詞一開始即充滿殺伐之氣：「戰艦排江口」，「真王拜印，蛟螭蟠鈕」，戰艦雄偉，聲勢浩大，一切準備就緒，戰爭一觸即發。接著筆鋒一轉，與赫赫軍威形成鮮明對比，「列郡風馳雨驟」，「歎閭左、騷然雞狗」，「里正前團催後保」，寫官府威逼下雞犬不寧、兵荒馬亂的場景。緊接著詞人用「累累」一形容詞，「鎖」、「捽」兩動詞，形象地描繪出下層爪牙們的兇狠與殘暴。末尾用一反問句，又表現出縴夫們無可奈何、聽天由命的心態。換頭句宕開一筆，直寫稻花正秀的景象，給人和煦溫暖之感，與上片劍拔弩張之勢形成鮮明對比。接著用特寫鏡頭，用夫妻二人的對話，再一次揭露出統治者的暴行對人民所造成的傷害：「此去三江牽百丈，雪浪排檣夜吼。背耐得、土牛鞭否。」小人物的真摯情感，可悲命運，由病婦口中說出，倍添酸楚。「好倚後園楓樹下，向叢祠、亟倩巫澆酒」，是丁男説的無可奈何的話，無計可施只能寄托于神明。從丁男的要求之低，正可看出其受壓迫之重。下片以對話的形式入詞，使得場景敘事更爲真實和生動。

再如《賀新郎》「作家書竟題範龍仙書齋壁上蘆雁圖」〔三六〕：

漏悄裁書罷。繞廊行、偶然瞥見，壁間古畫。一派蘆花江岸上，白雁濛濛欲下。有立且飛而鳴者。萬里重關歸夢杳，拍寒汀、絮盡傷心話。捱不了，淒凉夜。　城頭戍鼓剛三打。正四壁、人聲都靜，月華如瀉。再向丹青移燭認，水墨陰陰入化。恍嘹嚦、枕稜窗罅。曾在孤舟逢此景，便畫圖相對心猶怕。君莫向，高齋掛。

此詞雖爲題畫詞，但叙事性極强。詞序交代了寫作緣起，是詞人剛作完家書所寫，暗示了這首詞和思鄉有關，這在叙事學上可稱爲預叙，詞人期待隱含讀者的出現，希望讀者按照自己所設定的主題去理解詞作。上片交代詞人夜晚剛寫完家書，繞廊行走，「偶然瞥見，壁間古畫」，「繞」和「行」字生動地寫出了詞人孤寂徘徊的情景，爲其後情感的發展作了鋪墊。一「瞥」字寫出了雖無意却有意的行爲，正由于詞人剛作完家書，思鄉心切，所以潛意識裏才會被這幅圖畫所吸引。接著描寫圖畫上的景象：「一派蘆花江岸上，白雁濛濛欲下。有立且飛而鳴者」。詞人爲大雁代言：「萬里重關歸夢杳，拍寒汀、絮盡傷心話。捱不了，淒凉夜。」萬里重關，歸途遥遠，這樣淒凉的夜晚要怎樣才能熬過去。詞人寫大雁亦是寫自己。因前幾句和下片都寫現實的場景，而這幾句所寫爲圖畫景象，故而可看作插叙。下片轉向現實，「戍鼓剛三打」、「人聲都静」、「月華如瀉」等景色描寫渲染了孤獨寂静的氛圍。詞人再一次移燭細看，「恍嘹嚦、枕稜窗罅」，這是寫圖畫的逼真，大雁的叫聲就如同在窗邊枕畔一樣。讓詞人感同身受的原因是，「曾在孤舟逢此景，便畫圖相對心尤怕」，「孤舟」二字正好切題，詞人漂泊湖海，久别家鄉，此情此景不堪再説，故而末句云「君莫向，高齋掛」。此詞寫得蒼凉悱惻，可以説是一首抒懷佳作。

陳維崧擅長寫懷古、紀事等具有叙事特徵題材的詞，同時迦陵詞中還運用到許多表達方式，如第三視角叙事，第一視角叙事；插叙、預叙；對話、場景、動作描寫等。迦陵詞所具有的這種叙事傾向與他喜填《賀新郎》等具有叙事潛質的詞調密切相關。當然，也正由于《賀新郎》詞調宜于叙事，使詞人填作更覺得心應手。

三 自覺宣導「稼軒」風、追摹辛派詞人對陳維崧詞用調的影響

「擅詞場，飛揚跋扈，前身可是青兕。」〔三七〕這是同代詞人朱彝尊對陳維崧的評價。陳廷焯曾明確説：「陳其年詞，縱横博大，海走山飛，其源亦出蘇辛。」〔三八〕「其年詞，魄力雄大，虎視千古，稼軒後一人而已。」〔三九〕孫爾准《論詞絶句》亦曰：「詞場青兕説髯陳，千載辛劉有替人。」〔四〇〕潘德輿還稱：「迦陵師稼軒，凌厲有餘，未臻虛渾。」〔四一〕這是清代詞評家對迦陵詞的評價，都認爲迦陵詞追步稼軒，繼承了辛詞慷慨激昂的風格。那麽，陳維崧豪放詞風的形成是其自覺宣導追摹的結果，抑或僅僅是其自身身世命運、性格稟賦所造就？就性格稟賦而言，陳維崧出生于江南，其氣質屬性純是文人心性，據蔣永修《陳檢討傳》載：「（陳維崧）爲人内行修，視諸弟甚友愛，篤親戚朋友，遇人温温若訥，生平無疾辭遽色，……持己以正，時有所匡，諸公以故樂近之而莫敢狎也。」〔四二〕顯然不同于生在北方，並且有過軍旅生涯，骨子裏就帶有慷慨霸氣基因的辛棄疾。但陳維崧外柔内剛，從他那「悍霸凌厲」的詞作中可窺一二。陳維崧這種内心的凌厲，多源自家傳。陳維崧祖父是明末東林黨人陳于廷，父親陳貞慧是「明末四公子」，乙酉南都破後，他退隱山林，不問世事。伯父陳貞達則在「甲申」國變時殉節。這是一個具有民族氣節的家族，這樣的家族薰陶出迦陵這樣的詞人是不足爲奇的。再看身世命運，陳維崧在少年時期家門鼎盛，是典型的世家子弟，在他後期所寫的懷舊詞裏，還常常將自己比作「王謝」子弟，故而少年所作之詞「多爲旖旎語」。自順治十三年父親離世，家人四散飄零，無處安身，便開始了長期的漂泊生涯。正如他自己在《一剪梅》詞中所寫：「風打孤鴻浪打鷗，四十揚州，五十蘇州。」〔四三〕蔣景祁在《陳檢討詞鈔序》中也提到了身世際遇對迦陵詞風的影響：「向者詩與詞並行，迨倦游廣陵歸，遂棄詩弗作。傷鄒董又謝世，間歲一至商丘，尋失意返，獨與里中數子晨夕往還，磊砢抑塞之意，一發之于詞，諸生平所誦習經史百家古文奇字，一一于詞見之。」〔四四〕其弟陳

宗石在《湖海樓詞跋》中也談到：「或孤篷夜雨，坎坷磨落；或風廊月榭，酒槍茶董；或逆旅饑驅，或河梁賦别；或千里懷人，或一堂燕樂；或須髯奮張，酒旗歌板，詼諧狂嘯，細泣幽吟，無不寓之于詞。」〔四五〕由此可見，身世際遇的變化促進了其飛揚騰躍的「湖海豪氣」。

迦陵縱横淩厲詞風的形成，除了其家世命運與性格稟賦外，還與其自覺的理論追求有關。嚴迪昌先生曾高度評價陳維崧及其陽羨詞論：「陽羨詞論是清初最具新意、最有自覺性和鮮明性的一家理論主張，也是清代最早自成體系的一種詞學觀。」〔四六〕陳維崧的詞論主要集中體現在《詞選序》中，《詞選序》提出了三點主張：第一，認爲詞與詩文等没有高下之分，詞也可以存「經」存「史」，與經史比肩。不管是「鴻文巨軸」的經史詩文，還是「瀾語巵言」的詞，體裁上並没有高下之分，只要其内容能承擔社會歷史使命即可，猶如「東坡、稼軒諸長調」、「杜甫之歌行與西京之樂府」所具有的「經」、「史」功能。在以往的觀念中，詩文具有載道的傳統，可以用來寫嚴肅重大的題材，而詞則只適合表現花前月下、依紅偎翠。但在迦陵詞中民生疾苦、故國之思等嚴肅題材並不罕見。同樣在稼軒詞中，對現實社會中重大政治和軍事事件的描寫也不乏其作，稼軒「以文爲詞」的一個突出表現就是題材和主題的擴大。可以説在提升詞體地位這一點上，稼軒和迦陵是相通的。第二，提出對優秀詞作的評判標準。迦陵從「思」、「氣」、「變」、「通」四方面探討了他對詞的認識：「幽而險以厲其思，海涵地負以博其氣，窮神知化以觀其變，竭才渺慮以會其通」。强調藝術水準高的詞作應該具有深刻的思想内容，恢弘的氣象；應爲遵循規律的創新，傾其全部才力的創作。迦陵在創作實踐中也遵循這一原則，以宏大的主題内容入詞；表現恢弘的氣象風格；棄詩不作，肆力填詞等皆爲此種表現。第三，對當時詞壇積弱不振的局面一針見血的批評。清初二三十年間，詞壇風尚依然是「極意《花間》，學步《蘭畹》，矜香弱爲當家，以清真爲本色」。「香弱」即缺乏真意深情的浮艷，「清真」指無真情深意，缺乏生氣的空枵。〔四七〕可見迦陵對詞作的真情實感以及深刻思想内容的重視。這就不難理解迦陵爲何追步稼軒，稼軒詞中憂時憂事、憂國憂民的思想內涵無不對迦陵產生影響。此外迦陵還注重聲調的洪暢，反對「音如濕鼓，色若死灰」的作品，即音韻不響、氣象晦暗的詞作。而辛棄疾對聲律也極爲重視，其《漢宮春・答李兼善提舉和章》中稱贊李浹詞的聲韻之美：「最喜陽春妙句，被西風吹墮，金玉鏗如。」〔四八〕岳珂《桯史》卷三中也談到：「稼軒以詞名，每燕，必命侍妓歌其所作。特好歌《賀新郎》一詞，自誦其警句曰：『我見青山多嫵媚，料青山見我應如是。』……每至此，輒拊髀自笑，顧問坐客何如，皆歎譽如出一口。」〔四九〕足見辛棄疾對聲韻洪暢的詞作的喜愛。對于清初詞壇的淫靡風尚，陳維崧有明確革新詞壇的自覺意識，其《和荔裳先生韻亦得十有二首》第六首有言：「辛柳門庭別，温韋格調殊。煩君鐵綽板，一爲洗蓁蕪。」〔五〇〕表示了以「稼軒風」清洗詞壇柔靡之風的决心。

稼軒詞對題材的開拓，對雄奇剛健之美的鍾情，對聲韻的重視等都對陳維崧產生了重要的影響。同樣陳維崧對「稼軒風」的宣導以及對辛棄疾和辛派詞人的追摹，也影響了他對《賀新郎》一調的偏愛。據統計，辛派詞人所作《賀新郎》詞調總數，占宋金元《賀新郎》作品的一半以上，其中填寫此調最多的是劉克莊。雖然《賀新郎》不是稼軒詞使用最多的詞調，但却是最有影響力的詞調。據劉尊明、王兆鵬先生《唐宋詞的定量分析》一書統計：「稼軒詞被歷代詞人次韻最多的是《賀新郎》一調，共有四十七人（五十人次）寫出了八十五首次韻詞，遠遠超出其他被次韻的詞調。」〔五一〕而清代是次韻稼軒詞創作人數最多的時期，這些次韻稼軒詞作品數量較多的詞人，大多是對稼軒詞體、詞風的追慕者和繼承者，他們通過次韻的形式，表達了對稼軒詞藝術經驗和美學風範的接受與模仿。〔五二〕陳維崧《賀新郎》詞中，就有四首步韻辛派詞人的詞作，分别是《乙巳端午寄友用劉潛夫韻》、《冬夜不寐寫懷用稼軒同父倡和韻》、《閏五月五日金沙道中次劉後村韻》、《用辛稼軒陳同甫倡和原韻送王正子之襄陽，明春歸廣陵，並囑其一示何生龍若》。陳維崧對「稼軒風」的宣導，其中一個重要表現就是對先輩詞人名篇名調的學習。辛棄疾以及辛派詞人對《賀新郎》

詞調的發展和傳播，亦是陳維崧喜填此詞調的原因。

當然，迦陵雖宣導「稼軒風」，但他並非只是對前賢亦步亦趨地模仿，《賀新涼・題曹實庵珂雪詞》云：「多少詞場談文藻，向豪蘇膩柳尋藍本。吾大笑，比蛙黽。」〔五三〕在他的詞學觀念裏，詞作應該表現出自己的特色，而不是對古人的複製。對比稼軒詞和迦陵詞，可以明顯感知，迦陵詞風並不完全等同于稼軒詞風，稼軒詞雄深雅健、渾厚沉鬱，迦陵詞則更多地表現爲沉雄俊爽、凌厲縱横。迦陵在學習前賢的過程中，也在不斷創造自己的風格特徵，這種自覺的革新思想也是清代詞學能超邁元明而直逼兩宋的一大原因吧。

總之，陳維崧《賀新郎》詞填至一百三十五首之多，爲詞史所罕見。《賀新郎》詞調的聲情特徵符合迦陵詞的風格追求，同時《賀新郎》詞調所具有的叙事潛質，和迦陵詞中擅于運用多視角叙事、插叙、預叙等表達方式不謀而合。此外，陳維崧對「稼軒風」的宣導以及對辛棄疾乃至辛派詞人的追摹，也是其多作《賀新郎》一調的原因。陳維崧詞數量之多，題材之豐富，用調之廣泛，爲清詞復興開啟了序幕，選擇《賀新郎》一調對其百餘首詞作進行分析，可管窺陳維崧詞作的基本面貌。正如吴熊和先生所言：「探討詩詞之别以便認定詞的特質，研究詞樂、詞調以便弄清詞的音樂性能和各類詞調的悲歡緩急，就成了不可或缺之事。」〔五四〕對陳維崧最喜作《賀新郎》詞調原因的分析，也有助于把握詞作内容與形式之間的關係，詞風與詞調選擇的關係；把握詞樂失傳背景下，詞調與詞作的關係變化。

〔一〕徐全亮《〈湖海樓詞〉用調研究》，安徽大學碩士學位論文二〇一五年。

〔二〕南京大學《全清詞》編纂研究室編《全清詞・順康卷》第七册，中華書局二〇〇二年版。

〔三〕張宏生主編《全清詞・順康卷補編》第二册，南京大學出版社二〇〇八年版。

〔四〕〔五〕〔一二〕〔三三〕〔三四〕〔三五〕〔三六〕〔四二〕〔四三〕〔四四〕〔四五〕〔五〇〕〔五三〕《陳維崧集》，上海古籍出版社二〇一〇年版，第一八二八頁，一九二九頁，第一八三〇頁，第一五七四頁，第一五五〇頁，第一五四五頁，第一五二八頁，第一七九三頁，第一〇八三頁，第一八三一頁，第一八三〇頁，第七九八頁，第一五六八頁。

〔六〕〔八〕〔一一〕〔一二〕〔一三〕〔一七〕〔二五〕〔二八〕〔三〇〕〔三一〕〔三八〕唐圭璋編《詞話叢編》，中華書局一九八六年版，第三八四二頁，第四〇六〇頁，第二七頁，第一八二頁，第二八頁，第三〇九一頁，第三七三一頁，第八四頁，第一八〇一頁，第三三六〇頁，第三七三一頁。

〔七〕〔一九〕王奕清等《欽定詞譜》，中國書店一九八三年版，第三頁，第二五九四頁。

〔九〕王易《中國詞曲史》，吉林人民出版社二〇一三年版，第一九〇頁。

〔一〇〕陳明源《常用詞牌詳介》，人民日報出版社一九八七年版，第五五二頁。

〔一四〕蘇軾《東坡樂府》，上海古籍出版社一九七九年版，第一五頁。

〔一五〕陳鵠《西塘集耆舊續聞》，商務印書館一九三六年版，第九頁。

〔一六〕曾季貍《艇齋詩話》，中華書局一九八五年版，第一六頁。

〔一八〕唐圭璋編《全宋詞》第三册，中華書局一九九八年版，第一八六六頁。

〔二〇〕龍榆生《詞曲概論》，北京出版社二〇〇四年版，第一五六頁。

〔二一〕吴熊和《唐宋詞通論》，浙江古籍出版社二〇〇六年版，第一二四頁。

〔二三〕南京大學《全清詞》編纂研究室編《全清詞・順康卷》第二〇册，中華書局二〇〇二年版，第一一七七六頁。

〔二四〕〔三七〕南京大學《全清詞》編纂研究室編《全清詞・順康卷》第九册，第五二七三頁。

〔二六〕吴梅《詞學通論》，復旦大學出版社二〇〇五年版，第一二二頁。

〔二七〕〔三九〕〔四〇〕〔四一〕孫克强、楊傳慶、裴喆編著《清人詞話》，南開大學出版社二〇一二年版，第二五九頁，第二五二頁，第二四三頁，第二四五頁。

〔二九〕劉熙載《藝概》，上海古籍出版社一九七八年版，第一〇八頁。

〔三二〕羊基廣《詞牌格律》，巴蜀書社二〇〇八年，第一三四六頁。

〔四六〕〔四七〕嚴迪昌《清詞史》，江蘇古籍出版社二〇〇一年版，第一九一頁，第一九六頁。

〔四八〕辛棄疾《稼軒長短句》，上海人民出版社一九七五年版，第六八頁。
〔四九〕岳珂、王銍撰，黄益元，孔一校點《桯史　默記》，上海古籍出版社二〇一二年版，第三四頁。
〔五一〕〔五二〕劉尊明，王兆鵬《唐宋詞的定量分析》，北京大學出版社二〇一二年版，第三六九頁，第三六六頁。
〔五四〕吴熊和《中國的詞學》，《詞學（第三十四輯）》，華東師範大學出版社二〇一五年版，第二頁。

（作者單位：西北師範大學文學院）

論詞韻之書的編訂方法、定位與評價

——以明末清初的詞韻研討爲例

吴晨驊

内容提要　詞雖然盛行于宋代，當時却缺乏通行的詞韻之書。隨著語音的變化，後代詞人急需一部詞韻專書用以指導填詞。在明末清初，以沈謙、毛先舒爲代表的西泠詞人，集填詞名家與音韻學專家于一身，共同研討詞韻。毛先舒依托他與柴紹炳總結的《唐人韻目》一百零七韻，括略沈謙《詞韻》而成《詞韻略》，引動了詞韻編訂的熱潮。在這場風潮中，形成了廣據舊詞、分合詩韻、取重雅篇的詞韻製訂基本思路，深切影響了數百年來詞韻之學的發展。而在這一訂韻思路下産生的詞韻之書，是求真與便用兩者相互折衷的産物，既對建構詞體格律規範起了巨大作用，也存在許多不完善之處。

關鍵詞　詞韻　《詞韻略》　詞體格律　沈謙　毛先舒

押韻，是中國古典詩歌極爲重要的形式要求之一。在堪稱一代經典的唐詩、宋詞、元曲三者中，唐詩和元曲在其盛行的時代都有相應的韻書廣爲流傳。唯獨詞體，雖然盛行于宋代，却没有一部由宋人編訂的通行詞韻流傳下來。所謂宋人朱敦儒製詞韻十六條之説，首見于清初沈雄在《古今詞論》中引述元人陶

本文係湖南省教育廳科學研究重點項目「《欽定詞譜》字聲觀念研究」（項目編號：21A0055）階段性成果。

宗儀之語。魯國堯先生早已質疑此説〔一〕，近日學者更多方論定該説係作僞〔二〕。在清代中葉，厲鶚又發現了所謂宋本《詞林韻釋》一書。但經後人考證，該書實際是明代以後的産物，而且書中的韻部體系更接近曲韻，是否是爲詞體而作都很難説。〔三〕儘管宋人作詞「並無通行的專門的詞韻書」〔四〕，但當時的詞人「用宋代通語入韻」〔五〕，填詞主要依據當時的官話，因此即使没有專門的韻書，也不妨礙順口作歌。元明以降，由于詞樂基本失傳，詞體日益淪爲案頭韻文，加之官話語音也在這一時期發生了重大變化，詞人如果繼續隨口押韻，必乖古制。所以，製訂專門的詞韻，就成了詞學發展的必然需求。

今日可見可信的詞韻之書，在清代以前主要有兩部。其一，是明萬曆年間胡文焕刊印的《文會堂詞韻》。該書「平上去三聲用曲韻，入聲用詩韻，居然大盲」〔六〕，頗遭譏彈。沈際飛曾自稱「願另爲一編正之」〔七〕，却未見成書。毛先舒又載「謝天瑞暨胡文焕所録韻，雖稍取《正韻》附益之，而終乖古奏」〔八〕，可知明人謝天瑞也曾録有詞韻。但此書未見流傳，且與胡文焕之書相似，接近《洪武正韻》，與宋詞的實際情況相差過大。其二，是崇禎年間由程元初、茅元儀編刻的《律古詞曲賦叶韻統》。該書將近體詩韻歸在沈約的名下，通過在詩韻韻目下注明通轉分合的方式，試圖以一部韻書串起古詩、律詩、古賦、詞、曲等多種文體，體例龐雜，錯亂百出。

這種詞韻專書長期缺乏善本的情況，促使有識之士起而討論詞韻，並于清初形成了一個高潮，而西泠詞人群體就是這場討論中的佼佼者。這場研討在實際上確立了詞韻製訂的基本思路，因而深切影響了此後數百年詞韻之學的發展。此前學者雖然多次談及西泠詞人所訂的《詞韻略》〔九〕，但對該書的韻目數量與版本演進的認知存在偏差，對其訂韻方法的探討也亟待深入。因此，重新省思這一場詞韻研討，對指導今日的詞韻修訂、填詞創作，以及妥當評價歷史上的詞韻專書，都有非常重要的意義。

一　西泠詞人的研韻之風與《詞韻略》的訂立

在明末清初，詞的創作走向復興，但由于詞韻專書的缺失，詞人們對詞體用韻規範的認知水準參差不齊。

沈際飛在《古香岑草堂詩餘四集發凡》中，專立了「研韻」一條：「上古有韻無書，至五七言體成而有詩韻，至元人樂府出而有曲韻。詩韻嚴而瑣，在詞當併其獨用爲通用者綦多。曲韻近矣，然以上支紙寘分作支思韻，下支紙寘分作齊微韻；上麻馬禡分作家麻韻，下麻馬禡分作車遮韻；而入聲隸之平上去三聲，則曲韻不可以爲詞韻矣。錢塘胡文煥，有《文會堂詞韻》，似乎開眼，乃平上去三聲用曲韻，入聲用詩韻，居然大盲。世不復考，將詞韻不亡于無而亡于有，可深歎也，願另爲一編正之。」〔一〇〕沈際飛雖然對當時亂訂詞韻的情況多有指瑕，也知道詞韻的寬嚴在詩、曲之間，不能簡單套用曲韻，但他口稱另編，却實無建樹。在清初曾主持一時風雅的王士禛認爲：「周挺齋《中原音韻》爲曲韻，則范善溱《中州全韻》當爲詞韻。至《洪武正韻》，斟酌諸書而成，其于詩韻，有獨用併爲通用者，有一韻拆爲二韻者，如冬鐘併入東韻，江併入陽韻，挑出元字等入先韻，翻字、殘字等入删韻，俱于宋詞暗合，填詞者所當援據。」〔一一〕王氏雖然粗知詞、曲之韻有別，却誤將南曲韻認作了詞韻。沈、王二人，尚且勉强可稱爲有識之士。至如賀裳「于詞韻，未常留意」〔一二〕，又如柳洲詞派囿于方言用浙音協韻，這些見解更是等而下之了。通過以上諸例可見，當時一般詞人對待詞韻，要麼僅就現成韻書，取其中與詞韻相對接近者湊合使用；要麼雖然能夠依據選詞、填詞的經驗對舊韻摘誤，却難以自立嚴密的新説。

以沈謙、毛先舒爲代表的西泠詞人，改變了這一局面。他們集填詞名家與音韻專家于一身，堪稱當行專家訂韻，經過師友間的研討，對詞韻的認知取得了重大突破。沈謙（字去矜，號東江）、毛先舒（字稚黄、馳黄）、張丹、陸圻、柴紹炳（字虎臣，號省軒）、吴百朋、陳廷會、孫治、丁澎、虞黄昊，並稱「西泠十子」，是活躍于順康年間的重要詞人群體。其中，像沈謙的《東江别集詩餘》、毛先舒的《鸞情詞》、丁澎的《扶荔詞》，都是一時名作〔一三〕。這個文士群體並不徒事吟咏，而是有多位音韻學者，其中最突出的是沈謙、毛先舒、柴紹炳三人。顧炎武題《柴氏古韻通自序》時就稱贊：「西陵諸名士，風雅都長，省軒、馳黄、去矜，皆精韻學。」〔一四〕顧氏著有《音學五書》，他對三人的評價足以稱爲内行評議，絶非虚譽。沈謙等三人不但相互切磋，還與顧炎武、趙鑰等其他友人書信往還探討韻學，詞韻就是其中的一部分。如毛先舒的《再與友論韻書》，認爲詞雖然存在少量平上去三聲通叶的現象，但「亦止數闋，不盡通也」〔一五〕，仍然應當有所區别；又其《答趙千門先生論詞韻書》與趙鑰探討詞韻入聲的分部問題，認爲在入聲通轉十分複雜的情况下，應該以少數詞作服從多數詞作，以個别詞人服從多數詞人〔一六〕。

在音韻學理與填詞實踐的結合下，催生了一部主導詞壇近二百年之久的詞韻著作——沈謙《詞韻》。該書的完成不晚于順治戊子（一六四八），厚度有「百十餘紙」〔一七〕，可見是一部完整的韻書。但此書未能被完整地刻印出來，而是由毛先舒括略韻目大要並作簡注，以《詞韻略》之名收入毛氏所編的《韻學通指》中，此後一直以括略本及其修訂本流傳。所以，今日所談的沈氏《詞韻》，實際上都是由沈撰毛注的《詞韻略》。《詞韻略》將詞韻一共分爲十九部，其中舒聲十四部，平聲一般單獨押韻，上、去聲可以通押，同一韻部的平、上、去三聲相承，有對應關係；入聲五部，則完全獨立。毛先舒將這一詞韻體系總結爲：「填詞之韻，大略平聲獨押，上去通押，然間有三聲通押者；……故沈氏于每部韻俱總統三聲，而中又明分平仄，凡十四部。至于入聲，無與平上去通押之法，故後又别爲五部云。」〔一八〕

《詞韻略》僅保留有韻目而無具體的韻字，却仍能廣泛流通。這是因爲，該書的韻目，基本承襲自當時文人所熟悉的近體詩韻之目，只是將詩韻分合爲十九部詞韻而已。但《詞韻略》所用的詩韻韻目又有特别之處，既不是當時通行的陰時夫《韻府群玉》一百零六韻（以下簡稱「陰韻」），也不同于《古今韻會舉要》沿襲《壬子新刊禮部韻略》的一百零七韻；而是由毛先舒與柴紹炳據孫愐《唐韻》「廣稽而詳核之」[一九]，自行總結的《唐人韻目》一百零七韻。這一百〇七韻相對于陰韻一百〇六韻的區別是：上聲部分，《唐人韻目》多「二十五拯」。去聲部分，《唐人韻目》無「十卦」，「卦」韻被併入「九泰」；陰韻的「二十四敬」，被《唐人韻目》稱爲「映」韻；陰韻的「二十五徑」，被《唐人韻目》分成「徑」、「證」兩個韻目。《唐人韻目》比陰韻減少一個韻目，增加二個韻目，因而總計爲一百零七韻。

後世學者大多以爲《詞韻略》完全沿用陰時夫一百零六韻，這是有誤的。[二〇]之所以造成這一誤解，很大程度上是因爲不少學者所見的《詞韻略》，不是最早的《韻學通指》本，而是各種詞集、詞話、詞譜中所附録的版本。但這些附録本其實大多數已經過改編（詳見下文），而學者却誤以爲「諸本皆從《韻學通指》本出，故其內容體例無別」[二一]。毛先舒的《韻學通指》是一部試圖溝通古詩、律詩、詞、北曲、南曲諸文體用韻的著作，兼有韻理闡發與韻目圖表。該書雖然吸收了柴紹炳、沈謙、錢肅起等人的著作，但總其成、通其理的是毛先舒，並以毛先舒、柴紹炳合訂的《唐人韻目》一百零七韻作爲上下貫通的中軸。毛先舒對其韻學極爲自信，自稱「金石或泐，斯談不渝，謂予弗信，請質諸神瞽」[二二]。所以，雖然沈謙《詞韻》原本使用何種韻目已不可確知，但由毛氏操刀括略的《詞韻略》以其自訂的一百零七韻爲基礎，而不用陰韻，却正是毛先舒等人音韻學研究成果的反映。這也更加説明，《詞韻略》的最終訂立，不僅僅是沈謙的功勞，更是西泠詞人群體對詞學與韻學集體思考的結晶。

二　《詞韻略》的巨大反響與詞韻之書的勃興

《詞韻略》一經推出，在清初詞壇就激起了巨大反響。如鄒祗謨稱：「去矜詞韻，考據該洽，部分秩如，可爲填詞家之指南」〔二三〕，强調該書的工具之用，將《詞韻略》作爲方便填詞的指南。又如徐釚云：「若詞韻向無定準，故其出入寬嚴，即宋人猶未免疵纇。今一以沈東江氏《詞韻略》爲則。」〔二四〕强調該書對詞律規範的塑造，將《詞韻略》作爲詞體用韻的標準。

在《詞韻略》的影響下，詞韻之學一掃此前的冷寂與疏漏，于清初形成了編訂詞韻的熱潮。當時有多種詞韻之書行世，主要可以分爲三個類型。其一，是沿用《詞韻略》原名而被附入各種詞籍的附録本。僅在順康時期，《詞韻略》就有至少五個附録本。這些附録本又分爲兩種，一種是從《韻學通指》原樣照録的，包括收入徐釚《詞苑叢談》與嚴沆《古今詞匯二編》的版本〔二五〕。另一種是雖然仍名爲《詞韻略》，但實際已被小幅修改的，包括鄒祗謨《倚聲初集》、吴綺《選聲集》、蔣景祁《瑶華集》所附録的版本。這三個版本體系完全一致，其源頭可能是這當中成書最早的《倚聲初集》。鄒祗謨在《倚聲初集》裏對《詞韻略》所做的主要修改是：用通行的陰時夫一百零六韻替代毛先舒自訂的一百零七韻，作爲詞韻分部的基礎；將「佳馬」韻改爲「麻馬」韻，使「佳」、「麻」二韻的部類分立，稱「六麻獨用」〔二六〕。這一以陰韻韻目來分合的新《詞韻略》，其影響超過了舊本。此後的詞韻之書所依據的詩韻，除了少數采用《廣韻》、《集韻》韻目，大多數都改用陰韻，而不再使用毛先舒原本的一百零七韻。

其二，是産生了許多以《詞韻略》爲基礎，改换新名而有較多增修的詞韻書。這類韻書包括「趙鑰《詞韻便遵》、吴綺《詞韻簡》、范汝受《詞韻嚴》、仲恒《詞韻》、鄭元慶《詞韻》、曹自鋆《聽緑窗詞韻》等」〔二七〕。其中仲恒的《詞韻》收入查繼超的《詞學全書》，而《詞韻簡》則先後附入《選聲集》和《記紅集》兩部詞譜，這些都是當時較爲流行的詞學書。《詞韻簡》參照了《詞韻略》的分部，改用陰韻韻目，在各韻目之下添上了常用韻字。西泠詞人仲恒的《詞韻》則參考了《詞韻略》以及趙鑰、吴綺的著作，除了同樣添有韻字，還配有生僻字注音和簡單釋義。《詞韻略》是有目無字的括略本，而吴綺和仲恒實際就是在做恢復沈謙《詞韻》舊觀的工作，使其重新完整。在此過程中有一點值得注意，無論吴綺還是仲恒，雖然他們都改用了陰韻一百零六韻目，也和鄒祇謨一樣將「佳馬」韻改稱爲「麻馬」韻，但吴、仲二人的「麻馬」韻中都收入了屬于「佳」韻的部分韻字，實際分部和《韻學通指》本一樣是「九佳半、六麻通用」〔二八〕，而不同于鄒祇謨的六麻獨用。這説明，他們雖然改變了韻目名稱，但仍然認同沈謙、毛先舒對于韻部的劃分。

其三，是因爲不滿《詞韻略》而自出心裁的詞韻新作。《詞韻略》雖然廣受好評，但也不是十全十美。毛奇齡在《西河詞話》裏就大發異見：「詞本無韻，故宋人不製韻，任意取押，雖與詩韻相通不遠，然要是無限度者。予友沈子去矜，創爲詞韻，而家稚黄取刻之，雖有功于詞甚明，然反失古意。假如三十韻中，惟尤是獨用，若東冬、江陽、魚虞、佳灰、支微齊、寒删先、蕭肴豪、覃鹽咸，則皆是通用，此雖不知詞者亦曉之，何也。獨用之外無嫌韻，通韻之外更無犯韻，則雖不分爲獨爲通，而其爲獨爲通者自了也。……至如入韻，則信口揣合方音俚響，皆許入押。……是一入聲而一十七韻展轉雜通，無有定紀。……則是詞韻之了無依據，而不足推求，亦可驗已。況詞盛于宋，盛時不作，則毋論今不必作，萬一作之，而與古未同，則揣度之胸，多所兀臬，從之者不安，而刺之者有間，亦何必然。」〔二九〕毛奇齡根據宋詞中與《詞韻略》分部不合的少數案例，批評沈謙有失古意，並以宋人未嘗製詞韻爲由，進一步認爲詞韻之書不必作。這種取消詞韻的激進意見，違背了詞學發展的主流。同時代的蔣景祁就認爲，毛奇齡所舉的案例雖不無道理，但「以去矜之書爲不必作，則又矯枉過其正矣」〔三〇〕。不滿《詞韻略》的還有李漁，他認爲《詞韻略》的缺點有：受到固有詩韻的束縛太大，導致既未能處理好一韻分入多部的情況，也不能反映部分漢字的四聲變化；無論舒聲還是促聲，分部都太寬；没有單行本，不便流通〔三一〕。因此，李漁索性自編了《笠翁詞韻》四卷。該書平上去三聲相統，分爲十九部；入聲獨立，分八部，共計二十七部。李漁這套詞韻，「兼顧時音、曲韻」〔三二〕。他用已有很大變化的時音來推定詞體的用韻，與唐宋詞的實際情況多所齟齬，因此並没有得到廣泛接受，後來被戈載痛斥爲「以鄉音妄自分析，尤爲不經」〔三三〕。

三　詞韻製訂基本思路的確立

宛敏灝先生曾根據韻部分合的最終結果，將各家詞韻之書分爲尚嚴與從寬兩派。〔三四〕儘管分部寬嚴時有不同，但從訂韻的過程來看，後人普遍遵從了《詞韻略》所提出的三種製訂詞韻的基本思路。

首先，是以詩韻韻目爲基礎，分合舊韻。毛先舒稱之爲：「作者先具詩韻而用此譜案之，亦可以無謬矣。」〔三五〕詞韻的編訂，建立在此前對其他文體用韻研究的學術積累之上。從晚明到清初，韻學研究有一種想要貫通古今韻文，特別是詩、詞、曲韻的傾向。從程元初、茅元儀的《律古詞曲賦叶韻統》，到毛先舒的《韻學通指》、樸隱子的《詩詞通韻》，都試圖「統」、試圖「通」。毛先舒雖然寫過《程元初〈韻統〉辨》譏諷該書「尤支離可笑」〔三六〕，但這種企圖貫通上下千年之韻學的思想却沿襲如一。這種貫通，在實際上又往往是以詩韻韻目爲分合基礎的，上述三家均不例外。

一方面，之所以會選擇利用詩韻來訂詞韻，是因爲詩韻是當時文人最熟悉的韻目，有傳播之利。李漁在論詞壇情況時曾說：「詞必假道于詩，作詩不填詞者有之，未有詞不先詩者也。」〔三七〕可見當時爲詞者普遍熟悉詩韻，詞人如果以詩韻爲媒介，非常便于掌握新訂的詞韻。而那時最爲流行的詩韻是陰時夫的《韻府群玉》一百零六韻，所以儘管《詞韻略》原本依托毛先舒自訂的《唐人韻目》一百零七韻，但更多的詞韻製訂者都紛紛改用陰韻，就是因爲毛先舒一家之言的韻目遠遠不及陰韻通行便用。另一方面，之所以能夠選用詩韻，是因爲詞韻本就與詩韻有著相通的語音基礎。唐、宋語音同屬中古音，詞與近體詩都承用《切韻》音系，唐人填詞本來就有直接守詩韻的，而宋詞的用韻規律，也可以利用詩韻來推求。

其次，是以唐宋人詞的實際用韻情況，作爲分合舊韻的依據。毛先舒稱之爲「博考舊詞，裁成獨斷」〔三八〕，又云「沈氏著此譜，取證古詞，考據甚博」〔三九〕。這裏的「舊詞」、「古詞」，就是指唐宋人詞作，而不混入明清以來的作品。這與毛先舒「一代之文體當用一代之韻」的思想是相通的。他在《答友論〈韻學通指〉書》裏説「作近體必用唐韻，等此而下，至于詞曲，凡作某時之體，必用某代之韻，所謂必論古今者也」〔四〇〕；又説「宋人作詞，元人作曲，皆別有其本朝之韻，而詩則仍遵唐韻」〔四一〕。這些都是在强調，某個時代的代表性文體宜用該時代之韻，既不能以古論今，也不能以今改古，要尊重詩、詞、曲等文體用韻的歷史事實。儘管我們難以確切地瞭解沈謙、毛先舒等人究竟參考了多少唐宋詞作，但二人都參與過詞譜、詞選的編纂，閱讀量自然不小。僅毛先舒簡短的《詞韻序》、《詞韻説》，就引及秦觀、范仲淹、周邦彦、周紫芝、辛棄疾、李景、蔣捷、歐陽修、姜夔、柳永、毛滂等衆多詞人的用韻實例，我們由此可窺其「博考」之一斑。

至于「裁成獨斷」，不是僅憑發音部位、發音方法去推理，而是必須結合「舊詞」實例作爲依據。毛先舒並非不懂韻理，其《聲音韻統論》將韻分爲六大類：「簡之有以統韻之繁，精之有以悉韻之變，標位明白，庶便通曉。一曰穿鼻，二曰展輔，三曰斂脣，四曰抵齶，五曰直喉，六曰閉口。」〔四二〕他通過發音部位來區分韻類，是頗合語音學原理的。但《詞韻略》的韻部分合，並不僅憑推論了事，而是講究實證。沈謙認爲：「近古無詞韻，周德清所編，曲韻也。故以入聲作平上去者，約什二三，而支思單用，唐宋諸詞家，概無是例。」〔四三〕他否定了將曲韻套用爲詞韻的做法，就是因爲缺少唐宋詞人的成例。

最後，是在衆多的唐宋詞作中，又側重以名家雅篇作爲主要的參考依據。毛先舒稱之爲：「詳而反約，唯以名手雅篇灼然無弊者爲準。」〔四四〕這樣做恐怕有兩個原因，一方面，是因爲當時的詞籍文獻流通有限，不得已而爲之。在清初，素稱淹博的朱彝尊于編纂《詞綜》之時尚且慨歎詞籍「舊本散失，未經寓目，或詩集尚在，詞則闕如」〔四五〕，一般人要獲得大量詞籍之難可想而知。由于當時比較通行的詞書，大多是各種良莠不齊的選本，詞人別集只有汲古閣《宋名家詞》傳本較多，因此就不可能像現在一樣能依據《全宋詞》

這樣的大型總集去全面考察詞韻。既然做不到搜羅無遺，就只能利用有限的資料去裁度詞韻了。另一方面，唐宋詞的用韻，本來就没有絶對統一的規範，訂詞韻者必須有所取捨。唐宋詞本屬俗文學，没有官定的專門韻書，詞人填詞押韻時多僅取順口。而在唐宋幾百年的時間推移中，語音的時代變化、方言的空間差異，都會導致詞韻的使用出現一些相對少見的特例。要處理好這些特例，也要求訂韻者必須有所決斷。毛先舒是特别重視決斷的，他在同趙鑰討論詞韻時説：「詞韻喪失千年，今一朝欲爲論定，其事至難，誠不可不慎且斷也。先生于韻上下古今，又從去矜一書決擇裁酌，而今又諏及下愚，必求其是，可謂慎矣。某竊敢以『斷』之一字進焉。」〔四六〕既然訂詞韻必須有所決斷，而經典化的名家雅篇又常常作爲後人填詞的取法對象，那麼這些雅篇的用韻情況自然成了訂韻的重要參考。

廣據舊詞、分合詩韻、取重雅篇，三者交互爲用，《詞韻略》爲製訂詞韻確立了基本的指導思想。此後的訂詞韻者，「在製作方法上均難以脱離其影響」〔四七〕。即使後來被奉爲填詞圭臬的《詞林正韻》，其訂韻思路，實際上也不出這一範圍。這種在思路方法上的開創與引導，對詞韻之學的價值，遠在《詞韻略》簡略的韻目之上。就其啟發意義來説，毛先舒認爲《詞韻略》「十九韻雖詳據古詞，不無緣起。要其縣度一端，定全韻之離合，而無或違，豈非鑿空尋源，足以振發帡幪者哉」〔四八〕的看法，所言不虛。

四 求真與便用：詞韻之書的定位與評價

雖然《詞韻略》所開創的訂韻思路長期引領著詞韻的編訂，但無論是《詞韻略》還是後出轉精的《詞林正韻》，都是不完美的。《詞韻略》在誕生之初就有毛奇齡等人的訾議，《詞林正韻》也有許多現代學者指出其與宋詞實際不符的情況〔四九〕。可二書却能帶著缺陷長期通行，這種矛盾根植于訂韻思路中求真與便用的定位衝突。認識這一衝突，對評價詞韻之書以及進一步訂正詞韻，都十分必要。

在三條訂詞韻的基本思路中，廣據舊詞是求真的反映，受到普遍認可。即使當代學者，也不過把搜羅舊詞的範圍擴大到《全唐五代詞》、《全宋詞》、《全金元詞》等書，沒有方法上的本質改變，故此條可以忽焉不論。問題主要出在另外兩條上。首先，是分合詩韻產生的争議。李漁已經指出，分合舊韻就必然受到舊韻的束縛。因爲有些詩韻中的韻字，在詞韻中被分在了不同的韻部，所以以一百零六或一百零七韻爲基礎來分合的詞韻書，就有不少「半通」的標目。但所謂「某韻半」的標目是非常含糊的，並不是恰好一半，而是指該韻目下或多或少的一部分韻字。這時，僅僅依據韻目就無法判斷實際情況，具體情形完全依賴于列出的韻字。由此可見，像《中原音韻》那樣直接依類匯總韻字、訂立全新的韻目，才更有助于建立科學而清晰的新體系。而分合舊詩韻的思路，雖不至于謬以千里，但主要是追求便用的結果。儘管這樣做有時會導致韻目不能準確反映所收韻字的情況，但因爲平水韻廣爲人知，詞人甚至可以僅憑現成而又常見的詩韻書即能填詞。這對迅速推廣詞韻規範很有幫助，在詞韻體系初創時顯得尤爲有價值。

到後來，隨著填詞自有詞韻的觀念深入人心，訂韻者才開始逐漸采用更細密的基礎韻目，比如《廣韻》和《集韻》，但也不能完全擺脱詩韻的影響。《詞林正韻》分部的準確性更受人認可，與戈載采用《集韻》作爲分合基礎是很有關係的。《集韻》有二百〇六個韻目，劃分更細致，在此基礎上分合顯得比用平水韻要嚴謹。但當代張珍懷在輯《詞韻簡編》時，却認爲「《詞林正韻》原書韻目用《集韻》標目，分目繁多，標目有僻字，因此，本編改用比較通行的《詩韻》標目，以便于檢韻」[五〇]，又改回了以常用的詩韻一百〇六韻來作標目。該《簡編》附于龍榆生的《唐宋詞格律》，主要針對初學。又如閔宗述等人編《簡明詞韻》，也認爲：「《詞林正韻》以《集韻》標韻目，分目繁多，且有甚爲冷僻之字……《簡明詞韻》改以較通行之『詩韻』標韻目，以配合一般讀者之習慣，且利尋檢。」[五一]由此可見，選擇平水韻韻目，至今仍有方便普及的好處。

其次，另一條更容易誘發弊端的思路，是取重「名手雅篇」。這一思路本身就意味著詞韻體系之「真」

的相對性。詞韻體系由歸納法得出，却不能適用于所有的唐宋詞，有學者稱之爲「規範統韻與舊詞用韻差異」〔五二〕。毛先舒曾吹嘘可以用沈謙《詞韻》「上訂數百年之謬」〔五三〕，這屬于誤用後人總結的韻部體系去訂正「有宋諸公」的詞作。其實宋人何「謬」之有，至多可稱爲泛駕之馬而已，但泛駕之馬仍然是馬，宋人某些用韻龐雜之詞仍然是「真」詞。

選擇以名手雅篇爲準，訂韻者主觀上是爲了追求相對之「真」，但實際上對于誰算名手、何爲雅篇，缺乏統一的認識，完全可能人言人殊。蘇軾的《念奴嬌·赤壁懷古》，絶大多數人都會視爲經典名篇，然而毛奇齡以此詞爲例，却得出了入聲韻無不輾轉相通的結論〔五四〕。這樣氾濫無止的通轉顯然難以服衆，所以有的訂韻者會排斥蘇辛一派的詞人，而推重那些在歷史上以知音識律而著名的詞人之作。如浙西詞人樓儼，就曾精研浙派所推崇的張炎詞，著《白雲詞韻考略》。張炎著有《詞源》，堪稱聲律專家。但樓儼在與吴門友人的討論中却也談到：「白雲詞用韻最雜。」〔五五〕儘管樓儼用張炎詞實遵古韻、用韻皆有來歷等説法曲爲回護，也改變不了張炎詞用韻龐雜的事實。因此，對訂韻者來説，就不適合依照張炎詞的用韻規律來製訂普遍通行的詞韻。由此可見，所謂毫無弊端的「名手雅篇」，根本就難有定準。所以，訂韻者在客觀上還是只有從便用的角度出發，選擇大多數詞人詞作共同遵守的詞韻分部，訂爲一部能夠折衷百家的韻書。

總而言之，自《詞韻略》以來，詞韻之書就是求真與便用相折衷的產物。明白這種定位，可以更好地評價和改進詞韻之書。從詞學發展的角度來説，並不完美的詞韻專書對建構詞體格律規範仍然貢獻巨大。在規範今人填詞時，仍以沿用《詞林正韻》爲方便，其他韻書都没有在通行性和準確性上平衡得更好。如果要使詞韻體系更嚴密，可以嘗試通過爲《詞林正韻》作補注本、修訂本的方式來合理調整，繼續平衡真與善。至于一些唐宋人用韻雜亂的「例外」，在當時也是合理的客觀存在，但今人填詞時一般還是不要效仿。對于一些難以回避的名作範例，如果一定要學習擬作，則應注明用某舊作之韻，以示並非濫通濫轉。而從語音學的角度來説，清代詞韻之書的折衷定位就意味著，只能利用宋詞本身作爲語料去推求當時的語音，而絶不能將清人所編訂的詞韻體系等同于宋代的語音體系，更不能以這樣的標準去要求詞韻之書。

〔一〕參見《魯國堯自選集》，河南教育出版社一九九四年版，第一三四—一三五頁。
〔二〕參見倪博洋《沈雄「朱敦儒擬韻説」辨僞》，《文獻》二〇一九年第二期。
〔三〕參見倪博洋《〈詞林韻釋〉版本考述及創作時代新論》，《新世紀圖書館》二〇一六年第八期。
〔四〕謝桃坊《中國詞學史（修訂版）》，四川人民出版社二〇一五年版，第九六頁。
〔五〕魏慧斌《宋詞用韻研究》，陝西人民教育出版社二〇〇九年版，第一四六頁。
〔六〕〔七〕〔一〇〕沈際飛編《古香岑批點草堂詩餘四集》卷首，明末吴門萬賢樓刻本。
〔八〕〔三八〕〔四三〕〔四八〕〔五三〕毛先舒《詞韻序》，鄒祇謨、王士禛輯《倚聲初集》前編卷四，《續修四庫全書》第一七二九册，上海古籍出版社二〇〇二年版，第一九五頁，第一九五頁，第一九五頁，第一九五頁，第一九六頁。
〔九〕參見郭娟玉《沈謙詞學與其〈沈氏詞韻〉研究》，臺北秀威資訊科技二〇〇八年版；周焕卿《清初遺民詞人群體研究》，上海古籍出版社二〇〇八年版，第三四四—三七一頁；胡小林《論沈謙〈詞韻〉的詞史意義》，《古籍研究（第五十四期）》，安徽大學出版社二〇〇九年版；江合友《沈謙〈詞韻略〉的韻部形制及其詞韻史意義》，《河北師範大學學報（哲學社會科學版）》二〇〇九年第二期。
〔一一〕〔一二〕〔二三〕鄒祇謨《遠志齋詞韻衷》，鄒祇謨、王士禛輯《倚聲初集》前編卷四，《續修四庫全書》第一七二九册，上海古籍出版社二〇〇二年版，第一九七頁，第一九八頁，第一九七—一九八頁。
〔一三〕參見胡小林《明末清初西泠詞壇與詞學復興》，《中國韻文學刊》二〇一一年第三期。
〔一四〕柴紹炳《柴省軒先生文鈔》，《清代詩文集彙編》第五五册，上海古籍出版社二〇一〇年版，第一四〇頁。
〔一五〕〔一六〕〔四〇〕〔四一〕〔四六〕毛先舒《巽書》，《清代詩文集彙編》第七二册，上海古籍出版社二〇一〇年版，第五三四頁，第五三九—五四〇頁，第五三一頁，第五三二頁，第五三九頁。
〔一七〕〔一八〕〔一九〕〔二一〕〔二八〕〔三五〕〔三六〕〔三九〕〔四二〕〔四四〕毛先舒《韻學通指》，《四庫全書存目叢書》經部第二一七册，齊魯書社一九九七年版，第四一四頁，第四二〇頁，第四一六頁，第四一五頁，第四二一頁，第四四一頁，第四二一頁，第四一五頁，第四二一頁。

〔二〇〕清代戈載就認爲：「沈謙曾著《詞韻略》一編，毛先舒爲之括略……且用陰氏韻目删併。」（戈載《詞林正韻》卷首「發凡」，上海古籍出版社一九八一年版，第三八頁）當代學者多沿戈氏之謬。郭娟玉雖然發現《詞韻略》用一百零七韻目，但尚未明了這一韻目的出處，仍然認爲：「沈氏詞韻用陰氏韻目。」（郭娟玉《沈謙詞學與其〈沈氏詞韻〉研究》，第二八四頁）

〔二一〕郭娟玉《沈謙詞學與其〈沈氏詞韻〉研究》，第二六二頁。

〔二四〕徐釚撰，唐圭璋校注《詞苑叢談》，上海古籍出版社一九八一年版，第七頁。

〔二五〕《古今詞匯二編》僅將《詞韻略》之「街蟹」韻改稱「佳蟹」韻，其餘均與《韻學通指》本相同。而沈謙《詞韻》原作「佳蟹」，「街蟹」之名係毛先舒所改。

〔二六〕沈謙著，毛先舒注《沈氏詞韻略》，鄒祗謨、王士禛輯《倚聲初集》前編卷四，《續修四庫全書》第一七二九册，上海古籍出版社二〇〇二年版，第一九五頁。

〔二七〕〔四七〕江合友《明清詞譜史》，上海古籍出版社二〇〇八年版，第二四四頁，第二二八頁。

〔二九〕〔五四〕毛奇齡《西河詞話》，唐圭璋編《詞話叢編》，中華書局一九八六年版，第五六八—五七〇頁，第五六九—五七〇頁。

〔三〇〕蔣景祁編《瑶華集》「附録」，中華書局一九八二年版，第一四五一頁。

〔三一〕參見李漁《笠翁詞韻》，《李漁全集》第一八册，浙江古籍出版社一九九一年版，第三六一—三六五頁。

〔三二〕杜玄圖《清代詞韻編訂及其方法——兼論清代詞韻的學術價值》，《中國韻文學刊》二〇一七年第一期。

〔三三〕戈載《詞林正韻・發凡》，上海古籍出版社一九八一年版，第三九頁。

〔三四〕參見宛敏灝《談詞韻——詞學講話之四》，《安徽師範大學學報（哲學社會科學版）》一九八〇年第四期。

〔三七〕李漁《耐歌詞自序》，《李漁全集》第二册，浙江古籍出版社一九九一年版，第三七七頁。

〔四五〕朱彝尊、汪森編《詞綜・發凡》，上海古籍出版社一九七八年版，第一〇頁。

〔四九〕在經過大量統計後，魯國堯將詞韻分爲十八部，魏慧斌分爲十七部，都不認同沈謙、戈載等人十九部的劃分。

〔五〇〕張珍懷輯《詞韻簡編》，龍榆生《唐宋詞格律》，上海古籍出版社一九七八年版，第一八五頁。

〔五一〕閔宗述、劉紀華、耿湘沅編訂《簡明詞韻》，閔宗述等選注《歷代詞選注》，臺北里仁書局二〇〇八年版，第一頁。

〔五二〕杜玄圖《論清代詞韻與舊詞用韻的深層差異——以〈碎金詞韻〉與「〈碎金〉二譜」爲例》，《湖南工業大學學報（社會科學版）》二〇一八年第六期。

〔五五〕樓儼《洗硯齋集》，屈興國編《詞話叢編二編》，浙江古籍出版社二〇一三年版，第七二九頁。

（作者單位：湖南師範大學文學院）

《綰春樓詞話》與《銷魂詞》詞學思想考論

張灐文

内容提要　畢倚虹、楊芬若夫婦所輯之《綰春樓詞話》和《銷魂詞》分别是民國最早刊行的閨秀詞話和女性詞選。《綰春樓詞話》提到的楊芬若所輯《緑窗紅淚詞》與畢倚虹之《銷魂詞》實爲同一部書，且《銷魂詞》與《綰春樓詞話》在詞學思想方面也是一致的，二者都與晚清詞壇標舉「花間」、推崇納蘭之風氣相契合。此外，詞話和詞選彰顯了女性意識，在晚清民國女性詞批評中具有承前啟後的重要意義。

關鍵詞　《綰春樓詞話》　《銷魂詞》　畢倚虹　楊芬若　女性詞

刊登于《婦女時報》一九一二年第七期，署名楊芬若的《綰春樓詞話》是今日見到的最早刊行的單行本閨秀詞話[一]。楊芬若（一八九三—一九七八），名全蔭，字芬若，以字行，江蘇常熟人，楊圻女，畢倚虹妻。《銷魂詞》爲畢倚虹所輯之清代女性詞選，拙作《楊全蔭與〈綰春樓詩話〉考辯》[二]曾對楊芬若著述進行查考，對《綰春樓詩詞話》的著者是楊芬若抑或畢倚虹提出了質疑。本文在此基礎上，進一步考證發現《綰春樓詞話》與《銷魂詞》在詞學思想上高度一致，二者的詞學旨趣都與常州詞派標舉「花間」以及晚清詞壇推崇納蘭之風氣相契合。同時，在清末民初社會思潮新變的背景下，《綰春樓詞話》與《銷魂詞》作爲民國時期最早刊印的閨秀詞話和女性詞選，在民國詞壇和女性詞批評領域都具有重要意義。

一　《綰春樓詞話》與《銷魂詞》之成書背景

《綰春樓詩詞話》發表後，民國三年（一九一四）七月二十日《銷魂詞》由上海掃葉山房書局刊印。《銷魂詞》之編者自記的署名是「儀徵畢振達」，時間是「壬子二月清明後三日」。而《綰春樓詞話》之自記時間也是「壬子清明後三日」，可見《銷魂詞》與《綰春樓詞話》之自題記完成于同一日。考察畢倚虹與楊芬若的生平行實，可獲知《銷魂詞》與《綰春樓詞話》的成書背景。

畢倚虹（一八九二—一九二六），原名振達，號幾庵，筆名畢倚虹、畢二拂，江蘇儀徵人，民國小說名家、報人，兼善詩詞。宣統三年（一九一一）陳恩梓任荷屬泗水領事，畢倚虹擬隨陳恩梓赴印尼泗水，行至上海，武昌起義爆發，遂滯留上海，未能成行。此段空閑，遂成輯録《銷魂詞》之契機，次年（一九一二），《銷魂詞》編成，《綰春樓詩詞話》見刊。此外，畢倚虹還著有《光緒宫詞》、《幾庵絶句》和小説《人間地獄》等。

楊芬若出身常熟世家，祖父楊崇伊，字莘伯，爲清光緒初年三大名御史之一。父楊圻（一八七五—一九四一），榜名朝慶，更名鑒瑩，又更名圻，字雲史，號野王，齋名「江山萬里樓」。光緒三十四年（一九〇八）楊雲史被派駐新加坡領事館，任二等書記官，辛亥革命後歸國，先後入陳光運、吴佩孚幕。著有《江山萬里樓詩詞鈔》二册，其中收詞四卷，即《回首詞》、《樓下詞》、《海山詞》、《望帝詞》各一卷。在《覆王心舟論詞札》中集中體現了楊雲史的詞學思想[三]。

楊芬若母李道清（一八七三—一九〇〇）爲直隸總督兼北洋大臣李鴻章孫女，外務部左侍郎李經方長女。光緒十八年（一八九二）與楊雲史結婚，光緒二十六年（一九〇〇）卒，著有《飲露詞》，爲一代才女。光緒二十九年（一九〇三）楊雲史續娶徐檀。徐檀（一八七六—一九二五），字霞客，前護理漕運總督、廣東按察使徐文達女，堂兄徐乃昌（一八六九—一九四三），字積餘，是近代著名的藏書家、學者，輯有《小檀欒室匯刻閨秀詞》及《閨秀詞鈔》。

楊芬若是李道清長女，光緒三十四年（一九〇八）秋隨父赴新加坡，次年（一九〇九）十月十三日作《緑墅園納凉作（有記）》。宣統二年（一九一〇）歸國，途中作《庚戌歸國北上舟中得詩四首留二》，感慨時事，表達了深沉的憂國之思。是年，楊芬若與畢倚虹結婚。因畢倚虹祖母係劉銘傳之女，最初劉銘傳隨李鴻章以軍功起家，故畢楊兩家後世結爲姻親。宣統三年（一九一一）八月，畢倚虹與楊芬若之長子畢慶昌出生。次年（一九一二）《婦女時報》在第五、六、七期刊登了署名「虞山畢楊芬若女士」的《綰春樓詩話》與《綰春樓詞話》。民國十二年（一九二三）楊芬若與畢倚虹離婚，二人共生育四子三女。楊芬若今存詩十首，詞五闋。時人對其詩詞作品有較高的評價，如周太玄《倚琴樓詞話》言：

予友維揚畢幾庵君工詩詞，著作頗富。其夫人楊芬若女士亦工詩，尤擅于詞，曾撰有《綰春樓詩詞話》各一卷，詩詞若干卷，人有「近代女詞家」之稱。今復得見其最近諸詞，珠璣滿紙，清正穠綺，若置諸漱玉、斷腸之間，可亂楮葉。〔四〕

王蘊章《然脂餘韻》雖稱未見《綰春樓詩詞話》，但對楊芬若的詞作也給予了高度評價，其云：「《綰春詞》，楊芬若女史作，儀徵畢幾庵室也。幾庵選《銷魂詞》，以女史之作爲殿。鳳尾鴛心，自成馨逸。」〔五〕惜《綰春詞》現今不得見，《銷魂詞》共收録楊芬若詞四闋。

《綰春樓詞話》之外，楊芬若還編選了《緑窗紅淚詞》，其云：

余近有《緑窗紅淚詞》之輯，集有清一代閨秀之作。體仿《花間》，專收小令、中調，詞宗《飲水》，意取哀感頑艷，類多傷春別怨之辭，悉屏酬酢贈答之什。積時六月，共選詞凡九十五家，二百三十一首。書成，置案頭，自供吟諷而已。吾友唐素娟（英）見之，極加謬許，題二十字于册端，曰：「無字不馨逸，無語不哀凉。一讀一擊節，一讀一斷腸。」朋儕聞之，多來索觀，頗有聳余印布者。然自鏡選例未精，

未敢率付梓人也。〔六〕

據此，《緑窗紅淚詞》之輯應略早于《綰春樓詞話》，及至詞話寫作時，《緑窗紅淚詞》並未刊行。現今《緑窗紅淚詞》已佚，所幸在畢倚虹現存著述中，筆者發現《銷魂詞》極其類似于詞話所言之《緑窗紅淚詞》。目前可見之《銷魂詞》編者自題記云：

辛亥秋末，避地滬壖，樓居近鄉，門鮮人跡，燒燭夜坐，意殊寂然。展讀南陵徐積餘丈所刊有清一代《閨秀詞鈔》，每至詞意悽惋，幾爲腸斷，往復欷歔，不忍掩卷。暇嘗摘諸家詞中之芳馨悱惻、哀感頑艷者，寫成卷帙，以供吟諷。類多傷春怨别之辭，共選詞凡九十五家，二百三十四首。昔楊蓉裳之序容若詞，謂爲凄風暗雨，涼月三星，曼聲長吟，輒複魂銷心死。兹篇所甄録者，其凄絶處往往仿佛《飲水》，爰以《銷魂詞》題名。後之讀者，其亦黯然有蓉裳之感與！〔七〕

比較楊、畢二人所記，何其相似！且就《綰春樓詞話》透露的信息來看，《緑窗紅淚詞》與《銷魂詞》在選詞標準和選詞數量方面幾乎完全一致。《緑窗紅淚詞》「集有清一代閨秀之作，專收小令、中調」，《銷魂詞》是選編者根據徐乃昌《小檀欒室彙刻閨秀詞》及《閨秀詞鈔》精選而成的清代閨秀詞選，除沈宜修、葉紈紈、葉小鸞三家外，其餘作者皆爲清代閨秀詞人，遍覽全書，亦專收小令、中調，無一首長調。《緑窗紅淚詞》「詞宗《飲水》，意取哀感頑艷，類多傷春别怨之辭」，《銷魂詞》「所甄録者，其凄絶處往往仿佛《飲水》」，亦爲「哀感頑艷」、「傷春怨别」之辭。二者選詞數量也基本相同，皆九十五家，二百三十余首。可見，《緑窗紅淚詞》與《銷魂詞》是同一部書，極有可能是畢、楊夫婦「一編横放兩人看」（孫原湘《示内》）的結晶。

《綰春樓詞話》與《銷魂詞》在成書背景及選人與選詞方面也極其相似。

首先，如前所述，《銷魂詞》與《綰春樓詞話》之編者自記完成于同一日。《綰春樓詞話》之自記云：「春雨廉纖，薄寒料峭。小樓兀坐，意態寂寥。追憶昔日所讀諸閨秀詞集，清辭麗句，深印腦海，每不能去，際此多暇，一一寫出，編爲詞話，藉以排遣時日。……壬子清明後三日芬若自記。」除時間外，其所述之「小樓兀坐，意態寂寥」與《銷魂詞》自記之「門鮮人跡，燒燭夜坐，意殊寂然」狀態頗爲一致。

其次，在選人與選詞方面，《綰春樓詞話》共品評詞人十五人，除夢芙女史和俞繡孫外，其餘十三人亦見于《銷魂詞》，這十三位詞人分别是：孫雲鳳、陳挈、鄭蓮、蓉湖女子、沈纕、曹景芝、陳圓圓、葛秀英、錢孟鈿、俞慶曾、孫汝蘭、莊盤珠、李道清（以《綰春樓詞話》之編排順序爲序）。其中多人在詞話與詞選中入選的詞作完全一致，如楊芬若母李道清，存詞十七首，詞話與詞選皆録八首，所選詞作完全一致。陳挈、鄭蓮、蓉湖女子、陳圓圓、孫汝蘭五人，詞話與詞選選録的詞作内容與數量也是完全一致。

此外，《綰春樓詞話》共引録詞作三十九首，其中二十九首見于《銷魂詞》，未被《銷魂詞》收入者多爲長調詞，如曹景芝《綺羅香·梅魂》、錢孟鈿《長亭慢·楊花》、俞繡孫《長亭怨慢》等。在論錢孟鈿詞時，詞話有言：「其小令余已選入《緑窗紅淚詞》矣。兹記其『楊花』《長亭慢》一闋」，《銷魂詞》選錢孟鈿詞三首，可見，詞話作者在此刻意迴避了小令，而僅録詞選没有收録的慢詞。提及俞繡孫時，詞話言：「所著《慧福樓詞》多長調」，令人不禁聯想到俞繡孫詞或因多長調而未收入詞選。由此，《綰春樓詞話》與《銷魂詞》相互參看，可見其高度一致之詞學思想。

二 《綰春樓詞話》與《銷魂詞》之詞學思想

在詞學思想方面，《綰春樓詞話》與《銷魂詞》有兩點值得注意。首先是標舉「花間」，寄托傷國之情。《綰春樓詞話》開篇明義：「余于詞，酷嗜《花間》，每有仿製，殊痛未似。近讀仁和孫碧梧女史（雲鳳）所著《湘筠詞》，置之《花間集》中，直可亂楮葉矣。」詞話的品評以孫雲鳳開篇，整部詞話引録孫雲鳳詞共八首，數量之多，與芬若母李道清同爲所評詞家之最。而《銷魂詞》中入選詞作數量最多的詞人也是孫雲鳳，共入選十六首。且《綰春樓詞話》品評和引録的八首孫雲鳳詞，除長調《水龍吟·游絲》及一闋回文《菩薩蠻》外，其餘六首同見于《銷魂詞》。

孫雲鳳（一七六四—一八一四），字碧梧，浙江仁和人，爲隨園女弟子，著有《湘筠館詞》二卷，存詞九十五首，《小檀欒室匯刻閨秀詞》列入第九集。孫雲鳳詞愈于詩，小令尤工，音調凄婉，寄意幽遠，論者多稱賞其有「花間」和北宋風格。《綰春樓詞話》稱：「郭頻伽評其詞謂『寄意杳微，含情遠渺，仿佛飛卿、端己之間』，殊非過譽。」詞話和詞選所引之《菩薩蠻》諸闋，如：

華堂宴罷笙歌歇，夜深香嫋爐煙碧。酒醒小屏風，燭花相對紅。　玉釵金翠鈿，柳葉雙蛾淺。日午未成粧，繡裙雙鳳凰。

翠衾錦帳春寒夜，銀屏風細燈花謝。鴛枕夢難成，緑窗啼曉鶯。　愁來天不管，鬢墜眉痕淺。燕子不還家，東風天一涯。

兩首詞在内容、造語、意境上都極似温庭筠《菩薩蠻》。小令之外，詞話還稱賞孫雲鳳「長調亦殊有宋人意境」，中調「《蘇幕遮》一闋，……詞境則絶似晏小山，是《湘筠》集中佳構也」。出于對「花間」傳統的推重，《銷魂詞》中入選詞作數量最多的不是「清代閨秀詞三大家」之徐燦、吴藻與顧春，而是「絶似花間」的孫雲鳳詞。

《銷魂詞》中入選詞作數量僅次于孫雲鳳，排名第二的是趙我佩，共選詞十五首。趙我佩，字君蘭，生卒年不詳，浙江仁和人，著有《碧桃館詞》一卷，《小檀欒室彙刻閨秀詞》列入第三集，存詞一百七十三首，《然脂餘韻》稱趙我佩「所作以輕圓流麗見長」[八]。《銷魂詞》録趙我佩詞十五首，其中包括六首《菩薩蠻》，在這六首《菩薩蠻》中，有四首「餞花」組詞，詞序云：「春雨連綿，園花零落，風前獨立，悵然久之，譜『餞花』詞四章，並寄麗軒。」麗軒是趙我佩之夫汪道誠。這組詞從内容來看雖爲傷春懷人，無甚新意，但造語頗爲流麗婉轉，是典型的「花間」風格的令詞。再如《青門引·飛絮》頗有寄托深意，詞云：

漂泊渾無定。可是東風薄倖。游絲無力綰應難，任它飛去，拚作天涯影。　謝娘何事詩懷冷。憔悴江南景。金縷曲歌何處，陽關一闋人愁聽。

在選録其他詞人的作品時，《銷魂詞》也特别選取了類似温詞的《菩薩蠻》，如選録沈宜修詞十二首，其中《菩薩蠻》四首；選録吴藻詞九首，其中《菩薩蠻》二首；選録徐燦詞五首，其中《菩薩蠻》一首；選録左錫嘉詞七首，其中《菩薩蠻》四首，等等。在整部《銷魂詞》中，收録《菩薩蠻》詞共五十三首，占了全部選詞的近四分之一，可見作者對「花間」風格的偏愛。

推尊「花間」也是晚清詞壇尤其是常州詞派論詞的風尚之一。這種傾向首先體現在張惠言的《詞選》中，《詞選序》稱「自唐之詞人……而温庭筠最高，其言深美閎約」〔九〕。《詞選》録《花間集》二十八首，占了選集比例的近四分之一，其中温庭筠詞十八首，爲唐宋諸家之冠，且《菩薩蠻》十四首全部被録入。張惠言指出《菩薩蠻》十四闋是「感士不遇也」，有「《離騷》『初服』之意」。張氏此論在詞壇産生了極大的影響，譚獻即言「以『士不遇賦』讀之最确」〔一〇〕。在常州詞派的詞論中，温庭筠詞被樹立爲「花間」乃至唐宋詞的典範。如陳廷焯《白雨齋詞話》稱：「飛卿詞全祖《離騷》，所以獨絶千古。《菩薩蠻》、《更漏子》諸闋，已臻絶詣，後來無能爲繼。」〔一一〕可見對飛卿詞的評價已達到前所未有的高度。這種傾向一直影響到民國，吴梅《詞學通論》亦稱温詞爲「萬世不祧之俎豆」〔一二〕。

不惟詞論，在創作方面，甲午戰後，承緒「花間」傳統的令詞也大量出現。常州詞派的後勁，晚清四大家——王鵬運、鄭文焯、朱祖謀、況周頤都有以比興寄托手法感慨國運、寄懷身世的令詞。如朱祖謀效仿温庭筠的《菩薩蠻》組詞「全爲庚子拳亂作」〔一三〕，《庚子秋詞》更是從創作的角度，實踐了常州詞派比興寄托的詞論主張，反映「庚子之變」中的家國之感，把令詞創作推向了高潮。

晚近詞人雖未必全都認可常州詞派對花間詞的解讀，但在國勢已去、無力回天的世變格局之下，傷春怨別的花間小詞十分適合寄托難以言説的傷國之情。由此，晚近詞壇的創作又呈現出向「花間」範式的回歸。如陳洵《浣溪沙》：

如夢風花赴鏡流，舞楊無力倚嬌柔。黛奩脂盝自然收。 未必真珠全賺淚，斷無羅帶肯瞞愁。春光誰分薄于秋。

此詞在《海綃詞》中排在癸卯（一九〇三）至辛亥（一九一一）之間，是一首典型的以傳統的傷春題材來寄托家國憂思的令詞。再如王國維著名的《蝶戀花》（閲盡天涯離別苦），雖然王國維反對張惠言解詞的「深文羅織」，但詞中名句「最是人間留不住，朱顔辭鏡花辭樹」很難不讓人聯想到清廷的覆亡。

《銷魂詞》正是在家國巨變的時局下，在常州詞派的影響下輯録而成。《銷魂詞》自序中畢倚虹提到該詞選爲「辛亥秋末，避地滬壖」所輯。其時畢倚虹本欲隨陳恩梓赴泗水領事館上任，然武昌起義爆發，遂滯留上海，未能成行。這段時日，于國于己都是多事之秋，因此，畢倚虹編選《銷魂詞》的目的正如胡韞玉在序言中提到的：

儀徵畢子，以宋玉悲秋之年，當王粲登樓之日，門對青山，繁弦自理，燈輝素壁，古調獨彈，酒酣拔劍，王郎慣作悲歌，漏盡聞雞，祖生能無壯舞。然而寄幽怨于齊紈，長歌當泣，寓牢愁于秦錦，理曲忘憂，借閨閣之新詞，遣身世之舊恨。〔一四〕

輯録《銷魂詞》的同時，畢倚虹還撰寫了《光緒宮詞》，序云：

辛亥以還，淹滯海隅，身世落落，與時寡合，長日樓居，擁書自遣，恣情汎覽，偶及近人野乘筆記諸書，每于故宮遺事，勝朝軼聞，輒復有所悵觸，當摘寫其事之去今未遠，翔實可徵者，凡若干事，事各系一詩，積久成帙，顔曰《光緒宮詞》。……甲寅立秋後三日，一拂自記。

第一首詩：

空負雄奇絶世才，凄凉風雨住瀛臺。誰知廿載幽棲恨，都爲尋常脱輻來。〔一五〕

詩中對光緒帝的不幸命運發出了深切歎惋，同時該書也在紀事中對時弊多有指涉。兩相參看，《銷魂詞》「香草美人」的寄托深意更加明顯。

《綰春樓詞話》與《銷魂詞》詞學思想另一值得重視之處是推崇《飲水詞》，意取哀感頑艷。畢倚虹在《銷魂詞》自序中談到：「昔楊蓉裳之序容若詞『凄風暗雨，凉月三星，曼聲長吟，輒複魂銷心死』，兹篇所甄録者，其凄艷處往往仿佛《飲水》，爰以《銷魂詞》題名。」《綰春樓詞話》提及《緑窗紅淚詞》時亦稱「詞宗《飲水》，意取哀感頑艷」。作爲詞選，選詞的傾向性在很大程度上反映了選詞者的詞學觀念，「春愁離恨，總是詞人分」（李道清《青玉案·暮春》），在畢倚虹、楊芬若看來，精妙好詞當如納蘭詞般凄凉感傷，哀感頑艷，《銷魂詞》與《緑窗紅淚詞》之詞選命名也明示了這一抒情取向。

推重納蘭亦爲晚清民國詞壇的一股熱潮，對納蘭詞的贊賞與品評在納蘭去世前後即已開始。納蘭詞被認爲是「哀感頑艷」的典範，如納蘭的好友陳維崧説：「飲水詞哀感頑艷，得南唐二主之遺。」〔一六〕顧貞觀《納蘭詞序》説：「容若詞，一種凄惋處，令人不能卒讀。」〔一七〕前所引之楊蓉裳《納蘭詞序》也直言「其詞則哀怨騷屑，類憔悴失職者之所爲」〔一八〕。晚清時代，在國運衰敗、風雨如晦的時局中，報國無門的士人滿腔愁緒無處安放，于是納蘭以其多情薄命的悲劇人生和哀感頑艷的詞風在士人中獲得了極大的共鳴，納蘭研究進入高潮。〔一九〕王國維在《人間詞話》中稱贊納蘭詞之真切：「納蘭容若以自然之眼觀物，以自然之舌言情。此由初入中原，未染漢人風氣，故能真切如此。北宋以來，一人而已。」〔二〇〕《人間詞乙稿序》亦稱：「納蘭侍衛……其所爲詞，悲凉頑艷，獨有得于意境之深，可謂豪傑之士，奮乎百世之下者矣。」〔二一〕《人間詞乙稿序》成文于光緒三十三年（一九〇七）十月，《人間詞話》刊發于一九〇八至一九〇九年，都略早于《銷魂詞》，可見當時詞壇之風尚。

據湯高才統計，在現存近三百五十多首納蘭詞中，愁、淚、恨出現的次數分别是九十、六十五、三十九，而斷腸、傷心、惆悵、憔悴、淒涼、飄零、可憐等詞出現的次數也相當多。〔二二〕類似憂鬱感傷之辭，在《銷魂詞》中比例更高。潘光旦先生曾統計《銷魂詞》「二百三十餘首詞中，意義消極之字竟在一千六百以上」，平均每首詞有六點九個意義消極之字，「一個『愁』字多至一百十餘起，即平均每二首必有一字；啼，哭等字凡五十八起，平均每四首必有一字」〔二三〕。可見，《銷魂詞》的確是「無語不哀凉」、「淒艷處彷佛《飲水》」。

在詞人詞作的選録和品評上，《銷魂詞》與《綰春樓詞話》也突出了女性詞銷魂感傷的特質。以莊盤珠爲例，莊盤珠，字蓮佩，陽湖人，莊有鈞女，著有《秋水軒詞》，《小檀欒室滙刻閨秀詞》列入第四集，存詞八十八首。《銷魂詞》選録五首，其中《蘇幕遮·柳絮》亦爲《綰春樓詞話》所引，詞云：

早抽條，遲作絮，不見花開，只見花飛處。繞砌縈簾剛欲住，打個盤旋，又被風吹去。野棠村，荒草渡。離却枝頭，總是傷心路。待趁殘春春不顧，葬爾空池，恨結萍無數。

《綰春樓詞話》稱之「淒惋幽咽，真傷心人别有懷抱矣」，所評極是。《銷魂詞》選録的其餘四首也爲淒惋幽怨之作，如《柳梢青》（風聲鳥聲）被認爲是莊盤珠的絶命詞，「其父見之，驚謂不祥」〔二四〕；《踏莎行·病起》「最怕殘春，羅紅堆徑，今年人比花先病」頗似黛玉之悲落花；《浣溪沙》（睡起紅留枕上紋）、《醉花陰·清明》二闋亦言及病與愁，如《綰春樓詞話》所言「多淒咽之音」。

再如《綰春樓詞話》「夢芙女史」條，《銷魂詞》未收録夢芙女史之作，詞話稱此抄本爲「外子幾庵客京邸時在廠肆以百錢購得」，「可辨者約廿餘闋，字跡娟好，詞復淒艷」。「茲記其《浣溪沙》云：『寒食清明奈怨何，傷春人已淚痕多。可堪春在病中過。　徒有相思縈遠夢，了無情緒畫雙蛾。子規底事斷腸歌。』」這首詞每一句都不離愁怨，可見入選原因當爲詞風之淒艷。此外，詞話「曹景芝」條，點評了《銷魂詞》未録之

《綺羅香·梅魂》一闋，稱其「詞極凄咽」。

胡韞玉在爲《銷魂詞》所作的序言中，也提到「詞以窮而後工，思以傷而愈妙」〔一二五〕，女性詞因其悲情感傷的特質與當時詞壇崇尚哀感頑艷的審美風尚相契合，引起了畢倚虹、胡韞玉的共鳴，故此，《銷魂詞》在彰顯晚清詞壇審美風尚方面，具有重要意義。

三　《綰春樓詞話》與《銷魂詞》的價值與影響

《銷魂詞》刊印于一九一四年，從時間而論，是現今可見的民國時期最早刊行的女性詞選。據宋秋敏統計，民國時期女性詞選有近二十种〔一二六〕，然而，在該文所列舉的民國女性詞選中，並未提及《銷魂詞》，業界其他論著也甚少涉及，除前述潘光旦先生所論外，未見其他專門研究。可見《銷魂詞》作爲女性詞選，目前在學界並未受到關注。而《綰春樓詞話》除《歷代閨秀詞話》「前言」中的論述外，也未見有單篇論著對其進行專門研究。基于此，有必要對二書的價值與影響加以闡述。

其一，就《銷魂詞》而言，在編選目的方面，它與此前清代的女性詞選以及其他民國女性詞選都有著顯著不同。龍榆生先生曾談到：「選詞之目的有四，一曰便歌，二曰傳人，三曰開宗，四曰尊體；前二者依他，後二者爲我。」〔一二七〕據此，《銷魂詞》所依據的《小檀欒室匯刻閨秀詞》和《閨秀詞鈔》當屬以存人存詞爲目的的文獻式詞選，故詞作風格多樣，小令、中調、長調眾體咸備。而《銷魂詞》除了寄托家國身世之感，還反映了編者標舉花間傳統、「意取哀感頑艷」的詞學思想和審美傾向，故所選皆爲傷春怨別的悲情詞，在體裁上也只取小令和中調。相對于清代以及其後民國時期的女性詞選，這種明確的審美傾向顯得尤爲獨特。此前清代的女性詞選，如《眾香詞》、《本朝名媛詩餘》、《林下詞選》等，大多都以存人存詞和文獻收録爲主要目的。民國時期，女性詞選大量出現，類型也愈加多樣，如孫佩苢《女作家詞選》、胡雲翼《女性詞選》、李輝群《注釋歷代女子詞選》等，屬于輯録女性詞的文學讀物，以文學鑒賞和文學普及爲目的；吴灝的《閨秀百家詞選》也是根據徐乃昌《小檀欒室匯刻閨秀詞》精選而成，但仍以文獻存録和研究爲目的。

與《銷魂詞》類似的詞選還有范煙橋輯録的《銷魂詞選》。在序言中范煙橋同樣引述了楊蓉裳序納蘭詞：「淒風暗雨，涼月三星，曼聲長吟，輒複魂銷心死」，並指出：「這幾句話比較的可以認識得詞的真意義，我現在所選的詞當然是『銷魂心死』的程度要比容若的詞加上幾倍……」可見，《銷魂詞選》承繼《銷魂詞》，在悲情詞風的選擇上一脈相承。不同的是，《銷魂詞選》刊印于民國二十三年（一九三四），其時五四新文化運動已開展了十餘年，女性意識更加强烈。在序言中范煙橋還談到：

在男子爲中心的社會裏，男子所做的詞，男子的詞裏所發洩的熱情，是虛僞的，是粉飾的，是勉强的。深刻的説一句，多少總含有一點侮辱性的，我們要尋覓真的熱情，非到富有情感的女子的詞裏去找不可！女子在男子中心的社會裏，處處受男子的操縱、壓迫、欺騙、藐視。伊們有的是屈服，有的是抵抗，無論是屈服，或者是抵抗，都應有一種對于性的發洩。經過多愁善感的陶冶，自然一字一句都是以迴腸蕩氣了，所以我所選的女子詞題名「銷魂」。〔二八〕

范氏此言也是對畢倚虹《銷魂詞》的深層注解和進一步發揚。儘管受女性解放思潮和白話文運動的影響，范煙橋《銷魂詞選》在彰顯女性意識和使用白話文方面更爲進步，但在清朝覆亡的巨大社會變革裹挾下，畢倚虹輯録《銷魂詞》以閨秀傷春怨別之詞，遣家國身世之恨，遠紹屈騷「香草美人」之比興寄托傳統，近承常州詞派餘續，在女性詞選中却是獨樹一幟。

其二，在晚近詞壇，《銷魂詞》是一部傳統詞選，詞人介紹相對簡略，也没有對具體詞作進行評點。相比之下，《綰春樓詞話》在詞學思想方面對《銷魂詞》進行了補充，體現出民國初年詞壇新舊思想的並存和轉型。如《銷魂詞》只選小令和中調，《綰春樓詞話》中還收録並點評了長調詞，如提到孫雲鳳「長調亦殊有宋人意境」，並收録「水龍吟」《游絲》一闋；評價錢孟鈿「楊花」《長亭慢》一闋「咏事殊極宛約，余謂頗有南宋詞人氣息也」，從鑒賞和研究的角度評詞，視角更加開放。

在語言方面，《縮春樓詞話》對迴文詞、獨木橋體等特殊形式給予了特別關注，如特別提到迴文詞，並引録了蓉湖女子《菩薩蠻・仿王修微回文》一闋，稱其「殊極奇妙」；引録沈纕、孫云鳳、沈宜修三人的五首迴文詞，還特別收録了孫如蘭《百尺樓・采蓮詞戲用獨木橋體》，並贊其「淵淵古馨，樂府之遺響也」。以上七首詞作五首亦見于《銷魂詞》，但在《銷魂詞》中，並没有進行品評。

在思想性方面，《縮春樓詞話》更加明確地彰顯了女性意識，這條記述是現今可見對《藝蘅館詞選》的最早品評。《詞話》云：

倚聲之道，自唐迄今，作者林立，專集選本，高可隱人，惟女史之以詞名者。論專集則有《漱玉》、《斷腸》媲美兩宋；論選本，則千餘年來，僅見一《藝蘅》而已。（藝蘅名令嫻，梁氏，粵之新會人。卓如先生女。）藝蘅選本，上溯唐五代，下迄有清。博視竹垞《詞綜》，而無其浩瀚；精視皋文《詞選》，而矯其嚴苛。繁簡斟酌，頗具苦心。藝蘅亦一詞壇之功臣與！

梁令嫻是梁啟超之女，與楊芬若大致同齡，是新女性的代表。《詞話》作者對梁令嫻以女子視角完成一部通代詞選給予了充分肯定並高度贊賞了《藝蘅館詞選》的成就和價值。此條品評被雷瑨、雷瑊《閨秀詞話》及吴克岐《詞女五録》引用，且都標明了出自「楊芬若女士《縮春樓詞話》」。

此外，《銷魂詞》與《縮春樓詞話》都突出了對女性詞人多才薄命的歎惋和同情，但相比之下，《縮春樓詞話》的性別意識更加强烈，且體現出進步的女性觀。

與《小檀欒室匯刻閨秀詞》不同，《銷魂詞》中對詞人的介紹只言及籍貫、家世及詞籍名稱，很少提及生平軼事。然而，在《銷魂詞》極爲簡略的詞人介紹中，雖甚少提及人生經歷，却特別關注詞人的早逝，如莊盤珠，莊盤珠詞在當時負有盛名，在論者的記述中，她的出生和去世都帶有神異色彩〔二九〕。然而，在《銷魂詞》及《綰春樓詞話》編者僅用「卒年才二十有五」、「年廿五便卒」，扼要突出了詞人紅顏薄命的形象。類似記述《銷魂詞》中還有：葛秀英「卒年十九」，葉紈紈「年二十三卒」，葉小鸞「年十七未嫁而亡」，張學雅「年二十二未嫁而卒」，徐映玉「早卒」，倪小「早逝」等等，可見，《銷魂詞》突出了女詞人紅顏薄命的形象，這無疑是對女詞人不幸命運的哀惋和同情。

哀悼早逝之外，《綰春樓詞話》也對女性詞人的不幸命運給予了深切同情，如「陳婜」條引述《眾香詞》，詳細記述了陳婜淒苦的一生，並感慨「其境之哀有如此」。除了生平的記述，詞話還稱贊陳婜《菩薩蠻》詞「哀而不怨，怨而不怒，此之謂矣。讀者能勿爲之腸斷」。再如「葛秀英」條談到：「玉貞以如許清才，惜不永于壽，年十九便卒。造物忌才，于斯益信。」歎惋之情溢于言表。「造物忌才」何嘗不是畢倚虹短暫一生的讖語，一九二六年，畢倚虹在上海病故，年僅三十四歲。

在詞人的記述和品評方面，《綰春樓詞話》雖然也體現出重家世的傳統觀念，但却不以身份貴賤來品評詞人。如「陳圓圓」條：

吴三桂迎滿清兵入關除李闖，説者謂三桂以闖據其愛姬陳圓圓，憤而出此。故吴梅村祭酒《圓圓曲》有「沖冠一怒爲紅顏」之句。滿清主中夏幾三百年，其發端始于一圓圓？

相比傳統的「紅顏禍水」之説，作者以反問的語氣爲陳圓圓鳴不平，並録小令二闋，使「讀者知圓圓固不僅以貌勝」，體現了清末民初進步的女性觀。此處提及的陳圓圓的兩首詞，《銷魂詞》亦録。

另如鄭蓮，《綰春樓詞話》云：

鄭蓮，字采蓮，爲新城陶嚮甫先生家侍婢，有「春草」詞，調寄《菩薩蠻》云：「春風二月江南路，春山如畫春光妬。緑幔捲高樓，黛痕眉上愁。薄煙團幾里，拾翠人歸矣。又聽子規啼，如絲雨下時。」末二語含蘊無窮，得意内言外之旨。康成詩婢而後，僅見斯人。

《銷魂詞》亦録入《菩薩蠻・春草》。鄭蓮在《小檀欒室匯刻閨秀詞》並無獨立條目，此詞僅見于陶淑《菊籬詞》之附注，對她的獨立記述和品評首見于《銷魂詞》及《綰春樓詞話》。可見鄭蓮雖爲侍婢，詞話仍對她的詞作給予了很高的評價。

此後民國時期的新派詞選如孫佩萓的《女作家詞選》、胡雲翼《女性詞選》等都更加明確地表示出代女子立言的思想，並極力提高女性詞的地位〔三〇〕，但這些新派詞選都是「五四」新文化運動後，西學東漸和女性解放思潮影響下的産物。《綰春樓詞話》作爲第一部單行本的閨秀詞話，在民國初年就能有此等女性意識，已經體現出轉型期社會思潮的新變。

《綰春樓詞話》發表後，无名氏的《闺秀词话》（《时事汇報》，一九一三）、陳巢南的《鏡台詞話》（《女子世界》，一九一五）、雷瑨、雷瑊的《闺秀词话》（一九一六年上海掃葉山房刊印）、況周頤的《玉棲述雅》（《四民報》，一九二一）、范冷芳的《小梅花館詞話》（《消閒月刊》，一九二一）、周壽梅的《雙梅花龕詞話》（《半月》，一九二四）、楊式昭的《讀〈閨秀百家詞選〉札記》（《文學年報》，一九三二）等女性詞話陸續刊出，民國女性詞批評成蓬勃之勢。後續成書的這些詞話多處引述《綰春樓詞話》，如周太玄《倚琴樓詞話》，王藴章《然脂餘韻》，雷瑨、雷瑊《閨秀詞話》，吴克岐《詞女五録》等都從《綰春樓詞話》中剿録多條，可見《綰春樓詞話》在當時頗具影響。

綜上，《綰春樓詞話》和《銷魂詞》作爲民國最早刊行的閨秀詞話和女性詞選，在詞學批評和性别批評方面都具有重要的價值和意義。在詞學批評方面，二者繼承花間傳統，關注並特别肯定了女性詞柔婉感傷、意内言外的特質，彰顯了晚清詞壇審美風尚。在性别批評方面，二者互爲補充，體現出進步的女性觀，既是對中國傳統女性文學的繼承和發揚，也爲民國女性詞批評和研究導夫先路，其承前啟後的價值與意義不容忽視。

〔一〕孫克强、楊傳慶主編《歷代閨秀詞話·前言》第一册，鳳凰出版社二〇一九年版，第四頁。

〔二〕張潔文《楊全蔭與〈綰春樓詩話〉考辯（附詩話）》，《古代文學理論研究（第四十六輯）》，華東師範大學出版社二〇一八年版。

〔三〕丁小明《覆王心舟論詞札》，《詞學（第三十一輯）》，華東師範大學出版社二〇一四年版。

〔四〕周太玄《倚琴樓詞話》，《夏星雜志》一九一四年第一期。

〔五〕王蘊章《然脂餘韻》卷三，《歷代閨秀詞話》第二册，第六五七頁。

〔六〕楊全蔭《綰春樓詞話》，《婦女時報》一九一二年第七期。

〔七〕〔一四〕〔二五〕畢振達《銷魂詞·序》，上海掃葉山房一九一四年版。

〔八〕王蘊章《然脂餘韻》卷三，《歷代閨秀詞話》第二册，第六五八頁。

〔九〕張惠言《詞選·序》，唐圭璋編《詞話叢編》第二册，中華書局一九八六年版，第一六一七頁。

〔一〇〕譚獻評《詞辨》卷一，尹志騰校點《清人選評詞集三種》，齊魯書社一九八八年版，第一四六頁。

〔一一〕陳廷焯《白雨齋詞話》，鳳凰出版社二〇二〇年版，第三頁。

〔一二〕吳梅《詞學通論》，華東師範大學出版社一九九六版，第五一—五二頁。

〔一三〕龍榆生《彊邨本事詞》，《龍榆生詞學論文集》，上海古籍出版社二〇〇九年版，第五二一頁。

〔一五〕畢一拂《光緒宮詞》，何仲琴編《艷語》，上海廣益書局一九二三年版，第一頁。

〔一六〕〔一七〕馮金伯輯《詞苑萃編》卷八引，《詞話叢編》第二册，第一九三七頁。

〔一八〕楊蓉裳《納蘭詞序》，張草紉箋注《納蘭詞箋注》，上海古籍出版社二〇〇三年版，第四三三頁。

〔一九〕參見孫文婷《晚清民國詞壇的「納蘭熱」論析》，《寧夏大學學報（人文社會科學版）》二〇二〇年第一期。

〔二〇〕〔二一〕王國維《人間詞話》，廣西人民出版社二〇一七年版，第二三頁，第七〇頁。

〔二二〕湯高才《哀感頑艷納蘭詞》，《中華詞學（第二輯）》，東南大學出版社一九九五年版，第一七六頁。

〔二三〕潘光旦《女子作品與精神鬱結》，《潘光旦選集》第一卷，光明日報出版社一九九九年版，第四〇—四五頁。

〔二四〕金捧閶《守一齋筆記》卷四，《叢書集成續編》第二一二册，臺北新文豐出版公司一九八九年版，第六七三—六七四頁。

〔二六〕宋秋敏《民國時期女性詞選的特點和意義》，《貴州社會科學》二〇一七年第三期，第四五—四六頁。

〔二七〕龍榆生《選詞標準論》，《龙榆生学术论文集》上册，上海古籍出版社二〇一七年版，第一八三頁。

〔二八〕范煙橋《銷魂詞選·序言》，上海中央書店一九三四年版，第二頁。

〔二九〕徐乃昌《小檀欒室匯刻閨秀詞》之莊盤珠小傳云：「母夢珠而生，故名盤珠。幼穎慧，好讀書，女紅精巧，然輒手一編不輟。嘉慶某年，以某月某日垂絶，復甦，謂其家人曰：『余頃見神女數輩，抗手相迎，云：須往侍天后，無所苦。』言訖，遂卒，年二十有五。」

〔三〇〕參見胡雲翼《女性詞選·小序》，上海教育書局一九三七年版；孫佩苣《女作家詞選·序言》，上海益智書局一九三〇年版。

（作者單位：天津大學國際教育學院）

從語音學角度辨析近人四聲詞説

石任之

内容提要　自明人編纂詞譜起，即有填詞是否需要守四聲的争議。近代詞學研究興起後，一些學者對詞壇謹守宋人四聲的做法有所質疑，或以爲宋人不守四聲、四聲非平上去入之謂，或以爲在吃緊處（拗句結句）嚴分上去即可。但考宋人詞作，部分方言的濁上變去使得主要依方言填詞的作者難以嚴分上去。而主張嚴分的近代學者，則或因其方音能辨别濁上，乃有夏承燾將大部分方言不歸去的次濁上聲字「兩」字錯推衍爲濁上歸去之例。推其用心，處于政體劇變、新舊文學相争時代，用「四聲詞」尊體，不但是創體例的研究，更與其政治主張、道德標準有密切關係。詞韻的總結爲半人工系統，四聲詞則人工性更强，爲一不甚成功之「傳統的發明」。

關鍵詞　四聲詞　濁上變去　尊體

所謂守四聲或者依四聲，是指以宋人某家某闋的字聲爲標準，除詞譜標注的平仄需要嚴守外，仄聲裏還要區分清楚上去入，字字恪守，以爲法度。這是一種極端的推尊詞體的做法。四聲詞的風氣始自晚清，一度盛行于東南。正如吴梅《詞學通論》中所提到的那樣：「近二十年中，如漚尹、夔笙輩，輒取宋人舊作，校定四聲，通體不改易一音。如《長亭怨》依白石四聲，《瑞龍吟》依清真四聲，《鶯啼序》依夢窗四聲。蓋聲律之法無存，製譜之道難索，萬不得已，寧守宋詞舊式，不致佪越規矩。顧其法益密，而其境愈苦矣。」〔一〕漚尹即朱祖謀，夔笙即况周頤。而吴梅也喜歡讓學生做僻調詞和依四聲而作。

詞律製定過程中對字聲的認識，也可窺見四聲詞説的源流。兩宋的覆亡是詞樂逐漸散佚的過程，宫調失傳，僅有文字記載可揣摩。明人作詞之所以遭清人譏議，是因爲没有詞樂可依，而詞譜之學又尚在草創。從明人到清人的詞韻、詞律的研究，有一個漸趨縝密，逐步雅化學術化的過程。其中有關詞的四聲的討論，正是在這樣的由寬至嚴的背景下産生的。

一　拗句與結句

到了晚清，詞學發展的重要階段，朱祖謀、鄭文焯、况周頤等學者在精校詞籍的過程中提出了校詞五法，將詞學正式納入到學術研究的範疇。因其「斠律審體，嚴辨四聲，海内尊之，風氣始一變」〔二〕。四聲詞説也是這一時期繁盛起來的。因朱祖謀等人弟子衆多，聲勢廣大，因此對晚清到民國的詞學理論及詞人創作多有影響。吴梅《詞學通論》、陳匪石《聲執》、王易《詞曲史》、劉永濟《詞論》、龍榆生《詞學十講》及《詞曲概論》等均有涉及四聲詞之説，一時翕然成風。

但對四聲詞的質疑逐漸出現。如民國著名詞社如社，以謹守詞律著稱，其社課大多選用宋人僻調依四聲填詞，甚至選擇《倚風嬌近》這樣的孤調。〔三〕這種做法，是將四聲詞這一極端形式推到頂點。因此社員也逐漸分化出不同意見。而圍繞午社四聲之争的論文，如《午社「四聲之争」與民國詞體觀的再認識》、《民國詞壇「四聲之争」鈎沉——以午社詞人爲中心》，則都以冒廣生的《四聲鈎沉》爲例，勾勒當時詞壇對四聲詞的争議。現以争議的兩位主要學者觀點爲例看他們對于四聲詞的認識。

冒廣生一九三九年完成《四聲鈎沉》一文，反對晚清以來詞壇嚴守四聲的做法。其主要觀點有二：其一，宋人並不守四聲；其二，四聲並不是指平上去入，而是宫商角羽。四聲並非平上去入一説，雖試圖對四聲詞説釜底抽薪，但並不可信。冒廣生對四聲詞攻擊的最有力者，在于批駁萬樹《詞律》中的觀點：

吾所納交老輩朋輩，若江蓉舫都轉、張午橋太守、張韻梅大令、王幼遐給諫、文芸閣學士、曹君直閣讀，皆未聞墨守四聲之説。鄭叔問舍人，是時選一調，製一題，皆摹仿白石。迨庚子後，始進而言清真，講四聲。朱古微侍郎填詞最晚，起而張之，以其名德，海内翕然奉爲金科玉律。吾滋疑焉，以爲仄韻之詞，上去可通押，何至句首或句中可通融之平仄，乃一字不能通融？又默念古人傳作，其後遍與前遍，句法同者，平仄不必盡同也。又取方千里和《清真詞》對勘之，又取楊澤民、陳允平二家和《清真詞》對勘之，則幾無一韻四聲相合者。而世人乃狃于萬紅友謂「千里一集，方氏和章，無一字而相違，更四聲之盡合」之一言，而自汩其性靈，鑽身鼠壤之中而不能出也。〔四〕

文中先對勘清真同調《風流子》、《早梅芳近》、《荔枝香近》、《紅林檎近》、《滿路花》、《歸去難》、《西河》、《瑞鶴仙》、《浪淘沙慢》、《看花回》等，再對勘和清真詞的三家，方千里、楊澤民、陳允平，又對勘吴文英和周邦彦的同調詞作，没有一首四聲全合。這已經從根本上否定了四聲詞説的基礎。

又，由冒文可知，由于朱祖謀在詞壇高度權威的地位，他「起而張之」，所以「海内翕然奉爲金科玉律」。對于朱祖謀的倡導，大多數人是盲從的。而夏仁虎在《枝巢四述》中説得更爲直白：

憶得十年前，歸金陵，見老友之始學爲詞者，以宋名家詞一首，逐字録其四聲，置玻璃板下，依聲填詞，爲之甚苦，詞成，乃至不可卒讀。怪而問之，曰：「此彊村所告也。」時彊村居滬，爲詞壇老宿泰斗。（名孝臧，號古微。清遺老。助王半塘刻《四印齋叢書》，自刻《詞學叢書》。）過滬，詣而詢曰：「公嘗以此法召來學乎？教人盲從，傷辭害意，貽誤多矣。」彊村力矢不承。〔五〕

夏仁虎所叙述的這種現象，在當時詞壇可能非常常見。四聲詞説支持者衆多，並非因道理服人，很大程度上是受彊村詞壇宗主氣勢所懾。夏仁虎隱去這位老友姓名，而直指彊村「教人盲從」，其老友初學詞即試圖爲四聲詞，可見當時對彊村詞學觀的盲從之普遍。而包括彊村本人在内的詞家，都没有對四聲詞做出完整、準確的論述。

與冒廣生同社的夏承燾，針對冒文寫了《詞四聲平亭》一文，對臚列四聲不盡同的現象作出了這樣的解釋：

> 予細稽舊籍，粗獲新知，以爲詞中字聲之演變，有其歷程，大抵自民間詞入士大夫手中之後，飛卿已分平仄，晏柳漸辨上去，三變偶謹入聲，清真益臻精密，惟其守四聲者，猶僅限于警句及結拍。自南宋方、吴以還，拘墟過情，乃滋叢弊。逮乎宋季，守齋、寄閑之徒，高談律吕，細剖陰陽，則守之者愈難，知之者亦尠矣。〔六〕

夏承燾將四聲詞的範圍，縮小到了「警句」和「結句」，或謂「吃緊處」。這是礙于冒廣生實際對勘考察結果不得已的讓步，試圖給四聲詞説尋找科學化的論據。不過他論述唐宋詞人四聲漸嚴的趨勢，導出一個「聲音之道，後來加密」的結論，這是符合文體發展的客觀規律的，也是詞的尊體的必然趨勢。並對守四聲的説法做了一個調和：

> 故吾人在今日論歌詞，有須知者二義：一曰不破詞體，一曰不誣詞體。謂詞可勿守四聲，其拗句者可改爲順句，一如明人《嘯餘譜》之所爲，此破詞體也，萬氏《詞律》論之已詳。謂詞之字字四聲不可通融，如方、楊諸家之和清真，此誣詞體也。過猶不及，其弊且浮于前者。蓋前者出于無識妄爲，世已盡知其非；後者似爲謹嚴循法，而其弊必至以拘手禁足之格，來後人因噎廢食之爭。是名爲崇律，實將亡詞也。〔七〕

夏承燾在此處將不守四聲與拗句改爲順句相並列。先以破詞體批評程明善等把拗句改爲順句，再以過猶不及批評萬樹，認爲萬樹所説的三家和清真詞的字字四聲盡依，是誣詞體。破是破壞，誣是無中生有。而其實萬樹的四聲説，也是針對拗句而言的。回到《詞律·發凡》一文，萬樹在批駁《詩餘圖譜》不足法，《嘯餘譜》徑改拗句爲順句後，繼而談到和清真詞的四聲：「夫今之所疑拗句者，乃當日所爲諧音協律者也；今之所改順句者，乃當日所爲捩喉扭嗓者也。但觀《清真》一集，方氏和章，無一字而相違，更四聲之盡合。如可議改，則美成何其闇劣，而不能製爲婉順之腔？千里何其昏庸，而不能換一妥便之字？其他數百年間之才流韻士，何以識見皆出今人之下萬萬哉！」〔八〕這一段的本意，就是針對拗句來説的。萬樹所謂方千里和清真詞的「四聲之盡合」，顯見是指拗句的處理。拗句相對于律句而言。詞體的大多數句子爲律句，王力指出：「三字句可以認爲是七言律句的末三字，四字句可以認爲是七言律句的前四字，六字句可以認爲是七言律句的前六字。」〔九〕所以拗句的出現如同在近體詩中一樣，會體現出一種打破律句習慣的聲響，頓挫美聽。然而拗句之拗，本由平仄異同産生，並不必進一步將仄聲分爲上去入。

考察周邦彦的拗句，《齊天樂》「荊江留滯最久」，《水龍吟》「亞簾櫳半濕」，與和者方楊陳三家，及吴文英對比，也不是四聲盡合。甚至《西河》一調，既有「南朝盛事誰記」的拗句，也有「瀟灑西風時起」的律句。其實很難因爲概率的浮動遽定爲嚴守四聲。不過拗句之説，既保證了詞體尊體的需要，又一定程度上降低了難度，並將通篇守改爲拗句守，調和兩極。

一九六七年夏承燾寫作《論唐宋詞字聲之演變》一文時，除了仍延續温庭筠已分平仄、晏殊辨去聲嚴于結拍、柳永分上去尤嚴于入聲、周邦彦四聲多變化的説法。又進一步指出了拗句的特殊性：「《樂章集》中嚴分上去者，猶不過十之二三；清真則除《南鄉子》、《浣溪紗》、《望江南》諸小令外，其工拗句、嚴上去者，十居七八。即以一句一章論，亦較三變爲密。」「予以爲清真入聲，重在拗句及結聲，與其用上去同。」〔一〇〕認爲拗句就是警句。

而作爲朱祖謀傳燈弟子的另一位詞學大家龍榆生，則對競填四聲詞的做法頗有異議：「往歲彊村先生雖有『律博士』之稱，而晚年常用習見之調。嘗叩以四聲之説，亦謂可以不拘。然好事之徒乃復斤斤如此，于是填詞必拈僻調，究律必守四聲，以言宗尚所先，必惟夢窗是擬。其流弊所極，則一詞之成，往往非重檢詞譜，作者亦幾不能句讀，四聲雖合，而真性已漓。且其人倘非絶頂聰明，而專務撏扯字面，以資塗飾。則所填之詞，往往語氣不相貫注，又不僅『七寶樓臺』，徒眩眼目而已！以此言守律，以此言尊吴，則詞學將益沉埋，而夢窗又且爲人詬病，王、朱諸老不若是之隘且拘也。」〔一一〕龍榆生的這段話，對喜好以僻調、專事四聲的人大力抨擊，認爲天分學養不夠而汲汲于四聲，可能連最起碼的通順都做不到。並且朱祖謀晚年常用的，仍然是《鷓鴣天》之類常見的詞牌〔一二〕。不過他仍然認爲可以「不拘」，而没有質疑四聲詞説本身是否合理。還有一個原因，唐人已有《鷓鴣天》，而類似《鷓鴣天》這種唐人即已慣用的詞調，在格律要求上其實基本和唐代發展成熟的律絶等近體詩完全一致，僅分平仄，押平韻，從不存在要把該用仄聲字的位置還要分出上去入的問題。大概彊村到了晚年，對于自己曾經提出的四聲詞説感覺到不夠合理，因此相對采取了一種擱置的態度。

此後詹安泰等先生對四聲詞的論争加以調和，認爲領字儘量用去聲，以及兩仄連用處儘量用去上而避免兩字調值相同。而唐圭璋先生也做過依周密四聲填周密孤調的《倚風嬌近》，依周邦彦四聲作的《綺寮怨》，可以看作學術上對先輩的致意，和對四聲詞有條件的接受。

然而考察四聲詞説的種種觀點，包括前述冒氏夏氏之争，吴眉孫亦指出温庭筠詞只分平仄，「謹守飛卿四聲」爲空中樓閣。無論是萬樹的拗句四聲盡合，還是朱祖謀等人的通體不改易一音，又或是夏承燾主張的警句結句嚴分上去，在以音律謹嚴的周邦彦、吴文英等人的詞作及和作中，都能找到不盡然的例子。況且萬樹不滿于《圖譜》一調一格導致同調因字數分散嵌列于諸調之間，又對《嘯餘譜》「第某體」的做法不滿，以爲次序無從考徵。但他同調下列「又一體」的譜式，固然没有了「强作雁行」的問題，但在固定的音樂中，字數或斷句的不同，對字音腔調的影響恐怕尤重于上去入的區别。僅從文論的角度來説，這是一個不能證實也不能證僞的説法。

二 語音學「濁上變去」與四聲詞「嚴分上去」

爲説明四聲詞説嚴分上去概念的産生原委，將引入語言學成果來釐定。從「嚴分上去」這一觀點入手，吴梅《詞學通論》引清代曲學家黄周星「三仄（上、去、入）應須分上去，兩平（詩韻的上平、下平）還要辨陰陽」的説法，論述分上去的必要性，以爲曲如此則詞也理應有此。首先釐清所謂陰陽，從語音學上講，分陰陽指的是中古漢語（《切韻》、《廣韻》的語音系統）的平上去入四種聲調，在後來的語音演變中會因爲中古聲母的清濁而分化爲陰某調和陽某調的現象。以故大多數人最熟知的陰平陽平字之分，其實分别對應的是中古音的清聲母平聲字和濁聲母平聲字。

黄周星是南京人，少育于湘潭周氏，明亡後遁跡湖州。所謂「兩平還要辨陰陽」，從語音演變的結果上來看，乃是因爲後來的大部分方音平聲都能分陰陽兩調，調型差異十分明顯，實際語音中聽感差異很大（但也有少數方音如晋語部分片區平聲不分陰陽）；但我們有必要多問一句，爲什麽「三仄應須分上去」，上去却不分陰陽呢？黄周星壯年時已入清，方音體系與今日没有根本性差異。首先以湖州方音爲例，湖州方音分八個聲調，平上去入各分陰陽，用趙元任創製用以標記聲調的「五度標記法」記録的現代語言的調型記録，調值分别爲：

陰平[44]，陽平[11]；

陰上[534]，陽上[312]；

陰去[35]，陽去[24]；

陰入[5]，陽入[2]。

在這樣一種聲調格局下，可以明顯看出，四聲的陰調皆高于陽調，而陰平陽平的調值差異巨大，陰上陽上差距小一些，陰去陽去差距更小。在實際的語音中，陰平和陽平最難混淆，上聲和去聲的陰陽分别則不那麼明顯。所以黄氏只論平聲須辨陰陽，而不提上去須辨陰陽，在語音學上是有跡可循的。

依黄氏出身行跡，考慮到其他可能，南京方言五個聲調：陰平[31]、陽平[13]、上聲[22]、去聲[44]、入聲[5]；湘潭方言分六個聲調：陰平[334]、陽平[212]、上聲[43]、陰去[45]、陽去[22]、入聲[24]。三種方音的共同特點是，陰平陽平聲調區别最大，而上聲去聲要麽不分陰陽，要麽差别相對較小。雖然湘潭方言去聲陰陽差别相當大，但如果曲家按此邏輯，去聲分陰陽而上聲不分，在其他地域人看來則近乎囈語了。從這個邏輯推導可知，黄氏的平聲要分陰陽而上去不分陰陽，是基于口語方音的邏輯，雖然基于哪一種方音不能遽斷。

在詞樂已散佚的情況下，詞學研究者引入曲學理論佐證，一如《詩餘圖譜》的體例所自，有一點徵禮于杞宋的意思。分上去的説法可以追溯到元代曲家周德清，如其《作詞十法》中第九條「末句」所説的：

詩頭曲尾是也。如得好句，其句意盡，可爲末句。前輩已有「某詞末句是平煞，某調末句是上煞，某調末句是去煞」。照依後項用之。夫平仄者，平者平聲，仄者上、去聲也。後云「上」者，必要上；「去」者，必要去；「上去」者，必要上去；「去上」者，必要去上；「仄仄」者，上去、去上皆可，上上、去去，若得回避尤妙，若是古句且熟，亦無害。〔一三〕

任中敏先生對這一段的解釋是，曲尾的腔調最重要，所以最後一句最嚴格：「而末字尤重，去聲則必去聲也。」〔一四〕不同曲牌的末字應該作哪一聲，是有嚴格區分的，嚴分上去被限定在末句末字，即最後一個韻脚。雖然曲的押韻是平上去通押，看似更寬泛，但實際上這是對末拍韻脚的重視。而在詞的押韻中，上去通押是通行的規律。固然有結句重四聲的說法，但事實上上去通押詞牌的同調末句，即使嚴于音律的詞人，也有上去入各種情況。如吴文英《瑞鶴仙》諸調。那麼上去通押的原因究竟是什麼呢？

王力《漢語詩律學》認爲上去通押的原因之一，是上聲和去聲字有一些流動不居，有些字有上去兩讀，有些去聲字被人們念入上聲，有些上聲字被人們念入去聲。王力所描述的這個現象，正是在中古時期開始出現的濁上歸去現象的表現。所謂的濁上歸去，是指以切韻廣韻爲代表的中古音系中的全濁聲母的上聲字〔一五〕，在中古時代和之後的大部分方音中聲調漸漸混入去聲的現象。這是漢語語音從中古音向近古音發展過程中的重大變化之一。而詞韻的上去通押，是上去相混的結果而不是原因。

周德清的《中原音韻》將切韻系統中的全濁上聲字歸入去聲，說明到元代這一現象已基本完成。由于語音變化是有過程的，羅常培、李新魁、史存直、王力等學者普遍認爲濁上變去是在唐代已經發生，具體時間略有差異。但至少在晚唐人詩歌的押韻中，上去通押也已出現。這在大量的語言學論文中都可以得到證實。而且根據敦煌文獻的研究，在敦煌發現的唐代殘卷字書《時要字樣》中已經有了全濁上歸入去聲的現象：「《切韻》系韻書的一些全濁上聲字在《時要字樣》中均與全濁去聲字爲同音字，也就是說，《時要字樣》把在唐代某一地區就已完成的一項重要的音變規律『濁上變去』以韻書的形式記載下來。」〔一六〕唐代出現上去通押的現象，就是因爲全濁上聲部分已念作去聲，上聲字與去聲字的界限不再分明，寫作者又往往以口語作詩。所以分不清的界限，就擴大到了整個聲部。

到了宋代，全濁上歸去在大部分方音中已成趨勢，所以人們無法明晰上去的界限，只好按韻書分。韻書中某些字有上去兩讀的現象，也是中古語音濁上變去在進行時的一個表現。如「坐」字，在《廣韻》中是上去兩讀，到了《中原音韻》則上聲讀法徹底消失。從語音發展史的角度看，廣韻中的上聲一讀，顯然是屬于舊讀。而去聲一讀屬于後起。

《詞韻「上去通押」與「濁上變去」》一文總結道：

如果以通語而論，宋代正是「濁上變去」的中間階段，新音已經産生，但舊音仍未消失，音變並未全部完成。在稍後元代周德清的《中原音韻》中，全濁上聲字基本上都已經列入了去聲。

比之唐詩用韻，宋詩特别是宋詞「上去通押」的韻段的確大大增加了，宋代詩詞用韻「上去通押」是通例。除了宋人没有詞韻書可以遵循，用韻比較自由外，另一個重要原因就是宋代全濁上聲字已經大量變去而上聲舊讀又未消失，連帶影響了其他非全濁上聲字也與去聲通押。認爲「上去通押」不足以説明「濁上變去」的看法，實際上顛倒了因果關係。〔一七〕

再如「斷」字、「是」字，也是在廣韻中上去兩讀而在中原音韻中讀去聲。吴文英的《瑞鶴仙・丙午重九》「人生斷腸草」爲律句拗救，《如夢令》「正是拾翠尋芳」、《聲聲慢・陪幕中餞孫無懷于郭希道池亭，閏重九前一日》「長是驚落秦謳」、《好事近》「是秋來陳跡」、《新雁過妝樓》「都是惜别行蹤」都是拗句。那麽如果四聲詞説的嚴分上去是真實存在的話，吴文英是把兩讀全濁上聲字當作上聲還是去聲使用？細究起來，又涉及到吴文英的方音背景。吴氏四明（今寧波）人，近代以來寧波方言研究材料表明，其陽上陽去完全混爲一個聲調。但這種語音現象産生于何時，亦不可考。據日本學者平田直子研究，康雍年間寧波人仇廷模所著《古今韻表新編》中顯示，濁上聲讀入全濁去聲，但並非所有全部全濁上聲字都讀入全濁去聲，有的字仍停留在上聲，有的字上聲、去聲兩讀。〔一八〕那麽至少清初，吴文英鄉邑已無嚴分上去的能力。清末詞家以吴文英詞爲論據，辨析嚴分上去，其結論的可靠性就存在很大問題。

周德清將全濁上列入去聲，是以其當時的某種實際語音爲準。而對于濁上變去完成後的部分吴語區作者來説，「是」字念作去聲，而《平水韻》、《詞林正韻》的歸類却在上聲。他們所作又以詩韻詞韻爲標準。那麽上去的界限還怎麽分辨呢？是以實際不存在的語音系統或是其他方音系統分辨嗎？

詞學家也有注意到此現象的。如夏承燾在《唐宋詞論叢》中論「陽上作去」説：「陽上作去者，謂陽上聲之字讀作去聲，如『動』讀作『洞』，『似』讀作『寺』。『動』、『似』皆陽上也。周德清著《中原音韻》，于『動』、『奉』、『丈』、『像』、『是』、『市』、『似』、『漸』諸陽上聲字，皆列去聲部。今日黄河、長江流域于此數字，皆仍讀去聲，錢塘江以南乃能了了讀爲上聲耳。」〔一九〕末句所描述的，實際上是大部分地區方言中濁上歸去已經完成，只有少數地區仍然殘留濁上不歸去的讀法，即「乃能了了讀爲上聲」。並列舉了方千里幾個例子，作爲濁上歸去但仍分上去的例證。也提到了有例外，但認爲是少數。他的論述相比于其他四聲詞説的擁躉者來説，在科學性上有所進步。然而他所舉必用去聲的例子中，如「尚有山榴一『兩』枝」的「兩」字，以爲是「陽上」作去，實際上「兩」字却是個在大多數方言中不在歸去之列的次濁上聲字。

而且，陽上歸去的範圍在各地方言中的表現也是不一樣的，如泉州方言（屬閩南語）中，陽上全部歸入陽去。而夏承燾的温州方言、朱祖謀的湖州方言中，却没有濁上歸去的現象。這是一個耐人尋味的細節。兩位詞學大家之所以「嚴守四聲」、「嚴分上去」，很可能因爲他們的方言中有這樣的能力。前面已提到湖州方言的調型，可以明顯看出湖州方言的特色，兩種上聲和兩種去聲的調型各自相近而音高不同，但上去之間調型區別明顯，上去難以混淆。而温州方言八個調值典型聲調爲：

陰平[33]，陽平[31]；
陰上[35]，陽上[24]；
陰去[42]，陽去[11]；
陰入[313]，陽入[212]。

可以看出温州方言不僅上去調型差異更大，而且無論陰上陽上都帶有緊喉音成分，造成聽感上的明顯差別，上去更難混淆。〔二〇〕

也正因此，夏承燾在舉例時對「尚有山榴一『兩』枝」的「兩」字偶有不查，難以辨别出不歸去的次濁上聲字跟歸去的全濁上聲字的區别。因爲這一區别在他的方音系統來説是「無中生有」。而對于已經發生濁上歸去的地區的方音使用者，「嚴分上去」反而是「無中生有」。朱祖謀、夏承燾兩位大家的方音，其共同點是上去的調型差異明顯，在語流音變中難以發生混同現象，所以這類方音能自中古至現代一直頑强地保持嚴分上去的能力。這也是夏承燾所謂「錢塘江以南乃能了了讀爲上聲」的語言學依據。湖州方言屬北部吴語的苕溪小片，雖地處錢塘江北，但其方言嚴分上去的特點在大多數地區已經濁上歸去的北部吴語中屬于特例。温州方言屬于南部吴語的甌江片，甌江片全域都保持著清晰的嚴分上去格局。從客觀上看，嚴分上去對朱夏來説是基于「母語」的自然反應。

而在其他吴語區，如常州、蘇州、杭州等地，填詞人也爲數衆多，且方音有濁上歸去的現象。可以設想，以這些方言爲背景的詞人，他們的上去之分的視角，很可能會與朱夏不同，如果一定要他們嚴分上去，就不得不藉助核查韻書。而吴梅作爲一個蘇州人，其方音存在濁上歸去，何以也支持嚴分上去説呢？其實是因吴梅既爲詞家亦爲顧曲者，受曲律影響之故。

支持黄周星「分上去」觀點的吴梅，可能並未如前述考慮到爲何只有平聲分陰陽而上去並不分陰陽的問題。而曲家分上去並非依據中古韻書，而是基于實際存在的口語聲韻系統（近古音）的邏輯。由于詞與曲兩種文體産生年代的差距，詞律所依據的語音系統介于中古音向近古音的過渡時期，而曲律所依據的語音系統已經是近古音系。以北曲通行韻書《中原音韻》而論，在語言學上是研究近古音系的標準材料。它和填詞人通常依據的音韻系統最大區别在于，入聲已經完全派入了平上去三聲。這一變化，在曲的實際應用影響恐怕遠大于上去間的差别。但《中原音韻》截然將平聲分爲陰陽兩調，而四聲詞的支持者，却多喜歡談上去之分，罕見談平聲的陰陽之分，很可能是因爲平聲陰陽依口語大多易分，而上去的區分則有一定「門檻」之故。吴梅的支持，更近于表態而非科學的體察。

假如在誦讀詞作時，引入大量近代吴方言背景詞人詞作，會面臨連讀變調問題〔二一〕，就更難説嚴分上去還有没有意義。詞學研究者在音韻學上的論述往往既不夠科學，又局限于自身方言的主觀視角，不免有先射箭後畫靶之嫌。有可能是倡導者先根據自身的方音背景，提出嚴分上去之説，然後在古人詞作中找支持自己學説的例子，而將不利于自己學説的例子都視爲偶有例外，很難令人信服。按照夏承燾的説法，分上去應該按濁上歸去以後的格局分，即以方言爲準，那麼其他多數陽上歸去地區的人，是依方音寫作，還是依韻書？是依方音理解古之詞人的韻律之美，還是依韻書？

三　方音入詞古今變遷與四聲詞説的構成邏輯

無法回避的是，各地方言語音調值的差異問題。高本漢擬漢語中古音系，聲調方面没有具體擬值。這是因爲聲調的擬值難以溯源。但各地的語音調值差異極大的事實早已存在，如陸法言在《切韻序》中提到的「梁益則平聲似去」〔二二〕，已經記録了四川人的調值與以當時洛陽語音爲基礎的《切韻》不同了。如陽平字在中原官話鄭州開封地區的典型調值爲[41]，而北京方言去聲調值爲[51]，雖然音高有一定的差别，但是這種調型的相似會造成聽感的接近。在北京人聽來，開封人的方言便是「陽平似去」了。

調值雖然難以溯源，但在方音調值有巨大差異的情況下，一個地區一段時間内聽起來的「音律諧婉」，换一個時間地區則未必。朱庸齋《分春館詞話》中盛贊南宋詞人史達祖《壽樓春》末句「猶逢韋郎」：「四字全用陽平，音節顯見低沉。」〔二三〕「猶逢韋郎」句也是拗句，且四字皆爲陽平，對歌者的考驗很大，類似京劇演唱中的「三級韻」。這即是一例「作者未必然，讀者未必不然」的讀者參與文本意義構建的例子。朱庸齋爲廣州人，史達祖爲祖籍河南開封，寓居杭州，不考慮連讀變調的複雜問題，以現代的方音來看，開封方言陽平[41]，杭州方言陽平[213]，廣州方言陽平[21]／[11]，北京方言陽平爲[35]。四字連讀，廣州方言確乎有低徊之致，但其他方音系統的調值，則未嘗不是擲地鏗鏘或高亢洪亮了。近代福州詞人陳聲聰記述了一個頗爲有趣的例子：

瞿蜕園（宣穎）在日，曾問予：「吾聆閩人讀詩詞，似乎平仄甚亂，及視其作品，則又無字不叶，無音不諧，又何故？」予答謂子不諳閩音之故。閩稱南蠻鴃舌，然讀字陰陽平仄之間，固是非常明晰。〔二四〕

瞿宣穎之所以注意到福建人讀詩詞似平仄甚亂，對此有較深印象，除了因爲近代福州籍詩人（閩東方言背景）較多，恐怕多少也與閩東方言中也存在複雜的連讀變調現象有關。在方言歧異的情況下，陳聲聰覺得以閩東語念出來陰陽平仄非常清楚，在其他方言背景的作者聽來却是「南蠻鴃舌」了。因此不可以現代的某一種方言爲參考系，逆推古人的音調諧婉或平仄和諧爲何意。

古人填詞，既以方音押韻，也以自己慣用的方言體系中的四聲爲標準。姜夔《長亭怨慢》一闋的序中說：

余頗喜自製曲。初率意爲長短句，然後協以律，故前後闋多不同。桓大司馬云：「昔年種柳，依依漢南。今看摇落，悽愴江潭；樹猶如此，人何以堪？」此語余深愛之。〔二五〕

「初率意爲長短句，然後協以律」，先有歌詞而後有曲調，這是自度曲「依字聲行腔」的證明。而自度曲尤以口語完成，不可能用非實際存在的語音系統。區别在于用的是哪一種方音系統的四聲。姜夔的名篇《暗香》、《疏影》是送給范成大的，作于南宋光宗紹熙二年（一一九一年），與《長亭怨慢》爲同年所作。《暗香》序中說：

辛亥之冬，余載雪詣石湖。止既月，授簡索句，且徵新聲，作此兩曲，石湖把玩不已，使工妓肆習

之，音節諧婉，乃名之曰《暗香》、《疏影》。〔二六〕

范氏以爲音節諧婉，或是字聲與音樂的配合符合其鄉音語音系統的作品。則姜夔這幾首詞或是以當時的蘇州方言四聲爲標準，而非他自己的鄉音江西鄱陽方言。而平韻的《滿江紅·仙姥來時》是同年正月底于巢湖泛舟，聽祭祀湖神的簫鼓受啟發而作，其四聲標準的選取是否也受巢湖一代方言影響，則未可知。況且四聲與方言的關係非常密切。用不同的方言歌唱的時候，由于音韻系統的差異，平仄聲調與音樂性的關係强弱，也有很大的差異。舉一個易于理解的例子，現代的粵語歌曲和普通話歌曲，在填詞的要求上，對字的聲調安排和音樂的關係，就差異極大。「倒字」〔二七〕的現象在普通話歌中非常常見，人們對此要求也較低。但粵語歌的填詞，字的聲調高低、升降規律，要與樂譜儘量吻合，否則就爲不美聽。所以怎麽唱是諧婉，怎麽唱是齟齬，與方言關係甚大。方言的差異，也很可能是造成諸家之説互相歧異的重要原因。

音樂史學家洛地先生探討「非律詞」到「律詞」的演變，詞與音樂的關係時，觀點則與大多數詞學家不同。對于很多詞學家對「倚聲填詞」的理解，詞的格律受音樂影響，「即一『曲』的穩定而且特定的旋律決定了該『(律)詞』之特定句式、平仄等格律，旋律越確定則其文體格律越嚴」，洛地認爲是一個「很大的誤解」〔二八〕。在他看來，穩定、確定的旋律，必然是「以樂傳辭」，無所謂文體的句式、平仄等格律。而「以樂傳辭」的「曲」演化爲「以文化樂」的「律詞」，不是原有音樂成分的强化，而恰恰是文學的强化。

其在分析張炎《詞源》和楊瓚《作詞五要》裏關于商調和越調詞牌適宜押去聲還是平聲的争議時，認爲旋律及句中節拍遠未到占音樂主要地位的地步，更不必説與文體之學相抗衡，乃至持「論詞盡可以不必顧慮音樂」的觀點。而從楊瓚所謂「第四要催(推)律押韻。越調《水龍吟》、商調《二郎神》皆合用平入聲，古詞俱押去聲，所以轉折乖異」〔二九〕。這條中，可以看出古今音(很可能是調值)變化對韻律是否和諧的影響，楊氏實際闡述的現象，以語音演變的角度觀察，那就是一兩百年前古人押去聲合宜的詞牌到了南宋末年，以臨安人楊瓚聽來，反而與音樂不和諧。身處中古音向近古音變化的歷史進程中，楊氏無意中的記録證明了這種演變的客觀存在。

認爲詞的格律與音樂無關，當然是過于輕視字的音韻聲調與音樂的關係。而執音樂以求苛四聲的觀點，也在相當程度上忽視了古今音的變遷、地域差異，以及樂人加工腔調的主觀能動性。

與《詞林正韻》有傳承又兼顧現實的半人工系統相比，四聲詞説的提出，是人工性更强的系統，是在音樂消亡的背景下，後人以四聲做的一種音律模擬。不但其結論往往是既難以證實又難以證僞的，細究其論證過程，往往也缺乏科學性及邏輯性。即使是有「嚴守四聲」、「嚴分上去」的可能，也要考慮到方音的歧異和音韻的古今變遷。但這就可能造成標準人人相異的尷尬局面，難以爲作詞者普遍接受。

四 結論

《詞林正韻》作爲詞韻的總結是半人工系統，但便于後學者入倚聲之門；而一樣出于人工的四聲詞説，却令新學者「爲之甚苦，詞成，乃至不可卒讀」。朱祖謀等四聲詞説倡導者皆爲一時之傑，不可謂無創作經驗，但仍未能給出清晰明確的四聲詞概念界定。而朱祖謀晚年面對夏仁虎質問時，亦不固執己見。較爲合理的解釋是，在近代由政治而及文化的劇變過程中，在新舊文學之争的背景下，朱祖謀等人詞學活動主要在晚清，民元後則成爲遺老的代表。他們提倡「四聲詞」是爲了尊體，以提高難度來提升詞體的地位。詞學對于他們而言，不但是創體例的研究，以更高的門檻將傳統文化的堅守者與新式知識分子區分開，與其政治主張、道德標準有密切的關係。

無論是庚子事變期間王鵬運、朱祖謀、劉伯崇困居危城所作《庚子秋詞》，還是朱祖謀于辛亥年末所作的《浪淘沙慢・辛亥歲不盡五日作》等詞作，又或是民元後遺老詩社逸社〔三〇〕的活動等，都有以民國爲「敵國」的心態。而與新的文化新的文體對抗，便需要將自身呈現得更傳統更複雜。作爲清末民初的詞壇領袖人物，朱祖謀推崇夢窗詞的密麗繁複，以及以僻調作四聲詞，與他校勘、箋注詞集和編纂選本一樣，都是提高了詞這一文體的門檻，成爲更專業的專門之學。而批評他的胡適、胡雲翼等人，其傳統學養不及，對現代詞壇發展方向的影響便遠遠不及。

陳水雲指出：「清詞的發展與時代有同步的一方面，也有不同步的一方面，在近代曾經出現過『詩界革命』、『小説界革命』，唯獨没有形成一個聲勢浩大的詞界革命，在詩、文、小説蓬勃發展的時候，它繼續堅守着『温柔敦厚』的詩教原則，唱著『發乎情，止乎禮義』的儒家老調子，從這個意義上説它是古代文學傳統堅守的最後一塊領地，這些都可以從大量的清代詞學文獻裏得到印證。」〔三二〕

在近世的新舊文學乃至新舊文化之争中，詞學的門户也就成了傳統學術的門户。「其法益密，其境愈苦」〔三三〕，則與以啟蒙爲目的的革命相去愈遠。朱祖謀等人以人工構擬的四聲詞説，提高了門檻，以極致的雅化提升詞體的地位，是有與時代抗衡的苦衷的。而之所以詞學的高度雅化可以繼續，是因爲詞學的研究一向不及詩學研究那樣主流、普遍盛行。詞體長短句的形式和格律較詩更複雜的特點，也使詞没有詩那樣宜于宣傳口號，與革命争取的人群相去更遠。在這樣的基礎上，四聲詞説出現，進一步提高了詞體的技術難度。

而夏承燾等並無遺民心態的詞學家之所以支持四聲詞説，一方面有推尊老成典型的情懷，一方面也因西學新文化漸昌，在詞學與其他傳統之學逐漸邊緣化的背景下，又將其純粹化爲專門之學，形成保留地的用意。

相較詞的創作，詞的韻書、格律的發展探討，是一個相對滯後的過程。在音樂已經失傳的情况下，詞譜只能以格律（字音聲調）譜的形式發展。字音的四聲與音樂的旋律有關係，但如何配合也要受不同地區的語音系統影響。因此由曲樂上溯詞樂，再推導出四聲詞的看法，要面對兩大問題：一是如何解決顧曲家對「依腔填詞」的寬鬆程度有異議〔二三〕；一是如何解決業已失傳的詞樂的語音系統何從的問題。第一點需要對文學、音韻（包括方言）、戲曲等專業兼通，難有學人能做到；第二點在語音的變化不可逆的情况下，且不説古音不可復原，即使復原，又面臨如何在實際中理解運用的難題。

四聲詞説是在近代文化大轉向背景下的特殊産物，體系雖不嚴密，而詞學研究者往往昧于音韻之學以及師傳等原因，對其或部分接受，或認爲有害性靈，但並未從根本上論證四聲詞的理論是否科學。在詞學研究的系統内，在詞樂失傳的背景下，詞韻、詞律的建構不可避免地有人工追溯擬構的因素。但人工建構的部分能否成功，關鍵在于，是否能在聯繫傳統的基礎上有可操作性。《詞林正韻》以其既可上承詩韻又與宋人實際用韻相去不甚遠而可行。但四聲詞則由于或過苛有害文意或飄忽難以服衆，成爲一例不成功的「傳統的發明」。〔二四〕

〔一〕〔二二〕《吴梅詞曲論著四種》，商務印書館二〇一〇年版，第三二一頁。

〔二〕龍榆生《忍寒詩詞歌詞集》，復旦大學出版社二〇一二年版，第一七頁。

〔三〕見《論如社詞人對宋人僻調格律的處理——以〈綺寮怨〉、〈水調歌頭（東山體）〉、〈倚風嬌近〉爲例》一文。

〔四〕《冒鶴亭詞曲論文集》，上海古籍出版社一九九二年版，第一一一頁。

〔五〕夏仁虎《枝巢四述》，遼寧教育出版社一九九八年版，三二一頁。

〔六〕〔七〕〔一〇〕《夏承燾集》第二册，浙江古籍出版社一九九七年版，第五二頁，第八〇頁。

〔八〕萬樹《詞律》，上海古籍出版社一九八四年版，第一八頁。

〔九〕《王力文集》第十五卷，山東教育出版社一九八九年版，第六二五頁。

〔一一〕《龍榆生詞學論文集》，上海古籍出版社二〇〇九年版，第四二〇頁。

〔一二〕朱祖謀死前五日于枕上作的絶命詞，即《鷓鴣天》。除筋力已衰、老手頹唐的可能之外，更大的原因在于習見之調更易表情達意，而非僻調澀調的宜于游戲筆墨。

〔一三〕〔一四〕任中敏編著《散曲叢刊》，鳳凰出版社二〇一三年版，第九九一頁。

〔一五〕全濁聲母包括並母、奉母、定母、澄母、從母、邪母、床母、禪母、群母和匣母，這些聲母在現今普通話和大多數方言中都已消失。

〔一六〕丁治民《〈時要字樣〉的「濁上變去」》，《語言研究》二〇〇四年第二期。

〔一七〕魏慧斌《宋詞用韻研究》，陝西人民教育出版社二〇〇九年版，第一四二頁。

〔一八〕[日本]平田直子《〈古今韻表新編〉的音系》，《吴語研究·第三届國際吴方言學術研討會論文集》，上海教育出版社二〇〇五年版，第一六三—一七〇頁。

〔一九〕夏承燾《唐宋詞論叢》，古典文學出版社一九五六年版，第八頁。

〔二〇〕《浙江通志·方言志》，浙江人民出版社二〇一七版。

〔二一〕吴語方言中，普遍存在連讀變調現象，即在連讀字組中某一字的聲調與其單字的聲調有非常大的差異，且變調情況十分複雜。

〔二二〕龍莊偉編《漢語音韻學》，語文出版社二〇〇五年版，第一一一頁。

〔二三〕〔二四〕劉夢芙編校《近現代詞話叢編》，黄山書社二〇〇九年版，第三九四頁，第一二九頁。

〔二五〕〔二六〕姜夔著，夏承燾箋校輯《姜白石詞編年箋校》，中華書局一九五八年版，第三六頁，第四八頁。

〔二七〕戲曲所謂的「倒字」，如京劇，即本應按湖廣音規則發音的四聲高低變化規律，應與音樂儘量吻合，不吻合即爲倒字。在其他形式的音樂中，造成聽感上像同音節的不同聲調的發音，即爲倒字。

〔二八〕洛地《宋代音樂研究論文集·音樂符號與表達》，上海音樂學院出版社二〇一六年版，第三二〇—三三四頁。

〔二九〕方成培《香研居詞麈》，商務印書館一九三六年版，第三七頁。

〔三〇〕一九一五年三月十日，寓居上海的遺老詩人在沈曾植寓所成立逸社，活動至一九二八年初，因社員零落漸告消散。

〔三一〕陳水雲《清代詞學發展史》，學苑出版社二〇〇五年版，第五四頁。

〔三三〕臺灣劉有恒教授即認爲元曲唱腔和四聲關係非常不密切和片面局部，甚至指出一九四九年以來音樂及戲曲界研究者所臆想的戲曲及民歌應有的「依字聲行腔」的語言和音樂的關係，只是曾被朱載堉指斥的「以平上去入爲譜者」的翻版。字聲雖然可以作爲譜曲的一個參考，與語言、音樂搭配，但語言並不能直接轉爲歌唱旋律，抑揚頓挫的特點不能取代曲意。「依字聲行腔」是一種文人缺乏作曲之才的因

陋就簡，是吟詩和念經的方式，不是歌曲之道。（參劉有恒《昆曲史料與聲腔格律考略》，臺北城邦印書館二〇一五年版）

〔三四〕英國學者霍布斯鮑姆《傳統的發明》一書，以英國皇家儀式等傳統的分析説明，很多看起來年代悠久的傳統，其實只有很短暫的歷史。我們實際上一直處于而且不得不處于發明傳統的狀態中，只不過在現代，這種發明的出現更爲迅速。

（作者單位：揚州大學文學院）

論近代中日詞學交流的新變及其意義

劉宏輝

内容提要 中日詞學交流源遠流長，唐代張志和《漁歌子》東傳距今已有千餘年歷史。在中日詞學交流史上，近代是孕育新變、收穫實績的重要階段。前代日趨衰微的詞學交流隨著中日國門打開而得到振興，在詞人交游、詞籍流動、詞學譯介等方面取得諸多實績。這與近代中日詞學交流中出現的交游主體專業化、詞籍流動深細化、詞學理念交涉等系列新變密切相關。從總體上梳理近代中日詞學交流的實績，分析其時出現的種種新變，對促進中日詞學的健康發展具有參照意義。

關鍵詞 近代 詞學交流 中日 新變 日本詞學

近代是中日兩國在社會、政治、經濟、文化等領域均發生劇烈變革的重要時期，中日詞學交流也在這一時期進入新的階段。日本自明治維新以來，轉向歐美，吸收西方先進的學術理念，詞學率先完成了現代轉型。中國自晚清以來，詞學在變革中發展，至二十世紀上半葉而大盛。中日詞學並驅前行而又互動互補，在詞人交游、詞籍流動、詞學譯介等方面展現了中日詞學交流的實績。這些實績的取得，與近代中日

本文係教育部人文社會科學研究青年項目「日本近代詞學史研究」（19YJC751017）、國家社科基金重大項目「東亞詞學文獻整理與研究」（20&ZD二七五）階段性研究成果。

詞學交流中出現的交游主體專業化、詞籍流動深細化、詞學理念交涉等系列新變密切相關。迄今爲止，學界在近代中日詞學交流方面已有一定的研究成果〔一〕，本文擬從總體上梳理近代中日詞學交流的實績，考察其時出現的種種新變，並揭示其學術史意義。

一　近代中日詞學交流的實績

中日詞學交流源遠流長，早在唐代就有張志和《漁歌子》東傳日本、引起包括嵯峨天皇在内的日本宫廷文人唱和的佳話。〔二〕平安朝中期，兼明親王仿白居易《憶江南》而作《憶龜山》，對近世日本填詞復興有重要影響。〔三〕中日之間頻繁的文化交流活動，帶來了中日詞學交流的繁盛。但此後的千餘年，日本詞學式微，「有祖無傳，爾後絶響一千年于兹」〔四〕，中日詞學交流亦歸于沉寂。甚至在詞最爲興盛的宋代，也僅有極少數禪僧從事零星的詞學交流活動。江户時代，由于閉關鎖國政策的施行，中日詞學交流更受冷落。直到近代，中日兩國打開國門，詞學交流才進入飛速發展的時期，在詞人交游、詞籍流動、詞學譯介等方面取得了諸多實績。

首先，在詞人交游方面，近代不僅參與詞人衆多、交流頻繁，而且交流方式多様。近代交通運輸業的發展推動了中日人員往來，來華漢學家與渡日詞人劇增，人數已超過以往時代之總和。不少來華漢學家在詞學領域造詣頗深，如森槐南、久保天隨、今關天彭、神田喜一郎、倉石武四郎等，他們成爲日本近代詞學的代表人物。中國的渡日詞人則更多，舉其著者如孫點、文廷式、董康、王國維、汪東等。這些走出國門的學者，多與異國同好交流切磋，書寫詞人交游的一段段佳話，如王國維與鈴木虎雄、久保天隨與徐珂、倉石武四郎與孫人和等都曾有密切往來。〔五〕這還僅僅是走出國門的詞人交游，至于以通信等方式交流切磋的詞人則更多，如唐圭璋與中田勇次郎、夏承燾與吉川幸次郎、龍榆生與神田喜一郎等都曾有書信往來。

此外，雖然有些詞人的交游細節尚難詳考，但他們也確實曾參與中日詞學交流活動。如况周頤與日本詞壇交流密切，他與森川竹磎主宰的鷗夢吟社多有交往，况氏三首詞作曾刊載于鷗夢吟社雜志《詩苑》中；此後况氏又給久保天隨詩集《秋碧吟廬詩鈔》作序。總之，近代以來的詞學大家，大都有著廣闊的視野，與兩國詞學界保持著密切聯繫。

其次，近代中日詞籍流動規模大，中國詞籍大部分在近代東傳至日本，而日本詞籍回流的現象也較常見。一方面，近代通過采購、貿易輸入、饋贈等方式傳入日本的詞籍數量大增，明治時期中國詞籍在日本已頗普及。這裏以明治詞學三大家之一的森川竹磎所藏詞籍爲例，他編纂有《鷗夢吟社叢書》，收録王士禎《花草蒙拾》、彭孫遹《詞統源流》、郭麐《靈芬館詞品》、蔣敦復《芬陀利室詞話》等詞話。其中《芬陀利室詞話》刊刻時間在光緒十一年（一八八五），森川竹磎在《鷗夢新志》第一〇四集（一八九五）即加以介紹。而森川所著《詞律大成》是除當時尚未發現的秦巘《詞繫》之外最大的詞譜，該書所參照的詞籍「比萬氏所録，稍近于備」〔六〕。森川竹磎還將部分詞籍贈送給了他的弟子久保天隨，在久保天隨《虚白軒所藏書目》中可以看到森川竹磎舊藏書目，其中録存有詞學資料的如下：

《靈芬館集》、《曝書亭詞注》、《吟風閣》、《蓮子居詞話》、《嘯古堂集》、《聽秋仙館詞話》、《詞林正韻》、《三朝詞綜·並續》、《梅苑》、《山中白雲詞》、《浙西五家詞·外二種》、《槐南集》、《唐宋十家詞·外二種》、《草堂詩餘》、《國朝詞綜續録》、《宋六十名家詞》、《湖海樓集》、《碧雞漫志》、《唐宋詞摘句》。〔七〕

從這份藏書目録可以看出，森川竹磎所藏的詞學類書目不僅包括詞總集、詞別集，還包括詞話、詞韻等。值得注意的是，裏面還有他的匯摘作品《唐宋詞摘句》，這既展現了他閲讀之廣，又證明了東傳日本的詞學資料已經十分完備。這可以與他進行的「集金元明清人詞句凡百六十餘篇」〔八〕的集句活動相互印證，充分説明了中國詞籍的絶大部分在近代已經傳至日本。另一方面，日本詞籍回流現象也屢見不鮮。日本明治維新以後，將眼光轉向西學，漢籍漸受輕視，出現了漢籍回流的熱潮，大庭修指出：「在日本保存有大量的輸入典籍，因爲其中許多書在中國早已亡佚，故而日本保存的漢籍，遂格外被人珍視，以至于出現了由日本向中國『逆輸出』這樣一種特殊的文化現象。」〔九〕其實除了漢籍，很多和刻本詞籍也在近代傳至中國，如田能村竹田的《填詞圖譜》就由孫佩蘭參訂，分别于民國六年（一九一七）由國學書局、民國廿三（一九三四）由掃葉山房印行。需要指出的是，由于影照科技的進步，近代日本詞籍的回流可以無須借助原書的流動，而以影照等方式出現。如唐圭璋編纂《全宋詞》過程中，就利用了趙萬里從日本静嘉堂文庫影照的《梅苑》。〔一〇〕

再次，中日詞學譯介在近代進入全面繁榮的階段，詞集的現代日語譯注開始出現，詞學論文的翻譯也如火如荼。當然這種譯介也是雙向的，既有中國詞學的日語譯介，也有日本詞學的漢譯。近代中國詞學興盛，流風所及，連不以詞學爲主業的日本漢學家也投入到詞學譯介中，如鈴木虎雄在《女詞人李易安》中譯有李清照詞五首〔一一〕，中田勇次郎譯注張惠言《詞選》〔一二〕，此外如花崎采琰、小林健志、日下耿之介的詞譯介也值得關注。這些譯作都是現代日語譯注，有别于傳統的日語訓讀之法，是面向日本普通讀者的譯介，這就大大擴展了詞在日本的受衆。在日本詞學的中譯方面，近代中國的期刊雜志多刊載日本學人的論文，如鈴木虎雄所作《女詞人李易安》，五年後《婦女雜志》就刊載了中譯本〔一三〕，他的《詞源》也由汪馥泉翻譯，分兩期刊行于《語絲》〔一四〕。又如神田喜一郎關于日本填詞的論文也被譯至中國，神田在《日本填詞史話》後記中寫道：「現在看來是極爲粗糙的研究，却意外地得到國内外的注目。最讓我吃驚的是，其中的一部分由李圭海翻譯，登載在雜志《同聲月刊》上。這雜志是中國知名的詞學專家龍榆生教授主持刊行的，在他的眼光看來日本人的填詞還算可以的話，多麼地堅定我的信心，這比什麼都值得高興。」〔一五〕登載在《同聲月刊》中的是《高野竹隱與森槐南之詞學》、《槐南竹隱二家之角逐》等兩篇關于明治三大詞人的論述。梁啟超曾論晚清翻譯界的狀況云：「壬寅、癸卯間，譯述之業特盛；定期出版之雜志不下數十種，日本每一新書出，譯者動數家；新思想之輸入，如火如荼矣。」〔一六〕梁啟超所論也可用以描述近代中日詞學譯介的盛況。

二　近代中日詞學交流的新變

自唐代張志和《漁歌子》、白居易《憶江南》等詞傳入日本以後，中日詞學交流在平安朝曾有短暫的繁盛時段，但此後沉寂千餘年，直到近代才出現前所未有的新局面。通過對中日詞學交流歷程的梳理，可以發現與以往時段相比，近代中日詞學交流新變尤多。

就交游主體來説，近代參與詞學交流的主體更專業，詞人在交流中扮演了重要角色。平安時代，詞的交流主要依賴遣唐使，如張志和《漁歌子》的東傳，「大概是入唐的朝廷使者中有某一風流文人，他將當時在中國最新流行的作品帶回到日本，天皇立即得知，政務餘暇時便仿照創作」〔一七〕。五山時期，零星的詞學交流是由往返于中日的僧侶完成的。如五山詩僧編寫有《花上集》，乃仿照《花間集》而編，可見《花間集》的詞作曾在五山僧徒間傳播。〔一八〕江户時代的詞籍流動則以書商爲主。中國是少數可以與日本在長崎等港口保持貿易往來的國家之一，部分書商將中國書籍船載至長崎販賣，其中有不少詞籍。總而言之，無論是遣唐使、僧侶還是商人，他們在中日詞學交流中的主體身份都不是詞人，他們帶動的詞學交流也僅僅是所從事文化交流中的極小部分。而近代却大有不同，不少文人以詞人身份名世，他們或以詞唱和，或切磋研詞心得，中日文人在詞人身份的體認上也達到一致。如晚清旅日詞人孫點，與森槐南唱和《沁園春》、《笛家》等詞作，以詞友稱呼二人之交游並無不可。〔一九〕詞學家的交流切磋也是近代才出現的新情況，如王國維與鈴木虎雄等人有關于詞曲方面的切磋討論〔二〇〕。此外，在詞學領域享有盛譽的唐圭璋、夏承燾、龍榆生、中田勇次郎等人，都是近代中日詞學交流的先鋒。

從詞籍的流動角度來説，以往詞籍是作爲漢籍的附庸而東傳的，近代則有詞學專家的采購，詞籍流動更深更細。江户以前的詞籍東傳，多依賴遣唐使的采購、僧侶的攜帶、商人的貿易等方式，詞籍只是漢籍中極小的部分。如《普門院經論章疏語録儒書等目録》所載聖一國師從南宋帶回的書籍中，佛經、儒書占絶大部分，詞籍僅有《注坡詞》、《東坡長短句》兩種。〔二一〕此外，部分詞學資料也是依附在全集、類書、叢書中才得以東傳的，尤其是江户時代的書籍貿易，不少大型書籍中夾雜有詞籍，如《知不足齋叢書》、《賜研堂叢書》等。〔二二〕近代以來的來華學人，很多詞學造詣極高，他們在采購詞籍時，不僅求廣求備，還特別注重版本的擇取。如倉石武四郎，據其《述學齋日記》，他在來華期間通過采購、獲贈等方式得到的詞籍達三十餘部，其中包括顧貞觀《彈指詞》、納蘭容若《飲水詞》等清詞珍本。〔二三〕由此可以看出，清詞已經得到日本詞學家的重視。不僅如此，這當中還存在同種詞籍的不同版本，如《絶妙好詞》，有述文堂查爲仁氏原刊《絶妙好詞箋》、吴興朱氏無著庵合刻《絶妙好詞校録》、清吟堂本《絶妙好詞》等，體現了倉石武四郎在詞學版本方面的卓越見識。另一方面，近代中國詞學家注重利用域外詞學文獻，促進了日藏詞籍善本的回歸。如《全宋詞》編纂過程中利用了多種日本文獻，在其引用書目中有日本排印本《高麗史》、日本大正藏本《樂邦文類》等〔二四〕。這種由詞學家主導的注重版本擇取的現象是近代才出現的，體現了詞籍流動的深細化。

以上所述詞人交游、詞籍流動、交流方式的新變是近代中日詞學交流中的明顯表象，而由此帶來的詞學理念交涉也在近代出現新變。與以往中國詞學觀念單向輸入日本不同，近代中日詞學交涉的新變主要體現在日本詞學對中國詞學的反哺上。近代中國詞學完成了傳統詞學向現代詞學的轉型，影響這種轉型的域外因素特別是日本因素也應得到充分地考量。

日本在明治維新以後轉向歐美，在漢文學研究領域先于中國而與西方學術理念接軌，詞學率先完成了現代轉型。〔二五〕新式學堂的建立，使得授課方式有別于傳統的私塾，供漢文學課使用的中國文學講義誕生。這一類講義中，不少已經將詞納入論述的視野，如久保天隨一九〇三年在早稻田大學文學教育科講義《中國文學史》中的「宋代文學」下設有「詞的發展及變遷」一節〔二六〕。此後的一九〇六年修訂本在「中世文學」下的唐宋文學時段又加入「詞的發展」、「五代的詞人」、「宋初的詞」、「南宋的詞」等〔二七〕，對詞的論述不斷深入。幾乎同一時期，中國的文學史著作也已經誕生，竇警凡《歷朝文學史》、林傳甲《中國文學史》、黃人《中國文學史》等三部早期文學史著作都有關于詞的論述，但均極爲簡略。可以説，早期中國文學史著作中的詞學理念，日本是領先中國的。三十年代中國文學史、中國詞學史等著作高峰的到來也淵源有自，這是明顯受到日本詞學影響的。一方面，多種日本詞曲講義譯介至中國，推動了中國二三十年代詞學的繁榮。日本在大正之初就已經産生了詩詞曲的專門講義，如森槐南的《詞曲概論》是「在東京帝國大學或早稻田專門學校作講師時的講稿」〔二八〕，該講稿分十一章，非常詳細，此後森川竹磎又續作《補遺》，「在大正之初，如此綜合型的概論，在中國也是没有的」〔二九〕。森槐南的另一部講義《作詩法講話》也有「詩詞之別」「詞曲及雜劇傳奇」等論述，此書在三十年代初由張銘慈譯介至中國〔三〇〕。二三十年代出現了詞學譯介的浪潮，日本的重要詞學論文多在這一時期譯至中國。另一方面，日本學人先進的學術理念和學術方法，刺激了國内詞學家的研究。如龍廈才追述其父龍榆生投身詞學研究的直接原因時説：「一九三〇年十二月，先君有感于日本學者今關天彭《清代及現代的詩餘駢文界》之發表，遂傾力于詞學研究，開始撰寫詞學論文。」〔三一〕當然，日本先進的學術理念不僅僅局限在詞學領域，在哲學、歷史學等方面也是新作不斷。很多中國詞學大家常常從其他領域中得到啟發。如夏承燾《天風閣學詞日記》中就多次提到讀日本學者之著作帶來的啟示，甚至還在課堂上以日本人著作激勵學生，「（一九四〇年二月十七日）今日之江上三課，並爲新生指導國文系課程，引日本人治漢學各書相警戒」〔三二〕。

從以上三方面的剖析可見，與以往時段相比，近代中日詞學交流既承繼了傳統的交流模式，並不斷深入細化，又在劇烈的社會文化變革中展現出前所未有的新變。這些新變對中日詞學帶來的影響還須深長思之。

三　學術史意義

陳寅恪對新材料與外來觀念之價值曾有著名的論述：「取異族之故書與吾國之舊籍互相補正」，「取外來之觀念，與故有之材料互相參證」〔三三〕。近代中國詞學既重視「異族之故書」，又借鑒「外來之觀念」，因此能長盛不衰。〔三四〕近代中日詞學交流轉移了一代詞學風氣，綜合而言，可以從詞學文獻學、詞學批評、詞學交流史三個方面來闡述其學術史意義。

首先，中日詞學交流擴大了詞籍的傳播範圍，有利于詞籍的保存、發掘與利用；同時在交流過程中又衍生新的詞學文獻，累積了詞學研究的素材。一方面，日本是域外漢籍藏弆的重鎮，其中保存有不少詞籍，近代才傳至日本的詞籍善本尤多。村上哲見《日本收藏詞籍善本解題》、《續日本收藏詞籍善本解題（未定稿）》兩種目録所載詞籍善本大部分都是在近代東傳至日本的，如奕繪舊藏雙色套印本《欽定詞譜》，静嘉堂文庫所藏勞權校本《典雅詞》，董康舊藏《南詞》、《汲古閣未刻詞》等〔三五〕。近代中日詞學交流興盛，日本所藏詞籍漸次進入研究者視野，詞學大家對日藏詞籍的關注更是走在前列。如况周頤藏有和刻本《事林廣記》，夏承燾關于此書曾有記述：「叔雍（趙尊岳）寄來《事林廣記》一册。此書全十册，沈寐叟（沈曾植）、况蕙風（况周頤）各有一部。叔雍從蕙風只抄得一册。其卷二『文藝類』《願成雙令》、《願成雙慢》、《獅子序》等，皆正宮曲，有譜而無詞，工尺與姜白石旁譜同，惟無沓二字者。另抄得五詞，可入全宋詞。」[三六]此後唐圭璋編纂《全宋詞》，又拜托中田勇次郎從《事林廣記》抄録詞作。日本詞學者萩原正樹又從此書中鈔出《迎仙客》等佚詞[三七]。又如吴昌綬《宋金元詞集見存卷目》所録楊萬里《誠齋樂府》的版本爲「日本舊鈔《誠齋集》本」[三八]，吴氏對詞集版本特別講究，此處以日本鈔本爲版本依據，也是意識到它的價值。另一方面，詞人通過信札、翻譯等方式進行交流，其間産生了許多新的詞學資料，這些資料是我們研究近代詞壇生態的第一手材料，也有著重要價值。如中田勇次郎翻譯張惠言《詞選》，譯本序即可視爲一篇詞論，且譯詞時加入不少注解，這就構成了新的詞學文獻，值得進一步研究。

其次，近代中日學術理念互相交涉，「外來觀念」推動了詞學批評的多元化。傳統的中日詞學批評多以選本、詞話、札記、箋注等方式爲主，以讀詞、指導填詞爲中心。近代日本的詞學批評先于中國而出現系列新變，講義、畢業論文、書評等新的批評形式湧現，「改變了此前批評的『散狀』、『片段式』、『印象式』方式，采取了系統的綜合的體例與方法」[三九]。如中田勇次郎的京都大學畢業論文《兩宋詞人姓氏考》，采用了系統網羅的方式，分別從「詞紀事」、「正史」、「方志」、「雜家小説」、「書目」、「藝文志」、「詞選」等書中搜羅詞人。[四〇]這種詞學研究方式與唐圭璋編纂《全宋詞》、夏承燾作詞人年表異曲同工。這種科學系統的研究方法，也是近代即能編纂出學術水準極高的一代詞總集的保障。此外，書評是西方闡釋學術理念的方式之一，日本加以引進，在學術著作的傳播接受中發揮了重要作用。如吉川幸次郎二十年代發表了關于胡雲翼《宋詞研究》、王國維《人間詞話》的書評；秋穀發表了中田勇次郎所譯《詞選》的書評，這類批評論文，擴大了詞學著作的傳播，價值同樣不可忽視。至于前文所述詞入文學史的情況，也成了重要的詞學批評方式之一。近代中國的文學史著作多有參考日本的地方，如曾毅在《修訂中國文學史弁言》中就直言受日本學術之影響：「余于民國四年，始造爲文學史，時亡命日本。方研求政治、經濟之學，未暇深討，漫從友人慫恿而爲此書，故頗掇拾東邦學者之所見。」[四一]從該文學史的時代劃分、關于詞的論述來看，確實明顯地受到了久保天隨、兒島獻吉郎等日本學者撰寫的中國文學史著作的影響。值得注意的是，雖然近代部分中國詞話還是堅持使用傳統的批評方式，但已經藴含有現代因素，王國維《人間詞話》即爲代表。而「人間」一詞，也可能是受到日譯歐美哲學著作的影響。〔四二〕近代中國詞學批評中的日本因素，還有待深入挖掘。

最後，在中日詞學交流史上，近代處于承前啟後的關鍵時段。一方面，以往在文學交流中處于次要地位的詞學交流在近代深化、繁榮，成爲足可與詩學交流並舉的重要一環。長時間以來，詞體在日本不受重視，村上哲見指出：「歷代日本人，雖然愛中國古典詩，尤其唐詩，但一直冷淡于詞。」〔四三〕這就導致中日詞學交流缺乏推動力，長期處于沉寂的境地。直到江户晚期的田能村竹田編寫《填詞圖譜》，才大大推動詞在日本的傳播接受。到了近代，明治詞學三大家的出現，改變了詞學在日本漢學中的地位，日本詞學逐步興盛起來。中國詞學在「尊體」運動及晚清詞學大家的帶動下一直興盛不衰，地位榮顯。這使得中日詞學交流更受世人關注。另一方面，近代中日詞學交流又爲當代詞學交流開闢道路，使得詞學交流未因政治格局的變動而中斷。五十年代，雖然中日政治關係割裂，但日本出現翻譯中國詞籍的浪潮，日本的詞學研究也未曾中斷。依賴近代建立的詞人友誼，中日詞學交流在當代得以延續。如筆者在中田勇次郎舊藏書物中，看到五十年代夏承燾托他轉交給吉川幸次郎的《姜白石詞繫年》油印本論文。在夏氏日記中，也可以看到他與唐圭璋、龍榆生等與京都學界保持著密切聯繫。〔四四〕這些日本學者中，既有神田喜一郎、中唐勇次郎、吉川幸次郎等同輩，也有清水茂、青山宏、村上哲見等年輕一輩，使中日詞學交流在當代得以延續。

結　語

近代中日詞學交流在錯綜複雜的中日關係中展開，甲午戰争、辛亥革命、抗日戰争等事件影響到中日詞學交流的進程，但總體而言，詞學領域以交流切磋爲主，在詞人交游、詞籍流動方面取得諸多實績。中日詞學在近代完成了現代轉型，這帶來了詞學交流的系列新變。近代中日詞學交流中的學術理念交涉、詞學家的交游等促進了兩國詞學的興盛，這對于今天的詞學交流仍然是有借鑒意義的。

〔一〕近代中日詞學交流的研究成果主要集中在著名詞人的往來方面，如芳村弘道、萩原正樹《從唐圭璋先生的兩封信看〈全宋詞〉的編纂過程》（《南京師範大學文學院學報》二〇〇二年第四期，第三三—三六頁）、佘筠珺《論久保天隨與清末民初文人徐珂的詩詞交流》（《明清民國歌謡與民國舊體文學學術研討會論文集》，南京師範大學二〇一六年，第三四四—三五一頁）等。近代中日文人的詞學交流近年來得到越來越多的關注，如「二〇一九年明治大正時期日中韓文人詩詞交流研究國際學術研討會」在日本立命館大學召開。

〔二〕〔一七〕〔一八〕〔二八〕〔二九〕神田喜一郎《日本填詞史話》，程郁綴、高野雪譯，北京大學出版社二〇〇〇年版，第五—一〇頁，第八頁，第四六—四七頁，第七二九頁，第七三〇頁。

〔三〕參見中尾健一郎《近世前期の詞作をとりまく江户文壇——林門と加藤勿齋を中心に》，《風絮》二〇一五年第十二期。

〔四〕田能村竹田《填詞圖譜序》，《填詞圖譜》，日本文化三年（一八〇六）刊本。

〔五〕王國維與鈴木虎雄的交游，可參見錢鷗《京都時代の王国維と鈴木虎雄》（《中國文學報》第四九册，第九〇—一一八頁）；久保天隨與徐珂往來可參見前注佘筠珺論文；倉石武四郎與孫人和師生往來，可參見榮新江、朱玉麒輯注《倉石武四郎中國留學記》（中華書局二〇一二年版）。

〔六〕萩原正樹《森川竹磎〈詞律大成〉本文と解題》，風間書房二〇一六年版，第五〇五頁。

〔七〕久保天隨《虛白軒所藏書目》，早稻田大學圖書館藏本。

〔八〕《新詩綜》一八九九年第四期，三李堂出版。

〔九〕王勇、大庭修《中日文化交流史大系・典籍卷》，浙江人民出版社一九九六年版，第五五頁。

〔一〇〕《全宋詞》「引用書目」中有「《梅苑》十卷，趙萬里先生照片」。唐圭璋致中田勇次郎書信云：「静嘉堂書影已見過，惟無《梅苑》耳。趙萬里以二百金，自貴國寫真，可以假弟。則此本可以见到，至快意也。」参见芳村弘道、萩原正树《唐圭璋氏〈全宋詞〉編纂の一過程——中田勇次郎先生宛二通の唐氏書函を通して》，《学林》第三十五号，第九七—一一六頁。

〔一一〕鈴木虎雄《女詞人李易安》，《藝文》第十三卷八號，一九二二年。

〔一二〕張惠言編選，中田勇次郎譯《詞選》，弘文堂書房一九四二年版。

〔一三〕鈴木虎雄著，陳彬龢譯《女詞人李易安》，《婦女雜志》第十三卷四號，第六—一〇頁。

〔一四〕參見鈴木虎雄著，汪馥泉譯《詞源》，《語絲》，第五卷十六期，第四—一三頁；第五卷十七期，第四—一三頁。

〔一五〕《〈日本における中国文学Ⅰ——日本填詞史話〉後記》，《神田喜一郎全集》第六卷，二玄社一九六五年版。

〔一六〕梁啟超《清代學術概論》，上海古籍出版社一九九八年版，第九七頁。

〔一九〕李慶《海外典籍與日本漢學論叢》，中華書局二〇一一年版，第四〇四頁。

〔二〇〕參見錢鷗《京都時代の王国維と鈴木虎雄》，《中國文學報》第四九册，第九〇—一一八頁。

〔二一〕上村觀光《禪林文藝史譚》，大鐙閣一九一九年版，第三四一—三五五頁。

〔二二〕張伯偉《清代詩話東傳略論稿》，中華書局二〇〇七年版，第二〇四—二〇七頁。

〔二三〕此據倉石武四郎《述學齋日記》統計而來，參照倉石武四郎著，榮新江、朱玉麒輯注《倉石武四郎中國留學記》，中華書局二〇〇二年版。

〔二四〕唐圭璋編《全宋詞》，中華書局一九六五年版，第九、一六頁。

〔二五〕〔三九〕曹辛華《二十世紀中國古代文學研究史·詞學卷》，東方出版中心二〇〇六年版，第四六四—四六七頁，第四七六頁。

〔二六〕久保得二《中國文學史》，早稻田大學出版部一九〇三年版，第四九〇—四九四頁。

〔二七〕久保天隨在早稻田大學的中國文學史講義有多種，如明治三十六（一九〇三）、三十九（一九〇六）、四十二（一九〇九）年度，其中的内容也有變化。就詞的論述部分而言，章節逐步增多、篇幅逐漸增長。

〔三〇〕參見森泰次郎《作詩法講話》，張銘慈譯，商務印書館一九三〇年版。

〔三一〕《龍榆生詞學論文集》，上海古籍出版社二〇〇九年版，第六四四頁。

〔三二〕〔三六〕夏承燾《天風閣學詞日記》，《夏承燾集》，浙江古籍出版社、浙江教育出版社一九九七年版，第六册第一七九頁，第五册第四四二—四四三頁。

〔三三〕陳寅恪《金明館叢稿二編》，生活·讀書·新知三聯書店二〇〇一年版，第二四七頁。

〔三四〕日本學者内山精也認爲二十世紀中國的宋代文學研究是以詞學爲中心展開的，指出了二十世紀上半葉詞學在文學研究領域的重要地位。參見内山精也《日本八〇年代以降的宋代文學研究——以詞學及詩文研究爲中心》，《宋代文學研究叢刊》第十五期，臺北麗文文化事業公司二〇〇九年版，第四七—八二頁。

〔三五〕京都大學所藏《欽定詞譜》爲奕繪舊藏之物，清水茂在該書的影印版解説中有詳細的論述，參見《欽定詞譜》，《京都大學漢籍善本叢書》，同朋舍一九八三年版。《典雅詞》、《南詞》、《汲古閣未刻詞》可參見村上哲見《日本收藏詞籍善本解題叢編類》，《第一届詞學國際研討會論文集》，臺北「中研院」中國文哲籌備處一九九四年版。

〔三七〕萩原正樹《和刻本〈事林廣記〉中所見宋詞——〈全宋詞〉未收〈迎仙客〉詞六首》，靳春雨譯，《詞學（第四十七輯）》，華東師範大學出版社二〇二二年版。

〔三八〕參見吴昌綬《宋金元詞集見存卷目》，鴻文書局一九〇七年。

〔四〇〕中田勇次郎《兩宋詞人姓氏考》，立命館大學圖書館藏手稿本。

〔四一〕曾毅《訂正中國文學史》，上海泰東書局一九三〇年版，第一頁。

〔四二〕「人間」一詞的含義與指稱，多位學者均有論述，認爲其受日語詞彙影響的亦爲其中一種重要的觀點，如李慶《〈人間詞話〉的「人間」考》（《中國典籍與文化》二〇〇一年第一期）認爲「人間」一詞受到日語詞彙意義的影響。彭玉平《王國維語境中的「人間」》（《王國維詞學與學緣研究》第二編第一章，中華書局二〇一五年版）對諸家所論「人間」有詳實梳理，可供參考。

〔四三〕村上哲見《關于日本傳存兩種〈漱玉詞〉》，《河北大學學報（哲學社會科學版）》一九九〇年第一期，第一一二三頁。

〔四四〕萩原正樹《論中國的日本詞研究》（郭帥譯，《徐州工程學院學報（社會科學版）》二〇一〇年七月，第四六—五五頁）詳細梳理了夏承燾日記中涉及的與日本學人的交游，薛乃文《夏承燾對日本詞人的接受研究》（《東吴中文學報》第三二期，第一八一—二一四頁）也可資參考。

（作者單位：華東師範大學中文系）

從聲調之學到倚聲學

——論龍榆生的倚聲學理論

姚鵬舉

内容提要　在聲調之學的基礎上，龍榆生構建了系統的倚聲學理論，重視四聲、韻位、句度、技法與表達感情的關係及其對詞體結構的影響，以恰如其分地表達真摯熱烈的感情爲指歸。這一理論繼承並發展了晚清民國的詞學批評，借鑒了新體樂歌的創作經驗，以喜怒哀樂之情統貫和諧、拗怒的聲韻組織，將圖譜之學的「定法」變爲「活法」，更能體現聲律的本質，揭示了詞爲聲學的獨特藝術特點；對晚清民國嚴守四聲之風具有救偏補弊的作用；也將重聲律體制和重情志融爲一體，對詞學尊體方式有進一步發展。這一理論構成龍榆生詞人、詞史批評和選詞、學詞標準的基礎，可爲現今詞學批評鑒賞提供一種從聲韻組織到作品風貌再至品第優劣的多層次批評方法，具有方法論意義。

關鍵詞　龍榆生　聲調之學　倚聲學　性情

龍榆生（一九〇二—一九六六）是現代詞學三大家之一〔一〕，他于二十世紀三十年代提倡聲調之學〔二〕，關注四聲、句度、用韻與表達感情的關係，重視詞調的聲情和性質，四十年代在聲調之學的基礎上提出倚聲學並製定了研究計劃，五六十年代逐步形成了自己的體系〔三〕。基于此，本文將他這一系列關于詞學聲韻的研究概括爲「倚聲學理論」。聲調之學從圖譜之學中獨立，重視具體詞調的聲情，這還僅是詞學研究内部的一個方面。倚聲學理論則著眼于詞體，明確强調以聲、情、詞相應相稱爲基礎，宣導「至善至美至真之熱烈感情」〔四〕，不僅關注四聲、句度、用韻與表達感情的關係，也關注它們彼此間的搭配組織，並進而由四聲、句度、用韻的聲韻組織關注詞體結構和技巧法度。龍榆生將聲韻組織定爲詞體的獨特藝術特徵，是詞「上不似詩，下不類曲」的關鍵所在。這是在詩詞曲比較的宏觀視野下對詞體藝術特徵的探尋，也是他由聲調之學進而標舉「倚聲學」的原因。這一理論可據以批評一首詞乃至一個詞人的風貌，因而也和龍榆生唐宋詞人、詞史的研究，學詞、評詞的標準密切相關，可以統貫他的詞學研究。本文試綜合其所有著述對其倚聲學理論的發展、體系及意義等作相關論述。

一　從聲調之學到倚聲學的發展歷程

對清代以來詞體創作風氣和聲律研究成果的繼承和反思，是龍榆生聲調之學提出的重要原因。清代以來有關詞譜、詞樂、詞韻等方面的研究積累了很多成果〔五〕，正是在繼承這些成果的基礎上，龍榆生提出聲調之學並建構了詞學的學科框架。聲調之學源出于圖譜之學，講究四聲、用韻、句度，也繼承了詞體聲律的研究成果。〔六〕重視詞體聲律對引導、規範詞學創作和研究很有幫助。但過度講求，便生弊端：在研究方面，進而求四聲、陰陽清濁，欲以平仄四聲推求詞樂音律，混淆了二者的不同；在創作方面，晚清民國詞壇盛行嚴守四聲、競拈僻調的風氣，「雖以聲害辭，以辭害意，有所不恤也」〔七〕。龍榆生對此頗有反思，可以其友人易孺爲例稍作説明：

易先生的性格，原是倜儻不羈的，……可是有一個時期，他對填詞是特别嚴于守律的，不但四聲清濁，一字不肯變動，連原詞所用的虛字實字，都一一要照刻板式的去填。他因爲尋常習見的詞調，在宋人的作品裏，也没有一成不變的規律，不便遵守，就專選柳永、吴文英集中的僻調，把它逐字注明

清濁虛實，死命的實行「填」的工作，拘束得太厲害了，就免不了晦澀難通的毛病，他自己的題詞，有

「百澀詞心不要通」……〔八〕

常見詞調，作品較多，又一體也較多，因變化多，「不便遵守」，而僻調作品少，甚至沒有又一體，較便遵守。重要的是這些僻調的作者是柳永、吴文英這樣精通音律的詞人，他們希望通過嚴格遵守格律以達到盡可能符合詞調音律的目的。劉熙載「詞家既審平仄，當辨聲之陰陽，又當辨收音之口法。取聲取音，以能協爲尚」〔九〕的論述頗能揭明此旨。但文字格律和詞調音律本是兩種不同的事物，嚴格遵守文字格律並不能恢復詞調音律，不能使詞調重新恢復歌唱。當爲格律而「百澀詞心不要通」時，一方面能促進對詞體聲律的深入研究；另一方面也束縛了性靈，某種程度上出現了混淆文字格律和詞調音律的錯誤。嚴守四聲，「照刻板式的去填」的目的及錯誤與競拈僻調相同，故可以説競拈僻調是嚴守四聲風氣的極端體現。龍榆生通過《詞律質疑》、《晚近詞風之流變》等文，對圖譜之學和嚴守四聲風氣展開了系統的反思及相關批判。在《研究詞學之商榷》一文中，他正式提出了「于諸家『圖譜之學』外，別爲『聲調之學』」〔一〇〕的主張，將聲調之學從圖譜之學中獨立出來。圖譜之學「廣采衆制之同用一曲者，排比推勘，以求共同之規式」〔一一〕，重在歸納總結格律，幾乎不注意和感情相聯繫，顯得求真、求古。聲調之學「即其句度之參差長短與語調之疾徐輕重，叶韻之疏密清濁」比類推求曲調的聲情，進而廣列衆制，探索各曲調的異宜和性質〔一二〕，這是利用格律的組織搭配分析所表達的感情，注重格律表達感情的規則，追求恰到好處地抒發感情，偏重古爲今用。

聲調之學的提出，又與龍榆生上海國立音樂專科學校的從教經歷和新體樂歌的創作體驗密切相關。一九二八年秋，龍榆生從廈門到上海後就結識了蕭友梅，很快便到國立音樂院代易孺上課。〔一三〕近現代中國的學堂樂歌和藝術歌曲多有倚聲填詞、選詞配樂的現象，也都和傳統詩詞關係密切。藝術歌曲的很多

作者正是上海國立音樂專科學校的教師。易孺是較早創製新體歌詞的代表，與蕭友梅多次合作，後結集爲《今樂初集》、《新聲初集》。因龍榆生代課緣故，易孺曾贈其自編新體樂歌的教材，可知龍榆生最初對新體樂歌感興趣並進行創作與易孺很有關係。〔一四〕蕭友梅、黄自等都有留學歐美研習西樂的經歷，回國後也大力推廣音樂教育，但同時他們又反對西洋樂配西洋歌詞，推求音樂的民族化。他們從小受舊式教育，又都很熟悉詩詞，因而對詞很感興趣，宣導新體歌詞。〔一五〕龍榆生加入歌社，並與蕭友梅合作《歌社成立宣言》，與黄自等合作新體樂歌，創作出享譽至今的《玫瑰三願》等歌曲。他們在創作的同時也注重理論的探討，青主和趙元任、易孺就音樂的聲辭關係有過争論；黄自對音樂的欣賞曾有詳細的分析。〔一六〕龍榆生本人也寫有《從舊體歌詞之聲韻組織推測新體樂歌應取之途徑》。受此影響，新體樂歌和詞學此後成爲龍榆生研究、創作、授課的兩大重心。〔一七〕這些經歷對龍榆生詞學研究的影響在《創製新體樂歌之途徑》一文中有清晰、完整的反映。在此文中，龍榆生由音樂院的經歷和新體樂歌的創作需求想到雖然唐宋詞已不可歌，但因爲其本是入樂之詞，所以由文字的聲韻組織仍然能夠感受到製曲者的各種情調。他爲音樂院學生講授這種推想，被專習作曲理論的學生證實符合西洋作曲原理。于是他認爲唐宋詞的聲韻組織之法可用來創作、分析新體樂歌，並將其付諸實踐：據此判斷分析音樂院演奏會樂曲歌詞的和諧與否，又與黄自、李惟寧合作填詞。在新體樂歌聲詞配合的實踐中，他又悟出唐宋詞的定格、又一體的具體狀況。〔一八〕由此文可知他音樂院的從教經歷和新體樂歌的創作實踐證實並促進了關于唐宋詞聲韻組織之法與表情關係的設想和研究。

龍榆生一九三四年在《研究詞學之商榷》中提出聲調之學，一九四一年在《填詞與選調》中又列出一項研究計劃：

予嘗欲取所有詞調，一一考求其聲曲之所從來，其不可考者，則取最先所填之詞，細玩其音節態度，某調宜寫何種情感，再就句讀之長短，字音之輕重，以及協韻疏密變化之故，與表情方面之關係如何，纂爲專書，區分若干門類，俾學者粗知聲韻之妙用，何種形式，適于表現何種情感，庶幾倚聲填詞者，不致再蹈沈氏所譏之失，即創作新體樂歌者，亦可用爲參鏡之資。〔一九〕

這一研究計劃分兩步展開：第一步，考求所有曲調的聲曲來源、音節態度和適宜表達的感情；第二步，將句度長短、四聲平仄、韻位安排與表情的關係分門别類，纂爲專書。同是一九四一年，《晚近詞風之轉變》論及「今後詞學必由之途徑」時，又列出一項研究計劃：「又别取詞調若干，製爲簡譜，説明其聲韻配合之妙，俾學者有所遵循，而便于研習。」〔二〇〕兩項計劃的目的相同，都爲使學者得知「聲韻之妙用」進而便于創作。仔細對比，可知後一計劃與前一計劃的第一步相同，是對衆多詞調的具體分析。「製爲簡譜」較爲明確，很容易使人想起後來的《唐宋詞定格》（《唐宋詞格律》）。一九五九年《唐宋詞定格》脱稿，一九六一年九月下旬至一九六二年一月，在上海戲劇學院創作研究班講授「倚聲學」，講稿即《唐宋詞定格》。一九六二年二月至七月，爲上海戲劇學院創作研究班授《詞學十講》（副標題爲「倚聲學」）〔二一〕，講義是當時新編的。〔二二〕審視同爲「倚聲學」的《唐宋詞定格》和《詞學十講》的具體内容，可知正是一九四一年所列這一計劃的成果。值得注意的是一九四七年他已開始撰寫《倚聲學》〔二三〕；一九五六年在《幹部自傳》中又表達了「寫成有總結性的專書」的願望〔二四〕。可知從一九四一年開始，龍榆生對自己的學術研究已經有了很具體的計劃，至遲在一九四七年已開始實施，並最終在一九六二年大致完成。在這一過程中，他將自己的研究命名爲「倚聲學」，包含《唐宋詞定格》和《詞學十講》，前者是理論的分析和演繹，後者是理論的歸納和總結。

此前稱「聲調之學」，後來稱「倚聲學」，名稱變化，龍榆生强調的重點也由推求各曲調之聲情、性質變化爲探尋詞「上不似詩，下不類曲」的藝術特徵，視野更巨集闊，論述更周密。龍榆生標舉「聲調之學」：

即其句度之參差長短，與語調之疾徐輕重，叶韻之疏密清濁，比類而推求之，其中所表之聲情，必猶可睹。吾人不妨于諸家「圖譜之學」外，別爲「聲調之學」。

當取號稱知音識曲之作家，將一曲調之最初作品，凡句度之參差長短，語調之疾徐輕重，叶韻之疏密清濁，一一加以精密研究，推求其複雜關係，從文字上領會其聲情；然後羅列同一曲調之詞，加以排比歸納，則其間或合或否，不難一目了然。

由歌詞以推測各曲調所表之情，既略如上述。吾人更由此廣列衆制，以探索各曲調之異宜，雖未必能舉而重被管弦，而已足窺見各曲調之性質，用爲研究詞學之助。[二五]

這三段文字集中體現了龍榆生對「聲調之學」的論述，從中可知「聲調之學」意在通過研究歌詞的句度、平仄、用韻「以推測各曲調所表之情」、「窺見各曲調之性質」，這也意味著「聲調之學」關注的是詞調的聲情和性質，這僅是詞學研究之「一事」。將以上所列論述與《詞學十講》比較，可知《詞學十講》中「論句度長短與表情關係」、「論韻位安排與表情關係」、「論對偶」、「論四聲陰陽」四講正是對「聲調之學」句度、平仄、用韻的系統闡釋，也是一九四一年研究計劃第二步——就句讀之長短，字音之輕重，以及協韻疏密變化之故，與表情方面之關係如何，纂爲專書，區分若干門類——的研究成果。前三講總論詞的產生，「奇偶相生，輕重相形」的調聲總法則，填詞與選調的種種注意事項；第九講「論比興」和第十講「論欣賞和創作」，側重欣賞、創作的技巧法度：這些均是對「聲調之學」的補充和新增。其中值得注意的是第三講「選調和選韻」論聲情時講「就前人遺作予以參互比較，把每一曲調的句度長短、字音輕重、韻位疏密和它的整體結構弄個明白，也就可以仿佛每一曲調的聲容，使『哀樂與聲，尚相諧會』」[二六]，所論與早年「聲調之學」的論述相比增加了「整體結構」，而《詞學十講》也新增了「論結構」一講。結構是整體的組織搭配，又和聲韻、技法關係密切[二七]。聲韻、結構，有時也稱爲「聲韻組織」，是詞體藝術特徵之所在。對此，龍榆生《談談詞的藝術特徵》中有詳細論述：

我們要瞭解「詞的藝術特徵」，仍得向它的聲律上去體會，得向各個不同曲調的結構上去體會。……簡略地說來，是該從每個調子的聲韻組織上去加以分析，是該從每個句子的平仄四聲和整體的平仄四聲的配合上去加以分析，是該從長短參差的句法和輕重疏密的韻位上去加以分析。由各個獨體字的安排適當，組成一個完整的統一體；把這個統一體加以深入體會，掌握某一個調子的不同節奏，巧妙地結合著作者所要表達的各種喜、怒、哀、樂的不同情感，這樣，就能夠填出感染力異常强烈的好詞。……我覺得要談整個長短句歌詞的藝術特徵，除掉在每個曲調的音節態度上去探求，除掉在句法和韻位的整體結合上去探求，是很難把「上不似詩，下不類曲」的界綫劃分清楚的。〔二八〕

古人對詞「上不似詩，下不類曲」有多種論述，詩詞之分、詞曲之別，也是詞之所以爲詞——詞體獨特藝術特徵所在。龍榆生認爲探尋詞體獨特藝術特徵，只能從聲律、曲調的結構、聲韻組織、音節態度等方面入手才能界定清楚。句度、四聲平仄和用韻均和聲韻緊密相連，結構是整體的組織搭配，同時也和聲韻相聯繫，故「聲韻組織」可包括這裏所論及的句度、四聲、用韻和結構等。龍榆生一九三四年發表《從舊體歌詞之聲韻組織推測新體樂歌應取之途徑》，一九五六年在發表的《我們應該怎樣繼承傳統來創作民族形式的新體詩》中又說：「在詩歌遺産中，隨著時代的進展，産生多種多樣的形式；而這多種多樣的形式，關鍵就在聲韻組織」，同年正在對詞曲的聲韻組織作專題研究〔二九〕。因而，我們可以用聲韻組織概括這裏所論述的聲律、結構、音節態度等，所以也可以説聲韻組織是詞體獨特藝術特徵之所在。由此便可以瞭解《詞學十講》的副標題「倚聲學」的含義。故早年標舉「聲調之學」，目的是在審視具體詞調的聲情和性質，這還是詞學研究内部的一個方面，視野尚未擴大到整體；解放後的「倚聲學」則跳出單純的詞學研究，在詩、詞、曲比較的視野中探尋詞體的獨特藝術特徵，所審視的是詞的整體，視野更爲宏闊。可以説龍榆生將「聲調」發展成了「聲韻組織」，將「聲調之學」發展成了「倚聲學」。

龍榆生後期以《唐宋詞定格》和《詞學十講》爲架構的倚聲學理論形成了完整的體系，這一體系的根基是他一生一以貫之的聲、情、詞相應相稱的主張。早年應徵文而寫的《我對韻文之見解》便是對早期觀點的一個總結。〔三〇〕詞作爲韻文，也是如此：

二 聲、情、詞相應相稱的倚聲學體系

> 詞本依聲而作，聲依曲調而異。詞爲文學之事，聲爲音樂之事。然二者併發于情之所感，而借聲音以表達之。方成培曰：「以八音自然之聲，合人喉舌自然之聲，高下一貫，無相奪倫而成樂矣。」（《香硯居詞麈·宮調發揮》）樂以抑揚抗墜，疾徐高下之節，表達喜怒哀樂，萬有不同之情感。文人倚其聲而實之以文字，而文字之妙用，仍在其所代表之語言。舉凡語氣緩急之間，與夫輕重配合之理，又莫不與作者之情感相應。所謂「情動于中而形于言」，「聲成文謂之音」（《詩大序》），必也三者吻合無間，乃爲能盡歌詞之能事。私意填詞既名倚聲之學，則凡句度之長短，協韻之疏密，與夫四聲輕重，錯綜配合之故，皆與曲中所表之情，有莫大關係。今雖宮譜久亡，遺音莫審，然就各家依聲而成之名製，懸一目標，以細研其聲韻組織之由，逐類比勘，宜猶可以發明若干原則，爲倚聲家之參鏡，且進而推闡其理，以自創長短句之新體歌詞。〔三一〕

既然是倚聲填詞，歌詞與音樂「併發于情之所感」，二者的感情是相同或相近的，因而對音樂的理解可有兩種方式：歌詞和音樂本身（節奏、旋律等）。最初的歌詞在文字上的意義與音樂的感情有一致之處，所以「歌詞不啻爲樂曲之説明，而樂曲乃藉歌詞以弘其功效」。〔三二〕同時「盡歌詞之能事」者，其語氣緩急、輕重配合與音樂的抑揚抗墜、疾徐高下之節相一致，這也即「以八音自然之聲，合人喉舌自然之聲，高下一貫，無

相奪倫而成樂矣」。從這一角度看，歌詞也「不啻爲樂曲之説明」。因此，「宫譜久亡，遺音莫審」的情况下，可由歌詞的語氣緩急、輕重配合去揣度「喉舌自然之聲」，進而推尋其中的感情。歌詞的語氣緩急、輕重配合便體現在「句度之長短，協韻之疏密，與夫四聲輕重」的整體「錯綜配合」上，龍榆生又稱之爲「聲韻組織」。所以聲韻組織可與感情相溝通。人類的感情複雜多樣，龍榆生將喜、怒、哀、樂、愛、惡、欲等概括爲喜、怒兩大類。藉以表達感情的語言音節也有輕重緩急的差别，龍榆生將其概括爲和諧與拗怒兩部分。和諧、拗怒的音節通過組織搭配便能表達人類複雜的感情，二者相應相稱。〔三三〕具體到詞學方面，因爲重視「情」，他對詞學聲韻的理解便與以往的學者有所不同，强調聲韻組織的靈活搭配以便恰如其分地表達複雜的感情，因而聲韻是活的變動的整體；因爲重視「聲」的組織搭配，多樣的搭配組織能表達多樣的感情，對應人生的喜怒哀樂，這便從理論上徹底打破了詞爲艷科的範圍。詞學聲韻組織和感情相結合，便構成了龍榆生倚聲學的體系，一方面能彰顯詞體的藝術特徵，另一方面從詩教角度看，偏重感情的真摯熱烈，指向性情之正，也具有龍榆生個人的顯著特色。

倚聲學理論體系構建的第一步是對衆多詞調進行分析，後來便成了講義《唐宋詞定格》。講義以韻脚分類爲框架，重在逐類推求詞調聲情；每一韻格内按定格作品字數多少排列詞調先後次序，每一調大致包含調名、題解、詞格、例詞、附注五項内容。題解大致包括淵源、流變、宫調、聲情、字句用韻及異同，也説明個别注意事項，頗爲注重聲情和體制；詞格重在適宜表情和常用，定格不僅爲「諸家所最慣用」，而且「句讀之長短，字音之高下，協韻之疏密，與夫四聲平仄之運用，釐然有當于樂曲之本體，配合無所舛誤」，注重聲情關係；例詞常通過分析詞調來源、宫調、最先所填作品以及精通音樂詞家的作品等方式選出。可知《唐宋詞定格》的框架、題解、定格、例詞均注重聲情諧會，宗旨是使人欣賞時瞭解聲韻組織表情達意的妙用，在綜合思考平仄、用韻、句度後能理解每一詞牌適合表達的感情，這樣在創作時能選擇適合自己

感情的詞調，避免聲情衝突，填出聲情相稱的詞作。〔三四〕

在此基礎上，龍榆生便開始了「就句讀之長短，字音之輕重，以及協韻疏密變化之故，與表情方面之關係如何，纂爲專書，區分若干門類」的工作。在「情」的觀照下，他構建了和感情相結合的活的詞學聲韻系統。由于龍榆生認爲曲子詞和近體詩在句式、聲韻上有演化關係，他將「奇偶相生，輕重相權」視爲調節語言音節和諧、拗怒的法則。〔三五〕他創作新體樂歌的經驗又進一步佐證了這一法則。〔三六〕「奇偶相生」側重于句式。三、五、七、九言句式是奇數句，二、四、六、八言則爲偶數句。若全篇奇數句偏多，節奏會顯得較爲流動或急促，尤其收脚字爲仄聲，更能表現「情急調苦」或「激昂慷慨」的姿態；若多偶數句，且押平聲韻，則較爲雍容和婉。全篇句式過長或過短都會偏向表達拗怒聲情。句式奇偶和句度長短的搭配組織便和詞調整體的和諧、拗怒有關。此外對偶句、領字句、折腰句、逆折句〔三七〕也都需要重視。「輕重相權」側重于聲韻。兩平兩仄相間使用，隔句或三句押韻的一般是和諧的音節，也即是説凡符合近體詩平仄、用韻規則的，就是和諧的音節，表情多平静和婉；凡是不符合的，則多有拗怒，顯得或凄抑，或激厲。〔三八〕四聲平仄的拗怒、和諧可以在一句、一韻、一片乃至一詞之内進行分析，所以他也重視句脚字的平仄：平仄相間爲和諧，連用平聲則低抑，連用仄聲則激越。〔三九〕論韻則既重視韻位的疏密和平仄變化，又進一步重視不同韻部的特點。句度、四聲、用韻按照「奇偶相生，輕重相權」的法則組織配合，整體審視便可進一步研究詞體的結構，其中龍榆生又特别重視去聲字在結構上的重要作用。〔四〇〕

這一詞學聲韻系統的一個顯著特點是講究聲韻組織整體的搭配組合，彼此關聯而又靈活多變。這又可以從倚聲填詞的角度作一番審視。「由樂以定詞」規定了文「詞」必須將陰、陽、上、去、入等不同的「字聲」，按「樂聲」的旋律高低走向以及長短不同的樂句節奏構成一個確定的組合次序，從而産生了歌詞特定的聲律。詞曲聲律的原則是字聲的組合要符合音樂運行之原理而便于成唱和度曲。基于此，李昌集先生曾在論述散曲時説，聲律的本質是聲調「相搭」之「活法」，體現在平與仄、平與平、仄與仄之間的「相搭」之法上，曲所以「平聲辨陰陽」、「仄聲别上去」，根本出發點即此。曲如此，詞之所以「分五聲」，「分清濁輕重」也是如此。〔四一〕李先生對「活法」的界定限制在詞曲均能入樂傳唱的範圍内，今詞樂已亡，似已無法再講活法。但由此可知詞曲的聲律重在搭配。龍榆生的切入角度則是，歌詞與音樂「併發于情之所感」，音樂已亡，但情感可以推知，故可由感情統貫聲韻組織的搭配組合，從而更接近聲律的本質。所以他不斷論及句式、平仄、用韻、結構與表達感情的關係，在説明聲韻配合之妙的同時並最終指向感情恰如其分的表達。〔四二〕

龍榆生倚聲學理論由聲調之學發展而成，聲調之學本是從圖譜之學「别出」〔四三〕。將龍榆生倚聲學理論與圖譜之學作比較便可以見出其「活法」的特點。我們試以《摸魚兒》一調爲例，稍作説明。《詞律》言此調「最幽咽可聽」，也論及個别地方的抑揚，但整體是對此調平仄、句式的勘正。〔四四〕《詞譜》則全是對平仄、用韻、句式的勘正。〔四五〕龍榆生曾多次論及此調，將其觀點總結如下。《摸魚兒》開頭七字句用「逆入」的上三、下四句法，把重點放在第一個字上面。這一個字必得選用仄聲，才會顯得有力。在上下闋的腰腹，以一個三言短句、一個上三下七的長句和一個四言偶句組成，長短相差很遠且又句句協韻，顯出一種低徊掩抑、欲吞還吐的特殊情調。例如辛詞上闋「春且住，見説道、天涯芳草迷歸路。怨春不語……」和下闋「君莫舞，君不見、玉環飛燕皆塵土。閒愁最苦……」等句，就是這個長調的筋節所在。在連協三韻後，韻位轉疏，變爲三句一協，便感千回百折，到此傾瀉不下，勉爲含蓄，構成整體的幽咽情調，使人感到盪氣迴腸。韻位安排忽疏忽密，顯示著「欲語情難説出」的哽咽情調，因而必得選用上去聲韻部，不能像用入聲韻那樣盡情發洩，要使人低吟密咏，大有白居易「幽咽泉流冰下難」（《琵琶行》）之感。全調只有兩句句末最後一字是平聲，其餘句子全部是仄收，整體平仄拗怒多于和諧。因而句式、用韻、平仄的搭配顯得此調音節欲吞還吐、掩抑低徊，適宜表達蒼涼鬱勃的情緒。〔四六〕將龍榆生的這一分析和《詞律》、《詞譜》的分析放在一起比較，可知《詞律》、《詞譜》的目的是在總結、歸納、勘正此調格律；龍榆生則是在把握此調格律的基礎上通過分析此調句式、用韻、平仄與表達感情的關係以整體審視、思考此調的聲韻組織的特點及其適合表達的感情。如果説《詞律》、《詞譜》是對此調格律的構建，是「立法」，龍榆生則是對此調格律運用的分析，進而化詞譜所立之「定法」爲表情達意的「活法」，因此龍榆生可以將其運用到新體樂歌的創作中去。

這一點又可以從比較龍榆生和詹安泰的研究切入。現代詞學研究中，詹安泰先生對詞學聲韻、調譜、章句的研究堪稱典範。兩相比較，便可發現龍、詹二人的研究是不同的範式。比如詹安泰《論章句》對各種句子的平仄及内部組織之法總結得十分完備，重視的是調譜格律，這些是固定不變的，所論和詞譜中所論一脈相承，並有進一步發展；龍榆生則不是孤立地審視句子平仄及組織之法，而是將其放在前後關係網中整體審視句子内部平仄的和諧、拗怒，多個句子的句脚字之間的和諧與拗怒，句式奇偶和長短的整體安排，重視的是調譜格律在整體中的組織搭配，所論則跳出了傳統詞譜論述的範式，重點關注的是聲韻組織與表達感情的關係。

以情感爲指歸，龍榆生也重視技巧法度，這典型體現在比興上。龍榆生視比興爲藝術技巧，而這一技巧可以寄托意旨和情感，也可以「廉頑立懦」，感發他人的感情。所以如同論述四聲、句度、用韻與表情的關係一樣，講藝術技巧法度也著重論述技巧法度與表情的關係。況且技巧法度和組織結構密切相關，組織結構又和四聲、句度、用韻密切相關。所以龍榆生將句度、四聲、用韻、結構、技法搭配組織成一個具有完整體系的倚聲學理論，這一理論以情感爲指歸和紐帶。

總結以上論述可知龍榆生倚聲學理論持聲、情、詞相應相稱的觀點，人類豐富的感情可以概括爲喜怒兩大類，語言音節的輕重緩急也可概括爲和諧和拗怒兩大類。在「奇偶相生，輕重相形」的法則下，句式、平仄、用韻的組織搭配可藉以分析出一句、一韻、一片乃至一調的和諧、拗怒的情況，由此可推知一調局部和整體所適宜表達的感情。在此基礎上歸納總結衆多詞調的特點，可進一步整體把握詞體的藝術特點。

詞是音樂文學，因而談及詞的藝術特點既要關注到音樂藝術特點，也要關注到歌辭文本的藝術特點。但詞樂早已亡佚，根據現有文獻尋求其音樂藝術特點仍有一定困難。所以龍榆生所論藝術特點主要是作爲歌辭文本的藝術特點。這和詞學辨體有一定聯繫，也有一些區别。即使音樂亡佚，辨體也必定要思考音樂層面的問題，同時也會考慮文本層面的問題。龍榆生論及藝術特點承繼的是傳統辨體中歌詞文本聲律層面，又前進了一步，整體審視聲韻的組織搭配，更接近聲律的本質。不僅關注句度、用韻、平仄等，更關注它們之間的組織搭配，在組織搭配中審視詩、詞、曲，可以更全面也更深入地把握詞體歌辭文本層面的藝術特點。

這一理論體系的突出特點是强調聲韻技巧本身具有表情的作用，視文字情感和聲韻組織的情感爲一體，共同體現詞調音樂的情感。劉熙載綜合意内言外和音内言外提出詞「言有盡而音意無窮」〔四七〕的觀點，「音」指詞調音樂，但若視爲文字聲律的話，便可與龍榆生的觀點相參照：言的聲律組織和意没有内外之分，二者一體。這也可以從文氣論的角度審視。「聲含宮商，肇自血氣」，由文字之聲，可以感知作者之氣；由作者之氣，可以感知作者的情感。聲音和人的血氣、情感有關，因而文學批評重視聲音和文氣及作者情感的關係，後來桐城派在此基礎上提出「因聲求氣」。但桐城派講「因聲求氣」重在諷誦涵咏，對創作並没有作很具體的論述。結合詞體聲律特點，龍榆生倚聲學理論繼承中國文學批評的這一傳統並進一步在詞體中作了具體細致的闡述，十分具有創新性。論文氣而關涉到創作時，便常和字句、章法相聯繫。聲律、句度既然和文氣有關，則龍榆生倚聲學理論中對去聲字，句式奇偶、逆折，結構等關涉到具體技巧的講求也可得到進一步理解。附帶值得一提的是後來朱光潛在《詩論》第四章「論表現——情感思想與語言文字的關係」對詩歌形式和内容、情感思想和語言文字的關係做了系統的梳理並提出二者不分内外的觀點，論述更宏觀也更細密。（四八）

三 性情的集中體現：真摯熱烈的感情

由以上論述可知聲韻組織和感情是龍榆生倚聲學理論的兩極。歌辭與音樂「併發于情之所感」，在音樂亡佚後，結合感情可以探究聲韻的組織搭配，從而更接近聲律的本質，進而由聲韻組織的研究以更適宜地表達詞人的感情。除了這一原因外，龍榆生十分重視感情也和個人的因素密切相關。他比較重視真摯熱烈的感情，這和重視性情有關，龍榆生一直希望通過蘇辛的性情去創製「漸近自然」的詩體；重視聲韻組織，則和他關注創製新體樂歌之途徑有關，他也一直謀求歌詞入樂，以普遍流行，發揮移風易俗的作用。整體而言，他希望以蘇辛的性情去創造歌詞，以達到凡有井水處皆能傳播的效果，進而謀求移風易俗的目的。張珍懷悼念龍榆生作《憶江南》，言其「豪蘇膩柳合一手」，便揭示了龍榆生的這一觀念。（四九）爲更好地論證其倚聲學理論，本節對他重視的感情試作論述，兼及他重視的性情、意格和詩教。

聲韻組織按照「奇偶相生，輕重相形」的法則調節和諧與拗怒，變化多樣，與之相應的感情，也豐富多樣，這便從根本上打破了「詞爲艷科」傳統範圍的限制。論及感情，龍榆生一方面將其分爲喜怒兩大類，通過聲韻組織的和諧與拗怒來調節；另一方面則特別重視真摯熱烈的感情，偏重具有一定的化民成俗濟世的詩教作用。可以《唐宋詞定格》爲例稍作分析。如果將《唐宋詞定格》視爲一部詞選，以人統詞，可發現如下排序：辛棄疾（二十八調二十九首），蘇軾（二十一調二十三首），柳永（二十一調二十二首），周邦彦（十七調），秦觀（十四調十五首，三首有誤），姜夔（十三調），賀鑄（十一調，一首有誤），温庭筠、李清照、吴文英（八調）……這是一部提供定格以分析聲韻組織的著作，多選柳、周、秦、姜等人的詞作不足爲奇；但前兩名竟然是常被人稱爲破體的蘇辛，則出人意料。分析作品，可知蘇辛之作常常不是一調始見詞，而只是作品較多的一格中的一首。如此選擇詞例，和他「從周、姜一派深入探究它的音樂性和藝術性，從蘇、辛一派深入研究它的思想性和時代性」〔五〇〕的主張一致，進一步則强調繼承内容富于正義感，形式富于音樂性的中國詩歌傳統〔五一〕。這和他早年的觀點也相一致。早年論學詞，即主張「假聲情壯美之詞調，以寫吾身世之感，與憂國憂民之抱負，舉熱烈純潔之情緒，以入于『長短不葺之詩』，浩氣逸懷，將以『廉頑立懦』」〔五二〕。既重視聲韻組織法度，又講究感情熱烈，重視「廉頑立懦」，發揮「詩可以興」的作用。

他論蘇辛詞「書寫熱烈懷抱，慷慨淋漓」，强調蘇辛詞「要其熱烈情緒，蓋與日月而長新」。〔五三〕《研究詞學之商榷》論填詞則標舉「熱烈純潔之情緒」〔五四〕。至《詩教復興論》則宣導詩人「至真至美至善之熱烈感情」〔五五〕。龍榆生曾談及「惟詩人爲能不失赤子之心，其性情出于至真至美至善」，可知他是從性情的角度重視真摯熱烈的感情，强調的是詞人的主體性。標舉蘇辛，便是著眼于這一角度，不是爲了向蘇辛學習填詞，而是重視蘇辛真摯熱烈的性情襟抱對爲人氣節的影響，從中可見「詩可以興」的功用。龍榆生《答張孟劬先生》：

> 常讀二家之作，覺逸懷浩氣，恒繚繞于心胸，薰染既深，益以砥礪節操，培植根柢，雖不能至，心嚮往之。詞外求詞，亦望世之治斯學者，勿徒以粉澤雕飾爲工，敦品積學，以振雅音于風靡波頹之際，非叫囂傖俗者所可與言也。……正惟世風日壞，士氣先餒，故頗思以蘇辛一派之清雄磊落，與後進以漸染涵泳，期收效于萬一。非敢貌主蘇辛，而相率入于叫囂傖俗一途，如世之自負爲民族張目者比也。年來飽更憂患，益當砥礪志節，時或不免偏激之言……〔五六〕

張爾田連寫了兩封信對龍榆生提倡蘇辛不贊同，他說：「根柢既漓……又安望其詞之真耶？……磊落激揚，全在乎氣。氣先餒矣，而望其强作叫囂，亦與僻澀者相去不能以寸耳。……凡無病而呻，欲自負爲民族張目者皆僞也。」性情不真氣先餒，所作便有叫囂成分，言爲民族張目也有虚僞的成分。又説：「蘇、辛詞境，只清雄二字盡之。清而不雄，必流于傖俗，仇山村所謂腐儒村叟，酒邊豪興，引紙揮筆，如梵唄，如步虚，使老伶俊倡，面稱好而背竊笑者也。」〔五七〕「腐儒村叟」乃僻陋之人，雖有「酒邊豪興」，却非英雄之氣，强作英雄之詞，徒成「傖俗」。無論叫囂還是傖俗，顯然是就創作方面模仿蘇辛而言的。張爾田的質疑主要是很多人没有蘇辛的性情，却學習蘇辛，即使要「爲民族張目」，却不真切，結果是無病呻吟的虚僞，或强作叫囂，或流于傖俗。龍榆生這裏「非敢貌主蘇辛，而相率入于叫囂傖俗一途，如世之自負爲民族張目者比也」，是對張爾田質疑的回應，他也贊同張爾田的説法，稱之爲「貌主蘇辛」，這是學習蘇辛填詞可能會出現的流弊。龍榆生稱他標舉蘇辛，則是「詞外求詞」，目的是讓蘇辛的「逸懷浩氣」能薰染學習蘇辛者，在此基礎上進一步「砥礪節操，培植根柢」。這也就是説，龍榆生標舉蘇辛，著眼點不在學詞或詞學，而是爲人的性情襟抱，做人的氣節，也就是「敦品積學」，這是對詞人主體的强調。

重視性情，是戰亂時局和晚清詩詞家雙重影響的結果〔五八〕。具體到詞學方面，龍榆生一方面標舉蘇辛，另一方面則以性情貫注意格、詩教。龍榆生常用「意格」一詞：

自歌詞之法不傳，而號稱倚聲家，咸争托興常州詞派。本此以上附于《風》、《騷》，其體日尊，而離樂益遠。向日紅牙檀板，所資以遣興娱賓者，至是遂全變爲長短不葺之詩，專供學士才人抒寫情性。所謂逸懷浩氣，浮游乎塵垢之外，指出向上一路，新天下耳目，此意實自東坡發之。後有作者雖趨舍萬殊，門户各異，而究其旨趣，必以意格爲歸。所謂詞外求詞，必其人之性情抱負，有以異乎流俗，動于中而形于言，可泣可歌，乃爲難能可貴。〔五九〕

這裏「意格」顯然和「抒寫情性」、「詞外求詞」有關，所以龍榆生在《近三百年名家詞選·後記》又言「夫所謂意格，恒視作者之性情襟抱，與其身世之感，以爲轉移」，同時説「論近三百年詞當以意格爲主」，可謂一篇之中三致意焉。綜合可知，龍榆生所謂「意」指向性情襟抱，所謂「格」，聯繫「異于流俗」，指向品第高下，「意格」指向詞中所顯示的性情襟抱的品第高下，强調「意」要有「格」，所以「其人之性情抱負，有以異乎流俗，動于中而形于言，可泣可歌，乃爲難能可貴」則是對「意格」的一種形容。

如果説在時代影響下，龍榆生重性情、倡意格是傳承陳衍、朱祖謀等晚清詩詞家的主張，明確提倡詩教則是在此基礎上的進一步發展。意格是對意的規範，指向品第高下，有價值論的傾向，但多是對自我的限定，對社會的影響涉及不多。所以在創作中多表現對時事長歌當哭的哀歎。〔六〇〕提倡詩教則明確由自我個人推及社會，進一步突顯對他人的教化。綜觀《龍榆生全集》，他明確提倡詩教是在一九三六年三月《詞學季刊》第三卷第一號「詞壇消息」欄《夏聲社之發起》至一九四〇年發表《詩教復興論》則形成了系統的詩教觀。在《詩教復興論》中，他繼承鄭樵「樂以詩爲本，詩以樂爲用」的觀點，稱詩爲聲教。他認爲詩體之變化「恒與樂制爲推移」；音樂最易感動人，詩樂合一，頗能化民成俗，因而詩不入樂是詩教衰敝的一大原因。人是感情動物，至真至善至美之情，可化不平之氣，復歸性情之正，若詩人不重視個人品格，忽視真摯熱烈之感情，專心「倖色揣稱」或嘩衆取寵，也是詩教衰敝的一大原因。禮樂之教不能遍及民間，整體社會文化程度不高，而詩人不關注社會，詩歌脱離社會，這些又是詩教衰敝的原因。在此基礎上，龍榆生認爲復興詩教要詩樂合一；完善學習詩歌、音樂的制度，使人從小到大養成「吟咏性情，欣賞詩歌之能力」；詩人則要端正品格，深究詩體遞變之由，同時與音樂家合作。總結此文可知龍榆生在詩教中特別强調：（一）合音樂以感人；（二）感情真摯熱烈以復歸性情之正；（三）制度上關注社會民間以化民成俗。所以他説復興詩教要「以詩人至真至美至善之熱烈情感，創爲『漸近自然』之詩體，更有樂家製譜，以期普遍流行，藉收感人之效」。〔六一〕

綜上對性情、意格和詩教的探討，可知「至真至美至善之熱烈感情」是詩人主體性情的體現，所以龍榆生説「惟詩人爲能不失赤子之心，其性情出于至真至美至善」〔六二〕性情若能至真至美至善，則意格自高；詩教則是以此性情使普通民眾復歸性情之正，進而達到化民成俗的效果。所以龍榆生重視感情，尤其是真摯熱烈的感情，是他重視性情的結果，彰顯出對詞人主體地位的强調。以龍榆生的詩教觀去審視他的倚聲學理論，又可知重視聲韻組織，也是他「合音樂以感人」的詩教觀念的結果，因爲歌辭謀求入樂，則必然要重視平仄、用韻、句式的組織搭配，《從舊體歌詞之聲韻組織推測新體樂歌應取之途徑》一文則是很好的體現〔六三〕。可知龍榆生的倚聲學理論受到了他的詩教觀的影響。

四　龍榆生倚聲學理論的意義

晚清詩詞家重視性情和意格，詞家也多講究審音持律之説。龍榆生在廈門向陳衍學詩，到上海後又追隨朱祖謀、夏敬觀等老輩，似秉承了這些詩詞家對性情和意格的重視，也對審音持律之説有研究和反思。進入上海國立音樂專科學校後，又受到蕭友梅、易孺、黄自等人創作新體樂歌的影響。在動亂的時局影響下，種種因緣際會，使得他以研究和創作詞與新體樂歌爲工作的兩大重心。龍榆生又謀求這二者的溝通與融合，所以他視新體樂歌爲詞學創作發展的方向，而新體樂歌的創作又借鑒詞體的聲韻組織。在創作、研究中，他形成了以蘇辛的性情去創作新體歌詩，入樂傳播以移風易俗的詩教觀；也從圖譜之學中别出聲調之學，進而發展成倚聲學。基于倚聲填詞，聲、情、詞相應相稱的觀點，在音樂亡佚的情况下，他强調以感情統貫聲韻組織的靈活搭配，以便恰如其分地表達感情。所以雖然詞爲音樂文學，龍榆生也考慮了音樂的因素，但他的倚聲學理論偏重歌辭的創作與研究，仍是著眼于歌辭的文本層次，對詞體藝術特點的把握也重在歌辭的文本方面。

從魏晋南北朝至唐代形成的近體詩的格律，平仄和諧，整體著眼于構建和諧流美的聲律。從「聲含宫商,肇自血氣」的角度看,和美的音節還不足以表達喜怒哀樂的多樣感情,所以此時的聲律偏重外在的形式。此後有詩人開始有意識地突破既有格律,出現拗體,典型如杜甫部分律詩。至黃庭堅則進一步突出拗體,張耒曾特地論及:「以聲律作詩,其末流也,而唐至今詩人謹守之。獨魯直一掃古今,出胸臆,破棄聲律,作五七言,如金石未作,鐘磬聲和,渾然有律吕外意。近來作詩者,頗有此體,然自吾魯直始也。」〔六四〕黄庭堅的「破棄聲律」,意在打破近體聲律的和諧流美,以拗怒的音節「直出胸臆」,彰顯出「律吕外意」。拗體在宋代的進一步發展,突顯勁健,彰顯出矯然不群的氣概,是宋代士大夫人格精神在詩歌音聲節奏上的反映。所以拗怒的音節在宋代相對突出了詩人的「血氣」,已不僅僅注重外在形式的和諧流美,顯現出聲律的進一步發展。明代格調詩學更加强調外在聲音與詩人内在情性的關聯,重視活用聲律,使詩歌聲律的研究提升到一個新的層次,但論述並不系統。〔六五〕曲子詞中聲律的和諧、拗怒更加多樣。但詞律研究者通常單獨審視部分句子的和諧音節和拗怒音節,較少綜合審視。龍榆生則綜合、系統地審視了和諧、拗怒的聲律搭配,並將和諧、拗怒多樣搭配的聲韻組織與人類情感的喜怒哀樂相對應,這是對聲律多元化發展的進一步開拓,將外在的聲律與内在生命的情感律動做了充分的溝通。

重視和諧、拗怒音節的多樣搭配以表達喜怒哀樂的感情,其聲韻組織是靈活多樣的。前引李昌集先生論聲律的本質是聲調「相搭」之「活法」,因而龍榆生倚聲學理論中的聲韻組織在感情的統貫下變爲「活法」。這一理論從圖譜之學發展而來,將詞律圖譜的定法盤成了活法,更進一步回歸到了詞體聲律的本質狀態。這是對圖譜之學的重大改進,極大地拓寬了編寫唐宋詞詞譜的方式和方法。在既有修譜方法的基礎上再審視格律搭配對表情達意的作用及規範,可進一步促進創作和研究。

將龍榆生的倚聲學理論放到詞學批評史中審視,可以清晰地認識其意義。蘇軾以詩爲詞,重視詞中情志的書寫。這是對詞爲艷科的改造,是此後尊體的一種方式。但重視情志有時會忽略詞體的聲律體制規範，如東坡詞便被李清照譏爲「句讀不葺之詩，不協音律」，因而尊體的同時可能也會「破體」。李清照强調「詞別是一家」，重視詞體聲律之協和語詞之雅，這是辨體，也是另一種尊體方式。詞學史上的尊體主要按這兩種方式展開〔六六〕，清代浙西、吴中詞派偏重醇雅和聲律體制；常州詞派糾其流弊而更偏重情志，周濟後期詞律觀發生變化，也兼重聲律。晚清詞壇，「本張皋文意内言外之旨，參以凌次仲、戈順卿審音持律之説，而益發揮光大之」〔六七〕，多能同時注重情志和聲律〔六八〕。只是重視聲律體制是爲了遵守詞體規範，通過嚴格遵守格律以達到盡可能符合詞調音律的目的，其流弊便是興起嚴守四聲、競拈僻調的風氣，「百色詞心不要通」，和重視意内言外、情志也並無直接關係，兩種尊體方式並不在同一層次上，因而出現的場合不同。如果把聲律視爲形式，把情志視爲内容，晚清以來的聲律、情志兼重，便可謂内容與形式兼重，但内容是内容，形式是形式，二者是分開的，是平行的，並未有統一融合的關係。龍榆生倚聲學理論則將二分平行的内容和形式融爲一體。他在繼承晚清詞學的同時，進一步關注聲韻體制整體的組織搭配，並由此審視聲韻組織與表情的關係，强調聲韻組織和情志的一體關係，没有内外之分。因而這一理論將晚清並重並行的「意内言外之旨」和「審音持律之説」化二爲一，融爲一體，這是對千年詞學尊體方式和晚清詞學思想的進一步演進。

倚聲學理論也貫穿在龍榆生詞學研究的其他方面，可見其影響。在現代詞學史上，龍榆生以「批評之學」著稱，而倚聲學理論則是基石。《研究詞學之商榷》講「推求各曲調表情之緩急悲歡，與詞體之淵源流變，乃至各作者利病得失之所由，謂之『詞學』」〔六九〕。龍榆生倚聲學理論的主體正是通過對聲韻組織法度的分析「推求各曲調表情之緩急悲歡」；在此基礎上進一步知人論世〔七〇〕，「必須抱定客觀之態度，詳考作家之身世關係與一時風尚之所趨，以推求其作風轉變與其利病得失之所在」，便是他强調的「批評之學」。批評之學建立在倚聲學理論和知人論世的基礎上：强調聲韻組織和技巧法度有表情作用，這和文字本身的表情達意兩相結合、兩相印證，再結合詞人的生平和時代的變遷，可探知一首詞的藝術風貌，進而可知一人乃至一時代之藝術風貌。他評價蘇軾、周邦彥等唐宋詞人藝術風貌時采用的均是這一方法。至于批評之學强調的「客觀之態度」與《唐宋詞定格》中「定格」的判定標準可相參照。龍榆生的詞人批評、詞選活動乃至詞史批評都可歸入「批評之學」的範圍，它們都以倚聲學理論爲基礎。

由此，這一理論對當今的詞學批評和鑒賞也有重要的方法論意義。龍榆生嘗言「非得深入專研，並予以實踐，是很難談到真正的欣賞」〔七一〕。其《唐五代宋詞選》曾指出讀詞需要注意句法，揣摩聲調，玩索詞境。〔七二〕倚聲學理論對這些方面均有系統的分析。自王國維「境界説」出現以來，詞的鑒賞越來越傾向于內容，現在內容方面的鑒賞更是主流。葉嘉瑩的感發説也主要著眼于此。〔七三〕鑒于目前的鑒賞狀况，龍榆生倚聲學理論從聲韻組織和意格兩方面對詞的鑒賞提供一種可具體操作的鑒賞方法：從平仄、用韻、句度、結構、技法等多方面審視詞調聲情，不僅有助于我們理解詞作內容，而且結合內容又可審視詞人詞作的聲情與詞調是否相符，情感意格如何，技巧法度如何，再進一步可理解作品及詞人的風貌。這是一種多視角的鑒賞方法，使人更有把握判定詞人詞作的好壞優劣。

倚聲學理論還可以和龍榆生所宣導的學詞途徑相配合，顯示其一貫的學詞主張。《晚近詞風之轉變》「今後詞學必由之途徑」：

> 認詞爲「漸近自然」之新體律詩，相尚以意格，而舉作者所有「照天騰淵之才，溯古涵今之思，磅礴八極之志，甄綜百代之懷」，悉納其中，則吾以爲雲起軒一派之詞，合當應運而起。私意欲竊取周氏《四家詞選》之義，標舉周（清真）、賀（方回）、蘇（東坡）、辛（稼軒）四家，領袖一代，而附以唐、宋以來，下逮近代諸家之作，取其格高而情勝，筆健而聲諧者，別爲一編，示學者以坦途……〔七四〕

研究重在聲韻組織與表情關係的分析和總結，創作則進一步提倡意格。重意格的同時若能注重聲韻組織對于表情達意的妙用，自能「聲諧」、「情勝」。比興既是一種技巧，也和意格密切相關。講技巧，崇意格，論比興寄托，不僅關聯詞體的「格高」、「筆健」，也和「情勝」有密切關係。因爲「情勝」既和抒情達意的方式有關，也和所抒發的情感内容有關。倚聲學理論對填詞達至「格高而情勝，筆健而聲諧」的標準頗有幫助，揭示了學詞的門徑。〔七五〕

這一理論以感情統貫聲韻組織，偏重歌辭的創作，因而龍榆生也將其應用到其他領域，可見其方法論意義。與龍榆生合作《玫瑰三願》的黄自，在《音樂的欣賞》一文中論述音樂可以通過調性，節奏疾徐，樂句長短，音的强弱，高低等表達感情……〔七六〕這恰好可以和龍榆生四聲、用韻、句度等與表達情感的關係的論述對應起來，表明龍榆生審視歌辭充分考慮了音樂的因素。他視創作新體樂歌爲今後學詞之途徑也是基于創作歌辭入樂層面的思考。《從舊體歌詞之聲韻組織推測新體樂歌應取之途徑》一文以詞爲重點，又聯繫樂府詩歌，推求它們的平仄、句度、用韻對入樂歌詞的影響及規律，進而説明新體樂歌的創作需要注意的事項。廖輔叔説此文「是易韋齋、龍榆生、韋瀚章或者還包括葉恭綽在内的關于新體歌詞的創作方向的綱領性文件」〔七七〕，從中可見這一理論的影響。晚年龍榆生又有《漢語歌詞聲律學》，用類似的方法去分析地方戲的聲律，也可見其方法論意義。

〔一〕〔二一〕〔二三〕張暉《龍榆生先生年譜（增訂本）》，上海古籍出版社二〇二〇年版，第一頁，第二〇〇、二〇七、二一一頁，第一四七頁。

〔二〕曹辛華、傅宇斌等學者對聲調之學有所研究，也著重于早年的論著。參曹辛華《二十世紀中國古代文學研究史·詞學卷》第十三章「龍榆生的詞學研究」，東方出版中心二〇〇六年版，第二五八—二五九，第二六九—二七〇頁；傅宇斌《現代詞學的建立〈詞學季刊〉與二十世紀三、四十年代的詞學》第五章《〈詞學季刊〉之聲調之學》，商務印書館二〇一三年版，第一五三—一九六頁。

〔三〕一九四七年撰寫《倚聲學》（一九四七年二月廿七日致張壽平函，張暉《龍榆生先生年譜（增訂本）》卷四，第一四七頁。亦見龍沐勛等著，張壽平輯釋，林玫儀校讀《近代詞人手札墨蹟》下册，臺北「中研院」中國文哲研究所二〇〇五年版，第七七三頁）、一九六一至一九六二年，開設「倚聲學」課程，講義爲《唐宋詞定格》和《詞學十講》，頗有系統。

〔四〕〔六一〕〔六二〕 龍榆生《詩教復興論》，張暉主編《龍榆生全集》第三卷《論文集》，上海古籍出版社二〇一五年版，第四一七頁，第四〇二—四二七頁，第四〇三頁。

〔五〕 詳參昝聖騫《晚清民初詞體聲律學研究》，社會科學文獻出版社二〇一七年版。

〔六〕〔一〇〕〔一二〕〔二五〕〔四三〕〔五二〕〔五四〕 參見龍榆生《研究詞學之商榷》，張暉主編《龍榆生全集》第三卷《論文集》，上海古籍出版社二〇一五年版，第二四一—二五六頁，第二四三頁，第二四三、二四八頁，第二四三、二四四—二四五、二四八頁，第二四二—二五〇頁，第二五六頁，第二五六頁。

〔七〕〔一一〕〔一八〕〔一九〕〔二〇〕〔二九〕〔三一〕〔三八〕〔五〇〕〔五一〕〔五三〕〔五五〕〔六三〕〔六九〕〔七四〕 張暉主編《龍榆生全集》第三卷《論文集》，上海古籍出版社二〇一五年版，第四七三頁，第二一九—二二〇頁，第五一三—五一六頁，第四三一頁，第四七五頁，第六〇八頁，第三七三頁，第三七五—三七六頁，第六六二頁，第六一〇頁，第一八〇頁，第四一七頁，第二二八—二四〇頁，第二四一頁，第四七四—四七五頁。

〔八〕〔一三〕〔五九〕 張暉主編《龍榆生全集》第九卷《雜著》，上海古籍出版社二〇一五年版，第三五三頁，第三四二頁，第三九頁。

〔九〕〔四七〕 劉熙載《藝概·詞曲概》，上海古籍出版社一九七八年版，第一一七頁，第一〇六頁。

〔一四〕 張壽平輯釋，林玫儀校讀《近代詞人手札墨蹟》上册收録易大厂所作《幻音》（蘆花和紅葉談話），張壽平先生有跋語説明，臺北「中研院」中國文哲研究所二〇〇五年版，第一七六頁。

〔一五〕 參見龍榆生《樂壇懷舊録》，《龍榆生全集》第九卷，第三四三—三四四頁； 彭建楠《二十世紀前期詞體與新體樂歌的離合關係》，《中山大學學報（哲學社會科學版）》二〇一九年第三期。

〔一六〕 參見易韋齋《「聲」「韻」是歌之美》、青主《作曲和填曲》，國立音樂專科學校樂藝社編《樂藝》第一卷第一號，錢仁平主編《民國時期音樂文獻彙編》（二八），國家圖書館出版社二〇一五年版，第四七二—四七九頁、第四八四—四九四頁； 趙元任、青主《關于作歌的兩封公開信》，《樂藝》第一卷第六號，《民國時期音樂文獻彙編》（二九），第五九二—五九九頁。

〔一七〕 一九三一年《最近二十五年之詞壇概況》中明言「他日乘時代起者，殆爲新體樂歌」，並指出「予平日既以研究詞學與創作樂歌勖諸同學； 深望二者于本校前途，或且有更光輝之歷史」（張暉主編《龍榆生全集》第三卷，第一〇八—一〇九頁）。 一九三三年《詞律質疑》、一九三四年《研究詞學之商榷》等文即曾一再聲明創作新體樂歌的興趣。（《龍榆生全集》第三卷，第二二三、二五六頁）一九三九年，他還想要邀請友人中瞭解西樂、昆曲及詞章者合組爲一學校，研究音樂與文學，意在爲詞曲尋找出路。（參張暉《龍榆生先生年譜（增訂本）》，第九十頁）一九四一年《晚近詞風之轉變》一文論及「今後詞學必由之途徑」時又言新體樂歌及歌劇的創作乃「事所必然」，是「重振詞學之一途」（《龍榆生全集》第三卷，第四七四頁）。

〔二三〕徐培均《待漏傳衣意未遲》：「《詞學十講》，乃是研究班的主課，講義全都是新寫的。平均每週一講，始于一九六二年二月，止于本年七月暑假之前。」張暉編《忍寒廬學記：龍榆生的生平與學術》，生活·讀書·新知三聯書店二〇一四年版，第九三頁。

〔二四〕「我只希望就我的專業（詩詞史的整理研究，主要是詞）作更深入的探討……在十二年内寫成有總結性的專書，作爲中國文學史的一部分。」張暉《龍榆生先生年譜（增訂本）》，上海古籍出版社二〇二〇年版，第一八五—一八六頁。

〔二六〕〔三九〕〔七一〕龍榆生《詞學十講》，龍榆生《唐宋詞格律（外二種）》，上海古籍出版社二〇一七年版，第二十五頁，第三二—四六頁，第一二六頁。

〔二七〕龍榆生《詞曲概論》下編《論法式》第二章和第五章論平仄四聲和聲韻安排與結構的關係，並説：「我們現在要研究宋詞長調的結構和它的組織法式，也就只能在整闋的聲韻安排和章法句法方面加以分析。」北京出版社二〇〇三年版，第二二六頁。

〔二八〕〔三三〕龍榆生《談談詞的藝術特徵》，張暉主編《龍榆生全集》第三卷《論文集》，上海古籍出版社二〇一五年版，第六三二、六三六、六四三頁，第六三七頁。

〔三〇〕「韻文之妙用無他，『聲』『情』相應，『詞』『情』相稱而已……研治韻文，先之以諷詠，繼之以體驗，知『聲』『情』『詞』三者的相應相稱之理，則凡宇宙一切現象，以及吾人一生之所涉歷，無往而非大好詩材也。」張暉主編《龍榆生全集》第九卷《雜著》，上海古籍出版社二〇一五年版，第二二四頁。

〔三二〕〔三六〕龍榆生《填詞與選調（一九四二）》，《龍榆生全集》第三卷《論文集》，上海古籍出版社二〇一五年版，第四一八頁，第五一三—五一六頁。

〔三四〕詳參姚鵬舉《論龍榆生〈唐宋詞格律〉的書名、體例和宗旨》，《詞學（第四十五輯）》，華東師範大學出版社二〇二一年版，第二四九—二六八頁。

〔三五〕參見《詞學十講》第一講、第二講。《令詞之聲韻組織》、《詩教復興論》、《唐五代詞導論》（《唐五代詞選注》）等文章也有論述。

〔三七〕逆折句式指不同于近體詩節奏的句式，如齊言近體作四三節奏，逆折句式則可能是三四節奏。任中敏《詞學研究法》第二《詞律》：「論句法則有行有止，有抑有揚。長言以行者，往往短言以止；短言以行者，往往長言以止；要成參差錯落之美而已。一、三、五、七言之句多揚，而二、四、六言之句多抑。每一句中，上下之連與斷，如五言之上一下四，或上二下三，或上二下二，六言之上二下四，或一字領頭，或三字折腰，七言之上三下四，或上四下三，其間亦以單言在下者爲揚，而雙言在下者爲抑。」（任中敏著、李飛躍輯校《詞學研究》，鳳凰出版社二〇一三年版，第一〇六頁）此可與龍榆生論句式相參，並可知逆折句式吞咽的原因。

〔四〇〕參見龍榆生《詞曲概論》下編《論法式》第一章「論平仄四聲在結構上的安排合作用」、第五章「宋詞長調的結構和聲韻安排」，張暉主編《龍榆生全集》第一卷，上海古籍出版社二〇一五年版，第三四四—三四五、三八四—四〇一頁。

〔四一〕詳參李昌集《中國古代散曲史》，華東師範大學出版社二〇〇七年版，第一一四—一二二、一二六—一三二頁。

〔四二〕汪曾祺《中國作家的語言意識》：「語言不是一句一句寫出來，『加』在一起的。語言不能像蓋房子一樣，一塊磚一塊磚壘起來。那樣就會成爲『堆砌』。語言的美不在一句一句的話，而在話與話之間的關係。包世臣論王羲之的字，説單看一個一個的字，並不怎麽好看，但是字的各部分，字與字之間『如老翁攜帶幼孫，顧盼有情，痛癢相關』。中國人寫字講究『行氣』。語言是處處相通，有內在的聯繫的。語言像樹，樹幹樹葉，汁液流轉，一枝搖了百枝搖；它是『活』的。」（季紅真主編《汪曾祺全集》九《談藝卷》，人民文學出版社二〇一一年版，第四四一頁）這一段話可以與龍榆生所論相參。

〔四四〕蔡國强《詞律考正》，華東師範大學出版社二〇一九年版，第六三七頁。

〔四五〕蔡國强《欽定詞譜考正》，華東師範大學出版社二〇一七年版，第一三〇二—一三〇九頁。

〔四六〕詳參龍榆生《詞曲概論》下編第六章，《龍榆生全集》第一卷，第四〇九頁；龍榆生《詞學十講》第三講、第五講，《龍榆生全集》第二卷，第二十八、五十九頁；龍榆生《談談詞的藝術特徵》，張暉主編《龍榆生全集》第三卷《論文集》，上海古籍出版社二〇一五年版，第六四〇頁。

〔四八〕朱光潛《詩論》，生活·讀書·新知三聯書店一九八四年版，第八四—一〇三頁。

〔四九〕對龍榆生的這一觀念，筆者另有專文論述。

〔五六〕〔五七〕龍榆生主編《詞學季刊》第二卷第三號，國家圖書館出版社二〇一五年版，第八八六—八八七頁，第八八五—八八六頁。

〔五八〕晚清各詩家均較重視性情，典型如同光體的代表詩人陳衍。龍榆生作爲陳衍弟子，也是同光體的一員，可見重視性情的淵源。晚清詞人中，況周頤也特別重視性情。

〔六〇〕龍榆生《最近二十五年之詞壇概況》一文中有介紹：時局衰亂之影響，促成諸家之以填詞爲「長歌當哭」也。「晚近國人飽受戰爭之賜，流離轉徙，憂生念亂，乃至一切抑鬱不自聊之感」，張暉主編《龍榆生全集》第三卷《論文集》，上海古籍出版社二〇一五年版，第九七、一〇三頁。

〔六四〕胡仔纂集，廖德明校點《苕溪漁隱叢話》前集卷四七，人民文學出版社一九六二年版，第三一九頁。

〔六五〕論述參考了陳伯海《「聲」與「律」——詩性生命的音節節律論》，《陳伯海文集》第三卷《中國詩學之現代觀》，上海社會科學院出版社二〇一五年版，第二三七—二五〇頁。

〔六六〕蘇利海《晚清詞壇「尊體運動」研究》第二章「晚清詞壇尊體運動溯源」將尊體總結爲三種範式：詩化、雅化和詩教化。詩化和詩教化雖然密切相關，但關注的重心確實不一樣。張惠言的尊體明顯是一種詩教化的方式，和蘇軾以詩爲詞的重心顯然不一樣。中國社會科學出版社二〇一三年版，第二四—五三頁。

〔六七〕參蔡嵩雲《柯亭詞論》「清詞三期」條，唐圭璋編《詞話叢編》，中華書局二〇〇五年版，第四九〇八頁。

〔六八〕參曹明升、沙先一《周濟詞律觀的轉變及其詞學史意義》，《文藝研究》二〇一九年第二期。

〔七〇〕龍榆生重視知人論世，認爲「一家之作，亦往往因環境轉移而異其格調」。

〔七二〕龍榆生《唐五代宋詞選·導言》，《龍榆生全集》第八卷，上海古籍出版社二〇一五年版，第一三—一五頁。其所爲詞境，和比興寄托密切相關。

〔七三〕查猛濟《劉子庚先生的「詞學」》云：「近代的『詞學』大概可以分做兩派：一派主張側重音律方面的，像朱古微、況夔生諸先生是，一派主張側重意境方面的，像王静庵、胡適之諸先生是。只有《詞史》的作者劉先生，能兼顧這兩方面的長處。」此文對當時詞壇狀況已有大致分析，此後更以側重意境爲主流。施議對先生更從聲學、艷科的角度有所闡釋，參看施議對《中國詞學的奠基人——民國四大詞人之三：龍榆生（五）》，《文史知識》二〇一〇年第九期，第一二一—一二五頁。

〔七五〕施議對《中國詞學的奠基人——民國四大詞人之三：龍榆生（一）》對學詞門徑、聲調之學與作爲朱祖謀弟子之間的關係有論述，《文史知識》二〇一〇年第五期，第一一八頁。

〔七六〕黄自《音樂的欣賞》，國立音樂專科學校樂藝社編《樂藝》第一卷第一號，錢仁平主編《民國時期音樂文獻彙編》（二八），國家圖書館出版社二〇一五年版，第四五二—四六三頁。

〔七七〕廖輔叔《談音樂藝文社》，廖崇向編《樂苑談往：廖輔叔文集》，華樂出版社一九六六年版，第三二九頁。

（作者單位：揚州大學文學院）

論龍榆生《東坡樂府箋》的校箋特點及其意義

汪超

内容提要 《東坡樂府箋》是二十世紀重要的詞集箋注。箋注者站在詞學立場，重視詞學内部問題的校勘、箋釋。龍榆生的校勘工作多出異同校，少斷是非，保留了三個東坡集的基本面貌，其校勘態度整體上較爲謹慎。對傅幹《注坡詞》多有采用，但删去其中無補于讀者理解者、與詞意較疏離、注釋錯誤等注文，又對傅注作了不少增訂，自有貢獻。從詞學史的角度看，該箋注成果體現了不同時風的詞學主張，又是民國學人交往的縮影，具有表徵意義。

關鍵詞 《東坡樂府箋》 傅幹《注坡詞》 箋注 東坡詞 民國詞學

東坡詞有曾慥輯刻本、元延祐刻本、傅幹《注坡詞》三個系統。[一]宋元時，東坡詞別集至少有十種，其中宋人傅幹《注坡詞》、曾慥《東坡先生長短句》及元人葉曾《東坡樂府》流傳至今。[二]清末，朱祖謀《東坡樂府》以王鵬運四印齋影元本、毛氏汲古閣本精校精刻，且爲之編年[三]，代表當時蘇詞校勘的最高水準。很長時間内，學界認爲該本是最早的編年本坡詞。[四]龍榆生以朱本爲底本、參校傅幹《注坡詞》撰《東坡樂府箋》，一九三一年出版用爲上海暨南大學講義，一九三六年修訂後由商務印書館梓行。該本後經多次重排新印，影響較大，頗獲好評。[五]不過，也有學者在肯定的基礎上，指出其疏失。[六]唐玲玲認爲：「因其箋大部分照搬傅注本，没有更進一步弄清來龍去脈。」[七]曾棗莊説：「此書雖是最早、流傳最廣的東坡詞編年箋注本,但龍氏所做工作甚少。」〔八〕筆者以爲,龍箋采删傅注,承襲傅誤確有實例。但龍箋的校勘、箋注成績仍然值得肯定。可以説《東坡樂府箋》是一位詞家站在詞學立場完成的箋注典範,其同時體現了龍榆生箋注活動中的學術交往、學術觀念等。如果只在箋注之學的層面討論該書,或許會模糊龍榆生《東坡樂府箋》的詞家立場,及其在現代詞學史上的重要意義。

一　《東坡樂府箋》的校勘工作

朱彊村校坡詞時,未能得見傅幹注本,待他得見該本已無力重校。龍榆生「從南陵徐積餘先生借得舊鈔傅幹《注坡詞》殘本,並依朱彊村先生編年本《東坡樂府》重加排比箋釋,寫定爲《東坡樂府箋》三卷」,一九五七年又「因各方要求,略爲訂補,並增蘇轍所撰《墓志銘》及各家對蘇詞的評語」。〔九〕龍榆生所用的參校本,即沈德壽藏舊鈔傅幹《注坡詞》殘本。該本是原據天一閣藏影宋鈔本的再鈔本,或是今天所能見到的《注坡詞》大多數鈔本的祖本。〔一〇〕龍榆生的校勘工作主要有以下數端:

一曰校詞調。詞調是詞的文體特徵之一,起初體現音樂差異。詞樂漸失之後,詞體案頭化使得詞牌多出規範格律的功能。因此,校詞調是詞學校勘較爲重要的工作。龍榆生校詞調,較爲謹慎,常出異同校,而在别處體現校勘的其他問題。如龍校《泛金船·流杯亭和楊元素》云:「傅注本調作『勸金船』,與子野和。題作『和元素自撰腔,命名亦作泛金船。』」該校記只記異同,不下按斷。但由所録傅注本詞題,已知該調爲楊繪自度曲,《泛金船》、《勸金船》乃同調異名。朱祖謀未見傅注本時也説:「毛本調作《勸金船》,與子野詞合。題作『和元素韻,自撰腔命名』。」〔一一〕龍榆生箋注該詞在《附録》中引《彊村叢書》本《張子野詞補遺》所録該調,並加案語説:「此闋與東坡作同和元素,而韻既不同,句度又復參差,豈自撰腔可隨意偷聲減字耶?附志于此,以俟知音者考定。」朱氏編校蘇詞、張先詞,自有條件校核詞韻與詞句,但在朱氏校記中並未得到體現。反而是龍榆生注意到了張先與蘇軾同調唱和詞的用韻、句度差別。

龍氏校《江城子》（玉人家在鳳凰山）所出也是異同校，其云：「傅注本《江城子》作《江神子》，此闋無。」校《江城子》（夢中了了醉中醒）云：「傅注本《江城子》作《江神子》。」傅注本是分調本，龍校作異同校，指明詞調別名。前一例，總述傅注本《江城子》調名與底本、其他參校本不同。但傅注本並未收録該闋。後一例，該闋是傅注本《江神子》的首闋，出現了詞牌名，龍校詞牌異名。而本調其他作品則不再出校，如《彊村叢書》本《東坡樂府》中《江城子》（十年生死兩茫茫）、《江城子》（前瞻馬耳九仙山）等傅注本未收，不必出校。《江城子·孤山竹閣送述古》等闋各本皆收，而校者已總述各本詞調差異，故省略之。

但龍校並非全不下按斷，龍校《雨中花慢》（今歲花時深院）道：「傅注本題存詞闕。調名無『慢』字。」看似也只校異同，但他又説：「元本調名亦脱『慢』字。」此則明確該詞詞牌爲《雨中花慢》而非傅注本的《雨中花》。此外，校《陽關曲·中秋作》一闋，亦以各家題注的異同按斷詞牌名。其云：「傅注本題作『中秋作，本名小秦王，入腔即陽關。』毛本同傅本，惟『陽關』下尚有『曲』字。元本脱『即陽關曲』四字。」該校記後半部分承自朱彊村校，但通過元本、毛本倒校傅注本，並確定詞牌爲《陽關曲》。

二曰校詞題、詞序。詞題、詞序是瞭解、闡明詞旨的重要依據，但詞作流傳過程中，容易爲人改動。蘇軾詞流傳途徑多元，亦常出現類似情況。

龍校于詞題、詞序之異同，每從傅注本，大約因其相對早出。龍校《卜算子·自京口還錢塘，道中寄述古太守》云：「元本無題。毛本題作『感舊』。此從傅注本。」朱氏以元本爲底本，故云「毛本題作『感舊』」，校其異同。龍氏則作出按斷，從傅注本。《江城子·湖上與張先同賦，時聞彈箏》：「元本、毛本題下皆無『時聞彈箏』四字，此從傅注本。」朱氏底本、參校本無異，故不出校，龍氏擇傅本之善而從之。類此諸例甚多。但同校詞調一樣，龍校時或在《附考》中作出按斷。《采桑子》（多情多感仍多病）詞有長序，龍氏出異同校道：「傅注本題作『潤州多景樓與孫巨源相遇』。」但在《附考》中引蘇詩馮應榴注、蘇詞傅幹注的材料，考辨云：

二説同出一源，雖字句頗有參差，然味其語意，必皆元素紀録之詞。而王文誥注以三公爲不可解，遽引胡完仲以足之，殊爲可笑。元本如此標題，疑亦旁注混入，或他人引《本事集》爲之，《彊村》本亦沿其謬。愚意此詞題自當從傅注本爲妥。

這裏分析了元本詞題的致誤原因，糾正《彊村》本疏失。

底本《彊村叢書》之《東坡樂府》以注文爲題序非僅此一例，龍榆生多出異同校，體現出較謹慎的校勘態度。《虞美人·有美堂贈述古》諸本詞題有别，龍榆生出校云：「傅注本題作『爲杭守陳述古作』」，且襲朱彊村校記，全文照録毛本詞題。但龍氏在箋注之後，加《本事》一目，轉録傅注所引《本事集》文字，使讀者知曉毛本詞題源自《本事集》。《水龍吟》(古來雲海茫茫)也有長序，龍校云：「傅注本題文在前半闋注内，上冠『楊元素本事曲集載公自序云』……」，並詳校序文與傅本注文的文字異同。類似這樣的「公舊序」、「公自序」的注文，傅幹注本時時有之，元本刪去，而龍榆生多在校記中保留，也時有采録。《南鄉子》(裙帶石榴紅)詞序云：「沈强輔雯上出犀麗玉作胡琴送元素還朝，同子野各賦一首。」龍校云：「傅注本題首有『公舊序』三字，『犀』字上有『文』字，于意爲長，宜據補。」他未改動底本，也是在校記中下按斷。但龍榆生對這類文字綫索仍然保持了一定的警惕。

三曰校字詞。書經三寫，烏焉成馬。因此字詞校正是校勘工作的基本内容之一。詞籍的校勘又有其自身特點，其中不僅關涉文字、訓詁、版本諸問題，還涉及詞律、詞韻等詞學問題。《東坡樂府箋》的字詞校勘同樣不輕易改動底本，如朱氏校《昭君怨·金山送柳子玉》云：「换頭三字，元本作『人欲去』，從毛本。」龍校云：「换頭三字，元本作『人欲去』。今從傅注本，毛本同。」該處朱祖謀下按斷，已從毛本。龍榆生再校時，以朱本爲底本，故亦從毛本，而出校指明傅注本同于毛本。傅注本早于元本，爲朱氏的按斷提供有力的新證據。但朱本未據毛本改動處，龍榆生只出校記而未改底本。如《滿江紅》（東武南城）有「新堤就郏淇初溢。微雨過、長林翠阜」等句，龍校云：「傅注本……次句作『新堤畔漣漪初溢』，『微雨過』作『隱隱遍』，『翠阜』作『高阜』」，又襲朱校道：「（毛本）次句作『新堤固漣漪初溢』，『微雨過』作『隱隱遍』，『翠』作『高』」。可知該句元本異文遠較傅本、毛本多，但龍榆生只出校而不作改動。

字聲合律的情況下，龍榆生也只出異同校。《減字木蘭花》（鄭莊好容）有「良夜清風月滿湖」句，龍校云：「傅注本『清風』作『風清』。」《浣溪沙》（醉夢昏昏曉未蘇），龍校云：「傅注本『昏昏』作『醺醺』。」此二例從句意、字聲而言，異文皆通。

《東坡樂府箋》校字詞，並不僅僅是以傅本校《彊村叢書》本，實際上他也通過《彊村叢書》所用的元本、毛本倒校傅本。如《殢人嬌・戲邦直》，龍校云：「傅注本奪『熒煌』二字」，此校脱文；《南歌子》（衛霍元勳後），龍校云：「傅注本『同』誤『聞』」，此校訛誤。皆倒校之例。

此外，《東坡樂府箋》在校勘中，還做了正編年、存疑、勘誤、增補等工作。校《菩薩蠻》（娟娟缺月西南落）云：「傅注本題作『述古席上』。毛本題作『代妓送陳述古』。……元本題作『靈璧寄彭城故人』，朱刻因之，編入己未。察詞中情意，似與代妓送述古較合，改編甲寅。」此處正底本編年之誤，因傅本、毛本題意近似，而元本題差别過遠，龍氏從而正之。又有存疑，如《西江月・黄州中秋》、《浣溪沙》（覆塊青青麥未蘇）二首雖疑其編年有誤，却「别無旁證，仍依朱本」。再説勘誤，如《鷓鴣天》（西塞山邊白鷺飛）雖有「公自序」云云，龍本承朱彊村不收，劉尚榮先生稱許其「毛本、朱本、龍本不收此詞是明智的」〔一二〕。龍榆生還增補新詞《瑶池燕》等。《瑶池燕》「元本、傅本俱無，從毛本及《侯鯖録》補」。這部分工作雖在《東坡樂府箋》全卷中並不多，但仍自有價值。

校書如掃塵，《東坡樂府箋》的校勘並非毫無瑕疵。如《南歌子・八月十八日觀潮》一闋詞題，唯傅注本于「觀潮」下多出「和蘇伯固二首」六字，龍氏失校。不過，此類疏失較爲罕見。總體而言，龍榆生的校勘態度是謹慎的。龍榆生校勘甚少改動底本，承襲朱本校勘成果保留了元本、毛本的大體面貌。同時以異同校保存傅注本的特徵，又用元本、毛本倒校傅注本。由此，《東坡樂府箋》保留了四印齋影元延祐本、毛氏汲古閣本、傅注本的大致面貌。同時，其詞調、詞題的校勘則體現出詞爲專門之學、詞籍校勘有專門關切的特點。

二　《東坡樂府箋》與傅幹注

龍榆生說：「詞集之有箋證，所以省讀者檢閲之勞也。」〔一三〕傅宇斌曾評價龍箋云：

箋注精詳，取材浩瀚。傅幹《注坡詞》所引文獻已達一百多種，龍氏此箋更廣而大之，舉凡詩文集、經、子、小學諸書、史志、筆記、詩話、詞話、道藏、佛典、碑刻、法帖等無不加以利用，故夏承燾評論龍箋「繁徵博稽，十倍舊編」，可以説毫不誇張。〔一四〕

取材之博，只是龍箋的一個方面。劉尚榮先生舉例説明了龍箋采傅注時的部分疏失，並認爲夏先生所言「繁徵博稽」云云，「雖係溢美之辭，但也應承認，龍本在箋注方面確實超過傅本」〔一五〕。這是持平之論，我們不妨看看《東坡樂府箋》對傅注的删補情況，以瞭解龍榆生箋注之功。

（一）龍榆生所删傅幹注

當時，傅幹《注坡詞》流傳未廣，故龍榆生箋注多采傅注，但其所删傅注亦多。龍榆生删去傅注主要原因如下：

一曰無補于讀者理解者。《南歌子》（紫陌尋春去）有「冰簟堆雲髻，金尊灔玉醅」句，傅注說：「冰簟，簟冷如冰。」「玉醅，白醅似玉。」龍箋均刪之。《臨江仙》（詩句端來磨我鈍）一闋換頭云：「應念雪堂坡下老。」傅注云：「公自謂也。」龍箋亦刪之。

二曰與詞意較疏離。《醉落魄・席上呈楊元素》「人生到處萍漂泊」，傅注云「萍無根，逐流而已，豈復有定居。」又引杜甫《秦州見敕目薛三璩……凡三十韻》「浩蕩逐浮萍。」復引《禮記》：「子夏謂曾子曰：『吾過矣，吾離群而索居，亦已久矣。』」[16]人生飄萍，却未見得是離群索居，龍箋刪去其所引《禮記》。再如《定風波》（兩兩輕紅半暈腮）結拍云：「更問尊前狂副使，來歲，花開時節與誰來？」傅注引杜甫《江南逢李龜年》詩道：「落花時節又逢君。」然此句與蘇軾詞意相悖，龍榆生因而不采。

三曰信息重複。如《望江南・超然臺作》傅榦有「超然臺在高密」的注文。朱祖謀注該闋引《紀年録》、《超然臺記》以證超然臺在高密，龍氏襲朱注，故刪去。同樣，《南歌子・杭州端午》有「游人都上十三樓」，傅注云：「錢塘西湖上，舊有十三間樓。」但朱祖謀注釋道：「《西湖志》：十三間樓在石佛院，東坡守杭日，每治事于此。」龍襲朱注，亦刪去傅注。

四曰注釋錯誤。《滿江紅・寄鄂州朱使君壽昌》首句「江漢西來」傅注云：「江漢二水，來自西蜀。」此固是宋人對長江、漢江源頭的認識，但長江源自青藏高原、漢江源發秦嶺，故龍注刪之。再如《浣溪沙》（照日深紅暖見魚）一闋換頭道：「麋鹿逢人雖未慣，猿猱聞鼓不須呼。」傅注云：「野人如麋鹿、猿猱。」該注曲解詞意，以獸喻人不知所謂。龍氏亦刪之。

五曰因異文而刪。《臨江仙・惠州改前韻》傅注本注云：「公在惠州，改前詞云……」，蘇軾所改乃該闋下片。但傅注本按修改之前的詞作注釋，因此有「閬苑先生，東方朔也」等三條注文，而龍箋據朱本用修改後的詞句，因此刪除之。

龍箋或許存在少量刪除不當的情況，但其所刪的大部分傅注都有被刪的充分理由。

（二）龍箋補正傅幹注

由于閱讀習慣、社會認知的變遷，舊注有些規則、體例會不符合後人的要求、共識；社會生活、典章制度的改變，有些因習以爲常而被舊注省略不注的內容影響後人理解；隨著認知改變、知識更新等因素的影響，後人閱讀舊注也存在一定的問題等等。後出箋注補正舊注是常有的，龍榆生補充、完善傅幹注坡詞亦是如此。

在龍榆生補正的傅幹注中，最常見的是引文規範。古人引文多引原書大意，而龍榆生往往爲之標明詩文題目，補足、校正原文。有時，則點明傅注的出處，如《訴衷情·送述古，迓元素》龍箋承傅注以箋「新官舊官」，但道：「案傅注出《本事詩》。」上述諸類情況，在《東坡樂府箋》中俯拾皆是，劉尚榮先生也曾指出過「龍榆生重核原書，補足引文，補明出處（書名和篇名），叙述簡明，極便閱讀」的例子〔一七〕。我們不贅舉其例。

《東坡樂府箋》中，龍榆生新增的箋注條目有不少涉及地理、名物或典章制度的內容。傅幹以宋人的認知略注當時人事、典制，時過境遷，龍榆生需考慮現代人的知識體系和認知情況，故詳爲之箋。我們略舉《東坡樂府箋》箋注地理名詞的情況，以見之。其一，有傅幹未注而龍氏新注者，龍氏注《水調歌頭》（安石在東海）詞序之「今年子由相從彭門百餘日」中的「彭門」，其所引乃《一統志》。類似龍氏全然新注者還有不少，如《浣溪沙》（照日深紅暖見魚），龍注詞序句中「石潭」、「泗水」，前者引蘇軾詩集的《起伏龍行》序，後者引《一統志·徐州府》；《江城子》（夢中了了醉中醒）之「斜川」、「雪堂」，等等，均是其例。

其二，有删去傅注，重新爲注者。《浣溪沙》（覆塊青青麥未蘇）有「臨皋煙景世間無」一句，傅注云：「黄有臨皋亭。公詩云：『臨皋亭中一危坐，三見清明改新火。』」傅幹約注「臨皋」，並佐之以蘇軾詩歌爲證。蘇軾詩《遷居臨皋亭》的查慎行注「臨皋亭」道：「許端夫《齊安拾遺》云：『夏澳口之側本水驛，有亭曰臨皋。』《名勝志》：『臨皋館在黄州朝宗門外，其上有快哉亭，縣令張夢得建。』子由記略云：……」〔一八〕龍榆生照録，這則材料遠較傅注爲詳。再如釋《南歌子・湖州作》之「苕岸」，傅幹云：「湖有苕溪。」龍榆生删之，改引《寰宇記》爲證。

其三，有部分襲傅注者。《滿江紅・寄鄂州朱使君壽昌》注「鸚鵡洲」時，除襲傅注所引李白《贈江夏韋太守》詩之外，還引用了《一統志》、《水經注》、《寰宇記》等相關的材料。又如龍注《永遇樂》（明月如霜）之「黄樓」，該條前半部分襲用傅幹注，隨後引《一統志》補充云：「黄樓在銅山縣城東門，宋郡守蘇軾建。」此類亦夥。

其餘，龍榆生箋注名物、典制等，大率如此。至于《東坡樂府箋》補正傅幹注的其他情況還有：

一曰修正傅注疏失。有傅注筆誤無傷大雅者，徑改之。如《瑞鷓鴣・觀潮》傅注謂：「唐陸龜蒙有《迎潮》、《送潮曲》。」「曲」，傅注原作「詩」，此據《全唐詩》徑改。箋注《南鄉子》（裙帶石榴紅）「靈心」一詞，引李商隱詩：「身無彩鳳雙飛翼，心有靈犀一點通。」龍箋云：「傅注誤作李後主詞。」又如《永遇樂》（長憶别時）傅注釋「景疏樓」略述疏廣、疏受故事，而謂「今東武有景疏樓，有景慕之意也。二疏，東海人。」龍箋前襲朱注引《名勝記》云「景疏樓在海州治東北。石刻云宋葉祖洽慕二疏之賢而建。疏廣、疏受皆東海人也。」龍箋案之云：「此亦以是詞爲在密州作，故臆説東武有景疏樓也。」説明傅注致誤之原因，兼正該詞作年。

二曰增注補足釋意。傅注時有過簡處，往往不便讀者理解。龍箋爲之增詳内容。《水龍吟》（古來雲海茫茫）一闋，傅注説：「道山、絳闕，皆神仙所居。」龍榆生雖然保留了該注，却又引《雲笈七籤》中「絳闕排廣霄，披丹登景房」之句爲證。又如《浣溪沙》（麻葉層層檾葉光）一闋，傅注「檾」僅云：「謂檾麻，枲屬也。」而龍箋以直音法注音云：「檾音頃」，之後引《説文》箋注形意，再引《爾雅翼》釋義及異文。

三曰傅注語典出處較晚，龍箋更之以早出文獻。如《臨江仙・送李公恕》傅注釋「坐中人半醉」引韓愈詩，龍榆生增引盧思道《後園宴》詩：「欲眠衣先解，半醉臉逾紅。」盧思道是北朝詩人，時間早于韓愈，故引之。再如《浣溪沙》（照日深紅暖見魚），歇拍有「黄童白叟聚睢盱」句，「睢盱」傅注引《唐韻》，而龍箋補以《易經》孔疏。

四曰傅注所引典籍未盡善，龍箋改用其他文獻箋注。《江城子·密州出獵》「左牽黄，右擎蒼」句，龍箋襲傅注字詞，云：「傅注：黄，黄狗也。蒼，蒼鷹也。」又引《梁書·張克傳》以言出典。傅注注出典，用《南史》。

要之，龍榆生采傅幹注重新箋注東坡詞，雖然也有承傅注之誤，删傅注有價值者等偶失。但整體上看，其注釋之功遠甚于其誤。《東坡樂府箋》「繁徵博稽」，在箋注方面，繼承前賢名注，又從而增删補正，多有創獲。這或許從龍榆生自己的評價可以窺探一二：一九三一年他説「予既編纂《東坡樂府箋》三卷，學者便之」〔一九〕，他又説「朱本編年，箋即依之而作，兼采傅注，頗足爲參訂之資」〔二〇〕。但《東坡樂府箋》的學術史意義或許不止于其校勘、箋注帶來的「足爲參訂之資」，使「讀者便之」，而是有更多的意義值得關注。

三　《東坡樂府箋》的意義

《東坡樂府箋》除保留東坡詞重要版本的面貌，「繁徵博稽」，以便讀者之外，還體現了龍榆生的詞家立場，表達其詞學關切，既是傳統箋注之學、晚清詞學校勘的延續，又是個人學術觀念的展示，同時還是二十世紀三十年代詞壇活動與風氣的表徵。

首先，龍榆生的校勘、箋注工作，較鮮明地體現了其詞家立場。前文提及校勘時重視詞牌、詞序的特點，固然是龍氏詞家立場的體現。在箋注工作方面，龍箋也體現出較自主的詞學立場。他較爲關注詞學内部的問題，注詞是視「詞别是一家」。具體而言，至少有以下三端：

一曰重視詞的音樂性。如《虞美人・有美堂贈述古》注「《水調》誰家唱」一句，傅注僅引《明皇雜録》，並按道：「《水調》曲頗廣，謂之歌頭豈非首章一解乎？白樂天：『六幺水調家家唱』。」蘇軾詞中僅説《水調》而没有提到《水調歌頭》，傅注將二者等同，説明他並没有注意二者的區别。龍箋詳引《碧雞漫志》細分《水調》在唐代的諸種不同唱法。這一段注釋，在《東坡樂府箋》中也屬于較爲繁複的箋證引文。實際上，傅幹注已經説到《水調》是一種歌曲名，龍榆生仍然注意引用詞學專門論著細分歌法源流。《哨遍》（睡起畫堂）、《東坡樂府箋》共出十七個注釋，其中襲自傅注者八處，補正傅注一處，增注有三處是詞中涉及音樂的内容。其補正者，傅注用南唐君臣問答「吹皺一池春水」事解釋「皺水」，但指該句「其臣趙公所作《謁金門》詞，此最爲警策」。龍榆生案之曰：「此詞見《陽春集》，世傳爲馮延巳事，傅注當别有所本。」雖然並未否定傅注，但涉及唐五代重要詞事活動，及早期詞作名篇的作者歸屬問題，龍箋相當謹慎。增注的「輕攏慢撚」、「檀板」、「霓裳入破」均是與詞樂相關的問題，足見龍箋對詞學本體問題的重視程度。

二曰重視詞的體式。《江城子》（鳳凰山下雨初晴），龍榆生在《附考》中説：「案《彊村叢書》本《張子野詞》有《江城子》兩闋，特皆單調，當時與東坡同賦，不知係用何體。宋詞散佚至多，深可惜也。」此處雖未下明確判斷，但可以看到龍榆生對詞調體式的敏鋭度。

三曰注重詞家效法、脱化。《江城子》（玉人家在鳳凰山）一闋，注「立馬看弓彎」，龍箋引稼軒詞《念奴嬌・書流東村壁》之「聞道綺陌東頭，行人曾見，簾底纖纖月」句，謂「疑從坡詞脱化。」此處是説詞人句法承襲的問題，體現了蘇、辛二人在詞法上的淵源關係。

從方法上説，龍榆生的校勘、箋注是傳統方法的延續，其校勘較明顯地繼承了王鵬運、朱祖謀校夢窗詞所確立的正誤、校異、補脱、存疑、删複等五條《述例》。《東坡樂府箋》本身也是汲取朱祖謀《東坡樂府》的校勘、編年成果，箋注一道采傅幹《注坡詞》、鄭文焯手批《東坡樂府》等成果又踵事增華的結果。一九三

六、一九五八年兩度在商務印書館出版時，署名是「朱彊村先生編年圈點，萬載龍榆生校箋」。唐圭璋先生説：「朱（祖謀）氏曾爲《東坡樂府》編年，龍（榆生）據以撰《東坡樂府箋》，蓋承教有素，所撰自能得心應手，不負所期。」〔二一〕而不論朱祖謀、鄭文焯，其詞家身份所帶來對詞學問題的天然關注蓋不可避免。龍榆生學承朱氏，未始不受其影響。

其次，《東坡樂府箋》體現了龍榆生有别時風的詞學趣向。受常州詞派影響，清末民初的詞壇奉「重、拙、大」、「比興寄托」之説。常州詞派代表人物周濟曾選《宋四家詞選》，「以周辛王吴爲之冠……夢窗奇思壯采，騰天潛淵，返南宋之清泚爲北宋之穠摯，是爲四家領袖一代，餘子犖犖以方附庸」〔二二〕。在《宋四家詞選》中，蘇軾正與徐昌圖、韓琦以降十二人次于辛棄疾之下，同爲稼軒附庸。周濟倡言「問途碧山，歷夢窗、稼軒，以還清真之渾化」〔二三〕，「遂成爲晚清民國詞學的基本路徑」，「端木埰偏嗜王沂孫，王鵬運、朱祖謀獨好吴文英，即是周濟詞學的典型體現者」〔二四〕。事實上，在晚清民初的一段時間裏，人們關注姜夔、吴文英、王沂孫等詞人的風尚正濃。至于冒廣生有「近年詞家，人人夢窗」的感喟。〔二五〕流風相扇，與龍榆生同時的學人在姜張詞派諸人的詞作與詞論研究中，都頗費心力。〔二六〕而朱祖謀《宋詞三百首》選吴文英、周邦彦之作的數量亦遠勝所選東坡詞。倪春軍在考察《東坡樂府箋》副文本時指出了龍榆生與朱祖謀存在審美觀念的差異。〔二七〕而這一觀念，或許從龍榆生選擇箋注《東坡樂府》就可見端倪了。龍榆生曾説自己「詩喜陶杜，兼及半山、誠齋，詞好東坡、方回、白石，而不欲以此自見，故亦不主一家」〔二八〕。然而首標東坡，已見其對東坡詞的態度。故而箋注《東坡樂府》，正是水到渠成之事。

龍榆生《蘇辛詞派之淵源流變》（一九三二）、《兩宋詞風轉變論》（一九三四）、《東坡樂府綜論》（一九三五）等論文，分别「對蘇辛詞派的淵源、發展、演變以及具體作家風格特色的把握，直到今日仍有其不可替代的權威性」〔二九〕。而這些論文發表的時間恰是在一九三二至一九三五年之間。此前，龍榆生主講上海暨南大學蘇辛詞課程，並于一九二九年撰寫《東坡樂府箋》爲講義。一九三六年修訂後的《東坡樂府箋》又一次出版。在此期間，龍榆生還在自存講義本《東坡樂府箋》上批注蘇詞。〔三〇〕龍氏論文觀點的闡釋與《東坡樂府箋》的箋注可謂齊頭並進，而其著力宣導蘇辛詞的努力也就可想而知。這一努力也激起了當時詞人的回應。〔三一〕

事實上，在《東坡樂府箋》的出版推介中，撰者就説：「學者人手一編，可以進窺蘇詞之奧蘊，而樹立豪放詞派之基礎矣。」〔三二〕則龍榆生對該書的期待，有別于時風的學術觀念、詞學趣向及其宣導的研究取徑都不難琢磨了。

最後，《東坡樂府箋》的校勘、箋注工作是民國前期學者之間學術交流的縮影。《東坡樂府箋》的誕生，雖説由龍榆生主講大學課程生發，但從大學講義到正式出版物中間歷經删改修訂，龍氏並非一個人在奮戰。從龍榆生的校箋活動，可以看到彼時學人交流的痕跡。從前期工作準備看，龍榆生站在朱祖謀、鄭文焯的肩膀上。鄭文焯手批《東坡樂府》是龍榆生從「徐積餘先生」徐乃昌處借得。傅幹注坡詞的鈔本也是徐氏舊藏，乙丑（一九二五）年間，朱祖謀曾從徐乃昌借閲。〔三三〕不過龍榆生一九三一年從徐氏借得傅注〔三四〕，一九三五年却又從「上虞羅子經先生假得」〔三五〕。傅幹注本在當時屬于詞籍秘本，鄭文焯批本亦非常見〔三六〕，這種借閲方式是當時個人藏書流通的基本形式，主要依靠人際交往達成。

一九三一年講義本《東坡樂府箋》出版時，龍榆生寫道：「惟隨編隨印，體例未能純一；譌文脱簡，觸目皆是。……俟有餘閑，當再寫定，另行出版。」〔三七〕實際上，一九三〇年十一月九日，夏承燾記：「榆生寄來《東坡樂府箋》二册，乃補注傅幹殘本者，有傷繁處。榆生囑予校正，當一一爲舉出。」〔三八〕二十六日，夏承燾「接榆生信，囑爲校東坡詞箋」〔三九〕。其殷切托付之意，溢于紙端。到了次年三月，龍榆生又寄《東坡樂府箋》給夏承燾，此時書大約已經出版。〔四〇〕而夏承燾于該年五月二十五日「夜爲榆生閲東坡詞箋，删其繁處」，六月二日又「札東坡詞事，寄榆生」〔四一〕。雖只寥寥數語，亦可見彼時學人學術交誼之純粹、無私。丁寧對該書的幫助或許還要勝過夏承燾，故而龍榆生在一九三五年七月修訂本將出版時寫道：「至于校訂之役，則得力于揚州丁寧女士爲多云。」〔四二〕由此，我們知曉《東坡樂府箋》初版到再版的過程，龍榆生受到學界朋友一定程度的幫助。

不同版本的《東坡樂府箋》又先後有夏敬觀、葉恭綽、夏承燾三人的序文。夏承燾一九三四年十月的日記，也有爲《東坡樂府箋》作序的寫作、修改日期記録。而三篇序文對龍箋各有褒揚。求序，本身也是學人交往的方式之一。而在學人的交往中，《東坡樂府箋》的序文也成爲談資，夏承燾在其一九三八年十月七日的日記中記録當日拜訪冒廣生談詞的過程，最後説：「謂昨見榆生東坡箋，最愛予一序。」〔四三〕在《東坡樂府箋》的撰寫、出版過程中，借閱資料、請人校訂、求請序文、談文論學都是學人交往常見的活動。而這也讓我們得以瞭解龍榆生箋注《東坡樂府》時的學界生態。

總而言之，龍榆生《東坡樂府箋》的校勘、箋注工作，繼承傳統詩詞箋注以及晚清詞籍校勘的方法，保留了三種東坡詞版本，傳播了當時較爲罕見的傅幹《注坡詞》文本；大量采録、修訂、增補傅注、鄭批、朱刊，完善了東坡詞的基礎文獻。因此，《東坡樂府箋》是民國箋注詞籍的典範之作，影響深遠。再者，龍榆生校勘、箋注均體現出較爲鮮明的詞家立場，注重揭示詞學內部問題。《東坡樂府箋》的箋注既是龍榆生提倡蘇辛詞的具體實踐，也是其研究蘇詞的基礎。在箋注《東坡樂府箋》的過程中，龍榆生撰寫的數篇論文與其箋注工作相得益彰。在當時詞壇深受常州詞派影響，學人重視詞體形式，關心姜夔、張炎一派的大趣向之外，既體現出其個人學術趣向，又引領學術研究風潮。最後，龍箋誕生的過程，也體現著當時學人學術交往的鮮活樣態。

〔一〕王兆鵬《詞學史料學》，中華書局二〇〇四年版，第一七二—一七四頁。

〔二〕[日]原田愛《蘇詞集編纂考》，《新宋學》第七輯，復旦大學出版社二〇一四年版。

〔三〕朱孝臧《東坡樂府·凡例》云：「毛跋謂得金陵刊本，未詳所自。王刻從元延祐雲間本出，較爲近古。中有十首爲汲古閣所未載，而汲古多于元刻者六十一首。今則以元刻爲主，毛本異文著于詞後。元刻之確爲訛闕者，則依毛本正之。」（《彊村叢書（附遺書）》第二册，上海古籍出版社一九八九年版，第八一一頁）

〔四〕近來，曾祥波認爲明刊《重編東坡先生外集》所收四卷詞，雖以調編次，但各調内部又以時間次序，當是東坡詞最早的編年本。可參曾祥波《被忽略的現存最早東坡詞集〈東坡外集〉收録詞」考論》（《中華文史論叢》二〇二一年第一期）。

〔五〕倪春軍《「副文本」的闡釋空間與詞學張力——朱祖謀、龍榆生批點〈東坡樂府箋〉鈎沉發微》（未刊稿，中國古代文學理論學會第二十二届年會會議論文，二〇二一年七月華東師範大學主辦）曾專門討論《東坡樂府箋》的版本。

〔六〕趙曉蘭、佟博《龍榆生〈東坡樂府箋〉與傅幹〈注坡詞〉》（《遼東學院學報（社會科學版）》二〇一〇年第四期）稱《東坡樂府箋》對《注坡詞》「除大量采録，還作了必要的增補和訂正，但也有漏收及沿襲訛誤之處」。劉尚榮先生《東坡詞傅幹注考證》（《平頂山學院學報》二〇一七年第四期）在肯定龍榆生箋注之功的基礎上，也認爲「傅本在箋注、校訂、編年等方面所提供的豐富資料，龍氏並未充分利用，或是被有意無意地忽略了，因而留下了某些令人遺憾、亟需補正的疏漏」。

〔七〕唐玲玲《〈東坡樂府〉的版本及對龍榆生〈東坡樂府箋〉的評論》，《東坡樂府研究》，巴蜀書社一九九三年版，第二九三頁。

〔八〕曾棗莊《歷代蘇詞編刻注釋繫年述略》，《中國文學研究（第二輯）》，復旦大學出版社二〇〇〇年版。該文又見《歷代蘇軾研究概論》（巴蜀書社二〇一八年版），書中曾先生評價《東坡樂府箋》云：「此書雖是最早、流傳最廣的東坡詞編年箋注本，但龍氏所做工作其實不多」（第三六四頁），從「甚少」到「其實不多」，語意似有緩和。

〔九〕龍榆生《東坡樂府箋·序論》，蘇軾著，龍榆生校箋，朱懷春標點《東坡樂府箋》，上海古籍出版社二〇一八年版，第六頁。本文所引《東坡樂府箋》均據此本。

〔一〇〕劉尚榮《注坡詞考辨》，《東坡詞傅幹注校證》，上海古籍出版社二〇一六年版，第五—六頁。

〔一一〕朱孝臧《東坡樂府》，《彊村叢書（附遺書）》第二册，第八四〇頁。

〔一二〕〔一五〕〔一七〕劉尚榮《東坡詞傅幹注考證》，《平頂山學院學報》二〇一七年第四期。

〔一三〕龍榆生《最近二十五年之詞壇概況》，《龍榆生全集》第三卷《論文集》，上海古籍出版社二〇一五年版，第一〇七頁。

〔一四〕傅宇斌《龍榆生的唐宋詞研究》，《文學遺産》二〇一六年第二期。

〔一六〕劉尚榮《東坡詞傅幹注校證》，第二九九頁。本文所引傅幹注，皆據此書。

〔一八〕查慎行補注，王友勝點校《蘇詩補注》，鳳凰出版社二〇一三年版，第六〇四頁。

〔一九〕龍榆生《最近二十五年之詞壇概況》，張暉主編《龍榆生全集》第三卷《論文集》，第一〇七頁。

〔二〇〕龍榆生《東坡樂府綜論》，張暉主編《龍榆生全集》第三卷《論文集》，第三〇二頁。

〔二一〕唐圭璋《朱祖謀治詞經歷及其影響》，《詞學論叢》，上海古籍出版社一九八六年版，第一〇二四頁。

〔二二〕〔二三〕周濟《宋四家詞選目録序論》，周濟《宋四家詞選　譚評詞辨》，臺北廣文書局一九九九年再版，第一頁。

〔二四〕彭玉平《況周頤與晚清民國詞學》，中華書局二〇一二年版，第六三—六四頁。

〔二五〕張壽平《忍寒廬劫後所存詞人書札》（上），《近代詞人手札墨蹟》，臺北「中研院」中國文哲研究所二〇〇五年版，第八一頁。

〔二六〕夏承燾起于二十世紀二十年代的白石詞研究，後來匯成《姜白石詞編年箋校》。夏先生復有《夢窗詞補箋》及《詞源》部分箋注。楊鐵夫有《夢窗詞箋釋》，詹安泰有《花外集箋注》，蔡嵩雲有《詞源疏證》、《樂府指迷箋釋》，等等。此亦可見一時風會。

〔二七〕倪春軍《「副文本」的闡釋空間與詞學張力——朱祖謀、龍榆生批點〈東坡樂府箋〉鈎沉發微》（未刊稿）對一九三六、一九五八年兩版《東坡樂府箋》所揭朱祖謀圈點，龍榆生在一九三一年暨南大學講義版《東坡樂府箋》的圈點有集中的討論。該文認爲這些圈點反映了朱、龍師弟子間的審美觀念差異，龍榆生的審美觀念較爲多元。

〔二八〕龍榆生《忍寒居士自述》，《龍榆生全集》第九卷《雜著》，上海古籍出版社二〇一五年版，第二八五—二八六頁。

〔二九〕張宏生、張暉《論龍榆生的詞學成就及其特色》，張暉著，張霖編《張暉晚清民國詞學研究》，南京大學出版社二〇一四年版，第一〇一頁。

〔三〇〕該本後由龍氏弟子張壽平保存，并于一九七二年在廣文書局影印爲《東坡樂府箋講疏》。二〇一三年黄思維整理《龍榆生全集》本《東坡樂府箋》以「評」的名義將其中評語録出。倪春軍《「副文本」的闡釋空間與詞學張力——朱祖謀、龍榆生批點〈東坡樂府箋〉鈎沉發微》（未刊稿）專門討論了這些批注的内容與意義。

〔三一〕張爾田曾連續發兩函與龍榆生討論蘇辛詞，其《與龍榆生論蘇辛詞》云：「尊論提倡蘇、辛，言之未免太易。自來學蘇、辛能成就者絶少，……蘇辛筆力如錐畫沙，非讀破萬卷不能，談何容易。」《再與龍榆生論蘇辛詞》又云：「蘇、辛詞境，只清雄二字盡之。」此二函見《詞學季刊》第二卷第三號（一九三五年四月）。有意思的是龍榆生《東坡樂府綜論》正刊于《詞學季刊》該號《論述》之首，而在該文中，龍榆生亦以「清雄」論蘇詞，有「辛以豪壯，蘇以清雄，同源異流，亦未容相提並論」諸語。見國家圖書館出版社二〇一五年影印《詞學季刊》中册。

〔三二〕時暘《東坡樂府箋出版》，龍榆生主編《詞學季刊》，國家圖書館出版社二〇一五年影印本，第四〇八頁。

〔三三〕朱祖謀《彊村叢書本東坡樂府跋》，《龍榆生全集》第五卷《箋注一》，上海古籍出版社二〇一五年版，第四一八頁。

〔三四〕〔三五〕〔三七〕〔四二〕龍榆生《東坡樂府箋・附記》，《龍榆生全集》第五卷《箋注一》，上海古籍出版社二〇一五年版，第四一九頁，第四二〇頁，第四一九頁，第四二〇頁。

〔三六〕鄧子勉認爲鄭文焯手批《東坡樂府》或不止一種，他曾撰文介紹所見宣統三年（一九一一）鄭氏所批《彊村叢書》本《東坡樂府》。可參其《鄭文焯手批〈東坡樂府〉》，《江蘇教育學院學報（社會科學版）》二〇一〇年第十一期。

〔三八〕〔三九〕〔四〇〕〔四一〕夏承燾《天風閣學詞日記》，《夏承燾集》第五册，浙江古籍出版社二〇一五年版，第一六四頁、第一七三頁、第一九五頁、第二〇六—二〇七頁。

〔四三〕夏承燾《天風閣學詞日記》，《夏承燾集》第六册，浙江古籍出版社一九九七年版，第五二—五三頁。

（作者單位：武漢大學文學院）

論龍榆生對晚近詞人詞作的批評立場及其現實意義

——以《近三百年名家詞選》增删陳曾壽詞爲中心

童雯霞

内容提要 一九三〇年,龍榆生撰《清季四大詞人》時列四大詞人爲「王鵬運、朱祖謀、況周頤、鄭文焯」。一九五六年,他在《近三百年名家詞選》序中標舉了四位「晚近詞家」,前三者不變,鄭文焯易爲陳曾壽。一九六二年版的《近三百年名家詞選》,「晚近詞家」易「陳」爲「鄭」。此中變化是龍榆生「爲我」詞選觀的體現。「爲我」詞選觀是一種浸染了現代色彩的詞學思想,包含「開宗」與「尊體」二則。以「開宗」論,陳曾壽詞的詞學特色、藝術特徵符合常州詞派的審美意趣;以「尊體」論,陳詞以詩入詞,志深味隱,暗合龍榆生詩教復興的詞學批評觀。「爲我」意在「傳燈」,體現龍榆生在國運時勢堪憂、新舊文化衝突下的詞學批評立場與現實意義,以此考察陳詞之增删,有助于客觀把握他在晚清民初詞壇推重陳詞之因緣,亦可重新審視這部詞選的編選理念與潛在個性。

關鍵詞 龍榆生 陳曾壽 鄭文焯 晚近詞人 爲我

一九三〇年,龍榆生撰《清季四大詞人》時列四大詞人爲「王鵬運、朱祖謀、況周頤、鄭文焯」。一九五

本文係國家社會科學基金重大項目「中國詞學通史」(17ZDA23P)階段性研究成果。

六年，龍榆生在《近三百年名家詞選》序中標舉了四位「晚近詞家」：王鵬運、朱祖謀、況周頤，陳曾壽。〔一〕一九六二年版的《近三百年名家詞選》，「晚近詞家」改「陳」爲「鄭」（即鄭文焯）。從「清季四大詞人」到「晚近四大詞人」，提法之變隱藏了龍榆生「爲我」的選詞意識，其根源可追溯至《選詞標準論》中的「開宗」與「尊體」二則。考察「爲我」的選詞觀，可洞燭龍榆生在評騭晚近詞人詞作時的治詞心路，研判其近代詞學批評理據，進而感知晚清民初詞壇的審美走向，觸摸常州詞派的詞史脈絡，從而更全面地把握陳曾壽詞在晚清民初詞壇的詞史地位。

一　鄭文焯與陳曾壽均可被列入「晚近四大詞家」

一九三一年，龍榆生在《最近二十五年之詞壇概況》中提出「晚近」概念，稱「最近二十五年之詞壇概況」爲「晚近詞壇概況」〔二〕。一九四一年作《晚近詞風之轉變》，言「晚近詞壇之中心人物，世共推王半塘、朱彊村兩先生」〔三〕。一九五六年出版《近三百年名家詞選》，序中標舉王鵬運、朱祖謀、況周頤、陳曾壽爲四位「晚近詞家」〔四〕。由是推知，龍榆生所指的「晚近」大致始于一九〇六年。《近三百年名家詞選》後記寫于一九四八年春末，此時入選的在世詞人有陳曾壽和夏敬觀。次年陳曾壽去世，一九五三年夏敬觀逝世——在一九五六年重訂付印的詞選「詞人小傳」中，所有詞人的生卒年均已注明。故可推測，龍榆生所認爲的近代詞史約終于一九四八年，前後大致四十年。

從時間表述而言，「清季」與「晚近」確有區別，「清季」即「清末」，「晚近」則意在清末民初。從生卒年來看，鄭文焯（一八五六—一九一八）被列爲晚清詞人是毫無疑義的——他與王鵬運（一八四九—一九〇四）、朱祖謀（一八五七—一九三一）、況周頤（一八五九—一九二六）爲同時代詞人。朱祖謀四十始爲詞，此時鄭文焯已刊行《瘦碧詞》（一八八八）、《冷紅詞》（一八九六）、《詞源斠律》（一八九〇），在詞壇享有盛名。與鄭文焯相比，陳曾壽（一八七八—一九四九）不僅在年齡上是晚輩，在詞壇地位上亦屬後學。陳曾壽早年以詩聞名，在鄭文焯去世的一九一八年，他才開始學詞〔五〕。故，龍榆生于一九三三年撰《清季四大詞人》時將詞人位置留給鄭文焯是實至名歸的。

再看「晚近四大詞家」。一九五六年九月，上海古典文學出版社出版《近三百年名家詞選》，收録六十七家五一八闋詞。龍榆生在這一版的序中稱，「晚近詞家如王、朱、況、陳之輩，固皆沿張、周之塗轍，而發揚光大，以自抒其身世之悲者也」〔六〕。未明言「晚近四大詞家」，而此意昭昭。然則，鄭文焯是否能入選「晚近四大詞人」？從時間上説是可行的，因爲成名、去世均早于鄭文焯的王鵬運能被列入「晚近」，則鄭文焯亦無不可。一九六二年十一月，中華書局上海編輯所亦出版這部詞選，收録六十六家四九八闋詞，删去陳曾壽及其廿闋詞，龍榆生將序中的「陳」改爲「鄭」（即鄭文焯）。從改動可知，鄭文焯與陳曾壽均可被列入「晚近四大詞家」，故龍榆生標舉陳曾壽不是從時間上考慮的。

二　「爲我」與《近三百年名家詞選》的選詞軌範

「晚近四大詞家」中「詞家」變化的原因與龍榆生對晚近詞人的選詞軌範密切相關。晚近詞人的選詞標準是什麼？龍榆生只提及「（近三百年）選詞標準，亦遂與前代殊途」〔七〕。「殊」在何處，他未專文以論，然藉由陳曾壽詞的入選與《選詞標準論》諸文，或可一解。

龍榆生在《選詞標準論》中提出「便歌」、「傳人」、「開宗」、「尊體」四個選詞標準〔八〕，「前二者依他，後二者爲我」〔九〕。他認爲，「操選政者，于斯四事必有所居；又往往因時代風氣之不同，各異其趣」〔一〇〕。在編選《近三百年名家詞選》時，他將重心放在「爲我」的兩個標準上。這種考慮不無道理：詞體在演進的過程中逐漸案頭化，「便歌」已不完全適用于考察近三百年詞作；編選近代詞選理應有「傳人」之意，但清代出版業、印刷業發達，詞人繁多、詞作繁盛、經典之作不如前朝，「傳人」爲詞選標準的考量價值趨弱。

在《選詞標準論》的導言中，龍榆生談及「自《花間》、《尊前》以迄近代浙、常兩派」詞選的兩個弊端：「而或者蔽于一偏之見，互相排擊：言宗派者，薄《花間》、《草堂》，而重朱（彝尊）、周（濟）諸選；矜新解者，由忽于作者之特殊造詣，而强古人以就一己之範圍。」〔一一〕

這兩個弊端意在爲「爲我」的兩個標準作注。逆推之，不「蔽于一偏之見」意指重視梳理源流，展現流派演進，以詞選呈現各家「開宗」之意；不「强古人以就一己之範圍」言應重視詞家的詞作特色，取其所長，「還他一個本來面目」〔一二〕，勿以編選者喜好托古改制，强行「規範」古人，最終掩其在詞史上的真實地位，此爲「尊體」。「開宗」與「尊體」俱是「爲我」，體現編選者選詞觀，其深意在于標舉編選者的詞學立場，示人以學詞之津伐，繼往開來，「而特富『傳燈』之意」〔一三〕。

「『開宗』寫詞史」是《近三百年名家詞選》的編選思路之一。龍榆生在「後記」中爲近代詞壇考鏡源流的一段話可視爲其對「開宗」編選理念的總括：「彝尊宣導尤力，自所輯《詞綜》行世，遂開浙西詞派之宗……張惠言兄弟起而振之，别輯《詞選》一書，以尊詞體……周濟繼興，益暢其説，復撰《詞辨》及《宋四家詞選》以爲圭臬，而常州詞派以成。」〔一四〕浙西詞派和常州詞派的代表人物均通過代表詞選表達詞學批評觀，龍榆生考辨了浙西詞派和常州詞派的次第興起，認爲清以來的詞風歷經三個階段，詞學創作大多在浙、常兩派的理論指導下進行，這樣的學詞、填詞之風延至晚清至近代。《近三百年名家詞選》中，龍榆生從「淵源流變」入手構建的詞史脈絡明晰，從詞學理論主張出發，肯定了詞派創作對詞史的貢獻，也使得近三百年詞史在蔚爲大觀的詞作面前有了清晰的面貌。

縱觀清詞的創作實踐和理論主張，尊體貫穿始終，並與政教説理緊密相連。「詩教復興」是龍榆生詞學批評思想的核心範疇，被「詩教復興」所包裹的「尊體」由此成爲《近三百年名家詞選》的重要操選標準之一。龍榆生主張所尊之體是常州詞派張惠言、張琦宣導的「《風》、《騷》旨格」〔一五〕。代表中國詩歌傳統正聲的《風》、《騷》重視詩歌的社會功能，由詩而詞，尊體重在能展現時代風尚、體現社會教化功能，此爲詞之「意格」。在詞選「後記」中，龍榆生特爲强調，在近三百年詞的評價體系中，「意格」重于「音律」，「吾輩撇開音樂關係，以論清詞，則實有同于唐人之新樂府詩」〔一六〕。重「意格」輕「音律」的詞選思想印證了，在近代詞操選指標中，龍榆生對于「尊體」的考慮是先于「便歌」的。「意格」重視作者性情襟抱與時代抒寫，「以鳴曠古未有之變局」〔一七〕，這表明「尊體」重點考察的是詞人詞作的時代性。近代詞遭遇新文化運動和紛争時局的雙重衝擊，「詩教復興而國運亦隨著昌隆」〔一八〕，《近三百年名家詞選》寄托龍榆生「詩教復興」的理想，「尊體」標準的提出與選用是「爲我」策略之體現。

綜上，「開宗」、「尊體」是《近三百年名家詞選》編選理念的兩大重要選詞標準，旨歸于龍榆生所提出的「爲我」，龍榆生在詞選中重視以「爲我」評價近代詞人詞作。

三　從收陳曾壽詞察晚近詞家詞作之遴選宗旨

考察了龍榆生在編選《近三百年名家詞選》的「爲我」標準之後，便可理解龍榆生因何認可陳曾壽爲「晚近四大詞人」之一。陳曾壽的學詞路徑、詞作意格、詞作特色是符合常州詞派「開宗」、「尊體」策略的，這成爲龍榆生推重陳曾壽爲晚近詞壇四大詞人的首要理據。

「開宗」，意在恢弘常州詞派之詞學創作與詞學主張。清代詞人衆多，龍榆生重點關注浙西、常州詞派，尤以後者爲重，《近三百年名家詞選》的編選脈絡正是此思路的體現。詞選大篇幅選録了張惠言、張琦兄弟建立的常州詞派的詞人詞作，二張以《詞選》傳播其説，强調比興寄托，反對「蕩而不反、傲而不理、枝而不物」〔一九〕的詞學創作觀；至周濟，以《詞辨》、《宋四家詞選》充實、推衍常州派理論，王鵬運、朱祖謀等晚近詞家沿此理論繼續前行。回到一九五六年序的原文，龍榆生言：「晚近詞家如王、朱、況、陳之輩，固皆沿張、周之塗轍，而發揮光大，以自抒其身世之悲者也。」〔二〇〕他認爲此四人在詞的修辭技巧上繼承並推廣了張惠言和周濟開創的常州詞派主張，詞心飽滿、内容充實，可謂「詞中有大事在」，故龍榆生舉此四人實爲「晚近常州詞派四大詞人」。陳曾壽的學詞路徑、創作内容與風格符合常州詞派的審美意趣，陳詞入選《近三百年名家詞選》恰是龍榆生「爲我」説中「開宗」的體現。

從學詞路徑上看，陳曾壽與朱祖謀、況周頤等常州詞派名家多有交往，學詞亦得到朱祖謀的指點。《舊月簃詞》云：「余自與彊村侍郎定交，始知所爲詞有涉于纖巧輕倩者，既極力改正，嗣後有作，輒請侍郎定之，得益不少。」〔二一〕朱祖謀也是四十之後由詩而詞，他對有著深厚詩學涵養與造詣的陳曾壽青睞有加，龍榆生稱：「彊村先生晚歲居滬，于並世詞流中最爲推挹者，厥惟述叔、仁先兩先生。」〔二二〕

從創作風格上看，陳曾壽詞爲常州詞派主要詞人所認可。朱祖謀在《清詞壇點將録》中點陳曾壽爲天傷星行者「武松」〔二三〕，將《舊月簃詞》刻入所輯《滄海遺音集》十三卷十二種，並手批三則，贊曰：

《惜黄花慢・同彊村老人作》「人間」二語：「言情極哀婉之致，從來未經人道。」

《慶宫春・七月返湖廬》：「單微一綫，古人集中亦不多見。」

《臨江仙・三月十六夜》：「古人未曾有之境。」〔二四〕

由此可見，陳曾壽的學詞路徑、詞風特徵得到常州詞派詞家首肯，其詞確乎行進于常州詞派的審美意趣之軌。

再觀鄭文焯。鄭文焯與王鵬運、朱祖謀、況周頤均主張学词取徑夢窗，然其學詞先從姜夔入：「爲詞實自丙戌歲始，入手即愛白石騷雅，勤學十年，乃悟清真之妙……」〔二五〕並曾致函朱祖謀言學柳永：「近作擬專意學柳之疏奡，周之高健。雖神韻骨氣，不能遽得其妙處。尚不失白石之清空騷雅，取法固宜語上也。」〔二六〕龍榆生對鄭文焯的詞風曾作總結：「詞格由白石歷夢窗，以窺清真、東坡，而終與南宋諸賢爲近。」〔二七〕又，鄭文焯醉心樂律研究，與王、朱、况重視格律的研究路徑亦不相似，故將鄭文焯列入「晚近常州詞派四大詞人」恐有未安。

「尊體」，旨在推重與晚近時代環境相諧之詞格。與以考察是否協律作爲唐宋詞之重要標準不同，分析近三百年詞作時，龍榆生更爲看重的是作品的格調、意境。編選中，他再次强調這一觀點：「論近三百年詞者，固當以意格爲主，不得已其不復能被管弦而有所軒輊……所謂意格，恒視作者之性情襟抱，與其身世之感，以爲轉移。」〔二八〕《近三百年名家詞選》中，與時運結合緊密的詞作入選比例最高，蓋因晚近戰亂紛争，催生亂世之音、離情之緒。入選詞人大多有過宦游易代經歷，身世起伏，工詩善文，學養深厚，寫亡國之音、沉痛之意的詞作均不同于凡庸，綿邈、纏綿的特點在清末遺民詞中表現得極爲明顯。王鵬運、朱祖謀等因所處時代的特殊性而有了另一層身份——遺老，他們的一生充滿悲劇色彩，常在詞作中抒發矛盾、曲折、酸楚的心路歷程。如王鵬運《三姝媚》（蘼蕪春思遠），葉恭綽評「纏綿反復」〔二九〕；文廷式《摸魚兒・惜春》，葉恭綽評「盪氣迴腸，忠愛纏綿」〔三〇〕；况周頤《西子妝》（蛾蕊顰深），葉恭綽評「怨斷凄凉，意在内外」；汪兆鏞《柳梢青》（雨暗煙昏），葉恭綽評「欲言不盡」〔三一〕。宦海沉浮，這些詞人對人事的理解更爲透徹。棄詩而詞（比如朱祖謀四十始爲詞）可被視为以「小道」、「他途」表達對于現實的不滿，探求人生况味，這樣的詞作通常富含深刻的歷史背景與高超意境。

龍榆生推重陳曾壽詞的原因有二，一是「上通騷、雅」〔三二〕，咏托詞志深味隱，崇比興、重寄托，與常州詞派「緣情造端，興于微言，以相感動」（張惠言《詞選序》）的主張一致。陳曾壽詩詞皆長于咏物，常以咏菊詞抒人生之憂愁和仕途之失意，如《八聲甘州》（慰歸來歲晏肯華予）「早芳心委盡，翻怯問佳期」〔三三〕，葉恭綽評曰：「芳潔之懷，上通騷、雅。」〔三四〕陳曾壽的咏梅詞寄托了故國之思，有遺民詞之志。龍榆生對陳詞的咏梅之作極爲欣賞，選有多闋咏梅之詞。如：「一生長伴月昏黄，不知門外冷冷碧」（《踏莎行・白堂看梅》）；「有闌干處有横斜，幾回堅坐送年華」（《浣溪沙・孤山看梅》）；「漫拚將今世今生，長負梅花」（《揚州慢・憶煙霞洞梅》）；「待到千紅鬧處，故不見梅花」（《清平樂》）；「思量舊月梅花院，任是忘情也垂淚」（《鷓鴣天》）[三五]。陳曾壽的咏物詞詞中有史，飽含家國身世之慨，反映社會現實，抒發强烈的社稷情懷。龍榆生認爲，這些咏物詞所展示的意象和意境與王運鵬、朱祖謀、况周頤詞近，即詞中「自抒其身世之悲」；葉恭綽亦評陳詞「凄麗入骨」（《臨江仙》「修得南屏山下住」）[三六]、「悲壯」（《八聲甘州》「鎮殘山風雨耐千年」）[三七]。原因之二在于陳曾壽以詩境入詞境，此特色頗受朱祖謀、葉恭綽、龍榆生等詞學名家之推重。陳曾壽詩與陳散原詩齊名：「抗手詩雄只二陳。」[三八]由詩而詞，詞有詩意，這樣的填詞經歷使得陳曾壽詞富有哲理性，立意卓大，沉鬱頓挫，有學人詞的特點。陳聲聰在《論近代詞絶句》中論陳曾壽詞説得更明確：「于世真成一孑遺，詩人詞意總爲詩。采薇何處非周粟，愛菊無端署義熙。」[三九]夏承燾《天風閣學詞日記》評陳曾壽詞云：「夕讀静安、陳仁先諸家詞，以哲理入詞最妙，静安偶有之，造辭似不如仁先。」[四〇]王國維是詞家中的思想家，夏承燾認爲在哲理方面，陳曾壽的詞與王國維可並稱；而陳長于詩，製詞技法或更在王國維之上。

「詩人詞意總爲詩」，這是陳曾壽詞之特色，却也爲部分詞家所不喜。錢仲聯《近百年詞壇點將録》點陳曾壽爲「天立星雙槍將董平」：「蒼虬四十爲詞，瑶臺嬋娟，天生麗質，寫情寓感，時雜悲涼。遐庵以爲『門廡甚大』，『並世殆罕儔匹』，則不知其置彊村、大鶴于何地。孟劬謂：『蒼虬詩人之思，澤而爲詞，似欠本色。』又評：『蒼虬頗能用思，不尚浮藻，然是詩意，非曲意，此境亦前人所未到者。』斯乃持平之論也。」[四一]錢仲聯認爲葉恭綽評陳詞有拔高之嫌，他贊同張爾田的觀點，認爲陳詞雖有端莊宏達的風格，却失去詞之委婉本色。

儘管對陳詞的評價不一，但無可否認的是，在清末民初後起詞家中，陳曾壽詞是有特色的，龍榆生較爲準確地把握了陳曾壽詞的特色，並在詞選中肯定陳詞在近代詞史中的地位，這正是龍榆生「爲我」説中「尊體」的彰顯。

四　「爲我」之度與陳曾壽「名家」之謂

「爲我」之度最難把握，過之則囿于主觀，迷亂本真，故龍榆生認爲在選詞中要以「博觀約取」解决这个问题，即「持兩執中，重新固定各位之價值」[四二]。《近三百年名家詞選》選王鵬運詞十七首，況周頤詞十一首，朱祖謀詞三十三首，鄭文焯詞十五首，陳曾壽廿首。以此五人而論，陳曾壽詞在數量上超過晚清詞壇巨擘王鵬運、況周頤，僅排在朱祖謀之後。這個「度」似乎不太符合「約取」的標準，因此有學者認爲，龍榆生選陳詞是因交誼而「移愛」。宋希於在《龍榆生刪改〈近三百年名家詞選〉的隱情》時猜想：「龍榆生如此推重陳曾壽，是否會有龍的個人偏好、他們二人友誼的羈絆，或是有龍榆生因師長前輩推重而移愛的原因夾雜其中呢。」[四三]這個推論是有可能成立的。龍榆生在詞人小傳中稱陳曾壽「嘉、道間以詩名」，「義寧陳三立、歸安朱孝臧推挹備至」。[四四]

然而，「移愛」不是陳詞入選的主要原因。近世詞家多與龍榆生有交集，陳曾壽一九四九年去世，一九五六年詞選問世，龍榆生僅爲交誼而選詞並付梓成書的可能性微乎其微。其次，從入選詞家數量來看，龍榆生選詞的多寡與「晚近四大家」的排序關聯度不大，比如文廷式不在「晚近四大家」之列，《近三百年名家詞選》收其詞十六闋，也超過況周頤詞的數量。這部詞選從編選到成書，前後二十多年，落筆謹慎，思考縝密，如果僅因「移愛」選陳詞，那麼選幾首便可，何以一選就是廿首？再次，龍榆生詞學批評保持較高的學術獨立性，因「移愛」選詞與他「必須抱定客觀態度」，「不容偏執『我見』，以掩前人之真面目，而迷誤來者」〔四五〕的評騭標準相左。龍榆生選陳曾壽詞的原因恐怕仍要從「爲我」的兩個標準——「開宗」與「尊體」來推演。選詞各具手眼，但終究在于「扶持絶學，」以「開宗」領悟旨歸，以「尊體」引導讀者知津伐，最終抵達「爲我」之功效。從這樣的批評立場出發，近代詞人的影響力與詞選的現實意義便愈加凸顯，因此，龍榆生特爲推重在晚近詞壇有影響力的詞人，以期力挽詞學之頹勢。

龍榆生爲何提出「晚近詞家」一説？在他看來，「晚近」節點具有承上啟下的意義。撰寫《晚近詞風之轉變》時，其師朱祖謀辭世十年，清季詞壇的其他主將——文廷式（一九〇九年去世）、王鵬運（一九〇四年去世）、鄭文焯（一九一八年去世）、沈曾植（一九二二年去世）、况周頤（一九二六年去世）辭世均在十年以上。十年之間，前輩之成就可蓋棺定論，而其所提攜者、門下弟子各有建樹，前輩之影響業已彰顯。詞發展至當時已近窮途：「詞至今日，一方以列于大學課程，而有復興之望；一方以漸滋流弊，而有將絶之憂，此亦所謂存亡之機，間不容髮之時矣！」〔四六〕龍榆生希望通過總結晚近詞風以助詞學推拓，此時標舉在世詞人陳曾壽（一九四八年龍榆生撰《近三百年名家詞選》序時，陳曾壽尚在世）有其現實意義——其人其詞具有較强的傳播效應和社會影響力。

陳曾壽的詞學活動豐富。一九二一年，在湖州詞人周慶雲發起的雅集上（地點爲西溪秋雪庵），朱祖謀與陳曾壽共同完成了「詞客有靈應識我，西湖雖好莫吟詩」〔四七〕的祠堂楹聯。陳曾壽取調《采桑子》，題作《又賦一闋，呈彊村老人》。〔四八〕一九二八年，陳曾壽與一衆遺民詞人結社于天津，名之「須社」，影響巨大。〔四九〕「須社」唱酬結集《煙沽漁唱》收録陳曾壽詞十五首。陳曾壽的蒼虬閣是社集活動場所之一，第九十二集社課爲《鳳凰臺上憶吹簫·納蘭容若生日集蒼虬閣》。一九二九年，龍榆生在參加漚社組織的游覽張氏園活動後作《七律》，小序言：「己巳重陽前十日，約集散元、彊村、病山、十發、吷庵、復園、蒼虬、伯夔、公渚諸公于真如張氏園，別後率成長句。」「蒼虬」即陳曾壽，可見陳曾壽與朱祖謀、夏敬觀等人交厚，亦可推知陳在當時詩詞界是有一席之地的。另據學者謝永芳考證,「晚清民國時期,存在過一個以詞壇名家陳曾壽爲核心的湖北蘄水陳氏詞學家族,其成員至少還包括陳氏從伯父恩澍、師關棠、次子邦直、從子邦武及婿周偉等五人」〔五〇〕。

陳曾壽詞作常見于公開發行物。陳曾壽在《同聲月刊》上發表了廿闋詞,其中收入《近三百年名家詞選》的有十闋,占半數,分别是:《八聲甘州》(慰歸來歲晏肯華予)、《鷓鴣天》(衰病逢辰一舉觴)、《浣溪沙》(花徑冥冥取次行)、《浣溪沙》(書卷抛殘夜未殘)、《蝶戀花》(萬化途中爲侶伴)、《揚州慢》(梅繡荒山)、《鷓鴣天》(燕子嗔簾不上鉤)、《鷓鴣天》(偏愛沉吟白石詞)、《清平樂》(笛聲幽怨)、《南歌子》(雞唱催將息)。民國時期有影響力的刊物《青鶴》也曾刊載陳曾壽詞作,如《青鶴》第一卷第三期載《渡江雲》(歸墟何處是),第七期載《風入松》(苦心不惜麝成塵)。葉恭綽輯選的《廣篋中詞》録陳曾壽詞十闋(其中九闋龍榆生亦選)。《廣篋中詞》入選數量在十闋或以上詞家的僅十家:朱祖謀(二十首)、文廷式(十三首)、葉恭綽(十三首)、王鵬運(十二首)、鄭文焯(十二首)、譚獻(十一首)、張茂炯(十一首)、邵章(十一首)、陳曾壽(十首)、廖恩燾(十首)。可見葉恭綽對陳曾壽也是推重的。從一九三五年《廣篋中詞》的問世到一九五六年《近三百年名家詞選》的出版,陳曾壽詞也經歷了二十一年的時間檢驗。

上述材料可證,陳曾壽的詞學活動豐富,其人、其詞在當時詞壇都有極大的影響力,龍榆生的《近三百年名家詞選》要選的是「名家」,陳曾壽擔得起「名家」之謂,標舉陳曾壽詞對于詞作的傳播和詞學之復興起到推動作用。

要之,龍榆生以陳曾壽爲「晚近四大詞人」之一,既顯示出他對于現代詞學批評的立場,也有關乎傳播的現實考慮。龍榆生主張從時代背景與作家際遇出發,詳考詞家在各個階段的詞作風格與變化。他在《研究詞學之商榷》中勾勒出現代詞學批評之義:「必須抱定客觀態度,詳考作家之身世關係,與一時風尚之所趨，以推求其作風轉變之由，與其利病得失之所在。」〔五一〕陳曾壽的生平、性情、學養、經歷等因素使得他的詞作呈現出鮮明的時代特徵與獨特的風格特色，恰與朱祖謀等晚近詞家主張的常州詞派的詞學理論與審美意趣相合；龍榆生也寄望以陳曾壽的影響来力挽詞學之頹勢，助力詞學之勃興。從上述意義論，在鄭文焯與陳曾壽之間選一位與王鵬運、朱祖謀、况周頤並列爲「晚近四大詞人」，陳曾壽似乎更合適。

五　結語

龍榆生持「爲我」之理念操選《近三百年名家詞選》，在對近代詞人的詞史地位考量上，他以「開宗」、「尊體」作爲重要準繩。「晚近詞家」中，陳曾壽詞的詞學特色、藝術特徵符合常州詞派創作理論的審美意趣。龍榆生對于陳曾壽詞的肯定，體現了他在國運時勢堪憂、新舊文化衝突下的詞學思考與傾向。相較于唐宋詞選的選詞思路，他的近代詞選觀念極具現實意義，蘊含當代性與實用性氣質，其深意在于示人以學詞之津筏，恢弘常州詞派的詞學主張，在近代詞學的微光語境中承繼「傳燈」之志。

一九六二年，龍榆生删除陳詞。二〇一四年，上海古籍出版社重版《近三百年名家詞選》還書之原貌。二〇一六年，《龍榆生全集》取一九五六年版本，「增入陳曾壽一家及其詞作廿首，以便讀者瞭解選者宗旨」〔五二〕。重新收入陳曾壽詞，體現了對「選者宗旨」的尊重，也能讓讀者領略晚近詞壇的真實情況與龍榆生的詞學批評觀。

〔一〕〔四〕〔六〕〔一四〕〔一六〕〔一七〕〔一八〕〔二〇〕〔二九〕〔三〇〕〔三一〕〔三三〕〔三五〕〔四四〕〔五二〕　張暉主編《龍榆生全集》第八卷，上海古籍出版社二〇一五年版，第三六六頁，第三七四頁，第四〇六頁，第四三一—四三八頁，第四五三—四五五頁，第二頁。

〔二〕〔三〕〔七〕〔八〕〔九〕〔一〇〕〔一一〕〔一二〕〔一三〕〔一五〕〔一八〕〔二一〕〔二七〕〔四二〕〔四五〕〔四六〕〔五一〕　張暉主編《龍榆生全集》

第三卷，上海古籍出版社二〇一五版，第八一—八六頁，第一〇八頁，第一八三頁，第一九六頁，第二〇五頁，第二〇八頁，第二五〇頁，第四二七頁，第四七〇頁，第四七四頁，第四九〇頁，第五三四頁。

〔五〕〔四一〕錢仲聯《夢苕庵清代文學論集》，齊魯書社一九八三年版，第一六二頁。

〔一九〕孫克强主編《中國歷代分體文論選（上）》，北京交通大學出版社二〇〇六年版，第三四四頁。

〔二一〕〔二四〕陳曾壽《蒼虬閣詩集》，上海古籍出版社二〇〇九年版，第四九六頁，第五〇七頁。

〔二三〕《同聲月刊》，第一卷第九號。

〔二五〕〔二六〕唐圭璋編《詞話叢編》第五册，中華書局一九八四年版，第四三三一頁，第四三五四頁。

〔二八〕張暉主編《龍榆生全集》第一卷，上海古籍出版社二〇一五年版，第一六七頁。

〔三二〕〔三四〕〔三六〕〔三七〕葉恭綽選輯，傅宇斌點校《廣篋中詞》，人民文學出版社二〇一一年版，第二五六頁，第二五八—二五九頁。

〔三八〕張寅彭主編《民國詩話叢編》第五册《光宣詩壇點將録》，上海書店出版社二〇〇二年版，第三三〇頁。

〔三九〕陳聲聰《填詞要略及詞評四篇》，廣東人民出版社一九八六年版，第一七五頁。

〔四〇〕夏承燾《夏承燾集》第六册，浙江古籍出版社、浙江教育出版社一九九八年版，第三三四頁。

〔四三〕宋希於《龍榆生删改〈近三百年名家詞選〉的隱情》，《南方都市報》二〇一五年一月八日A10版。

〔四七〕〔四八〕陳邦炎《臨浦樓論詩詞存稿》，上海古籍出版社二〇〇八年版，第三三七頁。

〔四九〕參見馬大勇《近百年詞社考論》，《文藝争鳴》二〇一二年第五期。

〔五〇〕參見謝永芳《陳曾壽〈舊月簃詞〉補遺及其他》，《聊城大學學報（社會科學版）》二〇一五年第二期。

（作者單位：廣東財經大學人文與傳播學院）

南宋詞人盧祖皋生平及詞作編年考

劉　馳

内容提要　盧祖皋，南宋著名詞人，然《宋史》無傳，其生平事迹不詳。兹考得：盧祖皋生于淳熙元年。慶元五年中第，任吴縣主簿。開禧元年前後，疑調荊湖南路。開禧三年前後，疑調任池陽郡學教授。嘉定二年前後，疑調兩浙東路。嘉定八年前後，疑調任平江府學教授。嘉定十一年，主管刑工部架閣文字。嘉定十二年，爲秘書省正字。嘉定十三年三月，改校書郎；十二月，遷秘書郎。嘉定十四年正月，爲著作佐郎；十月，遷著作郎兼權司封郎官。嘉定十五年，爲將作少監。嘉定十六年，權直學士院。嘉定十七年寒食前後病逝，年五十一。與葉適、翁卷、釋居簡、戴復古、戴栩等均有唱和往來。工詞，其小令纖雅工密，長篇間有清雄之氣，詞境可與玉田、草窗並美。

關鍵詞　盧祖皋　生平行實　唱和交游　詞作編年

盧祖皋字申之，一字次夔，號蒲江。《全宋詞》録存其詞九十六首，然《宋史》無傳，其生平事迹不詳，亦不見碑傳墓志，事迹散見于時人詩文、筆記及方志中。今人張憲文《盧祖皋事迹考》爲填補空白之作，然受當時研究條件所限，其對盧祖皋生卒年、家世交游、仕宦履歷之考證，尚有未詳或不確之處，且未對詞作、生平進行編年。兹據其詞作及相關史料，考其生卒年、家世交游，並將部分詞作編年，以備知人論世之用。

一　盧祖臯生卒年考

盧祖臯的生卒年歷來不詳，今人張憲文曾據「玉堂草詔」等事件，考訂盧祖臯當卒于嘉定十六年（一二二三）或嘉定十七年左右，但證據不確，推理不嚴。

張氏云：「與此有關的綫索，是宋張端義《貴耳集》卷上曾記盧祖臯玉堂草詔事：『嘉定十七年得皇帝恭膺天命之寶，盧祖臯在玉堂草詔……』周密《齊東野語》卷十九《嘉定寶璽》條亦言：『時學士院權直盧祖臯草詔……』盧祖臯曾爲慶賀得璽而草詔是無疑了，但草詔的時間，《宋史·寧宗本紀》則繫此事于嘉定十五年初，文載：『春正月庚戌朔，御大慶殿受恭膺天命之寶。……己未，以受寶大赦，文武官各進秩一級，大犒諸軍。』當以《宋史》所記十五年爲是（《齊東野語》記年同）。又，《萬姓統譜》卷十一《盧祖臯》條有『（祖臯）直北門，號爲稱職，當撰方將處以不次，俄卒于官』的著録，可見盧祖臯卒年大約在草詔後不久的嘉定十六、十七年。」〔一〕

盧祖臯雖然曾于嘉定十五年在玉堂草詔，却不代表他只有嘉定十五年才在玉堂草詔，故不能直接推斷出「俄卒于官」的具體時間。即使按此時間，也無法確定「俄」是多久，也就無法確定他具體卒于哪一年。故而有必要對其生卒年進行重新考證。

按：盧祖臯當生于淳熙元年（一一七四）。

盧祖臯有《賀新郎·送曹西士宰建昌》一詞，同時翁卷也有《送曹西士宰建昌》〔二〕一詩，據《曹豳墓志》「（曹豳）十六年二月班見，改宣教郎。五月，知南康軍建昌縣事」〔三〕的記載，可以推斷盧祖臯此詞當作于嘉定十六年。加之盧詞中有「滿把一觴爲君壽，有風荷，萬頃摇清暑」句，翁詩中也有「買得秋風棹江行」句，故而盧祖臯此詞當作于嘉定十六年秋。由此可知，嘉定十六年秋季盧祖臯尚在人世。

又據戴栩《盧直院挽辭》「五十一回春夢中，兄悲子哭怨東風」句，可推測盧祖皋去世時應是春季。既然嘉定十六年秋盧尚在世，則其去世之春季當在嘉定十七年或之後。

戴栩還曾爲盧祖皋作《盧直院挽詞》、《鄉祭盧直院文》〔四〕，且對盧祖皋去世前後情形記載頗詳，可知其應該參與了盧祖皋身後之事的料理。而據戴栩《浣川集》卷十《張夫人墓志銘》〔五〕一文可知，嘉定十七年十月前戴栩已身在定海，故盧祖皋當是在戴任官定海之前去世的，即嘉定十七年十月前。若非如此，戴栩在之後所作的《定海寒食，憶盧玉堂葬西湖之上，近傳有僧請大仙降者是其筆》〔六〕一詩中也不必刻意强調「定海寒食」這一信息了，而之前的挽詞、祭文也應該加上「定海」這一重要信息。

故盧祖皋卒于嘉定十七年（一二二四）春季的可能性最大，如此也符合《萬姓統譜》卷十一「（盧祖皋）直北門……俄卒于官」〔七〕的記載。

再據戴栩「五十一回春夢空」的記載，可知盧祖皋大概活了五十一歲虛齡。戴栩《鄉祭盧直院文》中「倏五十以嬗化」一句概舉整數，亦可爲證。則其生年大致爲淳熙元年（一一七四）。

故盧祖皋當生于淳熙元年（一一七四），卒于嘉定十七年（一二二四）春，享年五十一歲。

二　盧祖皋家世、交游考

申之父系家世失考。

盧氏爲當地望族，或爲盧璿之後，世多進士。按：魏了翁：「盧于唐爲甲族，今六百餘年，而子孫之賢者，代不乏其人。」〔八〕「《郡志·選舉》紹興壬戌盧莘、盧汝弼，乙丑盧傅霖，辛未盧珉，丁丑盧雯，乾道丙戌盧璹，淳熙辛丑盧永年，皆永嘉人，殆此記所謂『世科』者歟？」〔九〕《（光緒）永嘉縣志》卷十八：「盧璿，字道衡。秘監之子。家宋奥。爲郡學掾。宣和間，佐教授劉士英部署兵糧，奮義協忠，守城禦寇，卒膺封□，列祀

典。子莘、孫汝弼、曾孫雯、元孫永年皆□進士第。」〔一〇〕

盧祖岩，字仲山，申之二兄。魏了翁《題盧祖岩復別祖墓》：「予嘗爲同年友盧申之序《盧氏會拜録》，今其兄仲山以其別祖倉監之墓久失而復得，使識其事……」〔一一〕

盧似之，申之五兄。祖皐《木蘭花慢》：「先君買屋蒲江，半屬葉氏，似之五兄方並得之，因舉六秩之慶，並致賀札。」

王和叔、王永叔，申之表兄。盧祖皐《滿庭芳》：「辛未歲聞表兄王和叔秘監林屋既成。」《滿江紅》：「壽王永叔秘監表兄。」按：張憲文《盧祖皐事迹考》認爲「王和叔」、「王永叔」俱爲「王木叔」傳抄之誤，實皆王柟，可備一説。

申之母系明州樓氏，早亡。樓鑰《池州教官廳壁記》云：「（盧祖皐）少孤而自立。」〔一二〕《亡妣安康郡太夫人行狀》云：「女二人，早夭。」〔一三〕

樓鑰，申之舅父，字大防，又字啟伯，號攻媿主人，明州鄞縣人，隆興元年進士，官至參知政事，爲南宋著名文臣，《宋史》有傳。《攻媿集》有《盧甥申之自吴門寄顔樂閒畫篋》〔一四〕、《題申之寄示春郊畫軸》〔一五〕、《跋盧申之所藏韋偃三馬》〔一六〕、《贈別盧甥申之歸吴門》〔一七〕、《又謝申之示詩卷》〔一八〕、《池州教官廳壁記》〔一九〕、《跋金縢圖》〔二〇〕等詩文，記其與盧祖皐之過往。

申之先後有兩任妻室，分別爲錢文子、趙西林之女。錢氏在其任池陽郡教授期間去世，釋居簡有《吊池陽郡博盧蒲江喪耦與女》〔二一〕一文吊之。盧祖皐《錢文子壙志》：「女嫁宣教郎盧祖皐。」〔二二〕盧祖皐《醉梅花》：「葉行之府判官自號從好居士，外舅趙西林先生上足也。」按：盧祖皐于開禧元年十二月十六日前後作《江城子》序云：「外舅作梅坡，因壽日作此。」可知開禧元年前申之已娶錢氏，時申之方三十歲左右；據釋居簡《吊池陽郡博盧蒲江喪耦與女》，其妻女當是在任官池陽郡期間去世，時或值開禧三年至嘉定二年間；盧祖皋爲趙西林賀壽詞今僅見一首《醉梅花》，序：「葉行之府判官自號從好居士，外舅趙西林先生上足也。文學、政事皆不愧師承，宦路雖不逮，而壽過之。」可以推知其時趙西林年壽已高邁；《蒲江集》中有多首爲錢文子賀壽的作品，却僅一處提到趙西林。據此推測，錢氏或爲原配，趙氏或爲續弦。

錢文子，名宏，字文季，號白石山人，浙江樂清人，爲吴越王錢鏐之後。宋孝宗淳熙十四年補太學生。紹熙二年上舍「釋褐兩優」，授文林郎、吉州判官，累官至宗正少卿。〔二三〕博學善文，時稱「儒林巨擘」、「一代宗師」，《四庫全書》收其作品凡八種九十一卷。《蒲江詞》有《江城子·壽外姑外舅》、《江城子·外舅作梅坡因壽日作此》、《洞仙歌·上壽》、《漁家傲·壽白石》、《水龍吟》等均是申之爲其賀壽之作。

趙西林，黄宗羲《宋元學案》：「趙鞏，字子固，錢塘人。乾道八年進士，官秘閣修撰，知揚州。嘗奉使金，金主問：『皇帝清問下民賦，非所作乎？』歎服其文學。從游者甚衆，號西林先生。慶元禁僞學，入黨籍。」〔二四〕

申之有子、女。由戴栩《盧直院挽詞》「五十一回春夢空，兄悲子哭訴東風」〔二五〕句可知其有子也。其女早夭，釋居簡《吊池陽郡博盧蒲江喪耦與女》一文可證。

朱晞顔，或曰申之兄婿，字景淵，長興人，有《瓢泉吟稿》五卷詞，與劉宰、周南仲爲同年（紹興元年，一一九〇）進士。生平罕見記載，今考得衛涇《後樂集》中《游澱山留題》〔二六〕，劉宰《漫堂文集》中《寄同年朱景淵通判》〔二七〕、《回周馬帥（虎）》〔二八〕、《祭同年朱景淵通判文》〔二九〕、《故湖州通判朱朝奉墓志銘》〔三〇〕，游九言《默齋遺稿》中《送朱景淵序》〔三一〕，戴栩《浣川集》中《跋朱景淵詩集》〔三二〕，均記其事。孫詒讓《温州經籍志》卷二十二集部録有戴栩爲朱氏《浣川集》所作跋文，稱：「君蒲江先生之南容也。」孫氏案云：「朱景淵事迹無考，據戴序，蓋盧直院祖皋婿也。」〔三三〕

三　編年

淳熙元年（一一七四）　盧祖皋生于永嘉。

慶元五年（一一九九）

中進士。《南宋館閣續録》卷九云：「慶元五年曾從龍榜進士出身。」〔三四〕

任吴縣主簿。

按：《宋史・選舉志一》：「舊制，及第即命以官。」〔三五〕《宋會要輯稿・選舉二》：「（慶元）五年五月七日，詔……第三甲、第四甲、第五甲並迪功郎、諸州司户薄尉。」〔三六〕可知盧祖皋于慶元五年五月七日除官；又次年盧祖皋作《清平樂》，序爲「庚申中吴對雪」，詞中有「稚柳回春能几許。一夜滿城飛絮」句，可知是詞作于慶元六年（一二〇〇）初春，其時盧祖皋在吴中；嘉泰三年，祖皋作《賀新郎》，記其應趙子野約賦釣雪亭事，其時亦在吴中。據此推測，盧祖皋中第後即任官吴中。翁卷《送盧主簿歸吴》〔三七〕一詩疑作于此時，故其始任吴縣主簿的時間在慶元五年（一一九九）的可能性最大。

張憲文《盧祖皋事迹考》認爲：「其（盧祖皋）見孫定交當爲慶元二年至五年間居吴中事。不久，他開始進入仕途，受任池州教授。」〔三八〕並無確切證據。據樓鑰《池州教官廳壁記》只能推出盧祖皋是初次擔任教授之職，而不能推出盧祖皋是初次任官。且孫應時《盧申之蒲江詩稿序》曰：「東嘉盧申之妙年取進士第，辭藻逸發，如水湧山出。見予于吴中，不鄙定交。」可知申之與之定交當是在中第之後，並非慶元二年至慶元五年間。

又傅璇琮主編的《宋才子傳箋證・南宋後期卷》之《盧祖皋傳》認爲：「踏上仕途後，祖皋首先受任爲池州教授……慶元六年調任吳江主簿……（孫應時）與盧祖皋結識應在慶元六年。」〔三九〕此説亦無據。《月城春（壽無爲趙秘書）》一詞當時盧祖皋某年春季作于池陽郡任上（詞中有「喚淮楚、滿城春好」、「南湖細吟未了」句），《水龍吟・淮西重五》一詞當是某年端午作于池陽郡任上。若按是説，則二詞只能是慶元六年春季與端午作（慶元五年五月七日，申之尚在臨安）。而《（同治）蘇州府志》卷五十三：「孫應時，慶元二年四月以通直郎任，五年六月去。」〔四〇〕《（嘉定）赤城志》卷十二「秩官門」五：「黄岩尉一員……孫應時，會稽人，淳熙六年（一一七九）至。」可見盧祖皋與孫應時定交當在慶元六年孫氏赴黄岩之前，此時申之當在吳中；《清平樂（庚申中吳對雪）》作于慶元六年初春，其時申之亦在吳中，故《月城春（壽無爲趙秘書）》、《水龍吟・淮西重五》二詞不可能作于慶元六年，盧祖皋于慶元五年擔任池州教授，于慶元六年調任吳江主簿一説疑誤。

于吳中，與孫應時定交，始戮力于詩。孫應時《盧申之蒲江詩稿序》：「東嘉盧申之妙年取進士第。辭藻逸發，如水湧山出。見予于吳中，不鄙定交。申之喜爲樂府，予曰：『不如詩之愈也。』申之即大肆其力于詩。」〔四一〕按：孫應時于慶元三年（一一九七）四月到慶元五年六月間以通直郎知常熟縣，慶元六年赴黄岩，其序言又稱「申之妙年取進士第」，則二人定交當是在孫離開常熟前、盧中進士之後，以慶元五年到慶元六年間的可能性最大。

或與劉過識，劉過《龍洲集》有《除夜寄盧菊澗祖皋》〔四二〕。按：時劉過正漫游吳地，與許從道、吳縣尉俞商卿、常熟縣令孫應時等人交游。盧祖皋是年亦在吳中，且與孫應時定交，其與劉過相識或始于此時。〔四三〕劉過《龍洲集》有《除夜寄盧菊澗祖皋》及《寄竹隱先生孫應時（時爲常熟宰）》。〔四四〕

慶元六年（一二〇〇）

早春，作《清平樂》，序云：「庚申中吳對雪。」詞爲：「朔風凝沍。不放雲來去。稚柳回春能几許。一夜滿城飛絮。羊羔酒面頻傾。護寒香暖嬌屏。喚取雪兒對舞，看他若個輕盈。」

嘉泰三年（一二〇三）

冬，應趙子野約，作《賀新郎》賦釣雪亭，序云：「彭傳師于吴江三高堂之前作釣雪亭，蓋擅漁人之窟宅，以供詩境也。趙子野約余賦之。」按：《絶妙好詞箋》〔四五〕、《姜白石詩集箋注》〔四六〕等引《（嘉靖）吴江縣志》云：「釣雪亭在雪灘，宋嘉泰二年縣尉彭法建，華亭林至記。」疑誤。今所據吴江圖書館所藏明嘉靖年刻本〔四七〕與一九八七年臺灣學生書局本《（嘉靖）吴江縣志》〔四八〕均作：「釣雪亭在雪灘，宋嘉泰三年縣尉彭法建，華亭林至記。」〔四九〕

開禧元年（一二〇五）

錢文子作梅臺，盧祖皋于十年十二月十六日前後作《江城子》，序云：「外舅作梅坡，因壽日作此。」一按：《（嘉定）赤城志》卷五「公廨門」二：「梅臺，在赤城奇觀前，開禧元年錢守文子建，下臨巨壑，有梅數十本焉。」〔五〇〕盧氏所言梅坡即是此梅臺，故此詞當作于開禧元年（一二〇五）。又盧祖皋《錢文子壙志》載：「公生于紹興十七年十二月十六日。」故此壽詞，應作于開禧元年十二月十六日前後。

是年前後，盧祖皋或于荊湖南路下轄某地任官，靠近洞庭，具體治所及官職失考。作《醜奴兒慢》、《鵲橋仙》等詞。按：是年，劉過由江西湖口至洞庭，與申之相見。〔五一〕劉過《龍洲集》有《念奴嬌》一詞，序爲：「盧蒲江席上，時有新第宗室。」詞中有「一劍横空，飛過洞庭，又爲此來」句。〔五二〕盧祖皋《蒲江詞》中《醜奴兒慢》有「湘筠展夢」、「準擬歸來，扇鸞釵鳳巧相尋。如今無奈，七十二峰，刬地雲深」句，《鵲橋仙》有「澄江曉碧，君山秋静」句，均是寫湖湘景色，可推知盧祖皋其時或在荊湖南路下轄某地任官，靠近洞庭。

開禧三年（一二〇八）

作《鵲橋仙》爲樓鑰賀壽，並祝重新任官。按：《鵲橋仙》：「澄江曉碧，君山秋静，人與江山俱秀。最聲吹下紫泥封，看宣獻、風流依舊。□（疑爲「猩」字）袍對引，魚軒徐駕，小隊旌旗陪後。萬家指點壽星明，更把菊、登高時候。」疑是盧祖臯任官荊湖南路時，爲慶賀樓鑰壽辰及重新任官所作。慶元三年，樓鑰被入「僞學逆黨」，後罷官十年左右，至開禧三年，始重新任官，此詞疑作于是年。據此，盧祖臯于開禧元年至開禧三年間或任官荊湖南路。

是年前後，或調池陽郡學教授，樓鑰爲之作《池州教官廳壁記》。[五三]

喪妻、女。按：據釋居簡《吊池陽郡博盧蒲江喪耦與女》一文，可知申之妻、女當喪于其任官池陽郡博期間，姑繫于是年。

五月五日，作《水龍吟》。按：《水龍吟》序爲：「淮西重五。」當時其任官池陽郡期間某年端午前後所作，姑繫于是年。

嘉定元年（一二〇八）

作《沁園春》爲樓鑰壽，序云：「戊辰歲，壽攻媿舅。」

嘉定二年（一二〇九）

是年前後，池陽郡教授之任或滿，疑調兩浙東路下轄某地任官，具體治所及官職失考。按：嘉定二年到嘉定四年間，《蒲江詞》存壽詞五首，所賀之人其時俱在兩浙東路，故疑盧氏此間正于兩浙東路下轄某地任官。

作《木蘭花慢》賀五兄似之買下房屋與六十大壽，序云：「先君買屋蒲江，半屬葉氏，似之五兄方並得之。因舉六秩之慶，並致賀禮。」按：據「十年。微祿縈牽。夢繞浙東船」句，疑是中進士後十年即嘉定二年前後所作。據「更吾盧才喜，藩籬盡剖，門巷初全」，疑是剛遷官安居時所作。姑繫于是年。

作《臨江仙》賀樓鑰壽，並祝高遷。按：詞中有「跨鶴雲間猶未久，風流全勝年時」、「一官傳鼎鼐，四海看墳篪」句，似指嘉定元年樓鑰除端明殿學士、簽書樞密院事兼太子賓客，十月又進同知樞密院事，二年又進參知政事。又嘉定四年，樓鑰三呈《乞致仕札子》，三呈《再乞致仕札子》，已有念歸之意，與此詞詞意不合。姑繫此詞于嘉定二年。

十月十四日，作《燭影搖紅》賀孟猷壽。按：序云：「十月十四日，壽藏春孟侍郎。」又詞曰：「不道蟬聯鼎貴。」似指嘉定二年升刑部侍郎、朝請大夫、直龍圖閣等職一事。《（咸淳）臨安志》卷五十秩官八：「孟猷開禧三年運判，嘉定元年升副，二年除刑部侍郎。」[五四]《（景定）建康志》卷二十六官守志三：「孟猷，朝請大夫、直龍圖閣、運副，嘉定五年七月二十三日到任。」[五五]姑將此詞繫于嘉定二年十月十四日。

嘉定四年（一二一一）

作《洞仙歌》賀樓鑰七十五歲壽。按：詞序云：「辛未歲，攻媿舅氏葺石築山于東樓之下，幽深窈窕，與十洲三島相爲勝概。攻媿辭榮念歸而未獲也，賦此以壽之。」辛未即嘉定四年（一二一一）。

作《滿庭芳》賀表兄壽，詞序云：「辛未末，聞表兄王和叔秘監林屋既成，乃作彩舫，幅巾雪鬢，徜徉湖山間，望之爲蓬瀛仙翁也。因賦此以壽之，俾舟人歌以和漁唱。」

嘉定八年（一二一五）

疑供職平江府學，或任教授。《（同治）蘇州府志》卷一百四十：「《蘇州府學記》，朱長文撰，祖皋正書，嘉定八年。」[五六]

秋，釋居簡與錢德載自西湖來姑蘇，宿承天寺。重陽前後，盧祖皋與釋居簡、趙靜齋、錢竹岩等同游姑蘇臺、虎丘等名勝，作《摸魚兒·九日登姑蘇臺》、《虞美人·九日游虎邱》，釋居簡作《九日姑蘇臺疇盧蒲江、趙靜齋、錢竹岩諸名勝》[五七]、《和竹岩游虎邱》[五八]。按：《蘇州府學記》爲盧祖皋書，時爲嘉定八年，可證其時盧祖皋曾在蘇州。又嘉定八年，釋居簡與錢德載也正好自西湖來姑蘇，情形始末見《承天寺僧堂記》〔五九〕，當時正值秋季，又據詞序「九日」、「九月」及詞内容，盧詞當作于嘉定八年九月重陽前後。

嘉定十一年（一二一八）

二月，時主管刑工部架閣文字。《宋會要輯稿・選舉二一》「（嘉定）十一年二月二十五日」條：「主管刑工部架閣文字盧祖皋。」〔六〇〕

嘉定十二年（一二一九）

時任秘書正字。《宋會要輯稿・選舉二一》：「（嘉定十二年）八月十五日，秘書省正字盧祖皋。」〔六一〕

嘉定十三年（一二二〇）

正月，爲秘書正字，奉旨爲太師會稽郡王楊次山撰輓祭文。直省中時，曾雪夜出示《采菊》、《讀書》、《煎茶》、《種橘》四詩，並索危秘書諸名勝同賦。《宋會要輯稿・選舉二一》：「（嘉定）十三年正月二十五日……秘書省正字盧祖皋。」〔六二〕《南宋館閣續録》卷五「輓祭文」條：「十三年正月，太師會稽郡王楊次山，正字盧祖皋撰。」〔六三〕釋居簡《北磵詩集》卷五《盧蒲江雪夜約同直省中，出示〈采菊〉〈讀書〉〈煎茶〉〈種橘〉四詩，索危秘書諸名勝同賦》，並附祖皋原玉四首。〔六四〕

三月，爲校書郎。《南宋館閣續録》卷九：「盧祖皋，字申之，温州永嘉縣人。慶元五年曾從龍榜進士出身，治書。十二年正月除，十三年三月爲校書郎。」〔六五〕戴栩《送盧次夔赴仲父校書之詔》。〔六六〕

六月，恭和御製賜劉渭以下詩。《南宋館閣續録》卷五：「恭賀御製賜劉渭以下詩：秘書丞張攀，著作郎陳德豫，秘書郎徐鳳、楊祖堯，著作佐郎黄涇，校書郎盧祖皋各一首。」〔六七〕

十二月，爲秘書郎。《南宋館閣續録》卷八：「盧祖皋，十三年三月除，十二月爲秘書郎。」〔六八〕

嘉定十四年（一二二一）

正月，爲著作佐郎。《南宋館閣續録》卷八：「盧祖皋，十三年十二月除，十四年正月爲著作佐郎。」〔六九〕

十月，爲著作郎兼權司封郎官。《南宋館閣續録》卷八：「盧祖皋，十四年正月除，十月爲著作郎兼權司封郎官。」〔七〇〕

十月十七日，爲錢文子作壙志。《錢文子壙志》：「嘉定十三年十月二十七日終，享年七十有三……明年十月十七日葬于所居白石岩靈山之源。是爲銘，以納諸壙。祖皋謹識。」

嘉定十五年（一二二二）

九月，爲將作少監。《南宋館閣續録》卷八：「盧祖皋，十四年十月除，十五年九月爲將作少監。」〔七一〕

是年在玉堂草詔。《貴耳集》卷上：「嘉定十七年，得皇帝恭膺天命之寶，盧祖皋在玉堂草詔，用元符典故。」〔七二〕按：《宋史·寧宗本紀》：「（嘉定十五年）春正月庚戌朔，御大慶殿受恭膺天命之寶……己未，以受寶大赦，文武官各進秩一級，大犒諸軍。」〔七三〕張端義曰嘉定十七年，蓋誤記耳。

嘉定十六年（一二二三）

正月，時任將作少監，權直學士院。《宋會要輯稿·選舉二十一》：「嘉定十六年正月二十五日」條：「將作少監、權直學士院盧祖皋。」〔七四〕

爲秀邸《春龍出蟄圖》題詩（已佚），戴栩作《次韻盧直院題秀邸所贈春龍出蟄圖》和之。〔七五〕按：稱「盧直院」，則在嘉定十六年後。又所贈名畫名爲《春龍出蟄圖》，或是作于春季，爲賀申之升遷而贈，申之次年寒食前後即卒，故其題詩在是年的可能性最大。

春日，與釋居簡泛舟，釋居簡作《酬盧直院新荷》。〔七六〕

夏秋之交，曹豳將宰建康，申之作《賀新郎》以贈。

夏日炎夜曾作詩（已佚），與戴栩相唱和。戴栩《浣川集》卷一有《宿局次韻盧直院炎夜之作》。〔七七〕

秋日，作秋懷詩（已佚），戴栩作《和盧直院秋懷》。〔七八〕

是年，葉適病危，申之曾遣人問候。按：葉適于是年病逝，釋居簡《北磵詩集》有《盧玉堂報遣人問詢水心》。〔七九〕

嘉定十七年（一二二四）

寒食前後，病逝，年五十一。葬于西湖「九里雲松」附近。趙汝回曾爲其整理遺文，並作《吊盧玉堂》：「金鑾城上文星落，收拾遺文有几函。草制空教生白髮，蓋棺只是著青衫。吟魂夜訪林逋冢，砍屋寒抛謝客岩。自有舊家椽筆在，豐碑豎起壓松杉。」〔八〇〕戴栩作《盧直院挽詞》：「五十一回春夢空，兄悲子哭訴東風。别司制敕歸天上，不共凡塵住域中。幌拂幽弦琴自語，奩遺殘粒藥無功。松飀九里淒歌薤，依舊西湖不負公。」〔八一〕戴栩尚有《鄉祭盧直院文》〔八二〕、《定海寒食憶盧玉堂葬西湖之上，近傳有僧請大仙降者是其筆》〔八三〕，釋居簡亦有《盧直院大監挽辭》〔八四〕、《盧直院挽章》〔八五〕、《祭盧玉堂直院》〔八六〕，哀吊之。

曾有《蒲江詞》傳世，後佚。唐圭璋《全宋詞》收其詞九十六首，稱《蒲江詞》于今最爲完備。小令纖雅工密，長篇間有清雄之氣，偶與姜夔相類，冷峭不如，氣象時或過之，如《賀新郎》：「江涵雁影梅花瘦。四無塵、雪飛風起，夜窗如晝。萬里乾坤清絶處，付與漁翁釣叟。」《滿江紅·齊雲月酌》：「樓倚晴空，炎雲净、晚來風力。滄海外、等閒吹上，滿輪寒璧。河漢低垂天欲近，乾坤浩蕩秋無極。凭欄干、衣袂拂青冥，知何夕。」堯章恐亦未造此境。後世選家每每稱之，吴梅論其詞境：「可與玉田、草窗並美。」〔八七〕可謂知言。然取材過窄，風格未備，既乏新意，又多壽詞，自是其短。

〔一〕〔三八〕 張憲文《盧祖皋事迹考》，《温州師專學報（社會科學版）》一九八四年第一期。

〔二〕 翁卷著，余力校注《翁卷集箋注》，綫裝書局二〇〇九年版，第九〇—九一頁。

〔三〕 周夢紅《南宋曹豳墓志》，《文史（第三十輯）》，中華書局一九八八年版。

〔四〕〔五〕〔六〕〔二五〕〔三三〕〔六六〕〔七五〕〔七七〕〔七八〕〔八一〕〔八二〕〔八三〕 戴栩《浣川集》卷十、卷十、卷十、卷三、卷九、卷一、卷二、卷一、卷二、卷三、卷十、卷一，《文淵閣四庫全書》第一一七六册，上海古籍出版社一九八七年版，第七五九—七六〇頁，第七六四—七六五頁，第六九四頁，第七〇五頁，第七五六頁，第六九五頁，第六九九頁，第六九四頁，第七〇三頁，第七〇五頁，第七五九頁，第六九四頁。

〔七〕 凌迪知《萬姓統譜》卷十一，《文淵閣四庫全書》第九五六册，上海古籍出版社一九八七年版，第二四三頁。

〔八〕〔一一〕 魏了翁《鶴山集》卷六十五、卷六十五，《文淵閣四庫全書》第一一七三册，上海古籍出版社一九八七年版，第六八頁。

〔九〕 孫衣言《甌海軼聞》下册，上海科學院出版社二〇〇五年版，第九二八頁。

〔一〇〕 王棻《（光緒）永嘉縣志》卷十八，《續修四庫全書》第七〇八册，上海古籍出版社二〇〇二年版，第四〇六頁。

〔一二〕〔一三〕〔一四〕〔一五〕〔一六〕〔一七〕〔一八〕〔一九〕〔二〇〕〔五三〕 樓鑰《攻媿集》卷五十八、卷八十五、卷四、卷四、卷五、卷十、卷十、卷五十八、卷七十五、卷五十八，《文淵閣四庫全書》第一一五三册，上海古籍出版社一九八七年版，第四十五頁，第三二一—三二三頁，第三二三頁，第三二三頁，第三三九頁，第三九三頁，第三九三頁，第四十五頁，第二一九—二二〇頁，第四十五頁。

〔二一〕〔五九〕〔八六〕 釋居簡《北磵文集》卷十、卷二、卷十，復旦大學出版社二〇一四年版，第五八二頁，第三八頁，第五五六頁。

〔二二〕〔二三〕 盧祖皋《錢文子壙志》，見施元孚《白石山志》卷末《金石》，綫裝書局二〇一三年版。

〔二六〕 衛涇《後樂集》卷十九，《文淵閣四庫全書》第一一六九册，上海古籍出版社一九八七年版，第七五二頁。

〔二四〕 黃宗羲《宋元學案》卷七九，《黃宗羲全集》第六册，浙江古籍出版社一九九九年版，第一一五頁。

〔二七〕〔二八〕〔二九〕〔三〇〕 劉宰《漫堂文集》卷二、卷十一、卷二十七、卷二十九，《宋集珍本叢刊》第七十二册，綫裝書局二〇〇四年版，第九五頁，第二一五—二一七頁，第四三五—四三六頁，第四六五—四六七頁。

〔三一〕 游九言《墨齋遺稿》卷下，《宋集珍本叢刊》第七十二册，第七七二—七七三頁。

〔三三〕 孫詒讓著，潘猛補，點校《温州經籍志》卷二十二，中華書局二〇一一年版，第一〇九二頁。

〔三四〕〔六三〕〔六五〕〔六七〕〔六八〕〔六九〕〔七〇〕〔七一〕 陳騤撰，佚名續録，張富祥點校《南宋館閣録 續録》卷九、卷五、卷九、卷五、卷八、卷八、卷八、卷八，中華書局一九九八年版，第三四八頁，第二一〇頁，第三四八頁，第三三〇頁，第二一四頁，第二九九頁，第三一七頁，第二八四頁。

〔三五〕《宋史》卷一百五十五《選舉一》，中華書局二〇一一年版，第三六〇九頁。

〔三六〕〔六〇〕〔六一〕〔六二〕〔七四〕 徐松輯，劉琳、刁忠民、舒大剛等校點《宋會要輯稿》，上海古籍出版社二〇一四年版，第五二八二頁，第五六五五頁，第五六五五頁，第五六五五頁，第五六五六頁。

〔三七〕 翁卷著，余力校注《翁卷集箋注》，綫裝書局二〇〇九年版，第五八頁。

〔三九〕 傅璇琮主編，辛更儒本卷主編《宋才子傳箋證・南宋後期卷》，遼海出版社二〇一一年版，第二三五—二三六頁。

〔四〇〕 馮桂芬《（同治）蘇州府志》卷五十三，《中國地方志集成》，江蘇古籍出版社一九九一年版，第五九七頁。

〔四一〕 曾棗莊、劉琳主編《全宋文》第二九〇册，上海辭書出版社、安徽教育出版社二〇〇六年版，第六九頁。

〔四二〕〔四四〕 劉過《龍洲集》卷七、卷二、卷十一，上海古籍出版社一九八七年版，第五七頁，第八—九頁，第八八頁。

〔四三〕 劉過行年參見劉宗彬《劉過年表》，《井岡山師範學院學報（哲學社會科學版）》二〇〇三年第四期； 胡海弘《劉過繫年》，復旦大學碩士學位論文二〇一二年。

〔四五〕 周密輯，查爲仁、厲鶚箋，徐文武、劉崇德點校《絶妙好詞箋》，河北大學出版社二〇〇六年版，第三五頁。

〔四六〕 姜夔撰，孫玄常箋注《姜白石詩集箋注》，山西人民出版社一九八六年版，第二〇一頁。

〔四七〕 曹一麟、徐師曾等《（嘉靖）吴江縣志》，廣陵書社二〇一三年版，第一二九頁。

〔四八〕 曹一麟、徐師曾等《（嘉靖）吴江縣志》，吴相湘主編《中國史學叢書三編》，臺北學生書局一九八七年版，第三八七頁。

〔四九〕 一九八七年臺北學生書局本《（嘉靖）吴江縣志》乃據臺北「中研院」歷史語言研究所北平圖書館寄存「中央圖書館」所藏明嘉靖四十年（一五六一）刊本影印，其提要對所藏版本有詳細描述，當屬可靠； 又吴江圖書館藏有《（嘉靖）吴江縣志》明嘉靖年間刻本，已入選「國家珍貴古籍名録」，亦十分可靠。 故從二本。 作「嘉泰二年」者，當爲傳抄之誤。

〔五〇〕 陳耆卿《（嘉定）赤城志》卷五，《宋元方志叢刊》第七册，中華書局一九九〇年版，第七三一九頁。

〔五一〕 劉宗彬《劉過年表》及胡海弘《劉過繫年》以爲劉過是在臨安見盧祖皋，疑誤。

〔五四〕 潛説友《（咸淳）臨安志》卷五十《秩官八》，《宋元方志叢刊》第七册，第三七九五頁。

〔五五〕 周應合《（景定）建康志》卷二十六《官守志三》，《宋元方志叢刊》第七册，第一七六一頁。

〔五六〕 馮桂芬《（同治）蘇州府志》卷一百四十，第五九七頁。

〔五七〕〔五八〕〔六四〕〔七六〕〔七九〕〔八四〕〔八五〕 釋居簡《北磵詩集》卷四、卷四、卷五、卷六、卷六、卷四、卷五，《宋集珍本叢刊》第七十一册，第二八三頁，第二八三頁，第三〇二頁，第三〇四頁，第三〇五頁，第二九二頁，第二九七頁。

〔七二〕 張端義《貴耳集》卷上，《文淵閣四庫全書》第八六五册，上海古籍出版社一九八七年版，第四一六頁。

〔七三〕《宋史》卷四十《寧宗本紀四》，第七七八頁。
〔八〇〕陳起《江湖後集》卷七，《文淵閣四庫全書》第一三五七册，上海古籍出版社一九八七年版，第八〇六—八〇七頁。
〔八七〕吴梅《詞學通論》，復旦大學出版社二〇〇五年版，第七七頁。

（作者單位：南京大學文學院）

明清之際詞人之生卒年及事跡考八則

周明初

內容提要 明清之際的一些詞人，由于生卒年及生平事跡失考，是視作明人還是清人，常常處于兩可之間，《全明詞》及《全清詞》（順康卷）往往同時收録。考證這些詞人的生卒年和生平事跡，有助于弄清他們的朝代歸屬，這對于斷代文學總集的編纂是有用的。

關鍵詞 明清之際　詞人　生卒年　朝代歸屬

易代之際作家的朝代歸屬一直是個不容易處理好的問題，編寫斷代文學史，編纂斷代文學總集，均涉及這一問題。自然，我們可以打破以朝代爲界限的觀念來進行文學史的研究，從而避免對易代之際的作家進行朝代歸屬。但是，編纂斷代文學總集之類工作，却不能繞開作家的朝代歸屬問題。按照某些既定的劃分標準，比如一個人的出生時間、政治行爲等等，自然可以對很大一部分作家進行朝代歸屬，但還有相當一部分人，或生卒年不詳，或生平事跡不明，仍然難以歸屬。拿斷代詞總集來説，《全明詞》與《全清詞》（順康卷）有部分詞人重合，這很大程度上正是由于詞人生卒年不詳、生平事跡不明造成的。這幾年，我一直在從事《全明詞》重編的工作，其中很多工夫，花在了《全明詞》與《全清詞》（順康卷）同時收入的詞

本文係國家社科基金重大招標項目「《全明詞》重編及文獻研究」（12&ZD158）的中期成果。

人的甄别考證上。这裏选録明清之際詞人之生卒年及生平事蹟的考證八則以見一斑。

一　周珽

《全明詞》第四册第一八一三頁據《明詞綜》卷八收周珽詞二首，小傳僅謂：「字上衡，嘉善人。生卒年不詳。明崇禎年間人。有《疑夢詞》。」又《全清詞》（順康卷）第四册第一四三四頁始據《柳洲詞選》收周珽詞八首，又據《硤川詞鈔》收詞一首，小傳謂：「字上衡，一字無瑕，號青羊，浙江嘉善人。明諸生。入清，棄舉業。善畫葡萄，工吟咏。年八十二卒。著有《疑夢編》、《廣詩選脉》。」

案：明清之際當有兩位周珽，一爲浙江嘉興府嘉善人，一爲浙江杭州府海寧人。因爲時代、地域相近，《全明詞》、《全清詞》小傳均將此兩人相混淆。

先説嘉善人周珽。《柳洲詞選》編成于清初，在卷首列有「先正遺稿姓氏」和「名公近社姓氏」兩個部分。「先正遺稿姓氏」中，除字外，還有簡要介紹，其中有曹爾坊（？—一六五四）、吴亮中（一六一二—一六五七）等人，于曹爾坊名下言其「甲午病卒」，于吴亮中名下言其「順治己丑進士」、「丁酉卒于京邸」，曹爾坊卒于清順治十一年（一六五四），吴亮中卒于順治十四年（一六五七），可知《柳洲詞選》當編刊于清順治十四年以後。「名公近社姓氏」部分，于作者姓名之下，只列字，這部分中將字上衡的周珽与該書之編輯者錢熯、戈元穎、錢士賁、陳謀道同列，可知周珽活至順治十四年後。又錢澄之《田間詩集》爲編年詩，卷十七《客隱集》作于「辛亥」即清康熙十年（一六七一），其時錢澄之正游歷于蘇州、杭州、嘉興一帶，有多首詩寫于嘉善，其中有《毛穉賓、沈延年、周上衡、肅陶招飲，爲畹湘乞詩》，毛穉賓即毛蕃，沈延年即沈玄齡，周上衡即周珽，肅陶即周振藻，同見于《柳洲詞選》之「名公近社姓氏」中。可知嘉善人周珽，字上衡，生活于明末清初，清康熙十年（一六七一）仍在世。生平事跡不詳。

再説海寧人周斑。清人曹宗載所輯《硤川詩鈔》二十卷《硤川詞鈔》一卷，于《詩鈔》卷二收有周斑詩，小傳云：「周斑，字無瑕，號青羊。諸生。著有《疑夢編》。」并引《紫硤文獻録》云：「青羊先生博學工詩，風格清峻。崇禎丙子錢蟄庵倡『萍社』于硤山，先生年已七十餘，裒然首列。含毫吮墨，得意疾書，可想見一時豪興。乙酉八月硤方被兵，因作自祭文及自挽詩，全髮膚祈死。年八十一卒。工畫蒲桃，氣韻生動，至今賞鑒家寶之。稿久散佚，近得《萍社詩選》刊本一册，爰補録若干首。」〔一〕據此，則周斑卒年八十一歲。然王德浩《硤川續志》卷六《耆舊》則云：「周斑，字無瑕，號青羊。敬曾孫。邑諸生。工吟咏。所著有《疑夢編》、《唐詩選脉》。善畫葡萄，氣韻生動，尺寸有尋丈之勢。晚輯《廣孝録》。乙酉八月值危疾，夢人攝至冥府。以《廣孝録》未終卷，重得甦。硤方被兵，斑作自祭文、自挽詩，全髮膚祈死。年八十三。」〔二〕此傳則言周斑卒年八十三歲。此兩則文獻材料均言乙酉八月清兵攻占硤石時，周斑「作自祭文、自挽詩，全髮膚祈死」，「祈死」不等于真死，周斑是否死于其時，其實并不明確。

《（乾隆）海寧縣志》卷九《人物傳·隱逸傳》云：「周斑，字無瑕，號青羊。隱居硤川。工吟咏。善畫，以葡萄擅名，蜿蜒生動，尺寸有尋丈之勢。晚著《廣孝録》諸書。年八十一。」〔三〕也言周斑卒年八十一。兩種文獻言周斑卒年八十一，一種文獻言周斑卒年八十三，而金鰲等纂修的《（乾隆）海寧縣志》刊刻于乾隆三十年（一七六五），而曹宗載（一七五二—一八二四）、王德浩俱爲乾隆、嘉慶年間人，《硤川續志》刊刻于嘉慶十七年（一八一二），這三種文獻顯然以《（乾隆）海寧縣志》爲最早，今當取周斑卒年八十一説。

談遷《棗林雜俎》聖集「廣孝録」條云：「邑人周斑青羊善畫葡萄。晚輯《廣孝録》若干卷。弘光乙酉夏疾篤，夢人語以待《廣孝録》成，遂蘇。亂時失其二卷。後年卒。」〔四〕談遷（一五九四—一六五八）爲明末清初遺民，海寧人，與周斑爲同時代人，其所記周斑事跡，可信度較高。由此條可知周斑疾篤，因《廣孝録》未完成而復蘇事，是在「弘光乙酉夏」，也即清順治二年（一六四五）夏，該年五月，弘光政權覆滅，其言「弘光乙酉夏」，應當是指乙酉年四五月間之事。而清兵破硤石是在該年八月間事。與《紫硤文獻録》相對照，可知《棗林雜俎》則僅記周斑乙酉夏疾篤復蘇事而不記其八月時祈死事，而《紫硤文獻録》并未記周斑在乙酉年夏疾篤復蘇事而僅記八月清兵破硤石時周斑作自祭文祈死事。《硤川續志》則將兩件發生在同一年不同時間的事雜糅在一起，變成同在乙酉年八月間之事，又加進了周斑疾篤攝至冥府之類帶有迷信色彩之文字，不僅造成文意不通，而且事情亦不可信。可能也是因爲《硤川續志》所見的某種與《紫硤文獻録》史源一致的文獻材料言周斑在乙酉年八月祈死而卒年八十一，又見《棗林雜俎》言周斑乙酉年之「後年卒」，一相加就成了卒年八十三了。

理清了以上史料之歧異，我們大致可以確定周斑之卒年。據《棗林雜俎》所載，周斑實卒于乙酉年（清順治二年）之後年，也即清順治四年（一六四七）。而其享年，則可據《（乾隆）海寧縣志》及《紫硤文獻録》所載爲「年八十一」，由此可推知周斑生于明隆慶元年（一五六七）。

綜上：嘉善周斑與海寧周斑，不僅籍貫、表字不同，他們的生卒年也不一樣，海寧周斑卒于清順治四年（一六四七），而嘉善周斑在康熙十年（一六七一）仍在世，顯然他們不可能是同一個人。

《全明詞》周斑名下據《明詞綜》卷八所收兩首詞爲《如夢令》、《定風波·客園看桂》，其中《定風波》一首，見于《柳洲詞選》卷三，已爲《全清詞》所收，此首是嘉善籍周斑所作。《如夢令》一首，不見于《柳洲詞選》，也未爲《全清詞》所收，《全明詞》所作小傳當據《明詞綜》「字上衡，嘉善人。有《疑夢詞》」而來，謂其有《疑夢詞》，其實是將海寧籍周斑的《疑夢編》錯成了嘉善籍周斑的，可知《明詞綜》已經將兩個周斑混成一人了。《全清詞》順康卷據《柳洲詞選》所收八首，爲嘉善籍周斑所作；而據《硤川詞鈔》所收一首，應當爲海寧周斑所作，此首爲《明月逐人來·東山廣福院坐月》，東山在海寧硤石（即今海寧市府所在地），而硤石之得名，正是它處于東山（亦名沈山）、西山（亦名紫薇山）兩山之間，所謂「石夾石」也。《全清詞》小傳則將嘉善籍與海寧籍兩位周珽混合爲一人，謂「一字無瑕，號青羊」，「善畫葡萄，工吟咏。年八十二卒。著有《疑夢編》、《廣詩選脉》」云云，這是海寧籍周珽之生平，并不是嘉善籍周珽之生平。

如此，海寧周珽及其出自《硤川詞鈔》詞作一首，應當入于《全明詞》而不入《全清詞》（順康卷），嘉善周珽及其出自《柳洲詞選》八首，應當入于《全清詞》（順康卷）而不入《全明詞》，而《明詞綜》所收《如夢令》一首，究竟爲哪個周珽所作，難以考查。

二　郭輔畿

《全明詞》第四册第一九二〇頁據《蘭皋明詞彙選》收郭輔畿詞一首，小傳謂：「字次署，大埔人。明崇禎十二年舉人。」又《全清詞》順康卷第一册第五八五頁據《倚聲初集》也收其詞一首，小傳謂：「字次署，廣東大埔人。明崇禎十二年（一六三九）舉人。有《情譜》。」

案：《倚聲初集》卷首之「爵里一」稱：「郭輔畿，咨署，大埔人。前己卯舉人。有《情譜》。」[五]兩小傳當據此而來。郭輔畿實爲崇禎十五年（一六四二）壬午科舉人第二名，而非崇禎十二年己卯科舉人，見《（康熙）埔陽志》卷四《獻紀・選舉》[六]、《（乾隆）潮州府志》卷二六《選舉表上》[七]。

郭輔畿之生平，《（民國）大埔縣志》卷一九《人物志》有傳。據傳：郭輔畿父郭儼爲萬曆三十六年舉人，崇禎十一年以團勇事，爲人攻擊避匿，輔畿也牽連及禍，爲揭陽知縣張明弼所解。輔畿于崇禎十五年壬午以第二人舉于鄉，癸未公車北上，中道聞敵警，回轅。父儼以輔畿捷故，復歸辦鄉團丁，乙酉年爲仇家所殺。唐王立于福州，改元隆武，以福州爲天興府。輔畿乃赴天興上奏，爲父雪仇。唐王嘉其孝義，給兵部主事職歸。丙戌清兵南下，李成棟陷廣東，輔畿志不獲伸。「永曆二年戊子，李成棟反正歸明。吴六奇亦以饒平、三河等地附明。輔畿積忤其部將從弟某，遂爲所害。年三十三」。[八]永曆爲南明桂王年號，永曆二年戊子即清順治五年(一六四八),郭輔畿死于是年,卒年三十三歲,則其當生于萬曆四十四年(一六一六)年。

明清之際,各地由明入清的時間其實是不一樣的,南方的一些省份甚至還是有反復的。比如廣東一帶,在南明隆武二年(清順治三年,一六四六)才爲清軍占領,但在永曆二年(清順治五年,一六四八)又復歸南明,而郭輔畿則死于該年。郭輔畿一生短暫,基本生活在明朝,他應當算作明人而不是清人。

三 徐士俊

《全明詞》第四册第二一三〇頁收徐士俊詞,小傳謂:「原名翽,字三有,號野君,仁和人。生卒年不詳,約明崇禎前後在世。」又《全清詞》順康卷第一册第一三二頁、順康卷補編第一册第一四四頁也收其詞,順康卷小傳謂:「原名翽,字野君。明萬曆三十年(一六〇二)生,清順治拔貢。」《中國文學家大辭典・明代卷》也收其人,生卒年標注爲「一六〇二—一六八一」,并謂:「原名翽,字野君,又字三有、無雙,號紫珍道人,又號西湖散人。浙江杭州府仁和(今杭州)人。生于萬曆三十年(一六〇二)六月初一。諸生,崇禎二年(一六二九)與卓人月、孟稱舜等入復社。崇禎三年至十五年,五應鄉試不舉。易代後,絶意仕進,放情山水,卒于清康熙二十年(一六八一),年八十……生平見清王晫《徐野君先生傳》(清康熙刻《霞舉堂集》卷四)。」〔九〕

案:徐士俊《雁樓集》卷二三《字説》,已説明自己名與字之來歷,據此可知初名翽,字野君,後改名士俊,因字與名不類,遂改字無雙,又字三有。而其字野君,則終身不易。陳欣《徐士俊的名號與生卒年號》已有引述,并考證徐士俊改名時間爲崇禎二年(一六二九)至三年(一六三〇)之間,爲觀察胡蘖山所賞識而補入杭州府學生員時。〔一〇〕

清王晫《徐野君先生傳》并不載徐士俊之生卒年信息，大辭典所載生卒年，也當是據陳欣《徐士俊的名號與生卒年號》而來。陳欣之文據周妙中《歷代曲家時代考》及《清代戲曲史》所引《雁樓集》卷七《梁溪道中逢五十初度自壽》詩注，考徐士俊生于萬曆三十年（一六〇二）。其卒年，據王晫《霞舉堂集》卷十一《徐野君先生哀辭》，考得爲康熙二十年（一六八一）。〔一一〕今案卓人月《蕊淵集》卷七《贈徐野君二十韻》詩序：「今辛未六月之朔，爲野君三十誕辰。」〔一二〕所得生年結果同。

徐士俊的身份，是明遺民還是清順治拔貢，這涉及到徐士俊歸屬明人還是清人之問題，不可不作辨析。謂徐士俊爲清順治拔貢，僅《（民國）杭州府志》卷一一四《選舉八·拔貢》有載。此志一七八卷，爲清光緒二十四年陳璚修、民國五年屈映光續修。而康熙、乾隆兩種府志均不見記載。王晫《徐野君先生傳》稱徐士俊「申酉後，絕意仕進。有勸駕者，報以『吾五戰棘闈而不遇，命可知矣。吾其如命何』，惟放情山水，以著作爲娛樂」〔一三〕。王晫，字丹麓，爲徐士俊之同鄉後輩，年歲比徐士俊略小，其所記應當是可靠的。另外，清初黃容之《明遺民録》卷九及無名氏之《皇明遺民傳》卷六均收有徐士俊。可知謂徐士俊爲清順治拔貢，并不可靠。其實，早在清光緒年間已經有人對此提出異議：王同輯《唐棲志》卷一二《人物志·耆舊下》有《徐士俊傳》，傳後有按語云：「曹菽園志選舉以徐士俊爲順治年拔貢，予竊疑之……拔貢之説，未見他書。丹麓撰傳，亦僅云『二十歲後補杭州弟子籍，更名士俊』，又云『申酉後，絕意仕進』，安有所爲拔貢者。或同名或誤羼，不得不志之以存疑。」〔一四〕據王同所述，以徐士俊爲清順治拔貢之記載出自曹菽園所修志書。杭世駿《與何東甫書》云：「據足下云，《棲乘類編》乃近人周逸民所作，《棲里景物略》爲張半庵輯，《棲水文乘》爲曹菽園輯，皆里中耆宿也。逸民、半庵、菽園，其名與字可得聞耶？隱耶、顯耶，存耶、没耶，不得而知也。」〔一五〕則曹菽園當是清康熙至乾隆年間仁和縣塘棲鎮之耆宿，所作有《棲水文乘》，其記徐士俊爲順治拔貢，應當也在此書之中。

那么徐士俊有没有可能真的是順治年間的拔貢呢？可能性還是有的。《（光緒）桐鄉縣志》卷一五《人物下·宦績·周寀傳》稱：「順治乙酉，王師已定浙西，而浙東未下。巡按御史王公應昌請先舉行拔貢，以補鄉試之缺。杭嘉湖共拔二十九人，而公名在第九。旋以廷試高等，授富陽訓導。」〔一六〕可知順治二年乙酉，在已入清的杭嘉湖地區確實舉行了貢生的選拔。周寀之父親周拱辰也在該年中選，但他拒絕接受，并不應貢，而周寀則應貢入京參加朝考并授訓導之職。徐士俊的情況應當與周拱辰、周寀父子的情況相類似。徐士俊在明末是富有才名之士，五次參加鄉試而未中，入清時仍是杭州府學廩生。因此在順治二年杭嘉湖地區第一次遴選拔貢時，他成爲首選人員，也是順理成章之事。不過，他在獲得了拔貢的資格後，應當没有應貢，并未赴京參加朝考并從而獲得官職，而是絕意仕進，以明遺民終其身。

因爲徐士俊在順治初獲得了拔貢的資格，從而被某些文獻記録下來了，最後也就進入了地方志書中。康熙、乾隆兩種《杭州府志》之選舉志「拔貢」條中，缺少順治年間出自杭州府學的拔貢生資料，因而未見徐士俊之名，而《（民國）杭州府志》卷一一四《選舉八·拔貢》之按語稱：「拔貢即明之選貢。順治元年定府、州、縣學廩生赴提學道考試，選貢：府學二名，州、縣學一名。十一年議准考經書、策論，慎選充貢。雍正七年定嗣後六年選拔一次，乾隆七年復議十二年選拔一次（定例逢酉），送部朝考。入選者分小京官、知縣、教職三等録用，其不入選者，准注册就教職或直隸州判。」〔一七〕在按語後的拔貢名録中，最先兩人爲順治年由杭州府學選拔的張宏孫、徐士俊，張宏孫名下附注「仙居教諭」，而徐士俊名下無注。其後由各州、縣學選拔的拔貢名下，俱注有任職名稱。徐士俊名下無注，應當正説明了他獲得過拔貢的資格，但未應貢這一事實。因爲未應貢而以遺民終生，與他有交往的王晫在爲他所寫的傳記中也就没有提及拔貢之事，因而造成了後世對徐士俊究竟有没有得到清順治拔貢資格的疑惑。

如上所述，即使徐士俊在清初獲得過拔貢的資格，但他未應貢，而是以遺民終生，他仍然應當算作明人，從而收入《全明詞》中。

四　吴本泰

《全明詞》第五册第二三五五頁收其詞，小傳謂：「字藥師，錢塘人。明崇禎七年（一六三四）進士，官至吏部郎中。有《吴吏部集》、《綺語障》等。」《全清詞》（順康卷）第一册第一頁也收其詞，小傳謂：「字梅里，又字藥師，又字若子，浙江海寧人。生于明萬曆二年（一五七四）。崇禎七年（一六三四）進士。授行人。選授吏部主事，晉吏部郎中，累遷尚寶司丞。入清不仕，以吟咏自娱。康熙初，無錫安璿，序刻其集，言已年近九十。有《綺語障》。」《中國文學家大辭典·文學卷》謂：「吴本泰（一五七四—一六五三），字梅里，藥師，號檷庵。浙江杭州府海寧縣人，居于郡城，故或以其爲杭州人。崇禎六年（一六三三）鄉試中舉，明年進士，時已六十一。除行人，調吏部主事，改南禮部，以召見條對稱旨，超擢吏部郎中，遷尚寶司丞。明社亡，乙酉（一六四五）筑室杭州西溪，隱于烟水蘆蕩中，清順治十年（一六五三）卒，年八十。」〔一八〕

案：吴本泰之卒年及生平，諸家所載有異，有辨析之必要。吴本泰有《自書生壙志》，作于清順治八年，該志對自己之字號、爵里、履歷所述甚詳：「吴本泰，字美子，一字藥師，自號檷庵居士。學者稱梅里先生。世居海寧，僑寓錢唐……萬曆甲戌十月初四日寅時生……丁卯歲薦，次年廷試入胄監。癸酉中順天鄉試，甲戌中會試，登劉理順榜進士。丙子分較北闈。丁丑官行人。册封魯藩，與修《會典》。辛巳召對稱旨，擢吏部考功郎，調文選。癸未調南儀。甲申轉正郎，掌大婚禮。尋轉尚寶司卿，覃恩進階贊治少尹、朝議大夫。遇鼎革，歸隱郡之西溪。」〔一九〕

據此，可知吴本泰有兩字，一字美子，一字藥師，此兩字均從「本泰」其名引申而來，自爲藥師，故能本體康泰，本體康泰，故美好。而梅里與本泰，并不形成本義與引申義關係，不是其字。據吴本泰本人所作生壙志，「學者稱梅里先生」，則「梅里」是他人所稱之别號。可知《全清詞》小傳、《中國文學家大辭典·文學卷》言吴本泰字梅里，是錯的。又吴本泰自號⿰木雨庵居士，此「⿰木雨」字罕見，学者张涌泉、洪珏认爲「疑爲吴本泰自創的俗字（蓋從木從雨會意）」〔二〇〕，《中國文學家大辭典·文學卷》誤作「欞」，當改正。

據吴本泰生壙志自述，可知他是天啟七年丁卯（一六二七）的歲貢生，在崇禎元年（一六二八）廷對後入國子監。因爲其國子監學生的身份，故得以參加北直隸舉行的鄉試，并成爲崇禎六年癸酉科舉人，在崇禎七年榮登甲戌科進士。此後，以進士身份，在崇禎九年「分較北闈」即成爲北直隸鄉試之分房考官。不知什么原因，直到崇禎十年丁丑，吴本泰才得授行人司行人之職，這離他考取進士，已有三年之久。查《崇禎七年進士履歷便覽》，也是「丙子順天同考，丁丑授行人」，看來他初授官職，確實是在崇禎十年。授行人之後，吴本泰册封魯藩，是在崇禎十二年己卯，見《吴吏部集》所收之《東瞻集》，其《東瞻自引》稱：「《東瞻》則己卯維夏，于役桐封。道瑕丘，往觀乎岱。詩曰：『泰山巖巖，魯邦所瞻。』故以『東瞻』名也。」〔二一〕其「與修《會典》」，時間不詳。其後，任行人三載考滿後，在崇禎十四年辛巳擢吏部考功司主事，後調文選司，時間未詳。「召對稱旨」，是指考滿後朝覲皇帝，其應對使皇帝滿意。「擢吏部考功郎」，「郎」是對六部各司自主事、員外郎和郎中的統稱，在此處應當是指主事。按照明代的考選法，由進士而初授中書舍人、行人司行人、大理寺評事、太常寺博士及國子監博士、助教者，在三年考滿後，其優者可選爲六科給事中，其次則爲都察院監察御史，又次者則以部曹用即成爲六部各司主事。〔二二〕吴本泰初授行人司行人，在三年考滿後，選入吏部考功司，所任只能是主事，而不可能是員外郎或郎中。其「癸未調南儀」，「南儀」是南京禮部儀制司的簡稱，這是説在崇禎十六年癸未調南京禮部儀制司。這屬于平調，但從北京調往南京，實際上帶有貶謫性質，其時所任應當仍然是主事。

崇禎十七年三月，李自成軍隊攻入北京，崇禎帝自縊而死；五月，福王在南京監國，同月即稱帝。吴本泰「甲申轉正郎，掌大婚禮」，「尋轉尚寶司卿」，是在崇禎十七年崇禎帝尚在當政之時還是福王稱帝之後，這是需要考證的。據《國榷》卷一〇一載，崇禎十七年五月「禮部儀制主事吳本泰草監國儀注竟如登極禮」[二三]，可知該年五月，福王監國時所用的儀禮是由吳本泰起草的，其時他仍是儀制司主事。則吳本泰轉儀制司正郎即郎中，應當是在該月福王稱帝之後了。又據《國榷》卷一〇四，弘光元年（一六四五）二月「南京禮部儀制郎中吳本泰爲尚寶司丞」[二四]，則吳本泰轉尚寶司卿已是第二年了。《國榷》中稱吳本泰爲「尚寶司丞」，誤，當依吳本泰在《自書生壙志》中所述，爲「尚寶司卿」。吳本泰在福王稱帝後，已陞遷爲儀制司郎中，郎中爲正五品，而尚寶司丞是正六品，尚寶司卿爲正五品。吳本泰由南京禮部儀制司郎中轉爲尚寶司卿，屬于平級調動，若轉爲尚寶司丞，則屬于貶官左遷了。更何况吳本泰「覃恩進階贊治少尹、朝議大夫」，「贊治少尹」是從四品的勳級，「朝議大夫」是從四品陞授的散階，這説明吳本泰以正五品的官職而進階得到了從四品的勳級和散階，他不可能遭貶官而成爲正六品的尚寶司丞的。

這説明《全明詞》、《全清詞》小傳和《中國文學家大辭典·文學卷》所説的吳本泰「官至吏部郎中」或「擢吏部郎中，遷尚寶司丞」之類，都是不確的。吳本泰并未做過吏部郎中，他在做吏部主事後，調任南京禮部，并陞至南京禮部郎中。并由南京禮部郎中轉爲尚寶司卿，而非尚寶司丞。小傳及大辭典，所依據的材料，如大辭典所依據的《（雍正）浙江通志》等等，本身就存在着錯誤，導致了這些小傳及辭典介紹不確。

吳本泰自述「遇鼎革，歸隱郡之西溪」。實際上，在弘光元年五月福王政權覆滅後，吳本泰回到了家鄉海寧，并在海寧、桐鄉一帶生活了一段時間。收入《吳吏部集》中的《南還草》，卷上收録了吳本泰從崇禎十六年調任南京禮部主事南還途中所作，卷下則爲南明福王政權覆亡後在隱居杭州西溪前的部分作品。卷下在作于丙戌年即清順治三年（一六四六）的三首詩之後，有《南奔初抵寧城舊居》、《一遷趙家橋陳氏園館》、《二遷牛坑》、《三遷桐鄉》、《四遷末埭》、《五遷劃船漾》等作品，這裏所提到的遷居地點，均在今浙江海寧、桐鄉一帶。之後，有《秋雪庵八咏》，秋雪庵在杭州西溪。吴本泰所作《南還自引》，署款爲「歲在强圉大淵獻如月吴本泰書于西溪蒹葭深處」〔二五〕，可知是順治四年丁亥二月所作，其時吴本泰已隱居于杭州西溪。

最後，是吴本泰之卒年。吴本泰自述「萬曆甲戌十月初四日寅時生」，則其生于萬曆二年（一五七四），并無疑義。查《崇禎七年進士履歷便覽》上所記爲「庚子年十月初四日生」，庚子年爲萬曆二十八年（一六〇〇）。其「官年」與「實年」，竟然相差二十六年。其卒年，《中國文學家大辭典·文學卷》謂其「清順治十年（一六五三）卒，年八十」，看似言之鑿鑿，其實靠不住。順治十年夏之中刻本《吴吏部文集》卷首有序，其中辛霜翊之序稱：「藥師成進士踰二十歲，宦成踰十餘歲。又年已八十，始出其文集示人。」夏之中之序稱：「以今年八十餘，猶手目書卷，飾健不怠。」兩序均作于「順治癸巳夏」即順治十年夏天，從這兩序可知，直到該年夏天，吴本泰還非常健康地活着。《中國文學家大辭典·文學卷》斷言吴本泰死于該年，不知何據。《全清詞》小傳稱「康熙初，無錫安璿，序刻其集，言已年近九十」，安璿所序刻其集，或是吴本泰之詞集《綺語障》，此詞集似已失傳，没處覆核，不過《全清詞》這條記載應當是可靠的。康熙元年（一六六二），吴本泰已八十九歲，確實已年近九十。吴本泰應當活至康熙元年（一六六二）之後。

五　李長苞

《全明詞》第五册第二三七二頁始收其詞，小傳僅謂：「字竹西，後改名蒸，華亭人。明崇禎九年（一六三六）舉人。有《春詞》、《秋詞》。」《全清詞》順康卷第一册第二五三頁也收其詞，名作「李蒸」，小傳謂：「原名長苞，字竹西，江蘇華亭人。明崇禎九年（一六三六）舉人。後朱履升贈詩有『同榜人何在，辭官誓已堅』之句，殆亦終身淪隱者。有《春詞》、《秋詞》。」

案：《全清詞》小傳，當取自《（嘉慶）松江府志》卷五五《古今人傳》七之本傳。又該志卷四五《選舉表》

二《明舉人表》「崇禎九年丙子科」有李長苞，名下注云：「竹西，改名蒸。平湖籍，浙江中式。」〔二六〕查《（雍正）浙江通志》卷一四一《選舉》十九「崇禎九年丙子科」中第二人即李長苞，下注「平湖人」〔二七〕。可知李長苞爲南直隸華亭人，浙江平湖籍，其鄉試中式是在浙江。又《國朝詩綜》卷一七收李長苞《少年游・秋砧》，名下注稱「字竹西，嘉興人」〔二八〕，蓋平湖縣屬嘉興府之故。

又《（乾隆）金山縣志》卷一〇《科目》一《舉人》「崇禎九年丙子科」有李蒸，名下注稱：「竹西，榜名長苞。潢溪人。浙江平湖學，中第二名。」〔二九〕《（光緒）金山縣志》卷二五《隱逸傳》本傳稱其爲「呂巷人」〔三〇〕。潢溪即今金山之呂巷，因元代有名士呂良佐居于此而改名。明之松江府華亭縣，清順治十三年（一六五六）析其西南境置婁縣，呂巷屬婁縣；雍正二年（一七二四）又析婁縣南境置金山縣，呂巷屬之。因呂巷鄰浙江之嘉興府平湖縣，故李長苞得以平湖籍入平湖縣學，在浙江參加鄉試并中式。《（光緒）金山縣志》卷二五《隱逸傳》本傳云：「李蒸，號竹西，原名長苞，呂巷人。崇禎九年舉人。明亡，避地宿遷、寶應間，浮沉詩酒。有薦爲郎官者，辭不受。朱履升贈詩云『同榜人何在，辭官志益堅』，以淪隱終。」〔三一〕較《（嘉慶）松江府志》有所補充。

李長苞之生年可考。金堡《偏行堂續集》文卷三有《李竹西詩序》云：「從嶺南携出，灰頭土面，向雨宿風餐裏，得到當湖，意氣俱盡。竹西道兄拏舟來訪，忽見四十年前人，疑其老矣。乃有龍跳天門，虎卧鳳闕之狀，如將冰稜下人，提在杲日薰風中坐地也。虬髯客見李公子，不覺心死；澹歸見竹西，却又心活……因自念一生多思善怒，宜其少于竹西二歲，而竹西甚壯，予甚衰也。」〔三二〕金堡（一六一四—一六八〇），浙江仁和（今杭州市）人。崇禎九年（一六三六）舉人，正與李長苞爲浙江鄉試同年。崇禎十三年（一六四〇）進士，授臨清州知州。後引疾歸。清兵入浙後，輾轉閩、粵諸南明小朝廷，堅持抗清。清軍陷桂林後，削髮爲僧，法名性因。後投廣州雷鋒寺，更名今釋。復至韶州辟丹霞寺，改名澹歸。澹歸駐錫丹霞寺時，曾與南雄知府平湖人陸世楷交游密切。康熙十三年（一六七四）陸世楷丁父憂歸，十七年（一六七八）澹歸從嶺南來至嘉興請所刻《大藏經》（後世稱《嘉興藏》，因明末清初主要刊刻于嘉興楞嚴寺），八月到達嘉興，九月至平湖看望陸世楷，第二年春初回嘉興。之後因病，澹歸一直滯留江南一帶。康熙十九年春扶病再至平湖，八月卒于陸氏之南園。

從金堡此序「從嶺南携出」「得到當湖」，可知正是他在康熙十七年八月至第二年春在平湖期間所作。「當湖」是平湖縣治，亦作爲平湖之别稱。金堡（這時釋名澹歸）到了平湖，作爲同年的李長苞前來會見。從崇禎九年（一六三六）兩人同中舉人，至康熙十七年（一六七八），已有四十二年，故序中説「忽見四十年前人」。可知在康熙十七年（一六七八），李長苞仍在世。而金堡「少于竹西二歲」，金堡生于萬曆四十二年（一六一四），可知李長苞當生于萬曆四十年（一六一二）。

六　陸堦

陸堦，字梯霞，浙江錢塘人。《全明詞》第五册第二五一一頁始收其《惜春容》詞，小傳稱：「生于明萬曆末年（一六一九）左右，卒于清康熙四十年（一七〇一）左右，享年八十三歲。」《全清詞》（順康卷）第二册第八七二頁收詞同，小傳謂：「（康熙）四十年後卒，年八十三。」

案：陸堦之確切生卒年可考。孫治《陸梯霞六十壽序》稱：「余友自庚申生者凡三人，曰：陸子梯霞、王子仲昭、毛子馳黄。」[三三]可知陸堦生于萬曆四十八年（一六二〇）庚申。又獨孤微生《陸梯霞七十壽序》稱：「吾友陸君梯霞，至康熙己巳年七十矣。」[三四]康熙二十八年（一六八九）己巳年七十，逆推之生年正是萬曆四十八年（一六二〇）。

又據獨孤微生《陸梯霞八十壽序》「今年己卯先生八十矣」[三五]，可知康熙三十八年（一六九九）己卯陸堦八十歲時仍在世。又毛奇齡《西河集》卷一〇五《陸三先生墓志銘》稱：「先生陸氏，諱堦，錢塘人。梯霞者，二十字也。」可知正是爲陸堦所作之墓志銘。該墓志銘雖未記陸堦之具體生卒年，然言陸堦「先生以八十有三遽先我卒」〔三六〕，可知陸堦確實卒于八十三歲，據此可知其實卒于清康熙四十一年（一七〇二）。

陸堦少與兄圻、培入復社，稱「三陸」。明清之際，陸圻與孫治（字宇台）、毛先舒（字馳黄）等稱「西泠十子」，而陸圻爲之首。崇禎年間選貢生。入清，賣藥奉母，隱居不仕。康熙初，受湖州莊廷鑨「明史案」牽連，繫獄三年。事白，遁之黄山學道。以子寅號泣請歸。後入廣東丹霞山爲道士，竟不知所終。陸培爲崇禎十三年進士，授行人司行人。南明弘光元年（一六四五）清兵陷南都後，陸培奉潞王于杭州，清兵下杭州，潞王降，陸培自縊而死。陸堦爲崇禎十二年（一六三九）舉人，入清後，奉母隱于河渚，後講學于萬松書院。其爲明遺民之身份甚明，故當收入《全明詞》中。

七　陸坒

陸坒，字左城，浙江錢塘人。陸圻、陸堦之五弟。《全明詞》第五册第二五一二頁收其《醉太平》詞，小傳不載其生卒年。又《全清詞》（順康卷）第二册收詞同，小傳亦不載其生卒年，僅謂「卒年四十四」。

案：陸坒之生卒年其實可考。王嗣槐《祭亡友陸左城文》稱：「子九齡而失怙，若申蟠之哭忘，聞者摧裂其肝腸。奉寡母于堂上，晨昏眷戀，而游處之必有常。」〔三七〕可知陸坒九歲時父親逝世。

而陸坒之父親陸運昌，字夢鶴，見毛奇齡所作《陸三先生墓志銘》：「先生陸氏，諱堦，錢塘人，梯霞者，二十字也。父夢鶴公，諱運昌，明崇禎甲戌進士，官吉水知縣……吉水公生五子：長麗京，諱圻；次鯤庭，諱培；先生其三也，崇禎己卯舉兩浙鄉試。先生偕兩兄合梓其社業行世，而鯤庭君于是年中式，一時購鯤庭行書并兩人社業並行之，號『三陸體』。當是時，先生有兩弟，曰紫躔、曰左城，皆名士而年未成也。人第指三君繼三龍門後，遂以『三陸』艷稱之。」〔三八〕此陸堦之墓志銘，交代其父陸運昌之子嗣甚詳，可知陸運昌有子五人，而陸坒爲其第五子。陸運昌之前三子陸圻、培、堦三人齊名，并稱「三陸」，而陸堦之兩弟紫躔、左城當時尚未成人，還未包括在内。可知陸坒與其前三位兄長，年齡相差較大。而上文已考陸堦生于萬曆四十八年（一六二〇）庚申。

陳子龍《安雅堂稿》卷一三《吉水令夢鶴陸公傳》稱：「陸公運昌者，初名鳴勲，已改今名。方生時，母夢翔鶴舞于中庭而公以降，故爲字夢鶴，杭州人也……以母憂去官，自謂不及視含殮，毀甚杕，不能起，漸至尫瘠。而是年杭大饑，公强起佐其郡大夫，立法賑救，所活不可計。卜葬沈太孺人日月有時矣，力疾，走金陵，乞某公銘幽之文。反自南徐，疾作，暴卒。公蓋死孝者也。公孝友忠敬，雅量壯節，慨然以名教爲己任而名位不稱。是歲，婁東張翰林溥亦卒于家。公之石交也，士論同惜之。」〔三九〕此傳述陸運昌逝世之過程頗詳，雖未言其卒于何年，然謂陸運昌與張溥卒于同一年。據黄道周《張天如墓志》，張溥生于萬曆三十年（一六〇二）壬寅三月，卒于崇禎十四年（一六四一）辛巳五月，享年四十歲〔四〇〕。可知陸運昌也卒于崇禎十四年（一六四一），該年陸坒九歲，可推知其生于崇禎六年（一六三三）。而陸坒之卒年，阮元《兩浙輶軒録》卷三引朱彭説稱其「年四十四卒」〔四一〕，可推知其卒于康熙十五年（一六七六）。

陸坒生年太遲，南明弘光元年（一六四五）清兵陷杭州時，年僅十三歲，雖然未在清朝應舉出仕，但應視作清人，其詞不當收入《全明詞》中。

八 魏琯

《全明詞》第五册第二五一七頁據《蘭皋明詞彙選》卷五收魏琯《江城子·扶病》、《釵頭鳳·詞懺》詞兩首，小傳僅謂：「字昭華。生平事跡不詳。」《全清詞》（順康卷）第一册第四一七頁則據《倚聲初集》卷一三收其《江神子・扶病》一首，小傳謂：「字昭華，山東壽光人。明崇禎十年（一六三七）進士，官兵部侍郎。」

案：《蘭皋明詞彙選》卷首「姓氏」中僅載「魏琯，昭華」[四二]，而《倚聲初集》之「爵里一」亦僅載：「魏琯，昭華，壽光人。前丁丑進士，官至兵部侍郎。」[四三]《全明詞》、《全清詞》小傳分別据之而來，故極簡單。其實魏琯之生平事跡可考。

魏琯爲明崇禎十年進士，入清後官至兵部侍郎，《清史稿》卷二四四《李森先傳》附傳[四四]、《清史列傳》卷七九《貳臣傳乙》[四五]及《（民國）壽光縣志》卷一二《人物志・事功》本傳[四六]均有傳，而以《（民國）壽光縣志》所載爲最詳。現綜合這三種傳記，并結合其他文獻，對魏琯之履歷進行梳理。魏琯于明崇禎十年（一六三七）成進士，初授河間府推官，擢監察御史。見《（民國）壽光縣志》及《崇禎十年進士履歷便覽》。其擢監察御史之時間，應當是在崇禎十三年，因爲按明代時的選舉制度，六科給事中、都察院監察御史，會從內外官中科目出身三年考滿者中考選，外官即推官和知縣。[四七]

清順治二年（一六四五）二月，以御史傅景星薦，授湖廣道御史。五月，巡按甘肅。四年，任江寧學政。其還京掌河南道事之時間，《（民國）壽光縣志》作五年，而《清史稿》、《清史列傳》作七年。當以順治五年爲是。蓋清初承明制，各省設提學道一員，以按察司僉事充任，而直隸及由明代南直隸改名而來的江南省則由都察院監察御史充任。具體到清初的江南省，據法式善《清秘述聞》卷九：「順治二年上、下江分差督學御史二員，九年合爲一員，十年停差御史，照直隸順天等處，特設督學翰林二員，分上、下江。十二年改南直隸爲省，照例用提學僉事二員，停差翰林。康熙元年，裁改學道一員。二十四年，復用翰林。雍正三年，仍分上、下江各一員。」[四八]清初江南省所稱之上、下江，上江指江寧、蘇北及安徽全省，下江則指蘇南蘇、松、常、鎮四府，當時的上江督學也稱江寧學政，而下江督學也稱蘇松學政。據《清秘述聞》卷九所載，上江督學御史，順治二年爲高去奢，四年爲魏琯，六年爲李嵩陽。[四九]由此可知，順治六年朝廷已派李嵩陽任下江學政，則魏琯不可能在順治七年還在任上，他應當在六年之前已經回京了。《（民國）壽光縣志》載魏琯「五年，還京，掌河南道事」，應當更符合實際。

據《（民國）壽光縣志》及《清史列傳》，魏琯在順治九年陞順天府府丞，十年遷大理寺卿。《清史稿》稱其順治十二年陞大理寺卿，顯誤。《清經世文編》卷九三載《申明三法司舊例疏》，《皇清奏議》卷六載《仰佐祥刑疏》，均爲魏琯在順治十年所作的奏疏，所署均稱「大理寺卿」[五〇]，可知魏琯在順治十年已陞該職。

魏琯任大理寺卿時，原先屬兵部督捕的八旗逃人，其時議歸大理寺統之。魏琯上疏言其不便，于是朝廷增設兵部督捕侍郎。《清史稿》、《清史列傳》未言魏琯擔任此職，而《（民國）壽光縣志》稱「奉旨俞允，即授琯爲兵部督捕侍郎」，但未言時間。據《東華録》「順治二十二」，魏琯在順治十一年正月甲辰由大理寺卿遷兵部督捕右侍郎。[五一]其後，因上疏求寬減窩藏逃人者之罪責而忤旨，六月降三級調用，據《（民國）壽光縣志》「七月，補通政司參議」，可知其具體所降之職。《清史列傳》則誤「七月」爲「七年」，致使前後文不通。

魏琯降調爲通政司參議之後不久，發生了德州諸生吕煌窩藏逃人的事件，在審理過程中，有官員認爲德州知府犯有失察窩逃之罪，魏琯對此持有異議而遭到彈劾，皇上認爲魏琯前此所上的請求寬減窩藏逃人罪的奏疏是有意爲吕煌脱罪，魏琯竟遭奪官并流徙盛京，并卒于戍所。魏琯遭革职流徙的時間，根據《東華録》「順治二十三」，是在順治十一年八月辛未。[五二]而魏琯何時卒于戍所，已難以確考。《（民國）壽光縣志》稱「旋歿」，《清史列傳》稱「尋死于遼陽」，可知是在流徙後不久，很可能就在該年的冬天或第二年。現暫定其卒年在順治十一年（一六五四）冬天。

魏琯之生年，其實可以確定。劉正宗有《壽魏昭華》詩：「身如鶴立步如仙，屈指新周六十年。兩度盡逢春日始，三台常見壽星懸。重過癸巳龍蛇歲，初敞于公玳瑁筵。我幸同庚遲八月，天然兄弟讓先鞭。」[五三]從詩中「屈指新周六十年」、「兩度盡逢春日始」、「重過癸巳龍蛇歲」，可知魏琯生于癸巳年，而該詩則作于魏琯所經歷的第二個癸巳年。又從詩中「我幸同庚遲八月，天然兄弟讓先鞭」，可知作者劉正宗與魏琯同庚，而出生比魏琯稍早。在此首詩之前十五首爲《癸巳生日》，詩首句云「八月秋高挂已黄」〔五四〕，可知刘正宗生于該年秋八月，而《壽魏昭華》之後一首是《癸巳除日》，可知魏琯當生于癸巳年年底稍前。《崇禎十年進士履歷便覽》載魏琯之出生爲「己酉十二月十七日」〔五五〕，「己酉」爲魏琯之「官年」，不足信；而「十二月十七日」應當是他的確切生日，因此可知魏琯實際生于癸巳年十二月十七日。魏琯爲崇禎十年（一六三七）丁丑科進士，在此之前的癸巳年爲萬曆二十一年。可知魏琯生于萬曆二十一年十二月十七日（一五九四年二月六日），前一天爲立春日，而清順治十年十二月十七日（一六五四年二月三日）爲其六十周歲生日，當天爲立春日，因此也就可以理解劉正宗詩中「兩度盡逢春日始」的確切含義了。

至此，魏琯的小傳可作如下：魏琯，字昭華，山東壽光人。生于萬曆二十一年十二月十七日（一五九四年二月六日），約卒于清順治十一年（一六五四）。崇禎十年（一六三七）進士，授河間府推官。十三年，徵爲都察院監察御史。清順治二年（一六四五）二月，以薦授都察院湖廣道監察御史。五月，巡按甘肅。五年，還京，掌河南道。九年，擢順天府府丞。十年，遷大理寺卿。十一年正月，陞兵部督捕右侍郎。六月，以疏求寬減窩逃罪忤旨，降三級調用。七月，補通政司參議。八月，以議吕煌窩逃罪遭劾，因追論前疏之責，遭奪職并流徙遼陽。尋卒。

魏琯出生于明末，且在崇禎年間出仕，然在入清後出仕于新朝，自然因作清人對待。《全明詞》中不應收入。而其詞兩首見于《蘭皋明詞彙選》，《全清詞》僅據《倚聲初集》收其一首，另一首當補收。

〔一〕曹宗載輯《硤川詩鈔》卷二，清光緒十八年（一八九二）刻本。《紫硤文獻録》也爲曹宗載本人所纂，有小清儀閣抄本，今已收入《中國古代地方人物傳記匯編》（浙江卷三十九），北京燕山出版社二〇〇八年版，所引文字見第四五一頁。

〔二〕王德浩纂《硤川續志》卷六,《中國方志叢書》「華中地方」第五九三號,臺北成文出版社一九八三年版,第三二四頁。此書封面書名作「峽川續志」,特此説明。

〔三〕《（乾隆）海寧縣志》卷九,《中國方志叢書》「華中地方」第五一六號,第一四〇四頁。

〔四〕談遷著,羅仲輝等點校《棗林雜俎》聖集,中華書局二〇〇六年版,第二六一頁。

〔五〕鄒祇謨、王士禛輯《倚聲初集》卷首,《續修四庫全書》第一七二九册,上海古籍出版社二〇〇三年版,第二〇一頁。

〔六〕《（康熙）埔陽志》卷四,《中國地方志集成·廣東府縣志輯》第二二册,上海書店出版社二〇〇三年版,第三六二頁。

〔七〕《（乾隆）潮州府志》卷二六,《中國地方志集成·廣東府縣志輯》第二四册,第五〇六頁。

〔八〕《（民國）大埔縣志》卷一九,《中國地方志集成·廣東府縣志輯》第二二册,第四一〇—四一二頁。

〔九〕李時人編著《中國文學家大辭典·明代卷》,中華書局二〇一八年版,第一一七六頁。

〔一〇〕〔一一〕陳欣《徐士俊的名號與生卒年號》,《文獻》一九九二年第一期,第二六六—二六七頁,第二六七—二六八頁。

〔一二〕卓人月《蕊淵集》卷七,明崇禎十年（一六三七）刻本。

〔一三〕王晫《南窗文略》卷四,《霞舉堂集》,《清代詩文集彙編》第一四四册,上海古籍出版社二〇一〇年版,第三五頁。

〔一四〕王同輯《唐棲志》卷一二,清光緒十六年（一八九〇）刻本。

〔一五〕杭世駿《道古堂文集》卷二一,蔡錦芳等點校《杭世駿集》第二册,浙江古籍出版社二〇一五年版,第三一四頁。

〔一六〕《（光緒）桐鄉縣志》卷一五,《中國地方志集成·浙江府縣志輯》第二三册,上海書店出版社一九九三年版,第五二六頁。

〔一七〕《（民國）杭州府志》卷一一四,《中國地方志集成·浙江府縣志輯》第二册,第一〇五二頁。

〔一八〕李時人編著《中國文學家大辭典·明代卷》,第五七五頁。

〔一九〕吳本泰《吳吏部文集》卷一二,順治十二年（一六五五）夏之中刻本。此書與下文之《吳吏部集》版本不同。

〔二〇〕張涌泉、洪珏《地方文獻整理的質量問題應引起重視——以杭州出版社出版的〈西溪梵隱志〉爲例》,《台州學院學報》二〇一二年第四期,第四七頁。

〔二一〕吳本泰《吳吏部集·東瞻集》,《四庫禁燬書叢刊》集部第八四册,北京出版社一九九九年版,第三七三頁。

〔二二〕見《明史》卷七一《選舉三》,中華書局一九七四年版,第六册,第一七一七—一七一八頁。

〔二三〕〔二四〕談遷《國榷》卷一〇一、卷一〇四,中華書局一九五八年版,第六册,第六〇八一頁,第六一八二頁。

〔二五〕吴本泰《吴吏部集·南還集》，《四庫禁燬書叢刊》集部第八四册，第三八五頁。

〔二六〕《（嘉慶）松江府志》卷四五，《中國方志叢書》「華中地方」第十號第二册，第一二四九頁。

〔二七〕《（雍正）浙江通志》卷一四一，影印文淵閣《四庫全書》第五二二册，第六五七頁。

〔二八〕王昶輯《國朝詞綜》卷一七，《續修四庫全書》第一七三一册，上海古籍出版社二〇〇三年版，第一三七頁。

〔二九〕《（乾隆）金山縣志》卷一〇，《中國方志叢書》「華中地方」第四〇五號第一册，第四〇五頁。

〔三〇〕〔三一〕《（光緒）金山縣志》卷二五，《中國方志叢書》「華中地方」第一四〇號第四册，第一〇〇一頁。

〔三二〕金堡《徧行堂續集》文集卷三，《四庫禁燬書叢刊》集部第一二八册，北京出版社一九九九年版，第三八六頁。

〔三三〕孙治《孫宇台集》卷九，《四庫禁燬書叢刊》集部第一四八册，北京出版社一九九九年版，第七三八頁。

〔三四〕〔三五〕獨孤微生《泊齋别録》不分卷，《四庫未收書輯刊》第五輯第三十册，北京出版社二〇〇〇年版，第四九五頁，第四七九頁。

〔三六〕〔三八〕毛奇齡《西河合集》墓志銘卷一五，《清代詩文集彙編》第八八册，上海古籍出版社二〇一〇年版，第一〇一頁。

〔三七〕王嗣槐《桂山堂文選》卷七，《四庫未收書輯刊》第七輯第二七册，北京出版社二〇〇〇年版，第四四七頁。

〔三九〕陳子龍《安雅堂稿》卷一三，《續修四庫全書》第一三八八册，上海古籍出版社二〇〇三年版，第一一三—一一五頁。

〔四〇〕黄道周《黄石齋先生文集》卷一一，《續修四庫全書》第一三八四册，上海古籍出版社二〇〇三年版，第二七〇頁。

〔四一〕阮元《兩浙輶軒録》卷三，《續修四庫全書》第一六八二册，上海古籍出版社二〇〇三年版，第二〇八頁。

〔四二〕顧璟芳等輯《蘭皋明詞彙選》卷首，清康熙刻本。又王兆鵬點校本，遼寧教育出版社一九九八年版，第一四頁。

〔四三〕鄒祗謨、王士禛輯《倚聲初集》卷首，《續修四庫全書》第一七二九册，上海古籍出版社二〇〇三年版，第二〇一頁。

〔四四〕《清史稿》卷二四四，中華書局一九七七年版，第三二册，第九六一九—九六二〇頁。

〔四五〕《清史列傳》卷七九，中華書局一九八七年版，第二十册，第六五七八—六五八〇頁。

〔四六〕《（民國）壽光縣志》卷一一，《中國地方志集成·山東府縣志輯》第三四册，鳳凰出版社二〇〇四年版，第二七七—二七八頁。

〔四七〕參《明史》卷七一《選舉志三》，中華書局一九七四年版，第六册，第一七一七頁。

〔四八〕〔四九〕法式善《清秘述聞》卷九，《清秘述聞三種》，中華書局一九八二年版，第三一八頁，第三一九頁。

〔五〇〕賀長齡等編《清經世文編》卷九三，中華書局一九九二年版，下册，第二二八九頁； 羅振玉輯，張小也等點校《皇清奏議》卷六，鳳凰出版社二〇一八年版，上册，第一五五頁。

〔五一〕〔五二〕王先謙編《東華録》順治二十二、卷二十三，《續修四庫全書》第三六九册，上海古籍出版社二〇〇三年版，第三七一頁，第三八三頁。

〔五三〕〔五四〕劉正宗《逋齋詩》（不分卷），《四庫未收書輯刊》第八輯第一六册，北京出版社二〇〇〇年版，第二九八頁，第二九五頁。

〔五五〕《崇禎十年進士履歷便覽》，《天一閣藏明代科舉録選刊·登科録》第八函，寧波出版社二〇〇七年版。

（作者單位：浙江大學人文學院）

民國詞譜要籍敘録

張文昌

内容提要　詞譜包括音樂譜和格律譜兩類，明清時期多指格律譜。清代是詞譜編纂的繁盛期，餘風至民國時期亦未斷絶。今就翻檢所及，得民國詞譜要籍十種，其中多有尚未爲學界所關注者。兹以各書出版時間爲序，逐一考叙，明其版本源流，述其譜式體例，揭其内容與價值，冀爲研習詞譜或詞律者之一助。末二種雖非民國版本，然亦撰于民國時期，故一併叙列于此。

關鍵词　民國　詞譜　詞律　叙録

一　陳栩鑒定、陳小蝶編《考正白香詞譜》

《考正白香詞譜》三卷，附録詞人姓氏録、增訂晚翠軒詞韻一卷，陳栩鑒定、陳小蝶編，民國七年（一九一八）春草軒鉛印本。綫裝四册，仿古書欄框版式，四周單邊，左右邊框外印有書名、卷次、頁碼及「春草軒印行」字樣。國家圖書館、浙江圖書館、南京大學圖書館、北京師範大學圖書館、華東師範大學圖書館等均

本文係國家社科基金重大項目「明清詞譜研究與《詞律》、《欽定詞譜》修訂」（項目號：18ZDA253）階段性成果。

藏。封面簽條上題「天虛我生」雙行小字，下題「考正白香詞譜」。扉頁右上題「詞學大家天虛我生編纂」，書名由蔡晉伯署簽。版權頁題「民國七年三月，振始堂原印，特約發行所：上海中華圖書館、掃葉山房、文瑞樓書局、文化書局、鴻文書局、求古齋書局」。卷前有陳栩《考正白香詞譜序》，述説撰著緣起。次爲凡例六條，詳細交代本書體例，其第五條介紹「韻」、「叶」、「拗句」、「結句」、「句法」等術語，尤爲詳明。次爲目録，按字數由少到多排列詞調，先列調名，後附詞題，其下再舉出若干别名，如「憶王孫（春秋）」，一名憶君王、豆葉黄、闌干萬里心」，共一百調。

此書第四册專收附録，前有戊午（一九一八）十月天虛我生所撰《考正白香詞譜後序》，稱此書乃取强化誠、張一埜、李泠、東世澂四人校本勘定而成，對校勘原則有所説明。次爲《詞人姓氏録》，以姓爲綱，按筆畫排序，于時代、字號、里爵、生平簡介之外，間附各家評注。譜中例詞作者實際五十九人，此録所收却達一百三十三人，可能照顧到了書中所徵引的詞家，小傳似采自杜文瀾所編《詞人姓氏録》。次爲陳祖耀校正之《增訂晚翠軒詞韻》，據書前陳栩自序所述，乃經詳細斟酌，曾取《詞林正韻》、《中原音韻》、《中州音韻》、《洪武正韻》等書對照參考，「頗自信爲學填詞者之津梁」。書末還附有詞韻、詞譜校勘表。

陳栩（一八七九—一九四〇），原名壽嵩，後改名栩，字蝶仙，别署超然、惜紅生、太常仙蝶、櫻川三郎、大橋式羽，晚年自號天虛我生，浙江錢塘人（據鄭逸梅《天虛我生陳定山父子》）。優附貢生出身，兩薦不第，而科舉廢。曾主編《大觀報》、《著作林》、《游戲雜志》、《女子世界》、《申報·自由談》等刊物。四十以後興趣轉向實業，創辦家庭工業社。一九四〇年三月二十四日病逝于滬寓，享年六十二歲（據周瘦鵑《陳栩園先生逝世》）。陳氏爲南社成員，也是鴛鴦蝴蝶派代表人物之一，詩、詞、傳奇、小説、彈詞等各種文體兼擅，一生著述甚豐，與詞相關的主要有《天虛我生詩詞曲稿》、《海棠香夢詞》、《栩園叢稿》、《考正白香詞譜》等。陳小蝶（一八九七—一九八九），名蘧，字小蝶，後改名定山，别署蝶野、蕭齋、醉靈軒主人、定山居士。

陳栩長子，工詩詞，善繪畫，著有《醉靈軒詩存》、《湖上散記》、《春申舊聞》等。

《考正白香詞譜》是陳栩和陳小蝶父子合作編成。據《考正白香詞譜序》，陳栩學詞，初以舒夢蘭《白香詞譜》爲圭臬，後依奉賴以邠《填詞圖譜》，旋又以萬樹《詞律》爲宗。進而又取《全唐詞》、《宋六十家詞》、《歷代詩餘》、《欽定詞譜》、《詞綜》、《詞律校勘記》等詞籍參互比較，「則知《詞律》所訂亦未盡然」。有感于初學者入門之不易，遂命其子陳小蝶，就《白香詞譜》中所選百首詞一一加以考證，融入其心得，著爲定譜，歷時二載方才竣工。此書正文譜式，先列詞調名，上有「▲」以示醒目，下題作者時代、姓名、字號。例詞隨文以符號注明平仄，凡平聲字皆用○標示，仄聲皆用●標示，平仄不拘者皆用◎，符號皆位于字右。斷句標點則以文字直書「句」、「豆」、「韻」、「叶」、「換」、「疊」等，其中換韻有「換平」、「換仄」、「叶平」、「叶仄」、「三換平」、「三換仄」等不同情況，「疊」又分疊句、疊字、疊韻三種類型。例詞後爲「考正」，次則爲「填詞法」，「考正」二字與「填詞法」三字均以白文黑底樣式標出。

《考正白香詞譜》（以下簡稱「陳考」）基本沿襲了民國振始堂本舒夢蘭《白香詞譜》（以下簡稱「舒譜」）的選目，詞調編排順序也一致，但在其他方面都有所調整。首先，符號標識方面，舒譜《凡例》云：「是譜凡平仄不可移易者，平皆用○，仄皆用●，可平而本詞仄者用◐，可仄而本詞平者用◒，至詞中句則用『、』，讀則于字中用『·』，押韻處則用『—』以別之。」陳考將平仄不拘之字的兩種符號合併爲◎，將句讀、押韻符號改爲文字標注。其次，例詞方面，舒譜是一調一詞，陳考因之，但並未原樣照搬，而是參考《全唐詞》及《宋六十家詞》等文獻進行了核校，因而存在細微的文本差異。例如《如夢令》第二句，舒譜作「燕尾點波緑皺」，陳考改「點」爲「剪」字；《長相思》前兩句，舒譜作「汴水流，泗水流」，陳考爲「泗水流，汴水流」。舒譜正文爲每一首詞標立詞題，陳考將其移至目録部分，正文不載。最後，舒譜于譜外無聲律説明，陳考則附以詳細的考證。其「考正」一欄主要考叙調名源流，辨析同調異名，内容大多襲自《詞律》、《詞譜》，間有補充，如《點絳唇》一調，「考正」云：「沈氏别集，選韓魏公詞，次句作『對庭前花樹添憔悴』，多一『對』字，蓋襯豆也。曲中有之，于填詞不宜，不足法也。」韓詞多一「對」字，萬樹認爲是誤筆，杜文瀾稱「並非誤多，蓋變體也」，陳栩則視其爲「襯豆」，各有所見。「填詞法」一欄爲此書勝處，詳説該調字聲、句法、韻法等，幾乎逐句解説，細致入微，尤其注重指出聲律和句法上的特殊之處，常發前人所未發，如稱《憶王孫》「第四爲三字句，平仄不可移易，而第一字尤以用去聲爲宜」，《調笑令》「通首以六言句爲主，夾以兩字叠句，爲拗體之濫觴」，《醉太平》「末句雖五字，實爲上一下四句法，不可作普通五言句觀」。但有時過于詳細，未免流于瑣碎，讓人難以迅速抓住重點。就學術性而言，陳考是《白香詞譜》系列著作中品質較高的一種。該書影響力甚大，不僅本身衍生出了續補之作，有些後出的《白香詞譜》箋注本甚至以之爲底本，周拜花《續考正白香詞譜序》稱其「經十餘版，風行全國」，當非虚言。

二　吴莽漢《詞學初桄》

《詞學初桄》八卷，吴莽漢撰，民國九年（一九二〇）七月上海朝記書莊鉛印本。綫裝八册，仿古書版式，四周單邊，花口，雙黑魚尾，半頁十二行，行二十九字，版心印有書名、卷數、頁碼及印刷機構名。國家圖書館、上海圖書館、南京圖書館、吉林大學圖書館、華東師範大學圖書館等皆藏。封面書名下題「上海朝記書莊印行，庚申三月唐駝署」。扉頁右上刻「崇明吴莽漢編」，中間刻書名「詞學初桄」，左下署「上海朝記書莊印行」。前有「中華民國九年七月」牌記，次民國九年三月太倉頌韓李聯珪序，次爲緒言和目録。此書另有上海徐家匯國文函授學校本，一册，石印本，上海圖書館藏。與朝記書莊本相較，此本主要有三點顯著的不同：一是無李聯珪序，《緒言》部分則一致；二是卷次，僅有卷上而無卷下，所收單調小令，僅爲前者卷一的内容，據此推斷，此本乃爲教學之用，規模可能較小；三是版式，左右雙邊，白口，單黑魚尾，半頁十四行，行三十二字，版心僅標頁碼。

吴莽漢（一八八三—一九三七），字采人，一字采蓴，江蘇崇明（今屬上海）人。曾任上海徐家匯南洋大學附屬小學教員、交通大學上海學校國文及中史教授。民國二年（一九一三）《自由雜志》第二期《諸文家肖像》中有吴氏肖像一幀，其下所附簡介稱其「三十歲」，由此推之，吴氏當生于一八八三年。另據民國二十六年（一九三七）六月一日《時報》「南洋模範追悼吴采人」一則所載，吴氏于該年去世。除《詞學初桄》外，另著有重箋本《白香詞譜》，在《自由雜志》、《錫秀》、《北京交通大學月刊》、《朔望》等刊物發表詩詞文作品若干。

《詞學初桄》每册一卷，采用分卷目録，詞調按字數由少到多排列，每調正名之下以小字列出異名，有異體者標「又一體」。據目録可知，卷一至卷三收小令（卷一收單調小令，卷二、卷三收雙調小令），從《十六字令》至《惜分釵》，凡一百二十一調一百四十六體；卷四、卷五收中調，從《唐多令》至《探芳信》，凡六十三調八十二體；卷六至卷八收長調，從《滿江紅》至《多麗》，凡九十六調一百一十體。全書共收二百八十調三百三十八體。正文譜式參照明代徐師曾《文體明辨》體例，圖譜在前，例詞在後。圖譜采用文字譜，于不可通融之字直書平仄，于可通融之字，即可平可仄者，分雙行並列標示，以應平可仄爲「平仄」，應仄可平爲「仄平」。同一體式的例詞非只一首。于「又一體」，同樣先譜後詞。對于詞調名，「務擇其最古者，其晚出者分列于下」（《例言》），即以最古之名爲正名，晚出爲别名。譜中句讀符號，用「句」、「韻」、「叶」、「换平」、「换仄」等文字直接標注，第一首例詞同此，第二首及以下則不復標明。此外，仿《詞律》與《詞譜》之例，書中于詞調之後往往記有附注，略言該調體制特徵及源流衍變。

書前緒言爲作者自撰，篇幅近萬字，内容十分豐富，堪稱一部詞話著作。該文可分爲小引、總論及例言三個部分，其中總論包括「原始」、「律譜」、「製曲」、「審音」、「用韻」、「换叶」、「集虚」、「煉句」、「咏物」、「言情」、「使事」、「宜忌」、「難易」、「轉折」、「名義」等十五條，「集虚」條分爲一字類、二字類、三字類，「煉句」條包括屬對、警句、詞眼三個方面，主要是從陸輔之《詞旨》中摘録，但又有所補充。在吴氏看來，詞爲「文章之壯觀，藝林之妙品」，與詩經、樂府相通，不可偏廢。其「原始」條闡述作者對詞體起源與詞史的認識，「律譜」、「審音」、「用韻」、「换叶」四條與詞之體制直接相關，其他諸條則涉及到謀篇佈局、虚字用法、煉句鍛字、言情用典等作法方面的批評理論。例言第四條稱：「詞之圓轉與拗僻，各調不同。是編所選，率皆詞林所習見者，于拗僻之調，概屏勿録。蓋求其雅，不求其備也。」故書中選調和選體數量適中，符合實用性需要。此書的一大特點在于，同一體式往往選取多首例詞，審美趣味以雅正爲宗，顯露出以譜代選、譜選合一的傾向。附注部分或訂誤，或説明詞調由來，或指出體式特異之處，頗有創獲。在時代巨變的歷史條件下，此書之撰也顯示了作者彷徨無依的文化保守心態，正如李聯珪序中所説：「嗟乎，蝸角山河，盡才子傷心之地；鶯花社稷，供詞臣憑吊之場。一曲瑶琴，武穆之心期孤擲；餘生江海，文山之宏志未酬。古有作者，今無其人。然則吴子之輯是書，其用意，當别有在。嗚呼！此所以讀未終編，而不禁爲之四顧躊躇也！」

三　顧憲融《增廣考正白香詞譜》

《增廣考正白香詞譜》四卷，附《考正詞韻》一卷，顧憲融編，民國十五年（一九二六）上海中原書局鉛印本。綫裝五册，仿古書版式，四周雙邊，花口，單黑魚尾，半頁十一行，行三十一字，版心刻書名、卷次及頁碼。國家圖書館、北京大學圖書館、北京師範大學圖書館、天津師範大學圖書館、鎮江市圖書館等皆藏。封面由聞野鶴題簽。扉頁右題「乙丑小春，附詞韻」，書名由吴興許德鄰題署。卷前有乙丑（一九二五年）中秋後二日顧憲融的《增序》，重點交代了本書的參考文獻。次爲《原序》，末署「靖安舒夢蘭白香甫識」。

次爲《增例》五條，其中第二條下又衍生出三條，第五條解析術語，係從陳栩《考正白香詞譜》凡例中摘出，略有增補。次爲《詞人姓氏録》，收一百一十二位詞人小傳，按其在書中首次出現的順序排列。次爲分卷目録，以詞調字數多寡爲序，正名在前，異名附後。

顧憲融（一八九八—一九五五），字佛影，號大漠詩人，别署佛郎、紅梵精舍主人，室名臨碧軒、䣝齋、紅梵精舍等，江蘇南匯（今上海）人。其生年，一作一九〇一年，不知何據。顧氏《紅梵詞》中《疏簾淡月》詞前有小序云：「丁巳八月初四，余二十初度。」丁巳爲一九一七年，據此推算，顧憲融當生于一八九八年。早年與陳栩交游，有作品見《栩園弟子集》。詩文、詞曲、書畫造詣皆深。曾執教于上海大同大學、持志大學、正風文科大學、新民大學、城東女學，創設紅梵女子詩詞學社，爲上海商務印書館和中央書店編輯。七七事變後避居四川，任成都金陵女子大學教授，抗戰勝利後返滬，在無錫國專上海分校任教。著有《佛影叢刊》、《大漠詩人集》、《紅梵精舍女弟子集》等，詞學方面有《增廣考正白香詞譜》、《紅梵詞》、《紅梵精舍詞話》、《填詞百法》、《填詞門徑》等。

《增廣考正白香詞譜》第一册前有《原序》一篇，此序實際上源于道光二十三年（一八四三）萱蔭山房刻本《白香詞譜》，該本末署「道光癸卯冬月蓮叔孫殿齡序」，後來民國元年振始堂石印本《白香詞譜》卷首亦收此序，但删去了落款，顧氏此本收入此序時，文末署名又改爲「靖安舒夢蘭白香甫識」，實非。孫殿齡，字蓮叔，安徽休寧人。序中稱《白香詞譜》原爲錢曾（遵王）所著，由朱彝尊（竹垞）詭得云云，蓋爲書賈附會之言，不足取信。第五册爲《考正詞韻》，前有顧憲融自序，縱論明清詞韻製作史，對戈載《詞林正韻》一書推許備至。此《考正詞韻》即就戈氏之書，略加删削而成。舊目之下，附有今詩韻目，以便檢閲。

此書正文卷端署「靖安舒夢蘭白香編纂，南匯顧憲融佛影考正」，共收録了三百三十個詞調。據《增例》，第一卷以舒夢蘭《白香詞譜》爲序，起于《憶江南》，止于《多麗》，小令、中調、長調兼有，凡一百調。第二至四卷皆爲《白香詞譜》所未收入者：第二卷收小令，從《十六字令》至《繫裙腰》，凡七十調；第三卷收中調，從《東坡引》至《醜奴兒慢》，凡八十調；第四卷收長調，從《露華》至《鶯啼序》，凡八十調。正文譜式依從陳栩《考正白香詞譜》，只是將陳考中的「考正」和「填詞法」二欄合併成了一欄，仍曰「考正」。從内容上看，卷一基本照搬《考正白香詞譜》，不同之處在于，此書在「考正」欄中僅注明特殊句法和上去入之辨，相對簡明。其他各卷，除《考正白香詞譜》外，還參考了《詩餘圖譜》、《詞律》、《詞律校勘記》、《詞學初桄》、《宋七家詞選》、《詞綜》、《歷代詩餘》等諸多詞籍，所取資者，尤以萬樹《詞律》爲最多。

《增廣考正白香詞譜》在體例上尚有三大特點：其一，嚴詩詞之辨。對于《清平調》、《小秦王》、《楊柳枝》等形式上與七言絶句無異的詞調，後人常視爲詞之嚆矢，萬樹《詞律》認爲「今已盛傳，不便裁去」，本書則盡數删削。其二，不分同調異體。對于所謂「又一體」，顧氏認爲其中「缺漏訛刻居十之七，變聲加襯居十之三」，不足據爲定譜。必欲分體，僅限于《河傳》、《酒泉子》等變聲特多之調即可，不必全譜采用。因此，本書不設「又一體」，基本上一調一詞，僅在「考正」中對于同名異調者略作説明。其三，崇尚雅正。《詞律》、《欽定詞譜》以備體爲務，廣收孤僻之調，本書則對其中音節不諧、文辭俚俗者概爲删去。就例詞選録數量而言，書中排名前五的作者分别是：周邦彦（三十五首）、吴文英（十二首）、姜夔（十二首）、史達祖（十一首）、柳永（十首），其崇雅去俗之用心甚明。

鎮江市圖書館藏有葉玉森手批《增廣考正白香詞譜》一部，在原書五條凡例之外又增《補例》一條云：「平仄不能通者如譜作『◎』，則于内圈加一小紅圈識之。平仄能通者如譜作『○』、『●』，則于右側加一小紅圈識之。調中上去入三聲字不能移易者，則于字角加小紅圈識之，如『○是』、『○也』，『是』字必用去聲，『也』字必用上聲，又如『得○』，『得』字必用入聲。」譜中《醉太平》、《點絳唇》、《水調歌頭》等調皆依此例，各處間有少許批注，對認識詞中四聲運用特點頗具價值，録此以供進一步考察。

四 强化誠《續考正白香詞譜》

《續考正白香詞譜》四卷，强化誠編，民國十八年（一九二九）上海掃葉山房石印本。綫裝四册，仿古書欄框版式，板框高一百五十毫米，寬九十七毫米，四周單邊，半頁七行，行二十字，邊欄左側印有書名、卷次及頁碼。吉林大學圖書館、復旦大學圖書館、華東師範大學圖書館、中山大學圖書館藏。扉頁右上題「天虚我生鑒定」，中間題書名，左下題「上海掃葉山房發行」。版權頁題「中華民國十八年七月七日初版，中華民國十八年七月七日發行」，又有「鑒定者：天虚我生」「編輯者：錫山强化誠」「出版者：吴城王松亮」等字樣。前有强光治（號化誠）序，自叙學詞歷程及此書編纂經過。次爲己巳（一九二九年）初夏周之盛（字拜花）序，詳述此書刊刻緣起。次爲凡例，共十一條。次爲目録，以詞調字數多寡爲序排列，調後附有異名。

强光治（一八八九—？），字化誠，一字虎丞，號小鈍，别署小競、小競齋主，江蘇無錫人。《全清散曲》稱其生于光緒十三年（一八八七），不知何據。一九二八年三月强氏在《新無錫》雜志上連續發表《四十生辰述懷》詩三十首，結合中國傳統紀年齡習慣，上推四十年，其生年當爲一八八九年。民國七年開始從事鹽政，歷游燕、晋、秦、蜀、魯、鄂等省，抗戰勝利後在川北三臺專員任内退休（據《家食唱酬編·自序》）。原配同邑陳菉泉之女陳婉如，繼聘錢氏，皆早歿，續聘蔡松如之女蔡鑒心。先後從陳栩園、吴東園問學，工詩詞，善書法，參加過江蘇虞社、廣東壺社。晚歲以吟咏自娱，一九五五年尚在世。著有《續考正白香詞譜》、《家食唱酬編》、《星來唱和集三卷附小競齋六六諧咏一卷》、《錫山南北莊强氏宗譜》等。

據《續考正白香詞譜》書前自序，丁巳（一九一七年）秋，强化誠問業于陳栩，陳栩將自己與長子合著的《考正白香詞譜》，授强氏讀之。强氏在研習過程中，産生了續編《白香詞譜》的念頭，于是取萬樹《詞律》和朱彝尊《詞綜》互爲參酌，隨讀隨選，歷時一年而編成此書。另據周拜花序，此書最初輯得二百調，經陳栩刪汰其中聲調拗戾之調後，存一百零六調。初稿交由栩園編印社出版，不幸在編印社遷移之際遺失，故未能版行。八年之後，周氏在舊篋中重獲此書，大喜之下，手録一通，亟付上海掃葉山房刊印。從序言中不難看出，强化誠乃是此書的實際編者，陳栩只是起到了指點的作用，扉頁所刻「天虚我生鑒定」幾字，不過是出版社借重陳氏之名以抬高銷量的一種手段，不可誤解爲陳栩所著。當然，此書既以「續」爲名，的確與《考正白香詞譜》之間存在著密切的聯繫，其譜式、體例幾乎完全一致，稍異之處在于：《考正白香詞譜》僅在目録中保留了舒夢蘭《白香詞譜》所立的詞題，正文無有；《續考正白香詞譜》則仿《詞綜》體例，詞題悉依集本録入，凡集本不載，不另立題名。

在聲律考訂方面，《續考正白香詞譜》（以下簡稱《續考》）有得有失。其「考正」一欄，基本是據萬樹《詞律》和杜文瀾《詞律校勘記》中的内容改寫而成，有時甚至是未加核查的照搬，如《十六字令》一調，《續考》云：「《圖譜》注又引此作，謂五字用韻起，亦誤。」此處《圖譜》指的是《填詞圖譜》，但實際上，在通行的《填詞圖譜》各版本中，並無「五字用韻起」的表述，僅康熙十八年初刻本（上海圖書館藏，綫普長 608383 – 90）是如此，然此本國内傳本極稀，强化誠見到的可能性很小，故其當是直接引用萬氏之言，並未查《填詞圖譜》原書。《續考》往往會在《詞律》的基礎上進行提煉和發揮，如《霜天曉角》一調，《詞律》共收六體，其中前四體都是四十三字，「考正」在比較這四體之後云：「此調四十三字，無論平仄韻，兩結俱六字。後起二字不叶，連下三字作仄平平仄平，係又一體。」對彼此差異的總結比較到位。《續考》中偶爾也會補充一些新的材料，如《抛球樂》一調，「考正」云：「『抛』，李肩吾作『摀』，恐誤。」又《巫山一段雲》一調，「考正」引用黄叔暘之語，均逸出《詞律》之外，有一定的參考價值。至于「填詞法」一欄，逐句講解，失之繁瑣，其實有些内容已通過圖譜展示過，無須辭費，尤其是將不同詞調的詞句格律進行比較，並無實際意義，但對特殊四聲用例和句法的提示還是很有必要，對于初學者或不無幫助。

五　林大椿《詞式》

《詞式》十卷，林大椿撰，民國二十三年（一九三四）上海商務印書館印本。二册，南京圖書館、北京大學圖書館、北京師範大學圖書館、華東師範大學圖書館等皆有藏。此書撰成于民國二十二年（一九三三），初版發行于民國二十三年，次年再版。書前有《導言》，文末署「二二，九一八，林大椿堅之」。次爲《凡例》，凡十三條，略言本書宗旨，交代成書體例。次爲總目，記録各卷調體數量及選調範圍，如「卷一，百零五調，百二十三體，自十四字至四十三字」。次爲詳細目録，按字數由少到多排列，詞調名下注明字數，若有異名，則另起一行，落一格排列。書末附録《詞韻目録》、《詞調通檢表》、《四十八宫調表》，並有《林大椿校勘書目》一則。

林大椿（一八八三—一九四五），字堅之，福建閩侯人。生平事蹟見于黄瑞亭《林幾傳》，早年東渡日本修習法律，歸國後一度在外交部履職。民國時期主要從事文學研究，尤其在詞學文獻整理方面成果甚豐，校編有《唐五代詞》、《百家詞》、《歐陽文忠公近體樂府》、《東坡樂府》、《清真集》、《西麓繼周集》、《稼軒長短句》、《晁氏琴趣外編》等十餘種詞籍，另在期刊雜志上發表過一些文章，涉及的領域比較廣泛，如《顧千里先生年譜》、《唐畫之變遷》、《中國佛教之沿革》、《詞之矩律》等。

據《詞式》目録所注，書中共收八百四十調九百二十四體，正文實際所收爲八百三十九調九百二十六體。二者有出入的地方在于：卷一目録標記一百二十三體，正文實收一百二十六體；卷二目録中兩次著録《朝中措》一調，屬同調重出，與正文不符；卷四目録標記九十六體，正文實收九十七體；卷七目録標記一百零六體，正文實收一百零四體。綜合統計可知，目録中調體數量標記微誤。正文譜式主要有以下幾點特徵：其一，每調之前先列「源流」、「宮調」、「種類」、「名解」、「別名」諸項，這些内容並非每項俱全，而是據文獻資料之掌握情况，有詳有略。有的詞調一項也無，如《歸田樂》、《怨三三》等。而《陽關曲》一調，在上述幾項之外，更增「附録」一項。其二，循《詩餘圖譜》以降詞譜通例，調名下以雙行小字簡單注明段數、字數、句數和韻數。其三，譜詞合體，隨文標注。于字聲僅標可通融處，即「可平」、「可仄」，置于字左，用兩種符號表示：可平爲空心三角（△），可仄爲實心三角（▲）。其餘則依托例詞的自明性，未予注出。于句法、韻法則概用符號，置于字右，即以句爲「。」，豆爲「、」，韻爲「。。」。其四，沿用萬氏《詞律》以來附注形式，在例詞之後，對詞之作法及歷代關于此調之成規等作出簡要説明。

《詞式·導言》認爲詞是一種具有矩律性的文體，「譜法雖亡，舊詞尚在，盡可擇其格律嚴整者，仿用多數決之標準，以定依違」。它在很大程度上繼承了《詞律》尤其是《詞譜》的義例，如「溯源流」、「明正變」、「備衆體」、「崇雅正」、「嚴格律」（參李飛躍《詞式·導讀》），但也有其獨創性。《詞式》兼顧了學術性與實用性，「思舉最簡明之程式，以表現較精確之標準」，其最大特點是廣備衆調和列體簡要。首先，從詞調數量來看，一方面，《詞式》删汰了《詞譜》中的部分聲詩、大曲和元人小令，又將部分詞調進行了合併，如將《憶餘杭》併入《酒泉子》，《催雪》併入《無悶》；另一方面，《詞式》將《詞譜》中同調而又差異較大的體式另列爲一調，如將《柳枝》從《添聲楊柳枝》中分出，將《相思引》的四十六字平韻體與四十九字仄韻體分列，更普遍的情况是將同一詞調的令、慢兩體析爲兩調，故而最後較《詞譜》的八百二十六調還要多出十三調，足資填詞者取用。其次，從詞的體式來看，《詞式》裁去了大量的「又一體」，每調采用習見的正體詞一首爲式，「惟確爲同調之别體又屬習見者，始類列之」（《凡例》）。據統計，書中選體在兩種及以上的詞調共七十三調（其中二體者六十四調，三體者八調，八體者一調），在全部詞調中占比不到百分之九，可見基本上都是一調一體，這就在最大程度上規範了詞體，避免了傳統詞譜的繁瑣之弊，爲人們填詞提供了簡易的標準。唐

圭璋先生在《歷代詞學研究述略》一文中曾將林大椿的《詞式》與龍榆生的《唐宋詞格律》並舉，稱它們爲「爲學習作詞者提供方便的書」。

六　徐紹棨《詞律箋榷》

《詞律箋榷》五卷，徐紹棨撰，一九三五至一九三六年間《詞學季刊》本。原稿本藏趙尊岳處，後不知所蹤，今存五卷副本，分載于《詞學季刊》第二卷第二號、第二卷第三號、第二卷第四號、第三卷第一號和第三卷第二號「遺著」欄目。稿本卷首原冠《詞通》一卷，分「論字」、「論韻」、「論律」、「論歌」、「論名」、「論譜」諸篇，亦曾分載于《詞學季刊》第一卷第一號至第一卷第四號。《詞通》卷前、《詞律箋榷》卷一及卷四之末皆有龍榆生識語。

徐紹棨（一八六九—？），一名徐棨，字公倩，廣東番禺人。晚清學者徐灝之子，近代革命家徐紹楨之弟，家族内排行第十二。光緒庚子年以前曾入玉林刺史幕，游宦嶺南。後曾任江蘇特用道、湖南永順府知府，「以學務農政，傳旨嘉獎」（《徐子遠先生傳略》）。晚歲居滬寧一帶，曾與陳三立、樊增祥等名流相唱和。據徐紹楨《公倩弟來蘇省予偕游虎丘》詩及《學壽堂丁卯日記》中的相關記載推算，其卒年當在一九二〇至一九二七年之間。著有多種考證詞學之書，惜其卒後未得後人整理，《詞譜》、《詞所》、《詞故》等皆已亡佚，僅《詞通》、《詞律箋榷》得以倖存。

據《詞學季刊》所載《詞通》卷前龍榆生附記，《詞律箋榷》原有手稿八册，爲趙尊岳在上海書肆偶然所得，書中蠅頭細字，多所塗乙，且序次偶有凌亂，蓋爲未定之本。稿本未標作者姓名，因而《詞通》刊出時，皆署「失名」。後經路朝鑾鑒定，懷疑作者爲徐紹樾（季同）之弟徐棨。吴用威進一步稱「棨字戟門，曾舉于鄉，早逝」（《詞律箋榷》卷一末龍榆生附記），此後徐棨（戟門）之名爲學界所接受，沿用數十載。近來王延鵬經過細致地考證，認爲徐棨當爲徐紹棨之誤，字公倩而非戟門，其說頗有可取之處。惟據《時報》民國元年八月初十「地方通信」欄目所載《來函》一則以及《南洋官報》第一百二期「藝文存略」欄目所載《虞美人》八首之署名，可知徐棨之名不誤，當時或與徐紹棨之名並行。

《詞律箋榷》是對萬樹《詞律》的箋注、校訂、商榷之作，詞調編排次序悉依《詞律》，但未附例詞與圖譜。其性質，既可視爲一種特殊的詞話著作，亦可視爲一部研究性詞譜。書中共計一百六十三個考辨條目，標題涉及調名一百九十個，相較于《詞律》六百六十調的篇幅來說，顯然屬于未完成稿。此書不仅在調、體、句、聲、韻等方面對《詞律》進行了全面地斠訂，還在理論上作出了貢獻，如釐析調體，提出「以體領格」的創例；承認詞有襯字，詳析了襯字的各種情況；强調句有伸縮，發揚「一氣貫注」說；以實証爲據，破除迂執的聲律學說；等等。書中對詞譜編纂體例和方法提出了不少富有創造性的見解，例如，《詞律》批評《嘯餘譜》、《填詞圖譜》等强分「第一體」、「第二體」的做法，獨具隻眼，但其自身「但以調之字少者居前，後亦以字數列書又一體」，也不無粗疏之處。對于「又一體」的編排，徐紹棨云：「余謂詞調難悉先後，以字數多少爲先後可也。詞體有可考見者，則當稍完次序，以便探溯。列調備體，本自兩事，非亂例也。」既要「以便探溯」，則正格的判定，尤須講究。在《眼兒媚》一調的辯駁中，徐氏提出了三條原則，即創調之曲、最前之作、通用之聲，至少符合三者之一，才能選爲正格譜式。這一主張直接針對此前詞譜正格判定的混亂狀態，其進步意義值得大書一筆。

《詞律箋榷》運思縝密，精義迭出，堪稱清代後期以來《詞律》補訂類著作中水準最高者。龍榆生曾推許道：「此稿雖草創未竟，而比勘精核，糾正紅友之謬誤甚多，洵詞苑之功臣，不容任其泯没者也。」（《詞律箋榷》卷一末龍榆生附記）詹安泰亦云：「其辨別之精卓，實足使萬氏俯首！考究詞律之精，以余所見，殆莫逾于徐氏戟門者也。好學深思之士，倘能繼是而作，則《詞律》一書，庶幾可無遺憾歟！」（《詹安泰詞學論稿》)這些評論都並非溢美之詞。

七　楊易霖《周詞訂律》

《周詞訂律》十卷、《補遺》兩卷，楊易霖撰，民國二十六年(一九三七)上海開明書店鉛印本。綫裝四冊，四周單邊，花口，單黑魚尾，序言部分半頁十四行，行二十字。版心鐫有書名、卷數、頁碼以及「開明書店印」字樣。國家圖書館、上海圖書館、南京圖書館、北京大學圖書館、復旦大學圖書館、南京大學圖書館等均有藏。扉頁書名由姜可能題簽。卷前有民國二十四年(一九三五)七月邵瑞彭序、民國二十四年六月三日楊易霖所撰《凡例》十條、《宋史》卷四百四十四所載周邦彦本傳及目録。卷末附有《徵引詞人略》與《周詞訂律索引》，前者收録書中所涉唐代至元代詞人小傳數百條，後者按詞調名首字筆畫爲序排列，以便檢索。此書另有香港太平書局一九六三年印本和臺北學海出版社一九七五年印本。

楊易霖，字雨蒼，一字雨霖，四川犍爲孝姑鄉人，生卒年不詳。畢業于河南大學，爲著名詞學家邵瑞彭弟子，「精孯倉雅，尤通韻學，偶爲詩餘，能窺汴宋堂奥」(邵瑞彭序)。近人田子春所著《未云齋詩稿》中多次提及楊易霖，其七律《呈楊雨蒼師》詩下注云：「上海海潮詩社顧問楊雨蒼先生字易霖，四川犍爲人，有巨著《周詞訂律》等行世。」另有一首五律《向楊雨蒼師賀年》作于一九九三年一月十日，可知楊氏當時仍在世。除《周詞訂律》外，楊易霖還著有《詞範》、《讀詞雜記》、《紫陽真人詞校補》等。

周邦彦(美成)詞素以聲律精嚴著稱，《周詞訂律》一書即專就考訂美成詞的體制格律而撰。此書與一般分調排列、比勘平仄的詞譜不同，乃是一部以別集爲依托的四聲詞譜。察其體例程式，每調先列周邦彦詞，附以簡略校記，其次附列宋以來名家繼聲之作，以備質證，最後下按語，詳述此調體制特徵，比較諸家四聲、句法異同，給出判斷。作品行間于字右列四聲圖譜，「凡仄聲用■識之，平上去入四聲用◩ ⬔ ◪ ⬕

識之。數聲互通之字，用▲識之」。句讀方面，「凡逗用點『、』識之，凡句用圈『。』識之，凡韻用雙圈『◎』識之」。美成之調，每字都注明四聲，繼聲之詞僅注出四聲不合之字。同一詞調後文再次出現時，一般作簡化處理，于後見時標出說在某卷。按語是《周詞訂律》一書的精華，記録了楊易霖的治词心得，可以看出，楊氏受萬樹《詞律》的影響極大，但他不輕信舊譜，而是詳加考訂，對《詞律》的缺誤多所修正，提出了不少頗有價值的見解。

書中所録周詞，分正文和補遺兩個部分。正文十卷，以朱祖謀《彊村叢書》刊本陳元龍集注《片玉集》爲底本，編排次序一仍其舊，各卷所收周詞數量依次爲：卷一九首，卷二八首，卷三十七首，卷四十三首，卷五十首，卷六十四首，卷七十一首，卷八十三首，卷九十五首，卷十十七首，共一百二十七首。補遺分上下二卷，録見于其他刻本或選本，而未載于陳元龍注本者，上卷收詞三十七首，下卷收詞四十五首，共八十二首（《凡例》第二條稱「計八十一首」係誤）。所謂「繼聲」，指的是和美成詞原韻，或倚美成詞四聲者。經統計，正文卷一附六十七首，卷二附三十九首，卷三附五十七首，卷四附五十八首，卷五附四十五首，卷六附四十九首，卷七附四十七首，卷八附四十五首，卷九附二十一首，卷十附二十首，加上補遺上卷的一首和下卷的二首，共計四百五十一首，涉及四十六位詞人，容量相當可觀。邵瑞彭序稱其「審音揆誼，析疑匡謬，凡見存詞籍足供質證者，甄采靡遺。于同異之辨，是非之數，尤三致意焉，猶之匠石揮斤，必中隱栝，離俞縱目，弗失豪芒。翼羽前修，衣被來學，不惟美成之功臣，抑亦詞林之司南也」，殆非虛譽。

《周詞訂律》校訂字句、比勘四聲，詳解句法，既是一部考訂精密的詞譜，又可以視爲周邦彦詞的一個獨特整理本，取得了較高的學術成就。夏承燾《天風閣學詞日記》一九四〇年一月一日條云：「夜閱近人楊雨蒼《周詞訂律》，悟宋人確讀陽上爲去，方、陳諸家和周詞可見，須再取《中原音韻》詳參之，采入《詞律》。」表明曾受其啟發，後來嚴賓杜一九五九年于臺灣出版的大型詞譜《詞範》以及王琴希的《詞學規範摭要》也曾參考此書内容，可見其影響力不容小覷。

八　賈維漢《滴珠樓詞學》

《滴珠樓詞學》，賈維漢撰，民國三十二年（一九四三）十月蘭州俊華印書館鉛印本。一册，國家圖書館、南京圖書館、中國人民大學圖書館、華東師範大學圖書館有藏。封面書名爲于右任手書，鈐「右任」朱印。内封有《附言》。卷前有《滴珠樓詞學緒言》，交代了作者的詞學觀念及撰著緣起、成書體例。次爲《滴珠樓詞學目録》，下有「後附詞韻暨滴珠樓詞集」字樣。

全書由三部分構成：第一部分爲《滴珠樓詞學》，或可稱爲《滴珠樓詞譜》，是本書的主體；第二部分爲《滴主樓詞集》，是賈氏自己的作品集，收詞七十五首；第三部分爲《詞韻》，似是直接抄自《白香詞譜》所附《晚翠軒詞韻》。詞譜部分屬于未完成稿，原因有二：其一，本書僅有小令之譜。據《緒言》，此書本計劃自《十六字令》起至《鶯啼序》止，分小令、中調、長調三卷，選録百調以供學習，「竊以小令自十六字起至六十字止，篇幅簡短，學習較易，對于當前非常時代，發抒情感，描寫事物，尚稱便利，故先草成，付之剞劂。至中長兩卷，一俟他日續成，再公同好」，但其後未見續作出版，可能未及克成；其二，詞中字聲有可變通處，自明代《詩餘圖譜》區分爲「可平可仄」，之後成爲詞譜編纂的通例，此書則僅標平仄，顯得不夠靈活。譜中采用現代標點，以意點斷，未標明韻協。對此，内封《附言》交代云：「本書原擬將聲韻部分，如可平爲△，可仄爲▲，韻脚爲●等用符號在行間標明，以便學習，因蘭州各印書館均無此項銅模，不能鑄造鉛字，無法排印，故付闕如，一俟再版時補入。」

賈維漢（一九〇〇—一九四六），字仙舟，甘肅省靖遠縣烏蘭鄉人。青年時赴北平學畫，兼習詩詞創作，尤工于詞。曾受聘于甘肅師範學校，講授美術。民國二十年（一九三一）任静寧縣縣長，抗戰期間供職于甘肅省財政廳，與于右任、盧前等來往密切。後因生計所迫，漂泊無定，逝于銀川（據《静寧文史大觀》第五卷《宦跡志補》）。著有《滴珠樓詞學》，《全隴詩》卷一四四録有其作品。

《滴珠樓詞學》詞譜正文部分卷首題「滴珠樓詞學卷一」，署「靖遠賈維漢仙舟著」。詞調按字數由少到多排列，自《十六字令》至《桃源憶故人》，共二十五調，收例詞九十首，其中包括著者自作詞二十五首。每調之前，先有一段文字説明該調段數、字數、句數、叶韻情況及例詞來源。次列圖譜，直書平仄。凡前後段譜式相同者，僅列前段。格律上有特殊規定者于譜後加注，如《生查子》調譜後注云：「一三兩句，亦可作平平仄仄平，惟前後段必須一律。」次爲例詞，基本采自《填詞圖譜》、《白香詞譜》、《學詞百法》、《詞式》四書，少則一首，多則五首，每首詞後附有評論，從作法角度對其予以剖析。所選例詞皆爲唐宋人作品，于體式上未加區分。此外，每調之末另附賈氏自作一首，以示來學。此書雖然只是個「半成品」，但其反映的詞學見解較爲獨特，自有其價值。首先，宋代以後，詞之歌法失傳，歷代詞人往往引爲憾事，甚至有製譜者配以工尺，試圖以今樂歌古詞。賈氏則不然，他認爲詞之所以變爲曲是因爲不再宜于歌唱，詞之歌法「實爲棄而不用，非失傳也，是進化矣」。基于這個認識，他反對過于强調詞的音樂要素，認爲應把重心放到詞的表現内容上來。其次，按譜填詞是作詞的基本要求，過去的詞人皆側重于「填」。但在賈氏看來，若不講「作」而一味講「填」，會導致割裂文意、堆砌字句等種種弊病。因此，他在每首詞作後加以評論，「不惜秉春秋責備賢者之義，敢將古人作品之優劣，不避嫌怨，比類而評之」，以批評爲主，這在詞譜發展史上極爲少見。《滴珠樓詞學》是一部譜選合一的著作，選詞、評詞的意味居多，詞的格律規範反倒處于次要位置。這與當時抗戰的時代環境或不無關係，正如賈氏《緒言》所陳，其研究目的爲「依其規律，改革作風，創造足以激勵士氣之壯烈詞曲，俾得發揚光大，而與其他文藝，適應潮流，與時俱進，殊途同歸，各效其用」。

九　吴克岐《犬窩詞矩》

《犬窩詞矩》，吴克岐撰，民國稿本，南京圖書館藏，分爲《犬窩五代詞矩》和《犬窩北宋詞矩》兩種。《犬窩五代詞矩》共二卷，分二册裝訂。無序跋，每卷前有目録，署名「盱眙吴克岐軒丞輯」。經統計，卷上收录了十四家词人的作品，分别爲：李存勖（四首）、和凝（十二首）、陶穀（一首）、梁意娘（一首）、韋莊（二十五首）、牛嶠（九首）、王衍（二首）、薛昭蘊（三首）、毛文錫（二十二首）、牛希濟（三首）、魏承班（五首）、尹鶚（十首）、李珣（十二首）、閻選（三首），凡一百一十二首；卷下收录了十三家词人的作品，分别爲：顧敻（二十四首）、孟昶（一首）、徐氏（一首）、鹿虔扆（一首）、毛熙震（九首）、歐陽炯（十四首）、孫光憲（二十三首）、陳金鳳（二首）、李璟（三首）、馮延巳（二十六首）、李煜（十六首）、張泌（十一首）、徐昌圖（二首），凡一百三十三首。全書共收五代詞家二十七人，詞二百四十五首。《犬窩北宋詞矩》不分卷，分四册裝訂。每册前亦有目録，排列方式與《五代詞矩》同。其中第一、二册專收柳永詞，分爲上、下兩個部分，分别收詞八十五首和六十一首，合計一百四十六首；第三册收歐陽修詞二十首，張先詞五十首；第四册收周邦彦詞八十七首，周玉晨詞一首。全書共收入五位詞家的三百零四首作品。

以上二種手稿皆于一九八六年由江蘇廣陵古籍刻印社分别影印綫裝出版。影印本與稿本區别有三：一是書前都增加了該社的《出版説明》；二是《犬窩五代詞矩》改分三册裝訂；三是《犬窩北宋詞矩》只收録了含柳永詞的兩册，其他單册漏收。鄧子勉先生《吴克岐的詞學研究》一文稱：「《犬窩北宋詞矩》存二册。所載僅爲柳永一人詞，分爲上下二卷，當爲未完成稿。」可能就是受影印本誤導，所言不確。但既以「北宋」爲名，當不止僅收五家，則鄧先生關于其爲未完成稿的推論不無道理。

吴克岐（一八七〇——一九三八春後），字軒丞，號犬窩老人、懺玉生、紅樓夢裏人、庚午老人等，盱眙三界（今屬安徽明光市）人。據馬培榮先生考證，吴氏早年在上海活動，曾供職于新聞部門，後致力于學術研究。他戲稱自己「如同老犬，伏于犬窩」，故爲書房取名「犬窩書齋」，以「犬窩老人」爲號，而其著作亦常以犬窩爲名。吴氏「有嗜紅之癖」，潛心于《紅樓夢》研究，有《讀紅小識》、《犬窩談紅》、《懺玉樓叢書》、《懺玉樓叢書提要》等多種著作，于紅學界頗有聲名；善製謎，著有《犬窩謎話》、《惜玉樓謎稿》。此外，他在詞學方面也卓有建樹，著有《詞女詞抄》、《詞女五録》、《清代詞女徵略》、《雪梅居詞樣》、《犬窩五代詞矩》、《犬窩北宋詞矩》、《東坡樂府箋》、《詞調異名録》等，均爲稿本，藏于南京圖書館。

《犬窩五代詞矩》與《犬窩北宋詞矩》的正文體例大體一致，均以時代爲綫索，采用以詞人爲綱、詞調爲目的編排方式。每位詞家先列小傳，再列詞調名，其下以小字簡要注明字數與押韻情況。其次是例詞，詞右多以「●」標句，以「○」標韻，分段以「○」隔開，但也有不少例外，如韋莊《荷葉杯》、魏承班《生查子》、李煜《搗練子》等詞即與此符號不統一，仍爲舊式圈法。例詞之下多附有考辨，引用各種詞話、詞選和詞譜著作中對此調的論述，間附作者按語加以補充説明。如李存勖《陽臺夢》「薄羅衫子金泥鳳」詞後，吴氏注云：「《詞律》云：取末三字爲調名。岐按《詞律》『翠鳳』作『玉鳳』。」

《犬窩詞矩》有三點值得注意：一是以朝代繫調，聚焦于創調較多的五代與北宋時期，表現出對詞調發展史的關注。這一體例乍看之下與清代秦巘的《詞繫》相似，實際存在较大差别。例如，《詞繫》不僅將詞調正體按時代編次，其「又一體」也完全按時代先後編次，而《犬窩詞矩》在不同詞人的編次順序上似乎並無標準，且不注重創調創體，在同一詞人所選詞調的排列方面則大體以字數多寡爲先後。二是選調列體不避重出。一般詞譜都著眼于考辨詞調異同，儘量避免同調重出，而《犬窩詞矩》中不同詞人所列詞調往往不避重複。以《犬窩北宋詞矩》爲例，《憶漢月》調既見于柳永名下，又見于歐陽修名下，《少年游》調柳永、歐陽修、周邦彦三家皆有。因此，若將《犬窩五代詞矩》和《犬窩北宋詞矩》中的各家詞調簡單相加，分别達一百八十一調和二百六十二調，但實際數量遠少于此。三是將詞人同一詞調的多種體式匯録一處。傳統詞譜如《詞律》、《欽定詞譜》都是通過比勘衆制，羅列出某一詞調的各家不同之體，供填詞者廣泛采擇。《犬窩詞矩》与此不同，注重搜集同一詞人同一詞調的不同體式，如李珣《酒泉子》選三首，體式各不相同，這樣可以較爲直觀地反映詞人對該調的細節處理。上述特點表明吴克岐的用意並不在于爲填詞者提供方便，而是爲了研究詞調的演變規律，雖雜衆説以成之，但折中按斷，亦見功力，其努力是值得肯定的。

十　夏敬觀《詞律補正》

《詞律補正》，夏敬觀撰，南京師範大學圖書館藏影印稿本，索書號爲 414.5－09。綫裝一册，封面題「夏敬觀《詞律補正》稿本」，扉頁書名由唐圭璋題簽，鈐「唐圭璋」印。無序跋、凡例和目録。正文分爲兩個部分：一爲《詞律補正》，是全書的主體；二爲《宋法曲大曲索隱》。二者都曾在民國時期發行的《同聲月刊》上分期連載，此書内容即從期刊上裁剪下來，進行粘貼重編，並加手寫批注而成。經仔細比對，可確定爲夏敬觀親筆手蹟。

夏敬觀（一八七五—一九五三），字劍丞、鑒誠，號盥人、吷庵，江西新建人。光緒二十年（一九九四）舉人，曾受張之洞委任兼辦三江師範學堂。民國時期歷任農商部秘書、政治會議議員、浙江教育廳廳長等，甲子（一九二四）以後退隱，寓居上海，專力著述。早年從皮錫瑞治《尚書》，庚子寓滬上，得文廷式指授作詞之法，多才多藝，通經史、音韻、繪畫、詩詞等，有「詞壇尊宿，合繼王、朱」（《廣篋中詞》）之称。其詞學方面的著作有《詞調溯源》、《忍古樓詞話》、《匯輯宋人詞話》、《況夔笙〈蕙風詞話〉詮評》、《吷庵詞》等。

《詞律補正》是關于萬樹《詞律》的續補之作，其體例與徐本立《詞律拾遺》完全一致。它曾以「詞律拾遺補」、「詞律拾遺補續」、「詞律拾遺再補」、「詞律拾遺再補續」等名稱連載于《同聲月刊》一九四一年底至一九四三年上半年各期，分别爲：第一卷第十二號，收十九調二十體；第二卷第一號，收六調六體；第二卷第二號，收二十四調二十六體，其中《百寶裝》晁元禮一百四字體後附《送我入門來》、《東風齊著力》兩調以資參考，未計算在内；第二卷第四號，收十三調十六體；第二卷五號，收二十七調二十九體；第二卷第七號，收十五調二十四體；第二卷第八號，收十五調十九體；第二卷第九號，收十二調十八體；第二卷第十號，收十四調十八體；第二卷第十一號，收十三調十八體；第三卷第一號，收八調八體；第三卷第二號，收八調十一體。合計十二期，共收一百七十四調二百一十三體。其中四調重複出現，具體爲：《春晴》晁元禮八十七字體和《山亭宴》張先一百字體，既見于第二卷第二號，又見于第三卷第二號；《百寶裝》晁元禮一百四字體，既見于第二卷第二號，又見于第二卷第四號，後者還將作者誤題爲賀鑄；《喜遷鶯》史達祖一百二字體，既見于第二卷第十號，又見于第三卷第二號。排除重出之調，實際所收爲一百七十調二百零九體。

與期刊本相比，《詞律補正》稿本最明顯的特點是增添了若干批注，其中少部分涉及例詞字句和平仄、句讀標注的調整，修改幅度較小，更多的是對附注的删改和補充，有些詞調甚至完全删棄了期刊本中的注語，重新寫定，如《太清歌破子》、《踏歌》等。此外，二者還在如下幾個方面存在差異：其一，詞調排列順序方面，期刊本基本是隨得隨録，没有一定規律可循，稿本嚴格按照詞調字數由少到多排列，起于《踏陽春》（二十四字），迄于《寶鼎現》（三百五十七字）。對于期刊本中同調異體，稿本進行了統一整合，並將「前調」二字均改爲「又一體」三字，每調之下也各以字數爲序重新排列。其二，調體選録方面，稿本删去了期刊本中的《少年游》一調，增加了期刊本所無的《露華》和《燕臺春》兩調，因而實際收録了一百七十一調二百一十體。期刊本中四調重出，但附注文字不同，稿本察覺到了這一情況，對此有所取捨：《春晴》和《百寶裝》都選《同聲月刊》第二卷第二號版，《山亭宴》和《喜遷鶯》都選《同聲月刊》第三卷第二號版。稿本還將期刊本中的部分詞調改換了調名，包括：《菱花怨》改《青門飲》，《雪夜漁舟》改《繡停針》，《丹鳳吟》改《孤鸞》，《菩薩蠻引》改《解連環》。至于《選寇子》一名，屬于文字訛誤，稿本徑改「寇」爲「冠」字。其三，體例方面，稿本仿照徐本立《詞律拾遺》，在每調調名之前標注了「補調」或「補體」兩項。「補調」即補充《詞律》、《詞律拾遺》皆失收的詞調，「補體」即補充二書中雖收有詞調，但失收的一種異體。經統計，稿本中標「補調」二字的有五十三處，標「補體」二字的達一百五十七處。然其中有三調誤標，即《駐馬聽》、《木蘭花慢》和《憶瑶姬》，《詞律》已收，不當標爲「補調」。

總的來看，稿本在邏輯性、規範性上比期刊本都有了較大的提升，具有較高學術價值。至于書後所附的《宋法曲大曲索隱》，也曾分期刊載于《同聲月刊》第一卷第十號、第二卷第六號和第二卷第十二號，但收入此稿本時，僅選録了前兩期的內容，且進行了刪節和重新編排，因其並非詞譜，此處從略。

十一　黄徵《詞林韻准》

《詞林韻准》，黄徵撰，一九九一年中華書局影印民國稿本。六册，國家圖書館、華東師範大學圖書館、福建師範大學圖書館、四川師範大學圖書館等均有藏。前有中華書局編輯部《出版説明》，又有黄徵後人所撰前言。關于稿本的撰作時間，一九二二年黄徵《五十初度書懷》詩云：「遠輸山谷稱詩祖，近仿花庵妙選詞。」自注稱：「近擬滙輯唐宋金元諸名家詞，編爲《詞林韻准》一書，尚未脱稿。」可知其大致完成于二十世紀二十年代。另據前言可知，此書初稿名《歷代名詞韻准》，再稿始易書名爲《詞林韻准》。稿成之後，當時未能付梓，直至一九八六年，才由黄氏後人在臺灣據原稿影印。一九九一年中華書局重印時，悉依臺灣影印本，唯目録參照原書進行了重新編制。原稿目録分上中下三卷，皆黄氏親自繕寫，裝訂成册後，復于其天頭部分有所增補，影印本七十一卷，其中卷十三、十四，因抗戰時避倭寇之亂，家中藏書運往鄉下庋藏，未能以時晾曬，致有斷爛，幸目録及初稿尚存，影印本已據之鈔補，故此二卷之筆跡與其他各卷明顯不同。

黄徵（一八七三—一九三一），本名黄祖勳，民國後改用今名，字穎初，號聿園。湖南省瀏陽城關人。據《瀏陽縣志》，黄氏爲清光緒十八年（一八九二）秀才，宣統元年（一九〇九）舉優貢，列廷試二等，以兩廣鹽運司經歷待用。次年赴廣東候補，在官報局任職。辛亥革命後，黄徵經滬返湘，曾任岳麓書院教習主任，後歷任湘鄂鐵路局事務處文牘課長、財政部統計處審計主任、株萍鐵路局秘書、湖北電政總務科長等職務。與譚嗣同交往甚密，曾入其幕，襄助文牘。好吟咏，曾與瀏陽諸儒結「頤社」，時相唱酬。著有《傳音快字簡法》、《聿園詩稿》、《聿園詞稿》、《詞林韻准》、《瀏陽鄉土志》、《汲古閣六十名家詞手校本》等，皆由其子彰健攜往臺灣，其中《聿園詩稿》、《詞林韻准》和《瀏陽鄉土志》三種皆已印行。

《詞林韻准》共七十一卷，最後一卷爲附編，分爲「備調」和「備體」兩個部分。除附編之外，每卷之前先標明所屬韻部，再標明前文所述的押韻類型，其後才進入正文。正文詞調名之下，先標明該調字數和韻數，偶爾附上同調異名。所録例詞以唐、五代、宋、金、元詞爲準，不收明清人詞。全書共收詞調八百一十二種，例詞一萬一千五百四十五首。譜式方面，《詞林韻准》比較簡單，僅在例詞中以「●」表示句，「、」表示逗，「○」表示韻，無字聲標注，但它又並非不顧及字聲，只是將其移到了附注部分。在每個詞調的第一首例詞之下，《詞林韻准》都有簡單的注語説明。凡遇多首同調詞以相同的押韻方式押同一韻部的情況，作者會將詞調與詞體的相關解説放在最後一首詞後，此後則不再注明。

《詞林韻准》最大的特點是其編排方式，即依韻彙編。黄徵將前七十卷中的所有詞作分部編排，根據作品的押韻情況，每一韻部内又細分爲多種類型，每一類别下的詞作按照字數由少到多排列。全書一共劃分出了七種押韻類型，分别爲平韻平聲類叶、平起换韻分叶、平起平仄通叶、仄韻上去通叶、仄韻平仄通叶、仄起换韻分叶、仄起平仄通叶、仄韻入聲類叶。原稿正文卷八尚有「仄韻平仄通叶」一類，但于意不通，實亦「仄起平仄通叶」類，當係誤筆。這一體例將詞譜與詞韻有機地結合在一起，爲詞韻研究創造了良好條件。該書對同調異體的處理也頗有特點，它打破了傳統詞譜「調—體—例詞」的經典模式，在韻格的統攝之下，將各種體式散入不同的韻部之間，有時同一體式的詞作收録達數十首之多，這就有利于進行横向比較，進而歸納總結出詞調的聲情與題材特點。

從書中注語部分來看，《詞林韻准》的編纂主要參考了兩類文獻：一是詞集類，包括《歷代詩餘》、《樂府雅詞》等重要的詞總集和各種詞别集；二是詞譜類，包括萬樹的《詞律》、王奕清等所編《詞譜》、徐本立《詞律拾遺》、葉申薌《天籟軒詞譜》等。黄徵不僅充分吸收了這些著作的有益成分，還對明清舊譜尤其是萬氏《詞律》中的各種缺失與訛誤盡可能地進行了補正，如增補調體、探討詞調分並、商榷調名、校訂例詞等，對以後修訂這些舊譜也具有參考意義。從作品輯録的角度來看，《詞林韻准》既不及在它之前的《四印齋所刻詞》、《彊村叢書》等大型叢刻，也不及在它之後的《全宋詞》。但從詞譜的角度來説，《詞林韻准》八百餘調一萬餘首詞的體量，在當時可謂首屈一指。

十二　王琴希《詞學規範擷要·歸咏簃百調詞譜》

《詞學規範擷要》，王琴希撰，一九六五年油印本。一册，國家圖書館、北京大學圖書館藏。前有作者一九六五年十二月所撰《编著説明》，對著述缘起略作交代，次爲全書總目。卷前有作者一九六三年五月自序，主要論述了其對詞譜的認識及本書特色，並申明其目的是「冀有志學習填詞者手此小册，即能不假他書而著手倚聲」。卷末附有簡短後記一則。據自序中「余于二十年前選常用詞調一百個調，擬仿《白香》之體裁作爲適用之詞譜」，「是编完成已十餘年」云云，可知是書民國時期即已著手编撰，中華人民共和國成立初期大致完成，此後屢經刪削修訂，至六十年代方以非賣品的方式油印行世。

全書由上、中、下三編組成：前二編爲詞律通論綱領。其中上編首論詩律，據以推論詞句之平仄，兼論上一下四及上三下四等句法平仄，又論領字等；中編論詞之拗句和叶韻前一字及其與去聲關係，並説明四聲體爲詞之特別體，非必依而不可者。下編則列舉常用詞調一百調，稱《歸咏簃百調詞譜》，前有凡例九條，次爲目録，調名下標注字數，由少到多排列，正文後附詞韻及檢韻一種。據王氏《宋詞上去聲字與劇曲關係及四聲體考證》一文所自陳，他曾「廣引研究所得例證，復分章叙述詞之發展、音韻、四聲、宫調、音譜，附以《歸咏簃詞譜》等，成《詞學規範》三卷，積數年之力，累三十餘萬言」，因卷帙太繁，遂刪減爲七八萬字的《詞學規範撮要》一卷，可見此本只是一個節略本。

王季點（一八七九—一九六六），字巽之，號琴希。吴縣（今蘇州）東山陸巷人，晚清學者王頌蔚第三子，曲學家王季烈之弟。曾留學日本，一九〇六年畢業于東京高等工業學校應用化學科。歸國後歷任京師大學堂提調、農工商部主事、度量衡局委員、北平工業實驗所技正兼代所長等職。先後在北京、天津、丹東等地創辦實業。著有《便蒙叢書》、《小學理科新書初集》、《改進識字法新方案》等書。工書法，愛好攝影藝術，早年與嚴復等組織北京光社。晚年始致力于詞學研究，尤長于詞律之學，著有《宋詞上去聲字與劇曲關係及四聲體考證》、《詞學規範撮要》、《標志萬氏詞律》等，故王謇《續補藏書紀事詩·王季點》咏道：「詞腔細譜萬紅友，韻本重雕菉斐軒。千里澤民今不作，清真去上孰鈎玄。」

《歸咏簃百調詞譜》仿《白香詞譜》之例，選録百調作爲填詞示範，平仄譜式也基本一致，即以○表平，以●表仄，以◒表平而可仄，◓表仄而可平，但其體例又自具特色：其一，所選詞調以常用爲務，細分爲三個級别，即以調名右上角加⊗號者爲最常用之調，加○號者爲較常用之調，不加符號者爲稍稀用之調；其二，每調調名下除標出字數、異名、押韻類型（《一剪梅》、《多麗》二調漏標）外，間有注明「有依四聲」者，包括《暗香》、《渡江雲》、《疏影》、《過秦樓》、《蘭陵王》五調；其三，所選例詞以唐宋人所作爲限，不拘泥于辭藻、派别、思想，而以句法平仄合于規範者爲準；其四，一調一詞，對于同調異體不著圖譜，僅選較多用之異體，于詞後注解中述之；其五，常規「均」（韻）、「叶」、「句」、「逗」等句法標注之外，對于例詞中上一下四句，在第一字下加小圈于中間，拗句于左側加直綫，偏拗句加虚綫；其六，對詞中特殊字聲往往加符號標示，凡遇須用去聲字，或去上相連處，于該字右上角標小三角表示去聲，遇須用上聲或入聲處，于該字左上角或右下角標示，遇以入作平之字則加小圈；其七，詞調聲律上之特點，皆于詞後注語中加以説明。

王琴希深明詞譜發展史，對此前詞譜如《詞律》、《欽定詞譜》、《白香詞譜》的優缺點了然于胸。《詞學規範擷要》在很大程度上繼承了萬樹的格律觀念，如嚴于四聲之辨，對去聲的作用及去上相配之説再三致意，同時也有不少新的發展，如認爲不僅應注意去上，在一定規則下，「去入」、「去平」全爲緊要，間有須連用兩去聲字者；詞中拗句多與去聲字有關，且有一定規律；句中所用去聲字，在叶韻或句末前一字者特多。其對四聲體的看法較爲通脱，廓清了詞學史上的一些誤解，尤具卓識。該書問世後影響不大，但與其核心觀點相通的《宋詞上去聲字與劇曲關係及四聲體考證》在學界受到了一定的關注。該文有油印本，後曾于一九六三年發表于《文史》第二輯，楊蔭瀏、陰法魯《宋姜白石創作歌曲研究》第五章、謝桃坊《中國詞學史》第四章、饒宗頤《晞周集》後記、夏承燾《天風閣學詞日記》等都曾引用或提及。由此可見，王琴希的詞律學研究頗受認可，則其《歸咏簃百調詞譜》的學術價值亦不可低估。

（作者單位：南京師範大學文學院）

楊慎《升庵長短句》正續集版本考述

林傑祥

内容提要　日本尊經閣文庫藏有《升庵長短句》，萬曆四十二年（一八一四）建寧刊本，由建寧官員校訂梓行，是《升庵長短句》正集的重刊本。嘉靖刊《升庵長短句》正集當爲三卷，國圖藏本正集僅二卷，是殘缺卷三，而非二卷初刻本。續集各卷當是據楊慎的創作而作階段性集結，是在不同時間先後刊刻，最後由門人李發彙集重刻成書，續集曾單行出版，此後與正集合並刊刻，成爲正續集通行本。

關鍵詞　楊慎　詞作　升庵長短句　尊經閣文庫

楊慎有詞集《升庵長短句》，今存最早爲嘉靖刊本，分正續集，嘉靖本的版本情況與刊刻時間一直存在争議。最早整理楊慎詞曲的王文才先生稱《升庵長短句》有正集二卷本，初刻于嘉靖十九年庚子，有楊南金、唐錡序。又有正集三卷本，嘉靖二十二年重刻，有王廷表跋，二書俱存。[一]王文才整理的《楊慎詞曲集》出版不久，張朝範先生就指出正集卷二收録《千秋歲・壬寅新正二日壽内》爲嘉靖二十一年詞作，故正集不可能是嘉靖十九年刊本，而張朝範還是認爲該書有二卷初刻本，而嘉靖二十二年楊慎門生李發在二卷本的基礎上擴增成三卷本。[二]近年來，雷磊、魏丹《嘉靖本〈升庵長短句〉編刻辨疑》考辨了《升庵長短句》嘉靖刊本正續集的序言與刊刻時間[三]，對此有較多的推進，而該問題仍有繼續研討的空間。

近日，筆者在日本尊經閣文庫訪書，得閲該館藏《升庵長短句》，是研究者尚未關注的海外孤本，兹介紹該書，並重新梳理《升庵長短句》正續集的版本。

一　尊經閣文庫藏本考

日本尊經閣文庫藏有《升庵長短句》，二册不分卷，半頁八行十八字，白口無魚尾，四周單邊。木盒裝，盒面題「升庵長短句」。封面無題簽，卷首署「升庵長短句」，次行署「成都升庵楊慎著　南溪光寓羅文寶訂」，版心署「升庵長短句」。卷首有嘉靖十九年唐錡序，卷末有嘉靖二十二年王廷表跋，皆爲行草書寫刻。首頁鈐「前田氏尊經閣圖書記」印，是海外孤本。

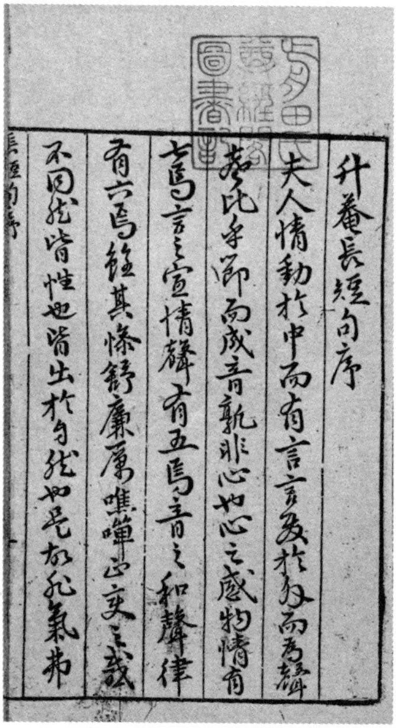
前田氏尊經閣圖書記
升菴長短句序
夫人情動於中而有言言發於外而爲辭
辭比乎節而成音孰非心也心之感物情有
七焉言之宣情辭有五焉音之和聲律
有六焉雖其條舒廉厲噍嘽之變之殊
不同然皆性也皆出於自然也是故和氣弗
長短句序

圖一　尊經閣文庫藏《升庵長短句》

嚴紹璗編《日藏漢籍善本書録》著録「楊升庵先生長短句四卷」，署「尊經閣文庫藏本，原係江户時代加賀藩主前田綱紀等舊藏」。〔四〕該文庫僅藏有一種《升庵長短句》，此目所録書名、卷次與實際不符，當未核驗原書。《尊經閣文庫藏漢籍分類目録》著録「《升庵長短句》，明楊慎，明嘉靖版」〔五〕，稱「嘉靖刊本」，當是據該書序跋，但該書並非嘉靖刊本，而是刊刻于萬曆年間。

該書卷首署「南溪光寓羅文寶訂」。羅文寶，字光寓，四川南溪（今宜賓市南溪區）人，萬曆二十六年舉人，曾任魯山（屬河南省汝州）知縣，萬曆四十年任歐寧（屬福建省建寧府）知縣，撰有《重修琴臺記》等文，主要生活在萬曆年間。書中第十八葉背面有題簽：「萬曆四十二年九月　日指揮使仲嘉猷」，第十九葉背面署「萬曆四十二年十月　日知縣鍾世芳」，又標「典史林發祥」。〔六〕仲嘉猷，福建建寧人，萬曆間襲仲雄猷之職，任建寧府右衛指揮使。〔七〕鍾世芳，浙江嘉興秀水人，萬曆三十八年進士，官至禮部主客司主事，萬曆年間曾任甌寧知縣。〔八〕由此可知，該書爲萬曆間建寧官員羅文寶校訂，仲嘉猷、鍾世芳等刊刻，萬曆四十二年建寧刊本。

該書内容收録《升庵長短句》正集之曲凡二百零四首，所收詞作和收録順序皆與南京圖書館藏嘉靖刊本《升庵長短句》正集三卷相同，此書不分卷，原卷三最後一曲《箇儂》未收録。當是《升庵長短句》正集的翻刻本。

考其來源，並非據南京圖書館藏嘉靖刊本《升庵長短句》正集（下文簡稱「南圖本」）翻刻。首先，南圖本序跋是楷字刊刻，而尊經閣藏本序跋爲草書寫刻，後者不太可能是據前者翻刻。其次，尊經閣本内容有多出南圖本處，如《好兒女》「錦帳鴛鴦」詞，南圖本「一種風流千種態」句，尊經閣本作「惜一種風流千種態」；《募山溪》「送君南浦」詞，南圖本「攀折贈行」句，尊經閣本作「攀折贈君行」。此二例，依詞牌，尊經閣本是，南圖本有闕文。最後，二者有不少異文，如《南鄉子·荊州七夕》詞，南圖本「紅豆音書甚日來」句，尊經閣本作「紅鯉音書甚日來」；《臨江仙》「江國梅花千萬朵」詞，南圖本「燕姬釵上見」句，尊經閣本作「燕姬額上見」。此類異文字形不相近，並非互相沿襲，亦非理校訂正，當是另有根據。據以上三點，尊經閣藏本當是翻刻自《升庵長短句》正集的其他版本。

目前嘉靖刊本《升庵長短句》正集存在漫漶與殘缺，尊經閣文庫藏萬曆刊本雖係後出，而內容完整、刊印精良，保存良好，有較高的校勘價值，可補前人整理本的不足。如前文所舉《好兒女》「錦帳鴛鴦」詞，南圖本、萬曆刊四卷本、《楊慎詞曲集》本皆作「一種風流千種態」，尊經閣本多「惜」字，于詞律更準確〔九〕，可補諸本之闕。又，《楊慎詞曲集》中《菩薩蠻・西瓜》詞「翠盤分處鸞□澀」〔一〇〕句闕一字，可據尊經閣本補爲「鸞刀澀」。尊經閣本亦可校正他本字詞之誤，如《江月晃重山四闋》其三，南圖本有句「南國且黃鸝」，萬曆刊四卷本同，文意不通，《楊慎詞曲集》改作「思黃鸝」〔一一〕，并無文獻根據，尊經閣本作「囀黃鸝」，可供校勘。又，《浣溪沙》「小歲新陽感物華」詞「已信春金仍應玉」句，南圖本、萬曆刊四卷本、《楊慎詞曲集》皆同，「春」尊經閣本作「舂」，當是。「舂金」、「應玉」，一般作「金舂玉應」，表示詩文有章法、合矩度，聲調鏗鏘。

綜上，尊經閣藏本《升庵長短句》，是僅存的《升庵長短句》正集在明代的單行本，該書雖是萬曆刊本，但並非據南圖藏嘉靖刊本正集作翻刻，其所據底本可能是《升庵長短句》正集的早期刊本，所以保留寫刻的序跋，其內容可對當前流傳的《升庵長短句》有所補正。下文結合該書與《升庵長短句》正續集的其他版本，重新梳理正續集的版本形態。

二　正續集的版本形態與刊刻情況

《升庵長短句》正續集的版本向來存有爭議，目前較具代表性者爲王文才、張朝範和雷磊、魏丹的觀點，筆者結合存世版本，重新梳理正續集的版本形態與刊刻情況。

（一）正集

《升庵長短句》正集今存有明刊本三種。

其一，原北平國立圖書館藏嘉靖刊本（下文簡稱「北圖本」），正續集合刊，正集二卷、續集三卷，現藏臺北故宮博物院（檢索號：平圖 019319、平圖 019320），國家圖書館藏有膠捲。卷首有嘉靖十九年唐錡序，又有嘉靖二十二年王廷表跋，正文殘損漫漶頗爲嚴重。鈐有「萬卷樓藏」、「韓氏藏書」、「國立北平圖書館所藏」三印，經李開先、清韓應陛遞藏，後歸公藏。

其二，南京圖書館藏嘉靖刊本（檢索號：GJ/KB2002），正續集合刊，各三卷。正集卷首有嘉靖十九年唐錡序，末頁爲嘉靖二十二年王廷表跋。書中鈐有「光緒辛巳所得」、「八千卷樓藏書之記」、「曾經八千卷樓所得」、「江蘇第一圖書館善本書之印記」等印。爲丁丙八千卷樓舊藏，丁丙于光緒七年購得，卷首有丁丙題跋。民國間趙尊岳《明詞彙刊》所收《升庵長短句》據此本重刻，《續修四庫全書》據此本影印。

此外有尊經閣文庫藏本，是正集在萬曆年間的重刊本，前文已述。

關于正集的版本，學界目前的基本觀點是：北圖本正集二卷是初刻本，南圖本正集三卷是後出增補本。最早提此説者爲王文才，他説「今北京圖書館藏嘉靖刻本只兩卷，或即嘉靖庚子初刻本」〔一二〕，又稱「正集二卷本，初刻于嘉靖十九年庚子，有楊南金、唐錡序。三卷本爲二十二年癸卯重刻，有王廷表跋」〔一三〕。他認爲存在「嘉靖十九年初刻本二卷」，很可能是受到楊崇焕刊本《升庵長短句》的影響。該書卷首有序言四篇，其二爲嘉靖十六年楊南金序，署「升庵長短句原序」；其三爲嘉靖十九年唐錡序，署「嘉靖初刻序」〔一四〕。王文才整理《升庵長短句》正集時，主要參考的便是一九三七年楊崇焕刊本〔一五〕，又見到北圖本有殘缺的「正集二卷」，所以誤判這是嘉靖十九年初刻本，有楊南金、唐錡二序。此説産生了不小的影響。張朝範明確指出此正集二卷不可能是嘉靖十九年刊本，當是。雷磊、魏丹在此基礎上提出了新的觀點：「正集二卷本刊刻于嘉靖二十二年，而正集三卷本用同版補刻卷三于此年或稍後。」〔一六〕這個説法恐怕難以成立。

據筆者考察，上述北圖本與南圖本當屬同一版本，皆爲嘉靖間正續集合刊本，正續集各三卷，而北圖本正集缺卷三。

詳細比對北圖本與南圖本，發現二者内容版式全同，缺字斷板與刊刻之誤亦同。二書版框大小相同，對比同一葉之版式、行款、内容、字形，二本皆同。對比二本漫漶、斷板處，亦極爲相似，如唐錡序第二葉（見圖二、圖三）。該書版心署「長短句」、卷次與頁碼標在魚尾下，但卷一第六頁、第十一頁，版心鐫小字于魚尾之上，二本皆同。卷二有兩個第五葉，版心標「前五」、「後五」，此二處蓋皆爲刊刻之誤，二本相同。

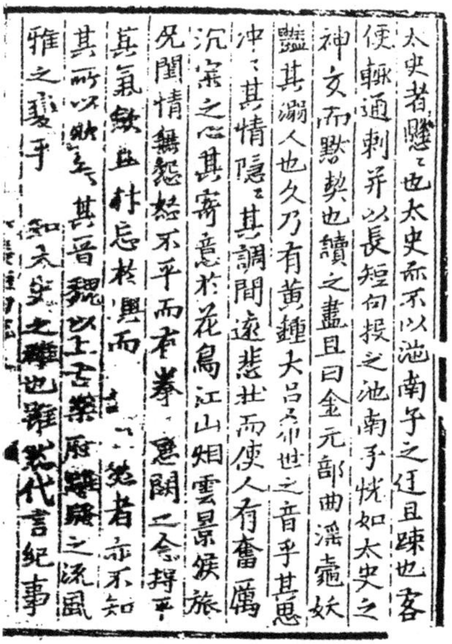
太史者隱〻也太史亦不以滇南子之廷且踈也客
便輒通刺并以長短句授之滇南子恍如太史之
神交而默契也讀之盡且曰金元部曲淫鼃妖
豔其溺人也久乃有黃鍾大呂希世之音乎其思
沖〻其情隱〻其調閒遠悲壯而使人有奮厲
沉宗之心其寄意於花鳥江山烟雲景候旅
況閨情無怨怒不平而有拳〻惓閔之念抒乎
其氣斂且朴忘於興而〻〻然者亦不知
其所以然矣其音飄以上古樂府離騷之流風
雅之變乎　知天變之華也雖然代言紀事

圖二　南圖本序言

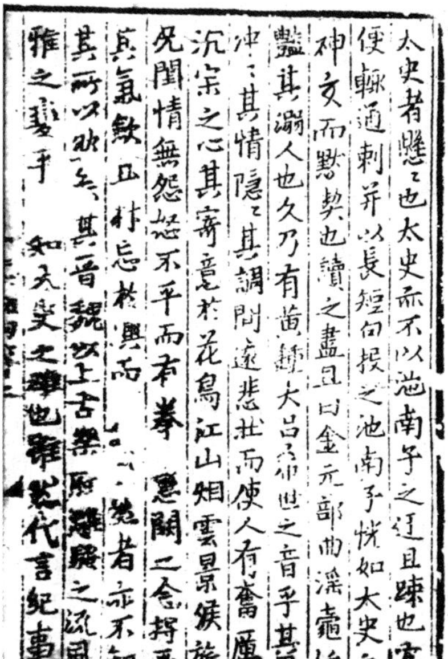
太史者隱〻也太史亦不以滇南子之廷且踈也客
便輒通刺并以長短句授之滇南子恍如太史之
神交而默契也讀之盡且曰金元部曲淫鼃妖
豔其溺人也久乃有黃鍾大呂希世之音乎其思
沖〻其情隱〻其調閒遠悲壯而使人有奮厲
沉宗之心其寄意於花鳥江山烟雲景候旅
況閨情無怨怒不平而有拳〻惓閔之念抒乎
其氣斂且朴忘於興而〻〻然者亦不知
其所以然矣其音飄以上古樂府離騷之流風
雅之變乎　知天變之華也雖然代言紀事

圖三　北圖本序言

此二本實爲同一版本，且北圖本的殘損漫漶程度更爲嚴重，對比二圖右下角的「客」字尤爲明顯，南圖本仍可清晰識别，而北圖本已殘缺，其刊印當在南圖本之後。由此可知，北圖本正集並非初刻二卷本，而是後印本。南圖本正集有三卷，北圖本既是後印本，自然也是三卷，只是流傳過程中殘缺卷三。

目前所見正集明刊本皆有嘉靖十九年唐錡序和嘉靖二十二年王廷表跋，這是確定無疑的。王廷表跋稱：「表嘗評楊子詞爲本朝第一，而《六州歌頭》在《升庵長短句》中第一。」〔一七〕王跋提到《六州歌頭·吊諸葛》，説明他撰寫跋文時已有該曲，而該曲收在卷三，表明他作跋時是有卷三存在的。雷磊、魏丹稱補刻卷三是爲了補刻《六州歌頭》等詞〔一八〕，當不確。如果該書没有收録《六州歌頭》一詞，爲何跋文要提及，並高度贊許，以致正文與跋文出現矛盾？王跋與未收《六州歌頭》的「二卷本」存在内部矛盾，所以正集刊行時應該是王跋與卷三俱全的。

事實上，該書卷三正文僅有三葉，又在全書末尾，容易脱落或殘缺，今存二本嘉靖刊本因年代久遠，皆有殘缺。北圖本正集卷三全佚，僅存卷末王跋，故移置卷首唐錡序言之後；南圖本卷三闕正文末葉，末曲《箇儂》缺損，僅存前半〔一九〕。

綜上所述，《升庵長短句》正集嘉靖刊本當爲三卷，與續集合刊。此集所收詞作凡二百零五首，間有散曲，其内容大致以創作時間先後作編排，收録楊慎創作于嘉靖二十一年及此前的作品〔二〇〕。該集的編纂與撰寫跋文的王廷表可能有較大關係，王跋載：「楊子笑曰：『子豈欲爲稼軒之岳珂乎？』」這句話頗有深意。「稼軒」爲楊慎自詡，「岳珂」以刻書聞名，此暗指刊行詞集之事，這顯然是楊慎授意王廷表刊刻其長短句。所以王廷表很可能參與了正集的編纂與刊行，王跋撰于嘉靖二十一年，該集的刊刻當亦在是年。

（二）續集

《升庵長短句續集》嘉靖刊本存世者至少有五本。上海圖書館藏有單行本（檢索號：綫善855997）；天一閣博物館亦藏有續集（檢索號：善4907），該館目録稱該書爲「升庵長短句三卷續集三卷」，而存「續集」[二一]；北圖本、南圖本《升庵長短句》皆有《續集》；國家圖書館藏《楊升庵雜著十四種》（善本號：17689）亦收録有《升庵長短句續集》。查諸本内容與版式，皆爲同一版本。一册三卷，各卷版式頗不統一。卷一白口無魚尾，半葉十行二十字，版心署「長短句續集卷一」；卷二白口單黑魚尾，半葉十行二十字，版心署「長短句續集卷二」；卷三白口單黑魚尾，半葉十行十八字，版心署「升庵長短句卷三」。各卷版式不同，蓋非同時刊刻。

該書卷首有「升庵長短句序」，落款署「嘉靖丁酉正月望日兩依居士楊南金序」，後署「門生楪榆韓宸拜書，門生南華李發重刻」。或據此作爲刊刻時間[二二]，當不確。楊南金序本是楊慎《陶情樂府》初刻本之序，因序中論及詞曲，故藉以冠于詞集卷首，並不能據以判定續集的刊刻時間[二三]。該集收録楊慎詞作一百零四首，大致按創作時間編排，詞作中可考知創作時間者，最早爲創作于嘉靖二十三年的《鷓鴣天·太平時》，該詞有「甲申故人相送蜀江邊」、「廿載舊游非舊雨」二句，「甲申」是嘉靖三年，指楊慎因大禮議被貶雲南送別之事，至今廿載，則當作于嘉靖二十三年。創作時間較晚的是嘉靖三十二年所作《酒泉子·避暑江山平遠亭招簡西畾不至》，續集三卷本當成書于嘉靖三十二年以後[二四]。此續集各卷當是在不同時間先後刻成，很可能是據楊慎的創作而作階段性集結，最後由門人李發彙集重刻，成爲三卷本。

縮結正續集而言，正集當成書並刊行于嘉靖二十二年，今未見嘉靖間單行本，而據尊經閣藏本，正集很可能曾有單行本，而尊經閣藏本是據正集初刻本作翻刻。續集所收之詞接續正集，刊行于嘉靖三十二年以後，曾單獨刊行，後與正集合刻，成爲《升庵長短句》正續集六卷的通行本。嘉靖刊正續集流傳至萬曆年間已頗爲稀見，故萬曆間重編有四卷本。四卷本卷一收録正集卷一之詞而稍有調整，卷二主要收録正集卷二之詞，卷三收録正集卷三、續集卷一和續集卷二前二十二闋，卷四收録續集卷二後九闋和續集卷三，復增入正續集未收録之詞曲凡二十七首。四卷本内容更全，刊印數量較多，在萬曆以來比嘉靖刊本更爲通行，但因該書存有刊刻訛誤頗多，所以後人始終更認可嘉靖刊正續集，《明詞彙刊》、小紫陽閣刊本皆以嘉靖刊本作爲底本。

〔一〕〔一〇〕〔一一〕〔一二〕〔一三〕王文才輯校《楊慎詞曲集》，四川人民出版社一九八四年版，第一一三頁，第三頁，第六五頁，「出版説明」第二頁，第一一三頁。

〔二〕張朝範《關于〈升庵長短句〉——讀〈楊慎詞曲集〉》，《文學遺産》一九八五年第二期。

〔三〕〔一六〕〔一八〕〔二三〕〔二四〕雷磊、魏丹《嘉靖本〈升庵長短句〉編刻辨疑》，《詞學（第四十三輯）》，華東師範大學出版社二〇二〇年版。

〔四〕嚴紹璗編《日藏漢籍善本書録》，中華書局二〇〇七年版，第二〇二一頁。

〔五〕尊經閣文庫編《尊經閣文庫藏漢籍分類目録》，株式會社秀英舍一九三四年版，第七〇五頁。

〔六〕此信息在第一册十八、十九兩葉的版心背面，内容被覆蓋並折疊，不易發現。

〔七〕程應熊、姚文燮纂修《（康熙）建寧府志》卷二十二，康熙五年（一六六六）抄本。

〔八〕鄧其文纂修《（康熙）甌寧縣志》卷四，康熙三十二年（一六九三）刻本。

〔九〕楊慎《好兒女》詞共二闋相連，其一對應句作「看千嬌百媚堪憐處」，故其二該句作「惜一種風流千種態」當是，可爲互證。

〔一四〕楊慎撰，楊崇焕校刊《升庵長短句》，一九三七年小紫陽閣刊本。

〔一五〕《楊慎詞曲集·升庵長短句》整理時保留了小紫陽閣刊本的部分空格，他本皆無，可作證明。

〔一七〕南圖本《升庵長短句》正集卷三末頁。

〔一九〕趙尊岳《明詞彙刊》以此爲底本重刊時曾提及，其殘缺處據萬曆刊四卷本補全。趙尊岳《明詞彙刊·升庵長短句》跋，上海古籍出版社二〇一二年影印本，第三八二頁。

〔二〇〕正集中可考知創作時間較晚者爲卷二《千秋歲·壬寅新正二日壽内》、卷三《江月晃重山四闋·壬寅立春》，作于「壬寅」，即嘉靖二十一年。

〔二一〕天一閣博物館編《天一閣博物館藏古籍善本書目》，國家圖書館出版社二〇一六年版，第四六九—四七〇頁。

〔二二〕《天一閣博物館藏古籍善本書目》即著録爲「明嘉靖十六年李發刻本」。

（作者單位：北京大學中國古文獻研究中心）

楊易霖《周詞訂律》與詞學研究新視野

譚新紅　陳澤森

内容提要　楊易霖《周詞訂律》編撰于二十世紀三十年代，被著名詞學家村上哲見先生在《宋詞研究》中譽爲「巨作」。《周詞訂律》是第一部詞譜型别集，收詞全且校勘精審，是周邦彦詞别集傳播中一個特殊而重要的版本。楊易霖在《周詞訂律》中對周邦彦詞的逗法、句法、章法、韻法、對句等重要問題給予了細致入微的考察，特别是他對周邦彦詞中的對句和句讀的詳盡解析，不僅極大地推進了周邦彦詞研究，而且給當今的詞學界提供了範例。我們可以按此模式研究唐宋詞諸大家，探討他們詞的格律、音律、句式、對句等問題，進而提升詞本體藝術特徵的研究。

關鍵詞　楊易霖　《周詞訂律》　周邦彦　句法　對句

邵瑞彭先生《周詞訂律序》評價楊易霖《周詞訂律》時説：「不惟美成之功臣，抑亦詞林之司南。」〔一〕認爲《周詞訂律》不僅是一部指導創作的詞譜工具書，也是研究周邦彦詞的一部重要著作。這一觀點得到了不少詞學家的認同。吴則虞先生在《清真詞版本考辨》中就將楊易霖與毛晋、朱祖謀、鄭文焯等詞壇大家相提並論，認爲他是整理周邦彦詞集的一個重要參與者。〔二〕王兆鵬先生《詞學史料學》也將《周詞訂律》列

本文爲國家社科基金重點項目《宋詩匯評與考證》（項目號：19AZW009）階段性成果。

爲周邦彦詞別集的「近人校注本」之一。〔三〕可見他們都認爲《周詞訂律》是周邦彦詞集傳播中的一個重要版本。《周詞訂律》在詞譜學上的特點與意義本人已撰文揭載，本文即從周邦彦詞集版本的角度探討楊易霖《周詞訂律》的特點與價值。

一　收詞全，校勘精

周邦彦詞集宋本流傳至今者有兩個系統，一是强焕序刻本《清真詞》。强焕《題周美成詞》云：「余欲廣邑人愛之之意，故裒公之詞，旁搜遠紹，僅得百八十有二章，釐爲上下卷，乃輟俸餘，鳩工鋟木，以壽其傳。」〔四〕强序本原刻已佚，然明末毛晋所刻《宋六十名家詞》本《片玉詞》乃據强序本刻成，在强序本二卷一百八十二闋的基礎上，另補遺一卷十首，合計一百九十二首。據毛晋《片玉詞跋》可知，毛晋删除了强序本的評注，並且釐正其中的訛謬之處。（第一九五頁）故毛刻雖已非宋刻原貌，然仍保留了强序本的全部詞作。關于强序本，王國維《清真先生遺事》云：「（周邦彦詞集）僞詞最多，强焕本所增，强半皆是。」〔五〕對其評價並不高。

另外一個版本乃陳元龍注本，有宋寧宗嘉定四年劉肅序，共收詞一百二十七闋。此本雖然篇數少于强序本，但正如王國維《清真先生遺事》所云：「篇篇精粹，雖非先生手定，要爲最先之本。」（第四六頁）是周邦彦詞集傳播中所收作品最可靠的一個精善之本。朱祖謀《彊村叢書》所收《片玉集》十卷即在此本的基礎上精校細刻而傳于今者。《彊村叢書》堪稱詞集整理的典範，龍榆生先生即認爲以王鵬運、朱祖謀爲代表的校勘之學是清代詞學五大貢獻之一〔六〕，王仲聞先生亦云彊村本集衆本之長，以至于唐圭璋先生在編《全宋詞》時，寧願用彊村本而不用祖本〔七〕。

楊易霖《周詞訂律》即以《彊村叢書》本《片玉集》爲主編成，然後出更精，《周詞訂律》在《彊村叢書》本的基礎上又有了很大的提升，主要體現在以下兩方面：

（一）收詞更全

《周詞訂律》以《彊村叢書》本《片玉集》爲底本，但《彊村叢書》未收而見載于其他書籍者，無論真僞，均録入補遺，分上、下兩卷共八十一首，因此《周詞訂律》收詞比《彊村叢書》本《片玉詞》要全。楊易霖對這八十一首詞的真僞做了初步的考訂。

楊易霖認爲八十一首詞中有五十七首是周邦彦詞，包括《玉團兒》（鉛華淡竚新妝束）、《醜奴兒》（南枝度臘開全少）、《醜奴兒》（香梅開後風傳信）等。按，楊易霖在此有失考之處，其中三首實非周邦彦所作。一是《憶秦娥》（香馥馥），沈際飛《草堂詩餘雋》作蘇軾詞，何士信《草堂詩餘類編》作周邦彦詞，至正本《草堂詩餘》作無名氏詞，唐圭璋先生《宋詞互見考》依此定爲無名氏詞。〔八〕《柳梢青》（有個人人）見毛本補遺，楊易霖據毛本誤收，唐圭璋先生《宋詞互見考》據至正本《草堂詩餘》考定爲無名氏詞，陳鍾秀本誤作周邦彦詞。（第一八七頁）《南鄉子》（夜闌夢難收）見毛本《補遺》，《周詞訂律》據此誤收，羅忼烈先生指出此詞乃明人鄒逢時傳奇《覓蓮記》中的作品，非周邦彦作。〔九〕

文獻記載有差，不易遽下結論者共有四首：《蝶戀花》（魚尾霞生明遠樹）、《青玉案》（良夜燈光簇如豆）、《南柯子》（桂魄分餘暈）、《南歌子》（夕露霑芳草）。趙聞禮《陽春白雪》載《蝶戀花》（魚尾霞生明遠樹），題何大圭作〔一〇〕。唐圭璋《宋詞互見考》云此詞見周邦彦《片玉詞》，《陽春白雪》題作何大圭是錯誤的。（第八二頁）楊易霖則僅言「《陽春白雪》以爲何摺之作」（補遺上第二頁），並未明言究爲誰作。《南柯子》（桂魄分餘暈）一詞，《詞林萬選》選録爲張元幹詞，毛刻本《蘆川詞》也收了這首詞，到底是張元幹詞還是周邦彦詞，楊易霖謹慎地説：「未知孰是。」（補遺上第十頁）《南歌子》（夕露霑芳草）一詞，《花草粹編》不著撰人，但恰好與淮海詞銜接，按《花草粹編》的體例，此詞當屬秦觀，可是《淮海集》又未收此詞，著作權到底歸屬秦觀還是周邦彦，楊易霖也是慎重地説「未知孰是」。（補遺下第二〇頁）不遽下斷語，俱可見其審慎之處。

確定非周邦彦詞者共有《感皇恩》（小閣倚晴空）、《水調歌頭》（今夕月華滿）等二十首。二十首詞中，有些詞的真僞前賢已有確考，楊易霖不費辭墨，直接轉述考證結果，如《水調歌頭》（今夕月華滿），《周詞訂律》云：「王静安先生云：『此詞歲月不合，其僞無疑。』」（補遺上第九頁）因詞的創作時間在周邦彦去世之後，可確定無疑不是他的作品，故楊易霖直接轉述王國維的考證結果。除此之外，其他絶大多數都是楊易霖通過比勘材料而得出的結論，如《感皇恩》（小閣倚晴空），《樂府雅詞》録爲晁沖之詞；《浣溪沙》（小院閑窗春色深），《樂府雅詞》、《花草粹編》、《歷代詩餘》等録爲李清照詞；《如夢令》（花落鶯啼春暮），《花庵詞選》、《樂府雅詞》、《花草粹編》等皆録爲謝無逸詞，毛刻《片玉詞》不慎致誤，楊易霖均予以糾正。

（二）校勘更爲精審全面

周邦彦詞集，自宋至清，版本很多，而各種選本、詞話也多有選録，故文字異同，至爲紛紜。校勘其間的異同，遂成爲周邦彦詞集整理的一項重要任務。這一工作，朱祖謀已着先鞭，楊易霖在其基礎上，對各種文本之間的異文、脱字、衍字、句讀、分片等進行了全面的比勘，在朱祖謀的基礎上又有了很大的推進與提升。朱祖謀在校勘時主要比照了周邦彦詞集中的陳注本、元本、明本、毛本以及《樂府雅詞》、《花庵詞選》、《陽春白雪》、《草堂詩餘》等選本，楊易霖使用的參校本則更爲豐富。除了朱祖謀用到的這些文獻以外，還用到了鄭文焯校本，詞選則有《雲謡集》、《梅苑》、《花草粹編》、《詞統》、《詞綜》、《歷代詩餘》、《詞林萬選》，詞譜有《嘯餘譜》、《詩餘圖譜》、《詞譜》、《詞律拾遺》，筆記詩話類則使用了《揮麈録》、《苕溪漁隱叢話》、《浩然齋雅談》、《唐音癸籤》、《莊岳委談》、《詞林紀事》、《詞苑叢談》、《西泠詞萃》，此外還用到了柳永、晏殊、歐陽修、張先、黄庭堅、賀鑄、秦觀、楊補之、吕聖求、李清照、嚴次山、陳正伯、陳鳳儀等詞人的別集。

使用的文獻越豐富，校勘時自然就會比較出更多的不同之處來。《彊村叢書》本《片玉集》共有校記二百五十六條，《周詞訂律》則有四百零三條，多出一百四十七條。這多出的部分，呈現出更加豐富的内容來，如兩部書所收的第一首詞都是《瑞龍吟》（章臺路），朱祖謀一共出了三條校記，分别比勘出陳注本中的「褪粉」、「因念」、「侵晨」在《樂府雅詞》、明本、毛本中作「退粉」、「曾記」、「清晨」，楊易霖則在此基礎上增加了五條校記，比照出原本中「還見」、「愔愔」、「坊陌」、「意緒」在其他文本中的不同。又如他校《三部樂》（浮玉霏瓊）中的「祆知」時説：「《歷代詩餘》、《詞譜》均作『祗知』，彊村翁從之。按大典一一一六五引林淳《定齋詩餘》、《鷓鴣天》云『天近祆知雨露濃』，楊澤民《宴清都》云『祆如宋玉難賦』，疑『祆』字乃宋人俗語。《説文》讀火干切，《玉篇》讀阿憐切，《廣韻》讀于喬切。」（卷八第十三頁）對朱祖謀的校勘作了進一步的申説，提出了不一樣的觀點。毫無疑問，楊易霖的校勘更加完備。

由于詞樂失傳，一首詞在何處分片往往衆説紛紜。因此，楊易霖在整理周邦彦詞集時，不僅校字詞，而且校分片。《瑞龍吟》（章臺路）第一條校記就是關于這首詞的分片問題：「《陽春白雪》分兩段，以『聲價如故』句屬上。《花草粹編》分兩段，于『盈盈笑語』句作前結。」（卷八第一頁）楊易霖在校語中還只是客觀地呈現諸書在分片中的不同，在後面的按語中則進一步揭示自己對分片的意見，如《垂絲釣》（縷金翠羽），毛晋本《片玉詞》于「鈿車似水」句作結，陳耀文《花草粹編》在「春將暮」後分片，吴文英同調詞則在「向層城苑路」處作結，楊易霖對這三種分片都持保留態度，他認爲從語意上看，應該在「寄鳳絲雁柱」後分片。（卷三第一頁）又如《隔浦蓮》（新篁摇動翠葆），《周詞訂律》云：「毛本、《花庵詞選》、《草堂詩餘》、《花草粹編》均以『水亭小』句屬前結，與西麓、履齋、放翁、介庵、竹屋、梅溪相同，慣用既久，自亦不妨從俗。惟詳其語意，仍以屬後爲是。」（卷四第三頁）在樂曲失傳的情況下，通過語意給詞分片不失爲一種有益的嘗試。

楊易霖對詞調名也有精確的考校，如他考證《浣溪沙》的調名及其來源時説：「《浣溪沙》，一作《浣沙溪》，似以西子浣紗得名。《雲謡》作《渙沙溪》，誤。萬氏云『沙』應作『紗』云云，然古無『紗』字，以『沙』爲之。陳注引杜詩『移船先主廟，洗藥浣沙溪』爲調名所本，非。」（卷三第十頁）他對《望江南》、《選冠子》、《蘇幕遮》、《訴衷情》、《漁父家風》等詞調的源流演變及同調異名現象也都做了精彩的考論。

通過楊易霖的努力，《周詞訂律》録周邦彦詞一百八十一首，在數量上遠超《彊村叢書》本，在品質方面則又遠勝毛本《片玉詞》，並且作了精細的校勘，在當時可以説達到了周邦彦詞集整理的最高水準，遠超前賢。

二　首次關注詞的對句

對偶是中國文學的一大特色。陳寅恪《論再生緣》云：「中國之文學與其他世界諸國之文學，不同之處甚多，其最特異之點，則爲駢詞儷語與音韻平仄之配合。就吾國數千年文學史言之，駢麗之文以六朝及趙宋一代爲最佳。」〔一一〕所謂「駢詞儷語」，即指對偶的句子。尤其在近體詩興起後，對偶成爲必須遵守的一項規則，如律詩的中間四句除特殊情況外必須對偶，排律除首尾兩聯外，中間各聯一般來説也都必須對仗。詞又稱「長短句」，因句式多長短不一，對偶句在整首詞中往往不那麽顯眼，因此歷來並未引起説詞者的充分重視。其實宋人填詞時，非常重視對句的使用，在長短錯綜的句式中經常使用精妙的對句。周邦彦就是其中有代表性的一位詞人，他的詞中存在著大量句式多樣的對偶句，從三言對句到八言對句都有，楊易霖《周詞訂律》對這些對句首次進行了全面的考察，如：

三字對：

《蘇幕遮》（燎沈香）：「燎沈香，消溽暑」，必對。（卷四第十七頁）

《醉桃源》（冬衣初染遠山青）：「情黯黯，悶騰騰」，必對。（卷六第九頁）

四字對：

《瑞龍吟》（章臺路）：「褪粉梅梢，試花桃樹」，必對。（卷一第四頁）

《渡江雲》（晴嵐低楚甸）：「清江東注，畫舸西流」，必對。（卷一第十三頁）

五字對：

《意難忘》（衣染鶯黄）：「低鬟蟬影動，私語口脂香」，必對。（卷十第二頁）

《南柯子》（寶合分時果）：「露下凉如水，風來夜氣清」，必對。（補遺上第十頁）

六字對：

《紅林檎近》（高柳春才軟）：「那堪飄風遞冷，故遣度幕穿窗」，必對。（卷六第十五頁）

《浪淘沙》（晝陰重霜凋岸草）：「南陌脂車待發，東門帳飲乍闋」，必對。（卷二第十八頁）

七字對：

《晝錦堂》（雨洗桃花）：「短歌新曲無心理，鳳簫龍管不曾拈」，必對。（補遺下第十四頁）

《浣溪沙》（争挽桐花兩鬢垂）：「跳脱添金雙腕重，琵琶撥盡四弦悲」，宜對（卷三第十二頁）。

八字對：

《風流子》（新緑小池塘）：「金屋去來，舊時巢燕。土花繚繞，前度莓牆」，必對。或四字兩對。（卷一第九頁）

《一寸金》（州夾蒼崖）：「海霞接日，紅翻水面。晴風吹草，青摇山脚」，乃八字對句，必對。（卷九第七頁）

這些對句，整煉工巧，流動脱化，使詞在整體的錯落有致之外又呈現出局部的整飭之美來，語言自然更顯豐富絢爛。

通過統計楊易霖在《周詞訂律》所加按語可知，周邦彦詞中的三字對、五字對、六字對、七字對、八字對的數量並不多，最多的是四字對。具體統計數據見下表：

所涉對句種類	三字對	四字對	五字對	六字對	七字對	八字對
必對(個)	八	六十五	十二	三	一	六
宜對(個)	三	三十三	○	○	四	○
合計(個)	十一	九十八	十二	三	五	六
所涉詞作(首)	八	五十一	八	三	四	三

從上表可知，在周邦彥詞中，三字對、五字對、六字對、七字對、八字對一共只有三十七個對句，而四字對則有九十八對，遠超前面五種句式之和。而其中的六個八字對句，又可視爲十二個四字對句，兩者相加，則四字對多達一百一十個。再統計偶字對與奇字對，三字、五字與七字對一共是二十八個，而四字、六字、八字對加在一起是一百一十三個，偶字對遠遠超過奇字對。我們都知道，駢體文又稱駢四儷六，因其多用四言六言的句子對偶排比，故有此稱呼。因此，從對句的角度考察，周邦彥詞應該更多的是受駢體文而非近體詩的影響。柳宗元《乞巧文》云：「駢四儷六，錦心繡口。」〔一二〕因爲周邦彥詞大量使用了駢式儷句，使得其詞尤爲優美華麗。

楊易霖在辨別周邦彥詞對句時，還發現了與駢文、近體詩中不同的對句類型，比如領字對，也就是有領字的對句。所謂對句，上下句的字數一定要一樣，可由于有些詞句有領字的存在，這一規則被打破了。也就是說有領字的上句比下句多一個字，但它仍然和下句構成對句。比如《解連環》（怨懷無托）的上片有兩句「似風散雨收，霧輕雲薄」，楊易霖認爲此乃「上一字逗，下接四字對句」，而吴文英同調詞中在同一位置是「弄微照，素懷暗呈纖白」，變成了上三下六兩句，不能成對，楊易霖認爲吴文英在這裏不用對句是錯誤的。（卷二第七頁）又如《蘭陵王》（柳陰直）中有兩句「愁一箭風快，半篙波暖」，同樣是上一字逗，下接兩個四字對句，而南宋詞人陳允平的同調詞在同一位置是「回首處，應念舊曾攀折」，變成了上三下六兩句，也不能成對，同樣是錯誤的。（卷八第六頁）《西平樂》（穉柳蘇晴）一詞，《周詞訂律》在按語中説：「『歎事逐孤鴻盡去，身與塘蒲共晚，争知向此征途，竚立塵沙』句，乃上一字逗，下接六字對句，再接上六下四字句。澤民『應便作歸休計去，高揖淵明，下視林逋，到此如何，又走風沙』易爲上一下六之七字句，下接四字對句，再接四字二句，誤。」（卷二第十六頁）這類對句，因對句之前有一領字，我們可稱之爲「領字對」。

又如三句對。一般的對句，都是兩兩成對，而周邦彦詞中有三句成對的現象，楊易霖發現了這一現象並特别拈出予以説明。如《憶舊游》（記愁横淺黛）一詞，《周詞訂律》在按語中説：「『愁横淺黛，淚洗紅鉛，門掩秋宵』，必對。或上二句對，或下二句對，均可。西麓『眉峰聚碧，記得郵亭，人别中宵』，不對，非。」（卷二第二十一頁）又如《丁香結》（蒼蘚沿階）一詞，楊易霖云：「『寶幄香纓，熏爐象尺，夜寒燈暈』句，『寶幄香纓，熏爐象尺』，必對。西麓『酒薄愁濃，霞腮淚漬，月眉香暈』，易爲下二句對，亦可從。」（卷五第二十一頁）這種對句形式，明人朱權在《太和正音譜》中給它取名爲「鼎足對」、「燕逐飛花對」[一三]。其特點是三句的句型一模一樣，一句可對二句，二句可對三句，一句也可以對三句，又稱隔句對。這種對句的使用，使周邦彦詞的語言更具流利工巧之美。

三　全面考察詞的句法

劉勰《文心雕龍·章句》云：「夫人之立言，因字而生句，積句而爲章，積章而成篇。」[一四]句是組成文學作品最基本的單位。因此，創作也好，研究也好，都應該充分重視句法結構。詞的句式長短不一，複雜多變，更應該是關注的重點。然而明人在創製詞譜時，却有意識地忽略句法，如張綖在《詩餘圖譜・凡例》中就説：「諸調字有定數，而句或無常，蓋取其聲之協調，不拘拘句之長短，此惟習熟縱横者能之。」〔一五〕他們只重視一首詞的字數是多少、平仄如何、押韻情况怎麽樣，而不管四聲，不顧句法。草創時期的詞譜，簡陋如斯，雖屬正常，但這可能也是導致明詞衰亡的一個重要原因。

到了清代，萬樹《詞律》開始重視詞的句法。《四庫全書總目》卷一九九《〈詞律〉提要》云：「其最入微者，一爲舊譜不分句讀，往往據平仄混填。樹則謂七字有上三下四句，如《唐多令》『燕辭歸客尚淹留』之類。五字有上一下四句，如《桂華明》『遇廣寒宫女』之類。四字有横擔之句，如《風流子》『倚欄杆處上琴臺去』之類。」〔一六〕四庫館臣認爲萬樹《詞律》有一個很大的貢獻就是給詞分句讀。

萬樹開始關注句中的「逗」，如云七字句中「上三下四」不同于「上四下三」，五字句中「上一下四」異于「上二下三」，結構不可錯亂，平仄亦不能混淆。但是萬樹只注意到了幾種最基本的特殊句法，並且只是偶爾提及，楊易霖則是第一位針對一家之詞的句法進行全面考察的詞學家。他在《周詞訂律・凡例》中説：「詞之圈識，有逗法、句法、韻法之别。自來讀者，每于逗法失之忽略，而于上一下四，及上一下六二類句法，尤不措意，即萬氏《詞律》，亦未嘗涉及此事，他更勿論矣。」（凡例第二頁）最開始對詞作句讀分析的人是萬樹，楊易霖是發揚光大者。他通過對周邦彦詞的詳細考察，分析了清真詞的各種句法，確立了不同詞調中每個句子的句法標準，厥功甚偉！

周邦彦詞的「章法句法，命意下字，自成一格，不易學步習容」（羅忼烈《清真集箋注》第四頁），因此楊易霖非常重視分析周邦彦詞的句法，他在《周詞訂律・凡例》中也説：「詞學盛于兩宋，美成體制宏雅，聲律嚴密，尤足爲後世準繩。本編專就美成詩餘，稽其體制，辨其句逗，訂其聲律，以便按譜填詞。」（凡例第一頁）所謂「辨其句逗」，説明辨識句逗是楊易霖編撰《周詞訂律》時最重要的工作之一。《周詞訂律》中的按語有一半以上篇幅在分析周邦彦詞的句法，示例如下：

（一）四字句

四字句有兩種基本句型：上二下二之四字句與一二一之四字句。楊易霖認爲這兩種句式不能相混，應以周邦彦詞爲準，如《瑞龍吟》（章臺路）一詞有「定巢燕子」句，乃上二下二句法，楊澤民的同調詞里「問山崦裏」一句則易爲一二一句型（卷一第七頁），又如《宴清都》（地僻無鐘鼓）一詞中有「灑窗填户」句、「夢魂飛去」句，都是上二下二句法，吴文英同調詞中「勝東風秀」、「向承恩處」均易爲一二一之四字句，楊易霖認爲這種改變都是錯誤的，此調此處的句型應該以周邦彦的二二句型爲是（卷五第八頁）。同樣，周邦彦詞中爲一二一句型的，隨便改變爲二二句型也是錯誤的，如《大酺》（對宿煙收）中的首句「對宿煙收」句乃一二一句法，陳允平同調詞的首句「霧幕西山」、「漸入融和」均改爲上二下二，楊易霖認爲「不必從」，仍應以周邦彦的一二一句型爲是（卷七第九頁）。爲了區分這兩種句型，楊易霖「凡止注爲四字句者，指上二下二之四字句而言，如《瑞龍吟》『試花桃樹』是也，其一二一之四字句，則于第一字加以逗點，如《還京樂》『到長淮底』是也」（凡例第三頁），通過加逗點的方式來區別。

陳鋭在《褒碧齋詞話》中曾説：「詞中四聲句，最爲著眼，如《掃花游》之起句，《渡江雲》之第二句，《解連環》、《暗香》之收句是也。又如《瑣窗寒》之『小唇秀靨』、『冷薰沁骨』，《月下調》之『品高調側』，美成、君特無不用上平去入，乃詞中之玉律金科。今人隨手亂填，又何也。」[一七] 對詞中四字句的重要性及四聲搭配進行了歸納總結，認爲「上平去入」是四字句的標準四聲。若能將陳鋭四字句的四聲用法與楊易霖四字句的句内結構結合起來，則詞中四字句既具聲情之美，亦得節奏之美，這無論是對詞的創作還是詞的鑒賞都有很重要的啟示意義。

（二）五字句

詞中的五字句也有兩種基本句型：上二下三型、上一下四型。由于五言是近體詩的基本句型之一，而上二下三是其基本結構，這使得詞中五言句中的上一下四結構多被忽略。在楊易霖看來，這兩種句型在多數情況下不能混用，應以周邦彦詞爲準，如《瑣窗寒》（暗柳啼鴉）中的結句「待客攜尊俎」、《風流子》中的起句「新緑小池塘」、《浪淘沙》（晝陰重霜凋岸草）中的「瓊壺敲盡缺」均爲上二下三句法，蘇茂一、沈天羽、吴文英在各自的同調詞中分别作「爲江山自賞」、「對洛陽春然」、「不攀春送别」，均易爲上一下四句型，楊易霖認爲這種改易是錯誤的。

周邦彦詞中上一下四的五字結構比上二下三結構更多，如《還京樂》（禁煙近）中的「望箭波無際」、《憶舊游》（記愁横淺黛）中的「記愁横淺黛」、《六醜》（正單衣試酒）中的「漸蒙籠暗碧」等，均是上一下四結構，陳允平、吴文英的同調詞中分别作「岸草煙無際」、「送人猶未苦」、「空餘芳草碧」，均易爲上二下三句法，楊易霖認爲這也是錯誤的。

當然，五字句的兩種句法不像四字句的兩種句法完全不能改易，在以下四個詞調中是可以通用的：《渡江雲》（晴嵐低楚甸）中的「驟驚春在眼」、《瑞鶴仙》（悄郊原帶郭）中的「悄郊原帶郭」、《憶舊游》（記愁横淺黛）中的「也擬臨朱户」、《塞翁吟》（暗葉啼風雨）中的「亂一岸芙蓉」，就既可用上二下三句法，也可用上一下四句法，不必拘泥。

（三）六字句

周邦彦詞的六字句也有兩種句法：二二二結構和三三結構。如《隔浦蓮》中的「簾花簷影顛倒」就是二二二結構，而陳允平的同調詞作「接羅巾，任攲倒」，易爲上三下三，楊易霖以其爲誤。又如《紅窗迥》（幾日來）中的「花影被風摇碎」，當讀爲二二二句法，《詞律》注爲上三下三，誤。三三結構如《法曲獻仙音》（蟬咽涼柯)中的「向抱影凝情處」句、《大有》(仙骨清羸)中的「却更被温存後」句,均是上三下三句法,不可與二二二句法混爲一談。

六字句要注意與兩個三字句的區别,如周邦彦《應天長》(條風布暖)一詞的上、下闋中分别有「梁間燕,前社客」、「青青草,迷路陌」兩個三字句,陳允平同調詞的上、下闋分别是「江湖幾年倦客」、「情絲亂游巷陌」,皆易爲二二二之六字句,楊易霖認爲這也是錯誤的(卷一第十八頁)。

(四) 七字句

和五字句一樣,七字句也是詩歌的基本句型,而上四下三則是詩歌七字句的基本句法。周邦彦詞中的七字句,除了上四下三這一基本句法外,尚有上一下六和上三下四兩種類型。和五字句中的上一下四句法經常被忽略一樣,七字句中的上一下六類句法也經常被忽略。爲了區别這幾種類型,楊易霖對上三下四之七字句,則于第三字後加以逗點,如《瑣窗寒》中「灑空階、夜闌未休」;對上一下六之七字句,則于第一字後加以逗點,如《西平樂》中「歎、事逐孤鴻盡去」。

三種句法中,上三下四句法和上一下六句法可以通用,如《解連環》(怨懷無托)中的「漫記得,當日音書」句,「作上三下四,或上一下六句法,均可,澤民、夢窗是也」(卷二第四頁)。《法曲獻仙音》(蟬咽涼柯)中的「想依然京兆眉嫵」句,「千里、澤民、夢窗、君亮,皆作上三下四句法。西麓『想弓彎眉黛慵嫵』,讀爲上一下六,亦可從」(卷四第九頁)。但這兩種句法均不可易爲上四下三句法,如《玉燭新》(溪源新臘後)中的「想弄月黄昏時候」句,「好亂插繁花盈首」句,「作上一下六,或上三下四,均可,不必拘墟。但切忌作上四下三」(卷七第十一頁)。又如《大酺》(對宿煙收)中的「等閒時,易傷心目」句,乃上三下四句法,楊澤民同調詞中的「水雲千里空流目」、吴文英同調詞中的「總輸玉井嘗甘液」,「俱易爲上四下三,不必從」(卷七第九頁)。如此之類,所在多有,楊易霖均認爲四三句法與三四句法應該嚴格區分,不宜互易。

楊易霖還據此勘正訛誤，比如《滿庭芳》（風老鶯雛）中的「小橋外，新緑濺濺」，是上三下四句法，各家填此調時也皆作上三下四句法。然《詞律》引晏幾道此調時作「可憐流水各西東」而作上四下三句法。楊易霖據《花草粹編》及《彊村叢書》本小山詞，此句皆作「可憐便流水西東」，爲上三下四句法，故知《詞律》誤。

（五）其他句法

以上所論爲詞的基本句法，其他句式均可視爲是這幾種句式的重新組合，楊易霖也都有詳細考察。比如八字句，他在《凡例》中説：「凡上一下七之八字句，則于第一字加以逗點；上二下六之八字句，則于第二字加以逗點；上三下五之八字句，則于第三字加以逗點；上四下四之八字句，則于第四字加以逗點。」（凡例第三頁）從楊易霖在詞後所加按語可知，八字句的這幾種句法多可通用，但也有不能通用的，如《浪淘沙》（晝陰重霜凋岸草）中的「向露冷風清無人處」，乃上一下七句法，吴文英同調詞此句爲「半蜃起玲瓏樓閣畔」，易爲二一五之八字句（卷二第十八頁）；又如《六醜》（正單衣試酒）中的「静繞珍叢底成歎息」乃上五下三句法，吴文英同調詞此句作「過眼年光，舊情盡别」，讀爲上四下四（卷七第二〇頁），楊易霖均認爲不可從。又如九字句，《凡例》云：「凡止注爲九字句者，則爲上二下七之九字句，或上四下五之九字句，或上六下三之九字句均可，並可易爲一氣呵成之九字句，惟千萬不可作上三下六之九字句。凡遇上三下六之九字句，則于第三字加以逗點。」（凡例第三頁）九字句中，上三下六較爲特殊，故特加逗點加以區别。

楊易霖認爲，詞之句逗要分兩種情況考察。他在《宴清都》（地僻無鐘鼓）一詞的按語中説：「宋人倚聲，其句逗之例有二：一爲律之句逗，即句法；一爲詞之句逗，即語意。如此調『始信得，庾信愁多，江淹恨極須賦』，以律言，『多』字當斷句，而以詞言，『庾信愁多，江淹恨極』乃四字儷語，則『多』字『極』字須作二逗。又如《西河》『燕子不知何世，入尋常巷陌人家相對，如説興亡斜陽裏』，以律言，『世』字『對』字叶韻，當斷句，而以詞言，則『燕子不知何世入尋常巷陌人家』爲一逗，『相對如説興亡』爲一逗。又如《拜星月慢》『誰知道，自到瑶臺畔，眷戀雨潤雲温，苦驚風吹散』，以律言，『畔』字叶韻，當斷句，而以詞言，『自到瑶臺畔眷戀雨潤雲温』，一氣貫注，則『畔』字只能作逗。又如《四園竹》『腸斷蕭娘，舊日書辭，猶在紙』，以律言，則辭字叶韻，當斷句，而以詞言，『腸斷蕭娘舊日書辭猶在紙』，一氣貫注，則辭字只能作逗。此外宋元人詞中，如此之類，多不勝舉。蓋詞之句逗，隨人應用，與律之句逗分合有定者不同，不宜牽涉爲一事，所當措意。」（卷五第六頁）他認爲句逗分詞之句逗與律之句逗兩種情況，律之句逗即句法，它是分合有定的；而詞之句逗即語意，是隨人應用。句逗應以律之句逗爲圈法原則。

餘論

邵瑞彭先生在《周詞訂律序》中説：「綴學之士，若由美成之格律進而治唐宋諸大家之格律，並由詞之格律進而治詞之音律，行見前人《碧雞漫志》、《樂府指迷》等書，將以粃康塵垢視之，即萬律、戈韻，亦成附綴懸疣矣。」（第二頁）邵先生給選題日蹙的今日詞壇提供了一條可能會行之有效的路徑，即先一家一家研治唐宋詞人中那些著名詞人的格律，詳細考察每首詞的四聲、逗法、句法、韻法等問題，進而由格律之學過度到音律之學的研究，包括對宫調、音譜等重要問題的探討，詞學研究自然會竿頭日進。從這個意義看，楊易霖《周詞訂律》具有示範意義。

〔一〕楊易霖《周詞訂律》，開明書店一九三七年版，第二頁。

〔二〕吴則虞《清真詞版本考辨》，《西南師範學院學報》一九五七年創刊號，第二八頁。

〔三〕王兆鵬《詞學史料學》，中華書局二〇〇四年版，第一八八頁。
〔四〕毛晋《宋六十名家詞》，上海古籍出版社一九八九年版，第一七八頁。
〔五〕王國維著，周錫山編校《王國維集》第一册，中國社會科學出版社二〇〇八年版，第五三頁。
〔六〕《龍榆生學術論文集》，上海古籍出版社二〇一七年版，第二四二頁。
〔七〕王仲聞、唐圭璋《全宋詞審稿筆記》，中華書局二〇〇九年版，第八頁。
〔八〕唐圭璋《詞學探微》，商務印書館二〇二〇年版，第一九〇頁。
〔九〕羅忼烈《清真集箋注》，上海古籍出版社二〇〇八年版，第三三〇頁。
〔一〇〕趙聞禮《陽春白雪》，上海古籍出版社一九九三年版，第一七一頁。
〔一一〕陳寅恪《寒柳堂集》，生活·讀書·新知三聯書店二〇一一年版，第七二頁。
〔一二〕柳宗元《柳宗元集》，中華書局一九七九年版，第四八九頁。
〔一三〕姚品文《太和正音譜箋評》，中華書局二〇一〇年版，第一五頁。
〔一四〕劉勰著，范文瀾注《文心雕龍注》，人民文學出版社一九五八年版，第五七〇頁。
〔一五〕張綖《詩餘圖譜》，《續修四庫全書》第一七三五册，上海古籍出版社二〇〇二年版，第四七二頁。
〔一六〕《四庫全書總目》，中華書局一九六五年版，第一八二七頁。
〔一七〕陳鋭《裦碧齋詞話》，唐圭璋編《詞話叢編》，中華書局一九八六年版，第四一九三頁。

（作者單位：武漢大學文學院）

陳澧詞學年譜(上)

宋瑩瑩　謝永芳

傳　略

陳澧，字蘭甫，初字蘭浦，自號江南倦客，讀書處曰東塾，學者稱東塾先生。廣東番禺人。先世居紹興住墅村，六世祖自湖公宦于江寧，卒官，貧不能歸，葬鍾山之麓，遂爲上元人。祖尚志公再遷廣東，至先生乃占籍爲番禺縣人。曾祖平，又名治平，字可均。高祖妣韓氏。高祖繼妣喻氏。祖善，又名士奇，字尚志，號虹橋，又號畸人。以家貧之廣東，依舅氏韓公。捐布政使司理問銜。卒于嘉慶九年七月初九日。吕堅爲撰墓志銘及《題陳丈虹橋詩卷即以作追輓詩》。著有《雙字類箋》二卷、《焚餘詩草》一卷、《錢卜》一卷。祖妣沈氏。父大經，又名立本，字翼亭，號新齋。以未入籍不得應試。捐納知縣。妣劉氏。本生妣王氏。叔大綸，字秋崖，一字畫齋。嘗以所藏陳子壯書卷摹泐上石，吕堅爲之跋。堅又有《讀陳秋崖小影詩題贈》、《陳秋崖更字畫齋作詩贈之且以爲壽》。子二：長沂，後更名應泰；次澍。伯兄清，字天一。劉宜人出。子三：長宗元，字小峰；次宗彝，字月湖；三宗彦，字碩卿。宗元子一：慶修。姊一，劉宜人出。適仁和湯爾泰。澧，與從兄行，居四，鄉里稱爲四先生。嘉慶十五年(一八一〇)二月十九日，生于廣東省城木排頭里第。九歲能詩文，及長，與順德盧同伯、南海桂文耀、番禺楊榮緒有「四俊」之名。問詩于張維屏，問經學于侯康。道光十二年(一八三二)中舉。七應會試不第。以大挑二等選授河源縣訓導，赴任兩月即告歸。平生泛覽群籍，凡天文、地理、樂律、算術、古文、駢體文、填詞、篆、籀、真、行書，無不精究。爲學海堂學長數十年，晚歲主講菊坡精舍。光緒七年（一八八一），獲賞五品卿銜。八年正月二十二日逝世。原配潘氏，副室江氏、潘氏。子四：長宗誼，字孝通。著有《讀論語日記》一卷。子一：慶龢（嗣子），字公睦，一字公穆，號容園。慶龢子三：之達、之逵、之邁。次宗侃，字孝直。子三：慶龢（出嗣）、慶佑、慶鼎。慶佑，字公輔。子二：俞農、俞軍。三宗詢，字孝彬。子二：慶銜、慶慈。四宗穎，字孝堅。子三：慶耜、慶貢、慶敏。慶耜，字伯春。子一：世訒。慶貢，字仲獻。

陳澧著有《漢儒通義》、《東塾讀書記》，力排漢宋門户之見。又著有《聲律通考》、《切韻考》等。又著有《憶江南館詞》，收二十九首，包含陳澧手定二十五首，以及門人汪兆鏞所采獲者四首。汪氏《椶窗雜記》曾描述過其中兩首詞的意外獲取經歷。嗣後，陳澧曾孫之邁另外輯得七首，其中五首録自李能定《花南軒筆記》，另兩首録自陳澧手蹟，編入《東塾續集》卷五《憶江南館詞補遺》。至黄國聲主編《陳澧集》，又從中山大學圖書館藏陳澧手蹟中補得《秦樓月》一首。是陳澧詞作見存凡三十七首。又，近來有學者撰文披露，俄羅斯國家圖書館東方文獻中心藏有陳澧手批《白石道人集》原本，新加坡國立大學中文圖書館藏有陳澧手批《絶妙好詞箋》的汪兆鏞過録本，中國澳門大學伍宜孫圖書館、香港大學馮平山圖書館分别藏有陳澧手批《白石道人四種》的黄紹昌過録本、任世杰過録本，其中有相當豐富的詞學評點资料。

年譜

清仁宗嘉慶十五年庚午（一八一〇）　一歲

清廷重申禁食鴉片與販賣鴉片。

二月十九日(三月二十三日)生。是年,父翼亭公四十八歲,祖尚志公卒後六年。案:汪宗衍《陳東塾先生年譜》(以下簡稱汪《譜》)據《東塾集》卷五《先考知縣府君事略》、《先祖考布政司理問銜封奉直大夫尚志府君家傳》,謂是年乃父四十二歲。黄國聲、李福標《陳澧先生年譜》(以下簡稱黄《譜》)則以《陳氏家譜》已明言翼亭公乾隆二十八年生,而定汪《譜》爲非。

顔所居曰鍾山别業。金武祥《粟香二筆》卷五:「番禺陳蘭甫京卿見贈古詩及書字,已載前卷。其先世由金陵來粤,故顔所居曰『鍾山别業』。」又《粟香五筆》卷六記其輓朱一新絶句四首,其第四首云:「大雅云亡久不群,重來嶺海孰論文。鍾山别業(陳東塾齋額)隨山館(汪穀庵齋額),慟甚黄罏又哭君。」又《陶廬續憶補咏》注曰:「丙子入粤,謁陳丈蘭甫京卿澧,録示近作《粤秀山步月》五古。余即和韻二首,并贈以先著數種。丈復答詩云云。丈先世爲金陵人,故堂額曰『鍾山别業』。爲叙鄉誼,且與吾家有年誼也。」又,據辛德勇《漫談叢書零本的收藏》與陸三强等《古籍碑帖的鑒藏與市場》介紹,早于《番禺陳氏東塾叢書》刊刻,後一種曾經《販書偶記》卷二著録的咸豐間初印本《切韻考》和《聲律通考》二書,卷一首行下刻有雙行小字「鍾山别業叢書之□」。墨釘「□」是這部叢書的序號,説明當時還没有編定前後次序。又,《朱子語類日鈔》五卷,汪《譜》所附《陳東塾先生著述考略》著録爲「《鍾山别業叢書》本,廣雅書局刻本」,駱偉主編《廣東文獻綜録》著録爲「清咸豐廣州富文齋刊《鍾山别業叢書》本」。

室名識月軒。先生曾以之命名其詩話。如題識金武祥《陶廬雜憶》有云:「溎生同轉既以入粤以前詩二卷見示,爲摘入拙著《識月軒詩話》矣。」金氏《芙蓉江上草堂詩稿》卷首有《識月軒詩話》一則:「金溎生司馬來粤晤談者屢矣,氣宇和雅,宜其能詩也。近者見示所作《芙蓉江上草堂詩稿》,其五言律句云云,皆清妙可誦。古詩佳者甚篇,多長篇,難于鈔録。然如『書生多實用,俗論多謗傷。相期雪此言,此願會可償。』豪宕語,尤可喜也。」又《粟香二筆》卷五亦云:「七律詩善于言情寫景者,推宋時陸放翁,本朝則查初白、趙甌北爲最。余七律詩喜效之，爲蘭甫京卿摘入《識月軒詩話》者甚多。」又，先生《與金淮生書》云：「前見示大集，盥讀一過，贊嘆不已。弟于朋好示觀詩者，如真有佳處，輒取其精妙語入拙著詩話。茲讀大集，喜不勝收，衰病筆倦，只録廿餘句最精妙者，覽者亦可想見全豹矣。詩話寫于卷首，請政。」據知，該詩話内容包括了金氏在内的諸家「朋好」詩及其評語。然《陳東塾先生著述考略》于《識月軒詩話》也只是説「名見《昭代名人尺牘續編》」，則該詩話恐已散佚，甚或未能成編。

葉恭綽《清代學者象傳》第二集有全身畫像可瞻。

陳鴻墀（範川）五十三歲。謝蘭生（里甫）、凌揚藻（譽釗）五十一歲。陳鍾麟（厚甫）四十八歲。阮元（雲臺、文達）四十七歲。李黼平（繡子）四十歲。盧坤（静之、厚山）三十九歲。譚敬昭（康侯）三十八歲。羅士琳（茗香）三十七歲。林伯桐（月亭）、梁章鉅（閎中、茝林、茝鄰）三十六歲。沈維鐈（子彝、鼎甫）三十三歲。葉志詵（東卿）、潘正亨（伯臨）、黄培芳（子實、香石）三十二歲。張維屏（南山）三十一歲。陳在謙（雪漁）、金諤（一士）二十八歲。陳曇（仲卿）二十七歲。程恩澤（春海）、林則徐（少穆）二十六歲。陳奐（碩甫、師竹）、馮賡颺（子皋、拙園）二十五歲。蔡蕙清（元善、樹百）二十四歲。温訓（伊初）、梁梅（子春）二十三歲。吴蘭修（石華）、樊封（昆吾）、劉文淇（孟瞻）二十二歲。梁綸樞（拱辰、星藩）二十一歲。翁心存（遂庵）、熊景星（伯晴、笛江）、徐士芬（誦清、惺庵、辛庵）、潘正煒（季彤、榆庭）、劉寶楠（楚楨、念樓）、吴健彰（天顯、道普）二十歲。徐榮（鑒、鐵孫）、陳其錕（棠溪）十九歲。曾釗（勉士）、何曰愈（雲畡、退庵）十八歲。魏源（默深）、黄子高（石溪）、謝念功（堯山）十七歲。柳興恩（興宗、賓叔）、倪濟遠（秋槎）十六歲。儀克中（協一、墨農）、梁廷枏（章冉）十五歲。高繼珩（寄泉）十四歲。蔡錦泉（文淵、春帆）十三歲。侯康（君模）、張際亮（亨甫）、何紹基（子貞、東洲）十二歲。曹籀（葛民）十一歲。譚瑩（玉生）、鄭獻甫（小谷）十歲。勞崇光（辛階、辛陔）、葉英華（蓮裳）、史致華（實甫）九歲。林昌彝（惠常、薌溪）、吴嘉賓（子序）八歲。潘仕成（德輿）七歲。鍾謙鈞（秉之、雲卿）、黄玉階（蓉石）、梁紹獻（國樂、槐軒）、羅天池（六湖）六歲。謝念因（解園）、李福泰（星衢）五歲。桂文耀（星垣）、葉名琛（昆臣）、馮玉衡（尹平）、王五福（嚮亭）四歲。張祥鑒（韶臺）、楊榮緒（榮、黼香）、丁熙（桂裳）、何兆瀛（通甫、青耜、青士。—一八九〇）、龍元僖（蘭簃。—一八八四）二歲。徐灝（子遠）、伍崇曜（元薇、紫垣）、蘇廷魁（賡堂）、翁同書（藥房）、潘恕（仕宜、子羽、鴻軒）一歲。

嘉慶十六年辛未（一八一一）　二歲

曾國藩（滌生）、楊懋建（掌生）、居巢（梅生）、何仁山（梅士）、金錫齡（芑堂。—一八九六）、毛鴻賓（寅庵、翊雲、菊隱）、莫友芝（子偲、郘亭）、江國霖（雨農、曉帆）生。

嘉慶十七年壬申（一八一二）　三歲

吕堅（介卿、石帆）逝世。

李光廷（恢垣）、楊翰（伯飛、海琴、息柯）生。

嘉慶十八年癸酉（一八一三）　四歲

錢大昭（晦之）、吴騫（槎客）逝世。

鄭績（紀常）、李長榮（紫黼、子黼、柳堂）、劉熙載（融齋）、潘銘憲（少城、季文）、陳良玉（朗山）生。案：陳氏生于癸酉年十二月十九日（一八一四年一月十日）。

嘉慶十九年甲戌（一八一四）　五歲

蘇時學（斆元、爻山）、羅惇衍（兆藩、星齋、椒生）生。

嘉慶二十年乙亥（一八一五）　六歲

姚鼐（姬傳）、段玉裁（若膺、懋堂）逝世。

王拯（錫振、定甫、少鶴）、方濬頤（子箴。——一八八九）、趙泰來（梅皋、嗣良）生。

嘉慶二十一年丙子（一八一六）　七歲

二月，入塾讀書，表兄徐達夫爲授《論語》、唐詩。

崔述（東壁）、莊述祖（葆琛）逝世。

鄧大林（蔭泉）、孔廣鏞（懷民）生。

嘉慶二十二年丁丑（一八一七）　八歲

徐達夫授讀《論語》、唐詩。尉繼蓮繼授《論語》。時兄子宗元同讀書塾中。

惲敬（子居、簡堂）逝世。

何璟（小宋。——一八八八）、張祥晋生。

嘉慶二十三年戊寅（一八一八）　九歲

鄭光宗（竹泉）授讀「四書」。

初學作詩及時文。

翁方綱（覃溪）、孫星衍（淵如、伯淵）逝世。

郭嵩燾（筠仙。——一八九一）、吴嘉善（子登。——一八八五）、楊永衍（蕃昌、椒坪。——一九〇三）、劉毓崧（伯山、松崖）生。據《番禺縣續志》本傳，楊氏「常與張維屏、黄培芳、熊景星、陳澧、潘恕、陳璞、袁杲、汪浦諸名流詩酒酬唱無虚日」。

嘉慶二十四年己卯（一八一九）　十歲

鄭光宗授讀《孟子》、《詩》、《易》、《書》。

四月初一日（四月二十四日），翼亭公逝世，年五十七。

五月，暑病幾死。

徐繼鉊（禮耕）逝世。

鄒伯奇（特夫）、馮詢（子良）生。

嘉慶二十五年庚辰（一八二〇）　十一歲

鄭光宗授讀《書》、《禮記》。

陳璞（古樵。一一八八七）、張兆棟（伯隆、友山。一一八八七）、朱鑒成（眉君）生。陳氏光緒十一年序潘飛聲《花語詞》有云：「嘗與蘭甫、朗山論吾粵詞家，自吴石華後，繼者絶尠。蘭史年少好學，以精妙之思運英雋之才，發爲倚聲，綺艷中時露奇矯之氣，屢爲蘭甫、朗山所賞。」

清宣宗道光元年辛巳（一八二一）　十二歲

四月，作時文成篇。

蔣超伯（叔起、通齋）、劉溎年（樹君。一一八九一）生。

道光二年壬午（一八二二）　十三歲

嚴禁海洋偷漏銀兩，私販鴉片。

廣州西關大火。

胡徵麟（禹庭）授讀《左傳》。

陳昌齊（賓臣、觀樓）、温汝適（步容）逝世。

馮譽驥（仲良、展雲。—？）生。

道光三年癸未（一八二三）　十四歲

朝命認真查拏鴉片，定地方官失察條例，並禁民間種植。

冬，出考縣試。

桂文燦（皓庭。—一八八四）、葉衍蘭（南雪、蘭臺。—一八九七）、沈世良（伯眉）、丁日昌（禹生、雨生、持靜。—一八八二）、倪文蔚（豹岑。—一八九〇）生。

道光四年甲申（一八二四）　十五歲

阮元建學海堂于粵秀山，以經史詞章課士。

府試第八名，學院試墨污卷不取。自是胡徵麟命專讀時文，不授經書。案：先生後來所作時文之佳者，有如《欲仁而得仁又焉貪》（載光緒刊本《文苑集成》下論卷六）。

十一月，兄清逝世。

劉恭冕（叔俛、勉齋。—一八八三）、張樹聲（振軒。—一八八四）、孫福清（稼亭。—？）生。

道光五年乙酉（一八二五）　十六歲

肄業于羊城書院，院長謝蘭生。

是時篤好爲詩。曾自言：「十五六歲時，篤好爲詩，立志欲爲詩人。稍長，知有經史之學，雖好之，不如好詩也。」（《與陳懿叔書》）嘗結詩社。倪鴻《試律新話》卷三：「陳蘭甫先生幼時偶與同人結詩社。」

胡錫燕（薊門）、何桂林（一山）、劉昌齡（星南。—一八八九）、梁清（桂清、香林）生。何氏曾作《齊天樂·秋日同陳蘭甫陳朗山陳古樵吕拔湖蕭伯瑶何杞南潘玨卿譚澤農沈芷鄰集學海堂時朗山有日下之行》。

道光六年丙戌（一八二六）　十七歲

設廣東水師巡船，稽查鴉片。

阮元頒發學海堂章程，始設學長，先生應季課，學長凡八人：吴蘭修、趙均（國璋、平坦）、林伯桐、曾釗、徐榮、熊景星、馬福安、吴應逵（鴻來、雁山）。

夏，阮元移任雲貴總督。離任時，廣州各書院院長劉彬華（樸石）、何南鈺、謝蘭生、胡森（香海）、張業南（棠川）、李黼平暨學海堂學博生徒皆有圖咏送别。

七月，翁心存考取爲縣學生員。

趙齊嬰（子韶）生。

道光七年丁亥（一八二七）　十八歲

科試第一名。補增生。旋補廩生。

翁心存命入粵秀書院肄業，院長陳鍾麟。

與楊榮緒、盧同伯（七橋）、桂文耀爲友，同肄業于粵秀書院。時有「楊陳盧桂」之目，譽爲「四俊」。

初見張維屏，時教以詩法與讀書法。

問經學于侯康。

何南鈺（湘文）逝世。

許其光（涑文。—？）、倪鴻（雲臞。—一八九二）、黎兆棠（召民。—一八九四）生。

道光八年戊子（一八二八）　十九歲

兩廣總督李鴻賓嚴禁偷運鴉片入口。

肄業于粵秀書院。

鄉試不中。

汪瑔（玉泉、芙生、穀庵。—一八九一）、何崑玉（伯瑜。—一八九六）生。先生曾作《隨山館詞稿題詞》：「嶺南風雅衰頹日，拔戟詞壇大有人。幕府文章歸典碩，山堂詩筆迴清新。」

道光九年己丑（一八二九）　二十歲

肄業粵秀書院。

爲葬其先考，約于此時請黄理崖相地。案：先生曾作《緑意·黄理崖獲異蝀大如掌淺碧色中有小紅暈素艷可喜詫爲未見倩工畫者爲圖屬題》、《與黄理崖書》、《和黄理崖秋分日喜雨》。

馬福安（聖敬、止齋）中進士。

道光十年庚寅（一八三〇）二十一歲

兩廣總督李鴻賓等奏請嚴禁鴉片分銷，並酌減夷船進口規銀十分之二。

肄業粵秀書院。

譚敬昭逝世。

張嘉謨（鼎銘、遁叟。—一八八七）、馮焌光（竹如、竹儒）、翁同龢（叔平、松禪。—一九〇四）、方濬師（子嚴、夢簪。—一八八九）生。陳伯陶序張氏《静娱室題畫詩》，稱其「與名人如番禺陳蘭甫、居梅生、居古泉，象州鄭小谷，邑人何梅生等日觴咏其中」。

道光十一年辛卯（一八三一）二十二歲

朝命兩廣總督李鴻賓等嚴禁偷種私製鴉片，並查拏夾帶進口之夷商與私販銷售之奸民。

肄業粵秀書院。

鄉試不中。

八月，桂文耀將返京應庶吉士散館試，先生作詩贈行。

九月，徐士芬考選爲優行貢生。同舉者譚瑩、楊懋建。

十二月初一日（一八三二年一月三日），陳鍾麟招同吴蘭修、何惕庵、楊榮緒、張玉堂（翰生）至學海堂探梅。因與玉堂登鎮海樓。

謝蘭生逝世。其子念因後以遺著請先生編定。

道光十二年壬辰（一八三二）　二十三歲

陳鴻墀來粵，掌教越華書院。先生與兄子宗元等從受教。吴蘭修、曾釗亦常與游。《陳範川先生詩集後序》：「先生在粵時，粵之名士吴石華、曾勉士常與游，其在弟子之列者：梁子春、侯君模、譚玉生，澧與兄子宗元亦與焉。」

九月，應鄉試中第十八名舉人。四書首題「子曰君子無所争」一節，次題「能盡物之性」二句，三題「卿以下必有圭田」二節，詩題「羅浮見日雞一鳴得先字」。考官爲程恩澤、祁福山（五峰）。同舉者儀克中、温訓、黄玉階、梁國珍、龐文綱（伯常）等。

冬，北上會試。與梁國珍、龐文綱同行。作有《壬辰臘月舟過韶州聞星垣編修已南下賦此却寄》、《阻風滕王閣下張祥鑒（韶臺）招飲醉後作歌》、《十二月十九日大風雪登滕王閣與梁玉臣（國珍）龐乾生（文綱）兩同年拜東坡先生生日以滕王閣三字分韻得王字》等。

李黼平逝世。

道光十三年癸巳（一八三三）　二十四歲

北上道經杭州，謁陳鍾麟。有《正月十日厚甫師招游西湖賦呈四首》。

會試不第。

留京師時，常與翁同書唱和。

南歸，與梁國珍同行。常與談詩，國珍勸勿作，遂止。

《默記》：「少時喜爲詩，年二十四歲始棄，自此以後，興到爲詩者，一年不過數首，亦竟有終年無一首，偶有應酬之作，皆不愜意，迫于不得不作耳，故皆不存稿也。亦不欲爲古文，然亦有不得不作者，此則不可不留稿，與詩異也。」

九月，原配潘宜人來歸。爲潘有度（致祥、憲臣、容谷）之女。

十月，張際亮來粤，始訂交。十二月十九日，陳鴻墀招先生及張際亮、黄樂之（愛廬）、侯康、楊榮集越華書院，爲坡公作生日，分體賦詩。下旬將啟歸程，先生賦《贈張亨甫即題其南來詩録兼以送别二首》，寫扇贈之，並題其《南來詩録》。張氏亦有《頃在廣州陳蘭甫孝廉枉贈詩扇始興舟中賦此寄酬》，又《心壺先生招飲大梁書院話舊感時輒復成咏兼以録别》自注：「癸巳游粤，始識先生。」

十一月，與兄子宗元等游蘿崗洞觀梅花，于蘿峰書院東齋石壁上題「玉屏」二字，並附題名曰：「道光十三年十一月，蘿崗梅始華，侯康、桂文耀、陳澧、陳宗元泛舟同游。」皆附刻石。

倪濟遠逝世。

蔣益澧（薌泉）、王闓運（壬秋、湘綺。—一九一六）、温子紹（飏園。—一九〇七）生。

道光十四年甲午（一八三四）　二十五歲

朝命粤督盧坤等驅逐零丁洋等處之英國鴉片躉船，並查拏私運快艇。

成爲學長公舉的十名學海堂專課肄業生之一。令于《十三經注疏》、《史記》、《漢書》、《後漢書》、《三國志》、《文選》、杜詩、《昌黎先生集》、《朱子大全集》自擇一書肄業。其餘九人爲：張其翻（彦高）、吴文起（鶴岑）、朱次琦、李能定、侯度、吴儁（次人）、潘繼李、金錫齡、許玉彬。

冬，北上會試。與謝念功同行。

謝念功（謝蘭生次子）逝世。

陶福祥（春海。—一八九六）生。

道光十五年乙未（一八三五）　二十六歲

正月，再謁陳鍾麟于杭州。

抵京，寓國祥寺。

會試不第。移寓梁國珍家。是時讀書之餘，或至琉璃廠買書，或與梁國珍、龐文綱飲酒。

在京師，與翁同書唱和。

秋，温訓有《柬陳蘭甫孝廉》二首。

冬，移寓崇文門内靈祐寺。

本年，撰《三統術詳説》四卷。後廖廷相爲之跋。

盧坤逝世。

道光十六年丙申（一八三六）　二十七歲

寓靈祐寺，侯康、侯度、金錫齡抵京，同寓寺中。

會試不第，惠郡王請館于其府，辭之。與侯康、侯度南歸。

五月十三日（六月二十六日），劉太宜人逝世，年七十三。先生亟奔喪，七月到家。

十月，吴蘭修序所編刊之《學海堂二集》。收先生所爲季課文，凡四文一賦。

陳鴻墀逝世。

蕭瑗常（伯瑶。—一九一五）、黄紹昌（芑香、屺香。—一八九五）生。蕭氏曾作《疏影·同陳蘭甫學録陳古樵司馬吕拔湖廣文何一山貳尹沈芷鄰孝廉潘玨卿何杞南譚澤農三茂才集學海堂餞送陳朗山大令入都》。

道光十七年丁酉（一八三七）　二十八歲

館于張維屏家，其子祥晋（賓嵎）從學。祥晋九月中鄉試，遂解館。

有《和張南山先生爲梁茝鄰中丞作商爵詩》。

《敬題叔父休崖公遺硯圖》當作于是年。

程恩澤、潘正亨、侯康逝世。案：先生曾作《水龍吟·紫蘭俞梧生屬賦》、《俞梧生將之廉州賦此贈行》。俞鳳翙，字梧生。侯康妻弟。

張之洞（孝達。—一九〇九）、戴望（子高）生。

道光十八年戊戌（一八三八）　二十九歲

林則徐爲欽差大臣，赴廣東查辦海口事件。

本年居憂守制，未赴會試。館于里第東鄰之西横街功德林禪院，虞必芳十餘人從受業。

著《切韻考》。始著《說文聲統》。

九月，作《百字令·題星垣玉堂歸娶圖道光十八年戊戌九月作》。

十月十三日，撰《侯康傳》成，又撰《侯君模祭文》，詣小北門外白雲庵其殯祭之。

儀克中、陳在謙、梁梅逝世。

王國瑞（峻之）、潘光瀛（玨卿。——一八九一。潘恕子）生。

道光十九年己亥（一八三九） 三十歲

虎門銷煙。

仍館于功德林禪院。

納副室江氏。

十一月二十四日（十二月二十九日），適湯氏姊逝世。二十九日（一八四〇年一月三日），長子宗誼生。原配潘宜人出。

從孫慶修生。兄子宗元出。

道光二十年庚子（一八四〇） 三十一歲

第一次鴉片戰爭爆發。

吴蘭修、黄子高逝世。

春日，與張維屏、金錫齡泛舟城郊花地，飲于張氏所居東園。

作許祥光（賓衢）《選樓集句題後》。

林則徐被革職，將離廣州，張維屏和先生等二十餘位廣東紳民呈送頌牌。

著成《説文聲統》十七卷。

十月，補學海堂學長。自是遂爲學長數十年。

李能定（碧玲）母逝世，先生等赴佛山襄理喪事並致祭。

冬，北上會試。與姚國成、段景華同行。

盧同伯逝世。

李文泰（小巖。—一九一三）生。

道光二十一年辛丑（一八四一）　三十二歲

三元里抗英。

正月，至杭州，又謁陳鍾麟。大雪，游西湖。又訪曹籀，籀邀先生同訪龔自珍，不遇。未幾，自珍下世。

案：先生嘗批點《定庵文集》，于龔氏學問文章，多所譏彈。如評《西域置行省議》：「凡府名有州字者，皆由州升爲府者也，定庵未之知耳」、「桂星垣告余，昔時問定庵：大風揚沙，所設衙署皆掀翻，則如之何？定庵笑曰：不過作文章云爾」。評《五經大義終始論》：「凡人學問深淺，當有自知之明。讀書十年廿年，潛心研究，就其所學以爲文章，或高或下，總有可取。若動于客氣，欲以虛誕欺人，當知不可欺者不少，適爲所笑而已。此學者之大戒也。」此手批本今藏中山大學圖書館。

謁阮元于揚州。

抵京，寓閻王廟街地藏庵。

會試不第，南歸。作有《齊天樂·辛丑春試報罷出都驛柳萬條惹人鞭鐙時鄉關烽火音書杳然困頓輪蹄吟情久廢偶倚横竹以盪愁魂》及《柳》詩。

五月下旬抵家，時闔家三十口避亂僑居佛山沙坑村。

金武祥（湹生、粟香。—一九二六）生。

道光二十二年壬寅（一八四二）　三十三歲

中英簽訂《南京條約》。

撰成《切韻考》。

三月，作《木棉花盛開邀南山先生章冉玉生青皋芑堂研卿諸君集學海堂》。張維屏亦有《三月初九日陳蘭甫孝廉招同梁章冉廣文廷枏譚玉生明經瑩許青皋茂才玉彬金芑堂孝廉錫齡李研卿茂才應田集學海堂看木棉》。

廖廷相（澤群。—一八九七）生。

道光二十三年癸卯（一八四三）　三十四歲

中英簽訂《虎門條約》。

二月，自序《等韻通》。

許玉彬（璘甫、鍑、青皋）、黄玉階邀先生與譚瑩、桂文耀、葉英華、沈世良、徐灝等爲「越臺詞社」于學海堂。

道光二十四年自序《燈前細雨詞》：「去歲，黄君蓉石（玉階）、許君青皋（玉彬）邀爲填詞社，凡五會，而余僅成二詞。」詞社第一次雅集，先生所作爲《鳳凰臺上憶吹簫・越王臺春望》（芳樹啼鴂），許玉彬、譚瑩所賦同調同題之作首句分別爲「北郭峰回」、「水落蠻江」。先生詞，有類似于題下注的文字「癸卯二月越臺詞社作」，是爲詞社得名之由。（值得注意的，還有先生此詞的尾注：「萬紅友《詞律》載此調李易安詞『休休，者回去也』，謂第二『休』字用韻，非也。易安此詞已有『欲説還休』句，不當重『休』字。余此闋依易安詞填之，而『山』字不用韻，以正萬氏之誤。」稍後未久成編的《粤東詞鈔》作：「萬紅友《詞律》此調載李易安詞，謂『休休』二字用韻，蓋忘其上已有『欲説還休』句也。今依易安詞填此闋，『青山』句『山』字不用韻，以正萬氏之誤。」案：《詞律》于所收《鳳凰臺上憶吹簫》一調李清照一體下注云：「『休休』二字，查他人不叶。然此篇二字，定是用韻。」杜文瀾所加按語則云：「後起换頭『休休』（《樂府雅詞》）作『明朝』，不叶韻。」）又，先生「僅成二詞」中的另一首爲《緑意・苔痕越臺詞社作》，但不能確定是詞社總共五次雅集中那一次的社課。該次雅集，社友應社之作凡見三首：許玉彬《緑意・苔痕次陳蘭甫韻》，譚瑩《緑意・苔痕》，葉英華《緑意・苔痕》。又，冼玉清《廣東之鑒賞家》斷許玉彬生于嘉慶十四年，然依其所據《番禺縣續志》卷一九許氏本傳，並不能作出如此精確的推定。案：汪《譜》謂，石衡（寶田）亦爲詞社社員。所據者，當即沈世良《六憶辭寄蘭甫師》其二：「吕黎高咏山石，子固雙鈎水仙。憶得詞林醉墨，秋風團扇年年。」尾注：「詞社第三集，在詞林，蘭丈仿趙子固水仙于余團扇上，石寶田大令爲補芝石。」詞林，廣州光孝寺。又，沈世良、陳良玉、徐灝均有《緑意・苔痕》之作。

沈世良《六憶辭寄蘭甫師》其一：「簫譜引商刻羽，苔痕看碧成朱。憶得山堂詞集，故人多少黃壚。」尾注：「癸卯與諸君結詞社，蘭丈咏苔痕，有『怕看斜陽成碧』句，爲時傳誦。」又許玉彬《赴學使李强齋師幕留別諸同好二首》其二注：「癸卯與諸同人結詞社，名曰越臺簫譜。」又徐灝《三月十三日鄧蔭泉典籍招集杏林莊》：「憶昔春游歲癸卯，粵臺簫譜頻留題。松心老人執牛耳，文壇掉鞅聯驂騑。選勝登臨日高會，尖叉鬥韻争探驪。（同人作『粵臺簫譜』，分闋填詞，復屢爲文酒之會，今忽忽十九年矣。）」二注中「粵臺簫譜」，或爲越臺詞社全名。汪《譜》認爲，當係越臺詞社歷次集會詞作所結之集。

光緒《廣州府志》卷一三一：「（黃玉階）以粵東詞學頗少專家，約諸詞人于學海堂，創爲詞社。選題校藝，排月舉行。」又陳良玉序吴蘭修《桐花閣詞鈔》：「往道光壬寅癸卯間，同人結社于羊城，月凡一會，倡和甚盛。」又《八月廿二日集三元道院作》三首其三注：「道光癸卯，余與張南山年丈、黃蓉石、徐子遠、陳蘭甫、譚玉生、沈伯眉諸君倡越臺詞會，曾集于此。」又先生《許青皋墓碣銘》：「（許玉彬）爲填詞社，觴咏爲樂。已而俗客闌入，競設盛饌，冠蓋赫然，乃恚而罷。」據可推斷：越臺詞社大約只存在了五個月的時間，于本年六、七月間罷散。還表明：創設詞社是針對當時詞壇「頗少專家」的現狀，爲了給粵東詞壇培養更多詞學方面的專門人才；培養「專家」的具體途徑、方式是「選題校藝」，即命題作詞，相互切磋；參加者較爲踴躍，「倡和甚盛」。案：關于「越臺詞社」結社等情形，另可參范松義《清代嶺南越臺詞社考論》、萬柳《越臺詞社考論》。

許玉彬《冬榮館詞》小傳：「與張深、沈世良、黃玉階、譚瑩、金錫齡、葉衍蘭、李應田等結詞社。」又《番禺縣續志》卷一九：「（沈世良）與張深、黃玉階、許玉彬、李應田、葉衍蘭結花田、詞林諸詞社。」汪兆鏞《沈世良傳》則謂「結花田、詞林諸詩社」。又譚瑩《沈伯眉遺集序》：「憶道光癸卯春詞林、花田共結詞社，始識伯眉沈君。」綜合來看，此時的廣東詞壇上，在「越臺詞社」之外，似乎還同時存在著「花田詞社」、「詞林詞社」，均以結社地點命名，各社之間人員存在交叉重疊，詞社更是已經開始吸納爲官廣東的外籍詞人，如張深（叔淵、茶農。一七八一—一八四三）。

沈世良《三姝媚》詞序：「甲寅花朝，獨游學海堂，感懷黄蓉石、家偉士。牙琴輟軫，鄰笛孤吹，天上人間，墜歡難續。並呈蘭甫丈、青皋、研卿。三君皆癸卯花朝山堂詞社故人也。」尾注：「癸卯花朝山堂詞社雅集，以《人月圓》分調填詞。」又《贈玉生學博即送回化州任》四首其三注：「『承平也，鬢已成絲』，君癸卯山堂詞社舊句也。」又譚宗浚《李研卿前輩遺集序》：「（李）嘗與沈伯眉學博、許青皋茂才等倡設越臺詞社。」在上述三社以外，又存在過一個應該是處于單立狀態的「山堂詞社」，社員組成上也存在交叉重疊。本年花朝雅集，是該社的第一次集會，采取的是同調吟咏形式。社課凡見二首：沈世良《人月圓・花朝》，沈化杰《人月圓・花朝》。

沈世良《臺城路》詞序：「癸卯上巳，招諸同人花田修禊。是日爲詞杜第二集，會者二十二人。張茶農、黄香石兩先生各繪《花埭禊游圓》，張南山師、温伊初丈分撰序記，余與諸君倚聲其後，以志雅游。」夾注：「時譚玉生丈期而早至，往返者再，同人乃畢集。自有詞紀事云：花來去，四度白鵝潭。」又《除夕懷人絶句》之張深詩注：「癸卯上巳，余邀先生修禊花田，今六年矣。」又沈化杰《百字令・癸卯上巳與同人花埭禊游分得此調》夾注：「同會者二十人」、「張茶農大令、黄香石廣文爲作《花埭禊游圖》」。又許玉彬《綺羅香》詞序：「癸卯上巳，諸同人約花埭修禊之游。余因事未赴。張茶農、黄香石兩先生各繪《花埭禊游圖》，洵一時韻事也。補填此闋，以志餘情。」夾注：「是日爲填詞雅集第二會。」上巳雅集，作爲「山堂詞社」的第二次集會，采取的是分調吟咏形式，詩畫文詞相得益彰，盛况空前。社課之作，另見譚瑩一首：《臨江仙・花埭禊游》。綜合推算，該社社員至少有二十一人（或二十三人）。

四月，作《唐宋歌詞新譜序》：「自詩騷道缺而漢以樂府協律，樂府事謝而唐以絶句倚聲。及夫詩變爲詞，詞衍成曲，後者代興，前者退舍。徒以篇製具存，傳襲無廢，莫能紀其鏗鏘，定其容與者焉。昔東坡、山谷借《小秦王》、《鷓鴣天》二調，以歌絶句，蓋惜古調之已亡，托新聲以復奏。國朝《九宫大成譜》多録詩餘，即坡、谷之遺意。爰廣斯例，校録成篇，凡詞曲調名既符，字句亦合者，得若干闋。采詞苑之英華，注曲譜之音拍。夫以物之相變，必有所因，雖不盡同，必不盡異。譬夫大輅非椎輪之質，而方圓無改；積水無層冰之凜，而清濁奚殊。詩失而求諸詞，詞失而求諸曲，其事一也。且士夫觴咏，不廢絲竹，而俳優雜劇，詛儕風雅？今爲新譜，惟尚古詞，庶追燕樂之遺，亦附文章之末。其有依舊曲琢新詞者，綵筆甫停，清絃已作，將復過旗亭而發唱，有井水而能歌，凡在詞人，亦有樂乎此也。」《番禺縣續志》卷三二：「《唐宋歌詞新譜》□卷，未見，據《東塾集》。」此書自序見《東塾集》，而門人廖廷相等《國史儒林傳采進稿》（載《東塾集》卷首）未載此書，殆未成之書。案：汪《譜》于所引自序中有按云：「抄本『即坡、谷之遺意』下有『余親串中，則有若沈君緯士、朱君墨莊並好填詞，時同結社』數語。」據陳智超編《陳垣來往書信集》，一九五三年一月十九日陳垣與汪宗衍書云：「又有《唐宋歌詞新譜序》，序末有『道光癸卯四月，陳澧書于越臺詞社』一行，足供參證。序中『即坡谷之遺意』句下有『余親串中則有若沈君偉士、朱君墨莊並好填詞，時同結社』等語，足補故事，不徒詞句異同而已。」可用于進一步補充考察前述「越臺詞社」情形，即《緑意·苔痕》當係詞社第三次雅集社課，社員中尚可補得沈化杰、朱實齡二人，而前者同時也是「山堂詞社」中人。汪《譜》又按云：「年月據勵耘書屋藏《東塾文録》抄本。原稿藏番禺朱氏，用清初周祥鈺等編《九宫大成南北詞譜》之例，凡詞曲調名既符，而字句亦合者，選南唐、兩宋詞人牛希濟、蔣捷、李煜、和凝、歐陽修、蘇軾、秦觀、周邦彦、柳永、吴文英等名作共五十首，每首詞牌下注曲譜宫調、詞句旁注工尺譜。內有批注五條：考證字句一條，當删一條，補寫改寫玉連環曲詞一條，待再考二條，殆未寫定，據一九六三年三月十七日《藝林周刊》萬治先生筆記。」又案：朱實齡，或字墨莊。沈世良《六憶辭寄蘭甫師》其四有云：「憶得高齋橫塵，朱（墨莊）虞（子馨）共咏滄州。」又《望湘人》詞序云：「病中檢故書，忽見亡友墨莊己酉間問病手札，情詞懇切，讀之泫然。蓋忽忽已五年矣，宿草已荒，枯桐半死。爲填此解，既痛逝者，行自念也。」據可知其卒年上下限。先生曾作《水調歌頭・朱墨莊見予代鷗答稼軒詞而賞之因用稼軒盟鷗韻以柬墨莊》。倪鴻《除夕懷鬼詩》五首其四嘗論之：「『年少愁多瘦不支，舉觴常發酒人悲。春秋柳雁如人字，一曲誰歌絶妙詞。』朱墨莊布衣。君擅倚聲，嘗有句云：『春柳也如人字，秋雁也如人字。』」葉衍蘭曾作《百字令・銅雀臺瓦硯和朱墨莊寶齡韻》。

冬，北上會試，與李能定、章鳳翔同行。案：先生曾作《書章雲軿古郡縣圖後》。

張際亮逝世。

道光二十四年甲辰（一八四四）　三十五歲

中美《望廈條約》畫押。

春，抵京，寓番禺會館。

會試不第，大挑二等，獲候選教官資格。案：清制，舉人三科不中者，可參加吏部大挑，一等以知縣用，二等以教職用。

四月出都，與李能定同行。後先生于《自記》中追憶曰：「中年以前，爲近時之學所錮蔽，全賴甲辰出都，途中與李碧舲争辯，歸而悔之，乃有此二十年學問。」「少時只知近人之學，中年以後知南宋朱子之學，北宋司馬温公之學，胡安定之學，唐韓文公之學，陸宣公之學，晋陶淵明之學，漢鄭康成之學。再努力讀書，或可知七十子之徒之學歟。」

五月，過揚州，謁見阮元。請阮元爲題「憶江南館」匾額。

至江寧省墓，並游莫愁湖、小倉山、秦淮、雨花臺等。

作《甘州·辛丑張詔臺和余盧溝咏柳之作自是唱酬遂多今歲同至揚州余往金陵詔臺先歸空江獨吟追憶前事慨然成咏》、《百字令·甲辰春首贛州舟中見新月同舟有誦老杜鄜州詩者感而賦此歸時坐碧桃花下倚横笛吹之當銷盡虚幌中幾許淚痕也》。案：汪《譜》又列《齊天樂·十八灘舟中夜雨》、《滿庭芳·馬彬士孝廉春闈報罷歸途遇舊相識愁病不支相對于邑慨然有白傅琵琶之感屬填此闋以解悶愁》、《浣溪紗·歸次贛州舟中作》、《鵲橋仙·七夕嶺北舟中戲作》等爲本年所作。黄《譜》謂，如此繫年似嫌證據不足。馬彬士，未詳。

馮譽驥中進士，選庶吉士。請假南歸完婚。先生贈以賀聯。

新秋，自序《燈前細雨詞》：「余少日偶爲小詞，桂君星垣見之曰：『此詩人之詞也。』自是十餘年不復作，或爲之，歲得一二闋而已。去歲黄君蓉石、許君青皋邀爲填詞社，凡五會，而余僅成二詞，兩君謂余真詞人也。此三君皆工詞，而其言如此。蓋詞之體與詩異，詩尚雅健，詞則靡矣。方余學爲詩，故詞少婉約。今十餘年不學詩久矣，或可以爲詞歟？然亦才分薄耳，昔之詩人工詞者豈少耶？今年下第歸，行篋書少，鉛槧遂輟。江船雨夜，稍稍爲詞，以銷旅愁。時方以廣文待選，取杜詩語，題之曰《燈前細雨詞》，並舊作都爲一卷。甲辰新秋，章貢舟中識。」此序，後冠于微尚齋刊本《憶江南館詞》卷首。

八月十一日，歸抵里門，接梁廷枏來書慰問會試失意。先生覆書有云：「弟此行原不敢望巍科鼎甲，第以十年奔走，竊冀挑得一官，而此時縣令殊不易爲，不若廣文冷官，轉有痛飲高歌之樂，今竟得之，復何所戀而不爲歸計乎！或舍侄秋闈獲雋，亦未嘗不可同賦北征，否則不作春明之夢矣。」

林伯桐逝世。案：此據林氏《修本堂稿》卷首事實册。

中法《黄埔條約》在澳門互换。

道光二十五年乙巳(一八四五) 三十六歲

初識鄒伯奇，與訂交。

凌揚藻、黄玉階、張祥鑒(張維屏二子)逝世。據先生《甘州·辛丑張韶臺和余盧溝咏柳之作……》(《粤東詞鈔》詞序作「韶臺與余同出都韶臺先歸余小住金陵歸舟偶閲昔年唱和驛柳詞因題此闋」)，及張秀端(張維屏次女)《金縷曲·小除夕偶翻舊什見韶臺三兄前數年小除之作填此柬之》，知祥鑒或能詞。先生又曾作《念奴嬌·張韶臺孝廉前在南昌歸里攜一雛姬至清遠峽小病雨中奄然而逝葬之峽山韶臺悼之既屬余文其碣復作凝碧灣曲本屬題》《風入松·八月三日集水明樓中間紅緑二語最爲張韶臺所賞書爲樓上楹帖又于中秋夜集以北曲風入松譜此詞授歌者頗協律云》、《和張韶臺謝孟蒲生刻印並簡蒲生八首》。

陳序球(天如。—一八九〇)生。

道光二十六年丙午(一八四六) 三十七歲

館于獅子禪林。

作《盧伯材閣讀招飲席間聞梁玉臣舍人卒于獻縣途次潸然有作簡伯材》。盧伯材，未詳。

十月二十六日(十二月十四日)，次子宗侃生。副室江氏出。

十一月，作《四芝歌爲卧庵先生作即送入都》。案：汪兆鏞按云：「此詩載《四芝圖》中。圖爲石寶田作。」卧庵先生，未詳。

梁國珍逝世。

譚宗浚（叔裕。—一八八八）、沈澤棠（芷鄰、懺庵。—一九三一。沈世良子）生。

道光二十七年丁未（一八四七）　三十八歲

英軍占領虎門炮臺，突襲廣州。

二月，自序《水經注西南諸水考》，又作《遂啟諆鼎銘跋》。

春，張維屏聽松園落成，招諸名士觴咏其中，先生即席撰《聽松園記》爲賀。

九月之望（十月二十三日），作《水龍吟》。

《水龍吟》詞序：「壬辰九月之望，吾師程春海先生與吴石華學博登粤秀山看月，同賦此調，都不似人間語，真絶唱也。今十五年，兩先生皆化去。余于此夜與許青皋、桂皓庭登山，徘徊往蹟，淡月微雲，增我怊悵，即次原韻。」詞曰：「詞仙曾駐峰頭，鸞吟縹緲來天際。成連去後，冰弦彈折，百重雲水。碧月仍圓，蒼山不改，舊時烟翠。只長林墜葉，西風過處，都吹作、秋聲起。　此夜三人對影，倚高寒、紅塵全洗。珠江滚滚，暗潮盡銷，十年前事。欲問青天，素娥却似，霧迷三里。剩出山迴望，燈明佛屋，有閒僧睡。」

案：黄《譜》繫此詞于道光二十六年；又于道光十二年條下謂「九月之望，與程恩澤師及吴石華登粤秀山賞月，同賦《水龍吟》詞」，恐係誤判。至少，三位當事人的現存詞作並不支持這一推論：程恩澤詞爲《水龍吟·九月十五夜登越秀山看月次吴石華韻》：「些些雲縷都無，不知誰掃秋河際。天容山色，涵青混碧，煙中有水。風定尤明，夜深全白，一空林翠。想萬家清夢，鎔成露氣，把樓閣、扶將起。　客是不眠吴質。

聳吟肩、玉壺三洗。小謫人間，舉杯能説，廣寒前事。海上琴聲，一彈誰和，美人千里。正窺簾的的，素娥單獨，似欹還睡。」吴蘭修詞爲《水龍吟・壬辰九月十五夜同儀墨農陪程春海祭酒登越王山看月》：「笛聲吹上銀蟾，山河影裏秋無際。溶溶一色，樓臺著處，都成寒水。水氣浮煙，煙痕罥樹，蕩爲空翠。正人聲斷盡，西風料峭，聽幾杵、疏鐘起。　難得乘槎客至。愛青山、露華如洗。荒臺古甃，再休重問，漢時遺事。黄鶴招來，碧雲無恙，夢圓千里。正潮平海闊，珠光隱隱，有驪龍睡。（先生于前歲夢游珠江，至是，果以典試來也。）」儀克中詞爲《水龍吟・領薦後侍座師程春海祭酒同吴石華學博登粤秀山玩月山響樓石華詞先成師次韻和之命克中繼作壬辰九月十五夕也》：「到門一杵鐘聲，蒼蒼暮色横檐際。長煙浩渺，圓靈倒浸，不分天水。高處生寒，望中懷古，舊時山翠。自呼鑾道改，幾人清興，能不負、玉蟾起。　一樣人天冰鑑，照層霄、好秋如洗。沆瀣緣深，蓬萊路近，倚闌心事。別有關情，更誰相賞，露葭千里。鎮歸來看劍，挂樓北斗，伴人無睡。」

九月十九日，作《水龍吟・是月十九日皓庭招集學海堂爲補重陽之會醉後叠前韻》（《粤東詞鈔》詞序作「是月十九日，皓庭招同明之、涑文、子馨、星南、子厚、南園集學海堂，爲補重陽之會。醉後叠前韻」）：「是誰前度登高，蒼苔屐齒留巖際。興來此日，也堪重咏，玉山藍水。菊有花時，蟬無聲後，漸疏林翠。正危闌縱目，夕陽紅處，看城郭、炊煙起。　忽覺秋心浩渺，倚西風、螺杯新洗。憑高釃酒，而今只願，八荒無事。容我蹉跎，長騎欵段，少游鄉里。便傾壺醉倒，山空人静，學希夷睡。」案：先生曾作《點絳唇・爲林明之題守梅圖》。明之，當即此林明之，餘未詳。子厚、南園，均亦未詳。

十一月，作《考正胡氏禹貢圖序》。

本年，魏源來粤，先生以其《海國圖志》所説質之，源大悦，遂定交焉。案：汪《譜》誤繫此事于道光二十九年，黄《譜》已予糾正。

道光二十八年戊申（一八四八） 三十九歲

正月，《漢書地理志水道圖説》撰成。

七月，張維屏招先生與温訓、譚瑩等至聽松園賞月夜話。張氏有《七月十七日温伊初訓譚玉生瑩陳蘭甫澧三孝廉徐子速灝蕭欖軒思誎兩上舍同集聽松園譚徐蕭三君入城余與伊初蘭甫坐月話至三鼓》。

八月，葬翼亭公劉太宜人遺櫬于廣州大東門外馬嶺之原，天一公祔葬。

本年前後，先生手批《絶妙好詞箋》。案：此據余佳韻《試論陳澧之詞學觀：以新見抄本爲中心》（《中國文化研究所學報》二〇一六年第六十三期）。又，余佳韻等曾校録先生此手評文字，發表于《詞學（第三十六輯）》（華東師範大學出版社二〇一六年版）。

徐士芬逝世。

道光二十九年己酉（一八四九） 四十歲

正月，選授河源縣學訓導。

自序《東塾類稿》。

三月，張維屏序許玉彬、沈世良編《粤東詞鈔》。其中選録先生詞八首：《鳳凰臺上憶吹簫·越王臺春望》、《緑意·苔痕》、《八聲甘州·韶臺與余同出都……》、《齊天樂·十八灘舟中夜雨》、《一枝春·里中人日例有花埭之游余以小病閉閣不出案頭水仙作花山農復致緋桃紅艷欲醉頽然隱几口占小詞寫之》、《點絳唇·題畫送沈偉士之高州》、《水龍吟·壬辰九月之望……》、《前調·是月十九日皓庭招同明之涑文子馨星南子厚南園集學海堂爲補重陽之會醉後叠前韻》。案：許玉彬本年「孟秋之月」作有一跋：「詞者，詩之餘，其異于詩，惟體格耳。人或不察，多尚纖穠之語、佻巧之思、柔曼之音、艷冶之色，以爲匪是無當乎倚聲，斷斷然于字句間求之。至其近于詩者，輒擯之，又以爲非詞正軌。失之隘矣！不知詞萌于六朝，著于三唐，暢于五代，盛于兩宋，其短長清濁，實風雅之遺，而人人各具面目，各寫性情。若徹其源流，自不必分詞與詩而爲二，更不必分詞與詞爲二，夫然後詞之道廣，而其體乃全。譬諸樂有五聲八音，謂舍角徵而獨尚宫商，去金石而專言絲竹，則斷乎不可。而詞亦何獨不然？余與沈君伯眉纂輯粵詞，實本此意。蓋吾粵詞家，向無總集，祗就所見，綜而録之。有詞以人傳者，有人與詞俱傳者，古今多寡，不拘一格，要不失乎雅正而已。第恐見聞未廣，搜羅未徧，後有續得，當别爲二集云。道光己酉孟秋之月，賁隅許玉彬識于水莊老屋。」《番禺縣續志》卷一九曾節録此跋。又，南京圖書館所藏《粵東詞鈔》一種，八册，不分卷，簽條上有「澤存書庫藏書」字樣，上述跋文被置于卷首張維屏序之後。又，《番禺縣續志》、冼玉清《廣東的藏書家》皆稱《粵東詞鈔》爲「六卷」，或係斷代分卷，合三編而言之謂。

作《百字令·市橋有水松大數十圍雷折其幹近根數支猶活望之如小山旁一里許有陳將軍墓相傳爲東晋人張南山先生與予來觀欲築亭于樹下先生賦詩余填詞和之》。案：汪《譜》繫此詞于咸豐元年，黄《譜》以張維屏《六朝松歌》（詩中有注「余與蘭甫孝廉皆對松三揖」）爲據糾正之。再參考上一條所云，可繫于此。

十月二十四日，許文深（小琴）招同先生與張維屏、金菁茅、鄧大林、杜游（洛川）、葉衍蘭集哦松齋賞菊。

十一月二十八日（一八五〇年一月十日），北上會試，同行者張瑞墀（祥芝）、張維屏（侄）、馮焯如。

張維屏編刊《學海堂三集》，收入先生所爲季課詩文，其中卷三、卷五、卷九、卷一四、卷一五、卷一六、卷一八、卷二一共收十三首，卷二四收《論詞絶句六首》：「月色秦樓綺思新，西風陵闕轉嶙峋。青蓮隻手持雙管，秦柳蘇辛總後塵。」「冰肌玉骨洞仙歌，九字何曾記憶譌。删取七言成贗鼎，枉教朱十笑東坡。」「自琢新調白石仙，暗香疏影寫清妍。無端忽觸胡沙感，争怪經師做鄭箋。（張皋文謂《疏影》詞爲二帝之憤。）」「道學西山繼考亭，文章獨以正宗名。吟成花又嫣無語，却比詞人倍有情。」「也解雕鎪也自然，燈前雨外極纏綿。何因獨賞唐多令，只爲清疏似玉田。」「超玄誰似玉田生，愛取唐詩剪裁成。無限滄桑身世感，新詞多半説淵明。（玉田詞多用唐人詩句，然往往失之生强。）」會有兵事，咸豐九年始刊成。案：後來汪兆鏞輯《陳東塾先生遺詩》中所載，末首尾注中無「然往往」句。又，《學海堂三集》同卷録有梁梅《論詞絶句一百六十首（有序）》（録二十六首）、譚瑩《論詞絶句一百七十六首》（録四十二首），未知其分别作于何年。

阮元、蔡錦泉、沈維鐈、梁章鉅逝世。案：先生前此擬函告元，請以《墨子》補入所撰《疇人傳》。及聞元卒，乃已。

道光三十年庚戌（一八五〇） 四十一歲

太平天國正式建號。

抵京，寓番禺會館。

在京與柳興恩相識，遂定交。

與莫友芝相識于琉璃廠書肆。

會試不第。將出都，翁心存留之，擬具疏特薦，後禮部議格不行。

南歸，丁熙亦同赴會試不第，與先生立車出國門。至淮上，丁轉道諸暨謁先塋，先生則至江寧省墓。

過清江浦，故人淮海兵備道桂文耀爲先生囑江寧知縣發佈告示，禁毀先生在寧先塋。

會陳奐于江寧，相與討論學術。

七月抵里。以孔廣居《説文疑疑》贈徐灝。

金武祥《粟香三筆》卷一：「《説文疑疑》分上、下册二卷，刊于嘉慶壬戌。余鄉自兵燹後，已無傳本。近于徐氏獲見陳蘭甫京卿手批本，題云：『庚戌年得于淮上，攜于舟中閲之。多精確語，以貽子遠太守。』」案：先生題記中「庚戌年」，汪《譜》所引作「庚午年」，恐誤。

作《金縷曲·實甫將之潮州見示留别諸弟詞次韻奉贈》、《金縷曲·前詞已成餘意未盡復叠韻仿稼軒壯語呈實甫》。案：汪《譜》繫于本年：「據《詞學季刊》印本，《憶江南館詞》未收。詞無年分，與徐子遠手札云：『實甫將之潮州，如弟來，宜及中秋當權叙。』又云：『學使按試惠州，灃當赴任。』當爲本年之作。」

九月，有《與徐子遠書》一通，謂東江地方不靖，道路梗阻，原擬延遲赴任。但慮考驗遲延，處分不輕，且東江道路近已可通行，將赴河源縣訓導任。

十月，撰《虞子馨遺文序》。

十一月二十日，到河源縣訓導任。繼送河源童生至惠州府城院考。乘便游覽惠州，作《摸魚兒·東坡江郊詩序云歸善縣治之北數百步抵江少西有磐石小潭可以垂釣余訪得之題以此闋》、《甘州·惠州朝雲墓每歲清明傾城女士酹酒羅拜坡公詩云丹成逐我三山去不作巫陽雲雨仙余謂朝雲倘隨坡公仙去轉不如死葬豐湖耳》。

《沈伯眉屬題豐湖秋泛圖》尾注：「余在惠州問蘇詩所謂『磐石小潭』，無知者。余與朱墨莊、馮鐵華同訪至歸善城外得之。」

丁熙、虞必芳（子馨。？—）、潘正煒、林則徐逝世。

沈曾植(子培、乙庵、寐叟。—一九二二)生。

清文宗咸豐元年辛亥(一八五一)　四十二歲

正月,在惠州。元日,作《高陽臺・元日獨游豐湖湖邊有張氏園林叩門若無人者遂過黄塘寺啜茗而返憶去年此日游南昌螺墩不知明年此日又在何處也》,又有《咸豐元年元旦惠州寓舍作》。

正月旋告病開缺,二月中卸任歸。計在官八十餘日。其時作有《與徐子遠書》一通,細説去留原委:「澧已告病開缺,去歲原欲引疾不赴任,所以暫行者,以覃恩不可虚領故耳。此官真所謂『飯不足』者,如索諸新生印金,又甚可愧赧。大約教官有學租者可爲,專食印金者不可爲;一學一教官者可爲,一學兩教官者不可爲也。如果能啟導此邦人士知讀書史,亦是一事,然此殊不易。不談舉業而勸讀書,恐無人肯聽耳。不能稍盡愚心而專爲求食,不如早賦歸去來矣。」又嘗有論學官之言曰:「學官之禄宜厚,如今每年俸銀只四十兩,故學官皆苟且謀食無廉恥。」

四月,爲蔡蕙清作《蔡樹百詩集序》。

著《初學編・音學》一卷。

六月,修成《陳氏家譜》。

閏八月初二日,約同内侄潘恕等共聚梁國琦(小韓)家,爲鄧大林祝生日。

閏中秋,偕張維屏、金菁茅(子慎、醴香)、杜游、劉庚(益之)、李長榮珠江看月。

爲陳其錕詩集篆題集名,並題詩八首。如第七首:「纔成詩佛又填詞,象管鸞箋自一時。底用國工田正德,自吟新曲寫琴絲。」

冬,北上會試。張維屏有《古詩贈陳蘭甫學博即送北上》贈行。

梁漢鵬（南溟。？—）、陳曇、石經、温訓逝世。

咸豐二年壬子（一八五二） 四十三歲

約在本年，批評沈世良《小摩圍閣詞鈔》。如評《唐多令》中「却笑輕裝」二句：「是北宋人筆」；評《臺城路》中「秋風又到」三句：「此等直是張玉田復生」；評《惜紅衣》中「蜜沁酡盦」二句：「此八字真是玫瑰」；評《渡江雲》中「正關河霜迥……閒説平生」數句：「真是玉田」；評《雙雙燕・問燕同葉蘭臺朱墨莊作》：「詞甚工，而題頗纖仄」；評《浣溪紗》（漠漠春江水拍堤）：「前年爲桂星垣誦此詞，同賞其雋妙。星垣云，惜三句之法相似耳」。這些評點可以大致繫年，所依據的即是上引最末一條中「前年」云云；又所謂「三句之法相似」，指的應該是詞中「斜陽更在大堤西」、「芳草不離官渡緑」、「野鶯新占女牆啼」三句的句法相似。又，評點者中，除先生之外尚有另一人，屈向邦跋謂當是沈世良「最挈之詞友」許玉彬：「加評點者兩人，東塾字體，人能識之，其一則字不經見，未知何人手筆。或者許青皋之所爲歟？青皋與伯眉同輯《粤東詞鈔》，爲最契之詞友，理或然也。因並識之。」

約于同時，作《題沈伯眉學博小摩圍閣詞鈔》：「沈伯眉學博見示《小摩圍閣詞鈔》，洪子齡大令見示尊甫稚存太史《比雅》。《比雅》似古鼎彝，青緑滿眼。《小摩圍詞》似宋錦，觸手生香，皆莫名其妙，但知爲天下之寶而已。一月來二寶，同集案頭，抑何幸耶？陳澧讀畢並題。」「同時復有鄒特夫茂才《學計一得》，亦在案頭，皆絶藝也。鑒賞書畫者謂有眼福，此亦余讀書之眼福矣。因並識之，澧又題。」案：結合前條推測，此文當亦不晚于本年作，與相應評點大致同時。黄《譜》則認爲，此序或作于咸豐九年。

北上赴試途中，有《正月二十二日入江南境率賦一律寄小峰月湖碩卿三侄》。

第七次應會試不第，獨歸。梁同新（矩亭、旭初）來送行，多所慰勉。案：張舜徽《清人文集別録》等書均作六應會試不第，時間分別是：道光十三年、十五年、十六年恩科、二十一年恩科、二十四年、三十年。

本年會試乃恩科，三月十九日，先生曾作《與碩卿侄書》，略云：「明歲恩科並加額，吾侄宜及今用功，以期上進，我自問今年必不中，所以仍來此者，以吾侄尚未舉于鄉故也。我此後決不再來會試，吾侄當努力，蓋今人之重科名，亦古人重門第之遺意，是以科名未可輕也。然我年過四十，又筋力漸不如前，頗覺場中辛苦難受，此後斷不踏棘闈矣。三場策題問小學、音韻及禹貢水道，我十年來所學在此，各條對千餘言，可見讀古書于舉業未必無用，其獲雋與否有命存焉，可不計也。」可知先生本年確曾進京應試。

四月，林昌彝爲作《東塾類稿跋》。

過揚州，柳興恩邀同訪劉文淇、劉毓崧父子，並晤羅士琳。

五月，途中讀韓愈集，有所批點。

至金陵展墓。刻一石置曾祖妣韓宜人墓前，作《曾祖妣韓宜人墓告示碑陰記》，刻于碑陰。

時魏源知高郵州，先生便道過訪。

囑桂文燦在京覓購麻沙小字本《廣韻》，終無所獲。

咸豐三年癸丑（一八五三）　四十四歲

太平天國陷江寧，正式建都南京，改名天京。

三月初三日，赴鄧大林之招，與張維屏、許玉彬、杜游修禊鄧氏杏林莊。

三月三十日，撰《先考知縣府君事略》。

著《漢書地理志水道圖説》七卷成。

秋日，應張維屏之招，與譚瑩、金菁茅、許玉彬、倪鴻、李長榮集花地聽松廬。

中秋前二日，與鄧大林、金菁茅、李長榮及潘恕邀張維屏泛舟珠江賞月。

撰《説文聲表序》。此書原名《説文聲統》，又改《説文聲類譜》，至是乃定此名。

與譚瑩、許其光、沈世良、徐灝、金錫齡等人結「東堂吟社」。

沈澤棠《懺庵隨筆》卷一：「咸豐癸卯、甲寅間，譚玉生瑩、陳蘭甫澧、金芑堂錫齡、許涑文其光、徐子遠灝諸先生結東堂吟社。」癸卯，當作「癸丑」。

十月二十八日（十一月二十八日），生母王太宜人逝世。十二月，葬于廣州大東門外長腰嶺之原。

十二月二十九日（一八五四年一月二十七日），三子宗詢生。原配潘宜人出。

羅士琳逝世。

于式枚（晦若。—一九一五）生。

咸豐四年甲寅（一八五四）四十五歲

廣東天地會起義，世稱紅巾軍。

花朝，沈世良作《三姝媚》呈先生等人。

沈世良《三姝媚》詞序：「甲寅花朝，獨游學海堂，感懷黄蓉石、家偉士……」案：偉士，沈化杰。據此詞可知其卒年下限。先生曾作《憶秦娥·曲江舟中遇偉士》、《點絳唇·題畫送沈偉士之高州》。

二月，館于南海縣署，授知縣胡湘子錫燕、同壽學。三月，湘卒，乃解館歸。

六月，天地會陳顯良等攻廣州，先生攜家避居東郊蘿崗洞，有《甲寅避寇蘿崗洞五首》。八月歸里。

七月，爲沈世良作《楞華館室詞序》：「吾友沈君伯眉善爲詞。或曰：『伯眉多病而好禪。夫詞之爲道也微，使人心勞而氣疲，非善病者所宜也。且禪者之于語言文字，方將棄之如遺，又奚以綺語爲哉？』余曰：『不然，子不見夫病者乎？不宜喧而宜寂，不宜甘而宜澀，澹兮若默，窈兮若抑，悠兮若客，如是者與詞宜。又不見夫禪者乎？以鬱爲達也，以空爲納也。以沈爲拔也，以閟爲豁也，有觸而忽發也，有叩而忽答也。如是者，又與詞宜。是故伯眉之詞工矣，而伯眉之病亦瘳，伯眉之禪亦遂通矣。』或曰：『子無病，又不好禪，不工詞，而子何以知之？』余不能對，聊書其語，以質伯眉。伯眉曰：『是不病而病，不禪而禪，不詞而詞。吾詞刻成，爲我序之。』陳澧序。」此文，《東塾續集》卷二題作《沈伯眉詞序》。

十二月二十六日（一八五五年二月十二日），四子宗穎生。副室江氏出。

桂文耀、曾釗、趙泰來、蔡蕙清、劉文淇逝世。趙氏曾作《戀情深·梅花軒夜坐寄陳蘭甫孝廉》。

咸豐五年乙卯（一八五五）　四十六歲

劉寶楠、侯度（子琴）逝世。劉氏所著《論語正義》未成，遺命其子恭冕成之，並言當就正于先生。又，爲侯度撰傳，合前撰之侯康傳爲《二侯傳》一篇。

十月，桂文耀子葬乃父于廣州城外銀坑嶺之原。先生爲作《江南淮海兵備道桂君墓碑銘》。

徐榮逝世。

咸豐六年丙辰（一八五六）　四十七歲

粵民焚毀廣州洋行。

正月十七日，倪鴻招同張維屏、黃培芳、梁廷枏、譚瑩、李長榮集寄園，祝倪雲林生日，先生有詩《爲雲瓘題山堂壽迂圖》。

春，番禺知縣聘修《番禺縣志》，分纂「沿革」、「前事」二門。

四月前後，閱讀、評點姜夔詞，共涉及二十七首。其一，《小重山令》：「細玩白石各詞，咏景咏物，俱有一段深情，纏綿悱惻于其間。至其偶拈一義，用典必靈化無痕，尤爲獨步。」「紅字一點已足。切紅字只此一句，餘俱不沾沾于貼合，而自得神理。此等不宜多寫，只用小令。」「樓鑰《攻媿集》云：『潘端淑惠紅梅一本，全體皆梅也，香亦如之，但色紅爾。來自湖湘，非他種比，自此當稱爲紅江梅以別之。王文公、蘇文忠、石曼卿諸公有紅梅詩，意其未見此種也。』」其二，《好事近》：「白石曾至嶺南耶？抑爲粵人賦也。」其三，《鷓鴣天》：「末句好。」其四，《醉吟商小品》：「絶唱。此似從『畫堂前人不語，誰解語』脱胎。」其五，《浣溪沙》：「惡字恐誤，疑是怎字。怎字是作麽二字急言之，故造此字從乍也。麽字合唇音，作字之末，繼以合唇，則成怎字音矣。猶嬸字是叔母二字急言之，母字合唇音，叔字之末，繼以合唇，則成嬸字音矣。」其六，《霓裳中序第一》：「純作嗚咽之音。」「通首俱沉頓，得此一結動蕩之。」其七，《慶宮春》：「填一詞而過旬乃定，真無益也。然如此則不能工，故余絶意不爲也。」「作此詞時蓋小紅方嫁也。」其八，《齊天樂》：「妙在先、愁，若二語倒易，則索然矣。」「誰解如此放活。」「力除實筆、直筆、正筆，又幾經洗煉乃能臻此。」「又添一層。」「特與處字韻分別。」「桂星垣云：『豳詩句無味。候館離宮，懷汴都也；豳詩漫與，想盛時也；兒女呼燈，不知亡國恨也。故以更苦語結之。』星垣之語乃廿餘年以前所談，記之卷端。今又數年矣！忽因離宮二字，乃會作者之意，惜不得起星垣而共論之。丙辰四月十一日夜二鼓書。」「序云中都，注云宣和，益信前言之不謬。」「咏物當以此爲式。嘗見拈咏物題者，搜羅典故，堆垛滿紙，令人懵然不解；又恐人不解，乃詳加自注，真是事類賦矣。」其九，《滿江紅》：「當時詞人製詞，土人即能歌之，今則徒作長短句耳！猶唐人之作古樂府，不可歌也，而猶沾沾于平仄，安言協律？甚無謂也。」「是仙姥。」「筆力自有神奇。」「末二句微欠莊重。」「豪宕之後，以幽艷作收，遂乃相間成色。讀英雄兩句，誰知如此挽合作收？是何神勇！」「命駕二句富艷極矣，必須前後以清句間之。」其十，《一萼紅》：「咏梅只如此，可知不必多著筆。」「又添一層，如善作畫者，重重皴染，乃深厚有味。」「豪極矣，而神不外散。何等勇力！高唱入雲。」「楊，一作柳。」「曲則不盡。」其十一，《念奴嬌》：「此等奇絶之景，白石尚不收入詞句，但點綴題語，命意可知。」「此詞于武陵、吴興、西湖，稍欠分明。」「嘗，一作長。」「對句後又深一步。」「凌波二字如此用法，可悟入矣。」「結句未安。」其十二，《法曲獻仙音》：「起句奇麗，接句幽而不滯。」「是詞不是詩。」「『夢逐愁聲去』，『砧聲帶愁去』，押去韻俱妙。」「豪邁之氣收入幽細，此白石所以獨步。」「『不道秀句』四字拙。」「幽絶。」其十三，《琵琶仙》：「句則平常，意則奇麗，試玩其虚字。」「尋常語耳，説來自然入妙，此全在神韻不同。」「都，一作却。」「加『想見』二字，使異樣生新，妙在有逆挽之勢。結則悲壯而用歇後語，便有不盡之神。」其十四，《玲瓏四犯》：「起兩句忽落，蓋一遞一轉之法。」「一提一落。」「又提。」「『漫贏得』好。」「應起句，完密。」其十五，《水龍吟》：「忽然颺開，説謝郎，其實自負。」其十六，《八歸》：「意境人人所有，而出語幽秀，自然不同。」其十七，《摸魚兒》：「此詞自不惡，甚爲擊節則猶未也。」其十八，《揚州慢》：「一頓。」「又頓。」「提。」「跌。」「凄入心脾，哀感頑艷。」「月影湖光，一片空靈，何處捉摸。」「後闋一放一收，又各有兩轉。」其十九，《長亭怨慢》：「『此』字宜改『許』字乃合韻，上許字宜改處字。」「音調嘹亮，裂石穿雲。」其二十，《淡黄柳》：「似斷似續，音節高妙。」「梨花句已妙極，結句尤妙不可言。梨花落盡成秋色，李長吉《十二月樂詞》句也。後來張玉田亦多用唐人詩句點竄入詞。」其二十一，《暗香》：「舊時月三字用劉夢得詩，添一色字，便妙絶。」「此等詞措辭命意固佳，尤當玩其用虚字。」「按：言字應一讀，《詞律》未注明。」「將收處用四顧之筆，便不直瀉。」「末句微帶生硬而别有風味。」「所謂不著一實筆，白石獨到處也。」其二十二，《疏影》：「舊時月色妙在傳神，『苔枝綴玉』工于體物。」「起韻四字必須煉，有單煉，有雙煉。」「第二句，查玉田詞作『滿地碎陰』。」「用典由自己意造，與何遜二句同一翻新。」「張臯文謂此以二帝之憤發之，臯文論詞多穿鑿，惟此似得之，否則何忽説到胡沙耶？」

「忽用提筆，自然跌宕。」「靈活緊醒，此虛字法也。」「別用一意作收，善于謀篇。」「説到花落矣，誰解如此作收？」其二十三，《惜紅衣》：「昔韶臺最愛『琴書換日』，星垣最愛『説西風消息句』。」其二十四，《徵招》：「此詞起二句與《齊天樂》同，然則一句一拍也。」其二十五，《秋宵吟》：「『墜月皎』三字硬。」「言情處偏作無數重叠，令讀者輒喚奈何。」其二十六，《淒涼犯》：「住字，即沈存中所謂殺聲，蔡季通所謂畢曲，張叔夏所謂結聲。宋人歌曲最重此聲，凌次仲不知也。」其二十七，《翠樓吟》：「驚心動魄之句。」據以上第八條「丙辰四月十一日夜」云云，可知先生評批白石詞當在其時。案：先生手批《白石道人四種》抄本，有兩種，一種藏于香港大學馮平山圖書館，由先生弟子任世杰以朱筆過録、徐信符南州書樓的舊藏。饒宗頤《香港大學馮平山圖書館善本目録》云：「陳蘭甫原批本《白石詞》，由任氏用鮑廷博本過録，卷末題記云：丙戌嘉平月由王子展處得陳蘭甫先生所評定之本，照謄一通，凡五日録畢。智齋記。」另一種藏于澳門大學伍宜孫圖書館，爲黄紹昌由先生處借入過録至同治十年桂林倪鴻刊本。封面有未署何人所題：「姜白石集。黄芑香先生批校本。余初以爲芑香批本，嗣細閲之，乃陳東塾批而芑香過録者也。讀《齊天樂》斠詩句批語自明也。」書分上下兩册，上册依序爲序文、《白石道人詩集》、《白石道人詩説》；下册爲《白石道人歌曲》、《續書譜》。《白石詩評》中《送王孟玉歸山陰》評語亦載明批評時間：「壬子小暑後八日，長江舟中苦熱讀此。」與上述《齊天樂》詞評相隔四年。可見，白石道人詩、詞等的評點並非作成于一時一地。又案：近來又有學者撰文披露，俄羅斯國家圖書館東方文獻中心藏有一部先生手批知不足齋本《白石道人集》，兩册，收《白石道人詩集》卷上下、《集外詩》、《詩説》、《白石道人歌曲》四卷、《別集》一卷。首頁與書中分别鈐有「番禺陳氏東塾藏書印」與「大連圖書館」、「南滿洲鐵道株式會社圖書印」方形朱文印，「白石道人詩集卷上」首頁右欄外鈐「陳蘭甫」白文方印。先生這一手批原本的文獻價值的一個方面，表現在《白石道人歌曲》評語可補正《白石詞評》：如上録《白石詞評》其七中「原如此」、其十五中「其實自負」，均明顯不通，先生此原批原分別作「然非如此」、「其實自道也」，正可據以校補、校改。 詳張雲《論俄藏陳澧手批白石道人集的文獻價值》（《圖書館工作與研究》二〇一六年第十二期）。

六月朔日，《漢儒通義》竣稿，自序之。

揀選知縣到班，以縣令不易爲，不願出仕，遂不赴選。

秋，與譚瑩、許其光、沈世良、金錫齡、徐灝結「西堂吟社」。

譚瑩詩題：「西堂吟社第一集補和白燕堂粵臺古蹟八咏，同集者許涑文其光、陳蘭甫、沈伯眉兩學博、金芑堂孝廉、徐子遠上舍。」

八月，作胡方《鴻桷堂集序》。 案：先生于胡氏另有議論「迂謬」之私評，並謂「可見但講道學而不讀書博學，其害甚大也」。

女律生。

十一月十三夜，與徐灝、梁國琦、孫逸農飲寄園。

熊景星逝世。

文廷式（道希、芸閣。 — 一九〇四）生。

咸豐七年丁巳（一八五七） 四十八歲

英軍據粵秀山。 學海堂、文瀾閣皆燬。《皇清經解》刻版缺失過半。

正月，舉鄒伯奇補學海堂學長。

春，同樊封、譚瑩、金錫齡、陳良玉、潘繼李（緒卿）登學海堂。

四月，始著《燕樂考原箋》。後金錫齡爲改名《聲律通考》。至本年八月成書。書分十部分（卷），依次是：古樂五聲十二律還宫考、古樂五聲十二律相生考、晋十二笛一笛三調考、梁隋八十四調考、唐八十四調考、唐宋遼二十八調考、宋八十四調考、宋俗樂字譜考、歷代樂聲高下考、風雅十二詩譜考。

七月，編録二十年前舊稿爲《弧三角平視法》。

八月上旬，序桂文燿《席月山房詞鈔》：「《席月山房詞》者，亡友桂星垣之所作也。昔星垣見人刻詩文集，輒笑曰：『我不須此。』星垣以功名自任，視文章之士若不屑然者，顧時時填詞。嘗謂余曰：『我有好詞至百首，當刻爲一集。』此與前言相反，何哉？凡人不能無所好，雖古之豪傑，于所好者輒不能自止。即以詞人論之，辛幼安，功名之士也，宜不屑于文章，故詩與文罕傳焉。惟詞則爲之不已，傳之至今，所好故也。星垣殁後，其子德均出其詩詞，將刻之。余告以前之兩言，使不刻詩而刻詞，此星垣意也。數其詞，不及百首。嗚呼！言人壽者輒曰百年，星垣年四十八而卒，于百年未及半也。猶曰年之修短有命也，顧欲爲百首之詞，而亦不能如其願，况欲立功名于天下哉！此余所以悁悁而悲也。咸豐七年秋八月上澣，蘭甫陳澧識。」

九月，英法聯軍炮轟廣州，先生攜家避往老城豪賢街梁國琦家。十一月，英法聯軍攻陷廣州，先生挈家避居于横沙村之水樓，題曰崇雅樓。時徐灝亦避亂居横溪，先生嘗過訪。胡錫燕自長沙來省，盤桓數月乃歸。

本年，鄭獻甫避亂來粤。廣州陷落，乃走仁化，轉徙東莞。

魏源逝世。

咸豐八年戊午（一八五八） 四十九歲

中英、中法相繼訂立《天津條約》。

正月，題記柳興恩《穀梁大義述》。

作《題潘鴻軒百花卷子》詩。

三月，作《燕樂考原》書末批語，述及撰著《聲律通考》緣起：「咸豐丙辰讀此書，知其有誤，稍稍辨正之。丁巳再讀之，知其大誤，辨正愈多，成《樂律通考》九卷。然實因讀此書始有所悟，其誤則不可不辨，非蠹生于木還食其木也。戊午三月廿一日，陳澧書于横沙村舍之崇雅樓。」此批校本藏國家圖書館。

六月朔日（七月十一日），女雅生。

七月，《漢儒通義》刻成。因值兵燹，僅印數部。胡錫燕爲作跋。

始著《學思録》，後改名《東塾讀書記》。《東塾遺稿》第二十六册載先生開列《學思録》大指凡四十四條：一、勸經生讀一部注疏。二、救惠氏之學之弊。三、救高郵王氏之學之弊。四、闢王陽明之謠。五、分别士大夫之學，老博士之學。六、辨語録不由佛氏。七、明朱子之爲漢學。八、于晋人尊陶公，明其非詩人，非隱逸。九、闢老氏流爲申、韓、李斯。十、明法家之弊。十一、發明狂狷之説。十二、發明性善。十三、發明《論語・學而章》。十四、發明《學記》。十五、發明四科之説。十六、拈出以淺持博。十七、尊胡安定。十八、尊江慎修。十九、指出歐陽公之病。二十、發明昌黎之學。二十一、昌言科舉八股之害。二十二、明訓詁之功。二十三、分别内傳、外傳之不同。二十四、指漢《易》之病。二十五、拈出費氏家法。二十六、標出《禮》意之説。二十七、標出《詩譜》大指。二十八、辨《周禮》之醇。二十九、發明《禮記》之體裁。三十、標舉《孝經》爲總會根源。三十一、標出《中庸》「博學」五事爲《中庸》之要。三十二、辨格物。三十三、辨明德。三十四、引伸格物補傳。三十五、感時事。三十六、辨别先師、名臣之不同。三十七、拈出陸清獻「書自書，我自我」之語。三十八、考周末儒者。三十九、説自己著書之意。四十、明鄭學維持魏南北朝世道。四十一、引伸阮文連春秋學術之說。四十二、辨戴東原《孟子字義疏證》。四十三、明輯古書之功與其誤處。四十四、明讀書提要鉤玄之法。

九月，回城，寓西關十三鋪，爲長子宗誼娶婦張氏。十月，回寓横沙小園。

十月，自序《聲律通考》。序云：「《周禮》：『六律六同』，『皆文之以五聲』。《禮記》：『五聲、六律、十二管，還相爲宮。』言聲律者，此兩言盡之矣。自漢以來，至于趙宋，古樂衰而未絶。惟今之俗樂，有七聲而無十二律，有七調而無十二宮，有工尺字譜而不知宮、商、角、徵、羽。余懼古樂之遂絶也，乃考古今聲律爲一書。蓋自《周禮》『三大祭』之樂，爲千古疑義，今考唐時『三大祭』各用四調，而《周禮》乃可通，以此知古樂十二宮本有轉調。又據《隋書》及《舊五代史》而知梁武帝萬寶常皆有八十四調；宋時姜堯章最爲知樂，乃謂八十四調出于蘇祇婆琵琶，近時凌次仲著《燕樂考原》之書，遂沿其誤矣。又古樂十二律，立法簡易，後人衍算術，説陰陽，皆失其旨，今爲辨正，以祛其惑。至唐宋俗樂，凌氏已徵引群書，披尋門徑，然二十八調之四均，實爲宮、商、角、徵、羽，其四均之第一聲皆名爲黄鍾，凌氏于此未明，故其説尚多不合。且宋人以工尺配律吕，今人以工尺代宮商，此今人失宋人之法，律吕由是而亡。凌氏乃以今人之法駁宋人，此尤不可不辯者也。若夫古今樂聲高下，則有《隋志》所載歷代律尺，皆以晉前尺爲比，而晉前尺則有王厚之《鐘鼎款識》傳刻尚存，今依尺以製管，隋以前樂律，皆可考見。《宋史》載王朴律準尺，亦以晉前尺爲比，又可以晉前尺求王朴樂。由是以王朴樂求唐、宋、遼、金、元、明樂高下異同，史籍具在，可以排比句稽而盡得之矣。至于晉泰始之笛，可仿而造；唐開元之譜，可按而歌；古器古音，千載未泯，更非徒紙上之空談也。自念少時惟好世俗之樂，老之將至，因讀凌氏書，考索故籍，覃思逾年，始得粗通此學；其中參差變易，紛如亂絲，細如秋毫，故多爲圖表，使覽者易明焉。繕寫甫成，再值兵燹，幸未亡失。當此亂離之際，何暇言樂，惟當存此一編，以今曉古，以古正今，庶幾古樂不墜于地。其有疏謬，俟知音者正之爾。」案：先生又有《復曹葛民書》,「最能説明其述作之旨」(梁啟超《中國近三百年學術史》),云:「澧爲此書,所以復古也,復古者迂儒常談,澧豈可效之哉！良以樂不可不復古故也。即世運已降,習俗沈錮已深,勢不能以復古,而吾之説終不可不伸于天下。蓋伊古以來,禮樂並重,古禮傳至今日,有失者,有未失者,以今人冠昏喪祭考之《儀禮》可見也。樂則不然,太常樂部所掌,奏之朝廷,奏之郊廟,草茅下士不得而聞,尤不得而議。外省學宫之樂,則琴瑟弗鼓,鐘磬弗考,平時所聞者,鼓吹也、戲劇也、小曲也,其號爲雅音者,琴師之琴也,此則今所謂樂也。何爲宫商,而不知也。何爲律吕,而更不知也。嗚呼！樂者六藝之一,儒者之學,而可以輕褻淪亡至此哉！近數十年,惟凌次仲奮然欲通此學,自謂以今樂通古樂。澧求其書讀之,信多善者。然以爲今之字譜即宋之字譜,宋之字譜出于隋鄭譯所演龜茲琵琶。如其言,則由今樂而上溯之,通于西域之樂耳,何由而通中國之古樂也？又況今之字譜非宋之字譜,宋之字譜又非出于鄭譯,古籍具在,明明不可借假乎！澧因凌氏書,考之經疏、史志、子書,凡言聲律者,排比句稽,以成此編,……將使學者由今之字譜而識七聲之名,又由七聲有相隔、有相連而識十二律之位,識十二律而古之十二宫八十四調可識也。又由十二律四清聲而識宋人十六字譜,識十六字譜而唐宋俗樂二十八調可識也。然此猶紙上之空言也,無其器何以定其聲？無其度何以製其器？屬有天幸,《宋書》、《晋書》皆載荀勖笛,而阮文達公摹刻《鐘鼎款識》有荀勖尺,二者不期而並存于世。夫然後考之史籍,隋以前歷代律尺,皆以荀勖尺爲比。金、元、明承用宋樂,宋樂修改王朴樂,而王朴律尺又以荀勖尺爲比,有荀勖尺而自漢至明樂聲高下皆可識也。然而荀勖尺易製也,荀勖笛難知也。《宋書》、《晋書》所載荀勖笛制,文義深晦,自來讀者不能解。澧窮日夜之力,苦思冥悟,而後解之,而後仿製之,于是世間乃有古樂器。又讀朱子《儀禮經傳通解》,有唐開元《鹿鳴》、《關雎》十二詩譜,以今之字譜釋之,于是世間乃有古樂章。遍考古書所載樂器,從未有細及分釐如荀勖笛制者。遍考古書所載樂章,從未有兼注音律如十二詩譜者。古莫古于此,詳亦莫詳于此。授之工人,截竹可造，付之伶人，按譜可歌，而古樂復出于今之世矣。象州鄭小谷見此書，歎曰：『有用之書也。』又曰：『君著此書辛苦，我讀此書亦辛苦也。』嗟呼！辛苦著書，吾所樂也。有辛苦讀之者，吾願足矣。若其有用，則吾不及見矣。其在數十年後乎？其在數百年後乎？」

十一月初七日，自橫沙乘舟往佛山。舟中讀姚鼐《惜抱軒集》，多有批評書于眉端。此本今藏中山大學圖書館。

本年，作《招太沖詩文遺稿序》。

王國瑞避亂于橫沙鄉，因先生寓居于此，常得親炙，乃執弟子禮。

沈世良作《除夕懷陳蘭甫廣文絶句》：「桑經酈注誤新刊，燕樂源流補筆譚。又是燈前兼細雨，把君詞卷憶江南。（君著有《燈前細雨詞》，憶江南館其齋名也。）」案：汪《譜》繫于本年，所録此詩不見于沈集。

陳其鋭（奏廷。陳其錕從弟）、張祥晋（張維屏三子）逝世。

潘飛聲（蘭史。—一九三四）生。潘氏《在山泉詩話》卷二曾記云：「少時，遇菊坡書院課期，每詣聽陳蘭甫先生講書。講畢，同集院中山亭朝飯。」

咸豐九年己未（一八五九）　五十歲

正月十四日（二月十六日）夜，兒子宏緒逝世。

二月二十八日，鄧大林招先生與張維屏杏林莊賞紅杏花。

爲潘光瀛作楷書聯。款署：「珏卿姻世長自題楹帖。」

三月，往香山縣閲縣考試卷。四月歸橫沙。

九月十五日（十月十日），長子宗誼逝世，年二十一。葬于廣州大東門外長腰嶺之原。

先生自己酉年刻《東塾類稿》，此後隨作隨刻，自是年間乃改題《鍾山集》。案：汪《譜》云：「南海廖氏藏《東塾類稿》，内夾有《鍾山集》三篇：一爲《長子宗誼墓碣銘》，當是本年作；一爲《鄭氏全書序》，末署咸豐十年十月；一爲《鄒特夫地圖序》，末署同治二年十月，板心均題『鍾山集卷口』字樣，惟咸豐七年作《崇雅樓銘》，仍題《東塾類稿》，據此，《鍾山集》之改名，大約此年間事。又新會陳氏勵耘書屋藏陳樹鏞與梁鼎芬手札謂：『僕處有《東塾類稿》、《鍾山集》。』似《鍾山集》不止此三篇也。」

十月初九日，張維屏家開吊，先生與祭。後爲撰墓碑銘。

刻長子宗誼所著《讀論語日記》。

爲鄒伯奇所著《學計一得》作序。

有《與趙子韶書》一通，囑作學海堂冬課課卷：「冬季學海堂課卷太少，五條題只收一百廿卷，殊不成事體。吾弟必須作二卷，寫真名，又可多代作數卷托名者，總在臘月十五六交到可矣。」

江國霖、張維屏、黄培芳、李應田（研卿）、葉名琛逝世。案：丁至和《漢宫春》詞序有云：「戊午二月，同李研卿篆香樓看玉蘭，各賦長短句。明年，研卿下世。」據可知李氏卒年。

汪兆銓（莘伯。——一九二八）、梁鼎芬（星海、節庵。——一九二〇）、陳樹鏞（慶笙。——一八八八）生。

咸豐十年庚申（一八六〇）　五十一歲

英法聯軍焚圓明園，咸豐帝出奔熱河。

二月初十日，陳良玉招集浮邱寺，同集者譚瑩、樊封、徐灝、吕洪（拔湖）、劉承緣（荔壇）、蕭諫（欖軒）、倪鴻。鄭獻甫因病不至。十三日，潘恕邀先生及陳良玉、吕洪、羅天池、顔薰（紫墟）、梁玉森（靄儔）集其雙桐圃餞花朝。

三月，往東莞主講龍溪書院。作《醉吟商·龍溪書院門外見羅浮山》。

閏三月初八日，與陳銘柱（京瑜、友珊）、葉静軒、黎鎮清（遂之）等自東莞石龍往游羅浮山。撰《游羅浮記》。

閏三月，勞崇光聘總校補刊《學海堂經解》，乃歸省城。設局于西關長壽寺。同總校者鄭獻甫、譚瑩、孔廣鏞。

爲江國霖作《夢甦齋詩集題識》。

四月，《聲律通考》刻成。有殷保康跋：「五音宫、商、角、徵、羽，即今所謂上、尺、工、六、五也。加變宫、變徵爲七音，即今所謂一、凡也。七音得七律，宫與商之間有一律，商與角之間有一律，角與變徵之間有一律，徵與羽之間有一律，羽與變宫之間有一律，是爲十二律也。十二律者，高下一定者也；七音者，旋轉無定者也。十二律各爲宫，則各有商、角、徵、羽，是爲十二宫也；十二宫各爲一均，每一均轉七調，則八十四調也。若以七音各爲一均，每一均轉十二調，亦八十四調也。唐宋俗樂二十八調者，七音去二變，及徵聲不爲均，宫、商、角、羽四均每一均轉七調也。每一均用一笛，四均當用四笛，今俗樂只用一笛，故只有七調也。宋人以工尺等字代十二律之名，今以工尺等字代七音之名，行之既久，故不知孰爲宫，孰爲商也。今當由工尺而識宫商，由宫商而識律吕。其樂器則有晋之十二笛，其樂歌則有唐之《鹿鳴》、《關雎》十二詩譜，古樂尚未絶于世也。先生聞之曰善，命保康筆而記之，附于簡末。」案：先生本年春所作《與桂皓庭書》有云：「《聲律通考跋》容抄出奉上，遺卷亦俟查出送上。此謝，即頌春禧不一。」故文廷式《丙子日記》謂：「其跋撮舉大意，蓋師所自作而托名于殷君者。」此頗類王國維之于樊志厚。

五月，女雅逝世。

六月二十四日，陳起榮（倬雲、奎垣）招同譚瑩、陳良玉、鄒伯奇集長壽寺。

九月，寓城西十三鋪。

十五日，《朱子語類日鈔》五卷刻成。下年十月撰序。

先生嘗以翼亭公所讀《資治通鑑》課長子宗誼讀之，宗誼讀未畢而亡，復課次子宗侃及兄孫慶修讀之，遂以「傳鑒」名堂，並爲之記。

本年，撰《默記》。中有云：「予之學但能鈔書而已，其精者爲《漢儒通義》，其博者爲《學思録》，其切摯者爲《默記》，不復著書也。」

梁同新、沈世良、金諤逝世。沈氏《隨山館詞稿題詞》中曾評及先生詞：「曩嘗評友人所爲詞，戲以樂喻。蘭甫如空山鼓琴，松風壑泉，間與相答；朗山如霜天曉角，清響遠聞，然不可與箎弦間雜；青皋如琵琶出塞，凄怨動人；蓮裳如雁柱銀箏，新聲繁會。其他作者未共喁于，則未敢妄論也。」

咸豐十一年辛酉（一八六一）　五十二歲

英軍退出廣州。

應鄧大林之邀，春日，與羅天池、梁國琦、李長榮游杏林莊；六月、七月十四日，與梁國琦、王家齋（蘭汀）、陳良玉、倪鴻、鄭績、潘恕、顔薰分别聚于海棠花館、杏林莊。

五月，鄭獻甫受聘越華書院講席。先生爲作《補學軒文集序》。

七月，高繼珩題自寫蘭扇贈先生。二十六日，應高氏之邀，與鄭獻甫、朱鑒成、王家齋、譚瑩、李長榮、倪鴻相聚河樓買醉。又與繼珩、陳良玉、王家齋、鄧大林、梁國琦、顔薰、李長榮、倪鴻飲于潘恕雙桐圃。

八月，朱鑒成離粤返川，先生與鄭獻甫、李長榮、高繼珩、陳良玉、汪瑔、王家齋、倪鴻公餞于蔭樂園。

本年，廣州官紳重刻阮元修《廣東通志》，舉先生任總校事。

陳其錕、梁廷枏逝世。

汪兆鏞（憬吾。——一九三九）生。

（作者單位：廣西師範大學；廣西科技師範學院）

袁鈞《西廬詞話》

王　娟　録入整理

清人袁鈞《西廬詞話》向不多見，究竟存世不存世，頗引起關注。孫克强論况周頤曾指出：「《歷代詞人考略》中引用許多今已失傳的文獻，如《西廬詞話》等，爲後人提供了珍貴的研究綫索。」〔一〕譚新紅《清詞話考述》對清人詞話的存佚情况進行全面清理，曾將《西廬詞話》列爲「僅被徵引之清代詞話」，並且指出：「袁鈞《西廬詞話》最早見于謝章鋌《賭棋山莊詞話》……况周頤《宋人詞話》引《西廬詞話》三則。」譚新紅説：「謝氏詞話作于咸豐、光緒年間，况氏之書更作于清末民初，可知《西廬詞話》清末尚存，今未知藏所。」〔二〕兩位學者均以未見此書而感到可惜。

經查，除了上述兩處徵引之外，林葆恒《詞綜補遺》撰寫明代詞人馮愷章小傳時亦引用之：「《西廬詞話》：『漁山爲中丞留仙季子。自以故國世臣，不復求仕。博學工詩，尤善長短句，人以豪士目之。』」〔三〕又，王易《中國詞曲史》將其列入詞學著述之評論考證者，他認爲「《西廬詞話》一卷，論詞雖少獨到，尚不背馳。」〔四〕王易所説的單卷本《西廬詞話》或是他見過的，不知存世與否。

近閲浙江大學出版社據寧波市圖書館藏清嘉慶二十三年（一八一八）慈溪鄭喬遷藏密廬刻本影印的《四明近體樂府》〔五〕，發現其《西廬詞話》雜附其中。《四明近體樂府》爲四明地方詞集，録四明即今浙江寧

本文係國家社科項目「清代地方詞集編纂研究」（項目號：20BZW092）階段性成果，廣西特聘專家資助成果。

波一帶唐代至清代乾嘉並世詞人一百六十家五百首詞。全編計十四卷，卷一至卷十三，分别爲四明詞人立傳，末卷附袁鈞《西盧詞》五十首。另外還有附卷，爲周世緒（鄭喬遷妹婿）詞稿。

是書共有四篇序文：第一篇是鄭喬遷《刻四明近體樂府序》，介紹了刻書緣由；第二篇是袁鈞自序，提出以樂府名集的依據及雜附詞話編輯體例；第三篇序在目録之後，爲袁鈞二序，對四明地區詞的發展歷史自唐至清按朝代逐一進行述評，提出四明詞濫觴于賀知章、開風氣于馮延巳、大昌于周邦彦；第四篇序在附卷之前，鄭喬遷説明附刻周世緒詞緣由。

袁鈞生于乾隆十六年（一七五一），卒于嘉慶十年（一八〇五），字秉國，一字陶軒，號西盧，浙江鄞縣人。少師事秀水鄭虎文，後復受知于學使阮元。嘉慶元年舉孝廉方正，後主講鯢池书院、稽山書院。袁鈞著述甚豐，以所輯《鄭氏佚書》二十三種最爲有名，有功于鄭學。工詩古文詞，自著《瞻衮堂文集》、《西盧詞》，尤留意搜集鄉邦文獻，輯録《四明書畫記》、《四明文徵》、《四明獻徵》、《四明詩匯》、《四明近體樂府》諸書。《兩浙輶軒續録》録袁鈞詩歌十首，載其著作還有《琉璃居稿》。

《四明近體樂府》正文中每一詞人先列小傳，再録詞作。有的詞人附有《西盧詞話》，有的没有。有詞話的放在小傳之後，詞作之前。在一百五十九位詞人中，有二十八位詞人被附以詞話。今全文録出並加點勘，以供詞學界同仁參考。前文所述分别被謝章鋌、況周頤、林葆恒徵引的七條詞話都包含在内。

一

《西盧詞話》：《寶慶志》云：鄞縣句章鄉小溪之馬湖有洗馬池故跡，世傳以爲賀監舊宅，相距三里曰賀家灣。其地賀姓甚多而貧，掘土得碑石，卒棄之。今其斷石存而可識者曰：會稽郡賀與府君，六字而已。耆老謂賀監始居此，後乃徙剡川也。

（卷一賀知章條）

二

《西廬詞話》：唐段安節《樂府雜録》云：《離别難》，天后朝，有士人陷冤獄，没家族，其妻配入掖庭，本初善吹觱篥，乃撰此曲以寄哀情，始名《大郎神》，蓋取良人行第也。既三易其名，亦名《悲切子》，終號《怨回鶻》，詞中言「剡川今已遠」，因是知其爲剡川人。剡川者，今之奉化也。

（卷一武后宫人條）

三

《西廬詞話》：《剡川詩鈔》言和靖是奉化黄賢村人，其地即漢四皓黄公所居古鄞邑也。宋元諸志不載，惟《奉化縣志》有之。史稱和靖錢塘人，而和靖本集有《將歸四明，夜坐話别任君》詩，則縣志不爲無據。亦猶楊文元本鄞人，其居慈湖及身而遷後以慈湖著稱，史家遂以爲慈溪人耳。

（卷二林逋條）

四

《西廬詞話》：《寶慶志》載，題丈亭館《長相思》一闋署慈川逸民，《卜算子》一闋署古詞，並不著名氏。考《乾道圖經》慈溪人物後特標「逸民」一條曰：楊適先生隱居大隱山，年七十餘，行義聞于鄉里，人皆不敢道其姓名，以先生曰之。仁宗訪天下遺逸，知州事鮑軻以適名聞，賜粟帛。嘉祐六年，知州事錢公輔又奏表適高節，遂授將仕郎，試太學助教，州遣郡從事躬捧詔書，仍具袍笏與從，適辭而不受，終老于家。縣學有大隱先生碑，令林叔豹立云云。則慈川逸民者，大隱先生也。雍正《慈溪志》以兩詞爲劉叔温作。叔温即寶慶時人，其詞不應入志，且亦何至不書其名，而曰慈川逸民曰古詞也。蓋其時劉氏有與修志之役者，不知逸民爲誰，因欲並無名氏之作，竄爲先世有也。不經甚矣。（卷二楊適條）

五

《西廬詞話》：《樂府紀聞》云：明州舒信道中丞第中常見一女子，舉手代拍而歌者。詢之云姓邱氏。每歌《燭影揺紅》曲句甚婉麗，家人以其爲祟，延法士治之，則一池中物也。卓珂月《詩餘廣選》云：舒信道中丞宅在明州，中有懶堂，子弟群處講習，有一舒燈下忽見女子自稱邱氏，舉手代拍而歌，相從月余，家人驗其妖怪，請朱彦成法師治之，乃池中大白鱉也。《紀聞》撮舉佳句，《廣選》則全載其詞。顧他本或以此詞爲湘江妓侑信道作，或以爲贈别信道，作者考舊志，舒中丞懶堂在西湖，西湖者，今之月湖也。芙蓉洲即西湖十洲之一，《乾道圖經》本傳信道以崇甯元年七月知荊南府，治兵沅湘，卒于軍，玩詞旨，此祟蓋前知矣。（卷二舒中丞家祟　自稱邱氏）

六

《西廬詞話》：《嘉靖志》云：啞女，熙寧中見于鄞之戒香寺，婉孌丱角，年若及笄，瘖不能言，惟日掃帚，垂臂跣足，晨粥午飯，每拾菜滓餲餘啖。人以爲顛騃。歷人家預知吉凶，里士周鍔學舉子業，女屢至其家。鍔知其非常，至必延以蔬飯。一日造鍔，值鍔趣裝將應舉，女笑不止。鍔疑焉，再三叩之，遂索筆作長短句。鍔襲而藏之。一日露卧鎮明嶺下，或訶以不檢，遽起歸寺，長吁坐逝。時三月三日也。鍔爲具棺櫬，瘞之柳亭後。鍔見女于京師，追問之不就，歸發其瘞，則空棺也。後鍔果如南雄，以言邊事忤時相，入黨籍。衛開客洛陽遇李士寧曰：公鄉里啞女者，過去維衛也。

（卷二啞女條）

七

《西廬詞話》：據《耆舊續聞》云：待制公十八歲時常作樂府，流水泠泠云云。朱希真訪司農公不值，于幾案間閱見此詞，歎賞不已，遂書于扇而去。初不知何人作也。一日，洪覺範見之，扣其所從來，朱具以告。二人因同往謁司農公問之，公亦愕然。客退，從容詢及待制公，公始不敢對，既而以實告。司農公責之曰，兒曹讀書正當留意經史，何用作此等語耶？然其心實喜之，以爲此兒他日必以文名于世。今諸家詞集及《漁隱叢話》皆以爲孫和仲或朱希真作，非也。正如咏摺骨扇詞云云。余嘗親見稿本于公家，今《于湖集》迺載此詞。蓋張安國嘗爲人題此詞于扇故也。大抵公于文不苟作，雖游戲嘲謔，必極其精妙。嘗咏五月菊詞云云。又與秦師垣啟雞鳴函谷，孟嘗由是以出關。雁落上林，屬國已聞于歸，漢蓋秦嘗留金庭，未幾從還，既而金人復悔，遣兵追之，已無及矣，公之用事親切多類此。

（卷二朱翌條）

八

《西廬詞話》：李氏《四明文獻集》載黄東發先生《戊辰史館擬傳》于《端明傳》云：其先自鄞遷杭。而

全太史謝山《甬上族望表》謂自端平始遷杭，當必别有所據，惜未得其審。（卷四洪咨夔條）

九

《西廬詞話》：曲澗各選本，不著鄉里官秩。《契齋集》、《先祖墓表》云：「曾孫女適進士樓槃。」案篇中序次女適林潁，孫女適戴樟、吴適。曾孫女適戴廙、吴埜、陳定、林密、樓槃、鄭景潤、曹敬、舒鏻、李師説、邊應時，或書進士，或書官。而李師説書紹興府鄉貢進士，邊應時江西轉運司進士，以别土著，則曲澗爲鄞人可知。《郡志·選舉》不載者，宋人舉進士未第，並補進士也。太師異元孫行，命名皆從木旁，不知曲澗究竟爲何人之後也，他日當取樓氏譜審定之。（卷四樓槃條）

十

《西廬詞話》：本堂詞諸選未登。慈溪鄭氏二老閣有《本堂集》寫本，編詞四卷，世間罕有。樊榭撰《宋詩紀事》，曹廷棟撰《宋詩存》，並未見也。余爲録存六首，其《寶鼎現》、《賀新郎》二闋亦蘇辛之儔也。（卷六陳著條）

十一

《西廬詞話》：小山在郡城北隅，倪氏有園亭極盛。伯遠以小山自號，當必城北人。而樂府二卷中，無一語及之者。蓋是後人收拾叢殘編定，非原書也。集中多曲調，詞不及十分之一。自署慶元張可久，而慶元舊志一無可徵。唯郎瑛《七修類稿》中曾稱小山爲四明人。蓋浮沉下吏，以官爲家，故鄉不復見其蹤跡矣。或稱小山名伯遠，字可久。今據其自署，以可久爲名。

（卷七張可久條）

十二

《西廬詞話》：緯真《緑水曲》、《清江裂石》、《水漫聲》等闋，前無此調，皆是自度腔也。《水漫聲》一篇逸情豪氣，不減辛老。

（卷八屠隆條）

十三

《西廬詞話》：漁山爲中丞留仙季子。自以故國世臣，不復求仕。博學工詩，尤善長短句，人以豪士目之。

（卷九馮愷章條）

十四

《西廬詞話》：《湛園未定稿·錢子文筠亭詩餘序》云：少時與客爲長短句，亦不下百餘曲。然讀周、柳淫冶之詞，心竊鄙之，不能竟學。又《題蔣君長短句》云：記壬戌燈夕，與陽羨陳其年、梁溪嚴蓀友、顧華峰、嘉禾朱錫鬯、松陵吴漢槎數君同飲花間草堂，中席，主人指紗燈圖繪古跡，請各賦《臨江仙》一闋。余時與漢槎賦裁半，主人摘某字于聲未諧，某句調未合。余謂漢槎曰，此事終非吾勝場，蓋姑聽客之所爲乎？

漢槎亦笑，起而擱筆。今先生集中無詞，殆非所好耳。然《蝶戀花》、《臨江仙》二闋亦足趨步蘇辛。

（卷十姜宸英條）

十五

《西廬詞話》：雪汀詞不多見，詩集中附存《百字令》一闋，生新兀奡，迥不猶人。

（卷十一史榮條）

十六

《西廬詞話》：倪韭山云：醉六中年始學詩，慕李房山之詩，欲得其傳，適喪偶，遂娶房山女，翁婿年齒相若也。余觀醉六詞亦是，得力于房山者。

（卷十二俞經條）

十七

《西廬詞話》：盧青厓云：月船不耐倚聲。甲辰歲，試牒赴武林，阻風西陵，讀陳檢討集，偶填《念奴嬌》二闋，即書集尾。此外不聞有作。余往其家録之，墨蹟宛然也。月船殊伉爽，詞如其人，吉光片羽，亦自可愛。

（卷十二盧鎬條）

十八

《西廬詞話》：龍南自倜儻，自喜酒後放言，旁若無人，真豪士也。雅工長短句，佳處可登蘇辛之堂。

其《浣雲齋集》詞勝于詩，往嘗見于其家録之，惜爲一滄父匿去，不復可得。（卷十二蔣學鏡條）

十九

《西廬詞話》：曉川先生，余童子師也。高才自命，落拓不偶。暮年妻子離散，客死延慶寺中。余嘗借讀其集，未及録，先生亟索還。今不知轉落何人之手矣。（卷十二范鑽條）

二十

《西廬詞話》：青厓姊適胡伊齋，伊齋雅好填詞，時李房山詞最工。下榻適可軒中倡和甚歡。青厓間與之同作，故質實中不失家數。（卷十二盧址條）

二十一

《西廬詞話》：嘯谷少席豐腴，賦詩作畫，才人自命。中歲亦貧，賣藝糊口，雖販夫賤吏皆得以升門役使。嘯谷亦隨手取給，不自愛惜。其頹唐可悲也。今老且益困。嘗謂余曰：吾窮已甚，頃夢至一所，有鬼物給我百齡當得官，夢中漫應之曰：只怕木旁官有分。彼便對言：須知白上一非奇。寧有是乎？果爾，尚得廿年窮也。聞者爲之軒渠。（卷十二范用炳條）

二十二

《西廬詞話》：虚筠雅負詩名，未見其長短句，顧《鑑沙録》示一闋，乃夢中作，雖未協律，意境自佳。

（卷十二桂廷嗣條）

二十三

《西廬詞話》：鑑沙盛負詩名，慷慨好客，揮斥資産殆盡。晚歲厄窮，豪情不減，留心鄉邦文獻，嘗選慈湖耆舊詩成帙。余録四明詞，鑑沙抄其邑中數人之作見示，並附己詞，觀述懷《摸魚兒》可以得其概矣。

（卷十二顧栩條）

二十四

《西廬詞話》：莪亭操觚染翰，冥心孤詣，不肯稍落人後。素不習倚聲，見余與竹窗之好之也。試爲之，娟秀可誦，絶無巾箱中語。

（卷十二范永祺條）

二十五

《西廬詞話》：半農稟趨庭之訓，詩詞皆有法度，惜早卒，未竟所學。

（卷十二李均條）

二十六

《西廬詞話》：韭山詞，余最愛其清明《卜算子》「山上送春風，雨又蕭蕭下，紅笑紅啼兩不分，是杜鵑開也」之句。嘗戲呼爲倪杜鵑，頃録四明詞，韭山遺余書云：詞之常行，談者多以美成、玉田爲正。拙作先求疏通，不能蘊藉，由于質性所近然，亦言所欲言而已。夫不疏通，未有能蘊藉者。韭山可謂知言矣。

（卷十三倪象占條）

二十七

《西廬詞話》：竹窗詞巧不類俳，纖不入俗，可稱平正。惜隨作隨失，存者無幾，《暗香》、《疏影》兩闋言情最善，拜張忠烈墓及題葉孝廉《獵雪圖》〔六〕《百字令》二闋，則其語之壯浪者。

（卷十三仇國垣條）

二十八

《西廬詞話》：鐵山天才横逸，不受羈束，詩人之豪也。長短句亦如其詩，故疏宕處多、刻畫處少，至一種抑塞磊落之氣，他人未必能有。

（卷十三周開條）

〔一〕孫克强《況周頤詞學文獻考論》，《文史哲》二〇〇五年第一期，第一〇二頁。

〔二〕譚新紅《清詞話考述》，武漢大學出版社二〇〇九年版，第三八六—三八七頁。

〔三〕林葆恒輯，張璋整理《詞綜補遺》第一册，上海古籍出版社二〇〇五年版，第四三頁。

〔四〕王易《中國詞曲史》，中國書籍出版社二〇一七年版，第二九二頁。

〔五〕袁鈞輯録《四明近體樂府》，浙江大學出版社二〇一六年版。

〔六〕檢後文，當爲《雪獵圖》。

（作者單位：廣西師範大學文學院）

許乃穀《孤山補梅圖卷》詞録

（中國香港）黃坤堯

二〇一九年，中國嘉德（香港）國際拍賣有限公司刊印許乃穀《孤山補梅圖卷》一卷，製作精美，典麗堂皇。圖卷紀録了嘉慶二十五年（一八二〇）庚辰仲冬，許乃穀聯同杭州名士呼吁重建巢居閣，補梅六百樹。並帶頭籌集資金，得到官府的支持，未幾即告落成。道光元年（一八二一）辛巳二月初六日，杭州文藝界在西湖孤山舉辦了巢居閣落成祀典的盛會，植梅放鶴，綻放異彩。與會者七十人，都是當時江浙一帶詩書畫印的文化名流，一時高手雲集，寫成了大批的作品，嚴格來説應該還是上品、精品。當時許乃穀以《邁陂塘》一詞首唱，繼和者衆多，其後繪圖題寫，綿延至于第四代清末及民國。一九二七年、一九四五年，高野侯兩度覓得此卷，再讓于許乃穀的曾孫寶驊，希望能録出全卷文字付梓，輯入「武林掌故叢書」，充實西湖孤山的史實。張元濟亦嘗兩度閲覽圖卷，先後寫成七古一首及絶句四首，本來也想購得圖卷，録存副本，可惜未能成事。今圖卷重現于香港，除了畫幅、題字及許乃穀詞作外，尚有名家撰文紀事七篇、詩九十首、詞四十三闋，全屬真蹟墨寶，至爲珍貴。今録出詞作四十四首，高手過招，亦多佳製，可供詞壇鑒賞，重現孤山風采。

一　《孤山補梅圖卷》編纂説明

許乃穀《孤山補梅圖卷》出現于中國嘉德（香港）國際拍賣有限公司，二〇一九年刊印，製作精美，典麗

堂皇。[一]

嘉慶二十五年（一八二〇）庚辰仲冬，道光皇帝登基。乾嘉盛世剛過，即湧現出一股新時代的氣象，尤望端正人心，振起士風，有功于名教，掃除陋習。許乃穀（一七八五—一八三五）嘗于當年仲冬聯同地方名士呼吁重建巢居閣，補梅六百樹，並帶頭捐款籌集資金。重建計劃很快就得到杭州官府的支持，翌年二月即告落成。

道光元年（一八二一）辛巳二月初六日，杭州文藝界在西湖孤山舉辦了巢居閣落成祀典的盛會，植梅放鶴，綻放異彩。與會者七十人，都是當時江浙一帶詩書畫印的文化名流，一時高手雲集，寫成了大批的作品，嚴格來説應該還是精品。當時許乃穀以《邁陂塘》一詞紀事首唱，詞云：

暮蒼蒼，斷垣衰草，無人來吊和靖。山中眷屬空梅鶴，滿目斜陽凄冷。君試省。賸七百餘年，舊跡還堪認。重來艤艇。想一角添樓，二分臨水，先合補踈影。　閒身世，仕隱都難自定。不如沈醉無醒。買山有願非虛語，笑指西湖爲證。高處凭。把去住心情，訴與先生聽。夢尋雪嶺。更飛步登臨，憑空歌嘯，月下四山應。

上片寫林逋（九六七—一〇二八）墓地荒置已久，梅空鶴去，斜陽凄冷，無人憑吊。相距七百年後，舊蹟已難訪尋，因此他在孤山上建設亭榭樓臺，種植梅樹，期望重現當年暗香疏影的意境。下片感懷身世，宦海浮沈，漂泊靡定，難以强求，不如隱居西湖，跟林逋傾訴心聲。同時更想象雪中尋梅，月下登臨，當空歌嘯，而周圍山嶺也就相互和應了。其實除了建設景點，使湖山增色，許乃穀更期望移風易俗，净化浮躁的人心。

余鍔（一七六一—？）題云：「許君玉年同人議建林處士祠，因賦《買陂塘》一闋，余亦繼聲。時庚辰（一八二〇）冬日，慈拍余鍔録稿。」則此詞可能寫成于祀典之前，有人早些看到，而在祀典中始正式發佈，廣邀唱和。王崇本（一七五六—一八二三）題云：「辛巳（一八二一）春，孤山重建林和靖祠，兼補梅鶴。玉年許五兄實始創議，有《買陂塘》一闋紀事，屬和者夥頤，余亦繼聲。初莽王崇本。」王氏所説大抵與事實相符。

當時撰文紀事者有郭麐（一七六七—一八三一）、葛慶曾（一八八六—一八二八）、姚椿（一七七七—一八五二）、蔡壽昌[二]、倪同五家。郭麐《新脩孤山林處士祠記》云：「余與汪君己山爲西湖之游。二月三日，先後至臯園，同訪許君玉年，因言及新脩孤山林處士祠墓，行落成矣，將以六日集同人設祭祠下。是日，至者七十餘人，烹泉薦醴，齋肅將敬。祀事既竣，分曹肆席，合觴于放鶴之亭。雍容酬酢，俯仰瞻眺，山若益而幽深，水若澹而層波。疏梅的皪，野竹便娟，與游者相掩映于沖融艷峭之間。于是玉年舉觴，屬曰：『此地圮廢久矣，會有人請于邑宰，葺繕塋墓。諸君子遂醵金以脩祠宇，建閣于上，仍其舊名爲巢居。立亭以憩足，設柴以馴鶴，舊觀頓還，新賞攸寄，諸君子之盛意，不可無文以紀之。吾子以游客，適逢此會，殆非偶然者，願以爲托。』……道光元年（一八二一）五月，吴江郭麐記。清河汪敬書。」[三]

姚椿題云：「有宋景德、慶歷之間，爲治極盛，一時懷道抱藝之士，無不出應當世用者。獨西湖林和靖處士，隱居累朝，不慕榮利，嘗樂孤山之幽邃，結廬于其陰，有巢居閣、放鶴亭諸勝，其後頗興廢矣。雖復建于翠華南巡時，亦以漸圮。道光元年春，邦之卿大夫與斯邑君子，迺于山麓重新和靖祠，起梅亭及閣，蓄三鶴于其側，植梅數百株，于是孤山之勝，悉復其舊。予少讀處士詩，甚愛其閒澹敻遠，無刻厲之習，意將游其所謂孤山者。及後來浙，屢往登眺，益慨想其風流。」高風亮節，愴懷昔賢，重整湖山，其實也是訪求心靈的净土。林逋四十歲歸隱西湖，梅妻鶴子，和光同塵，融入自然，性行高潔，不慕名利，振起北宋的士風，令人嚮往。嘗有詩云：「疏影横斜水清淺，暗香浮動月黄昏。」（《山園小梅二首》之一）意境高逸，引起後代極大的回響。又臨終詩云：「湖山青山對結廬。墳前修竹亦蕭疏。茂陵他日求遺稿，猶喜曾無封禪書。」

《自作壽堂，因書一絶以志之》林逋批評盛世封禪虚妄的風氣，潔身自愛。當時即深得范仲淹（九八九—一〇五二）、歐陽修（一〇〇七—一〇七二）、梅堯臣（一〇〇二—一〇六〇）、蘇軾（一〇三七—一一〇一）等名臣的器重，推崇備至，聲譽日隆。宋真宗賜號和靖處士，而宋仁宗更賜謚和靖先生，可見一時風尚。清代王復禮《御覽孤山寺》云：「吾乃今知處士之所以名斯閣矣。洪荒既遠，淳風日漓，而古人之不見，復見處士生乎數百千載之下，高蹈之風，邈然寡儔。仁義之與居，道德之要求，遠榮名于朝市，守寂寞于樊邱，殆將心古人之心，行古人之行矣。名閣之意，或者其在是乎！」解釋「巢居」的義藴，可釋爲嚮往簡單純樸的生活，這也是許乃穀在乾嘉盛世過後重建巢居閣的用心所在。林逋墓地周圍的基建屢興屢廢，由網上圖片顯示，二十世紀二十年代巢居閣、放鶴亭的木構建築尚存，與許乃穀所繪畫的圖樣相似。現在林和靖墓僻處孤山北岸，周圍比較簡潔樸實。林逋自是孤山上最高尚的靈魂，也是西湖的文化象徵。

祀典過後，許乃穀心繫西湖，又繪成《孤山補梅圖》的畫幅，樓閣憑軒，可供游人憩息，山色蒼蒼，梅枝綻放，湖上幾點輕舟，悠閒自在。道光元年冬仲，蔡之定（一七四五—一八三〇）題簽，爲寫「孤山補梅圖」五個大字，勁健瀟灑。

其後張雲璈（一七四七—一八二九）撰五古一首，又次韻《摸魚子》一闋，題云：「玉年五兄葺和靖祠後，于辛巳（一八二一）二月招同人會祠下，余賦詩柬之時，未見畫家結語云云。兹君以畫卷屬寫前詩于後，因爲補書，並讀《摸魚子》詞，復和此解，並乞教正。時道光乙酉（一八二五）送春日，簡松弟張雲璈。」可見早期没有畫卷及詞，張雲璈是隔了幾年看到畫卷後才補題的。又項綬章《孤山紀事詩並序》題云：「此詩成于辛巳（一八二一），嗣與玉年兄同客京華，此卷日在案頭，因循未書。昨歲先後歸里，至今年乙酉（一八二五）三月二十一日乃爲書之。時將有榕城之游，湖山清景，又將辜負，且念日月不居，忽忽五年，可慨者豈獨此事而已？芝生弟項綬章識。」其兄許乃濟（一七七七—一八三九）題云：「林祠落成，余以薄宦京師，未能至也。道光乙酉（一八二五）將之端州，以孟冬假歸省墓，因集族人飲巢居閣，輒成小詩，附書《補梅圖》卷尾，叔舟乃濟。」汪仲洋（一七七七—？）題云：「孤山自玉年補梅之後，花時帬屐紛集，罷官後恣意唫眺。今年始于京師獲觀此卷，謹題長句奉質。時道光丁亥（一八二七）嘉平除夕。成都汪仲洋漫草。」可見早年沒有題寫，很多作品都是後來補寫上去的。陳用光題云：「題應玉年五兄同年雅屬，即送之環縣任。實思甫陳用光漫草。」案許乃穀在道光八年（一九二八）謁選甘肅環縣令，佛誕日出京赴任。陳用光二詩寫于春夏之間，而這也是《孤山補梅圖卷》所及見最後的一幅作品。到了甘肅以後，許乃穀沒有再邀題咏，總計全卷共得八十二家。

許乃穀于道光元年鄉試中舉，出道較遲，多次未能參加會試。其詩《丙戌藕舲從兄分校禮闈，例不與試。先是癸未滇生弟分校，今又三年矣》（《瑞芍軒詩鈔》卷二）指出，這是由于他的六弟許乃普（一七八七—一八六六）、從兄許乃賡先後在一八二三、一八二六年兩科擔任禮部考官，爲了避嫌，不便赴考，難免悵恨。道光八年考取咸安宫官學教習，從事吉地工叙，勞銓甘肅環縣令。其後權皋蘭、權撫彝通判，十一年（一八三一）冬調任敦煌，尤得人心。十四年冬署安西直隸州牧，心力殫瘁，卒于道光十五年正月初八日，年僅五十有一。元配呂氏，繼室徐氏。男子五人，曰振身、道身、禔身、庚身、樾身。孫一人之珍。女子二人，長子徐敦元，孫女一人。著《瑞芍軒詩鈔　詞坿》四卷。

許乃穀卒後，圖卷由四子許庚身（一八二五—一八九四）持有，再傳于其孫南仲。翁同龢（一八三〇—一九〇四）題云：「同年許恭慎公曩嘗以尊甫玉年先生《孤山補梅圖》命題，忽忽置篋中。今恭慎歿久矣。題此詞和原韻，付郎君南仲藏之。噫嘻！不勝其悲矣！光緒戊戌（一八九八）四月晦，將出都門。翁同龢記。」其後高野侯（一八七八—一九五二）于「中元丁卯（一九二七）二月得于滬上」，復邀滬上名家題咏，計有吴士鑑（一八六八—一九三四）、朱孝臧（一八五七—一九三一）、袁思亮（一八七九—一九三九）、夏敬觀

(一八七五—一九五三)、陳夔龍(一八五七—一九四八)、王念曾、袁思永(一八八〇—?)等。戰時此卷被盜，割去圖畫，僅存題辭。其後高野侯訪得竊圖者，再以高價回購，俾成全帙。乙酉(一九四五)暮春之初，高野侯再讓于許乃穀的曾孫寶驊，題云：「及避地旅滬，知竊圖者亦來此，輾轉設法，復斥鉅金，居然珠還合浦，急付重裝，什襲藏之。擬于事平後録副付梓，以備續輯武林掌故叢書，爲孤山傳一故實，或不負玉年先生逸情清興，俾藝林仰企焉。茲先生曾孫寶驊仁兄蹤跡是圖，因介來訪，商乞割愛，奉爲家珍。此賢孝之心，曷勝欽佩，遂允所請，并敬識數言于後，倘能移寫全卷題識見貽，以成予續輯掌故之志，則尤所欣幸無既者已。」可見此卷題辭尤爲珍貴，高野侯希望能録出全卷文字付梓，即可輯入武林掌故叢書，充實西湖孤山的史實。張元濟(一八六七—一九五九)亦嘗兩度閲覽圖卷，一九三〇年先寫七古一首，一九四五年再寫絶句四首，本來很想購得圖卷，甚至録存副本，可惜未能成事。而圖卷的文獻價值愈益鉅大。

《孤山補梅圖卷》的編次比較混亂，非按年月排序書寫，大致可分四個部分。其一首録齊彦槐(一七七四—一八四一)：「玉年自題補楳圖《買陂塘》一闋，絶唱也。道光五年(一八二五)七月廿八日燈下寫，彦槐并識。」依次爲郭麐、汪敬、何太青(一七七三—?)、葛慶曾、李筠嘉(一七六六—一八二八)、姚椿、鮑桂星(一七六四—一八二六)、董國琛(一七七七—?)、陳彬華、王應綬(一七八八—一八四一)、歸懋儀、改琦(一七七三—一八二八)、張青選(一七六七—一八四六)、陸繼輅(一七七二—一八三四)、潘定如、吴嵩梁(一七六六—一八三四)、曾燠(一七六〇—一八三一)、顧蒓(一七六五—一八三二)、陳鴻(一七八〇—一八三三)、曹江、程邦憲(一七六七—一八三三)、林從炯(一七七九—一八三五)、張深(一七八一—一八四三)、閔錫珪、汪仲洋、趙盛奎(?—一八三九)、董國華(一八〇〇—一八五〇)、潘世恩(一七六九—一八五四)、潘曾瑩(一八〇八—一八七八)、丁泰、[四]陳用光，共三十家，題寫日期由一八二四至一八二八，先後互見，並非按年月順序書寫，可能是比較重要的作品，後來才編爲一卷的，有些則是在空位中補寫上去的。

其中張青選、程邦憲、董國華、潘世恩、陳用光五家是圖卷中最後題寫的作品。

其二以中期作品爲主，包括蔡壽昌、陳桐生、陳憲曾、魏成憲（一七五六—一八四一）、陳嵩慶、黄安濤（一七七七—一八四八）、宗績辰（稷辰，一七九二—一八六七）、項名達（一七八九—一八五〇）、魏謙升（一七九七—一八六一）、端木國瑚（一七七三—一八三七）、馮登府（一七八三—一八二九）、仇本淳、沈彦曾、張雲璈、何太青、項綬章、朱勛（？—一八二九）、吴傑（一七八三—一八三六）、陳文述（一七七一—一八四三）、管筠、汪端（一七九三—一八三九）、楊尚觀、許乃濟、朱綬（一七八九—一八四〇）、戈載（一七八六—一八五六）、胡敬、吴清鵬、倪同，共二十七家，題寫日期由一八二三到一八二五，吴傑七絶三首寫于「道光丁亥（一八二七）三月」，可能是擠進去的。

其三幾乎全屬早期作品，計有郭麐、鄭璜（一七七七—一八三七）、畢華珍、張珍臬、顧翃、項繼章（一七九八—一八三五）、吴嘉洤（一七九〇—一八六五）、余鍔、趙之琛（一七八一—一八六〇）、李堂（一七七二—一八三二）、孫顥元（一七七八—？）、孫熙元（一七八〇—？）、章黼（一七八〇—一八五八）、沈惇彝、嚴烺（一七七四—一八四〇）、錢師曾（一七七二—？）、王崇本、殳三慶（慶源，一七八三—？）、屠倬（一七八一—一八二八）、吴藻（一七九九—一八六二）、吴衡照（一七七一—一八二九）、潘恭辰（一七七四—？）、朱棫，共二十二家，以和詞爲主，多屬早期一八二一年的作品，只有沈惇彝憶述五律一首題「乙酉（一八二五）仲秋月」，有點例外。

其四是翁同龢（一八三〇—一九〇四）以下補題十家，撰于「光緒戊戌（一八九八）四月晦」以後，編次上没有問題。

綜合《孤山補梅圖卷》所見，録存作品計有文七篇、詩九十首（五古四首、七古十三首、五律七首、五律七首、五絶五首、七絶五十首）、詞四十三闋（和韻十六闋、原調二十五闋、其他二闋），合計一四〇件，連同許乃穀原作，則爲一四一件。誠如高野侯、張元濟二家所稱，文獻價值極爲鉅大。

首先，這些詩詞文作品無論是精心建構或隨意揮灑，在這樣的場合裏，都隱含著高手過招的意味，争妍競采，寄意深遠。

其次，絶大部分的作品都是親自撰寫的，可以展現各家的書藝，飛揚跋扈，各顯風神；有些寫得含蓄規矩的，大抵也清秀可觀，圓融潔浄。此外還有幾篇是代寫的，大概是各取所長，配合成一幅更完整的畫面。例如郭麐所撰《新修孤山林處士祠記》備述當日會場盛況及重建巢居閣補梅放鶴的文化意義，源流本末，文筆清暢，自然是一篇重要的文獻，由汪敬書寫，可見這是二人合作的最佳成果。其實當日郭麐和詞，汪敬撰詩，都是各自撰寫的，不勞代筆。又姚椿撰文于道光元年春，是年十月十日仁和徐鏞書，亦爲合作佳品。

其三，這批作品以詩詞爲主，很多還是清代的名家、大家，可是他們的書藝却很少流傳下來，平時不容易見到。此次展出大量詩詞名家的書藝真蹟，也就令人大開眼界，歎爲觀止了。例如郭麐、項繼章（又名廷紀，鴻祚）、李堂、吴衡照等都是著名詞人，他們的墨寶並不多見。其他後吴中七子朱綬、沈彦曾、戈載、吴嘉洤、陳彬華五人；閨秀作家歸懋儀、潘定如、管筠、汪端、吴藻五人，亦可寶貴。

第四，除了當日集會之外，後來很多官宦名流都加入題咏，綿延至于清末民國，例如翁同龢、吴士鑑（一八六八—一九三四）、朱孝臧（一八五七—一九三一）、袁思亮（一八七九—一九三九）、夏敬觀（一八七五—一九五三）、袁思永（一八八〇—？）等，已是第三、第四代的作者，豐富歷史的積淀，更添聲價，深厚華實，姿采紛呈。

二　《孤山補梅圖卷》詞録

《孤山補梅圖卷》録詞四十四闋，原作一闋：許乃穀《邁陂塘》。

和韻十六闋：歸懋儀、潘定如、張雲璈、何太青、楊尚觀、張珍臬、項繼章、趙之琛、章黼、殳三慶、吴藻、翁同龢、吴士鑑、朱孝臧、袁思亮、袁思永。

原調二十五闋：董國琛、陳彬華、改琦、陸繼輅、曹江、董國華、仇本淳、沈彦曾、朱綬、戈載、郭麐、鄭璜、畢華珍、顧翃、吴嘉洤、余鍔、李堂、孫顥元、孫熙元、錢師曾、王崇本、屠倬、吴衡照、潘恭辰、夏敬觀。

其他二闋：項名達《暗香》、《疏影》。

孤山補梅圖

道光元年（一八二一）冬仲〔蔡〕之定書。

題識：

暮蒼蒼、斷垣衰草，無人來吊和靖。山中眷屬空梅鶴，滿目斜陽凄冷。君試省。賸七百餘年，舊跡還堪認。重來艤艇。想一角添樓，二分臨水，先合補踈影。　閒身世，仕隱都難自定。不如沈醉無醒。買山有願非虚語，笑指西湖爲證。高處凭。把去住心情，訴與先生聽。寥尋雪嶺。更飛步登臨，憑空歌嘯，月下四山應。

庚辰（一八二〇）中〔仲〕冬，同人詣孤山，議建林處士祠，并復巢居閣梅亭，補楳六百樹。辛巳（一八二一）春二月落成，展祀祠下者凡七十人，嚴觀察烺、陳别駕桐生，各以鶴歸之。余爲補圖以紀，并譜《邁陂塘》一解。玉年許乃穀。〔鈐印：玉年、許乃穀印。/鑒藏印：梅王閣藏、五百本畫梅精舍、高野侯、陳氏道周經眼。〕

董國琛題：

笑年來、石湖湖上，詞仙誰薦秋菊。（往時與同課諸君擬建白石老仙祠于石湖，以集費不下，至今未果。）孤山賴有君風雅，舊跡替留新築。闌屈曲。看鶴子梅妻，尚伴高人屋。巢居倚竹。恰篆影詩龕，花痕雪海，香火又緣續。　先生隱，賸稿依然可讀。騷壇合奉芳躅。聖湖記取添佳話，好句一簪寒玉。題畫幅。筭萬樹招魂，此日猶清福。溪蘋手掬。擬去訪林邊，重呼處士，尊酒釃春緑。

調《摸魚子》譜奉玉年年尊兄詞丈正拍。琢卿弟董國琛稿。〔鈐印：子琛、琢卿填詞。〕

陳彬華題：

指孤山、墓門岑寂，逋仙何處高蹈。當年占畫西泠勝，古逕漸迷荒草。雲渺渺。算只有飄零，倦客閒相弔。冬青樹老。又韻逗楳清，翎疏鶴瘦，重話舊游好。　西風裏，尚記登臨遠嘯。（辰秋小住西湖，常徙倚孤山下。）秋痕空認殘照。朗吟夜壑誰相問，編就集成丁卯。堪晚眺。恰此日壺觴，醉酒真同調。巢居愛小。正栗主安排，爐香供養，清磬數聲曉。

《摸魚子》一解，作于道光辛巳（一八二一）秋仲，書于甲申（一八二四）冬月，奉玉年仁兄詞壇雅屬即正。小松陳彬華。〔鈐印：臣彬華印、小松。〕

歸懋儀題：

驀吹來、遏雲高唱，喚回當日和靖。山空鶴去梅花瘦，一縷吟魂孤冷。誰更省。把玉骨冰魂，雪爪從頭認。何人繫艇，喜有个知音，補梅招鶴，傳出後身影。　嗟身世，我亦萍蹤靡定。到來塵夢初醒。風廊水榭分明現，尚有漆園堪証。（平生常夢至一所，石欄回互，仙鶴翱翔，嗣後徧歷名闕，未嘗覩此。後至孤山，適符夢境，曾有紀事詩數章，始知人生游歷，亦有前緣也。）樓曾凭。把惝恍情懷，細訴梅花聽。斜陽半嶺。有百種低徊，絶無人語，雙鶴自相應。〔五〕

乙酉（一八二五）秋仲，卧病兼旬，玉年先生見示補梅圖，并得讀《買陂塘》一闋，超邁絶倫，奉次元韻，伏枕倚聲，愧不成調，祈詞壇有以教之也。佩珊歸懋儀拜稿。〔鈐印：懋、儀。〕

改琦題：

忍清寒、自擕雅［鴉］嘴，移根斸破苔縫。平添無數横斜影，晴雪亂飄孤冢。花作供。看蕩漾詩天，一片梨雲凍。遥峰翠聳，映鏡面波光，裙腰草色，依約髻鬟擁。 僊之坐，銀海瘦騎緑鳳。月明雙鶴同夢。水邊林下無人見，半壁疏香浮動。圖北宋。要趁出、冰姿如墨春陰滃。名山最重。繼七百年人，朗吟湖上，玉篴譜三弄。

改琦和作。〔鈐印：七薌。〕

陸繼輅題：

展横圖、舊游棖觸，吴宫眉影如故。梅花萬木從君補，惟有朱顔難駐。君小住。正風雪長安，纔把相思訴。春愁最苦。怕忽到窗前，獨來竹外，見此故鄉樹。 端溪畔，亦有菭枝無數。翠禽未許飛度。天涯只我消魂慣，夢見年時漚鷺。冬且暮。問孤到孤山，可是探花路？花如解語。待喚醒師雄，邀將何遜，香海泛舟去。

玉年仁兄同年以《孤山補梅横卷》索題，謹依元調應命，彫年獨客，感遇懷人，不自知其聲之酸楚也。修平繼輅。〔鈐印：鄆生。〕

潘定如題：

問孤山、老梅何處，風流遥溯和靖。塵空七百年來蹟，賸有湖光清冷。重記省。記一座巢居，閣子臨流認。遲君游艇。看花補遥岑，鶴尋前夢，彷彿舊時影。

滄桑慶，世事興衰無定。要人雙眼長醒。清名妙墨同千古，畫裏新聲堪証。闌誰凭。想放筆祠亭，地下知音聽。漫提庾嶺。只雪簇高山，春鋪流水，調雅與詞應。

丁亥（一八二七）春三月，玉琴女史潘定如次韻。

曹江題：

訪孤山、半林疎影，詩魂招向荒冢。千年鶴共華亭杳，篴更江城三弄。驢背控。看幾樹闌珊，不掩蒼苔縫。攜鋤補種。恁流水春回，小橋煙鎖，紙帳透清夢。

重游處。好趁東風暗動。黄昏月明香送。江山闞陷南枝恨，種遍冬青何用？詩酒共。問緑柳紅桃，可配青山供。羅浮借重。待翠羽歸來，白雲無恙，萬樹雪花擁。

玉年五兄先生屬題，玉水弟曹江。〔鈐印：曹江、曹玉水。〕

董國華題：

訪逋仙、孤山孤絶，斷煙荒樹親埽。空亭惆悵南枝盡，只有冷丸來照。移種好。看香影横斜，重聽胎禽嘯。湖光渺渺。歎寂寞鶯花，叢鈴碎佩，莫問女郎廟。（湖上花神廟最勝時，穨廢將盡。）

憑闌弔。何限鏡中魚鳥。巢居想像高蹈。風流丁卯橋邊客，爲補幽棲圖稿。雲杳淼。應化鶴歸來，題壁留仙藻。寄懷縹緲。記玉簫同吹，夜涼花醒，清響動林表。

道光戊子（一八二八）春正元宵後三日，玉年五兄屬題《孤山補梅圖》，即次自題《邁陂塘》原調，並用卷中琴隝同年韻，録奉拍正。琴涵董國華藁。〔鈐印：董國華、清閒。〕〔六〕

項名達題：

舊時梅鶴。剩荒苔一片，寂寥祠木。喚醒冷雲，誰向空山訪幽獨。小碣巢居重整，早依舊、萬花繞屋。更招得、片雪歸來，清唳入晴麓。　高躅。本絶俗。向滿地碎陰，月底吹竹。瘦枝倚玉。薄暮無言小籬曲。十二畫橋猶在，清影蘸、一湖寒緑。這次第、應省識，冷栖眷屬。《暗香》

雪天雙屐。笑生平我亦，同此花癖。浪蕩天涯，負了東風，空山也自愁碧。西泠一角香如海，忍重見、畫中雲宅。怪無端、拍到陂塘，凄冷幾聲銅笛。　昨夜小窗幽夢，蝶魂正縹緲，巡遍簷額。枝南枝北，可有霜禽，歌塵飛上吟席。空濛竹外渾無影，二分水、一分明月。等甚時、來結煙霞，春曉嫩寒重覓。《疏影》

甲申（一八二四）上元後三日，題于雙榆舍，即請玉年五兄正拍，梅侶項名達。〔鈐印：梅侶、項名達印。〕

仇本淳題：

算南朝、風流已矣，先生名總千古。青山似與詩人約，只許梅花同住。留寸土。看一角斜陽，占斷西湖路。閒唫舊句。忍踏雪尋來，影疏香暗，孤鶴悄無語。　蘇堤畔，不少香驄畫櫓。更無人酹荒墓。重提七百年前事，知有吟魂來去。誰是主。喜亭榭依然，圍繞花千樹。香浮一嶼。問管領春風，幾生脩到，清夢落何處。

《買坡塘》，池石仇本淳學譜。〔鈐印：池石，仇本淳印。〕

沈彦曾題：

記孤山、暗香踈影，頻年曾共幽討。逋僊棲隱荒荒地，守著萬梅花老。閒獨咲。更分外千秋，詩酒還相弔。煙霞舊藁。待補綴横枝，招邀瘦鶴，比似昔時好。　尋遺事，葛嶺凄涼恁早。繁華南渡重道。荷花桂子工妍唱，換了夕陽芳草。應共曉。剩片土天心，付與成孤傲。高風未渺。羡酌薦寒泉，吟題怪石，合讓許丁卯。

調《摸魚子》題奉玉年年伯大人拍正。年家子沈彦曾呈稿。〔鈐印：沈彦曾印。〕

張雲璈題五古一首，又次韻《摸魚子》一闋：

倚孤亭、寒香萬點，當年曾伴和靖。豈知七百年來久，仍見荒墳清冷。今又省。看林架危軒，（見和靖《巢居閣詩》）還向逋仙認。我來放艇。喜丁卯新堂，咸平舊蹟，重疊數花影。（和靖自種梅三百餘樹，今補種倍其數。）　興廢事，僂指從來難定。湖邊雙眼長醒。棲霞回首諸陵杳，何處空山堪證。高閣凭。想閣上題詩，多被游人聽。風來四嶺。惜爲鶴空謀，翻歸遼海，華表語誰應。（山中新養二鶴皆化去。）

玉年五兄葺和靖祠後，于辛巳（一八二一）二月招同人會祠下，余賦詩柬之時，未見畫家結語云云。兹君以畫卷屬寫前詩于後，因爲補書，並讀《摸魚子》詞，復和此解，並乞教正。時道光乙酉（一八二五）送春日，簡松弟張雲璈。〔鈐印：張雲璈印。〕

何太青題：

望西泠、孤山無主，千年付與和靖。梅妻鶴子今何在，綠竹青山煙冷。呼不省。賸五字殘碑，誰剔苔痕認。重來放艇。喜雲水光中，夕陽煙裏，瞥見曲闌影。　感身世，不繫扁舟無定。十年沈醉欲醒。登樓再拜先生面，一掬寒泉共證。高閣凭。把鐵笛橫吹，又怕吟魂聽。　心游庾嶺，借老鶴脩翎，梅花香味，千里遠相應。

乙酉（一八二五）春暮，余將言歸，玉年五兄復出此卷屬和，即求正拍。藜閣何太青繼聲。

楊尚觀題：

問斜陽、閱人多少，高懷誰擬和靖。清奇占斷塵間世，花鳥至今孤冷。重又省。似羽化歸來，春屬前生認。輕刬小艇。向敗隴敲煙，荒籬摹雪，替繪一家影。　江南岸，墮絮飄茵未定。長眠還勝長醒。青山一例埋枯骨，也要古靈相證。君且凭。倘月底吹簫，定有詞僊聽。　漫尋庾嶺。待招隱湖邊，倚香樓上，梅笑鶴聲應。

倚玉年丈《買陂塘》原韻，改之楊尚觀填。

朱綬題：

是孤山、亭荒石古，前游曾弔霜蕚。五年不到西泠路，夢裏翠煙橫壑。春澹泊。問那處千枝，玉雪通斜彴。鴉叉試拓。有繞磴苔深，支巖樹老，幽賞寄雲薄。　逋仙去，一片湖波似昨。寒泉重薦清酌。玉簪別賦招魂句，依舊暗香籬落。搴杜若。更甚日襹褷，看舞林間鶴。扁舟待約。要凍月初晴，高花未吐，吹笛倚山閣。

《摸魚子》一首題奉玉年仁兄大雅之屬，時甲申（一八二四）十一月望後一日。朱綬。〔鈐印：黛湖漁者。〕

戈載題：

咏梅花、暗香踈影，詩詞千載雙絶。吴鄉遲構吹簫地，閒了石湖風月。情共切。堪羡是西泠，薌火緣先結。披圖興發。看孫水回闌，蒼苔曲磴，清景占僊窟。　尋簪研，裙屐風流未歇。山中猿鳥相接。枝枝升飛横斜映，夢醒曉春時節。煙翠叠。應自有吟魂，飛度深林雪。寒泉薦潔。約攜篴盟鷗，把杯招鶴，來繫段橋楫。

前調題奉玉年仁兄詞壇正是。順卿戈載書于楓江之翠薇花館。〔鈐印：蘭支、戈載私印、順卿、雙紅詞客。〕

郭麐題：

渺明湖、百城煙水，孤山孤絶偏好。當時矯矯雲中鶴，仙翮已歸蓬島。山也老。賸曲磴危亭，記取年時到。重來春蚤。有巖畔梅枝，花間屐齒，遲我小船櫂。　身先隱，那用更求遺藁。文人一例枯槁。諸君自作千秋想，不直先生微笑。雲水杳。定聽徧琴心，三叠來華表。舊時芳草。看緑上長堤，和煙和雨，供得鶴符料。

浮看樓主郭麐繼聲。〔鈐印：郭氏群伯。〕

鄭璜題：

問先生、别來無恙，湖山寥寂如許。難尋當日巢居閣，况更舊曾吟處。疏影句。想千載歸來，老鶴猶能語。幅巾杖屨。定瑪瑙坡前，西泠橋外，夜夜自來去。　閒憑弔，冷落幾家祠宇。西湖風月誰主。四圍雲壑應含笑，此段合教千古。貪小住。捧一掬寒泉，澆遍梅花墓。私心遂否。要借个園盦，焚香掃地，常作寓公寓。

辛巳（一八二一）二月，吴江鄭璜繼聲。〔鈐印：瘦山翰墨。〕

畢華珍題：

湖前游、孤山孤絶，券臺松鬣無主。梅荒鶴去千年恨，不記昔題詩處。誰更補。訝華表歸來，依舊香千樹。胎仙漫舞。指小閣花間，迴闌雲表，寒淺合巢汝。　新祠宇。難得勝游俊侣，瓣香今日同炷。東封西禪匆匆過，那有殘碑風雨。應認取。只湖緑山光，終古常眉嫵。丹青重譜。待嫩月黄時，一篷深碧，來向畫中住。

鎮洋畢華珍繼聲。

張珍臬題：

十年前、臨安小住，荒祠曾拜和靖。西宫遺址無人識，但見苔蒼露冷。誰復省。有傑閣危亭，名蹟從頭認。吟笻釣艇。只月下徘徊，山邊來往，難覓老梅影。　塵世事，瞬息榮枯無定。客中鄉夢初醒。圖畫林巒新結構，留待後游重證。詩几凭。便譜就繁絃，細隔湖煙聽。凍雲孤嶺。看鶴舞蹁躚，花光澹沱，長歗萬山應。

《買陂塘》一闋即次玉年原韻。歸安張玠臯學譜。〔鈐印：同莊。〕

顧翃題：

冷千年、湖光山緑，蒼苔長閟唫骨。寒泉薦菊當時事，莫問水仙祠壁。渾未識。識華表春來，萬樹圖香雪。新巢小闢。看剔硝流雲，支亭借竹，瘦鶴點孤白。　身世感，更酹墓門蒼石。先生畢竟難及。六陵風雨冬青死，誰補一株淒碧？湖海客。只我抱奇懷，異代偏相憶。重攜長笛。待秀句吹成，暗香疏影，縹緲降僊魄。

辛巳（一八二一）寒食，梁溪顧翃初藁。〔鈐印：蘭厓。〕

項繼章題：

幸先生、移居未遂，孤山終屬和靖。玉簪也抱冬青恨，名士幾人心冷。君【還】試省。剩遺像淒涼，誰向荒祠認【記凍雨荒祠，遺象今誰認】。重來艤【繫】艇。怪梅塢栖雲，鶴闌占水，倒浸一樓影。　巢居閣，結屋編籬犕定。小窗邀我同凭。他年野志搜嘉話，留取新詞作證【賸有君詞爲證】。都莫問。且倚醉高吟【臨高】，酒薄風吹醒。暗香半嶺。正清磬初圓，畫舩催散，月到萬花頂。

「山水未深猿鳥少，此生猶擬別移居。」先生《巢居閣即事》詩也。遺像舊在正一祠，今始入祀閣下，故及之。　蓮生項繼章初藁。〔鈐印：繼章、蓮生。〕〔七〕

吳嘉洤題：

問年時、暗香踈影，幽情誰替爲主。孤芳別有尋春地，一角遠山青露。攜屐處。早覓得清泉，薦菊新祠宇。

吟魂空許。待玉魄朦朧，微雲點綴，縞袂自來去。　空巖裏，多少祠仙舊侶。盟鷗重證煙渚。石湖閒煞南枝信，負了幾番樽俎。休按譜。料昨夜吹殘，玉篴寒無數。黄昏聽雨。好剪燭重看，風流憶往，霜萼更無語。

原調題應玉年詞丈先生正拍。吴縣吴嘉洤倚聲。〔鈐印：嘉洤。〕

余鍔題：

傍西泠、小橋流水，幽情都在孤嶼。咸平處士高風遠，猶記昔年祠宇。蒼蘚古。問幾閲斜陽，落日成荒土，亭空鶴去。任歌女停橈，騷人結社，寂寞冷煙樹。　徘徊久，商略重新屋廡。梅枝三百須補。暗香踈影依然好，想見繞籬吟趣。花有主。休更擬水仙，配食同尊俎。清閒漫許。幸多病餘生，浮名未絆，容我此間住。

許君玉年同人議建林處士祠，因賦《買陂塘》一闋，余亦繼聲。時庚辰（一八二〇）冬日，慈拍余鍔録稿。〔鈐印：余咢、老慈。〕

趙之琛題：

境清幽、踈踈籬落，千秋名著和靖。荒祠遺址知何處，流水一灣猶冷。還記省。記梅鶴當年，欲向林家認。幾回繫艇。奈石老雲荒，苔深蘚厚，不見有人影。　喜今日，樓閣經營已定。頓將愁思催醒。從兹得遂修閒志，夢與梅花同證。闌曲凭。任玉笛横吹，月下和誰聽。萬松排嶺。憶沖晦爲鄰，夾湖相望，拍檻便呼應。

前調次許五玉年韻，道光紀元之歲（一八二一）春三月，次閑趙之琛槀。〔鈐印：趙之琛、披香弟子。〕

李堂題：

歎蒼凉，久迷仙苑，（南宋時，孤山爲西太乙宫。）依然還我林壑。荒祠孤址披尋得，喜見重新丹雘。靈可托。只一盞寒泉，共獻先生酌。横斜瘦削。更補種門前，苔枝百本，春意透紅萼。巢居閣。四面明窗盡拓。幽香吹度簾幕。年年不忘東風裏，畫榼詩筒相約。船緊著。漸月破黄昏，照到欄干角。君先有作。看孤嶼飛登，虚亭獨倚，招下舊時鶴。

道光元年（一八二一）三月二十日書于後湖舟中。李堂。〔鈐印：李堂、西齋。〕

孫顥元題：

憶孤山，咸平高隱，祠堂誰問遺址。三間小閣重新架，想見巢居幽致。真好事。又供養先生，萬樹梅花裏。闌干面水。愛瘦影斜窺，酸香暗度，清冷入詩思。　停車笠，難得群賢畢至。寒泉同薦芳芷。行樵坐釣清風遠，林下吟魂來未。添畫意。只一角湖山，舊是棲閑地。春回歲歲。任雪擁空亭，月沈華表，鶴夢定驚起。

前調。花海孫顥元。〔鈐印：顥元。〕

孫熙元題：

憶凉秋，湖邊停棹，清游獨賞孤嶼。巢居占斷林泉勝，簪研尚遺坏土。還弔古。向舊日祠堂，廢址尋何處。斜陽欲暮。恁修竹橘槮，危亭寂寞，憑眺未能去。　今重見，臨水三間屋宇。收將煙景無數。補梅昨夜鋤明月，只要短籬低護。花作塢。倩畫手描摹，一角樓應露。山中小住。料處士吟魂，春風唤醒，來看羽衣舞。

前調。邵庵孫熙元。〔鈐印：孫熙元印、孫邵庵印。〕

章黼題：

湖咸淳、後湖幽寂，專祠曾祀和靖。（咸淳四年，祠重建，見《臨安志》。）羽衣蜕去遺簪研，千載雲荒蘚冷。今細省。好坏土重封，扶起殘碑認。探楳泛艇。儘種繞虛亭，教留一面，青愛露嵐影。　紛紛見，香雪隨波不定。詩魂都被吹醒。舊時月色應長在，要替先生作證。闌獨凭。怕吟到黄昏，塵耳誰能聽。　天風隔嶺。喜老鶴歸來，新巢有子，清唳戛然應。

前調和玉年韻。次白章黼。〔鈐印：次白、章黼之印。〕

錢師曾題五律二首；《買陂塘》一疊，倚和玉年五兄元韻：

愛清芬、駐湖山曲，滄桑幾劫韶景。斜陽一抹西陵路，中有故廬高隱。還記省。歎七百年來，事與梅花冷。祠堂再整。看掃了莓苔，風流裙屐，冰玉照前影。　渾閒事，鶯燕年華點鏡。門前僧眼猶淨。相思詞客羞茶果，吟外春寒尚緊。留小飲。拚幾琖寒泉，澆到詩魂醒。殘花半徑。倘萬一歸來，當年鶴在，勞苦念芳訊。

目病幾盲，塗雅應命，即請玉年五兄教正，弗哂其字畫欹傾也。辛巳（一八二一）十一月既望，江孫錢師曾呈本。〔鈐印：錢師曾印、黄窗居士。〕

王崇本題：

喜重來、翦榛搜石，園林瞥眼如故。最憐風俗因君厚，骨冷神清無侶。心此住。咲西祀東封，那識巢居趣。

孤山讓與。便破雪香踈,唤雲響遠,千載尚思補。先生宅,舊是檀欒深處。應聞華表歸語。寒泉一掬新祠酹,好乞煙霞長護。春未暮,問載酒停船,若個仙丰度。蒼苔延佇。看月上湖心,風生亭角,臨水鶴交舞。

辛巳(一八二一)春,孤山重建林和靖祠,兼補梅鶴。玉年許五兄實始創議,有《買陂塘》一闋紀事,屬和者夥頤,余亦繼聲。初蕣王崇本。〔鈐印:重本私印、字予曰復。〕

殳三慶題:

問楳花、幾生脩到,而今猶托和靖。天寒月落香何處,一角亭空泉冷。渾不省。便老鶴歸來,難把巢痕認。煙中放艇。要洗石剜苔,編籬補竹,襯出舊踈影。低徊想,小劫滄桑無定。春山如夢初醒。文人大抵工蕉萃。敢與先生同證。闌獸凭。儘水闊花深,清唤還重聽。當年高隱。喜謝尉樓成,葛翁家近,長嘯隔湖應。

積堂殳三慶和《買陂塘》一闋。〔鈐印:積堂。〕

屠倬題:

倚空多、蒼茫孤嶼,墓門松鬣誰埽。昏黃月落横斜影,换了烟蕪殘照。肥遯好。猶想見先生,自愛蘇門嘯。(五字和靖句。)高風未渺。咲當日坡翁,寒泉秋菊,别配水仙廟。空憑吊。依舊山中猿鳥,千秋誰繼高蹈。茂陵亦有求賢意,封禪曾無遺稿。波浩淼。喜雲水依檐,俎豆添蘋藻。仙蹤縹緲。正雪霽寒空,舊巢鶴返,清夜語華表。

《買陂塘》和玉年原調。屠倬。〔鈐印:屠氏孟昭。〕

吴藻題：

緑裙腰，年年芳草，春風老却和靖。段家橋畔西泠路，寂莫古梅香冷。空自省。便薦菊泉甘，那許吴儂認。舊游放艇。記圖畫中間，玻璃深處，曾弔夕陽影。 先生去，抱月餐霞無定。幾時鶴夢能醒。重來風景全非昔，一角樓臺新證。闌欲凭，覺樹底霜禽，小語留清聽。行吟翠嶺。羡前輩高情，後賢勝舉，聲氣共相應。

和《邁陂塘》元韻，蘋香吴藻。〔鈐印：藻、蘋香。〕〔八〕

吴衡照題：

莽蕭蕭、六陵風雨，江山殘局如此。玉函香骨人何在，空説咸平處士。波邐迤。愛一角湖陰，小艇斜陽繫。别來無幾。悵舊迹蒼茫，楳華老去，那有鶴飛起。 巢居地。重到軒亭徙倚。先生真獲知己。林巒楚楚依然好，又聽鳴皋清唳。踈影裏。料擁着圍爐，覓句吟魂締。余懷竊擬。擬對榻煙霞，萬松嶺上，茆屋數間憩。（《潮音》：「玉函香骨老雲根，占斷孤山水月邨。」鳴皋鶴名見先生本集。陶宗儀詩有《題和靖擁爐覓句圖》。《北窗炙輠録》：「錢唐兩處士，林和靖居孤山，徐沖晦居萬松嶺，夾湖相望。沖晦名奭。」）

和《買陂塘》原曲，子律弟吴衡照藁。〔鈐印：吟廊小印。〕

潘恭辰題：

指空山、萬花吹雪，先生真個歸也。却誰知手移春早，多半後來騷雅。誰傳架。更眼底巢居，小閣蒼落瓦。

鶴飛莫訝。有千載寒香，護持遺稿，封禪笑司馬。西湖夢，已辦樓㮮竹杖，漁樵曾約同話。征袍又被緇塵涴，盼寄驛枝瀟灑。空歎詫。薦一盞寒泉，何日靈祠下。披君此畫。踈影瘦伶俜，可能添我，橋畔寒驢跨。

玉年五弟屬題。紅㮋潘恭辰。

翁同龢題：

最無端、巢居閣下，有人來伴和靖。孤山豈是長孤絶，簪研衣冠雙冷。（近有殉粤寇難者亦葬此山。）重記省。數七十年前，老輩鬚眉認。朱樓烏艇。試擪笛栽花，開籠調鶴，依約畫圖影。人間事，轉眼風波無定。公乎塵寱早醒。（謂恭慎。）捲圖親付孤兒手，舊泪新愁同證。高處凭。呼白石詞仙，此曲當誰聽。西湖葛嶺。有無數青山，無邊風月，俯首一齊應。

同年許恭慎公曩嘗以尊甫玉年先生《孤山補梅圖》命題，匆匆置篋中。今恭慎歿久矣。題此詞和原韵，付郎君南仲藏之。噫嘻！不勝其悲矣！光緒戊戌（一八九八）四月晦，將出都門。翁同龢記。〔鈐印：虞山翁同龢印。〕

吴士鑑題：

向西泠、沿緣縱棹，此山終屬和靖。幽人一去無梅鶴，頹柴荒磯閑冷。前夢省。記八百年來，滿地貞萋認。（先生咏草詞有「滿地和煙雨，萋萋無數」句。）亭空歸艇。試斸蕨分落，擕鉏疏石，香雪畫中影。頻延佇，隔岸蒲牢初定。新盟鷗鷺同醒。抗心高蹈承平事，一片孤懷堪證。煙際凭。來酹酒崇祠，仿佛憑虚聽。疏林蔽嶺。有碧血忠魂，清風賢守，宥食感聲應。（林典史、林太守墓，同治光緒間先後葬孤山，與先生歲時並致祭焉。）

梅王閣主人屬題，仍用玉年先生圖中原調，乞正拍。丁卯（一九二七）二月吴士鑑同客海上。〔鈐印：阼湖遺民。〕

朱孝臧題：

問西湖、湖山信美，此中誰是和靖。梅花眷屬千年夢，處士家風棲冷。空念省。薦一掬【匊】寒泉，從剔落【荒】碑認。煙鋤雨艇。便【更】帶月移栽【根】，依巖卜築，料理到香影。　丹青事，一例滄桑無定。吟魂花外應【下鶩】醒。飜新祠宇成唐突，何處巢居堪證。高閣凭。便譜出玉龍，哀曲無人聽。橫峰側嶺。賸紅萼無言，縞衣飛下，清唳遠相應。《摸魚子》

野侯仁兄屬題，戊辰（一九二八）二月，朱孝臧。〔鈐印：彊村。〕〔九〕

袁思亮題：

問梅花、幾生脩到，芳魂長傍和靖。寒漪一角西泠路，斜浸橫枝淒冷。重記省。料環佩歸來，月下前身認。鷗邊小艇。盡載得游人，弄香清泚，立盡萬花影。　梨雲夢，翠羽啁啾未定。東風還被催醒。移根補屋人何在，賸有畫圖堪證。闌莫凭。怕玉笛吹愁，驚起仙禽聽。珠塵糝嶺。想竹屋詞工，房山墨妙，今古耿相應。

《孤山補梅圖》爲許玉年先生所作，先生自題《邁陂塘》一闋，一時名輩，和者甚衆。野侯同年得之，因以屬題，即用其韻。時庚午（一八三〇）孟春月不盡二日。袁思亮。〔鈐印：伯夔。〕

夏敬觀題：

是前朝、負鋤人補，而今春覆游舸。吟魂呼唤逋僊起，誰與瘦行清坐。君最可。見買取丹青，寒具深防涴。珠裝玉裹。替瑞芍軒圖，梅王閣寶，緣分結香火。　苔枝下，畫角曾吹半墮。陽關三叠低和。催程萬里州官去，那許茍龍閒卧。紅婀娜。問隴外無花，誰寄江梅朵？離舷箭笴。寫幾筆湖山，臨分别語，叮囑岫雲鎖。

玉年先生爲内子伯祖，圖卷乃將赴敦煌任時所作。野侯仁兄命題。新建夏敬觀。〔鈐印：夏敬觀印、吷庵。〕

袁思永題：

想當年、柳邊攜手，芳魂長伴和靖。魚龍曼衍今何世，勝地雨荒雲冷。君記省。看蜃氣樓臺，舊蹟難尋認。長橋繫艇。（己巳西湖博覽會于放鶴亭下設長橋以達岸北。）賸幾樹欹斜，一灣清淺，空漾百坡影。　湖天外，滿目風波未定。有誰迷夢能醒？花應閲盡興亡事，祇惜無言堪證。闌遍凭。且自譜新詞，一曲教花聽。圖披雪嶺。望前輩風流，呼煙嘯月，孤鶴夜溪應。

野侯社兄屬題，即用圖中《買陂塘》韻，敬候教削。辛未（一九三一）冬，顨初袁思永。〔鈐印：袁思永印、顨盦。〕

〔一〕黄坤堯《許乃穀〈孤山補梅圖卷〉》，《孤山補梅圖及諸家題咏》。中國嘉德（香港）國際拍賣有限公司二〇一九年。

〔二〕蔡壽昌，又作壽臧，字爾眉，號補梅，又號蜕石，浙江德清人。嘉慶二十四年（一八二〇）優貢。著《蜕石文抄》一卷、《漢書注校補》、《漢書音義》（隋蕭該撰）輯本，未見傳本，《蜕石文抄》有序。

〔三〕汪敬，字己山，監生，候選員外郎。原籍安徽休寧，先祖以業鹽僑居清江浦。家富百萬，置廣廈于浦上，俗稱汪家大門。任俠好施，尤喜賓客。家有歐齋，擅園林之勝。陳鴻壽、郭麐、改琦、周濟、宋翔鳳、沈惇彝、吴清臯等，皆其座上客。

〔四〕丁泰，字禮安，浙江嘉慶平湖縣人。嘉慶十二年（一八〇七）丁卯舉人，嘉慶二十二年（一八一七）丁丑科第二甲第五十名進士出身。體弱多病，終年不癒，藥不離身，卒年四十九歲。

〔五〕歸懋儀詞「樓曾凭」句，「曾」字破損，掉落附注「病兼」二字之間，今補。

〔六〕董國華詞稱「並用卷中琴隖同年韻」者，蓋指屠倬之作，見後。

〔七〕項廷紀《憶雲詞刪存》，頁二。參《憶雲詞刪甲乙丙丁稾》，光緒癸巳（一八九三）仲春許氏榆園校刊。臺北藝文印書館印行。題爲「庚辰歲莫，同人議復巢居閣。明年二月落成，送林先生象入祠閣下。許玉年乃穀以詞紀事，予亦繼聲」。大幅修改，異文頗多，今附録于原作之下。

〔八〕吴藻詞見鄧紅梅《梅花如雪悟香禪：吴藻詞注評》，上海古籍出版社二〇〇四年版，第四五頁。

〔九〕朱孝臧《彊邨集外詞》，第三十頁，《彊邨遺書》，廣文書局一九三三年版。題爲《題許玉年先生孤山補梅圖》。異文亦多，今附録于原作之下。

（作者單位：香港能仁專上學院，香港中文大學聯合書院）

徐益藩批校《淮海長短句》箋記

馬里揚

徐益藩（一九一五—一九五六），字南屏，號璞齋，浙江崇德人。早歲入南京中央大學，從學于吴梅先生，學通文史，精于詞學。不幸年廑至中身，未能竭盡其才。遺著散見報刊數種，大都精深可鑒，惜規模不及立。徐氏于「詞集批校」，尤致力焉，宜爲並世學人推重之。今上海圖書館古籍善本室藏徐益藩批校《淮海長短句》一部，是他批校在葉恭綽一九三一年所刊《宋本兩種合印淮海長短句》之上。書中扉頁題「眉孫仁兄惠存　恭綽」，卷中鈐有「潤州吴庠眉孫藏書」朱文長方印，是爲葉恭綽贈送吴庠之書。然書中不見吴氏校讀筆跡，惟有徐氏批校，「密行細字，遍佈書眉」〔一〕，書法娟秀，文字可觀，且每葉每條校語之後多署「藩」字，且更鈐上「藩讀」、「徐印益藩」，並注明批校時間是在一九四三年，一絲不苟，鄭重其事。時徐氏停留上海租界内，以中學教員爲職業，並在「合衆圖書館」看書〔二〕。蓋此册《淮海長短句》，爲吴庠轉借徐益藩，經徐氏細加批校後，應復歸吴庠，中華人民共和國成立後應由吴氏本人捐贈給上海圖書館〔三〕。

兹據上圖藏本移録徐益藩批語、校語。徐氏批校主要針對葉恭綽所考所校，故以下先摘録葉氏合印本中相關文字，次備録徐氏批校，以「徐批」區别，不使無的放矢。葉恭綽合印「宋本」《淮海長短句》之後，附録有六種，于版本源流、文字異同詳加考校。其所合印兩本，一爲故宫藏本；此本今在臺北故宫博物院〔四〕，其長短句三卷有一九三一年影印單行本；一爲吴湖帆藏本，僅有長短句，此本今在上海博物館。除兩宋本外，葉氏校勘又用明人刊本《淮海集》三種（張綖、李之藻、段斐君）、《淮海詞》一種（毛晋汲古閣）；

清人刊本《淮海集》兩種（王敬之、秦元慶）、《淮海詞》校本兩種（黄子鴻、朱祖謀）以及《四庫全書》本。葉校細密詳備，晚清以來校詞諸家無出其右。後來龍榆生校訂《蘇門四學士詞》即本葉校，而徐培均撰《淮海居士長短句箋注》亦多取用葉氏校勘成果。雖然如此，以今日較易可見影印善本如日本内閣文庫藏乾道高郵軍學刊宋本《淮海集》（簡稱「日藏宋本」）[五]、《中華再造善本》影印紹熙間謝雩增修本《淮海集》（「謝雩重修本」）以及汲古閣刊本《宋名家詞》中「黄子鴻校本」，更加比對，當年葉氏所考訂、徐批所置疑者，今之視昔，不能無可議處，是須更加考證；至若在移録徐氏批校過程中衍生文字格式、文意照應以及關涉宋詞語辭等問題，或須明白交待，或應有所辨析，也一並納入箋記之中。

淮海長短句

卷首識語（吴湖帆）

所傳長短句八十餘首，經張黄胡李段毛諸家，各就所見，重梓行世。

徐批：張在黄後。藩記。

嚴秋水跋謂歲久漫漶者是也。

徐批：嚴跋疑不爲故宫本作。説見後。藩記。

淮海長短句序（葉恭綽）

世所存者，祇杭郡本二部而已。

徐批：世所存之二部爲杭郡本，並無確證，而是意度。參後《校印隨記》第三條。

一爲故宫所藏原藏無錫秦氏

徐批：故宫本非即秦本，予有辨，在《後記》之耑。秦本尚存否，宜更訪。但無長短句也。

按，《後記》，指葉恭綽所撰《宋版淮海詞校印隨記》。

世曾兼見此二宋本者，殆衹黄蕘圃。

徐批：黄所見爲秦、吴二本耳。故宫本則未見。

自秦氏藏本入宫。

徐批：秦本殆未嘗入宫。宫本不由秦得。藩記。

吴本似從張綖本出，且又出朱卧庵手。

徐批：此從霜厓先生説。《後表》著之。藩記。

按：《後表》即葉恭綽所撰《淮海詞版本系統表》。

至是書之校勘借録，多賴張菊生元濟、徐積餘乃昌、袁叔和同禮、趙蜚雲萬里、趙叔雍尊岳、龍萸生沐勛、吴瞿安梅、吴湖帆湖帆諸先生之力。

徐批：諸先生並不序齒，序齒則徐最尊，張袁次之，霜厓先生次之，二趙龍吴較少。三十二年八月，益藩記。

淮海居士長短句中

葉三第四行蝶戀花：可無時霎閒風雨。

徐批：閒，當作「閑」。藩記。

按：日藏宋本、謝雩重修本作「閑」。

淮海居士長短句下

葉五第七行眉批：故宫補葉下闋不提行。

徐批：據《後表》，吴本補葉亦不提行。藩記。

宋版淮海詞校印隨記（葉恭綽）

綽按：故宫所藏淮海全集乃錫山秦氏家藏本，其以何因緣入清宫，今不可考。向疑朱古老跋内「全集存錫山秦氏」云云，似秦氏别有一藏本。今午晤詢古老，始知其曩時亦得自傳聞，並未目驗。然則故宫所藏蓋即秦本之全璧。吴本僅單行長短句而已。

徐批：葉謂故宫本即秦本者，不過見其有嚴秋水一跋。頗疑嚴跋乃從秦本迻寫，而故宫本非即秦本。嚴跋祇稱前後集，不云有長短句。黄蕘圃所云「宋刻本，藏錫山秦氏，余從孫叔平借校」者（**按，此跋見于松江韓緑卿藏黄氏校鈔本，爲朱孝臧刻入彊邨叢書**），亦祇有前後集；又云「余所見淮海集宋刻無長短句」（**按，此跋見于吴湖帆藏本**）；又云「檢校本核之，彼弟有詩文，不收詞也」（**按，此亦見于韓緑卿藏本，與上文所引同出一段**）。足徵秦本必無長短句。故宫本有長短句，必非秦本也。朱古微跋謂「全集藏錫山秦氏」（**按，見吴湖帆藏本**），葉初據之謂「秦氏别有一藏本」，良是；及晤詢古老，古老謂「並未目驗」，遂斷以故宫本、秦本爲一，則謬以千里矣。于是其説多誤，如云「秦本以何因緣入清宫，今不可考」，其實無可考也。後文尚多有之。（**按：此處空格**）吴本單行長短句，疑本與秦本爲一，析而二之，故一無長短句，一則單行，但此説不敢必。藩記。（**按：此段批語前鈐「藩讀」朱文長方印**）

徐批：「今午」二字無根。

按：此在第三行即「今午晤詢古老」之書根位置。

長短句以三卷爲一卷，或因篇帙無多，三卷合裝一册，故遂以爲一卷。如此解釋，則一切可以貫通無滯矣。

徐批：一卷本及不分卷本，據《後表》，祇毛本、四庫本、王本爲然，皆不足齒數也。藩記。

《直齋書録解題》及李之藻、張綖、胡民表刊本，均係四十卷又後集六卷、長短句三卷。

徐批：李本當序于張、胡二本之下。（按：以下提行）胡本，後表云未見。分卷當非目驗可知。藩記。

以意度之，淮海全集目録確自宋時即如此編定，不過印行時，或有單行之舉。

徐批：單行爲印行時已然，抑後來析出，殊不可知。説參上。藩記。

而文學家記述有時亦欠周密，遂致參差。即如故宮本，嚴秋水跋稱「右淮海集四十卷、後集六卷」云云，竟不提及長短句。而長短句固在該帙内，詎能因嚴跋漏載，遂謂當時未編入耶。

徐批：嚴跋不題長短句，並非漏載。黄蕘圃從孫叔平借校亦云無有，是秦本固無有也。此謂文學家記述欠周嚴，固不任其咎。後謂復翁誤記，復翁就檢校本，亦不容有誤。藩記。

兩本同出一版，已無可疑。

徐批：兩本固無疑乎「同出一版」？而「已無可疑」一語，亦似無根。藩記。

惟究係何時何地所刊，尚無確證。然竊意主乾道間刊于杭郡者爲是。蓋兩宋公私書籍刊于杭者最多，而南宋尤盛。宋亡，其版必偕他版同入西湖書院之庫。逮明初遂移入南雍，其不見太學經籍志者，殆偶然疏漏耳。至由南監曾否移于北監，張綎序所謂北監舊有集版一語，有無根據，現已無從考證。或者張序之北字乃南字之訛，未可知也。

徐批：右一節，未遽足爲論定。藩記。

吴本鈔補葉出自朱卧庵，當係據張綎本，較故宮本之鈔補葉爲佳，故此次付印，凡無宋版之葉，即用吴本之鈔補葉。第卧庵鈔手欠整齊，故屬何志杭君重爲謄録。

徐批：何君謄寫跋文，不無譌敚，頗恐重謄諸葉，或失朱鈔之真。藩記。

淮海詞版本系統表（葉恭綽）

徐批：此表系（綫）（統）與説明，不盡合一。

按：葉恭綽所列系統表，由三系構成，一、宋乾道本；二、明黄瓚山東本；三，以上二者之外，通標爲「此外」。下文徵引系統表中文字，即先行注明第一、第二、第三系，因非原文所有，故加「〔〕」以區别之。

〔第一系〕

宋乾道間杭郡本：從前集宋諱缺筆推定，此版後入明南監。吴本印在前，故宫本印在後。海内現祗存二本，今列其統緒如下。

徐批：長短句宋諱缺筆，據霜厓先生跋，祇驚、桓二字，不知全集究有幾字，而能推定爲乾道間刻。

徐批：現存二本爲杭郡本，説未盡徵實。藩記。

（一）吴藏本：潘文勤滂喜齋舊藏，今歸吴縣吴湖帆。黄蕘圃曾據以鈔校，此校本存松江韓緑卿家。

（二）故宫本：無錫秦氏家藏，入清宫。黄蕘圃曾從無錫秦氏借校此本，現存松江韓緑卿家。

徐批：故宫本非秦本，即亦非韓藏黄校秦本。秦本無詞，可不列入此表。朱刻本僅據黄校兩本之一，即黄據（一）本校之者。

按，朱刻本即朱古微校刊本，亦即彊邨叢書本；葉恭綽所列系統表中，謂朱刻本來源自吴藏本與故宫本。因此，徐益藩批語指出非是。考松江韓氏藏鈔本淮海集一部，有前集四十卷、後集六卷、長短句三卷、補遺一卷，此本爲黄丕烈舊藏，曾校以秦氏藏本與宋刻殘本，長短句蓋亦曾校以宋刻宋印長短句殘本，亦即後歸吴湖帆之藏本者； 此鈔本曾爲傅增湘經眼，云在周叔弢處，今則在國圖。韓氏另藏舊寫本淮海詞三卷，爲黄氏舊藏鈔本，校以宋刻宋印長短句殘本，並有題跋，彊邨叢書即本此刻入。

（三）某藏本——清康熙（辛亥）黄子鴻校毛本：黄自云「以宋本校，凡詞七十七首，分上中下三卷，章次亦與此異」。所謂此者，即指毛本，雖不言係何宋本，然可證與乾道本同。此校本現藏徐積餘家。

徐批：黄子鴻所據宋本，全乎？殘乎？宜于校文考之。

按，黄子鴻據宋本所校汲古閣刊本，《中華再造善本》影印汲古閣「家塾刊本」《宋名家詞》之《淮海詞》即是；葉恭綽所見在徐乃昌處者，是原本乎？抑過録本？則不能知也。《積學齋藏書記》集部即著録此書並録黄子鴻二跋（第二五四頁）。

〔第二系〕

清道光（丁酉）王敬之高郵本：此本根據李本而另行編補，坊間通行。

徐批：據後表，王本文字，有同宋本者，有同段本者。

按，李本即明萬曆李之藻高郵本；段本即明段斐君武林本。又，後表即後《淮海詞經見各本字句異同表》。

〔第三系〕

（三）汲古閣毛刻本：毛氏自稱「秦詞從無的本，余訂訛搜逸，得八十七調」，可證其非根據宋刊淮海集長短句，故另列一系統内。至《汲古閣秘藏書目》有「宋刊淮海集八册」，度有長短句在内，惜不知是何宋本。

（五）乾隆四庫全書本：此在詞曲類，係單行本，完全根據汲古閣毛刻。

徐批：兹表一系祖乾道本，一系祖黄瓚本；此表各本不屬前兩系者，何妨各爲一組，如毛本自云訂搜而得，即位一祖；而四庫詞本全據毛本，即爲一系。何以必另表而平行乎？藩記。

按：葉恭綽徵引所謂「汲古閣秘藏書目」，即毛扆《汲古閣珍藏秘本書目》；所謂「宋刊淮海集八册」，原書作「宋版秦淮海集八本　六兩四錢」。《中華再造善本》影印之國圖藏宋謝雩重修本《淮海集》，曾經毛氏汲古閣收藏，共十册，每册首頁自上至下依次鈐「宋本」、「毛晋私印」、「子晋」、「汲古閣主人」、「毛扆之印」、「斧季」等，或即書目所著録者。惟言八册，不能相合，或僅就前集言之耶？

淮海詞經見各本概要表

按：此概要備列各本，分「名稱」、「卷數」、「詞數」、「行款」、「寫刻地點」、「寫刻年月」、「傳刻傳鈔」、「流傳現況」等八項。以下凡徐批針對上述某一項，則以「〔〕」爲標出之。

宋刻本：吴本、故宫本統此。〔傳刻傳鈔〕明張綖本從此出。又，吴本、故宫本。黄蕘圃均曾傳鈔校對，現存松江韓緑卿後人處。

徐批：黄蕘圃未見故宫本，説參前後。

吴湖帆本：〔寫刻年月〕明，年份不詳。

徐批：此本鈔補爲清初朱卧庵，何以曰「明，年份不詳」？

清四庫全書全集本：〔寫刻年月〕清乾隆寫本，又民國補鈔。

徐批：民國補鈔，殆專指文瀾閣本。

按：清四庫書之中，曾經「民國補鈔」者，即錢恂、張宗祥先後補鈔之文瀾閣本，故徐批有此推論；果如是，則不但徐氏權爲推論，即如葉氏本人或亦未曾作細致調查。今《浙江省圖書館古籍善本書目》附録《文瀾閣四庫全書版況一覽表》著録「淮海集四十卷後集九卷」，注：「原抄一至四、九至三十二　後集卷一至九　補丁抄。」[六]此所謂「後集卷一至九」包括後集六卷與長短句三卷，則文瀾閣本《淮海集》中「長短句」並非損壞，而是保留原抄；而補鈔部分也是成于光緒年間丁申、丁丙之手。因此，所謂「民國補鈔」，恐無據。

淮海詞經見各本字句異同表

按：此表横列爲「詞調及次第」、「標題及字句」兩項，縱列爲「各版本名稱」；以下徵引，依次出詞調名、標題（以《》標出）、字句並各本異文，其中各本名稱以「〔〕」標出。

上卷

第一葉：望海潮，〔宋刻原版〕無題目；〔清黃儀校本〕《廣陵懷古》。

徐批：黃校于毛本。毛本題云云，而黃本無校文，似與校定有題者有間。藩記。

按：蓋因黃子鴻校本是以宋本校毛本，而宋本既無題目，則黃氏當出校而未出校，故徐批有此疑問。

第五葉：促拍滿路花

徐批：「窻隙」之「窻」，朱本作「霜」，各本待考。藩記。

按：徐批所指爲該調「月彩投窻隙」一句，不見《異同表》。朱本即朱祖謀《彊邨叢書》本，此處作「霜」，無據。

同上葉：滿庭芳，〔宋刻原版〕引；〔明毛晉刻本〕引；〔清黃儀校本〕飲。

徐批：此條當亦是黃無校文。藩記。

按：滿庭芳「聊共引離鐏」一句，毛本同宋本作「引」，黃本出校「飲」字；徐批以黃校以宋本，故認爲其不應出校。又，謝雩重修本作「飲」，然此頁爲毛氏汲古閣鈔補葉，當別有所據；至若黃子鴻跋云以「宋刻本集」，而實際所出校記自不止于此。又，《四部叢刊》影印《花庵詞選》作「飲」。宋人詞言及飲酒，習用「引」字，蔣禮鴻先生說是出于古語之「引滿」，其說不惟無據[七]；然余考「飲」亦別有意義，故不容輕否。《集韻》去聲沁第五十二「蔭（于禁切）」下：「飲，歠也。一曰度聲曰飲。」同書去聲稕第二十二「胤（羊進切）」下：「引，牽車紼也。一曰曲引。」[八]而作動詞用即意爲「作曲」者，亦曰「引」；《文選》卷一八潘安仁《笙賦》：「爾乃引（原注：去）《飛龍》，鳴《鵾雞》；《雙鴻》翔，《白鶴》飛。」呂向注曰：「並古曲名。引、鳴，皆作曲之稱也。翔、飛，皆言吹聲所似之。」〔九〕是「飲」、「引」二字，音近而同義，即同爲度曲、作曲之意，除《文選》呂向注「引」字外，若「飲」字，則《隋書・音樂志上》載梁武帝「又立爲四器，名之爲通」：「每通皆施三絃」：一曰玄英通：應鍾絃、黄鍾絃、大呂絃；二曰青陽通：太簇絃、夾鍾絃、姑洗絃；三曰朱明通：中呂絃、蕤賓絃、林鍾絃；四曰白藏通：夷則絃、南呂絃、無射絃。「又制爲十二笛」，「用笛以寫通聲，飲古鍾玉律并周代古鍾，並皆不差。」〔一〇〕此所謂「飲」者，即《集韻》所注之「度聲」，亦即度曲、作曲之謂。蓋云梁武帝所造管絃樂器，可以奏出古樂器之音聲，分毫不差。若其與「離鐏」相聯屬，則爲唐宋時代之特殊用例，簡言之，即酒令歌曲之謂。《王荊文公詩箋注》卷九《用微之韻和酬即事書懷》云：「語我飲倡樂，不如詩獻酬。」李壁注云：「比之賢于醉紅裙者遠矣。」〔一一〕韓愈《醉贈張秘書》詩：「長安衆富兒，盤饌羅羶葷。不解文字飲，惟能醉紅裙。」李注本此。錢仲聯《韓昌黎詩繫年集釋》卷四引何焯説韓詩中「文字飲」本自《詩經・瓠葉》「君子有酒」，所謂「爲酒漿以合朋友習禮講道義」〔一二〕，亦即文酒之會，恐未盡得韓詩之意。「文字飲」與「醉紅裙」相對，即指唐人酒令〔一三〕。故王安石所謂「飲倡樂」以及韓愈所謂「文字飲」之「飲」，皆應當「度聲」、「度曲」講，更爲合適；而秦少游滿庭芳詞之謂「聊供引離鐏」之「引」，或作「飲」者，亦指「度曲」而言，二字于此本不甚能夠有所區别。

中卷

第一葉（此葉吴本故宫本均係鈔補）：迎春樂，〔宋刻原版〕上卷末無列此首地位；〔吴本鈔補葉〕列中卷首；〔故宫本鈔補葉〕列上卷末；〔清黄儀校本〕不分卷。

徐批：此條當亦是黄無校文。

揚按：關于迎春樂詞之位置，葉恭綽未見宋刻全貌，然從上卷末之宋刻葉推斷，此首當在中卷之首，今取對日藏宋本，正是如此。而葉恭綽又云黄校本不分卷，導致徐益藩進而認爲此又是黄儀失校，則非是。檢核汲古閣家塾刊本之黄校，迎春樂詞前朱筆校云：「廿二●●中一。」所謂「中一」，即中卷第一首也。

同上：迎春樂，詞末附注：花香原作香香，恐是當是語。〔吴本、故宫本、黄校本同〕

徐批：此條當是黄校未鈎去。

按：迎春樂詞：「怎得花香深處，作箇蜂兒抱。」花，黄校「香」。按，日藏宋本即作「香」，是宋刻如此。而此條附注則爲汲古閣家塾刊本原有，黄校確未鈎去。又謝雩重修本此葉爲汲古閣鈔補，作「花香」，但無附注。

同上：鵲橋仙：傳恨。〔故宫本鈔補葉〕傳。當係筆誤。

徐批：葉謂故宫補葉據李本，此亦一證，何以又謂係筆誤？藩記。

按：葉恭綽《宋版淮海詞校印随記》云：「故宫本之鈔補葉係根據何本？故宫原本未有聲明，然意揣當是根據李之藻本，蓋以兩本相校，如《八六子》之『紅袂』誤作『紅社』，《鵲橋仙》之『傳恨』誤作『傅恨』，《一落索》之『空飛』作『飛空』，《虞美人》第三首之『夕陽』作『斜陽』，兩本皆同，而他本均與之不同，即其證也。」

第二葉：木蘭花（秋容老盡），〔宋刻原版〕無「減字」二字；〔明毛晋刻本〕作玉樓春。

徐批：此條除毛本作玉樓春外，餘概云無減字二字，不可解。藩記。

按：徐氏所不可解者，蓋以他本皆作「木蘭花」，獨毛本作「玉樓春」，則毛本自何而來耶？孰不知毛本多擅改詞調名，此則一例而已。

同葉：千秋歲，題目：〔宋刻原版〕無注；〔明毛晋刻本〕有「謫虔州日作」五字。

踏莎行，題目：〔宋刻原本〕無注；〔明毛晋刻本〕有「郴州旅舍」四字。

徐批：此兩條當云有題無題，不當云有注無注。藩記。

按：徐氏所云，非是。若以葉氏所列「題目」而下云「無注」爲不能劃一，則可以成立。

同葉：踏莎行，詞末附注。〔宋刻原版〕無。

徐批：此條已入第三葉，安得有原版？故改之。藩記。

按：踏莎行末句已在第三葉，附注亦然；而第三葉，吴本、故宫本均爲鈔補葉，惟吴本無附注，故宫本有附注。叶氏此表于「宋刻原版」一欄注「無」，而「吴本鈔補葉」一欄空；徐氏所謂「改之」，即將上一欄中「無」字以箭頭「→」形式標注于下一欄空格位置。今按日藏宋本、謝雩重修本，爲同一宋版（版心下方刻工姓名同爲劉宗），皆無附注一大段。

第三葉：醜奴兒，〔明毛晋刻本〕作采桑子。

徐批：作字不必有。醜字疑誤。藩記。紅樓之紅，朱本作西，他本待考。又記。

按：徐氏謂作字不必有，是也；又謂醜字疑誤，則不詳所指。至若紅樓，即本詞末句「已過紅樓十二間」者。宋本作紅，而朱本即彊邨叢書本作「西樓」，當是所據黄丕烈所校舊抄本如此。

第五葉：浣溪沙第三首

徐批：翠黛。黛，朱本「帶」，他本待考。藩記。

按：浣溪沙第三首：「霜縞同心翠黛連。」吴本、故宫本均爲鈔補，葉氏據吴本傳鈔。檢日藏宋本、黄子鴻校本俱作「黛」。朱本即彊邨叢書本所據底本爲黄丕烈以宋本所校舊鈔本，似鈔本作「帶」，而蕘圃失校也。

同上葉：如夢令第一首；調名〔明毛晋刻本〕憶仙婆

徐批：疑姿。藩記。

按：此是葉氏筆誤。檢核汲古閣刊本正作「憶仙姿」。

第六葉：阮郎歸第一首

徐批：鞦韆，朱本作「秋千」，他本待考。藩記。

按：阮郎歸：「鞦韆未折水平堤。」此宋本葉。鞦韆，汲古閣刊本、黄子鴻校本並作「秋千」。是黄丕烈所校鈔本作「秋千」。

第七葉：滿庭芳

徐批：壁，朱本「壁」，是。他本待考。藩記。

又批：萬里名動，朱本作「名動萬里」。同上。

又批：班，朱本「斑」。是。同上。

按，滿庭芳：「北苑研膏，方圭圓壁。」此宋本葉。汲古閣刊本、黄子鴻校本作「壁」。又，「萬里名動京關。」彊邨叢書本作「名動萬里京關」，無他本可證，或爲黄丕烈所校鈔本如此，或爲《彊邨叢書》本倒誤。「金縷鷓鴣班」，汲古閣刊本、黄子鴻校本作「斑」。又，此詞同時見《山谷琴趣外編》卷一、宋刊本《類編增廣黄先生大全文集》卷五十〔一四〕，惟有文字略有不同者數處，如首句山谷詞作「北苑春風」即是。而汲古閣刻《山谷詞》又有「北苑龍團」滿庭芳一首，又與此篇有相合者數句。故自毛晋始，即以此「北苑春風」一首爲秦作，而「北苑龍團」一首爲黄作。實則以山谷而論，其多有竄易自作或他人之作而成一新歌詞以付歌者之例〔一五〕，此與秦少游詞之關係，亦當如此視之。

同上葉：滿庭芳第二首

徐批：鞦韆，同前校。

按：滿庭芳第二首，宋本下注：「此詞正少游所作，人傳王觀作，非也。」詞人「王觀」與「王仲甫」至南宋已發生混淆，而秦少游早年歌詞創作流播淮楚之際，亦王仲甫以歌詞得名于士大夫間之時[一六]，故宋本所注「人傳王觀作」，或指王仲甫而言；若徐批所謂「鞦韆」、「秋千」之異文，于此詞是尚在其次之問題。

下卷

下卷第一葉：調笑令一〔標題〕：〔宋本〕曲子；〔明李之藻本〕曲子

徐批：段本即第五格，後校皆以一「曲」字，此何以異？藩記。

按：此處徐氏未細審；第五格所校之本，並非段斐君本，而是李之藻本；調笑令十首，每首先爲「詩曰」，後爲「曲子」。葉校段斐君本第一首標題爲「曲子」，後則僅注爲「曲」，故徐氏有此疑問。

同葉：調笑令二

徐批：朱本各首前有「其二」等一行，宋本無。藩記。

按：此「其二」字，蓋黄丕烈所校鈔本原有，故爲彊邨叢書本因之。

第五葉：調笑令十〔附注〕：右九。

徐批：九當作十。

按：此處爲葉氏筆誤。

同上葉：虞美人二

徐批：「如君」之「如」，朱本作「爲」，他本待攷。藩記。

按：虞美人第二首下片，葉氏據吴湖帆本傳鈔葉作「如君沉醉又何妨」；如君，日藏宋本、謝雩重修本、汲古閣刊本、黄子鴻校本作「爲君」。

第六葉：品令第二首

徐批：第一首「惡來」之「來」，朱本作「了」。他本待攷。藩記。

按：品令第一首，葉氏據吴湖帆本傳鈔葉作「好好地惡来十来日」；惡來，日藏宋本、謝雩重修本、汲古閣刊本、黄子鴻校本作「惡了」。

又批：「無限」之「限」，朱本作「門」，他本待考。藩記。

按：品令第二首，葉氏據吴湖帆本傳鈔葉作「見了無限憐惜」；無限，日藏宋本作「無門」。

同上葉：南歌子二；（調名）其二

徐批：故宫補葉即第三格前後皆作「又」，此何以異？

按：葉氏所制表第三格即「故宫本鈔補葉」，此處對應「南歌子二」即南歌子詞第二首調名作「其二」，而此前即點絳唇第二首則作「又」，此後即南歌子第三首亦作「又」，故徐氏有此疑問也。

同上葉：南歌子二

徐批：「香雲隳」之「隳」，朱本作「墜」，它本待攷。藩記。

按：南歌子第二首「愁賓香雲隳」，葉氏所據爲吴本鈔補葉；而日藏宋本、謝雩重修本（汲古閣影鈔葉）、汲古閣刊本、黄子鴻校本作「墜」。

第七葉：此葉故宫本係原版

徐批：（吴本係鈔補）此五字寫奪。藩記。

同上葉：好事近

徐批：「夭矯」之「矯」，朱本誤「嬌」。

按，好事近：「飛雲當面轉龍蛇，夭矯轉空碧。」諸本皆作「矯」，《彊邨叢書》本誤刊。

同上葉：附注〔朱祖謀刻本〕附注同各本，但不提行。

徐批：朱本實提行。

宋本淮海長短句有關各序跋彙録

徐批：所録皆跋無爲序者。

一、故宫本

甲、嚴秋水跋

徐批：此跋雖見于故宫本，故宫本非即秦氏世守本也，説見前。疑秦本嚴跋當爲手書，故宫本則出迻寫耳。藩記。

按：徐氏未能親見故宫本，故有此論。故宫本末有嚴秋水跋，鈐有「繩孫」朱文方印、「秋水」白文方印，當非移録自明。又，葉氏所録嚴秋水跋文，落款「康熙戊戌春三月」，核對現藏臺灣「中央圖書館」該本末嚴氏跋文之影印件，「戊戌」應作「甲戌」。又，嚴秋水跋文中所提及此本爲「吾錫秦氏世守本」與黄丕烈以宋本校舊鈔本《淮海詞》卷尾跋中提及「藏錫山秦氏」之「宋刻本」並非一本。因此，應該置疑者爲嚴跋與黄跋所謂「秦氏本」非一，即準確稱謂爲「嚴跋秦氏本」、「黄跋秦氏本」，而非徐氏所云故宫本卷尾嚴跋爲他人所移録也。何以知兩「秦氏本」非一耶？嚴跋雖然僅僅説：「右淮海先生集四十卷，後集六卷」，没有提到「長短句」，但此本中有「長短句」三卷則無疑；之所以嚴氏未及，是將「長短句」歸在「後集」之中，未曾總計其卷數故也。而黄跋所見「秦氏本」，本無長短句；且更據黄丕烈校舊鈔本《淮海集》卷末跋文，又疑所謂「秦氏本」，即同于《淮海閑居集》[一七]，今不見，能見者爲原藏瞿氏鐵琴銅劍樓之殘本，與世傳高郵軍學刻謝雩重修本《淮海集》版式迥别，斷非一本也。

而三合之乎？其本又與吴本同錯入序文，且説明是第三葉，不知吴本錯入之四葉各爲第幾？亦安得得而兩合之也。藩記。

又批：日當爲目字鈔誤。藩記。（按，此指黄丕烈第二跋云：「前目録後有淮海閒居文集序」；葉氏移録「目」誤作「日」，「閒」誤作「間」。）

又批：前云三頁，此云四葉，必有一誤。據二吴題跋，此是而前非。藩記。

二、吴氏本

甲、黄蕘圃跋

徐批：此所見即秦本，固不知爲存否？（用朱跋語）所藏别是一本，而亦與現存兩本同出一版，安得得

按，「吴氏本」原爲黄丕烈舊藏，因「吴氏本」現在上海博物館，得見不易，至今日仍舊只能通過葉氏合印本窺見一二，若此跋文自無例外。黄跋云：「余所見淮海集宋刻全本，行款不同，無長短句，蓋非一刻。」此即「黄跋秦氏本」；又云：「而所藏有殘宋本行款正同，内有錯入《淮海閒居文集序》第三葉，與此目録後所列序中三頁文理正同（按，黄氏道光元年四月又跋云，前目録後有《淮海閒居文集序》四葉）。」黄氏所藏「殘宋本」，後著録于傅增湘《藏園群書經眼録》卷十二，僅存《淮海集》前集「卷十二至二十五，計十四卷」，録「黄蕘圃跋云」：「此故友五柳主人爲余購得者。因借無錫秦氏宋刻四十卷全本手校過，故此不之重，其實非一刻也。今手校本已歸它所，而近又得一孫潛藏鈔本，因出此殘帙勘之，略正幾字。中有《淮海閒居集序》一葉錯入二十三卷中，以别本長短句偶存全集序文證之却合，因得考見宋刻源流，莫謂竹頭木屑非有用物也。蕘夫記。」黄丕烈借無錫秦氏全本校勘，在嘉慶九年（見黄氏校鈔本《淮海詞》跋語），其校鈔本《淮海集》爲人所購去；至嘉慶十五年，又得此宋本《長短句》，其原藏尚有一殘宋本《淮海集》，兩者本無重合，惟殘宋本《淮海集》錯入一葉《淮海閒居文集序》，

而《長短句》則目録後《淮海閒居文集序》四葉。這個現象當如何解釋？是否即徐氏據「二吴」（吴湖帆、吴瞿安）跋文所云「此（第二跋所謂四葉）是而前（第一跋所謂三頁）非」？以今所見「日藏宋本」、國圖藏謝雩重修本以及臺北故宫博物院藏本《淮海集》對勘，《淮海閑居文集序》不會單獨存在，而是與《舒王答蘇内翰薦秦公書》（葉一A）、《曾子開答淮海居士書》（葉一B至葉二A）、《蘇内翰答淮海居士書》（葉二B）、《後山居士陳師道撰淮海居士字序》（葉二B至葉四A），共計五篇在三葉半中依次排列；這也可以解釋黄丕烈在「吴氏本」上存留兩段跋文，一則稱「目録後所列序中三頁」，一則又稱「目録後有《淮海閑居文集序》四葉」，頁數所以不同之緣故。至若它在三本中位置，則並不一致，國圖藏謝雩重修本無此三葉半五篇文字，而日藏宋本即高郵軍學刊本在全書亦即前集之首，臺北故宫博物院藏宋本在《長短句》之首。因此，「吴氏本」當與臺北故宫博物院實爲一本，按照傅增湘説，故宫本亦謝雩重修本（見《藏園訂補郘亭知見藏書目録》）。所謂葉氏合印「故宫本」、「吴氏本」，不僅同一版本，甚且爲同一重裝樣式之本。其實，所謂紹熙三年謝雩重修本或已不存，而今存宋本，除日藏原刊外，國内所藏是以高郵軍學刊本與謝氏重修本「拚合」重裝而成，以此緣故而出現上述現象。

徐批：吴本跋凡四家六篇。此云以上者一家二篇「均從吴本移録」，後云此四跋者三家四篇亦「係從吴本鈔出」，何以必分兩橛乎？藩記。

按，葉氏移録黄丕烈二跋，後云：「綽按，以上均從吴本移録。」接下來移録朱彊邨跋一篇、吴湖帆跋一篇、吴瞿安跋一篇、吴湖帆又跋一篇，即三家四篇者，後云：「綽按，此四跋均係從吴本鈔出。」此事不足爲葉氏病。蓋黄丕烈二跋出自古人手筆，而朱彊邨以下皆並世之人，故有區分如此，徐氏反而不免過于吹求。

乙、朱彊邨跋

徐批：蕘翁彼跋所稱即此跋所見本。朱氏誤以此跋之所藏本當之，故以爲歧。説詳後。藩記。

又批：此説待訪而此本實無詞。藩記。

又批：此跋爲朱先生手書。前之黄，後之二吴，何莫非手書也？藩記。

按，朱氏跋文中提及其所刊彊村叢書本淮海詞，底本爲黄丕烈以宋本《長短句》校一舊鈔本；此書當時在松江韓緑卿處，曹元忠有過録本。黄丕烈校鈔本《淮海詞》跋中提出一種觀點，即「《長短句》爲專刻」，原因是其所見「宋刻全集」中無詞；但在跋宋本《長短句》中，又説與他所藏「殘宋本」行款一致，且有錯入序文葉相合。如此，則朱祖謀提出黄氏一人之説「兩歧」；並云「頤湖帆求得之以參酌其説也」。徐氏區分出黄氏在宋本與鈔本跋文中「所見」與「所藏」本之區分，即所見爲無錫秦氏本，無詞；所藏爲「殘宋本」，與「長短句」同一版式，可以相合。此説是；又葉氏録朱氏跋文，後云：「綽按，此跋爲朱古微先生手書。」故徐氏云前後跋文「何莫非手書」？

丙、吴湖帆跋

雨中花「滿空寒白。玉女明星迎笑」二句，「白玉」二字誤刻「白王」字。

徐批：「白王」二字當爲「皇」字，鈔誤。藩記。

按，徐批是。《全宋詞》校云：「白玉二字原誤作皇，據校本淮海詞校語改。」檢汲古閣刊本《淮海詞》雨中花慢「滿空寒、皇女明星迎笑」黄子鴻校云：「皇字疑分作白玉二字，以白字屬上則韻叶而意亦明。」

丁、吴瞿安跋

先後爲明吴文定、文壽承、周天球、李日華，清朱卧庵、黄蕘圃、張芙川、沈韻初所藏，最後歸潘文勤，詳見《滂喜齋藏書記》中。

徐批：先生此跋，歷數藏家最詳，該據册中諸印言之。抑蕘翁跋謂此爲江鄭堂舊藏諸本之一，曹君直傳録并跋亦復言之。鄭堂雖無印記，其曾藏此册，可無疑。三十二年立秋後三日益藩謹記。

又批：蕘翁跋此册，一則曰社壇吴氏所藏，再則曰朱卧庵家舊藏。似卧庵後，歷江、吴，而後百宋一廛也。再記。

按，徐補江鄭堂、吴社壇二家，一據彊村叢書本，即曹元忠過録韓録卿藏黄蕘圃校舊鈔本；一據本書即葉氏合刊本「吴氏本」黄蕘圃跋。

戊、吴湖帆跋

按嚴氏跋，時康熙甲戌，藏無錫秦對巖宫諭處，淮海先生二十四世孫也。彊邨老人跋云：「全集藏無錫秦氏，今不知尚存否。」朱氏應見秋水之跋，不知已歸内府，藏之位育齋，疑乾隆間四庫進本也。

徐批：此説與葉同誤，不贅。藩記。

又批：後録復翁跋，自述借校秦本爲甲子年事，推甲子爲嘉慶九年，此疑乾隆進呈，尤誤。又記。

嚴氏跋謂「北宋刻即雪洲黄氏所稱監本，惜歲久漫漶者也」。兩本行款筆道全同，而此册之清楚精綻，令人神往，足徵内府本爲元印，此或北宋印也。

徐批：嚴跋是秦本定爲北宋刻，吴跋是所藏本假定爲北宋印，而以内府本爲元印。葉合吴本、内府本印之，乃定爲乾道間杭郡刻。一印在前，一印在後，孰是孰非，仍須徵實。藩記。

三、松江韓氏藏鈔本

甲、黄蕘圃跋

嘉慶庚午日

徐批：日上鈔敚人字，致不可通。藩記。

庚午人日，書客携殘宋刻來，目録及上卷中卷止有第二第四葉，挑燈手校。復翁。

眉批：此可證復翁所見者即吴本。綽。

徐批：上卷下鈔敚全字。藩記。

又批：吴本既有復翁跋，備記殘存卷葉，此與之同。何以反據此以證彼。藩記。

又批：且復翁于吴本非惟見之，跋尾明曰「買成」也。又記。

淮海居士集，前集四十卷，後集六卷，宋刻本，藏錫山秦氏。余從孫平叔借校，此甲子年事也。頃偶憶及全集中不知有詞否，因檢校本核之，彼第有詩文，不收詞也。可見殘宋淮海居士長短句，蓋專刻矣。

眉批：此係復翁誤記。蓋此即故宫本，固明明有長短句也。綽。

徐批：覆繹復翁殘宋本即吴本，跋見前明云宋刻别有所見、所藏兩本，所見本爲淮海集，無長短句；所藏本亦殘存，而行款即錯入序又正同。彊邨翁繼跋之謂，其説與此兩歧。蓋誤彼云所見本無長短句，此云檢校本不收詞。校本者，即據所見本以校，所見本不可復見，故檢校本。二説未嘗歧也。葉按乃强以所見據校之本爲故宫本校印隨記、版本系統表同誤，而謂爲誤記。誤記容有之，豈有檢校手校之本而亦誤説者？復翁所見非故宫本，予説分見前後，予豈好辯哉？藩記。

乙、歸安朱氏刊淮海詞内附曹元忠跋

嘉慶間蕘翁得江子屏家殘帙以校舊鈔本，除《長相思》畢曲「不應同是悲秋」句爲各本所無外，其餘勝處，舊鈔本悉與相同，惟徑稱淮海詞爲異。意丁松生藏書志所稱明鈔淮海詞三卷，後有嘉靖己亥南湖張綖跋者，當與此舊鈔本同宋刊。

眉批：此亦可證其即吴本。綽。

徐批：不必證。説見前。藩記。又批：兩鈔本並稱詞，並分三卷，尋前表無同者，惜均不知在何所矣。藩記。又批：同下鈔敚出字。

以上均從朱彊邨本録出。按韓録卿藏書目有淮海集兩種，均鈔本。一爲文集四十卷，後集六卷，淮海長短句三卷，又長短句補遺，有蕘圃手校並虛止閣朱筆校；一爲淮海居士長短句三卷，經蕘圃以宋本校並跋。韓氏藏書近方將出售，而不欲人參觀，將來此兩種不知尚能留存國内否也。恭綽記。

徐批：韓本僅憑目録，未經眼見，後者固即曹君直録貽彊邨刊行之本。前者據何本校，校及長短句否，皆不可必。若爲甲子年從孫平尗借校秦本，則必不能校及長短句也。藩記。

又批：後者繹曹跋本稱淮海詞，殆黄校改之爲長短句耳。藩記。

按，韓録卿藏鈔本文集，即徐批所謂「前者」，王欣夫輯《蕘圃藏書題識續録》載黄氏題跋，云此鈔本是據「秦氏所藏淮海集宋本手校」。

四、某宋本

徐批：此當題南陵徐氏藏校本。藩記。

甲、黄子鴻跋

辛亥七月廿三日宋刻本集校，凡詞七十七首，分上中下三卷，章次亦此異。六月初十日讀。壬戌正月十一日重閲。儀。

徐批：此云宋刻本集而有詞三卷七十七首，不云有殘缺，其本似出現存兩本之上。

又批：亦下疑鈔敚與字。

按，徐批是。檢汲古閣刊本《淮海詞》黄子鴻校跋，亦下有與字。

綽按，此節係從徐積餘校汲古毛本録出，其儀字，據積餘云，當是黄儀，字子鴻，康熙時人，有紉蘭別集詞。

徐批：用一儀字而推定其姓氏，積老之言，不知有别證否。藩記。

按，徐氏疑所不當疑，蓋以未能親見汲古閣校本故也。汲古閣本《東堂詞》朱筆校跋云：「鄉謂子鴻深于詞，及閱此，未免尚隔一層，甚矣，學問之難也。」（據《皕宋樓藏書志》及《静嘉堂秘籍志》，皆斷定此跋出自毛扆手。）[一八]《石林詞》朱筆跋云：「子鴻校後，手校一過，其不中款出，多抹去。」（同上）黄子鴻，又字漢威。《惜香樂府》朱筆跋云：「辛亥六月廿三日，漢威重校。」

卷末跋語（朱孝臧）

今歲葉遐庵以影印故宫藏宋本見貽，始知錫山秦氏家藏宋本已入秘府，亦蕘圃所經見者。

徐批：此語亦與葉同誤，所謂雖賢者有不免也。不賢者識其小者，藩之謂矣。

兩本本同出一版，而詞集或有時别印單行，致蕘圃間滋迷惑，實則滂喜齋藏本亦即淮海全集中物也。

徐批：蕘圃滋惑之説，亦出誤會，説見前。民國三十二年立秋後二日，益藩借讀僭記。（鈐「徐印益藩」朱文方印）

附識：

徐益藩就《淮海集》所作考證，爲力辨故宫藏本非無錫秦氏藏本。此説並非首創，但因針對葉恭綽合印故宫本與吴湖帆藏本而發，若其具體觀點，則有可加注目者三：一是秦氏本無長短句；二是故宫本卷末嚴秋水跋不爲故宫本作，疑爲自秦氏本迻寫；三是故宫本與吴湖帆本並非同一版本，疑吴本與秦氏本爲一。而其立論之依據，爲黄丕烈兩處跋語：

一在後歸吴湖帆之藏本上：此爲嘉慶十五年庚午（一八一〇）人日黄氏得到此殘宋本長短句而作，其中提及「余所見淮海集宋刻全本，行款不同，無長短句，蓋非一刻」。對于此殘宋本長短句，則據「所藏殘宋本，行款正同；內有錯入《淮海閑居文集序》，第三葉與此目録後所列序中三葉，文理正同，知全集或有長短句本也」〔一九〕。

一在後歸韓緑卿之藏本上；此爲嘉慶十九年（一八一四）甲戌二月二十三春分黄氏于此鈔本所作又一跋語，而據此前兩跋文，則以所得殘宋本長短句校鈔本，已在嘉慶庚午歲；然此跋一起即云：「淮海居士前集四十卷，後集六卷，宋刻本，藏錫山秦氏。余從孫叔平借校，此甲子年事也。頃偶憶及，全集中不知有詞否？因檢校本核之，彼第有詩文，不收詞也。可見殘宋〔本〕淮海居士長短句蓋專刻矣。」〔二〇〕

據黄氏跋文，可知五本淮海集：

（壹）無錫秦氏藏宋刻全本；此本不知所在。黄氏稱其爲全本者，以前集四十卷論之，蓋無殘缺葉之故。

（貳）黄氏藏宋刻殘本；傅增湘《藏園群書經眼録》卷十三著録「淮海集四十卷」並注「存十二至二十五，計十四卷」者，即此本。傅氏定爲「宋乾道九年高郵軍刊紹熙三年謝雩重修本」，録黄氏跋云：「此故友陶五柳主人爲余購得者，因借無錫秦氏宋刻四十卷全本手校過，故此不之重，其實非一刻也。今手校本已歸它所，而近又得一孫潛藏鈔本，因出此殘帙勘之，略正幾字。中有《淮海閑居集序》一葉錯入二十三卷中，以別本長短句偶存全集序文證之却合，因得考見宋刻源流，莫謂竹頭木屑非有用物也。蕘夫記。」〔二一〕此與後歸吴湖帆藏本上之嘉慶庚午歲跋所説是一事，都提到「錯葉」問題，但描述不同。此云「中有《淮海閑居集序》一葉錯入二十三卷中」，彼云「內有錯入《淮海閑居文集序》，第三葉與此目録後所列序中三葉，文理正同」；因未見原書，不能詳具體所指。惟不能無疑者，即倘此錯葉題名爲「淮海閑居文集序」，則爲全書之序；倘題名爲「淮海閑居集序」，則收在後集卷六中之一篇而已。

（叁）黄氏買得殘宋本淮海長短句；即後歸吴湖帆者。

（肆）黄氏校淮海集鈔本；王大隆（欣夫）輯《蕘圃藏書題識續録》卷三著録有「舊鈔本」《淮海先生文集四十卷後集六卷長短句三卷又長短句補遺》，並録黄氏題識云：「余向借無錫秦氏所藏淮海集宋本手校一過，頗精審，惜爲人購去。其底本係明細字刻本，忘其爲何時刻矣。篋中但有宋刻後印文集一册，又宋刻宋印與文集同行款之長短句殘帙，皆非秦氏藏本之宋刻，想宋時必非一刻也。此外，又有《淮海閑居集》十卷，向爲顧氏物而今歸蔣氏者，似與秦本同。此鈔本出香巖書屋，因有孫潛印，故收之。文集四十卷、後集六卷、詞三卷，較爲全備。及收後，命長孫取舊藏殘宋對勘；並收得文集四十卷，鈔手更舊，亦出孫潛所藏，遂取對勘，始知余所藏者即孫潛據以鈔録之本，而兹所謂校者，亦即是本也。後集及詞，又別據鈔録矣。明刻四十卷及後集，亦有藏本，向已遺忘，暇當出之，以資對勘。因此益思宋刻不置云。蕘夫。」[三]又該書目録標注此舊鈔本已在「松江韓氏」即韓緑卿處。據黄氏所云，此舊鈔本「出香巖書屋」、「有孫潛印」，當即上文據傅增湘《藏園群書經眼録》所引黄跋宋刻殘本有云「近又得一孫潛藏鈔本」者；又，傅增湘《經眼録》同卷著録之「舊寫本」《淮海集四十卷後集六卷長短句三句補遺一卷》（第九九四頁），據傅氏云：「黄蕘圃丕烈校殘宋本十二至二十五卷，又長短句。」黄氏所藏宋刻殘本正是卷十二至二十五；不過據此「舊鈔本」之「題識」云，非黄氏手校，而是命長孫爲之；至若又校長短句，蓋據所藏宋本宋印長短句殘帙之故。此外，這段題識提供出更爲重要的信息是關于無錫秦氏藏本。黄氏曾據秦氏本校過此舊鈔本，因秦氏本爲人購去，又與宋刻後印文集殘本、宋刻宋印長短句殘本行款不同，從而推測可能與《淮海閑居集》相同。按，傅增湘《經眼録》著録《淮海先生閑居集四十卷》爲宋蜀刊本。

（伍）黄氏校淮海詞鈔本；即後歸韓緑卿者。

我們今天考查所謂「宋本」《淮海長短句》，則應該包括「宋版印本」、「影鈔宋本」和「校宋本」這樣三種形態；計今所知見者，有如下六種：

（一）日本内閣文庫藏乾道間高郵軍學刊《淮海集》，其中《淮海長短句》三卷，全。

（二）中國國家圖書館藏紹熙間謝雩重修本《淮海集》，其中《淮海長短句》三卷，有明末毛氏汲古閣影鈔宋本補葉。

（三）臺北故宮博物院藏紹熙間謝雩重修本《淮海集》，其中《淮海長短句》三卷，有鈔補葉；按，曾在清宫，後在北平圖書館；卷末有嚴秋水跋文。有葉氏合印本。

（四）上海博物館藏《淮海長短句》三卷，有鈔補葉；按，曾經黄丕烈、潘氏滂喜齋、吴湖帆收藏。有葉氏合印本。

（五）臺灣「中央圖書館」藏黄丕烈據宋本校舊鈔本《淮海詞》三卷。按，曾在韓緑卿處。

（六）中國國家圖書館藏黄子鴻據宋本、《淮海琴趣外篇》校汲古閣刊本《淮海詞》一卷。

一九六五年《全宋詞》修訂本「秦觀詞」注所據依版本，云：「秦觀詞七十七首，據北京圖書館藏宋乾道刻紹熙修本淮海居士長短句，缺葉據葉恭綽影印兩種宋本，三本據缺者，據北京圖書館宋本中汲古閣景宋抄補各葉。另以黄儀、毛扆等手校汲古閣本淮海詞（全部以宋本及淮海琴曲校過）校。」是可知以（二）今國圖藏本紹熙修本爲底本，補以（三）、（四）葉氏合印本以及（六）黄子鴻校本。

夏承燾先生一九四〇年爲徐益藩題詩，有云：「徐郎英妙少人知。」（《徐南屏囑題其語溪徐氏三代遺詩》）[一三]以徐氏詞集批校之成績而論，其在現代詞學研究史上，或者應補充爲吴瞿安先生詞學傳承中之一位，同時也應視爲有獨特貢獻之一家。即如秦少游淮海詞版本研究，本是現代詞學研究生態之重要構成；又，距今九十年前葉氏合印本出，于宋版源流之考證業已臻及極高學術層次，而徐益藩之批校則占盡高峰、更上層樓，其重要文獻價值，誠爲學術史散落之珍貴一葉。

〔一〕王謇《續補藏書記事詩》，書目文獻出版社一九八七年版，第六六頁。
〔二〕參見沈津《顧廷龍與合衆圖書館》，上海圖書館編《顧廷龍紀念集》，上海科學技術文獻出版社二〇一四年，第四八—四九頁。
〔三〕參見張麗娟、顏慶餘《吴庠生平及藏書小考》，《圖書館學刊》二〇一六年第六期。
〔四〕參見林伯亭主編《大觀：宋版圖書特展》，臺北故宫博物院二〇一五年版，第九二—九九頁。又，北京国家图书馆出版社二〇一三年出版《原国立北平图书馆甲库善本图书》第六六七册有影印本。
〔五〕楊忠、稻田耕一郎主編《日本國立公文書館藏宋元本漢籍選刊》，鳳凰出版社二〇一三年版，第十一至十二册。
〔六〕浙江圖書館古籍部編《浙江圖書館古籍善本書目》，浙江教育出版社二〇〇二年版，第九四九頁。
〔七〕參見蔣禮鴻《大鶴山人校本〈清真詞〉箋記》，《蔣禮鴻集》第四卷《懷任齋文集》，浙江教育出版社二〇〇一年，第二九六頁。
〔八〕丁度等《宋刻集韻》，中華書局影印二〇〇五年版，第一七九、一五五頁。
〔九〕蕭統編，李善等注《六臣注文選》，中華書局二〇一二年版，影印《四部叢刊》本，第三四一頁。
〔一〇〕《隋書》，中華書局一九七九年版，第二册，第二八九頁。
〔一一〕李壁《王荊文公詩箋注》，上海古籍出版社標點本二〇一一年版，第二二七頁。
〔一二〕錢仲聯《韓昌黎詩繫年集釋》，上海古籍出版社一九九八年版，第三九四頁。
〔一三〕參見王小盾《唐代酒令與詞》，《文史》（第三十輯），中華書局一九八八年版，第二一七頁。
〔一四〕王水照編《宋刊孤本三蘇温公山谷集六種》，國家圖書館出版社二〇一四年版，第六册，第四九三頁。
〔一五〕馬里揚《張先詞用字韻律及本事校考》，《詞學》（第三十三輯），華東師範大學出版社二〇一五年版，第九六頁。
〔一六〕馬裏揚《秦少游獄事始末考》，《國學研究》（第三十八卷），北京大學出版社二〇一六年版。
〔一七〕王大隆（欣夫）輯《蕘圃藏書題識續録》卷三，《黄丕烈書目題跋・顧廣圻書目題跋》，上海古籍出版社二〇一五年版，第七九八頁。
〔一八〕河田羆撰，杜澤遜等點校《静嘉堂秘籍志》卷五十，上海古籍出版社二〇一六年版，第二〇四四頁。
〔一九〕潘祖蔭《滂喜齋藏書記》卷三，《滂喜齋藏書記・寶禮堂宋本書録》，上海古籍出版社二〇〇七年版，第八一—八二頁。按，吴藏本原在潘氏滂喜齋，後歸吴氏，今在上海博物館。

〔二〇〕朱孝臧輯校《彊邨叢書》本《淮海居士長短句》，上海古籍出版社影印夏敬觀手批本一九八九年版，第二册，第一一三五頁。按，《彊邨叢書》本即以此鈔本爲底本校刻。按，此本現藏臺灣「中央圖書館」，參見《一九四〇—一九四一搶救國家珍貴古籍特選八十種圖録》，臺灣「中央圖書館」二〇一三年版，第二二八—二二九頁。黄跋手書真蹟無「本」字。

〔二一〕傅增湘《藏園群書經眼録》卷十三，中華書局二〇〇九年版，第九九三頁。

〔二二〕王大隆輯《蕘圃藏書題識續録》卷三，《黄丕烈書目題跋・顧廣圻書目題跋》，上海古籍出版社二〇一五年版，第七九八頁。

〔二三〕夏承燾《天風閣學詞日記》，《夏承燾集》第六册，浙江古籍出版社一九九七年版，第二三一頁。

（作者單位：上海師範大學文學院）

葉衍蘭致譚獻書札三通考釋

楊　斌

内容提要　葉衍蘭與譚獻皆爲晚清詞學大家，有關二人的交往，在譚獻日記中略有記載，但因材料不多，目前學界還未有研究二人交游的專文。《復堂師友手札菁華》收有葉衍蘭致譚獻書札三通，爲謝永芳點校整理的《葉衍蘭集》所未收，亦從未受到學界的關注。經考證，此數通書札分别作于光緒十六年（一八九〇）、光緒二十年（一八九四）、光緒二十一年（一八九五）。在此期間，葉衍蘭主講廣東越華書院，而譚獻主講湖北經心書院，二人雖「碧雲千里」，但却尺素往還不斷。書札内容涉及《秋夢庵詞鈔》、《粤東三家詞鈔》的編選和刊刻，二人的書籍互贈、葉氏詞集序文的撰寫等交游往事，既能補充葉、譚二人交游研究之不足，又對于瞭解二人生平、晚清詞學史不無裨益。

關鍵詞　葉衍蘭　譚獻　書札　梁鼎芬

葉衍蘭（一八二三—一八九七），字南雪、蘭雪，號蘭臺，别署秋夢主人、曼伽。廣東番禺（今廣州市）人。咸豐二年（一八五二）舉人，六年（一八五六）成進士，改翰林院庶吉士。散館，授主事，分户部，歷任河西主事、貴州司員外郎、雲南司郎中，考取軍機章京。葉衍蘭「稟賦過人，多才多藝」，「于制藝、駢體、詩詞、

本文係陝西省社會科學基金項目「閻敬銘手札整理與研究」（項目編號：2022GJ006）的階段性成果。

之外，凡篆隸各體以及鐘鼎文，俱肖。又工寫花卉，善畫美人，精刻印章」〔一〕。葉氏雖多才多藝，但成就最高，影響最大者當爲詞的創作。張景祁稱其詞「掃除浮艷，刻意標新，直合石帚之騷雅，夢窗之麗密，梅溪、竹山之疏俊，駘蕩而爲一手」〔二〕。著有《海雲閣詩鈔》、《秋夢庵詞鈔》、《清代學者像傳》等。

譚獻（一八三二—一九〇一），初名廷獻，字仲修，號復堂，又自號半厂、眉月樓主。浙江仁和（今杭州市）人。同治六年（一八六七）舉人，署秀水教諭，歷官歙縣、全椒、合肥等地知縣。晚年主湖北經心書院。能詩擅詞，尤以選評近人詞蜚聲學林。其詞作，丁紹儀謂之「筆情逋峭，小令尤工」〔三〕；葉衍蘭孫恭綽曾云「仲修先生承常州派之緒，力尊詞體，上溯風騷，詞之門庭，緣是益廓，遂開近三十年之風尚。論清詞者，當在不祧之列」〔四〕。著有《復堂類集》、《復堂詞》、《復堂日記》等。

葉衍蘭比譚獻年長九歲，二人雖里籍不同，行跡迥異，但却有着在晚年掌教于一方書院的共同經歷。也是在此期間，二人雖「碧雲千里」，却書信往還不斷。對此，譚獻日記亦多有記載，如光緒十八年（一八九二）閏六月廿二日「得葉蘭臺廣州書，寄《蘭甫遺書》、《快雪堂法帖》、小端硯一方。蓋署復堂先生修書研」〔五〕。光緒二十一年（一八九五）三月初三日「得葉蘭臺粵華書院寄星海函，屬予先閲」〔六〕。葉氏之孫葉恭綽在《全清詞鈔序》中亦談及道：「我自年輕時，因先祖南雪公和譚仲修（獻）、張韻梅（景祁）等是詞學朋友，常看見他們論詞的書札。」〔七〕可見二人交往的主要形式有書札論詞、書籍往還、點定詞集等。

二〇一五年，由謝永芳點校整理的《葉衍蘭集》〔八〕出版，收録了葉氏詩詞、傳記、制藝、序跋、書札、雜録，爲現今最通行和全面的版本。在書札部分，收録了葉氏致方濬頤、繆荃孫、冒廣生等友朋的書信二十三通，但却未收録致譚獻的書信，可爲一大憾事。筆者近年因整理研究《復堂師友手札菁華》〔九〕之故，有幸獲觀葉衍蘭致譚獻書札四通（包括葉氏寄贈譚氏詞作的一通書札）。此數札之發現，既可補《葉衍蘭集》收録之闕〔一〇〕，又對于進一步推進葉、譚二人生平、交游的研究不無裨益。經考證，書札分別作于光緒十六年、二十年、二十一年。內容涉及《秋夢庵詞鈔》、《粵東三家詞鈔》的編選和刊刻，二人的書籍互贈，葉氏詞集序文的撰寫等交游往事。茲以書寫時間爲序，迻録札文于下，並略作考釋。如有不妥之處，祈請方家批評指正。

一

仲修先生仁兄大人閣下：

夙企鸞儀，未親塵教，碧雲千里，無任依馳。敬惟纂著日隆，祉祺霞蔚，定符私頌。

弟賦性迂疏，委懷辭翰，裁紅剪翠，半寓離愁，蟬噪蛩吟，不成聲響。前呈拙集，深愧東顰。仰蒙俯賜題評，優加獎飾，愈增顔汗。惟喜駑駘鈍足，今始識途，欽佩之餘，竊深欣幸。奉來玉照，神采秀發，恍挹芝眉，謹什襲珍藏，以當親炙。大著各種，承益齋兄〔一一〕兩次寄來，詩文皆漢、魏遺音，詞則姜、張正軌。《篋中》之選，格律精嚴，盥誦迴環，久已欽遲在抱。故敢以巴人俚曲，塵溷騷壇；猥荷葑菲不遺，指其紕繆。一字之師，情同受業。定文銘感，永矢勿忘。去冬已寫付梓人，現僅刻成上卷，謹將賜改之處，悉行更正，間以己意參易之。內有一二髫年之作，不忍棄置，姑仍其舊，其餘即遵教删去。剞劂將竣，重刊匪易，只可略爲將就也。粵中刻手工價雖廉，而耽延實甚。大約夏秋間，始能蕆事，容再呈教。蕪詞一闋，聊表謝忱。另録，敬求雅政。

湖天在望，心與俱來。專肅鳴謝，祗請道安。諸惟靄照，不備。

弟葉衍蘭頓首。孟夏四日泐〔一二〕

按：此函未署作年。函中所言「拙集」，當指葉衍蘭《秋夢盦詞鈔》。據譚獻《復堂日記》己丑年（一八八九）載：「番禺葉南雪太守衍蘭介許邁孫以《秋夢庵詞》屬予讀定。綺密隱秀，南宋正宗。于予論詞頗心折，不覺爲之盡言。」〔一三〕即函中所述「前呈拙集」云云事。故初步判定此札當作作于光緒十五年（一八八九）後。又，函中談及《秋夢庵詞鈔》的刊刻，云：「去冬已寫付梓人，現僅刻成上卷……粤中刻手工價雖廉，而耽延實甚。大約夏秋間，始能蕆事」。又《葉衍蘭年譜》光緒十六年（一八九〇）載：「《秋夢庵詞鈔》二卷《再續》一卷初刊于羊城。」〔一四〕進一步推定此札當作于光緒十六年春夏間，再據札尾所署「孟夏四日泐」，可知此札當作光緒十六年四月四日。是年葉衍蘭六十八歲，譚獻五十九歲。

考葉、譚二人生平。光緒八年（一八八二）葉衍蘭「值樞垣，以與當道不洽，請疾歸。是年夏，回粤。……回粤後，主講越華書院」〔一五〕。光緒十四年（一八八八）十二月，繆荃孫「到廣東省城，住廣雅書局東校書」〔一六〕。十二月十三日，繆氏「拜葉蘭臺前輩于越華書院」，繆、葉二人「談京師舊事，甚悵惘也」〔一七〕。到作此函的光緒十六年，葉氏仍在越華書院任職。而譚獻于光緒十六年正月十三日「得散之函，傳示鄂帥南皮師電音，以經心書院講席見屬」〔一八〕。接到張之洞電報後，譚獻于正月二十七日「發舟」〔一九〕，二月十六日「抵漢口」〔二〇〕。又，《袁昶日記》庚寅（一八九〇）五月載：「仲修年五十九，爲鄂中山長，鬚髮皎然，健談則娓娓不倦。」〔二一〕可知譚獻在此年任職于湖北經心書院。

據函中所述「奉來玉照」云云可知，譚獻曾于葉衍蘭作此函前不久，將自己的照片寄贈遠在粤中的葉氏。函中云「大著各種，承益齋兄兩次寄來」，「大著」當指譚獻所著《復堂類集》，此集在譚獻生前曾記刊印過兩次。第一次刻于光緒己卯（一八七九），共録文四卷，詩九卷，詞二卷，日記六卷。第二次刻于光緒乙酉（一八八五），共録文四卷，詩十一卷，詞三卷，日記八卷；詩詞分別比「己卯本」多出兩卷和一卷，日記多出兩卷。

「《篋中》之選」即譚獻所輯《篋中詞》。此集爲晚清詞壇流傳甚廣，影響較大的一個權威選本，正如冒廣生所言：「仁和譚仲修，循吏文人，倚聲巨擘。篋中一選，海內視爲金科玉律。」〔二二〕光緒八年七月，《篋中詞》正集六卷于江寧開雕〔二三〕。初次刊刻的《篋中詞》並未收入葉衍蘭的詞作。此後，譚獻又續輯《篋中詞續》，在「今集續卷三」中，收録有葉氏詞作四首，分别爲《長亭怨慢》（已拚作）、《珍珠簾》（楚天環佩清秋迥）、《青玉案》（櫻桃未洗枝頭露）、《垂楊》（章臺夢杳）。

據札尾所言「蕪詞一闋，聊表謝忱，另録，敬求雅政」，可知葉衍蘭曾將詞作寄與譚獻，以答謝對其詞集的「題評」。《復堂師友手札菁華》收有葉氏録呈給譚獻詞作的書札一通（恰好在本函之後），云：「落拓江湖，頻年載酒，踏歌呼侣。纏綿寫恨，影瘦萬花紅處。訴衷情、短琴獨張，自彈夜月秋聲碎。謝詞仙拂拭，芳襟遥證，剪燈悽語。愁緒。傷心淚。且細數箏言，静邀琴趣。雙鬟賭唱，莫問旗亭金縷。悵天涯、日暮碧雲，懷人添賦相思句。感飛篷、書客飄零，斷腸幽夢阻。（調寄瑣窗寒）」跋文云：「仲修仁兄大人代訂拙詞，賦此寄謝，即求指政。弟葉衍蘭初稿。」據跋文可知，此作爲其「初稿」，而「定稿」已收入葉氏詞集〔二四〕。在詞集中，「訴衷情、短琴獨張」作「寫秋聲、素琴獨張」，「自彈夜月秋聲碎」作「自彈夜月情誰訴」，「愁緒。傷心淚」作「幽緒。愁如許」，「懷人添賦相思句」作「懷人添賦傷心句」，「斷腸幽夢阻」作「倚畫樓聽語」，前後更動改換達十九字。此詞全用仄韻，聲調沉鬱，句法參差；雖多化用前人詩句，但却渾然天成。可能是葉衍蘭接受了譚獻的建議，對詞的初稿作了修訂。從句意來看，詞作初稿用詞較直露，少含蓄，改寫後的詞作在情境上較初稿更爲沉著。

二

復堂先生閣下：

今春正月奉寄覆函，夏間又有拙刻《八艷圖咏》一本，交星海代寄，諒邀青覽。將届一年，未蒙環示，竊甚懸懸。邇維纂著日隆，興居迪吉。南皮〔二五〕移節，閣下兩湖講席，定必辭歸。家巷相羊〔二六〕，諒增佳勝。

前聞疊有傷感之事，天厄才人，大率類此。佛經云「毒來燕受，惟有曠觀」，一切以頤養天和可耳。

粵中春夏之交，疫癘橫行，弟亦連遭殤女之痛。親友中傷亡相繼，時憚于懷。半年來，日惟焚香寫經，冀爲鄉閭資福，未知能消災于萬一否。前後寫出《關聖覺世真經》七十餘本，同人見即索去，特寄呈二本，祈教之。《三家詞》之選叙文寄到，猥荷品題，實增慚恧。惟選出之目，未見寄來。翹盼甚殷，求賜寄，勿遲爲禱。各集内挨次標調、標題，一紙即可盡録。到粵時照寫各詞，即克付梓。工竣寄呈數十本，以備分送。如歸入尊刻叢書内，俾賤名附驥，尤深感也。《篋中詞》續刻近來又增幾許？續二第卅二頁以後，如有添入者，懇賜寄數篇，以便釘入前書；卅二頁以前，不必重寄也。

歲暮天寒，積懷成痗。風便求賜德音，幸甚，盼甚。手肅，祇請道安，惟照不備。（拙詞添刻十餘首，順呈大教，餘一本懇代送益齋。久未得益齋書，同此懷想，晤時，乞代道念。）

嘉平六日，弟葉衍蘭頓首〔二七〕

按：本函未署作年。「《三家詞》之選叙文」當指譚獻爲《粵東三家詞鈔》所撰序文，據序文所署「光緒二十年甲午仲秋之月，杭州譚獻叙于復堂行邁」〔二八〕。可知此札當作于譚獻序文撰成不久後。另，函中云「惟選出之目未見寄來，」可推知此札當作于《粵東三家詞鈔》開雕前，再據此書牌記所題「光緒乙未中秋之月開雕」，及札尾所署日期——「嘉平六日」，可知此函當作于光緒二十年十二月六日。此年葉衍蘭七十二歲，譚獻六十三歲。

光緒十八年六月十日，譚獻曾「寄答葉蘭臺粵中書」，並贈葉氏詞作《瑣窗寒・寄答葉蘭臺粵中書》。〔二九〕據詞中所言「知音不見」〔三〇〕一句，可知葉、譚二人確爲從未謀面的「千里神交」。閏六月廿二日，譚獻收到「葉蘭臺廣州書，寄《蘭甫遺書》、《快雪堂法帖》、小端硯一方。蓋署復堂先生修書研」〔三一〕。此年秋，譚獻再次爲葉氏《秋夢庵詞鈔》作序文一篇。

譚獻是「粵東三家」命名的關鍵人物，「粵東三家」指晚清廣州籍的三位詞作家——葉衍蘭、沈世良和汪瑔。譚獻在《篋中詞》中云：「嶺南文學，流派最正，近代詩家張、黎大宗，餘韻相禪，填詞有陳蘭甫先生，文儒蔚起，導揚正聲，葉南雪爲春蘭，沈伯眉爲秋菊，婆娑二老，並秀一時。約梁君星海將合二集，益以寓賢汪玉泉，爲《粵三家詞》云。」〔三二〕譚獻將葉衍蘭比喻爲「粵東三家」之春蘭，亦頗合葉氏「性高潔，不與當道往來」〔三三〕的孤高性格。有關《粵三家詞》的編選，在譚獻日記中亦多有談及。如光緒十九年八月初十日：「葉蘭臺屬選《嶺南三家詞》，爲沈伯眉、汪玉泉及蘭翁，今日始就。審定圈識，寫目録寄去。沈爲《楞華館詞》，汪爲《隨山館詞》，葉爲《秋夢盦詞》。」〔三四〕光緒二十年正月二十二日：「上江裕輪船回杭。昨葉南雪以《詞續》寄示。鮮妍修飾，老猶少壯，壽徵也。」〔三五〕

「星海」即梁鼎芬（一八五九—一九一九），字星海，一字伯烈，號節庵，廣東番禺人。光緒六年（一八八〇）進士，官湖北按察使。清亡後，爲遺老。著有《梁節庵先生遺詩》。《復堂師友手札菁華》收有一通梁鼎芬致譚獻札，札中有「南雪丈一書奉上」〔三六〕云云語，可知葉衍蘭自粵中寄與譚獻的書信，多托梁鼎芬轉交。據譚獻《粵東三家詞鈔叙》所言「獻方與梁節庵行歌互答，江漢之濱，流連雲物，結想風期，撰三家詞選以達神指」〔三七〕，及譚獻《篋中詞》所言「約梁君星海將合二集，益以寓賢汪玉泉，爲《粵三家詞》云」〔三八〕可知梁鼎芬亦爲編選《粵三家詞》的關鍵人物，因梁氏與葉衍蘭同爲廣東番禺人，又與譚獻相交甚契，故梁氏有與譚獻共同編選《粵三家詞》之舉。考梁鼎芬生平，光緒十八年（一八九二）秋，時任湖廣總督的張之洞聘梁氏主兩湖書院講席，並參其幕府〔三九〕。因梁氏與譚獻二人皆在湖北，故二人交往頗密。對此，譚獻日記亦多有記載，如光緒十七年春，譚獻「訪梁星海于約園」〔四〇〕。光緒十九年三月十七日，譚獻「審定星海近詩三十餘首作」〔四一〕。二十五日譚獻「又定節庵詩十葉。」四月十五日「星海來，還《復堂詞録》寫本二冊、《篋中詞續》卷四稿本一冊」〔四二〕。光緒二十年正月四日，梁鼎芬「招集寓廬，觀明周忠毅《疏稿五通》一卷，笪江上畫

《應真象》一卷。丁南羽《洗象圖》立軸，座客題名忠毅卷中」〔四三〕。光緒二十年秋，葉衍蘭邀梁鼎芬、冒廣生等讌集于秋夢盦〔四四〕。

考譚獻行跡，光緒二十年正月二十二日，譚獻自武昌「上江裕輪船回杭」〔四五〕。二十五日，「抵滬，換舟」〔四六〕。二十九日，「到家」〔四七〕。因此年正月二十九日以後之譚獻日記缺失，從其日記已無法考知此年二月以後之行跡，但繆荃孫日記却有零星記載。光緒二十年六月十七日，繆荃孫因修《湖北通志》「已刻抵漢口」〔四八〕；十九日繆氏謁見張之洞，並訪梁鼎芬、瞿麗生等好友〔四九〕。據《藝風老人日記》光緒二十年六月二十一日載：「又詣梁星海談。詣譚仲修談良久。」〔五〇〕可知，譚獻至遲于此年六月，已返回湖北。六月二十七日繆氏「訪梁星海不晤。……譚仲修來，贈續刻日記一册」〔五一〕。二十九日，繆荃孫「詣譚仲修先生談，並送行」〔五二〕。譚獻再次啟程返家。另，據譚獻《粵東三家詞鈔叙》所述「光緒二十年甲午仲秋之月，杭州譚獻叙于復堂行邁」可知，最晚在此年中秋，譚獻已返回家鄉杭州。

據《復堂日記》光緒十八年十二月初十日載：「寅兒以巳刻逝。成婚五載，無一孩提。少婦泣血，何堪使老夫婦見邪！」〔五三〕可知譚獻長子瑾歿于光緒十八年十二月〔五四〕。又，《復堂日記》光緒十九年正月三日載：「內子奄然竟逝。四十年貧賤患難，撒手長辭。」〔五五〕可知譚獻夫人歿于光緒十九年正月。再，大約在光緒十九年，袁昶曾致信汪康年，據信中所云「仲老去冬喪嫠婦及女公子，甚幽幽」〔五六〕可知在光緒十九年前後，譚獻女兒亦亡。因其家中屢遭變故，故函中有「前聞疊有傷感之事」云云語。

函中所言「粵中春夏之交，疫癘橫行」，當指光緒二十年在廣州發生的鼠疫，流行于陰曆二月底，至三月，已是「自城廂以及鄉落無處蔑有」〔五七〕。五月，疫情進一步向四鄉擴散，「省中文武大小衙門無不傳染，運署最甚，南海縣次之。刻下書差人役竟有遷避一空者」〔五八〕。函中所述葉衍蘭「連遭殤女之痛」，可補《葉衍蘭年譜》記載之闕。

有關函中所述葉衍蘭寫經之事，在葉氏致冒廣生信中亦曾談道：「兄冷坐青氈，依然故氏。閉門却掃，晴雨無關。差幸目力尚未盡衰，每日晨興，必作楷書百十字。現寫出佛經數部，奈粤中手民工拙價昂，未能一一付梓爲憾耳。」〔五九〕可與函中内容相參證。

「拙刻《八艷圖咏》」即由葉衍蘭刊刻之《秦淮八艷圖咏》。《葉衍蘭年譜》光緒十八年載：「《秦淮八艷圖咏》本年由越華講院刻行，收先生爲『秦淮八艷』所繪畫像、所作小傳及與張景祁、李綺青、張僖共四人吟咏八艷之同調詞作各八首共三十二首。」〔六〇〕可知，《秦淮八艷圖咏》刊刻于光緒十八年。而函中又云「將届一年，未蒙環示」，可進一步推斷此函最早當作于《秦淮八艷圖咏》刊峻的一年後，與前文所考此札作于光緒二十年相合。另，函中所言「南皮移節」當指張之洞由湖廣總督調任兩廣總督之事。《張之洞年譜》光緒二十年載：「十月十六日，接篆視事，署理兩江總督。」〔六一〕可爲此函作于是年之又一證。

三

復堂先生有道：

辱承瑶簡，籍慰渴悰。知動静咸宜，幸甚，幸甚。《三家詞》重蒙選次，費神慚感。藴梅〔六二〕同選，亦撰弁言。剞劂告竣，即當呈教。近來想纂著日隆，叢書定有續刻，《篋中詞》又增幾許？賜讀爲快。兩湖經心，皋比何處？名山事業，定不礙耶。時事如此，可爲痛苦。粤人日居厝薪中，桃源無路，奈何，奈何。極目漢皋，心馳神溯。手肅，復請道安，惟照不備。

弟葉衍蘭頓首。五月廿五日〔六三〕

按：本函亦未署作年。函中所言《三家詞》即《粤東三家詞鈔》。《復堂日記》光緒二十一年（一八九五）三月初三日載：「得葉蘭臺粤華書院寄星海函，屬予先閲。蓋以沈伯眉、汪玉泉及南雪詞屬予選定，將刻三家詞也。卷中先有張韻梅、玉珊鈐小印記選，予繼之，大同小異耳。遂即日加函匯封致衍若，屬達星海金陵寓廬。」〔六四〕即函中所述「《三家詞》重蒙選次」云云事。函中所涉人物「蘊梅」即張景祁，據函中所云「蘊梅同選，亦撰弁言」可知，張景祁曾爲《粵東三家詞鈔》撰寫弁言。檢《粵東三家詞鈔》，確有張景祁所作序言一篇。序文署：「光緒二十一年，歲次乙未仲春之月，錢唐張景祁序于麓江官舍。」〔六五〕可知此札當作于此年春夏間，再據札尾所署日期——五月廿五日，可判定此函作于光緒二十一年五月二十五日。另，札云「剞劂告竣，即當呈教」，可知此函當作于《粵東三家詞鈔》開雕前不久，按此書牌記所題「光緒乙未中秋之月開雕」，可爲此札作于是年春夏期間之又一證。是年葉衍蘭七十三歲，譚獻六十四歲。

考譚獻行跡，光緒二十一年正月十九日，譚獻從家鄉杭州「登舟」〔六六〕，二十三日「抵滬」〔六七〕，二月一日「抵鄂垣」〔六八〕，仍任湖北經心書院講席之職。在經心書院，譚獻編訂書院門生制藝等爲《經心書院續集》十二卷，交由湖北官書處刻印行世〔六九〕。故葉衍蘭在函中問譚獻「兩湖經心，臯比何處？」又，繆荃孫《藝風老人日記》乙未年載：「（二月）八日庚戌，晴。……拜龍方伯（仁陔）、譚仲修、張麟士。」〔七〇〕「（三月）四日乙亥，晴。……拜吴質夫、傅象予、汪穰卿、陳伯年、吴小村、譚仲修。」〔七一〕「（五月）十九日乙亥，晴。拜黄公度、盛我彭、譚仲修。」〔七二〕可知，譚獻在此年二月至葉氏作此函的五月期間，確在經心書院任職，在湖北期間，繆、譚二人亦頗多往來。另，《復堂日記》此年九月十七日載：「得星海鐘山寄葉叟南雪篆聯小字各體書扇面一。七十三翁手書遠寄，予方廢十指，愧此神交。」〔七三〕可知，在作此函數月不久後的九月十七日，葉衍蘭曾寄贈譚獻書法作品多幅。

函中所云「時事如此，可爲痛苦」當指爆發于光緒二十年的中日甲午戰爭，最終中國慘敗。光緒二十一年三月二十三日，《中日馬關條約》簽字。大約在此年，葉衍蘭曾作《菩薩蠻·甲午感事》組詞十首〔七四〕，對甲午戰爭的爆發、清廷的腐敗無能予以抨擊。譚獻在其日記中亦有時局日危之慨：「春行盡矣。念亂

憂生，家國蕭條，不圖今日只一苟字，何處有完美邪！」〔七五〕

在光緒二十一年五月二十五日後，譚獻日記仍有二人交往的記載，如光緒二十一年九月十七日記，「得星海鐘山寄葉叟南雪篆聯小字各體書扇面一。七十三翁手書遠寄，予方廢十指，愧此神交」〔七六〕。光緒二十三年七月，葉氏病逝于廣州，譚獻于此年八月十三日「閲《申報》，知葉南雪翁已歸道山。此十年來未識面之老友，固逆知彼此暮年，相距迢遥，無相見期也」〔七七〕。

書札作爲私人交往的一種檔案，保存不易，尤其是書寫時代在百年以上的書札，可以説是稀見文物。以詩文、書畫稱名于世的葉衍蘭，其書札不僅具有文獻史料價值，還是研究其書法藝術的原始材料。麥華三在《嶺南書法叢譚》中云：「番禺葉南雪，一家辭賦，世代書香。其篆法陳澧，楷行出入率更北海之間，較之王夢樓，尤覺筆厚意濃。」〔七八〕晚清時期，雖碑學大盛，但因帖學傳統的慣性和科舉取仕的影響，帖學書風仍深入人心，一部分士人仍然堅守「疏放妍妙」的帖學書風。「傳統帖學審美觀念與逐漸介入的碑學意識復綫並行，是晚清帖學的特性。」〔七九〕從本文所揭葉氏書札來看，其書法承清代帖學書風餘韻，師法歐陽詢、董其昌、王文治等書法大家，再稍參己意。結字平正，用筆清勁，與其秀麗、清雅的詞風頗相契合。此三札之内容亦頗爲豐富，結合譚獻日記，葉、譚二人詞集、序跋等文獻，可較爲完整地還原二人在晚年交游的一些細節，從書札及譚獻日記等文獻可知，二人雖僅爲從未謀面的「千里神交」，但却相互敬重且多學問相商。

〔一〕張維屏《談藝録》，粤東富文齋刻本。

〔二〕張景祁《秋夢庵詞序》，葉衍蘭《秋夢庵詞鈔》，光緒十六年（一八九〇）羊城刻本。

〔三〕丁紹儀《聽秋聲館詞話》，民國二十年（一九三一）上海醫學書局刻本。

〔四〕葉恭綽選輯，傅宇斌點校《廣篋中詞》，人民文學出版社二〇一一年版，第一二一頁。

〔五〕〔六〕〔一三〕〔一八〕〔一九〕〔二〇〕〔三一〕〔三四〕〔三五〕〔四〇〕〔四一〕〔四二〕〔四三〕〔四五〕〔四六〕〔四七〕〔五三〕〔五五〕〔六四〕〔六七〕〔六八〕〔七三〕〔七五〕〔七六〕〔七七〕譚獻著，範旭侖、牟小朋整理《復堂日記》，河北教育出版社二〇〇一年版，第三五七頁，第三七五頁，第一八四頁，第三三八頁，第三三八頁，第三四〇頁，第三五七頁，第三七一頁，第三七二頁，第一九六頁，第三六七頁，第三六八頁，第三七二頁，第三七二頁，第三七三頁，第三六五頁，第三六五頁，第三七五頁，第三七四頁，第三七五頁，第三七六頁，第三八一頁，第三七六頁，第三八一頁，第三九一頁。

〔七〕葉恭綽《全清詞鈔》，中華書局二〇一九年版，第一頁。

〔八〕葉衍蘭著，謝永芳點校《葉衍蘭集》，上海古籍出版社二〇一五年版。

〔九〕錢基博整理《復堂師友手札菁華》，人民文學出版社二〇一五年版。筆者近年來致力于《復堂師友手札菁華》整理與研究，已發表：《趙之謙致譚獻佚札三通輯釋》，《中國國家博物館館刊》二〇二〇年第八期；《楊守敬致譚獻手札二通考釋》，《書法研究》二〇二〇年第二期；《晚清回族名儒薛時雨手札三通考釋》，《回族研究》二〇二一年第一期；《孫詒讓致譚獻手札四通考釋》，《中國國家博物館館刊》二〇二一年第四期。

〔一〇〕謝永芳在《葉衍蘭集》前言中談及葉衍蘭曾有函致曾國荃，致「榮晋浙藩之喜」的「静瀾老前輩」手札數通未收入葉氏文集，但却未提及《復堂師友手札菁華》所收葉衍蘭致譚獻札。

〔一一〕即許增（一八二四—一九〇三），字邁孫，號益齋。浙江仁和（今杭州）人。曾入馬新貽幕府，官至道員。嗜書畫，富收藏。性喜校勘，曾校刻《唐文粹》，又各家詞集，以精賅見稱，與譚獻相交甚契。

〔一二〕署名處鈐「衍蘭之印章」白文印一枚，箋尾鈐「一點新愁寸心萬里」朱文印一枚。

〔一四〕〔一五〕〔四四〕〔六〇〕〔七四〕謝永芳《葉衍蘭年譜》，《詞學（第二十七輯）》，華東師範大學出版社二〇一二年版，第二六八頁，第二五九頁，第二八二頁，第二七六頁，第二五一—二五四頁。

〔一六〕繆荃孫《藝風老人自訂年譜》，沈雲龍主編《近代史料叢刊》第五十一輯，臺北文海出版社一九八二年版，第三九頁。

〔一七〕〔四八〕〔四九〕〔五〇〕〔五一〕〔五二〕〔七〇〕〔七一〕〔七二〕繆荃孫著，張廷銀、朱玉麒主編《繆荃孫全集·日記》，鳳凰出版社二〇一四年版，第四九頁，第三一五頁，第三一五頁，第三一五頁，第三一六頁，第三一七頁，第三四四頁，第三四九頁，第三五九頁。

〔二一〕袁昶著，孫之梅整理《袁昶日記》（中），鳳凰出版社二〇一八年版，第八七五頁。

〔二二〕冒廣生著，冒懷辛整理《冒鶴亭詞曲論文集》，上海古籍出版社一九九三年版，第九頁。

〔二三〕楊斌《馮煦致譚獻手札九通考釋》，《詞學（第四十五輯）》，華東師範大學出版社二〇二一年版，第三三〇頁。

〔二四〕葉衍蘭著，謝永芳點校《葉衍蘭集》，第一一六頁。

〔二五〕即晚清名臣張之洞（一八三七—一九〇九），字孝達，號香濤，清代洋務派代表人物，祖籍直隸南皮，故函中稱之爲「南皮」。爲譚獻同治六年鄉試中舉時的「座師」。

〔二六〕「相羊」，聯綿詞，即「徜徉」。徘徊、游行之意。

〔二七〕署名處鈐「曼伽白箋」白文印一枚，箋尾鈐「一點新愁寸心萬里」朱文印一枚。

〔二八〕沈世梁等《粵東三家詞鈔》，光緒二十一年刊本。

〔二九〕吴欽根《「以詩詞入日記」與譚獻詞學創作的時地還原——基于稿本〈復堂日記〉的一種考察》，《文學遺産》二〇二一年第三期，第一三一頁。

〔三〇〕譚獻著，羅仲鼎、俞浣萍點校《譚獻集》，浙江古籍出版社二〇一二年版，第六六〇頁。

〔三二〕〔三八〕譚獻編選，羅仲鼎、俞浣萍點校《篋中詞》，人民文學出版社二〇一五年版，第四三〇頁。

〔三三〕《葉遐庵先生年譜》，《中國近代史料叢刊》第一輯第一五八冊，臺北文海出版社一九六六年版。

〔三六〕錢基博整理《復堂師友手札菁華》（下），第九九七頁。

〔三七〕沈世梁等《粵東三家詞鈔》，光緒二十一年（一八九五）刊本。

〔三九〕吴天任《梁鼎芬年譜》，廣東人民出版社二〇一八年版，第九〇頁。

〔五四〕按：據譚獻《復堂諭子書》：「辛未瑾生，丁丑瑜生，丙戌璣生，己丑瑀生」，可知譚獻長子瑾生于同治十年，次子瑜生于光緒三年，僅長子瑾符合譚獻日記所述「成婚五載」之情狀。

〔五六〕上海圖書館編《汪康年友朋書札》（二），上海書店出版社二〇一七年版，第一四一〇頁。

〔五七〕《疫症流行》，《申報》一八九四年四月一五日。

〔五八〕《粵東患疫續紀》，《申報》一八九四年五月二三日。有關此年廣東疫情，可參見賴文、李永宸《嶺南瘟疫史》，廣東人民出版社二〇〇四年版。

〔五九〕上海博物館圖書館《冒廣生友朋書札》，上海書畫出版社二〇〇九年版，第一七九頁。
〔六一〕吴劍傑《張之洞年譜》（上），上海交通大學出版社二〇〇九年版，第三九六頁。
〔六二〕即張景祁（一八二七—？），原名左鉞，字蘩甫，號韻梅、蘊梅，别號新蘅主人，浙江錢塘人。同治十三年（一八七四）進士。曾任福安、連江等地知縣。晚年渡海赴臺灣，宦游淡水、基隆等地。工詩詞，歷經世變，多感傷之音。作品貼近時代，多叙事咏史之作。著有《新蘅詞》等。
〔六三〕署名處鈐「曼伽白箋」白文印一枚，箋尾鈐「一點新愁寸心萬里」朱文印一枚。
〔六五〕沈世梁等《粤東三家詞鈔》，光緒二十一年（一八九五）刊本。
〔六九〕朱德慈《近代詞人行年考》，當代中國出版社二〇〇四年版，第一八九頁。
〔七八〕麥華三《嶺南書法叢談》，廣東省文史研究館編《廣東文物》，上海書店出版社一九九〇年版，第七二六頁。
〔七九〕曹建《晚清帖學研究》，南京藝術學院博士學位論文二〇〇四年，第一五九頁。

（作者單位：陝西理工大學圖書館）

詞苑

清平樂 題蠟梅圖

陳永正

樓邊開乍。額點妝如畫。笑撚一枝春巧冶。微月初逢良夜。　當時祇道忘情。那人杏子衫輕。行近東風簾户，誰知燭淚盈盈。

點絳唇 題梨花美人圖

前人

一樹梨花，那人曾向花前度。暗相攜處。風雨催人去。　何事重逢，相對人無語。心頭住。都無風雨。祇道情如許。

桂枝香

丙戌秋日攜諸門人游將軍山

張宏生

寒雲悄駐。恰暗度金風，隱約霜樹。綿亘青山似帶，翠嵐低護。杉深宛轉溪橋裏，乍迴眸、雙飛鷗鷺。探幽峰嶠，微吟水榭，緩尋歸路。　舊壘在、當年意緒。正高廈將頹，忠耿堪數。一樣神州，漫説漢家胡土。金陵王氣非耶是，但齊臺宋苑飛絮。挈攜諸子，將軍山下，素懷千縷。

水龍吟

金塔瑪尼火山

前人

南來萬里濃情，蛋花椰果無儔地。穹崖峻邁，海風明爽，碧峰蒼翠。絮帽相裁，一山突兀，頑雲如睡。盡灰濃遍野，郊原蔥鬱，山頭是，人煙萃。　街巷長鬟如幟。感靈祇、水粳相饋。額黏粒米，福求三季，秧禾盈穗。擁簇雲臺，群峰來赴，窈然幽秘。更誰人統合，蒼茫萬象，共人天備。

浣溪沙

葉嘉瑩先生歸國執教四十周年，又欣值九五華誕，詞以奉賀

黃思維

歸國俄經四十年。杏壇猶未息其肩。一生詩教作當先。　剩有紅蕖留舊夢，尚揮椽筆續新篇。迦陵學舍晚霞妍。

注：《紅蕖留夢——葉嘉瑩談詩憶往》一書，由先生口述、張候萍女士記録。「紅蕖留夢」出自「紅蕖留夢月中尋」，乃先生《浣溪沙》詞句。

賀新郎

施議對先生見贈《能遲軒集句詞》，謹集彦和句以申賀　前　人

蓋道之文也。兩儀生、仰觀俯察，彬彬儒雅。衣被詞人非一代，騷體製歌朱馬。比五音、而成韶夏。振葉尋根瀾源索，會奇巧、即勢因方借。功斫梓，在初化。　于驅前古當今下。八音摛、樹辭爲體，謳吟坰野。琴表其情山水志，明月清風同夜。總羣勢、淵乎文者。文果載心余心寄，曉生民、天地輝光寫。章靡疚，善之亞。

注：先生博士論文《詞與音樂關係研究》，爲當代詞學經典之作。所集《文心雕龍》篇目依次爲：上片原道、史傳、辨騷、樂府、情采、序志、物色、體性；下片封禪、樂府、知音、物色、定勢、序志、原道、指瑕。

賀新郎

予最喜亦峰先生詞論，頃購得《白雨齋詞話》原刊本一部，聊志念憶　鍾　錦

南院門前過。記當時、那家書肆，垂涎翻破。西安古舊書店，在南院門，少日貧，有書不能得，往往竟日翻閱，流連不去。一旦捧歸先沐手，急向明窗邊坐。纔入眼、蠅頭字大。選本正宗如有會，也迦陵、竹垞成常課。詞話更，意無左。予舊存影印《詞則》、《白雨齋詞話》稿本，即自古舊書店購得。甚愛其小楷之工，而《詞則》選詞尤當吾心，宋賢外迦陵、竹垞亦最喜者，《詞話》持論更無間言也。　十年著論多偏頗。傍先生、隻言片語，免于頹墮。感激欲酬才太薄，只恐都無一可。惟剩把、遺編訂妥。予著書爲稻粱之謀，多不經意，惟依傍先生，幸無大失。近編訂先生全集，庶不相負。舊刻忽然驚在眼，就銀燈、細認何因果。開卷見，少年我。

高陽臺

陳亦峰一百七十歲冥誕日賦　　前　人

詞話流傳，詞心冷落，古來才大難爲。異代蕭條，那逢八字橋西。南墻早是人家换，更休尋、白雨齋題。海陵城，一片羈魂，誰倩招回。　關情剩撫遺編在，有精靈來往，風雨然疑。同證微言，無端恨不同時。匆匆甲子雙週了，恐前身、待我追隨。只今朝，讐校初完，拜禱先知。

選冠子

讀清真詞步衛星女史韻　　江合友

悲鬱心情，精微辭句，流盼照人明艷。蘭陵月榭，六醜長條，律吕千年垂範。猶記溧水蘆黄，汴洛荷翻，雨飛雲颭。味清音几縷，幽懷三省，共兹玄覽。　仍悄立、午後憑欄，燈前揾淚，漸作渾成題染。漁郎逆旅，鷰雀窺簷，費煞一生遐潛。應是才高夢沉，苦恨人知，風姿神鑒。且徘徊掩卷，斗柄清光未減。

菩薩蠻

記長沙青年詞學會　　前　人

知音共賞清真集。星城不吝虚前席。岳麓會群英。梅溪照眼明。　商量疑義罷。攜手秋風夜。聞笛露橋邊。醉眠芳草間。

水調歌頭　眉山三蘇祠謁東坡遇雨

前　人

文曲大星降，千載一相逢。歎憨塵翳京洛，不變是情鍾。奮厲用心當世，却貶儋黄惠地，南北駐萍蹤。舉筆賦歸去，枕上有清風。訪祠廟，參聖像，繞蒼龍。滿園竹翠，相伴豪放老詞宗。無盡髯公格度，一霎黑雲翻覆，驟雨訴幽衷。踏雪何曾悔，鴻爪笑衰翁。

八聲甘州　柳永長調

王衛星

似長江驟雨卷繁花，趁時啟新天。聽雙音諧暢，奇音跌宕，香色纏綿。因愛曉風殘月，柳岸共流連。誰解鋪陳妙，宜更窮源。唐世涓涓一脈，注激流勇進，聲勢空前。看參差開合，動若貫珠圓。爲佳人、折腰無數，遇多情、何意不能言。教豪士、雅人入彀，萬象争妍。

念奴嬌　蘇詞變風

前　人

大江東去，正宜倩、嬌女銅琶歌徹。纖指輥雷，旋振起、珠浪瓊山門絶。忽變軒昂，更添嫵媚，孰道非英物。龍吟春曉，涣然天水澄澈。相較秦柳何如，善因善創，靈妙稱雄傑。乘勢斡旋隨處發，黄惠儋嗚尤烈。融合奇常，大開聲色，煉化心中鐵。千秋千里，有情同賞圓缺。

選冠子　清真長調

前人

巧對穿花，華章連鎖，徐展雙門驚艷。緣情重法，總北開南，自是大家風範。誰構堂廡迎春，温律重吹，柳絲高颭。愛豁然開朗，翩然旋舞，慨然登覽。　添幾許、疊翠長峰，棲霞深谷，千里江天如染。三橋映月，四柱擎空，六合氣靈飛潛。曲徑通幽出奇，順勢更新，神姿堪鑒。但從心所欲，鈎勒渾成未減。

浣溪沙

郭鵬飛

側卧擁書思弄琴。年華客意兩交侵。安能指上撥春心。　情怯猶傷人在水，事空翻恨淚盈襟。落花春雨又深深。

水龍吟　長沙初雪

前人

嗛州甜雪飛來，昆明臺上同雲黯。登霞引氣，與風成美，瓊花汎灧。謝殿衣明，梁園賦好，尺盈壇坫。自齊宣去後，藤公不見，人間事，希高覽。　黄竹有歌誰唱，笑公車、跡輕痕澹。杜門僵卧，何妨相照，一生肝膽。留夢天山，遺蹤蓬海，卅年書劍。又翩然顧我，層城嘉會，觸瀟湘感。

攤破浣溪沙

前　人

抵死花魂蝶夢殘。靈風靈雨暮生寒。倚醉愁雲薄霧裏，不堪看。　往事細思終是恨，前期能卜更何言。隔却蓬萊千萬里，訴應難。

春從天上來

辛丑歲末帝都連雪三日

顧依然

也縱身輕。化漸老冬心，墜玉飛晶。妝罷匀面，照眼空明。甚處客路無聲。是長消清夜，白銀國、復起愁城。凍雲開，到他人夢裏，依約成冰。　因循故都片影，正往事回環，柱冷瑶箏。一枕荒寒，多情餘思，寫入濃睡初醒。更凝華親擎，應爲我、暫許魂傾。任飄零。想綺窗花咲，殊色能憑。

注：「因循」句，或云「北京一下雪就成了北平」。

瑞鶴僊

絲帶水母

前　人

光河斜照晚。任遠海心事，虹霓纔鍊。閑游趁嬌面。有絲縷都繫，凝華流轉。綺雲紛瑑。都不共、微塵化現。向無人、散花舊處，遍結當時深願。　神變。緣生何據，纏縛能新，敷演空幻。重開肉眼。似夢覺，如潮捲。況曾参幽獨，浪高月满。前身參差成電。縱無情、寄與波清，解他水暖。

甘州　清明後二日疫中赴憫忠寺花事

前　人

懺耽春無量去來因，密護小花鈴。有穠芳化現，名香妙相，悄寄平生。帶雪遷延時候，佳色入新晴。重閉條風裏，爲主誰憑。　珠顆依依萬點，結殢人句子，紫白纖凝。待奇緣深種，往事證無情。起滅時、紛成渺漠，有啼鳩、喧寂各分明。渾忘却、正休歇處，憐取卿卿。

注：「帶雪」句，今春北京有雪，花開遲晚。

鷓鴣天　舊宅消夏作

張子璇

鎮日長吟片玉詞。明明樹影繞窗輝。侵闌書蠹尋常覓，揀地鶺鴒猶待棲。　窮髮北，鵲山西。炎宵珍重語冰時。芙蕖應悔前年種，生滅于今各不宜。

念奴嬌　撫順城北有山名高爾，遼塔佇其頂。

前　人

高城北恃，看色幽積鐵，蒼岩森挺。日月重輝猶斂戢，百尺佛圖香永。睡穩狸奴，驚飛白雁，野桂投空影。玄花浮動，望中樓閣冥冥。　頻覽偶向寒阬，東南地陷，翻似昆池冷。一自遼天難駐鶴，汽笛聲聲憂耿。勝國江山，名王勳業，楓墮渾河静。斜陽無數，尚憑孤塔收領。

注：高爾，滿語之桂花也。寒阬，撫順有亞洲第一之露天礦，今已開采殆盡。

沁園春　初十夜寫懷

前人

我所思兮，欲往從之，悵望側身。怕問求田舍，真成許汜；周旋故我，終遜桓温。遼海虚舟，澎湖墜楫，天道誰云與善人。如流電，使桑田暗换，起看揚塵。　開軒四壁爲鄰，幸蛺蝶、過墻尚有春。想鍾山重到，一丘一壑；蓉城待訪，三沐三薰。斷爛文章，湧泉心緒，决欲然燈一併焚。南窗外，有傳風月暈，撥動停雲。

高陽臺　秋日訪旌德吕碧城故居

李睿

緑水縈回，修篁掩映，四圍山色依然。黛瓦青牆，居人遥指飛椽。徘徊庭院深深處，是經年、柹葉初丹。話曾經，唯有蛩聲，猶在頹垣。　驚風驟雨逢時變，把簫心劍氣，都付吟箋。雪北香南，塵沙難數悲歡。飄飄碧海孤鴻影，總拈花、一笑人間。寫清寒，幾片斜陽，幾樹秋煙。

綺羅香　紅葉用張玉田韻

前人

暈染吴江，描摹紺壁，唤我停車山路。落帽西風，催送幾番寒暑。神秀共、老圃黄花；綿延向、歲華深處。更牽惹、永夜詩情，荒溝一片也堪賦。　曾嗟芳信流水，翻對高檠焰焰，燃遍平楚。日照霜林，勝却暮霞千縷。傍南樓、帶雨鮮妍，化彩蝶、漫天飛舞。縱飄零、猶抱丹忱，緑陰春看取

柳永葬地四説

曾大興

柳永是什麼時候死的？死在何處？葬在何處？又是什麼人埋葬了他？關于這些問題，可以説是衆説紛紜。僅僅是關于他的葬地問題，就有四種不同的意見。

第一種意見認爲，柳永的葬地在棗陽，也就是今湖北省襄陽市所管轄的一個縣級市——棗陽市境内。例如南北宋之交的學者楊湜就在他的《古今詞話》這本書中寫道：「柳耆卿……終老無子，掩骸僧舍，京西妓者鳩金葬于棗陽縣花山。……其後遇清明日，游人多狎飲墳墓之側，謂之吊柳七。」〔一〕「掩骸僧舍」，就是講他死了之後，無錢無人安葬，屍骨被裝在一口薄薄的棺材裏，臨時安放在當地的一間寺廟。「京西」，就是京西南路。所謂「京西妓者鳩金葬于棗陽縣花山」，就是講京西南路一帶的歌女們湊錢，把柳永安葬在棗陽縣的花山。

南宋學者曾敏行也在他的《獨醒雜志》中寫道：「柳耆卿風流俊邁，聞于一時。既死，葬于棗陽縣花山。遠近之人，每遇清明日，多載酒肴飲于耆卿墓側，謂之『吊柳會』。」〔二〕曾敏行的説法和楊湜的説法是一致的，也是認爲柳永死後葬在棗陽縣的花山。

第二種意見認爲，柳永的葬地在襄陽，也就是今湖北省襄陽市。南宋著名學者祝穆在他的《方輿勝覽》裏寫道：「柳耆卿，崇安白水人，長于詞。……遂流落不偶，卒于襄陽。死之日，家無餘財，群妓合金葬之于南門外。每春月上塚，謂之『吊柳七』。」〔三〕「南門」，就是指襄陽府城的南門。祝穆認爲，柳永不是葬在棗陽縣的花山，而是葬在襄陽府城的南門外。也是歌女們湊錢把他埋葬的。每年春天，也有一個悼念活動，叫作「吊柳七」。這個説法，可以稱爲「襄陽説」。

需要説明的是，北宋時的襄陽府與附近的隨州，都屬于京西南路。隨州所管轄的棗陽縣離襄陽府很近，中間只隔一條河，當時叫滾河，今天叫白水。而從元代開始，棗陽就歸襄陽管轄了。「襄陽説」和「棗陽説」，除了埋葬地點稍有不同外，其他内容是基本一致的，都是講歌女湊錢葬柳永，而且在每年的清明節都會去給他上墳，舉行「吊柳會」，或者「吊柳七」。

「襄陽説」和「棗陽説」，在歷史上就傳播得很廣，一直傳到清代。需要指出的是，「襄陽説」應該是來自于「棗陽説」，最早持「棗陽説」的是《古今詞話》的作者楊湜，此人比《獨醒雜志》的作者曾敏行的時代要早，曾敏行又比《方輿勝覽》的作者祝穆的時代要早。

其實「棗陽説」是經不住推敲的。其一，楊湜講柳永「終老無子」，這一點就不符合事實。事實上，柳永是有兒子的。柳永的兒子還不是一般的兒子，而是一個進士出身的兒子，一個做過朝廷命官的兒子，名叫柳涗。柳永不僅有兒子，而且還有孫子，名叫柳彦輔。黄庭堅《書贈日者柳彦輔》云：「柳彦輔是耆卿之孫，決王公貴人生死禍福。」〔四〕所謂「日者」，就是算命看相的人，怎麽能説柳永「終老無子」呢？其二，這個説法缺乏實證。據清代學者葉名澄講，棗陽並没有柳永的墓，也没有花山。例如清代的《湖北通志》就未載棗陽有柳永墓，也未載所謂花山（見葉名澄《橋西雜記》）。

事實上，襄陽也没有柳永墓。「襄陽説」是由「棗陽説」衍變而來的。「棗陽説」不能成立，「襄陽説」也不能成立。今天研究柳永的學者，似乎没有人相信「棗陽説」和「襄陽説」。

那麽這裏就有一個問題，「襄陽説」和「棗陽説」是怎麽出籠的呢？筆者認爲，主要原因是柳永生前到過襄陽，甚至棗陽。根據柳永的作品來判斷，他生前到過江夏，也就是今天的武漢；還到過九嶷山，在今湖南省永州市寧遠縣境內。他要到這兩個地方，按照當時的交通路綫，應該是從首都開封出發，經南陽到襄陽，然後沿漢水到夏口，再由夏口沿長江到洞庭湖，最後沿湘水到九嶷山，也就是説，他去夏口和九嶷山，襄陽是必經之地。襄陽這個地方，歷來是一個南北交通要道。早在漢代，就是一座很有名的城市。柳永是當時最有影響的大詞人和大音樂家，他到了襄陽這樣一座歷史文化名城，可能會小作停留。而襄陽離棗陽也很近，過了白水，就到了棗陽地界。所以柳永既然到了襄陽，也就有可能到了棗陽。總之，柳永在襄陽，不會是一般性的路過，他可能會小作停留，可能會做點什麼，可能會給當地人留下很深的印象。

第三種意見認爲，柳永的葬地在儀徵，也就是今江蘇省揚州市管轄的一個縣級市。這個地方在宋代叫揚子縣，屬于真州管轄。後來改名儀真縣。清朝雍正年間，爲了避雍正皇帝胤禛之諱，又把這個真假的「真」改爲征途的「征」。清代著名詩人王士禛在《池北偶談》一書裏寫道：「儀徵縣西，地名仙人掌，有柳耆卿墓。予真州詩云：『殘月曉風仙掌路，何人爲吊柳屯田？』」〔五〕王士禛的這個説法，得到清代某些人（如宋茗香）的附和，但是也遭到更多人（如吴衡照、凌廷堪、吴騫、趙翼）的質疑。例如凌廷堪，他是乾隆年間的一位著名的音樂學家，做學問非常嚴謹。爲了搞清楚柳永的葬地究竟在不在儀徵，他還做了一次實地考察。他在柳永《雨霖鈴》這首詞下注云：「真州城南訪柳三變墓，詢之居人，並無知者。」〔六〕

凌廷堪的考察結果表明，王士禛的説法是靠不住的。那麼，爲什麼會有儀徵這一説呢？我們知道，儀徵離揚州只有三十里路。揚州是一座歷史悠久的文化名城。唐代的揚州，是中國最大的城市；北宋的揚州，是淮南東路的首府，其繁華程度並不亞于唐代。據柳永的作品來考察，他是到過揚州的。正因爲他到過揚州，所以也就有可能到過附近的揚子縣。據説宋真宗曾經下詔，在這裏鑄造了四位遠祖皇帝的金像，由于儀容逼真，就把這裏賜名爲「儀真」，後來又上升爲「真州」。柳永是真宗、仁宗時代的人，以他那藝術家的好奇性格，既然已到揚州，怎麽可能不順便去一下揚子縣，去看一看那裏的四尊金像呢？由于生前到過儀徵，才有死後葬在儀徵之説。

第四種意見認爲，柳永的葬地在潤州，也就是今江蘇省鎮江市。這個地方在北宋叫潤州，在南宋叫鎮江府，治所在丹徒縣，也就是今鎮江市丹徒區。宋人葉夢得的《避暑録話》一書寫道：「永終屯田員外郎。死旅，殯潤州僧寺。王和甫爲守時，求其後不得，乃爲出錢葬之。」〔七〕這個王和甫，就是王安石的弟弟，叫王安禮，字和甫。據《嘉定鎮江志》記載，王和甫任潤州知州，是在宋神宗熙寧八年，也就是公元一〇七五年。

葉夢得的這個説法，得到《萬曆鎮江府志》的證實。這本府志的第三六卷，記載柳永的葬地就在丹徒境内的北固山下，並且還引用了丹陽人葛勝仲寫的一篇《陳朝請墓志》作爲佐證。《陳朝請墓志》介紹了王安禮葬柳永的經過：「王安禮守潤，欲葬之，藁殯久無歸者。朝請市高燥地，親爲處葬具，三變始就窀穸。」〔八〕聯繫葉夢得《避暑録話》的那一段記載，事情的經過應該是這樣的：王安禮來做潤州知州，得知柳永的靈柩還停放在一間寺廟裏，但是又找不到他的後人，于是就決定出錢安葬他。具體辦事的人則是陳朝請。陳朝請買了一塊地勢比較高、土質比較乾燥的葬地，又親自爲他置辦了棺材，這樣柳永才得以入土安息。

尤其值得注意的是，《萬曆鎮江府志》還介紹了從地下挖出來的一塊墓碑，上面有一篇柳永的墓志銘，以及一把陪葬的玉篦：「近歲水軍統制羊滋命軍兵鑿土，得柳《墓志銘》並一玉篦。及搜訪摩本，銘乃其侄所作。篆額曰：『宋故郎中柳公墓志銘。』文皆磨滅，止百餘字可讀，云：『叔父諱永，博學，善屬文，尤精于音律。爲泗州判官，改著作郎。既至闕下，寵進入庭，授西京靈臺令，爲太常博士。』又云：『歸殯不復有日矣。叔父之卒，迨二十餘年云。』」〔九〕這個墓志銘，據説就是柳永的侄子、宋代著名書法家柳淇寫的。這個墓志銘不僅證實了葉夢得的説法，而且還交待了柳永去世的大致時間。如上所言，王安禮任潤州知州，是在宋神宗熙寧八年，也就是公元一〇七五年。他出錢葬柳永，應該就是在這個時間。柳淇寫墓志銘，也應該就是在這個時間。墓志銘說：「叔父之卒，迨二十餘年云。」由這個時間往上推二十餘年，應該是一〇五三年左右，也就是宋仁宗皇祐五年左右。

由此看來，柳永葬在鎮江，應該是可信的。在鎮江北固山上，至今還有一座柳永墓。

鎮江在六朝時叫京口。在南宋鎮江府丹陽縣人所撰《京口耆舊傳》（撰人不詳）中，有一篇柳永之子柳涚的小傳。傳云：「柳涚，丹徒人。擢慶曆六年進士第，爲陝西司理參軍，以政績聞，特改大理寺丞。」〔一〇〕撰者把已故的柳永之子柳涚歸入京口耆舊，可能就因爲柳永的墓地就在京口（鎮江）。

又有墓地，又有墓志銘，又有陪葬品，這些實物，都與文獻記載相合，按說柳永葬在鎮江，應該是沒有疑問了。但是也有一個無法回避的問題，就是柳永的兒子，身爲進士和朝廷命官的柳涚，爲什麽不親自葬父，而要讓父親的靈柩在一個寺廟裏停放二十多年，最後由王安禮來出錢安葬呢？

高熙曾先生講，柳涚是鄭獬推薦的人，而鄭獬是反對王安石變法的，後來受到王安石的打擊。《宋史·鄭獬傳》說，鄭獬死後，家貧子弱，無力安葬，他的靈柩也是被放在寺廟裏十多年。高先生因此認爲，柳涚既是鄭獬推薦的人，可能也受到王安石的打擊，不能回鄉葬父。〔一一〕但是這個說法是經不住推敲的。因爲王安石變法，始于宋神宗熙寧二年（一〇六九），而柳永去世，是在宋仁宗皇祐五年（一〇五三）左右。也就是說，柳永死後十六年，王安石才開始變法。這十六年之間，不存在王安石打擊鄭獬和柳涚的問題。

柳永這個家族，從他的父親開始，到他的孫子這一代，至少出了八個進士，十二個朝廷命官。這是一個非常講孝道的家庭。當年柳永的祖父柳崇在濟州（柳永叔父柳宣時任濟州團練推官）去世的時候，柳永的父親柳宜正在沂州公幹，他得到噩耗，號啕大哭，連夜冒著風雪，步行趕到濟州葬父。〔一二〕柳永的父親這樣恪守孝道，柳永的兒子爲什麽這樣不守孝道呢？

也許柳涚未能親自葬父的原因，在柳淇所作《墓志銘》中已有交待，只是這一部分文字已經「磨滅」了。

誰知道呢？

宋詞是一代之文學，柳永是一代文學之名家。這樣一位爲宋詞的發展作出了重大貢獻的天才人物，不僅終生坎坷，而且最後還掩骸僧舍二十餘年。這樣的不幸遭遇在中國文學史上是非常少見的。

〔一〕楊湜《古今詞話》，唐圭璋編《詞話叢編》第一册，中華書局一九八六年版，第二五頁。

〔二〕曾敏行《獨醒雜志》卷四，施蟄存等輯《宋元詞話》，上海書店出版社一九九九年版，第三二五頁。

〔三〕祝穆撰，祝洙增訂《方輿勝覽》上册，中華書局二〇〇三年版，第一九七頁。

〔四〕黄庭堅《書贈日者柳彦輔》，《豫章黄先生文集》卷十，《四部叢刊》本。

〔五〕王士禛《池北偶談》卷二十一，汀州張氏勵志齋本。

〔六〕凌廷堪《梅邊吹笛譜》，凌廷堪撰，紀健生校點《凌廷堪全集》第四册，黄山書社二〇〇九年版，第二三三頁。

〔七〕葉夢得《避暑録話》卷下，《四庫全書》本。

〔八〕〔九〕《萬曆鎮江府志》卷三十六，引自唐圭璋《詞學論叢》，上海古籍出版社一九八六年版，第六〇九頁。

〔一〇〕《京口耆舊傳》，《四庫全書》本，第十二頁。

〔一一〕高熙曾《柳永事蹟考辨》，《天津師範學院科學論文集刊》一九五七年第一期。

〔一二〕參見王禹偁《建溪處士贈大理評事柳府君墓碣銘並序》，《小畜集》卷三十，武英殿聚珍本。

（作者單位：廣州大學文學地理學研究院）

新見北宋鄭剛中佚詞一首

吴學敏

筆者最近在翻閲地方宗譜時，偶然發現了一首宋人鄭剛中所作壽詞。經詳細比對，該詞爲《全宋詞》所未收。全詞見于清嘉慶四年刻本《蘭江錢氏宗譜》，其詞如下：

醉蓬萊·壽錢尚書

正皇家圖任舊人，同政再追前軌。湖海名臣，盡作幡然計。安石雖閑，束手自有經綸志。年德彌高，不應未爲，蒼生而起。　天氣清寒，東箕南翼，胎鶴蓮龜，又添一歲。好與鄉鄰，且婆娑同醉。看取來年，我公今日，正在夔龍地。賜帶頒衣，天香散漫，一番恩意。

此篇前是柳貫《跋尚書複期上人手帖》，後爲梅執禮《祭錢尚書文》。柳貫文中有「述古尚書錢公」等語，而史載北宋錢遹（一〇五〇—一一二一）曾「改述古殿直學士」（《宋史》卷三五六），官至工部尚書，並著有《錢述古遺文》八十卷，可知詞題中的「錢尚書」應爲錢遹。

（作者單位：浙江省吴興高級中學）

詞調《看花回叙(序)》考辨

劉紅霞

《中國地方志聯合目録》著録的上海圖書館藏十九卷《(洪武)常州府志》，經王繼宗考證，實爲《永樂大典》卷六四〇〇至卷六四一八「常州府一至十九」的清嘉慶間抄本。〔一〕是書自卷十四《浮遠留題》起至十五卷末的詩文，徵引自明中葉後亡佚的宋《江陰志》，收有十五人十八首詞作，其中十一首詞作此前未見，可作輯佚。〔二〕詞調《看花回叙》四段，二百一十字，後世失傳，諸譜未載。

一　石正倫《看花回叙·題浮遠》

《永樂大典·常州府》卷一五《文章》收録南宋石正倫詞《看花回叙·題浮遠》，徵引自宋《江陰志》卷一三咸淳《江陰續志》：

翠巘。俯晴空望極，澄江如練。氣蒸吴楚亙萬里，來自岷峨源遠。鯨潮暗長煙。半抹平沙，横展沙外天。但蒹葭莽蒼，遥指是淮甸。

雲帆豆許乍冥，迷望中難辨。俄見津亭巨舶聚，峒寶蠻香，登市駢闐。紅粉畫樓，促拍當歌勝鶯囀。應笑采芙蓉，來調客，臨流解瓊瑱。

本文係國家社科基金重大項目《全宋詞人年譜、行實考》(編號：17ZDA255)階段性成果。

徘徊處，欄干倚遍。澹半川，落日遺照黄田。珠履塵銷，故城蕪暗。問誰持酹，叢祠苔蘚。興亡古今如夢，清愁費排遣。來鷗去鷺，多情又還，雙下蓼灘淺。

春正好，長安戀。酒恨來晚，過了河鮋初薦。除非重攜弄玉，吹徹貝宫珠殿。飛鏡高懸。恣倒融尊，細吟《海賦》，星河任低轉。便酩酊，未驂鸞，也疑身是仙。[三]

《全宋詞》收石正倫詞四首，《清平樂》、《綺寮怨》、《漁家傲》、《霓裳中序第一》，皆輯自《陽春白雪》，所撰石正倫小傳極簡，「正倫號瑶林，官帥幹」。[四] 紹定五年壬辰（一二三二）續修《（紹定）江陰志》，疑石正倫即時任江陰軍簽判「總其綱」[五]的石祖文，限于篇幅，將另撰文考論。

二　詞調《看花回叙（序）》辨析

《宋江陰志輯佚》將此詞定名爲《看花回・叙題浮遠》[六]，誤。據《欽定詞譜》，《看花回》有兩體，一爲六十八字，一爲一百一字，皆爲兩段（片）：

琴曲有《看花回》，調名本此。此調有兩體，六十八字者始自柳永，《樂章集》注「大石調」，《中原音韻》注「越調」，無別首宋詞可校。一百一字者始自黄庭堅，有周邦彦、蔡伸、趙彦端諸詞可校。[七]

《看花回》一百一字者，當是宋人依琴曲改製新聲。抄本中，石正倫此詞四段（片），二百一十字，詞調當爲「看花回叙」，詞題爲「題浮遠」。「叙」本義爲秩序、次序。《説文解字》三下曰：「叙，次第也。從攴，余聲。」[八] 書籍的序言早期寫作「叙」，後多寫作「序」。「叙」同「序」，故「看花回叙」即「看花回序」。

《看花回》二體、《看花回叙（序）》，與《傾杯樂》諸體、《傾杯序》的情況大致相似。唐教坊曲有《傾杯樂》，調名本此。[九] 考察《傾杯樂》諸體，當是宋人從舊曲改製爲新聲，《看花回》二體亦同此。《傾杯序》則收于《歲時廣記》，二百七十字，蔡國强《詞律考正》認爲：「細察其結構，當是四段。」[一〇] 詞中最長調《鶯啼序》，爲南宋中期新聲，二百四十字，亦作四段（片）。張炎《詞源·拍眼》談到四片之「序子」：

外有序子，與法曲散序、中序不同。法曲之序一片，正合均拍。俗傳序子四片，其拍頗碎，故纏令多用之。〔一一〕

詞調中最初凡稱「序」，是從唐宋大曲中摘出者，如《散序》、《霓裳中序第一》等。《鶯啼序》、《傾杯序》、《看花回叙（序）》皆四段（片），不同于散序、中序止一片，當即張炎所云「序子」以及「俗傳序子四片」。細察《看花回叙（序）》用韻，四段（片）詞作，每段皆出現平仄通叶。冒廣生《疚齋詞論》卷中「論詞有平仄通叶」一條，以《哨遍》、《戚氏》爲例論詞中暗韻，可作參看。〔一二〕聯繫《看花回叙·題浮遠》收于南宋末期的咸淳《江陰續志》，其用韻，特别是四片皆存在平仄通叶，爲研究「詞變而爲曲」提供了一個實例。

三　《看花回叙（序）》爲兩宋現存詞中第四長調

兩宋現存最長詞調《鶯啼序》（二四〇字）、《勝州令》（二一五字）、《戚氏》（二一二字）、《傾杯序》（二〇七字）、《哨遍》（二〇三字）。詞調《看花回叙（序）》（二一〇字）爲目前所見詞中第四長調，後世失傳，諸譜未載，因《永樂大典·常州府》之徵引而得存世。

又《四庫全書總目·欽定詞譜》云：「今之詞譜皆取唐宋舊詞以調名相同者互校，以求其句法字數。取句法字數相同者互校，以求其平仄。其句法字數有異同者，即據而注爲又一體。其平仄有異同者，則據而注爲可平可仄。」〔一三〕此石正倫詞《看花回叙（序）》若形成譜調，目前與柳永體《看花回》一樣，皆爲孤例，無别首宋詞可校。

〔一〕王繼宗《〈永樂大典〉十九卷内容之失而復得——［洪武］〈常州府志〉來源考》，《文獻》二〇一四年第三期，第六五—七七頁。該十

九卷抄本見《上海圖書館藏稀見方志叢刊》第四十六册至四十九册，國家圖書館出版社二〇一一年版。

〔二〕劉紅霞《〈全宋詞〉輯補：〈永樂大典·常州府〉清抄本宋代已佚方志十一首佚詞》，《中國詩歌研究動態（第二十六輯）》，學苑出版社二〇二一年版，第一—一四頁。

〔三〕《上海圖書館藏稀見方志叢刊》第四十八册，第四二五—四二六頁。第二段「迷望中難辨」，抄本中爲「辯」，通「辨」，徑改。

〔四〕唐圭璋編《全宋詞》，中華書局一九六五年版，第三〇三三頁。

〔五〕蔣汝通《「紹定壬辰」續修記》，載明黃傅修、方謨等纂《（弘治）江陰縣志》卷一四《諸志序例次第·紹定續修記》，鳳凰出版社二〇一一年版，第二七三頁。

〔六〕楊印民輯校《宋江陰志輯佚》，天津古籍出版社二〇一六年版，第三七四頁。

〔七〕王奕清等編纂《御定詞譜》卷一五，《景印文淵閣四庫全書》第一四九五册，臺北商務印書館一九八六年版，第二六七頁。《御定詞譜》即《欽定詞譜》。

〔八〕許慎撰《説文解字》三下，中華書局二〇一三年版，第六四頁。

〔九〕陳暘《樂書》卷一五七《曲調中》載「因舊曲造新聲者凡五十八曲，《傾杯樂》二十八曲」，並注出宫調，《景印文淵閣四庫全書》第二一一册，臺北商務印書館一九八六年版，第七二三頁。

〔一〇〕蔡國强《詞律考正》，華東師範大學出版社二〇一九年版，第二一九頁。

〔一一〕張炎《詞源》卷下，《續修四庫全書》第一七三三册，上海古籍出版社二〇〇二年版，第六六頁。

〔一二〕冒廣生《疚齋詞論》卷中，葛渭君編《詞話叢編補編》，中華書局二〇一三年版，第三三七四—三三八七頁。

〔一三〕《四庫全書總目》卷一九九，中華書局一九六五年版，第一八二七頁。

（作者單位：南京師範大學文學院）

彊村詞《高陽臺》「藥裹關心」考辨

張海鷗

二〇二二年八月九日，中國詞學高峰論壇在湖州舉行，次日，與會學者赴埭溪鎮，爲「彊村詞學館」建成揭牌。

彊村詞學館一樓大廳展示有朱祖謀詞，其中一首《高陽臺·除夕閏生宅守歲》：

药里关心，梅枝熨眼，年光催换天涯。彩胜迷离，忘情红入鐙花。常时风雨联床地，付冷吟、闲醉消他。更休提，束带鸣鸡，列炬飞鸦。　惊心七十明朝是，甚两头老屋，旧约长赊。醉倚屠苏，宁知肝肺槎枒。干戈满目悲生事，对阿连、休话无家。却因依，北斗阑干，凝望京华。

按《高陽臺》詞開頭兩個四字句例須對仗。則「药里关心，梅枝熨眼」對仗欠工。筆者核對多種版本[一]，朱詞實作「藥裹關心」。

廣陵古籍刻印社影印的《彊村遺書》，其中《彊邨語業》三卷，前兩卷是彊村自刻本，第三卷是據彊村手稿影印。其中《高陽臺》詞手稿如下：

龍榆生作跋曰：

右《彊邨語業》三卷，前二卷爲先生所自刻，而卷三則先生卒後，據手稿寫定補刊者也。先生始以光緒乙巳，從半塘翁恉，删存所自爲詞三卷，而以己亥以前作爲前集，曾見《庚子秋詞》、《春蟄吟》者爲別集附焉。後又增刻一卷，而汰去前集別集，即世傳《彊邨詞》四卷本是也。晚年復并各集，釐訂爲《語業》二卷，嗣是不復多作。嘗戲語沐勛，身丁末季，理屈詞窮，使天假之年，庶幾足成一卷，而竟不

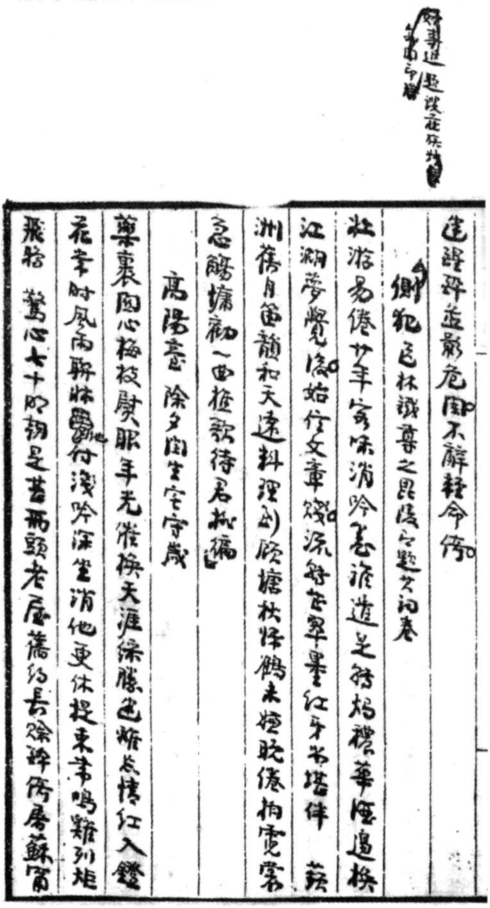

及待矣。傷哉。先生臨卒之前二日，呼沐勛至榻前，執手嗚咽，以遺稿見授。曰：使吾疾有間，猶思細定。其矜慎不苟如此。兹所編次，一以定稿爲準。其散見别本或出傳鈔者，不敢妄有增益，慮乖遺志也。壬申初夏，龍沐勛謹跋。

白敦仁《彊村語業箋注》（浙江古籍出版社二〇一五年版）：

高陽臺　除夕閏生宅守歲

藥裹關心，梅枝熨眼，年米催换天涯。彩勝迷離，忘情紅入鐙花。常時風雨聯牀地，付冷吟、閑醉消他。更休提、束帶嗚鷄，列炬飛鴉。　驚心七十明朝是，甚兩頭老屋，舊約長賒。醉倚屠蘇，寧知肝肺槎枒。干戈滿目悲生事，對阿連休話無家。却因依、北斗闌干，凝望京華。

彊村先生作《高陽臺》詞，首句典出杜甫《酬郭十五判官》：

才微歲老尚虚名。卧病江湖春復生。藥裹關心詩總廢，花枝照眼句還成。只同燕石能星隕，自得隋珠覺夜明。喬口橘洲風浪促，繫帆何惜片時程。

藥裹就是藥包子，「藥裹關心」就是藥包子關乎身心健康。杜甫以藥裹對花枝，對仗工穩。

「藥裹」典出葛洪《神仙傳》卷一「彭祖」：

彭祖者，姓籛名鏗，帝顓頊之玄孫，至殷末世，年七百六十歲而不衰老。少好恬静，不恤世務，不營名譽，不飾車服，唯以養生治身爲事。……服藥千裹，不如獨卧。

其後各種書籍轉載此語如宋李昉等編《太平廣記》、《太平御覽》，宋吴幵撰《優古堂詩話》，宋吴曾《能改齋漫録》卷八，宋曾慥編《類説》，宋戴埴撰《鼠璞》卷上《彭籛經》，明賀復徵《文章辨體匯選》卷六百五十七載，明張位《伍公去思碑文》，清康熙《御定淵鑒類函》，清吴景旭撰《歷代詩話》卷四十九「獨眠」。

杜甫此詩所在諸典籍多作「藥裹關心」：《湖廣通志》卷八十八、《白孔六帖》（唐白居易撰前三十卷，宋孔傳撰後三十卷）卷三十三、宋洪邁《容齋隨筆》卷十六、南宋黄希《補注杜詩》卷三十六、清何焯《義門讀書記》卷五十六、清仇兆鼇《杜詩詳注》第五册第一九八二頁（中華書局一九七九年版）、《御定全唐詩》卷二三三、清浦起龍《讀杜心解》第三册第六七八頁（中華書局一九六一年版）、清張溍《讀書堂杜工部詩文集注解》下册第一三二〇頁（齊魯書社二〇一四年版）。

杜甫以後詩文家使用杜詩「藥裹關心」典故如：

宋孫覿七律《蘭溪津亭病起》：

風波湧地千漚發，創痏鑽皮百箭攻。藥裹關心防二豎，謗書盈篋忤三蟲。……

（見吴之振編《宋詩鈔》四十七《鴻慶集鈔》）

宋朱熹《檳榔》五絶卒章戲簡及之主簿：

暮年藥裹關心切，此外翛然百不貪。薏苡載來緣下氣，檳榔收得爲祛痰。

（見《全閩詩話》卷四引《廣群芳譜·檳榔》）

南宋汪藻《浮溪集》卷三十一《簡蔡天任》：

寂寂閑庭少客過，翛然丈室一維摩。腦脂遮眼空豪在，藥裹關心奈老何。……

南宋陸游《劍南詩稿》卷二十七《春夏之交衰病相仍過芒種始健戲作》：

藥裹關心百不知，可憐筆硯鎖蛛絲。倒壺猶有暮春酒，開卷遂無初夏詩。户外逢人驚隔闊，燈前顧影歎支離。癡頑未伏常愁卧，鼓缶長謠樂聖時。

《劍南詩稿》卷八十五《夜坐二首》其二：

藥裹關心處，篝燈照影時。……

元吴景奎《藥房樵唱》卷三：

鬢絲冉冉颺茶煙，藥裹關心手自煎。……

元李繼本《一山文集》卷三《松隱》：

……蜂房溜蜜看兒割，藥裹關心對客題。南望九華懷李白，月明霜白斷猿啼。

元沈夢麟《花溪集》卷三《送同考官劉子彦還江西》：

……文衡到手秋同考，藥裹關心夜不眠。……

《花溪集》卷三《答仲舒博士簡危先生韻》其二：

……無端藥裹關心甚，歸夢頻頻到霅川。

將「藥裹」誤作「藥裏（里）」並不始于當代電腦繁簡字轉换，查《景印文淵閣四庫全書》，宋郭知達編《九家集注杜詩》卷三十六《酬郭十五判官》：「藥裹關心詩揔廢，花枝照眼句還成。」注引趙云彭祖云：「服藥千裏，不如獨卧。」《神仙傳·彭祖》是「服藥千裹，不如獨卧」。趙注作「服藥千裏」費解，若表示距離也應該是「千里」。

《九家集注杜詩》這個「藥裏關心」之誤，應該不是清代四庫館臣抄寫之誤，而是宋代原版本如此。「藥裏關心」的句法，在北宋詩中已經出現，意思是：藥裏面包含著人們對身心健康的各種關心、關懷、關照。這樣的意思和「藥裹關心」是一致的，因此《九家集注杜詩》將杜詩「藥裹」誤作「藥裏」。筆者認爲，若不是對仗句式，若不是使用《神仙傳》彭祖之典，則「藥裏關心」比「藥裹關心」更富詩意。如：

北宋强至《祠部集》卷十《病中漫呈師樸學士》：

初春抱病涉新秋，叩徧醫門廢曆酬。小子幸災因語怪，老夫委命獨忘憂。情知仕路多猜險，賴有君家共戚休。藥裏關心詩興在，未應風月廢吟搜。

南宋程俱《北山集》卷十《丙辰八月六日作》：

負屙今日四周年。藥裹關心雪滿顛。……

南宋呂本中《東萊詩集》卷十四《病中口占示益謙四弟》：

病來全少静工夫，藥裹關心計已迂。縱使君來亦無語，更無餘法待文殊。

今人沈暉點校《東萊詩詞集》改作「藥裹」（黄山書社一九九一年版第二〇六頁），不知何據。

（作者單位：中山大學中文系）

〔一〕筆者因居家不便查考，特請中山大學陳慧副教授、仝廣秀博士協助查考。

陳廷焯家世考略

李慧敏

陳廷焯（一八五三—一八九二）憑借一部《白雨齋詞話》，成爲詞學史上的大家。但是正如譚獻所感慨的，「惜年四十以乙科終」（《復堂日記》光緒二十四年四月十九日），未及聞達，就早早下世了，關于他的生平、家世，人們所知很少。長期以來，一般的了解僅限于《白雨齋詞話》的兩序兩跋，以及三種方志：清光緒十六年《丹徒縣志摭余・儒林文苑》、民國十九年《續丹徒縣志・文苑》、民國十三年《續纂泰州志・人物流寓》。而在屈興國先生《白雨齋詞話足本校注》一書所收陳氏生平史料中，也只收録了這三種方志裏的小傳。

方志小傳極爲簡略，而且有不少疏失。《白雨齋詞話》刊行于陳廷焯身後，應該較爲人熟知，但即使這樣，《續纂泰州志》還是把卷數「八卷」錯爲「六卷」。而《詞則》在當時僅有稿本、抄本流傳，就更難免錯誤。《丹徒縣志摭餘》和《續丹徒縣志》都記爲：「《大雅》、《放歌》、《閒情》、《别調》等詞集共四卷。」直到《詞則》稿本一九八四年由上海古籍出版社影印出版之後，大家才明白，這四種「詞集」是陳廷焯編選的詞選，總名《詞則》，只是分爲了這四集，否則大家會誤認這所謂的四卷是陳廷焯自己的詞集。這四集每集六卷，總共有二十四卷，所以應當是不能説成「四卷」的。同樣，兩書所説「《希聲詩集》八卷」，也容易讓人誤認爲是陳廷焯自己的詩集，而陳氏自己在《白雨齋詞話》刻本卷八中則明説：「余選《希聲集》六卷，所以存詩也。《大雅集》六卷，所以存詞也。」可見這也是陳廷焯自己編選的一部詩選集，卷數是六卷而不是八卷。

有關陳氏的生平著述尚且被記録如此，他的家世就更不爲人所知了。《白雨齋詞話》中許正詩的跋文提到陳廷焯的「太夫子鐵峯先生」，學界也就一直以此來稱呼陳廷焯的父親，甚至不知道「鐵峯」是名是字，還是别號。連陳氏後人也已記不得了，他們根據了陳氏姻親京口順江洲王氏光緒癸巳重修《王氏家乘》中的記載，知道鐵峯爲「同邑附貢生，提舉銜，浙江黄岩場大使」。能夠做到鹽場大使，自然家境不錯。《白雨齋詞存》詞後有評語，署名「姪兆煊」的有四條。陳氏後人還記得這位陳兆煊，字伯蔭，是陳廷焯大哥的長子。但這位大哥的名字，却也並不知曉。

二〇二二年張海濤博士在天津人民出版社出版《陳廷焯文學思想研究》一書，爲我們提供了很多的材料。他在南京圖書館查閲到《光緒戊子科江南鄉試同年齒録》（以下簡稱《齒録》），陳廷焯是光緒戊子舉人，所以他的履歷也被記載在其中。《齒録》詳細記述了陳氏的家世：「曾祖洪緒，曾祖妣氏李、王、汪、馬，祖書田，祖妣氏胡，父壬齡，母氏吕。胞伯祖書勳，胞叔祖書曾、書疇、書玉。胞兄廷烝，胞侄兆煊，胞侄孫長慶。妻氏王。子兆珍、兆霖、兆嵩，女四。」在「父母」下，還記有「具慶下」，就是説當時其父母均還在世。光緒戊子年是一八八八年，《齒録》並載陳氏「咸豐癸丑年十一月二十日吉時生」，即生于一八五三年十二月二十日，陳廷焯中舉時三十五歲，父母健在，其父一八九六年去世，已是在陳廷焯去世後四年，其母則不得而知了。《齒録》還記載：「族繁不及備載。」可見陳氏家族是個很大的家族，又説陳廷焯「行十」，這是大家族中的排行，他只有一個哥哥，並無兄弟。

這份履歷讓我們一目了然地看到陳廷焯以上陳氏三代人的名字，包括配偶的姓氏，十分難得。履歷更詳細記載了陳氏的故居，「世居鎮江西門内堰頭街」，當然今天已蕩然無存。陳廷焯去世後葬在鎮江附近的山上，估計那裏是陳氏家族墓地，現在也已無蹤跡可尋。

如今我們知道陳廷焯的父親名陳壬齡，鐵峯是其字，母親吕氏。約在一八七〇年前後，陳壬齡在泰州購買了一座建于明代的宅院，陳氏後人説位于八字橋西堍北側小街（今稅務橋南小街），《齒録》記作「泰州城内八字橋西街」。從此陳家流寓泰州，陳廷焯便和泰州結下不解之緣。這所宅院由陳氏家族一直居住到了中華人民共和國成立後，現今存留的房屋已由泰州市文物局確定爲「泰州市控制保護不可移動文物」。張海濤博士又詳細考證了陈壬齡的生平，他在同治十年（一八七一）至光緒元年（一八七五）曾擔任黄巖場大使（即鹽課司），雖然官職只有八品，但身家殷實，關心文教，在任上還捐資重建了回浦書院。

陳壬齡的生平由此略見梗概，更爲可喜的是，泰州的武維春先生在查閲泰州圖書館所藏《重燕鹿鳴詩徵》刻本時，發現了一則簡短介紹：「陳壬齡，字鐵峯，江蘇丹徒人，官鹺尹。」另可貴的是，此集中還保留了陳壬齡的四首七言律詩，這是我們能夠看到的他留下的唯一的文學作品。詩集刻于光緒六年（一八八〇），原因是泰州的王廣業「早年登第，由部曹薦擢道員，引疾歸里」，在光緒四年，以七十五歲的高齡「鄉舉再逢」，成爲一時盛事。朝廷賞給二品頂戴，准其重赴鹿鳴筵宴。泰州人士爲了慶賀，編了這樣一本詩集，使我們幸運地見到陳壬齡作品，從中想象陳廷焯可能受到的熏染。這四首詩如下：

星彩弧南景運昌，巍然一殿魯靈光。秋風前度飄丹桂，春信更番上緑楊。苹宴重開新畫閣，錦衣曾逐舊春坊。蓬山領袖人中瑞，松柏青青耐雪霜。

神仙嘯傲寄江湖，也似王喬舄墮鳧。南海廉車留凱澤，西臺錦字握靈樞。歡騰明鏡春常在，歸買青山興不孤。占盡人間無限福，笑他戀棧誤迷途。

難得華堂晝錦開，又傳恩詔日邊來。班聯玉笋曾除席，燭秉金蓮慶舞萊。健翮已驚凌瀚海，散仙應謫自瑶臺。儒林更重經師望，大雅群欽著述才。

龍門燒尾歲重周，雛鳳齊看健羽修。拜草霓旌先特達，簪花霜鬢也風流。賓筵再譜當年樂，瓊樹還登最上頭。爲報瑶華持贈意，人星常願祝優游。

陳廷焯妻王夫人，出京口順江洲王氏家族。其祖父爲癸巳科進士，官吏部清吏司郎中、掌司務廳，名紹曾，字省三，號醒山。其父附貢生王丹崖（一八二四—一八六四），號再山，是紹曾第三子。陳妻王夫人爲王丹崖次女，陳家後來稱她爲王太夫人，看來很受尊敬。在她七十大壽時，陳家印了《王太夫人》一書以作紀念。書中還有一九二二年時任民國大總統的黎元洪親筆題寫的匾額内容，似乎陳家那時頗有些影響。這書很可能有很多陳廷焯的生平綫索，但可惜今天無法覓得。一九三五年王太夫人病故，享年八十三歲。

陳廷焯長兄廷炏，字號不詳。「炏」字通「炑」，與陳廷焯的「焯」字是兄弟相關聯的名字，不是「杰」。據陳氏家族人説，他曾在浙江爲官，官位稍高于知府，從四品。他所得俸禄，按照舊日規矩，交其父管理持家。因而，陳壬齡不再擔任黄巖場大使後，陳氏家族的經濟並未受到影響。《齒録》上記載陳廷焯長兄的長子名兆煊，孫名長慶。陳兆煊應該幼從叔父陳廷焯學習過，他的名字出現在《白雨齋詞存》中，爲人所知。至于陳長慶，就已被人遺忘了，甚至在陳氏後人的家族成員表上都找不到他的名字；但却有陳兆煊的三女陳長敬、陳長和、陳長謙，成員表上還有長兄的另外兩個兒子姓名：陳兆禎（字保如）、陳兆祥。

陳廷焯的子女，《齒録》記有：「子兆珍、兆霖、兆寯，女四。」陳氏後人的記載則是：子兆琛（一八八〇—一九四三）、兆瑜（一八八四—一九四六）、兆鵬（一八八八—一九七三）、兆鼎（一八九〇—一九七八）、兆馨（一八九二—一九六四），大概前三人後改過名。女四人，幼女夭折，另三人是伯蘅（一八七八—一九五三）、仲蓀（一八八二—?）、叔荃（一八八六—一九五六）。長女伯蘅在陳廷焯去世後，終身未婚，幫助母親持家，故深受陳家後人愛戴。次女仲蓀嫁給王夔立之子王允成，他們的孫子就是著名歷史學家王賡武先生。

長子陳兆琛，字席如，《續丹徒縣志》載：「陳兆琛，中書科中書。兩江優級師範學堂畢業，赴部覆試，奏獎舉人。」其時是宣統庚戌年（一九一〇），同時有九人，他爲第一人。《續丹徒縣志》説他著有《澹皆詩鈔》，今未見傳。《泰縣志稿》記載陳兆琛在「泰縣志修輯」中，任「分纂兼委員會委員」。他一生最重要的功績，是于民國十六年（一九二七）九月，創建私立泰縣高初中學校，並任校長，後又改制成立了江蘇省泰州中學的前身——泰州私立時敏中學，他擔任校長長達十一年，這是泰州的第一所現代學校。

次子陳兆瑜，字禹聲，曾求學並任職于北京法政專門學校，擅文學，精書法。

三子陳兆鵬，字傑夫，南京高等師範學校（東南大學前身）畢業，畢生在中學教授物理。陳兆鵬去世後，《詞則》和《白雨齋詞話》手稿由其夫人張萃英保存，最終影印行世，沾溉學林。

四子陳兆鼎，字鼐丞，精于圖書館學。一九三〇年前後，他曾就職于柳詒徵主持的南京國學圖書館，便將《雲韶集》稿本捐贈該館。國學圖書館後來成爲南京圖書館，《雲韶集》稿本便直到現在還保存在館中。一九三七年，他在江蘇省立國學圖書館第十年刊上，發表了《陳後山年譜》。

五子陈兆馨，字桂山，一九二四年畢業于東南大學，從事史地研究，並參與編輯《史地學報》。陳廷焯的《騷壇精選録》手稿殘卷，便曾長期由他保存。二〇一四年六月十四日，陳光裕先生（陳兆鵬子）、陳昌先生（陈兆馨子）、陳光遠先生（陳兆鼎子）將陳廷焯的稿本《詞則》八册、《白雨齋詞話》四册、《騷壇精選録》三册也捐贈給南京圖書館，與《雲韶集》一併收藏，成爲了目前我們研究陳廷焯最基本的文獻。

（本文中所引用陳氏後人説法，均出自陳昌先生及陳兆瑜外孫丁道齊先生所編家族材料，謹此致謝。）

（作者單位：華東師範大學出版社）

編輯後記

「律詞」這一名詞是二十世紀九十年代由洛地先生提出，並作为一個全新的詞學概念进入到研究者視野中的，謝桃坊、李飛躍等諸位學者皆對此有所關注與探討。本輯刊出謝桃坊先生《律詞觀念的現代詞學意義》一文，謝先生曾先後刊發《律詞申議》、《音樂文學與律詞問題——讀洛地〈律詞之唱，歌永言的演化〉》、《唐宋詞的定體問題》等文章對律詞進行專門研究，此文則在原基礎上，認爲律詞在理論上源自宋代迄于現代詞學家們關于詞體性質的認識，律詞有助于對詞體文學進行新的定位，並解決某些詞學難題，尤其可據以製訂新的詞譜，建立新的詞體規範，推動現代詞學的發展。希望「律詞」作爲一個新的學術增長點，受到詞學界越來越多的學者關注。

今年是龍榆生先生誕辰一百二十周年，龍先生是二十世紀最重要的詞學家之一，本輯特刊出姚鵬舉《從聲調之學到倚聲學——論龍榆生的倚聲學理論》、汪超《論龍榆生〈東坡樂府箋〉的校箋特點及其意義》、童雯霞《論龍榆生對晚近詞人詞作的批評立場及其現實意義——以〈近三百年名家詞選〉增删陳曾壽詞爲中心》三篇專欄文章，以作紀念。

編者　二〇二二年十月

稿約

本刊各欄歡迎惠稿，并請參照如下體例排版：

一、來稿要求格式規範，專案齊全。按順序包括：文題、作者姓名、工作單位、内容摘要、關鍵詞、社科基金號（如有）、正文、附注。

二、作者姓名：署真名，多位作者之間用空格分隔。在篇尾處加作者簡介，按順序包括：姓名（出生年月），性别，籍貫，工作單位，職稱，學位。

三、内容摘要、關鍵詞：用五號仿宋體；關鍵詞之間用空格分隔。

四、正文繁體横排（正式刊印時由出版社統一改爲直排），用五號宋體。文中小標題用四號黑體。如在正文中引用其他文獻的段落或句群，且需另起一段列出者，該段請用五號仿宋字體打印，並請首尾各收縮兩格。

五、標點：詞調名、書名、篇名用書名號。全文録詞只用三種標點：無韻句用「，」點斷；韻句用「。」點斷；逗處用「、」點斷。

六、附注：本刊注釋一律采用尾注形式，以中文數位順序編碼，用方括號標引。譯著須標明原著者國别，並在國别外加方括號。要求按順序準確標明：作者，書（篇）名，出版社，出版時間及頁碼，如是刻本須標出版本與卷數。

中文注釋格式示例如下：

［一］王昶編《明詞綜》卷四，遼寧教育出版社一九九七年版，第五六頁。

［二］鄒祗謨、王士禛合選《倚聲初集》二十卷前編四卷，清初大冶堂刻本。

［三］［日］村上哲見《〈楊柳枝〉詞考》，王水照、保苅佳昭編選《日本學者中國詞學論集》，上海古籍出版社一九九一年版。

［四］謝桃坊《張炎詞論略》，《文學遺産》一九八三年第四期，第八三頁。

［五］楊義《詩魂的祭奠》，《中華讀書報》二〇〇一年十一月二十八日第三版。

如有不同注釋引自同一出處，請如下示例標注：

［六］［一一］［三五］胡适《〈詞選〉自序》，《胡适古典文學研究集》，上海古籍出版社一九八八年版，第一〇頁，第一三頁，第一九—二〇頁。

來稿請務必附上作者聯繫地址及郵政編碼、作者電話號碼、手機號碼和電子信箱，以方便聯繫。

本刊審稿期限爲三個月，收到投稿後，我們會安排初審、復審、終審，最終形成「同意發表」、「修改後發表」、「不發表」三種意見。若爲「同意發表」或「修改後發表」，則會有編輯與您進一步溝通；若爲「不發表」，則回復《退稿通知》。本刊不允許一稿多投，故在接到本刊《退稿通知》前，請不要另投他刊。

本刊不收取版面費。來稿如被録用，發表後敬致薄酬，聊表謝意。

來稿請寄：上海市閔行區東川路 500 號華東師範大學中文系《詞學》編輯部，郵編 200241；同時將電子稿發至：cixue1981@126.com